MÉMOIRE

HISTORIQUE ET BIOGRAPHIQUE

SUR L'ANCIENNE

SOCIÉTÉ ROYALE DES SCIENCES

DE MONTPELLIER

Z.

MÉMOIRE

HISTORIQUE ET BIOGRAPHIQUE

SUR L'ANCIENNE

SOCIÉTÉ ROYALE DES SCIENCES

DE MONTPELLIER

PAR JUNIUS CASTELNAU

PRÉCÉDÉ DE LA VIE DE L'AUTEUR

et suivi d'une

NOTICE HISTORIQUE SUR LA SOCIÉTÉ DES SCIENCES ET BELLES-LETTRES DE LA MÊME VILLE

Par Eugène THOMAS.

MONTPELLIER

BOEHM, IMPRIMEUR DE L'ACADÉMIE, PLACE DE L'OBSERVATOIRE.

1858

NOTICE

SUR LA VIE ET SUR LES OUVRAGES

DE

M. JUNIUS CASTELNAU

Nous n'entreprenons pas de faire l'éloge d'un homme dont la vie fut un acte constant de modestie. Nos regrets, encore trop récents, ne permettraient pas à l'amitié qui nous l'attacha, d'employer à son portrait des couleurs trop éclatantes. Si nous devions le louer, notre cœur parlerait plus haut que notre bouche. Mais quelle que doive être sa place dans nos souvenirs, il faut la lui conserver. De pareils hommages, quand la mesure y est gardée, et qu'ils n'ont ni la complaisance ni les préventions d'un panégyriste, ne seront point enviés au mérite qui en est l'objet, ni reprochés à l'écrivain qui s'en fait l'interprète. Nous empruntons ces derniers mots[1] à la plume de celui dont nous essayons d'esquisser la vie, et qui, en les traçant, ne prévoyait pas qu'un jour le biographe y trouverait la mesure de ses paroles.

L'homme dont nous déplorons la perte prématurée, en même temps qu'il concourut aux travaux de nos Académies et qu'il vécut de la vie intellectuelle, en même temps qu'il cultiva les arts et revêtit quelquefois de couleurs poétiques les grands spectacles de la nature, cet homme fut aussi magistrat : double aspect de son existence sous lequel nous devrions le considérer.

Mais, soit que nous ayons devant les yeux le légiste, le littérateur, le savant,

---

[1] *Mémoire sur l'ancienne Société des sciences de Montpellier.* pag. 5.

et encore le voyageur, si ce nom ne sonne pas trop haut pour une oreille aussi peu ambitieuse que la sienne, nous reconnaissons que nous le dépeindrions mal si nous parlions toujours pour lui. Nous le laisserons quelquefois s'expliquer lui-même : alors nous serons sûr que sa parole, certainement plus humble que la nôtre, dira mieux que nous ses sentiments, ses impressions, son caractère, ses habitudes, ses travaux, sa vie intime et sa vie expansive.

Junius CASTELNAU, issu d'une des plus anciennes et des plus honorables familles protestantes de Montpellier, naquit le 17 janvier 1795.

Son père, Louis-Michel Castelnau, estimable commerçant de la ville, voua une part de sa vie aux intérêts de la cité, et notamment à ceux de la classe laborieuse et pauvre : il partagea son temps entre les actes de bienfaisance et les devoirs d'un bon citoyen ; successivement administrateur des hospices, conseiller municipal, maire en 1832 et 1833.

Ce fut sous un tel modèle que le jeune Castelnau fit ses premiers pas dans la vie. Ce fut à cette école et à celle de sa mère, Jeanne Bazille, qu'il se forma à ces douces vertus, et compléta cette nature bonne d'elle-même, que l'éducation ne fit que perfectionner. Il étudia les langues anciennes au lycée de Montpellier. Les couronnes obtenues dans toutes les classes qu'il y parcourut, firent présager et montrèrent déjà en lui non-seulement une aptitude particulière aux sciences et aux lettres, mais encore une vocation décidée pour l'observation et pour cette application constante qui met en pratique les connaissances acquises.

Un grand écrivain a dit :

L'âme est un feu qu'il faut nourrir,
Et qui s'éteint s'il ne s'augmente.

Pour augmenter, développer, attiser ce feu de l'âme, dotation des natures privilégiées, un des plus puissants moyens, tout le monde l'avoue, c'est la leçon des voyages. Voyager pour s'instruire, c'est ouvrir le grand livre de la nature, c'est aller puiser aux sources mêmes de nos idées. Afin de compléter l'éducation classique de son fils, le père du jeune Castelnau le fit voyager, à la sortie du lycée, en Allemagne et en Hollande[1]. Deux ans dans ces deux contrées, surtout dans la ville de Hanau qui fut toujours chère au voyageur[2], lui suffirent pour se perfectionner dans l'usage de la langue allemande, et cette langue qu'il parlait avec facilité influa sur tout le reste de sa vie.

Effectivement, au sein de l'Allemagne pensante, le repos et le loisir sont à peine connus ; tous les esprits travaillent ; tout le monde écrit ; toutes les âmes y sont douées d'une activité qui n'est satisfaite que par la production. Un jeune homme mis en contact avec ces populations fortement électrisées par l'étude, doit nécessairement éprouver l'effet de l'étincelle scientifique et se mettre en équilibre avec ces populations. Ainsi vit-on le jeune Montpellierais ranimer au foyer de la science allemande des goûts déjà formés pour les recherches de l'histoire naturelle et pour les applications des abstractions philosophiques, en même temps que son âge de dix-sept ans le poussait vers les études esthétiques, et s'ouvrait un chemin non moins large mais plus agréable aux principes du beau dans le domaine de l'idéal. Car, de bonne heure, M. Castelnau avait montré ces dispositions brillantes et rares qui promettent dans les esprits d'élite l'alliance de l'exactitude et de l'imagination.

De plus, dans ces premiers voyages, M. Castelnau, mené par un penchant impérieux, se formait à ces excursions scientifiques qui furent, durant toute sa vie, un plaisir à la fois et un besoin pour lui. « Qui ne sait, écri- » vait-il quelques années après[3], combien est borné le nombre de ceux chez » lesquels ce besoin se manifeste, et qu'aux yeux de la multitude la nature » n'est que la matière, ses forces un obstacle physique à vaincre, et son spec- » tacle un livre écrit en caractères inintelligibles que l'œil et l'esprit consi- » dèrent avec une égale indifférence ? Il y a donc une individualité quelconque » dans le sentiment qui nous porte vers elle, qu'une organisation particulière, » l'éducation, les circonstances développent et font sans doute aussi dis- » paraître. »

Les circonstances et l'éducation fortifièrent au contraire les naissantes

---

[1] De septembre 1809 au 12 janvier 1812.

[2] *Notes et souvenirs de voyages*, par J. Castelnau, tom. II, pag. 219.

[3] *De la poésie descriptive*, Mémoire ms. de J. Castelnau, 1824.

dispositions de la nature en M. Castelnau ; mais elles ne furent aussi qu'une sorte de préparation aux études plus sérieuses pour la profession à laquelle les intentions de sa famille le destinaient. D'un autre côté, ses inclinations avaient bien pu le diriger vers les sciences et les lettres; ses premiers voyages avaient bien pu développer ses connaissances et faire germer ou fructifier en lui la semence de ce feu sacré dont la nature l'avait doté ; mais cela ne suffisait point. Il est un centre où tout se perfectionne, sciences, lettres, goût, talent, où tout se retrempe pour reparaître en quelque sorte sous les formes d'une nouvelle création, où tout ce qui tient à l'art et au beau idéal, comme à toutes nos idées pratiques, après avoir rayonné dans toute l'Europe, vient s'épurer comme l'or au fond du creuset. Après deux ans passés dans les régions du Nord, et dix mois dans sa ville natale, il fut décidé que le jeune Castelnau irait s'épurer au creuset de Paris, non pas seulement pour s'y perfectionner dans la culture des lettres et des sciences, mais en même temps pour y suivre les cours de droit.

Nous avons fait pressentir et nous avons hâte de déclarer que M. Castelnau, loin de renoncer à des inclinations plus fortes, mais moins sévères, n'allait pas s'enfoncer dans le dédale embarrassé de connaissances arides et pénibles à acquérir, pour ne plus se montrer dans le domaine de l'imagination. Il ne faisait encore ici que suivre son penchant en se livrant à une étude nouvelle pour lui. Il voyait dans la connaissance des lois, outre le complément absolu d'une éducation élevée, aussi le complément de ses études philosophiques. Il se livra donc avec ardeur à cette nouvelle et sérieuse étude, et s'y fit distinguer par son application. Licencié, à la fin de 1815[1], il fut porté au tableau des avocats de la Cour royale de Paris[2] où son nom figura pendant deux ans[3]. Toutefois, comme nous l'avons annoncé, le barreau ne pouvait ni ne devait le contraindre tellement qu'il fût exclusivement livré aux actes et aux occupations du stage. La passion des sciences n'est pas une passion ordinaire qui s'éteint d'autant plus vite qu'elle est plus vive : quelquefois, il est vrai, elle change d'objet, mais quelquefois aussi elle se multiplie pour se raviver. La

[1] Le 16 décembre.
[2] Le 8 janvier 1816.
[3] Il quitta Paris le 17 septembre 1817.

même ardeur qu'il mit à l'étude des lois, il l'apporta dans son assiduité aux chaires de mathématiques, de physique, d'histoire naturelle, de littérature ancienne et moderne, occupées par les professeurs les plus éminents. Ses relations avec plusieurs savants de cette époque ajoutèrent à ses connaissances et assurèrent son goût naturel.

M. Castelnau rejoignit sa famille et ses amis en 1818, et ne les quitta plus qu'aux époques de ses excursions périodiques qui occupent une partie intéressante de sa vie. Il prêta serment comme avocat[1] devant la Cour de Montpellier, où il fut bientôt après appelé en qualité de conseiller-auditeur[2].

Si nous étions moins scrupuleux à suivre l'ordre des temps que le rapport des objets auxquels l'existence de M. Castelnau fut consacrée, nous pourrions le montrer un peu plus tard à Espalion, où il fut appelé[3] pour présider une chambre temporaire de justice, et nous dirions, pour faire ressortir cette activité soutenue que nous lui connaissions, qu'en un an à peine le jeune Président avait dépouillé toutes les affaires, placé en avant les causes urgentes et mis à jour tout l'arriéré qui avait nécessité cette création ; nous pourrions ensuite le voir siéger à la Cour de Montpellier[4] et ne cessant, sous la robe de magistrat, de se rendre chaque jour un compte sévère de ses appréciations, de ses actes, de ses devoirs, comme il se rendait compte exactement de ses impressions, de ses jugements, de sa manière de voir et de sentir devant les grands aspects de la nature. Nous pourrions, enfin, le considérer dans cette même vie publique, au sein du Conseil académique de Montpellier[5], où il fut, pendant vingt ans, le zélé défenseur de l'enseignement de famille et le patron des principes de l'éducation libre.

Mais nous ne devons pas oublier non plus que nous avons moins ici à nous préoccuper du fonctionnaire, du magistrat, de l'homme politique, que de l'homme qui appartient à nos Sociétés savantes, et que nous devons surtout

---

[1] Le 6 avril 1818

[2] Le 31 août 1819.

[3] Par ordonnance royale du 18 novembre 1827.

[4] Le 22 février 1829, en remplacement de M. Buges, décédé. M. Alban Mourreau, qui fut depuis conseiller à la même cour, l'avait remplacé à Espalion le 22 avril 1829.

[5] De 1830 à 1850.—Dans l'intervalle, le 2 mai 1839, il fut décoré de la croix de la Légion d'Honneur, en récompense de ses travaux dans la magistrature.

nous hâter d'arriver à l'heureux essai par lequel il ouvrit sa carrière littéraire. Il importe même d'insister d'autant plus sur cette première production de l'auteur, et sur celle qui la suivit et qui en fut une sorte de complement, que M. Castelnau s'y révèle déjà tout entier, et que ces deux compositions sont comme la préface ou le programme de sa vie auquel il est resté constamment fidèle.

La Société des lettres et des arts d'Amsterdam mit, en 1824, cette question au concours : *Donner une dissertation sur ce qui constitue l'essence et le mérite de la poésie descriptive, dans les différents genres, avec des exemples pris dans les poètes de l'antiquité, du moyen âge et des modernes.*

Il ne s'agissait pas ici pour M. Castelnau d'un aiguillon qui excite une âme juvénile à conquérir une couronne littéraire sur un sol étranger, ni à faire refléter quelques rayons de gloire sur un nom qui s'inscrit pour a première fois à l'entrée de la carrière. M. Castelnau avait des vues moins ambitieuses ; laissons-le parler : «Au milieu de ces rapports factices, de »cette vie de convention que l'homme s'est créée, la notion du vrai reste au »fond des cœurs ; et pour ceux qu'une organisation plus heureuse, qu'une »sensibilité plus vive ou qu'une éducation mieux dirigée, placent hors du »cercle vulgaire cette notion devient un besoin. On sent l'absence de la »nature, on veut la retrouver, et plus elle est devenue étrangère, plus ses »apparitions surprennent et charment[1]. »

Voilà M. Castelnau, voilà le naturaliste, voilà le littérateur, le poète, l'homme qui, s'il nous est permis de le dire, ne consent à s'asseoir dans son cabinet que pour mieux goûter un peu plus tard les spectacles variés des montagnes et des vallées, celui que le monde scientifique et littéraire ne retient que pour le faire mieux jouir ensuite des merveilles de la nature. Est-il besoin de dire maintenant ce que c'est que la poésie descriptive aux yeux de l'auteur ?

«La poésie descriptive, considérée dans toute la généralité de son objet, »lui paraît comprendre la presque totalité des faits que le monde sensible »(l'espace et la durée) est susceptible de présenter, et ne s'arrêter qu'aux li-

---

[1] *De la poésie descriptive, ou Discours en réponse à cette question :* Donner une Dissertation, etc.,... proposée par la Société hollandaise des Lettres, le 18 septembre 1824. Ms.

»mites qui séparent l'ordre physique de l'ordre moral, la nature, de l'intel-
»ligence.»

Selon M. Castelnau, l'antiquité, plus près de la nature, ne la conçut que
comme une partie de la vie humaine, et ne la peignit aussi que comme un
épisode dans son histoire ; au lieu que, chez les modernes, la possibilité de
la représenter hors de la vie, et le besoin de la contempler sous cette forme,
furent l'effet général des causes qui les ont placés à une grande distance des
anciens, et le résultat particulier des traits caractéristiques propres à leur
civilisation.

D'après ces notions, l'auteur doit regarder la poésie de paysage, inconnue
aux anciens, comme la principale branche de la poésie descriptive; et parmi
les modernes, quelque large que soit la part de nos poètes nationaux et des
poètes d'autres régions, son inclination doit le porter à décerner la palme
du genre aux poètes allemands, avec lesquels il vécut dans ses jeunes jours,
dont il savoura la lecture depuis avec délices, et qu'il aima toujours comme
on aime ses pères nourriciers.

Pour donner une idée plus précise de ce travail inédit, aussi complet [1] que
consciencieux, il suffit de dire que l'auteur y recherche l'origine, que nous
avons déjà fait connaître, de la poésie descriptive, des différentes espèces et
qualités des descriptions en général ; qu'il considère ensuite la nature de
cette poésie appliquée aux différents genres de compositions poétiques, et
plus particulièrement lorsqu'elle devient elle-même un genre spécial de composition ; enfin, qu'après avoir démontré la théorie par des exemples recueillis
dans les principaux poètes descriptifs chez les anciens et chez les modernes,
il s'attache, par des textes choisis, à faire ressortir la muse descriptive allemande, cette douce compagne de sa vie.

Dès ce début, dans un milieu de définitions abstraites [2] et multipliées,
s'annonça cette philosophie de l'imagination qui devait reparaître dans l'écrit
de même nature publié l'année suivante. Chez M. Castelnau, les plaisirs de

[1] Nous devons faire remarquer que M. Castelnau avait beaucoup réduit la rédaction du manuscrit envoyé au concours.

[2] Je ne sais toutefois si, dans la poésie, il existe réellement une distinction sensible entre
décrire et peindre, comme le dit l'auteur.

l'imagination servaient à satisfaire les besoins du jugement. Déjà formé aux impressions de la nature, il se trouva d'abord placé à la hauteur de son code poétique, et à même de tracer les règles qui servaient à reproduire ses impressions. Aussi le voyons-nous souvent dans ses descriptions exprimer d'un trait sa pensée, esquisser son tableau avec peu de couleurs, et rendre une perspective d'un seul coup de pinceau. Cette facilité de touche et cette faculté de voir surtout la poésie dans le paysage, le portaient à nous enseigner l'art de le peindre, si cet art peut s'enseigner.

Cependant, pour nous faire apprécier le talent des peintres, ne fallait-il pas montrer les tableaux avec leurs couleurs primitives? Ne fallait-il pas leur laisser toute la fraîcheur du ton local et faire parler à chacun d'eux la langue de leur art? Le jeune auteur qui allait être couronné par l'Académie hollandaise, présentait, avec leurs délicieux coloris, les paysages de Virgile et d'Horace, du Tasse et de Milton, de Matthison et de Kosegarten; mais l'Académie ne dut-elle pas un peu regretter que, préoccupé de ses prédilections pour la muse de Germanie, il fît sortir de son cadre naturel et laissât peut-être décolorer par une traduction étrangère, la peinture homérique qu'il regarde toutefois comme un modèle de style pittoresque [1]?

Quoi qu'il en soit, l'ouvrage présentait de trop vives lumières à ses juges, pour qu'ils fussent sensibles à quelques nuages. Le travail de M. Castelnau fut couronné [2]; et cette couronne, qui aurait enorgueilli un talent moins modeste que le sien, ne fut qu'un encouragement pour le second *Essai* que nous avons annoncé. Afin d'en reconnaître l'opportunité, il nous paraît convenable de rappeler ici la disposition des esprits en France, à l'époque où il fut publié.

Un nouveau système, une nouvelle manière de voir et de juger le beau dans les arts, avaient dû se produire après la révolution de 1789. Une sorte de renaissance eut lieu en effet quand la tourmente politique cessa; un génie français, Chateaubriand, s'élança dans la voie qu'il s'était ouverte. Bientôt,

---

[1] Il est possible aussi, probable même, que l'Académie d'Amsterdam eût désiré de trouver parmi ces noms quelques noms bataves, inconnus pour nous.

[2] L'académie d'Amsterdam lui décerna une médaille d'argent. — En écrivant ces lignes, j'apprends que la famille de M. Castelnau est disposée à faire imprimer cet Essai. Ce sera un nouveau service qu'elle rendra aux Lettres.

les idées se modifiant encore avec les mouvements sociaux, une autre impulsion fut donnée aux lettres françaises, qui en changea ou en altéra tous les traits et leur imprima une physionomie étrange.

Parce que la lyre française s'était enrichie de cordes nouvelles et que des sons merveilleux s'étaient fait entendre sous les doigts inspirés des Chateaubriand et des Staël, le poète, ou celui qui en prenait le nom, le prosateur vulgaire, crurent qu'il ne s'agissait que d'interroger l'instrument, pour le faire résonner comme ces premiers artistes. L'instrument résonna en effet, et nous nous souvenons tous des tristes discordances qui se firent alors entendre.

Jamais la littérature n'avait été tourmentée dans ses révolutions, comme elle le fut de 1820 à 1830. Ce n'était plus seulement une guerre renouvelée entre les anciens et les modernes ; la guerre actuelle les menaçait à la fois les uns et les autres. Les plus singulières prétentions au nouveau sceptre littéraire trouvaient de nombreux échos dans une certaine classe de lecteurs, et de séduisantes sympathies auprès de l'esprit féminin. Nul ne rencontrait le chemin du cœur s'il n'était romantique, et nous nous rappelons des hommes éminents qui, regrettant le pur classicisme de Racine et de Fénelon, avaient trouvé le moyen de les placer aux premiers rangs des romantiques.

Dans cette lutte, l'origine du nouveau système avait été perdue de vue ; c'était la mode qu'on encensait, sans trop savoir ce qu'on encensait. Les uns cherchaient le romantisme dans l'expression, les autres dans le sujet ; ceux-ci, trop épris des principes de Mme de Staël [1], dans une sensiblerie maladive qui peupla la France de poètes agonisants ; ceux-là, poursuivant Chateaubriand sans pouvoir l'atteindre, dans la forme extérieure des créations littéraires ; et beaucoup encore, dans une extase contemplative qui ne compte pour rien la réalité pour vivre de la vie imaginaire. Ainsi, ce nouveau Protée prenait mille formes diverses, suivant que paraissaient de nouvelles compositions dans le nouveau système ; et quand la mélancolie ne fut plus leur caractère unique, on alla chez les anciens voir poindre l'aurore du genre. On ne put ni l'apercevoir ni le définir. On revint aux modernes : Shakespeare fut adoré dans

---

[1] Voyez son livre *De la Littérature considérée dans ses rapports avec les institutions sociales*, et celui qui a pour titre : *De l'Allemagne*.

ses défauts ; ses imperfections servirent à l'apothéose du système, et on en trouva la définition dans le mélange du sublime et du vulgaire. Shakespeare fit bientôt place à Sterne , et, par un dernier abus, on vit le romantisme dans l'affectation de sentiment et de style poussée jusqu'au ridicule du fond et de la couleur. Que serait-ce si nous allions réveiller l'opinion de ceux qui ne croyaient pouvoir trouver le genre romantique, et conséquemment sa définition, que dans les muses et la littérature du moyen âge?

Les corps savants s'émurent à la vue de ce chaos intellectuel : ils voulurent enfin savoir ce que c'était que ce nouveau venu qu'on appelait *romantique*. L'académie des jeux floraux proposa (1 820) cette question : *Quels sont les caractères distinctifs de la littérature à laquelle on a donné le nom de romantique, et quelles ressources pourrait-elle offrir à la littérature classique ?*

Ce fut la réponse à cette question qui nous valut l'*Essai sur la littérature romantique* [1].

Pour embrasser complètement un tel sujet, l'auteur devait se transporter au milieu des peuples anciens et modernes, se rendre compte de leurs mœurs, de leurs croyances , de leur civilisation , de leurs idiomes, car chaque littérature, quel qu'en soit le système , touche de tous côtés à la société intellectuelle. C'est sous ces divers rapports qu'après nous avoir présenté le tableau de la littérature en général, et l'avoir fait ressortir du fond de la société antique et de la civilisation moderne, M. Castelnau esquisse celui de la littérature romantique, considérée dans ses diverses périodes et dans ses principales productions.

M. Castelnau place la source de la littérature romantique dans l'expression particulière de la civilisation moderne. Voilà pourquoi la littérature du moyen âge, étant chez nous une littérature nationale , est aussi une littérature romantique. Aussi ce système littéraire exclut-il toute espèce d'imitation : son premier caractère c'est l'originalité. De là, l'absence de règles positives et le mépris pour les codes littéraires. Ainsi le chantre de Roland, l'interprète du

[1] *Essai sur la Littérature romantique*, avec cette épigraphe de Mme de Staël (*De l'Allemagne*) : « La question, pour nous, n'est pas entre la poésie classique et la poésie romantique, mais entre » l'imitation de l'une et l'inspiration de l'autre. » Paris, Le Normant père , 1825, in-8° de 296 plus VIII pages.

roi Lear, l'auteur des *Autos sacramentales,* le poëte de la Messiade, les peintres du Génie du christianisme, de Delphine et de Corinne, secouaient la
scolastique poussière de l'imitation et rappelaient leur patrie à l'originalité nationale. Mais qu'on ne s'y méprenne point, l'absence des règles positives,
pour M. Castelnau, est bien moins l'effet d'un principe adopté par le système
romantique, comme on l'a trop souvent prétendu, que la conséquence même
de son mode particulier d'existence.

Le système romantique s'étant affranchi des règles, notamment de l'unité,
il est évident qu'une des différences considérables entre l'une et l'autre littérature, doit être la simplicité. Effectivement, l'auteur montre, soit dans l'é-
popée, soit dans le drame, la beauté dans la simplicité classique, et la beauté
dans la complication romantique. Comparez l'Arioste à Homère; mettez à
côté de Faust l'OEdipe à Colonne, et vous aurez les termes extrèmes des deux
systèmes.

M. Castelnau trouve un trait plus distinctif encore, quoique moins général
que le précédent, dans l'absence d'un but précis et didactique qui caractérise
les productions romantiques.

Mais on a sans doute déjà deviné que l'auteur n'a pas dù oublier, parmi
les causes qui ont particulièrement influé sur la littérature romantique, celle
que l'illustre écrivain du livre *De l'Allemagne* regardait comme le caractère
exclusif des temps modernes : le penchant mélancolique, auquel elle croyait
pouvoir rattacher les progrès faits par les lettres et la civilisation depuis les
temps anciens jusqu'à nos jours. Cependant, bien que ce sentiment, à peu
près inconnu aux anciens, et que les modernes doivent surtout à la différence
que présentent nos mœurs, notre religion, notre climat, ait été l'origine
d'une nouvelle définition du romantisme, il n'est pas pour notre auteur,
comme pour l'auteur de Corinne, un caractère, une cause unique : il reconnaît, et tout le monde reconnaît avec lui, que les chantres ou les peintres
d'Atala et de René, des Nuits, du Messie, de Werther, et des fraîches ballades
de la Germanie, ne doivent pas toujours leurs chants les plus sublimes,
leurs inspirations les plus suaves, leurs touches les plus délicates, au sentiment
de la mélancolie.

Pour faire mieux apprécier la différence des deux genres, remarquons
avec M. Castelnau que, chez les anciens, l'activité de la vie se portait prin-

cipalement sur les actions, comme, chez les modernes, elle se porte sur les sentiments. De là, cet autre contraste entre la littérature romantique et moderne, et la littérature ancienne et d'imitation, qui peut se traduire ainsi, indépendamment des autres caractères des deux littératures : l'un, le classi-·que, prend ses inspirations dans l'influence des habitudes sociales ; l'autre, le .romantique, dans les grandes affections de l'âme.

Considérée dans son ensemble, la littérature romantique présente donc pour principaux caractères, de se refuser davantage à l'application des règles tirées en littérature de l'usage ou de l'exemple ; de donner à ses conceptions plus de développement et d'étendue ; d'en exclure en général tout caractère positif et didactique ; d'avoir introduit ou répandu la peinture d'un genre nouveau d'affection morale, et de montrer plus de penchant pour la représentation des passions que pour celle des caractères.

Tel était le nouveau prélude[1] par lequel M. Castelnau s'essayait dans les études philologiques. Sa critique a toute l'indulgence de son caractère, et, sauf quelques préventions bien naturelles quand il s'agit de sentiment et de goût, choses si arbitraires, l'*Essai* fut applaudi des hommes sages et éclairés ; tous s'empressèrent de rendre hommage à la délicatesse de ses appréciations, au discernement exact des objets qui échappent le plus souvent à la meilleure vue des critiques, à l'impartiale rigueur avec laquelle il fait la part de l'un et de l'autre système, bien que, sans préférence exclusive, il se laisse un peu aller au penchant qui l'attire vers les compositions modernes, et qu'il paraisse assez fatigué de l'imitation des anciens ; enfin, à cette élégante simplicité de style qui dit tout sans prétention aucune, mais à laquelle le lecteur doit son intérêt et son plaisir. On voit bien qu'un tel livre, où sont examinées les conceptions les plus élevées de l'esprit humain, demandait un esprit plus calme que bouillant, plus réfléchi qu'emporté, plus solide qu'éclatant. C'était, comme dans son premier *Essai*, la philosophie de l'imagination, mais traitée avec un goût plus sûr et un talent plus exercé.

A juger M. Castelnau sur ces deux premiers ouvrages, on aurait pu supposer qu'il ne devait plus quitter le domaine de l'imagination et de la poésie. Cependant il regarda tous ses écrits jusqu'à ce moment (il avait trente

---

[1] C'est le seul ouvrage un peu considérable de M. Castelnau qui ait été publié de son vivant.

ans), comme de simples tentatives et des essais préparatoires pour des travaux d'un âge plus mûr; naturellement observateur et pensif, il revint à des sujets plus sérieux, à une philosophie qui emprunte plus aux faits qu'à l'imagination.

C'est alors surtout que se développa chez lui cette fécondité d'esprit qui lui a fait entreprendre toutes ces études et toutes ces analyses philosophiques, dont le nombre nous étonnerait en jetant les yeux sur les manuscrits qu'il a laissés, si un illustre écrivain étranger [1] n'avait dit que ce n'est pas le temps qui nous manque, mais que c'est plutôt nous qui manquons au temps.

M. Castelnau disposa le sien de telle manière qu'il put toujours mettre en harmonie ses études et ses devoirs. Il fit plus : il voulut que ses études, même les plus affectionnées et les plus assidues, vinssent en aide à la pratique des affaires et à sa vie officielle ; il voulut que ses méditations philosophiques lui servissent à mieux accomplir les différentes fonctions dont il fut investi. Laborieux magistrat, il sortait de l'audience pour rentrer dans son cabinet, et y donner à son esprit un nouvel aliment dans l'examen des travaux du légiste et dans les applications que le juge en avait faites durant la journée. Tout le reste du temps, celui des vacances, toutes ses veilles, il les consacrait aux études historiques, littéraires, archéologiques et naturelles.

En parcourant les Mémoires de l'Académie des sciences et lettres de Montpellier, on ne s'étonne pas de n'y voir aucun travail imprimé de M. Castelnau, bien qu'il ait été appelé à faire partie de ce corps dès sa création en 1846, quand on réfléchit que les travaux de longue haleine qu'il lui destinait ont été arrêtés par une mort funeste, et que c'est aujourd'hui seulement qu'il lui est donné, par des soins étrangers, de payer sa dette aux savants qui se l'étaient associé.

Ce serait donc ici le lieu de parler de son *Mémoire historique sur la Société royale des sciences de Montpellier*, écrit, comme il le dit lui-même [2],

---

[1] Sherlock.
[2] Voyez ci-après, pag. 3.

pour la nouvelle Académie des sciences et des lettres de la même ville. Mais, bien que cette histoire soit l'introduction, ou, si l'on veut, la première partie de l'histoire de l'Académie actuelle; bien qu'elle contienne la vie scientifique et en partie littéraire de notre cité durant le dernier siècle, ce n'est pas, ce nous semble, au milieu de ces lignes destinées à précéder les annales de l'ancienne Société savante de Montpellier, que nous devons placer l'éloge ou la critique d'un travail aussi considérable, analyser des recherches non moins multipliées qu'instructives, suivre l'auteur dans des détails qui, quelquefois minutieux, sont toujours curieux et piquants pour nous. Cette appréciation, nous la laissons au lecteur désintéressé.

M. Castelnau fut, en 1835, pour ainsi dire un des fondateurs de notre Société archéologique[1], comme il le fut plus tard de notre Académie. Dans l'une et l'autre Société, il fut un des éléments les plus nécessaires, un des membres les plus zélés et les plus constants. Homme d'observation, ses soins et sa vigilance s'étendaient sur ces simples mais indispensables détails qui s'harmonient si peu avec le travail suivi du cabinet; son activité suffisait à tout, et quand il prit les rênes de la présidence, ses rapports avec l'autorité supérieure, ses démarches assidues pour assurer la prospérité de ces établissements, ses observations prudentes et délicates, ses propres investigations, l'impulsion qu'il savait donner aux corps dont il était la tête : tout montra jusqu'à quel point M. Castelnau poussait l'amour des sciences et des lettres, et combien il était jaloux de contribuer au maintien de sa ville natale dans le rang où elles l'ont élevée.

M. Castelnau a écrit plusieurs Mémoires pour le Recueil de la Société archéologique; c'est là que nous avons pu, de son vivant, avoir une idée de cette aptitude qui vient à bout de pénétrer l'obscurité des faits par la constance de l'érudition. Sa Notice sur la vie et les ouvrages de Placentin, publiée en 1840, mériterait en effet plutôt le nom de Recherches que celui de simple notice. Auparavant, nous cherchions dans les principaux travaux publiés à l'occasion de l'illustre légiste, quelques fragments sur la vie et les

[1] La Société archéologique de Montpellier a été créée en 1833.

œuvres d'un homme qui, sans être originaire de Montpellier, répandit sur
notre ville l'éclat dont il fut lui-même environné. Les curieuses et savantes
investigations auxquelles se livra M. Castelnau, en débrouillant le chaos des
faits où notre gloire se trouvait engagée avec celle du célèbre jurisconsulte,
le tableau de l'état de l'École de Bologne à cette époque, le récit du séjour
du grand professeur à Montpellier, les remarques analytiques sur chacun de
ses ouvrages, ne nous intéressent pas seulement parce qu'elles ont pour objet
le réformateur de la jurisprudence au XIIᵉ siècle, mais encore parce qu'à ce
nom illustre, attaché à la gloire de notre berceau, est aussi liée une autre
illustration, celle d'avoir posé dans notre cité les fondements de la première
Université de droit que la France ait possédée.

Quelque temps après, l'École de droit fondée à Montpellier par Placentin, rappelait encore M. Castelnau à l'étude des sources législatives de
l'Université de cette ville. Parmi ces sources, il en était trois : les édits et
lettres-patentes des rois, les bulles et brefs des papes, les ordonnances et
statuts des évêques de Maguelone, sinon suffisamment connues, au moins
toujours offertes aux investigations des hommes d'étude. Une quatrième
source, les statuts des recteurs de l'Université, que M. Castelnau appelle avec
raison le droit commun de l'École, restait ; mais, quoique connue, elle n'était
point à la portée du public ; elle était passée dans des mains privées. Nous
devons à M. Castelnau de nous avoir initiés à cette source, en publiant la notice sur le *Liber rectorum*, manuscrit qui faisait partie des archives de l'ancienne Université de droit de Montpellier[1]. C'est un recueil commencé par le
recteur Martin Textoris (1359 à 1455), et continué par ses successeurs
jusqu'en 1525, recueil où ne sont pas seulement consignés les actes contemporains de chaque rectorat, mais aussi des statuts de l'évêque de Maguelone, des bulles du Saint-Siége, des chartes royales. Tous ces documents
sont parcourus et examinés avec soin par M. Castelnau, et ce n'est pas un
petit service rendu aux amis de l'histoire de notre pays, de nous avoir donné,
indépendamment d'extraits de divers statuts, la table sommaire et chronologique de tous les actes contenus dans ce recueil.

---

[1] Les archives du département de l'Hérault possèdent aujourd'hui une copie authentique de
ce précieux manuscrit.

Grâce à cet esprit d'observation et de détail, qui ne veut rien perdre de ce qui peut être utile, M. Castelnau savait donner de l'intérêt aux moindres objets du domaine de l'archéologie. Une petite commune, dans la partie méridionale du département de l'Aude, où se trouve cette modeste région connue autrefois sous le nom de pays de Sault, porte un nom plus célèbre qu'elle. Mais ce nom rappelle l'ancienne abbaye de Jocou, que l'histoire du Languedoc et le *Gallia christiana* ont illustrée dans leurs pages. Une charte inédite du commencement du xᵉ siècle (908), concernant ce monastère, tombée par hasard sous les yeux du magistrat, fut immédiatement relevée par l'archéologue, qui s'empressa d'ajouter (1852) une feuille intéressante de plus à notre histoire locale.

En même temps, il lisait à la Société archéologique une autre charte inédite, moins ancienne que la précédente, mais non pas moins curieuse. Ce document de l'an 1209, en roman, contient abandon, par un seigneur de Panat, de ses prétentions sur le prieuré et les terres de l'église de Marcillac. Quel que soit le nombre de ces transactions dans nos recueils, et nonobstant l'humble intérêt que l'auteur paraît y attacher nous voyons dans son analyse et dans le document même quelque chose de plus qu'un accord brisé par la violence. Nous y remarquons l'intérêt historique du sujet, et celui du principe moral qui amène la violence à l'amendement Surtout nous y trouvons l'intérêt qu'offre la rédaction de la charte en langue vulgaire du commencement du xɪɪɪᵉ siècle, et des particularités importantes pour les études qui ont pour objet la linguistique du Midi.

M. Castelnau ne séparait guère l'idée de son pays de celle qui déterminait l'objet de ses compositions. Ce patriotisme local, il le montrait encore dans une œuvre qui fut aussi un acte de reconnaissance et de justice.

L'Arménien Johannis Althen, à qui le comtat Venaissin doit son industrie et sa richesse par l'importation qu'il y fit, il y a plus d'un siècle, de la culture d'une plante asiatique, la garance, avait, quelques années auparavant (1746), transporté ses graines de coton dans un faubourg de Montpellier, et en faisait mûrir les gousses. La Société royale des sciences constatait la réussite et mettait hors de doute la possibilité de la culture de cette plante sous le climat de notre cité. M. Castelnau crut devoir rappeler la mémoire du généreux étranger, et payer la dette de gratitude du pays dans un écrit biographique qui est resté inédit [1]. Heureusement M. Castelnau a inséré dans une note de son Mémoire sur la Société des sciences [2], tout ce que nous aurions pu lui emprunter sur cet homme qui a si bien mérité de nos contrées.

Le même attrait qui ramenait sans cesse la plume de M. Castelnau à l'histoire de son pays, lui fit entreprendre, vers 1840, un travail littéraire dont il lut plusieurs fragments à la Société archéologique et à l'Académie. Nous voulons parler de son *Essai d'une Bibliographie du Languedoc en général, du département de l'Hérault et de la ville de Montpellier en particulier.* Œuvre considérable, travail de bénédictin, si on réfléchit aux recherches grandes, laborieuses, constantes, auxquelles il fallut se livrer pour recueillir tant de titres épars et en ordonner l'énumération bibliographique. Ce travail comprend, souvent accompagnées de notes savantes et curieuses, les indications de tous les ouvrages publiés sur notre pays, depuis l'invention de l'imprimerie, sous trois divisions principales : *Histoire naturelle, Histoire proprement dite et antiquités, Statistique de la Province.* Les mêmes divisions se reproduisent pour le département de l'Hérault, et encore pour le chef-lieu de ce département ; en sorte que ces trois parties embrassent tout ce qui a été imprimé sur la géographie physique, la minéralogie, la botanique, la zoologie, la géographie ancienne et moderne, l'histoire avec ses dépendances, la législation, l'administration, les finances, le commerce, l'industrie, l'agriculture, du pays que nous habitons [3].

Jusqu'ici nous avons montré M. Castelnau dans son existence officielle et littéraire, et, si l'on nous permet l'expression, dans sa vie sédentaire. Nous aurions encore à l'accompagner dans sa vie de touriste, si des notes brièvement prises dans ses voyages ne nous rappelaient pas plutôt le besoin et le plaisir pour lui de conserver ses impressions, qu'un dessein arrêté de les mettre au jour. Nous ne pouvons cependant oublier cette partie de sa vie.

M. Castelnau vécut, en effet, un nombre considérable de ses jours en contemplation devant ces grands spectacles que présentent les hautes montagnes. La satisfaction qu'il en éprouvait lui faisait oublier toutes les fatigues du

---

[1] Il le lut à la Société archéologique, le 21 décembre 1850.
[2] Voyez ci-après, pag. 132.
[3] Nous espérons que cette bibliographie locale ne tardera pas à voir le jour.

c

voyage; ou plutôt, marcher et gravir étaient un délassement pour lui. Pendant trente-six ans, de 1820 à 1855 [1], il a rarement passé un été ou un automne, c'est-à-dire le temps d'entière liberté que lui laissaient les devoirs de sa position, sans le consacrer à ces excursions qui avaient pour lui, comme il le disait, le double avantage du plaisir et de l'utilité. Une petite valise, un baromètre, un thermomètre, une boussole, un crayon, car il dessinait parfaitement [2], un pied sûr et une jambe infatigable, une sobriété capable de supporter les plus grandes privations : tel était notre voyageur, tel était son bagage. Mais à ce matériel si modeste se joignaient des connaissances variées, un culte d'admiration pour la nature agreste, un amour vrai pour les études géologiques et minéralogiques, ce besoin, dont nous parlions, d'écrire ses impressions et ses souvenirs, et l'art de les exprimer avec autant d'exactitude que de simplicité.

Il est vrai que c'étaient les impressions d'un voyageur qui n'aimait pas à s'arrêter; il voulait voir, mais vite; contempler, mais jouir. La nature, disait-il, est une belle femme à laquelle on enlève ses voiles : il faut saisir ce moment pour la contempler. Ne croyons pas cependant que l'impression fût moins profonde; car, bien qu'une nouvelle impression vînt succéder avec rapidité à la première, il en gardait la mémoire comme celle d'une personne chère que l'on quitte et qu'on n'espère plus de revoir. Suivons-le donc un moment encore, mais allons aussi vite que lui.

Il débuta par les hauteurs qui dominent la vallée de Chamouny, le Valais et le canton de Berne, et revint, la même année, par le Mont d'Or [3]; c'était

---

[1] M. Castelnau avait déjà, comme on l'a vu, commencé ses excursions cette même année 1820, mais nous n'avons pas les relations de ses voyages antérieurs à 1822. Les voyages depuis cette dernière époque, dont il voulut garder le souvenir écrit, et qu'il fit souvent en compagnie de parents et d'amis, sont l'objet de l'ouvrage que sa famille a publié sous ce titre : *Notes et souvenirs de voyages dans les Cévennes, les Alpes, les Pyrénées, en Allemagne, en Belgique et en Italie*. Montpellier, 1857, 2 vol. in-12.

[2] On peut se faire une idée de l'exactitude et du talent du dessinateur et du géologue, en jetant les yeux sur le plan des coupes et du nivellement du mont Lozère, qui accompagne le tome I des *Notes et voyages* de M. Castelnau.

[3] Il aurait fallu, je crois, écrire *Mont-Dor*, nonobstant l'orthographe ordinaire et le voyage de Salabéry. La petite rivière qui traverse la vallée s'appelle le Dor. Ramond écrit *Mont-Dore*. Ce nom vient de *Mons Duranius*, apud *Sid. Apollin*.

à la fois pour le jeune touriste une occasion de comparer les pitons des Alpes, qu'il venait de visiter, avec les pics des Cévennes et de l'Auvergne, et de mettre en parallèle d'un côté Saussure et de l'autre côté Ramond.

Les Cévennes, chaînon intermédiaire entre les Alpes et les Pyrénées, conduisirent le naturaliste dans ces dernières montagnes. Il les visita en 1824 : l'historien de l'ancienne Société des sciences de Montpellier ne pouvait négliger de voir le pic du Midi, qui lui rappelait l'académicien Plantade, mort sur ces rochers un baromètre à la main[1].

Dès les mois d'été de 1826 et de 1827, il avait repris la route des montagnes de la Lozère et des Cévennes, qu'il connaissait depuis 1820 et 1822.

De 1832 à 1836, il s'élevait du vallon de Sylvanez aux glaciers alpins, et redescendait des pentes du Cantal dans les délicieuses vallées pyrénéennes de Venasque et d'Aran. C'est alors surtout que se déploie dans notre voyageur cette passion de jeunesse et d'âge viril pour cette terre de Suisse, pour cette immense prairie, comme il l'appelle, si harmoniée dans ses sommets et dans ses vallées et jusque dans ses habitants. Heureux quand il dessine au haut d'une ferme bernoise aux fenêtres redoublées, aux galeries extérieures, à la vaste toiture; plus heureux encore quand il y note l'hospitalité patriarcale qui l'accueille, ou quand le bon curé de la montagne, trop haute pour être atteinte par la rapacité de l'aubergiste, au milieu de la disette de ces déserts, éternelle comme leurs glaciers, lui offre avec empressement ses œufs, son lait, son miel. Il n'en faut pas davantage à M. Castelnau. Alors tout lui plaît, et l'agreste paysage n'en est que plus riant; il lui semble que le bonheur soit là, et que la volupté soit la nature. Mais vient-il au contraire à éprouver quelque effet de cette conspiration universelle qui tend à dépouiller avec privilége le voyageur, et qui, d'après M. Castelnau, commence à s'étendre jusqu'en Suisse même, alors le tableau se rembrunit et le crayon du touriste tombe désenchanté.

Mais qui accorderait à cet admirateur passionné de la nature, à cet homme qui avait si bien analysé les grandes productions de l'art, à part quelques préventions dont l'humanité n'est pas toujours à l'abri; qui lui accorderait qu'il n'ait jamais remarqué dans un même homme, quelque

---

[1] *Notes et souvenirs de voyages*, tom. I, pag. 87. Voyez ci-après, pag. 57.

supérieur qu'on le suppose, le sentiment du beau dans la nature, et le
même sentiment du beau dans les arts[1]? Certes il suffit d'opposer M. Castelnau à lui-même, et nous sommes trop avancé dans sa vie pour lui faire
cette concession.

Il repart pour gravir ces montagnes aimées, et descendre en Italie aux
mois d'août et de septembre 1838. Ces montagnes et ces glaciers, ce spectacle fantastique et mobile, il les revoit comme s'il avait présent le souvenir
d'un songe, mais d'un songe délicieux ; et, quoi qu'il en dise[2], il voit avec
charme et admire toujours ce qu'il a déjà vu et admiré ; parce que, malgré
nos conventions factices, l'homme né avec du goût et du sentiment se plaît
constamment à l'aspect de la belle nature. Et d'ailleurs, comme il en convient lui-même, une seconde vue des lieux est nécessaire pour en porter un
jugement un peu sûr. Nos impressions sont si dépendantes d'une foule de
choses étrangères aux objets qu'il s'agit de juger, que rarement une première
appréciation ne reste pas au-dessus ou au-dessous de leur réalité.

Cependant, le voyageur ne s'en tenait pas toujours aux montagnes de
l'étranger ; il parcourait les hauteurs de Gap, d'Embrun, du col d'Aures et
de Barcelonnette en 1842 ; il ne quittait pas celles du nord-ouest du départe-
tement de l'Hérault en 1843 et 1844, et, un peu plus tard, de 1844 à 1848,
il dirigeait sa course vers les Alpes de Grenoble et de Briançon. Mais
l'année suivante sa chère Suisse le rappela : il escalada le Mont-Rose et en
descendit, pour être témoin des travaux qui ouvraient le val Anzasca aux tou-
ristes à voiture, au sincère regret de celui qui préfère avec raison être
touriste à pied. Qu'aurait-il dit s'il avait vu pratiquer la route carrossable dont
le serpent va du pied du Som aux portes de la grande Chartreuse ?

Le voyageur touchait à sa cinquante-cinquième année. A cet âge, l'homme

---

[1] Voyez *Notes et souvenirs de voyages*, tom. I, pag. 272.
[2] *Notes et souvenirs de voyages*, tom. II, pag. 39 et 162. — Dans son voyage aux Alpes en
1832, M. Castelnau avait placé les sources de la Durance au mont Viso (tom. II, pag. 68).
Nous croyons que c'est moins par inadvertance que par suite d'une abréviation. Il ne s'agit pas
là, en effet, de la Durance proprement dite, mais d'un affluent de la Durance tel que le Guil,
et ce qui le prouve, c'est que l'auteur, dans son voyage à Grenoble, fait en 1848, indique
les sources de la Durance à huit lieues de la Vachette, village à une lieue de Briançon (tom. II,
pag. 156).

qui n'a pas dédaigné de jeter sur ses pas quelques-unes de ces fleurs de poésie, charme du présent et parfum de l'avenir, aime à revenir sur son passé. Les regrets d'un temps où la poésie n'a pas besoin d'être invitée, parce qu'alors elle ne nous quitte pas, et l'aspect des lieux où nous avons coulé une partie de notre âge d'or, sont une sorte de retour à ces premiers moments de bonheur, hélas! trop vite évanouis. M. Castelnau, plein du souvenir de son premier séjour en Allemagne, plein de la lecture des poètes germains, voulut réaliser cette poésie des beaux jours de sa vie, en revoyant les lieux qu'il avait habités à 15 ans, et cette ville de Hanau où il avait, pour son éducation, passé une partie de sa jeunesse. C'est ce qui lui fit entreprendre, en 1850, son voyage d'Allemagne et de Belgique. « Mes souvenirs du jeune âge, disait-il, » ne m'en retraçaient pas assez bien la beauté. Quel changement dans l'exté- » rieur du pays depuis notre premier voyage de 1811! Je n'avais pas vu » Hanau depuis trente-neuf ans, espace de temps auquel je ne puis songer » sans regret, quand j'en compare la durée avec la manière dont je l'ai » employé. »

L'amour du pays ne tarde pas à l'emporter dans le cœur du touriste, et, en présence du ciel brumeux d'Ostende et de la couleur boueuse des vagues de l'Océan, la poésie fait place à une plus douce réalité; le voyageur reporte sa pensée sur la patrie absente, et regrette le ciel bleu du Languedoc et les eaux azurées de la Méditerranée.

Cependant l'horizon politique s'était assombri. M. Castelnau, qui portait un cœur droit et un esprit ami de l'ordre, conservait un grand amour de l'in-dépendance ; lui qui ne trouvait le bonheur que dans son cabinet et au sein de sa famille, s'il ne respirait pas l'air libre des cols pyrénéens ou des glaciers alpestres, on eût dit qu'il n'était plus à l'aise chez lui. Il aurait voulu cette liberté politique idéalisée par une âme noble et désintéressée, et telle qu'il n'est pas donné à nos temps avancés d'en voir la réalisation. Croyant retrouver les jours indépendants du voyageur dans la paix et le silence de la nature, il partit pour le Piémont.

A son retour à Montpellier, M. Castelnau trouva les partis en présence : leurs mouvements préoccupaient autant les esprits que les pouvoirs chargés du maintien de l'ordre social. Enfin, à la nouvelle des événements du 2 dé-cembre 1851, M. Castelnau, cédant à des convictions anciennes, refusa spontanément de siéger à la Cour d'assises où il était assesseur il donna quelque temps après sa démission, et quitta la toge de magistrat pour reprendre toute son indépendance et se livrer exclusivement à ses goûts studieux.

Qu'il nous soit permis de jeter un dernier et rapide regard sur les vingt-cinq ans de sa vie de magistrat, non pour rappeler, ni son zèle, ni ses perplexités dans les affaires toujours graves de la Justice, surtout dans ces redoutables emplois où le juge préside à la destinée des accusés ; mais pour le montrer seulement, après avoir été l'écho fidèle de la loi, dans le silence, s'interrogeant et se demandant si la loi n'a pas été trop indulgente ou trop sévère, ou si le juge ne doit pas compte au moins de ses impressions à l'homme privé. Nous avons lu, parmi les manuscrits qu'il a laissés, plusieurs journaux ainsi affectés à l'examen analytique des causes qu'il avait jugées dans le jour, soit pour se faire une sorte de critérium pour l'avenir, soit pour consacrer auprès de sa conscience l'action de la loi dans des occasions solennelles ou embarrassantes : il sonde à la fois les exigences de la nature et les volontés du législateur. Ainsi on peut avancer que sa vie de magistrat débordait jusque sur sa vie privée. Et l'on ne s'en étonne point lorsqu'on apprend par ces mêmes manuscrits, qu'il poussait le scrupule de son existence morale jusqu'à consigner les moindres erreurs ou les plus petites négligences de la journée. Ce retour sur lui-même, ce regard sévère jeté sur quelques imperfections humaines, alors qu'on vient d'assister aux scènes les plus désolantes de la dépravation sociale, font mieux connaître M. Castelnau que tous nos raisonnements.

Libre de cette assiduité que commande la toge du juge, M. Castelnau, presque sexagénaire, mais animé de cette force et de cette vigueur qu'il avait contractées dans ses exercices, quitte Montpellier (1852) et se dirige vers la haute Italie.

Nous nous rappelons qu'à son retour (janvier 1853), il lut dans une séance de la Société archéologique, un rapport (ce fut le dernier !) sur une *Histoire* (manuscrite) *de la montagne et de l'hospice du Grand Saint-Bernard*, composée par M. Rey [1], de Montpellier, et donnée par M. Cartier à cette

---

[1] M. Jean Rey, né à Montpellier le 19 mai 1775, et décédé à Paris le 23 juillet 1849. On lui doit une histoire de François Ier et une histoire du drapeau, des couleurs et des insignes de la

Société. L'auteur du rapport s'identifiait si heureusement avec l'auteur du manuscrit, qu'il analysait moins qu'il ne décrivait : il avait vu, il peignait, et nous l'écoutions avec ce charme et cet intérêt qu'il savait inspirer à ceux qui l'accompagnaient quelquefois dans ses voyages.

Il revit le canton de Glaris et la vallée du Rhin supérieur, en 1854. Tout y fut plaisir, tout y rappela l'enchantement de ses beaux jours. Les couleurs se replacèrent sur sa palette, la gaîté sur son front, et l'on croirait que, soit dans cette excursion, soit dans sa dernière pérégrination au Mont-Pelvoux (1855), notre voyageur ne reconnaissait si bien le bonheur de la vie que pour nous faire mieux éprouver, quelques mois après, toute notre douleur en le perdant.

Le 15 juillet 1855, au soir, la voix publique murmurait une catastrophe aussi affreuse qu'imprévue. M. Castelnau se baignait près de la côte de Montpellier ; une vague venait de l'engloutir. La veille nous tracions ensemble, sur une carte topographique, l'itinéraire d'un nouveau voyage ; deux jours passés, nous l'accompagnions à sa tombe! Ainsi s'accomplissait fatalement cette existence qui promettait des jours plus nombreux à sa famille, à ses amis, à ses collègues.

Nous venons de la rouvrir cette tombe, pour faire entendre encore sa parole : si l'on trouvait que notre voix, interprète de la sienne, la revêt quelquefois d'une parure qu'il n'eût point acceptée, on reconnaîtra le cœur d'un ami, on nous pardonnera ; et si elle contrariait aussi quelquefois ses pensées trop modestes ou ses impressions trop vives ou trop timorées, on nous pardonnera encore, comme il nous aurait pardonné en faveur de la vérité. Nous n'avons d'ailleurs à peu près suivi M. Castelnau que dans sa carrière littéraire et officielle ; si nous nous étions trop arrêté sur sa vie intime, il nous aurait fallu faire mieux ressortir ses qualités privées, et nous avons d'abord exprimé la crainte de manquer à la plus estimable de toutes, en insistant sur sa modestie poussée jusqu'au scrupule. Nous les rappellerons donc succinctement en finissant.

---

monarchie française, lesquelles ont obtenu des mentions honorables de l'Académie des inscriptions. Des extraits de l'ouvrage dont il s'agit ont paru dans les Mémoires de la Société des antiquaires de France (tom. VI et VIII). Ce travail, du plus haut intérêt, malgré quelques lacunes, est peut-être le plus complet que nous ayons sur l'histoire de ce mont célèbre.

M. Castelnau vécut célibataire : il ne voulut connaître que l'amour fraternel ; ses neveux furent ses enfants. Nul ne fut plus facile, plus attirant, meilleur, dans le commerce familier. Au fond, sévère pour lui-même, doux et bienveillant pour tous les autres ; dans l'habitude du cabinet prenant ces traits sérieux et graves qui sont la marque de l'attention réfléchie et du travail des idées, et montrant à l'air plus libre des montagnes un front épanoui, un esprit à saillies réjouissantes, qui faisaient passer sa joie et son bonheur au cœur de ses compagnons de voyage.

Ses dernières volontés ont témoigné avec un soin presque minutieux de son affection pour tout ce qui lui était cher. Ses libéralités envers notre Académie et notre Société archéologique, que notre reconnaissance se fait un devoir de consigner ici, prouvent le sincère attachement qu'il avait voué à ces associations scientifiques, en les regardant comme une partie de sa famille. Nous regretterons toujours sa parole pleine de sens et de portée ; ses lectures, fruit d'une laborieuse activité d'esprit, suivies avec tant d'intérêt ; et nous n'oublierons jamais cette réserve et cette modestie même que nous craignons de faire trop apparaître, et qui, si elles n'eussent trop souvent pris la forme de l'incertitude et de l'hésitation, n'auraient certainement pas le lendemain enlevé au public ce qui la veille en avait été jugé digne par tous ses collègues. Aurions-nous l'histoire de la Société royale des Sciences de Montpellier, s'il avait pu prévoir qu'un jour l'amitié livrerait sa vie à la publicité, et en ferait la préface de son ouvrage ?

MÉMOIRE

HISTORIQUE ET BIOGRAPHIQUE

SUR L'ANCIENNE

SOCIÉTÉ ROYALE DES SCIENCES

DE MONTPELLIER

ASSOCIÉE A L'ACADÉMIE DES SCIENCES DE PARIS

Le xviiie siècle, dont la littérature et la philosophie jetèrent en France tant d'éclat, n'épuisa point son activité dans ces deux branches de savoir humain auxquelles fut dû seulement le principal retentissement de son nom. Il eut aussi le mérite, moins brillant mais plus solide peut-être, de continuer aux sciences la forte impulsion qu'elles avaient reçue vers la fin du siècle précédent, et surtout de les populariser dans les masses, et de faciliter par là leur avènement dans les institutions du pays. Ce dernier résultat fut préparé par la création de ces nombreuses Académies qui, sous le patronage de l'autorité royale, s'établirent dans les principales villes du royaume, à l'exemple de celles dont la fondation avait eu lieu un peu auparavant dans la capitale. Par elles, les sciences naturelles reléguées encore, au milieu du xviie siècle, dans les laboratoires de quelques savants ou dans les cabinets de quelques curieux, prirent place dans la société, et acquirent ce qui leur avait manqué jusqu'alors, un public. Or pourrait disputer sur l'influence que ces Corps exercèrent sur les progrès réels des sciences ; on ne peut du moins nier cette influence sur leur propagation et sur le goût devenu plus général de leur étude. Toutes ces associations, après avoir fourni une carrière plus ou moins longue, et joué un rôle plus ou moins brillant dans la province et dans la cité, vinrent tomber, comme on sait, en 1793, sous le décret de la Convention qui les comprit, avec les Académies de la capitale elle-même, sous le coup dont elle frappa toutes les autres institutions du régime déchu. Leur histoire appartient, dans ses généralités, aux annales mêmes des sciences en France pendant le siècle dernier; mais pour tous ses détails, elle se rattache surtout à celle des diverses localités où ces Sociétés s'étaient établies et au lustre desquelles plusieurs d'entre elles avaient contribué.

C'est à raconter l'existence de celle de ces corporations qui eut son siége dans notre cité, que ce Mémoire est destiné. Je puis ajouter, sans crainte de céder à un sentiment de patriotisme local, qu'il s'agira de celle qui tint parmi elles le premier rang, du moins par son ancienneté et par le titre même de son institution. Mais en annonçant ce sujet, je dois avant tout expliquer le sens que j'y attache, et, parmi les divers points de vue dont il est susceptible, expliquer celui sous lequel il sera exclusivement envisagé dans ce Mémoire.

Écrire l'histoire d'une Société savante, c'est, dans le sens le plus ordinaire du mot, examiner la nature de ses travaux, en discuter le mérite par rapport au temps et à l'état des sciences à l'époque où ils parurent, et apprécier leur part d'influence sur les progrès de celles-ci. Il est superflu d'ajouter qu'une semblable tâche exige avant tout, de la part de celui qui s'y livre, la connaissance exacte des matières scientifiques ou littéraires qu'une telle Société s'est donnée pour but.

Le lecteur pourrait donc s'attendre à trouver ici le sujet indiqué par le titre traité à ce point de vue, qui en est le plus ordinaire et en même temps le plus élevé. Je dois me hâter de le désabuser. Sans doute, un pareil sujet aurait encore aujourd'hui son utilité ; car si les progrès faits par les sciences ont jeté depuis longtemps dans l'ombre ces travaux antérieurs, une signification historique leur reste pourtant, et ils peuvent compter dans le passé de la science s'ils ne comptent plus dans son état actuel. L'auteur s'estimerait heureux si ses propres recherches, en jetant du jour sur les faits et en indiquant les sources, faisaient naître le désir d'un travail ainsi conçu chez de plus habiles, et leur facilitait la voie pour l'exécution. Mais lui-même n'en a eu ni la prétention ni les moyens.

J'ai considéré mon sujet de moins haut. Ne pouvant songer au rôle de critique, je me suis renfermé dans celui d'amateur (le seul d'ailleurs qui convient ici au genre de recherches dont s'occupe la section de l'Académie à laquelle je soumets particulièrement le résultat des miennes), et voici comment j'ai compris ma tâche à cet égard.

Lorsqu'une Société savante a joui de quelque éclat et de quelque durée, les faits dont son existence se compose, soit qu'ils concernent son origine et ses progrès, soit qu'ils aient son régime intérieur et l'ordre de ses travaux pour objet, peuvent, comme tout autre sujet, être soumis à une investigation historique, indépendante du mérite de ces travaux, au point de vue de la science. Ils le peuvent surtout lorsque le Corps lui-même ayant pris fin, son existence se présente comme un tout complet dont le sens et la place restent définitivement fixés dans le passé. Son histoire devient alors une sorte de biographie pareille à celle dont la vie d'un individu peut être l'objet, et dont l'intérêt peut dépendre, non-seulement du rang qu'une telle Société a occupé dans les annales de la science, mais encore des rapports d'une telle histoire avec d'autres sujets qui s'y rattachent et sur lesquels elle jette du jour. Parmi ceux-ci, on doit mettre au premier rang la connaissance plus exacte du pays et de la cité au milieu desquels l'institution a pris naissance, et des hommes qui s'y sont fait un nom. C'est un point sur lequel on nous permettra d'insister.

Nos anciennes provinces et leurs principales cités n'ont pas manqué, au dernier siècle, d'historiens attentifs à recueillir les faits de leur passé; et, pour ne parler que de celles que nous habitons, chacun sait combien elles ont été privilégiées sous ce rapport. Mais, d'abord, ces travaux ne s'étendent pas au-delà des premières années de ce siècle où leurs auteurs vivaient; et, de plus, on peut remarquer que, très-étendus pour tout le reste, ils laissent beaucoup à désirer dans ce qui concerne le tableau de la

vie intellectuelle des populations et de l'état et du progrès des lumières
dans leur sein. Ainsi, le plus récent et le plus complet de nos historiens
locaux, d'Aigrefeuille, en rassemblant avec un soin très-louable les documents relatifs à nos anciennes Universités, s'occupe peu ou point [1], dans
le récit, d'en tirer les données qu'ils pouvaient fournir sur cette partie
de son sujet ; et, quant aux sciences proprement dites, on peut juger de
l'attention qu'il leur donne par le très-petit nombre de lignes qu'il con-
sacre précisément à l'établissement contemporain de cette Société des
sciences dont l'histoire va nous occuper. C'est ce qui, du reste, ne doit
point étonner ; car les sciences, considérées comme l'un des éléments de
notre civilisation, n'ayant paru que bien tard dans la vie des peuples
modernes, il est naturel que l'histoire ne s'en soit enquise qu'après tous
les autres. Au temps où d'Aigrefeuille écrivait, elles étaient loin, dans les
provinces surtout, d'avoir conquis la place que l'opinion leur a assignée
plus tard. Le public commençait de s'en occuper et le Pouvoir se montrait
disposé à les protéger ; mais elles n'étaient guère encore à leurs yeux que
l'expression d'une curiosité un peu plus élevée dans le but, mais sans
utilité réelle dans les résultats. Il a fallu du temps pour que cette utilité se
fît reconnaître, et que les sciences se fissent admettre au nombre de ces
institutions qu'un pays soutient par ses sacrifices, et sur lesquelles il
fonde des espérances d'avenir. Ce sont ces différents états de l'opinion à
leur égard que rendent sensibles les incidents dont se compose l'existence
d'une Société savante. Touchant par tous les points de cette existence à
celle du pays, ses vicissitudes diverses offrent un tableau instructif et
fidèle, en la partie qu'il embrasse, de cette portion de la civilisation qui
consiste dans le mouvement des idées et le développement de sa vie
intellectuelle. Son histoire complète, pour les faits, les histoires que nous
possédons, et par la nature de ces faits elle peut ouvrir à l'esprit des
points de vue que presque toujours on chercherait vainement ailleurs.
A ce titre, elle doit intéresser ceux qui, ne bornant pas les études à l'examen des faits politiques locaux, presque toujours dépendants de l'influence

---

[1] L'auteur écrivait ceci avant la publication de l'*Histoire de la commune de Montpellier*, par
M. Germain. Montpellier, 1851. 3 vol. in-8°.   E. Th.

supérieure des événements publics, veulent aussi se rendre compte du véritable état d'une population donnée, ainsi manifesté par les institutions libérales qui peuvent naître et se développer dans son sein.

Sous un autre rapport encore, elle offre un genre d'intérêt qu'il faut signaler aussi. Les annales d'une Société savante sont un champ ouvert aux recherches de la biographie littéraire, cette autre branche de l'histoire si assidûment cultivée de nos jours. Ici, il est vrai, à ne s'attacher qu'aux noms célèbres, peu de faits restent à mettre en lumière, et surtout bien peu de noms nouveaux sont à citer. Mais à la suite de ces hommes qui ont brillé par l'éclat du génie, par le mérite de grands travaux ou de découvertes utiles, combien d'autres, dans une sphère plus restreinte, représentent, dans l'histoire des sciences, ou quelques efforts heureux, ou le mérite d'une coopération utile, ou du moins encore celui d'un long dévouement! Ces noms, qui se dérobent souvent aux recherches, c'est dans les annales d'une Société savante qu'il faut presque toujours les chercher. Les hommes qui les portaient en ont fait la milice ordinaire; leurs travaux composent la majeure partie de son œuvre, et les faits de leur vie y sont consignés en partie. Étudier ces annales à ce point de vue, c'est quelquefois préparer d'utiles matériaux pour l'histoire littéraire en général; c'est, du moins presque toujours, payer la dette d'un concitoyen et remplir une sorte de devoir pieux envers le passé. Qui n'a regretté, parmi ceux que l'histoire de leur pays intéresse, le silence trop souvent gardé par nos pères sur la vie de beaucoup d'hommes célèbres ou utiles au milieu d'eux, et dont les noms seuls ont survécu? Qui n'a quelquefois eu l'occasion de reprocher au présent, bien plus jaloux cependant de ses souvenirs et de ses gloires, de pareils oublis envers ceux qui nous ont immédiatement précédés? Quelque petite que doive être leur place dans nos souvenirs, il faut la leur conserver. De pareils hommages, quand la mesure y est gardée, et qu'ils n'ont ni la complaisance ni les préventions d'un panégyrique, ne seront point enviés au mérite modeste qui en est l'objet, ni reprochés à l'écrivain qui s'en fait l'interprète.

C'est à ce double point de vue que j'ai cru pouvoir rattacher une grande partie de l'intérêt de cet écrit. Les faits dont le récit se compose, s'ils n'ont pas tous une grande importance, touchent du moins de près à l'histoire de la province et de la cité ; ils en éclairent, pendant le cours d'un siècle, le mouvement intellectuel, et ils fournissent des renseignements sur des hommes qui, à divers degrés, rendirent des services et furent distingués dans la société de leur temps. Ces considérations suppléeront à cet intérêt qui, dans l'histoire d'une corporation scientifique, comme dans celle des savants eux-mêmes, semble se concentrer bien plus sur l'examen de leurs travaux que sur le récit des faits de leur vie.

Du reste, nonobstant ces réflexions, je suis bien éloigné de ne reconnaître à mon sujet que le niveau d'intérêt dont est susceptible l'histoire de toute institution scientifique du même ordre. Ce serait être injuste envers lui, car à un titre essentiel il peut, comme on va voir, prétendre à une place plus élevée dans cette classe d'écrits.

En effet, la Société royale des sciences de Montpellier n'a pas eu une destinée commune avec les nombreuses sœurs que lui donnèrent dans les provinces, pendant le cours du siècle dernier, la diffusion des lumières et le goût croissant pour l'étude des sciences naturelles. Sa position et son importance furent, dès l'abord, exceptionnelles et même uniques. J'aurai tout dit à cet égard, en ajoutant que, par la loi même de son institution, elle fut incorporée à la première Compagnie scientifique existant alors en France, à l'illustre Académie des sciences de Paris, et chargée d'en remplir la mission dans la partie éloignée du royaume où, par rapport à Paris, Montpellier est situé. Cette distinction, qu'elle obtint seule et qu'elle conserva jusqu'à la fin de son existence, lui assura un rang et une place à part. En rattachant ses travaux à ceux d'un Corps adopté par le pays tout entier et en ramenant fréquemment, dans ce récit, les noms les plus illustres dans les sciences du siècle dernier, elle donne aux événements dont son histoire se compose une valeur particulière et exceptionnelle (si même elle ne fait de celle-ci le complément de l'histoire du Corps illustre dont on la fit l'auxiliaire). Enfin, les luttes mêmes où nous la verrons s'engager pour maintenir son privilége dans le sens qu'elle y attachait, jetteront du jour sur l'histoire littéraire du temps, et montreront par quelles phases a passé, comme toute autre liberté, la liberté pour les savants de s'associer pour travailler en commun à l'avancement des sciences.

Tous les faits que j'ai à raconter commencent et finissent avec le dernier des siècles écoulés, et les plus récents sont déjà séparés de nous par plus de la moitié de cet espace de temps [1]. C'est dire assez que le moment est plus que venu d'entreprendre un travail dont, à plusieurs égards., les chances de succès diminuent à mesure que son objet recule dans le passé. Qui, dans un écrit destiné, comme l'est le nôtre, à une classe de lecteurs pour lesquels rien des hommes ni des choses n'est absolument étranger ou indifférent, n'a désiré le secours des traditions locales contemporaines?

Elles éclairent ou rectifient plus d'un fait ignoré ou mal compris, et donnent souvent la vie et la couleur au récit. Pour le biographe surtout, elles sont l'expression la plus vraie du rôle que les hommes dont il cherche à ressaisir les traits jouèrent dans la société de leur temps. Hâtons-nous, s'il se peut encore, d'en recueillir quelques-uns de ces débris que chacune des années qui s'écoulent emporte avec elle. Déjà, de la génération entière qui vit debout le Corps dont nous retraçons l'histoire, il ne reste plus qu'un petit nombre de témoins ; et, il y a peu d'années, le dernier survivant de ce Corps lui-même s'éteignait parmi nous [2].

Je dois enfin parler des travaux antérieurs dont l'histoire de la Société des sciences a été l'objet, et des matériaux que j'ai mis moi-même à profit pour la rédaction de ce Mémoire.

Les premiers sont en petit nombre et peu considérables. Tout ce que le public a pu connaître de cette histoire est compris dans deux Notices que de Ratte, le dernier secrétaire perpétuel de la Société, a placées en tête des deux volumes des Mémoires de cette Société, publiés l'un en 1766, l'autre en 1778. Je ne parle pas de quelques renseignements dispersés dans les Éloges des membres décédés ou dans divers autres écrits contemporains, bons seulement à préciser quelques détails ou à fixer quelques dates. Des deux Notices, la seconde ne contient que l'indication sommaire de certains faits tous antérieurs à l'année 1745 ; elle est sans importance. Il n'en est pas de même de l'autre, en tête du premier des

---

[1] L'auteur écrivait ces lignes en 1850. E. Th.

[2] Broussonnet (Jean-Louis-Victor), professeur à la Faculté de Médecine de Montpellier, décédé dans cette ville le 17 décembre 1846. E. Th.

deux volumes publiés. Celle-ci contient le récit complet des circonstances qui amenèrent l'établissement de la Société et des premiers faits relatifs à cet établissement ; récit d'autant plus digne de confiance que, quoique imprimé fort longtemps après l'époque à laquelle ces faits se rapportent, il est en réalité l'ouvrage d'un contemporain, de Ratte l'ayant presque littéralement emprunté à un travail du premier secrétaire de la Société, le chimiste Gauteron, qui l'avait placé en tête du recueil manuscrit des premiers travaux de la Compagnie. Cet écrit, que de Ratte avait sous les yeux et qu'il aurait pu citer, existe encore [1] et ne laisse aucun doute sur cette origine. Mais ce récit ne s'étend pas au-delà des premiers temps de l'existence de la Société, et il devait, comme de Ratte le dit lui-même, servir d'avant-coureur à une histoire complète qu'il se proposait d'écrire et que la mort ne lui a pas permis de nous laisser. Quelque regrettable que soit ce défaut d'exécution de son projet, il ne faut pas se méprendre sur la pensée de de Ratte à cet égard. L'histoire qu'il entendait nous donner était celle des travaux académiques de la Compagnie, cette histoire critique dont il a été question dans les pages qui précèdent, et qu'à raison de sa science très-étendue et de sa connaissance exacte des faits, il eût pu certes écrire mieux que personne. Quant à l'histoire privée dont il s'agit ici, elle se fût probablement réduite, sous sa plume, à un petit nombre de faits principaux, présentés sous un jour pour ainsi dire officiel, comme le sont déjà ceux qui composent les deux Notices dont j'ai fait mention. Ce n'est pas, en effet, par un contemporain et quand ce Corps lui-même est encore debout, qu'une telle histoire peut être écrite avec avantage. Outre que les détails qui la composent ont peu d'intérêt pour un public sous les yeux duquel les faits eux-mêmes se passent, il semble que les nécessités de position et des convenances de tout genre doivent, sinon altérer la vérité du récit et la véritable couleur des événements, du moins singulièrement gêner la liberté de l'historien, surtout quand c'est un membre du Corps lui-même qui tient la plume. Ajoutons aussi que la valeur historique et la véritable signification des faits ne pouvant guère résulter que de la considération de leur ensemble, le prin-

---

cipal intérêt d'une telle histoire lui ferait défaut, puisque cet intérêt ne peut bien se manifester que lorsque le Corps lui-même a accompli sa destinée et pris définitivement sa place dans le passé.

Ce seront donc, à défaut de travaux antérieurs, les documents manuscrits laissés par la Société qui devront fournir presque toute la matière de ce Mémoire. Ces documents, quoique tronqués et incomplets en quelques parties, offrent encore dans leur ensemble des matériaux sûrs et circonstanciés pour l'histoire des diverses périodes de son existence. Je ne crois point que ce soit ici le lieu d'entrer à leur sujet dans des détails qui risqueraient d'être mal compris; je me propose de les faire connaître plus exactement à mesure que le moment viendra d'employer particulièrement chacun d'eux. Le récit des événements relatifs à la suppression de la Société me fournira d'ailleurs l'occasion d'en donner l'état complet, d'après l'inventaire même qui en fut dressé à cette époque; toutefois, j'indiquerai sommairement ici leur nature et les principaux secours qu'on peut en tirer.

Les plus importants de ces documents consistent dans les registres que la Société faisait tenir, suivant l'usage des Compagnies de ce genre, par deux de ses officiers, son secrétaire et son trésorier; les uns destinés aux travaux académiques, les autres aux délibérations de la Société sur sa police intérieure et ses affaires; les autres, enfin, à la comptabilité de son trésorier. Malheureusement tous n'ont pas été conservés, et il existe notamment dans les registres des délibérations et des travaux une lacune de vingt ans, à partir de 1710, qui déjà avait été constatée avant la dissolution de la Société, et qui peut être attribuée aux nombreux déplacements de ces registres et à leurs passages successifs dans les mains des divers secrétaires de la Société. Plusieurs faits relatifs à cette période ne sont donc qu'imparfaitement connus, ou ne peuvent être établis qu'à l'aide du rapprochement attentif de divers autres documents. A cet égard les registres de comptabilité, qui nous sont parvenus intacts, sont d'un très-grand secours, une multitude de faits relatifs à l'histoire de la Société s'y traduisant en articles de recette et de dépense qui en fixent au moins la date et la nature.

A ces premiers documents, il faut joindre une masse considérable de

2

pièces de tout genre : lettres missives, projets de délibérations, papiers
d'affaires, rapports et mémoires académiques, qui, à divers degrés, fournissent aussi des indications utiles, soit pour l'histoire de l'Académie,
soit pour la biographie de ses membres. Leur ensemble constitue la
partie la plus considérable de ses archives, quoiqu'il soit probable que
les mêmes chances de perte auxquelles les registres ont été exposés, en
aient également diminué le nombre. De toute cette partie des archives,
le document le plus précieux sans contredit, et le seul dont je ferai ici
une mention spéciale, consiste dans la correspondance autographe que
le célèbre abbé Bignon, le véritable fondateur de la Société et le même
qui eut aussi une si grande part dans l'organisation de l'Académie des
sciences de Paris, entretint avec le premier secrétaire perpétuel de la
Société royale, de 1706 à 1737, époque de la mort de ce dernier. Réunie
en un même volume avec d'autres pièces du même temps, elle peut
suppléer, pour la période qui suivit l'établissement de la Société, à la
perte de quelques-uns des registres dont j'ai parlé, et elle nous apprend
à peu près tout ce que nous pouvons désirer de savoir touchant cette
partie de son histoire.

Quant à la partie biographique de ce Mémoire, les mêmes documents
généraux m'en fourniront le fonds, et des renseignements puisés à d'autres
sources en compléteront, autant que possible, les détails. Ce travail serait
considérable s'il devait comprendre la totalité ou seulement la plus
grande partie des noms qui ont figuré dans le personnel de la Société ;
mais il n'en est point ainsi. Les deux tiers d'entre eux environ ont été
déjà l'objet de travaux biographiques plus ou moins étendus, insérés soit
dans les recueils généraux, soit sous le titre d'Éloges dans les publications mêmes de la Société. Il me suffira d'y renvoyer le lecteur, sauf à en
compléter quelques-uns par des renseignements pris aux sources indiquées. Pour quelques autres membres de la Compagnie, il existe, parmi les
manuscrits de celle-ci, des Éloges encore inédits, composés par son
dernier secrétaire perpétuel, de Ratte, que je m'estimerai heureux [1] de

---

[1] L'auteur nous a été trop inopinément enlevé pour exécuter ce projet. Nous avons dû essayer,
en suivant ses intentions, de remplir quelques lacunes, et signer notre modeste travail d'éditeur.   E. TH.

pouvoir faire connaître et de joindre aux Notices de même genre déjà publiées par ce savant. Le surplus sera donc seul l'objet de recherches nouvelles. Je suis loin d'avoir pu les rendre assez complètes pour leur objet ; mais elles seront du moins l'ébauche de ce travail, et serviront de point de départ à ceux qui voudraient l'étendre ou le perfectionner·

On peut juger, par ce qui vient d'être dit, que les matériaux de l'ouvrage ne nous ont point manqué, et ceci nous amène à une dernière explication sur l'emploi que nous en avons fait et sur le plan suivi dans la rédaction de ce Mémoire.

La première difficulté que nous devions rencontrer, se trouvait plutôt dans le nombre même et dans la richesse de ces matériaux. Choisir parmi la variété des détails, régler ce choix sur l'importance de chacun d'eux et établir, pour ainsi dire, la moyenne d'intérêt de laquelle devait résulter leur admission, c'était la tâche qui se présentait d'abord et le premier problème que nous réservait le sujet. Nous ne nous flattons pas de l'avoir résolu au gré de tous , et c'est pourquoi nous tenions à constater ici que cette difficulté ne nous a point échappé. Beaucoup de faits que nous pouvions emprunter aux documents dont nous nous sommes servi ont été omis ; beaucoup d'autres sur lesquels nous aurions pu nous étendre ont été l'objet d'une simple mention; et néanmoins, ces suppressions pourront paraître insuffisantes à un grand nombre de ceux qui nous liront, et le développement du sujet restera souvent pour eux hors de proportion avec son degré d'importance. Toute justification à cet égard serait inutile, car une telle appréciation tient d'avance à l'idée que chacun se fait de la nature de l'ouvrage, et à l'intérêt qu'a pour lui l'objet dont il traite. Rappelons seulement qu'il s'agit ici d'une histoire privée et en quelque sorte anecdotique, écrite surtout pour les lecteurs de la cité, et qu'ayant à faire pour la première fois le dépouillement de documents où tout est encore nouveau pour le public, il nous a paru qu'il valait mieux le laisser juge de leur intérêt, que de devancer ce jugement en les tronquant arbitrairement nous-même, et en ne lui en présentant qu'un extrait superficiel et décoloré.

La biographie, de nos jours, se complaît dans la minutieuse investigation des faits; elle s'attache bien plus à leur vérité qu'à leur apparente importance, et elle ne le fait pas sans raison, car ce sont ces détails, et, si l'on veut, ces minuties qui gravent dans l'esprit le souvenir des faits plus essentiels, et bien souvent les mettent dans leur vrai jour. Et tout au moins ils valent bien les longs commentaires et les banalités oratoires par lesquels, à leur défaut, un auteur est trop souvent porté à remplacer la substance qui manque à son livre, avec moins d'instruction pour le lecteur et plus de danger pour la vérité historique.

Quant au plan et à la division de l'ouvrage, les voici en peu de mots · Une première section contiendra l'exposé des faits relatifs à l'établissement de la Société et à la première organisation qui lui fut donnée. Dans une deuxième section, nous passerons en revue son histoire externe, c'est-à-dire, celle de ses développements comme institution publique, et de ses rapports généraux avec le gouvernement et la cité. La troisième section contiendra les détails relatifs à son régime intérieur, à l'ordre de ses travaux et aux publications diverses qui en furent le résultat. La quatrième et dernière section sera consacrée à des renseignements sur le personnel de ses membres, et particulièrement de ceux d'entre eux dont la vie n'a pas encore été l'objet de recherches connues du public, point sur lequel nous nous sommes déjà expliqué.

PREMIÈRE SECTION

ORIGINE, CRÉATION, ÉTABLISSEMENT DE LA SOCIÉTÉ ROYALE

On a souvent remarqué la tardive apparition des sciences dans la société
moderne, comparées à la plupart des autres branches de nos connaissances.
Au xvi° siècle, l'esprit humain s'était ouvert une multitude de routes nouvelles; l'antiquité tout entière avait été fouillée dans .son histoire et dans ses
écrits; les beaux-arts avaient brillé de l'éclat le plus vif qu'il leur ait été
encore donné d'atteindre. Mais la simple science des faits de la nature restait
réduite, dans l'école, à de chimériques hypothèses, ou égarée, au dehors,
entre les mains des alchimistes et des astrologues, à la poursuite d'un but
imaginaire. Ce résultat, qui peut d'abord étonner, était pourtant naturel et
conforme aux lois de l'esprit humain : avant de reconnaître son insuffisance,
il fallait bien qu'il eût essayé ses forces; avant de s'engager dans la voie lente
et pénible de l'expérience et de l'observation, il fallait qu'il eût tenté la voie
facile et brillante des raisonnements et des conjectures.
En France, ce ne fut guère que vers le milieu du xviI° siècle que les essais
de quelques savants mirent la science sur la véritable voie de ses progrès et
que celle-ci prit une existence et, pour ainsi dire, un corps, par la création
d'une Académie. L'origine de celle qui, sous le nom qu'elle porte encore aujourd'hui, fut fondée dans la capitale et devint illustre entre toutes, est trop
connue pour qu'il soit nécessaire de la rappeler ici. (On sait que quelques
savants réunis autour du père Mersenne, puis, après sa mort, chez le riche
voyageur Thévenot, furent enfin distingués par Colbert, qui leur ouvrit sa vaste
bibliothèque, et obtint ensuite pour eux un logement dans le palais même du
Louvre.) Transportons-nous tout de suite à l'avant-dernière année de ce siècle
fameux, celle qui vit se compléter par un règlement émané de l'autorité royale
l'organisation de ce Corps déjà célèbre, et qui lui assura ainsi, non-seulement

cette protection du souverain, sans laquelle rien n'eût pu subsister à cette époque, mais encore ces secours pécuniaires qui, dans une certaine mesure, n'étaient pas moins nécessaires à ses succès. Ce que j'ai besoin de remarquer ici, au sujet du règlement du 26 du mois de janvier 1699, c'est qu'il fut l'ouvrage d'un savant abbé [1] que nous verrons bientôt prendre aussi la plus grande part à toutes les mesures auxquelles le Corps dont nous écrivons l'histoire dut lui-même son existence ou sa principale illustration.

Dans ce mouvement des esprits qui les poussait vers l'étude raisonnée des lois du monde physique, les provinces suivaient, comme de coutume, l'impulsion donnée par la capitale, mais avec plus ou moins d'activité et de succès, suivant que s'y prêtaient les circonstances particulières à chaque localité. Bornons-nous à considérer ici ce qui se passait dans la ville de Montpellier, chef-lieu politique d'une province fort étendue. Quelque éloignée qu'elle fût du centre du mouvement, elle ne pouvait manquer d'y prendre une part considérable. Elle était en possession de l'Université de médecine la plus célèbre que la France, et même l'Europe, pussent citer à cette époque, et, avec elle, d'une pépinière d'hommes que la nature même de leurs études conduisait inévitablement à la recherche des lois du monde physique. Que ce fût par des médecins que certaines parties des sciences naturelles, telles que l'anatomie, la botanique et même la chimie, dussent être d'abord cultivées, c'est ce qui n'a pas besoin d'être expliqué. Voici quel était à Montpellier, à l'époque que nous considérons, c'est-à-dire pendant la seconde moitié du xviie siècle, l'état officiel des sciences, représenté par la nature de l'enseignement qui s'y donnait.

Dans l'Université de médecine, l'anatomie et la botanique étaient spécialement enseignées dans une même chaire, créée vers la fin du siècle précédent [2]

---

[1] Jean-Paul Bignon, abbé de Saint-Quentin, conseiller d'État, membre de l'Académie française, et honoraire de l'Académie des sciences, petit-fils du savant Jérôme Bignon, auquel ses contemporains s'étaient accoutumés à donner le titre de grand Bignon.

[2] En 1593, le fameux Pierre Richer de Belleval en fut le premier titulaire. Quatre ans après, en 1597, fut créée, en faveur de Pierre Dortoman, une chaire de chirurgie, qui fut la sixième, mais à laquelle il ne paraît point qu'on ait pensé à joindre l'enseignement de l'anatomie, qui continua de rester uni à la chaire de botanique. (Voyez Astruc; *Mémoires sur la Faculté de médecine de Montpellier*, pag. 66.)

et jointe aux quatre autres qui composaient alors le professorat rétribué par l'État. Beaucoup plus récemment, en 1676, la chimie, longtemps repoussée des écoles de médecine comme une dangereuse innovation, avait triomphé des résistances et s'était établie dans celle de Montpellier par la création d'une septième chaire et d'une place de démonstrateur royal qui y était attachée [1].

En dehors de l'Université, Montpellier jouissait, depuis l'année 1682, d'un enseignement spécial de mathématiques et d'hydrographie, fondé par le roi à l'occasion de la création nouvelle du port de Sète, pour la marine naissante duquel on voulait former des sujets. Nicolas Fizes, père du célèbre médecin de ce nom, en était titulaire; et, quoique l'édit de création parût attribuer l'utilité du cours à la ville de Frontignan, le professeur n'avait pas tardé à transporter sa résidence à Montpellier, où une population beaucoup plus nombreuse pouvait en profiter [2].

A cet enseignement, qui avait la science appliquée pour objet, il en faut joindre un second, destiné à une autre classe d'auditeurs, mais caractéristique du temps. Depuis plusieurs siècles Montpellier était en possession d'une Faculté des arts, comme on appelait alors ce genre d'écoles, où venaient se réfugier, sous un titre commun, toutes les branches de connaissances qui ne

---

[1] Le démonstrateur faisait les expériences et montrait aux élèves les substances, pendant que le professeur en expliquait la nature et les propriétés. Mais on peut voir dans Astruc (pag. 69), que, dans cette occasion, la chaire fut créée moins en vue du professeur qui l'obtint que du démonstrateur qu'on lui adjoignait, le chimiste Sébastien Matte-Lafaveur, dont le fils devint plus tard membre de la Société royale. Telle était la réputation de Sébastien Matte, ou la rareté, à cette époque, des adeptes de la nouvelle science, qu'après avoir été chargé de l'enseigner à Montpellier, Matte reçut la même mission pour l'école de Paris, et, jusqu'en 1684, il se soumit à un voyage annuel dans la capitale pour cet objet. Il se démit alors et fut remplacé par Lémery (Éloge de Jean Matte [*], par de Ratte).

[2] Voyez un mémoire de M. Germain intitulé : *Un professeur de mathématiques sous Louis XIV* (*Acad. des scienc. et lettr. de Montp.*, section des Lettres, tom. II, pag. 153). — Voyez aussi un mémoire sur le même sujet, publié par M. Faucillon, sous ce titre : *La chaire de mathématiques et d'hydrographie de Montpellier* (1682-1792). Montpellier, 1855, in-8°. E. Th.

---

[*] Dans le cahier de l'assemblée publique de la *Société royale des sciences* du 21 novembre 1743, et dans le recueil des *Éloges des académiciens de Montpellier*, publié par le baron Des Genettes en 1811, in-8°, pag. 93. E. Th.

relevaient point de la jurisprudence, de la médecine ou de la théologie. Au commencement du siècle, les jésuites établis à Montpellier (1629) s'étaient emparés de cette ancienne institution, et c'était sous leur patronage et dans le collége fondé par eux que s'enseignait la physique, c'est-à-dire les sciences naturelles, telles qu'on les comprenait encore dans l'école, réduites à ces raisonnements et à ces hypothèses qu'avaient légués à leur place l'antiquité et le moyen âge. Le cartésianisme n'ayant pas encore fait irruption dans cet enseignement, Aristote et Ptolémée y dominaient sans partage, et le latin, langue faite et comme telle peu favorable aux innovations qui eussent nécessité l'emploi de termes nouveaux, servait toujours de mode de transmission à cet enseignement. Il est superflu d'ajouter que le progrès ne devait pas sortir de là ; c'était au contraire aux dépens de ces nouvelles institutions qu'il devait s'accomplir.

Tel était, à l'époque que nous considérons, l'état officiel des sciences, dans la ville du royaume la plus avancée, sous ce rapport, après Paris. On voit que, quoique l'enseignement de quelques-unes d'entre elles y fût établi, il n'y existait pas à l'état spécial et indépendant : les seuls établissements utiles, par la mention desquels nous avons commencé, n'ayant pour objet que l'application de ces sciences à une autre branche de connaissances, ou à un art déterminé en vue desquels les cours étaient établis. Ce fut à affranchir celles-ci de cette position subordonnée à leur étude, que les efforts du siècle suivant allaient être employés ; et c'est à ce but que concoururent puissamment les Académies savantes dont la création, en France, date de cette époque. Toutefois, telle est en tout genre la lenteur des progrès, qu'un siècle presque entier dut s'écouler avant que, dans la ville de Montpellier, ce but fût réalisé par l'institution de chaires indépendantes d'enseignement, comme la suite de cette histoire le fera voir.

Les premières manifestations qui nous soient connues de l'esprit scientifique moderne, en dehors de ces études professionnelles partirent encore, à Montpellier, du sein de son Université de médecine. En 1676, deux professeurs de cette Université, Rheyle et Saporta, se livraient à l'étude de l'astronomie et faisaient des observations d'éclipses dont une au moins nous a été conservée dans le seul journal scientifique de l'époque [1]. De Ratte, qui

---

[1] *Journal des Savants*; vol. de 1676, pag. 209. Il y est question de deux éclipses de soleil observées le 11 juin de cette année.

cite ce fait, y reconnaît l'influence d'un séjour que l'astronome Picard avait fait deux ans auparavant à Montpellier, où il s'était rendu exprès pour observer, sous un ciel favorable, un passage de Mercure sur le disque du soleil, annoncé par les astronomes du temps. Il n'est pas improbable, en effet, que l'exemple et peut-être les leçons de Picard, aient fécondé chez nos deux professeurs le goût de la science astronomique ; mais il était d'ailleurs naturel que ce réveil des sciences s'annonçât à Montpellier, comme dans la plupart des autres contrées de l'Europe, par l'étude de celle d'entre elles que la grandeur de son objet et la possibilité d'y appliquer les règles déjà perfectionnées du calcul, avaient fait entrer longtemps avant les autres dans la voie du progrès, et pour laquelle la sérénité ordinaire du ciel de Languedoc offrait des facilités particulières ; circonstance que nous allons voir figurer en tête de celles qui motivèrent l'établissement de notre Académie.

Presque en même temps que l'astronome Picard, un autre savant venait, par un séjour plus prolongé, de répandre à Montpellier, sinon le goût des sciences d'observation, au moins la connaissance des théories qui devaient démontrer l'insuffisance des anciens systèmes. Ce fut Régis, le disciple célèbre de Descartes, dont l'arrivée à Montpellier eut une cause qui mérite qu'on la rappelle. Le marquis de Vardes, ce courtisan dont il est si souvent parlé dans les mémoires du temps, expiait en 1671, par sa détention dans la citadelle de Montpellier, ou plutôt par son simple exil dans une province éloignée, ses petites trahisons et ses coupables indiscrétions envers son maître. Le bel esprit, comme on disait alors, était la ressource ordinaire de ces positions déchues. De Vardes désira de s'occuper de la philosophie de Descartes, dont la mode s'était répandue dans les hautes classes ; et le désœuvrement de l'homme de cour valut à notre cité la présence de Régis, que de Vardes y attira de Toulouse où il professait depuis plusieurs années. Régis, arrivé en 1671, fit à Montpellier un séjour de sept à huit ans, sur les circonstances duquel on n'a conservé que peu de renseignements. On sait cependant qu'il ne se borna point à exposer ses idées à son nouveau disciple, mais qu'il les répandit dans le public par un enseignement auquel un grand nombre d'habitants appartenant à la classe aisée prirent part.

Sans doute ce cartésianisme, quoiqu'il servit en France de transition entre la vaine physique d'Aristote et le système newtonien, où le siècle sui-

3

vant allait s'engager, ne semblait pas destiné à devenir par lui-même un principe d'impulsion bien actif pour les sciences d'observation. Dans l'étude de la nature il ne faisait guère que remplacer les hypothèses de l'école par d'autres hypothèses plus ingénieuses, mieux combinées, sans en changer beaucoup le procédé. Mais il détruisait d'anciennes opinions sur la foi desquelles on vivait ; il jetait les esprits dans des voies nouvelles ; il faisait faire à la géométrie des progrès dont profitaient diverses branches des sciences naturelles ; il leur fournissait un point de réunion autour duquel des efforts communs allaient être tentés ; et, par toutes ces raisons, on peut bien admettre, avec Gauteron et de Ratte [1] qui l'affirment, qu'il exerça à Montpellier une influence décisive sur le développement du goût des sciences qui s'y manifesta bientôt après.

Il est certain, du moins, que peu après l'époque où Régis enseignait, c'est-à-dire, vers les dernières années du xviie siècle, on vit se former dans la cité un noyau d'hommes instruits, animés par le goût commun des sciences naturelles, et se réunissant périodiquement pour s'en occuper. Ces communications, qui sont la vie de l'esprit, naissent partout d'elles-mêmes, quand les éléments nécessaires sont en présence. « Là, nous dit Gauteron [2], s'agitaient » des questions d'astronomie, de physique, d'anatomie et d'histoire naturelle » que le progrès des sciences mettait à l'ordre du jour. » Chacun apportait dans ces conférences sa part de lumières, et fournissait à l'entretien par le récit de ses propres observations et du résultat de ses travaux. C'était déjà, en un mot, la substance d'une Académie, moins le titre qui la signale au dehors et les formes qui en régularisent l'action. Gauteron ne nous dit point le nom de la personne dont le salon fut à Montpellier, comme l'avait été celui du P. Mersenne à Paris, le berceau de la future Société des sciences ; mais la suite de son récit nous fournit un rapprochement assez curieux entre les origines des deux Compagnies. Vers les premières années du siècle suivant,

---

[1] Nous avons déjà dit que l'histoire de l'établissement de la Société royale, placée par de Ratte en tête du premier volume des Mémoires de cette Société, est empruntée en entier aux manuscrits de son premier secrétaire perpétuel, Gauteron.

[2] On sent, par les expressions de Gauteron, un mouvement dans les esprits semblable à celui qui, plus d'un siècle auparavant, avait signalé la rénovation des Lettres par la découverte de l'antiquité classique. Alors, dit-il, on ouvrit les yeux à la lumière, les derniers restes de la barbarie furent dissipés.

l'illustre évêque de Montpellier, Joachim Colbert, établi dans son diocèse depuis 1697 [1], et ami des Lettres comme tout ce qui portait le nom de Colbert, devenait le protecteur de la nouvelle Société et lui offrait pour lieu de ses réunions la salle occupée par sa bibliothèque, la plus considérable que la province possédât alors. C'était aussi, comme on sait, de la bibliothèque du fameux ministre, oncle de notre évêque, qu'était sortie, quelques années auparavant, l'Académie des sciences de Paris ; conformité fortuite, mais assez singulière, entre les origines des deux Corps que la loi de leur création allait étroitement unir.

Gauteron ne nous fait point non plus connaître les noms des personnes qui prirent part à ces premières réunions. Elles ne sont autres, sans doute, pour la plupart, que celles qui furent appelées bientôt après à former la nouvelle Académie où nous les retrouverons. Toutefois il cite quelques noms sur lesquels il faut s'arrêter, parce qu'ils furent ceux des fondateurs de l'Académie, et parce qu'ils doivent reparaître très-fréquemment dans la suite de ce récit. Ce sont ceux de Bon, de Plantade et de Clapiès.

Les deux premiers de ces savants appartenaient à d'anciennes familles de robe et faisaient eux-mêmes partie du principal corps de magistrature établi à Montpellier, la Cour des comptes, aides et finances [2]. Un goût très-vif pour les sciences les réunissait à un autre titre et leur faisait consacrer à l'étude de celles-ci tous les loisirs que leur profession leur laissait. Ces loisirs étaient

---

[1] Charles-Joachim COLBERT, nommé à l'évêché de Montpellier en 1696 : la bulle d'institution délivrée par le pape Innocent XII est du 19 février 1696 ; la prestation du serment dans la chapelle de Marly eut lieu le 19 mars 1697.   E. TH.

[2] François-Xavier Bon, marquis de Saint-Hilaire, après avoir rempli jusqu'en 1711 la charge de conseiller, succéda, à cette époque, à celle de premier président que son père Philibert Bon et son aïeul François Bon avaient successivement occupée. Il s'en démit en 1745 en faveur de son fils et mourut en 1761 à Narbonne, où il s'était retiré depuis quelques années auprès de la comtesse de Durban, sa fille. On peut voir d'autres détails dans l'Éloge de ce savant par l'abbé Le Beau, inséré au tom. XXXI des *Mémoires de l'Académie des inscriptions et belles-lettres,* dont il était membre. — François de Plantade, né à Montpellier en 1670, fut reçu en 1700 à la Cour des comptes, aides et finances de la même ville, en qualité de survivancier de son père, qui y occupait une charge de conseiller. Un édit de 1703 ayant mis fin aux abus de cette pratique et fermé l'entrée du palais aux survivanciers, Plantade acheta en 1711 une charge d'avocat-général, dans laquelle il fit briller, au dire des contemporains, l'éclat et la facilité de sa parole. Il s'en démit en 1730, pour vaquer avec plus de liberté aux grands travaux géogra-

fort considérables à cette époque. La multiplication ou, comme on disait alors, la crue continuelle des charges de judicature, créées et mises à l'enchère par les gouvernants comme une branche de revenu public, avait amené une sorte de dédoublement des corps judiciaires dont les membres étaient répartis en chambres semestrielles, fonctionnant chacune une moitié de l'année, sans préjudice des féries communes d'automne et de printemps. Les choses se passaient du moins de cette manière dans la Cour des comptes de Montpellier. Un travail ainsi ménagé donnait toute facilité aux magistrats pour accorder les devoirs de leur charge avec les goûts de leur esprit. Bon et Plantade avaient fait l'un et l'autre de très-fortes études classiques. Le premier, bon antiquaire, devint par la suite membre honoraire de l'Académie des inscriptions et belles-lettres de Paris; l'autre, homme universel, selon l'expression de son biographe, possédait à fond les deux langues usuelles de l'antiquité, et connaissait même l'hébreu [1]. Mais d'assez bonne heure leurs études s'étaient portées vers les sciences d'observation, dont l'état arriéré ouvrait un champ bien plus large aux recherches. Bon s'occupait de physique et d'histoire naturelle. Il s'était formé un riche cabinet d'instruments et des collections de minéraux et de produits marins tels que la science les comportait alors. Généralement il donnait à ses travaux une direction pratique vers l'agriculture et les arts. Son mémoire sur la soie des araignées [2], substance qu'il parvint le premier à filer et à

---

phiques dont les États de la province l'avaient chargé [*] et au milieu desquels, comme nous le dirons ailleurs, la mort le surprit le 25 août 1741. De Ratte a fait l'Éloge de cet homme illustre et l'a rempli de faits qui prouvent qu'il mérite véritablement ce titre.

[1] A l'appui de cette circonstance, je rappellerai ici que les deux seuls travaux archéologiques, et par conséquent étrangers aux sciences naturelles, qui se soient glissés dans l'œuvre entière de la Société royale, appartiennent à Bon et à Plantade. Le premier lut, en 1754, une dissertation sur les dés à jouer des anciens, dont le manuscrit n'existe plus dans les papiers de la Société. L'autre composa, en 1730, un mémoire sur l'emplacement de l'ancienne ville romaine *Forum Domitii*, imprimé dans le cahier de l'Assemblée publique de cette année, et dont on trouve un extrait, tom. II, pag. 68 de l'*Histoire de la Société*.

[2] Imprimé en latin et en français à Avignon, 1748, in-8º. Bon préparait avec la même substance une sorte de médicament qui devait son action à l'ammoniaque qu'il contenait, et qui eut

---

[*] Les cartes diocésaines de Languedoc, dressées par ordre des États de cette province. Voyez mon *Introduction bibliographique à l'Histoire générale de Languedoc; Société archéologique de Montpellier*, tom. III, pag. 371. E. Th.

soumettre au tissage, et son travail sur l'emploi utile des marrons d'Inde, sont, celui-là surtout, le fruit d'un esprit inventif et d'une patience très-ingénieuse. Il se livrait aussi, dès 1705, à des observations météorologiques que leur date rendrait précieuses si, faites selon les procédés incomplets du temps et avec des instruments peu sûrs, elles ne perdaient, par ces motifs, une grande partie de leur intérêt [1].

Plantade cultivait l'astronomie et les sciences qui s'y rattachent. Il s'y était formé pendant un assez long séjour dans la capitale, sous les yeux et à l'aide des leçons de l'illustre Cassini (Jean-Dominique) avec lequel sa famille était unie par des liens de parenté [2]. Un voyage qu'il fit ensuite en Hollande et en Angleterre, l'avait mis en rapport avec plusieurs savants de ces pays; et, de retour à Montpellier, ses premiers soins s'étaient portés vers la construction d'un observatoire qui y devint le berceau de la science astronomique [3].

L'Académie des sciences de Paris avait encouragé ses travaux en lui envoyant des lettres de correspondant. Ainsi doué de connaissances très-variées et d'une grande activité d'esprit, il avait les qualités qui donnent l'initiative des progrès, et font triompher de ces premiers obstacles contre lesquels beaucoup d'essais utiles et de louables projets viennent échouer.

Jean de Clapiès était originaire d'une famille noble de la ville de Béziers. Après avoir dissipé au service militaire la plus grande partie d'un modique patrimoine, il s'était fixé à Montpellier auprès de ses parents maternels [4],

---

quelque célébrité sous le nom de *Gouttes de Montpellier*. Il est question de sa double découverte dans le tom. I de l'*Histoire et Mémoires de la Société royale*, 1re partie, pag. 72 et 145, et 2me partie, pag. 137.

[1] Quelques-unes ont été imprimées dans les deux volumes des *Mémoires de la Société royale*; les autres, en bien plus grand nombre, font encore partie des manuscrits qu'elle a laissés.

[2] De Ratte qui, dans la biographie de notre savant, fait mention de cette parenté, n'en explique point l'origine.

[3] Il était établi dans la maison même qu'il habitait, à la Grand'rue, où elle porte aujourd'hui* le n° 14.

[4] Sa mère, Suzanne de Loys, était de Montpellier. Il y était né lui-même en 1670, la même année que Plantade, et il y mourut en 1740, un an avant ce dernier.

* (1858.)   E. Th.

et s'y livrait, soit par goût, soit pour subsister, à l'enseignement privé des mathématiques. C'était un homme laborieux et exact, très-habile dans les calculs que nécessite l'astronomie, et auquel ses succès en ce genre avaient valu, en 1702, comme à son ami de Plantade, le titre de correspondant de l'Académie des sciences [1].

Appelé, en 1718, à remplacer Nicolas Fizes dans cette chaire d'astronomie nautique dont nous avons parlé plus haut, il en fit un enseignement élémentaire de toutes les parties des mathématiques, très-utile pour le pays. Par la suite, il fut nommé à l'emploi important de directeur des travaux publics de Languedoc et, avec Plantade, chargé par les États de cette province de la levée des cartes de ses diocèses, comme nous le dirons ailleurs. Parmi ses nombreux écrits, citons seulement ici, comme exemple de la direction pratique qu'il donna à ses travaux, ses Éphémérides de Montpellier pour l'année 1708, et son Mémoire sur la manière de mesurer et d'utiliser les eaux de la fontaine de Saint-Clément (1712), destiné à démontrer la possibilité de ce même projet qui, repris quarante ans plus tard par un autre académicien, François Pitot, a doté la ville de Montpellier des eaux abondantes et salubres qui l'alimentent et l'embellissent.

Ce fut entre ces trois hommes (étroitement unis par la conformité de leurs goûts) que s'élabora le premier projet d'une Société savante à l'instar de celle dont la capitale était depuis plusieurs années en possession. Tous les éléments en étaient réunis, mais il y manquait la sanction de l'autorité [2], qui à cette époque avait une importance bien autrement grande

---

[1] Ayant calculé, dès 1703, l'éclipse de soleil qu'on attendait pour 1706, il annonça qu'elle serait totale à Montpellier. Lorsque l'événement eut prouvé la justesse de ses calculs, le peuple, peu accoutumé encore à ce genre de prédictions, s'habitua, dit de Ratte son biographe, à le regarder comme un homme extraordinaire et quelque peu magicien.

[2] Voici ce que Poitevin, un des membres de la Société royale des sciences de Montpellier, écrivait en 1801, c'est-à-dire huit ans après qu'elle n'existait plus : « La Société royale de » Montpellier, instituée en 1706, et unie par la loi de son établissement à l'Académie des » sciences de Paris, avec laquelle elle ne faisait qu'un seul et même corps, existait avant les » lettres-patentes, qui ne servirent qu'à lui donner une forme légale. La réunion spontanée » de plusieurs savants, parmi lesquels on comptait Plantade, Astruc, Clapiès, Magnol, La » Peyronie, etc., justifie cette assertion. Ainsi, les conférences qui avaient lieu au commen- » cement du XVIIe siècle chez le P. Mersenne, entre Roberval, Carcavy, Frénicle, Pascal,

que de nos jours, et sans laquelle tous ces éléments n'avaient aucune adhérence ni aucune fixité. Ils cherchaient un intermédiaire auprès de celle-ci, quand une circonstance heureuse vint le leur offrir. En 1702, D. Cassini, accompagné de son fils et de son gendre Maraldi, se rendirent à Montpellier pour y continuer ces grandes opérations de triangulation du royaume auxquelles leur nom est resté attaché [1]. Nous avons déjà dit qu'un lien de parenté unissait ces savants à la famille de Plantade, et ce fut dans la maison du père de notre académicien qu'ils prirent leur logement. Pendant le séjour de plusieurs mois qu'ils y firent, Cassini eut de nombreuses occasions de voir les personnes dont son parent faisait sa société; et ce fut une occasion à celui-ci de l'entretenir du plan formé entre elles pour réunir en un faisceau ces lumières éparses, et pour en faire sortir une Académie. Cassini donna son approbation et promit son appui; et lorsque, en 1703, il retournait dans la capitale, il emportait avec lui le plan de la nouvelle Société et des notes sur le personnel de ses membres. Le succès semblait prochain. Toutefois, soit, comme le dit Gauteron, que le gouvernement, occupé alors aux affaires de la succession d'Espagne, ne pût donner son attention aux communications de Cassini; soit que celui-ci, détourné par ses grands travaux, n'eût pas mis dans ses démarches l'activité nécessaire, deux années se passèrent dans une vaine attente. Plantade et ses amis désespéraient presque du succès, quand les instances et l'offre de protection de l'évêque de Montpellier (chez lequel, comme je l'ai dit plus haut, les réunions de ces amis des sciences avaient lieu à cette époque), déterminèrent ceux-ci à tenter un nouvel effort auprès de Cassini. Cassini prit cette fois le vrai moyen d'assurer la réussite du projet; il le présenta à l'abbé Bignon, le véritable modérateur de la république des lettres, comme on disait alors, l'auteur du nouveau règlement donné en 1699 à l'Académie des sciences, et, pour tout dire sur son crédit, le neveu du tout-puissant chancelier de Pontchartrain.

» Auzout, furent le berceau de l'Académie de Paris. » (Notice sur J. Suzanne Pouget, dans le *Recueil des Bulletins de la Soc. libre des sciences et belles-lettres de Montpellier*, tom. I, pag. 118.
                                                                                                            E. TH.

[1] Il s'agissait alors de prolonger, dans cette partie de la France, la méridienne de Paris.

Heureusement ce crédit était tombé aux mains les plus dignes. Le premier soin de Bignon fut de s'assurer du mérite et de la position sociale des personnes dont les noms lui étaient présentés comme devant former le noyau de la nouvelle Académie. Le témoignage de Cassini pouvait suffire sur le premier point; pour s'assurer du second, Bignon fit écrire à l'intendant de Basville, dont la réponse fut également favorable. Alors Bignon s'empara du projet et y mit le sceau de sa propre pensée. Les savants de Montpellier n'avaient pas élevé leurs prétentions au-dessus d'une simple autorisation à donner par le roi à leurs assemblées, et à la consécration du but de celles-ci par un règlement émané de son autorité. Ils aspiraient à devenir une Académie de province, du genre de celles dont quelques autres villes commençaient d'être en possession, et rien de plus. Bignon jugea autrement des ressources qu'ils lui offraient. Il voulut faire de leur association une sorte d'extension de l'Académie des sciences de Paris, et les incorporer à ce Corps illustre qu'il venait d'organiser. Quels furent les motifs de cette détermination? Nous n'avons aucun document écrit qui nous initie d'une manière précise à cette connaissance.

Dans un temps où les communications avec la capitale étaient bien plus difficiles qu'elles ne le sont de nos jours, où la centralisation des pouvoirs et des affaires n'avait pas fait les mêmes progrès, l'influence du corps scientifique récemment établi dans la capitale ne se faisait sentir qu'avec lenteur et difficulté dans les parties éloignées d'un vaste territoire. En lui donnant un représentant à l'autre extrémité du royaume, on propageait de ce côté sa sphère d'action; on y transportait le foyer de la lumière qu'on venait d'allumer dans la capitale, et l'on faisait participer le Midi aux avantages qu'on s'était promis pour le Nord, de l'institution elle-même. Enfin, on réunissait en un même faisceau des talents dispersés, et de cette confraternité de travaux on faisait un stimulant pour les uns et une récompense pour les autres. Restait, à la vérité, la difficulté principale : il fallait trouver, pour le nouveau Corps qu'on allait créer, un personnel qui ne fût pas au-dessous de sa mission ; mais nous allons voir qu'à l'époque où l'on était, Bignon put ne pas s'arrêter devant cet obstacle.

La création et l'organisation de la nouvelle Société furent l'objet de lettres-patentes du roi, en date du mois de février 1706, et de statuts en 43 articles qui y furent annexés [1]. Les premières relatent les causes et l'occasion de la fondation royale, établissent la division générale de la Société, prescrivent son union avec l'Académie des sciences de Paris, « dont elle n'est, y est-il » dit, qu'une extension et une partie, et avec laquelle elle ne doit former qu'un » seul et même corps, » et désigne les premiers titulaires. Les statuts contiennent le développement de cette première organisation et le détail des règles qui doivent présider aux travaux de la Société. Ils sont calqués sur ceux qui avaient été donnés à l'Académie des sciences au mois de janvier 1699, et achèvent ainsi de réaliser la pensée d'union des deux Corps. Nous allons faire connaître les points principaux de toute cette organisation, renvoyant pour les détails au texte même des deux documents [2].

Le nom de Société royale est affecté au Corps lui-même pour le distinguer de l'Académie des sciences, à laquelle on l'associe. Les membres ordinaires, au nombre de quinze, sont distribués en cinq classes de trois membres chacune, qui portent les noms de classes de mathématiques, anatomie, chimie,

---

[1] Il n'est pas inutile de dire ici quelques mots de ce mode d'institution par lettres-patentes, dont les exemples étaient encore rares à cette époque. Avant 1705 il n'en avait été délivré qu'à cinq Compagnies, s'occupant toutes de travaux littéraires, y compris l'Académie française dont les lettres-patentes remontent au mois de février 1635. Après elle, on en donna à l'Académie de Nîmes (10 septembre 1682) affiliée en 1692 à l'Académie française ; à l'Académie d'Angers (7 septembre 1685) qui dut les siennes à l'appui du savant Ménage, et à l'Académie des Jeux floraux de Toulouse (septembre 1694) ; enfin, à l'Académie de Caen qui obtint les siennes en 1705. La Société royale des sciences de Montpellier fut donc le premier Corps s'occupant de la culture des sciences auquel il en ait été délivré. Les autres Compagnies établies dans les principales villes du royaume, sous le nom d'Académies royales des sciences, lettres et arts (titre ordinaire de ces fondations), n'ont été instituées par lettres-patentes que beaucoup plus tard : Bordeaux en 1712 ; Lyon en 1724 ; Marseille en 1726 ; Dijon en 1740, etc. On s'accoutuma si bien à l'idée de la nécessité de ce genre d'institution par lettres-patentes, que l'on crut devoir régulariser, sous ce rapport, la position de l'Académie des sciences de Paris et de l'Académie des inscriptions et belles-lettres elles-mêmes, qui existaient depuis 1666 et étaient pensionnées par le roi ; et on leur fit expédier, en 1713, les lettres-patentes qui leur manquaient encore.

[2] Ils ont été imprimés en tête du premier volume des Mémoires de la Société, et plusieurs fois à part. Nonobstant ces publications, ce code de l'Académie ne peut être omis ici : nous en donnons la texte à la suite du Mémoire [*].

---

[*] Pour me conformer à l'intention de l'auteur, je réimprime le texte des deux documents, comme pièces justificatives, à la fin de ce travail.   E. Th.

4

botanique et physique [1] ; à chaque place d'associé est attachée une place d'élève pour laquelle l'associé titulaire présente un candidat qui doit être agréé par la Société. L'âge de 25 ans est requis pour les associés, et celui de 20 pour les élèves [2].

A la tête des associés ordinaires on établit des associés honoraires au nombre de six, choisis parmi les premiers fonctionnaires du pays et de la cité. Le lustre de leur nom devait ajouter à celui de l'Académie et, au besoin, faciliter ses rapports avec les dépositaires de l'autorité. La science était par conséquent beaucoup moins consultée dans ces choix, que la position sociale et l'importance personnelle du titulaire.

Ces vingt et un associés, honoraires et ordinaires, nommés cette fois par le roi, devaient désormais nommer eux-mêmes à toutes les places qui deviendraient vacantes dans le sein de la Société.

Le personnel de celle-ci ainsi fixé, on en confia la direction et l'administration au président élu tous les ans et choisi exclusivement parmi les membres honoraires. Ses fonctions étant plus honorifiques que réelles, il devait être remplacé, quand il ne jugerait pas à propos de les exercer, par un directeur et un sous-directeur, choisis parmi les associés ordinaires, et pareillement éligibles tous les ans. Ces nominations devaient se faire à la première séance du mois de janvier, et les mêmes titulaires étaient indéfiniment rééligibles. Enfin, on institua un secrétaire nommé à vie.

On autorisa la Société à se donner des membres correspondants dont

---

[1] Le règlement de 1699 donne six classes de cinq membres chacune à l'Académie des sciences de Paris (géométrie, astronomie, mécanique, anatomie, chimie et botanique). On voit, par la comparaison, que l'on fondait les trois premières en une seule classe de mathématiques, dont les lettres-patentes disent en effet « que ses membres s'appliqueront, soit à la géométrie, soit à l'astronomie, soit aux mécaniques, » et qu'aux trois classes suivantes on ajoutait une classe nouvelle de physique, science dont le nom comprenait autrefois, comme on sait, l'ensemble des sciences naturelles ; mais elle avait acquis depuis 1699 une signification de plus en plus précise, qui fit sentir le besoin d'en faire une classe à part.

[2] Ce nom d'élève avait été choisi avec peu de bonheur, et les statuts y ajoutaient des dispositions assez gênantes pour ceux qu'elles concernaient : comme, par exemple, de s'asseoir aux assemblées derrière les académiciens qui les avaient présentés, de n'y prendre la parole que sur l'invitation du président, etc. (Art. 19 et 30.) Aussi verra-t-on l'institution s'en ressentir et ne reprendre faveur que lorsque ce nom fut changé et ces règles tombées en désuétude, si elles furent jamais bien observées.

le nombre restait indéterminé. Ce fut ainsi du moins qu'on expliqua l'article des statuts qui prescrivait à la Société « d'entretenir un commerce avec les « différents savants, soit du royaume, soit des pays étrangers. »

Les travaux académiques sont réglés par les principales dispositions qui suivent :

La Société est tenue à des séances régulières, le jeudi de chaque semaine, de deux à quatre heures du soir en hiver, et de quatre à six en été. Elle devra tenir en outre une séance publique annuelle, dont l'époque est fixée au premier jeudi après la Saint-Martin. Elle entrera en vacances du 8 septembre au 11 novembre de chaque année, et vaquera en outre pendant les grandes fêtes de l'année (quinze jours à Pâques, une semaine à la Pentecôte et depuis Noël jusqu'aux Rois.) Ses séances seront employées à la lecture et à la discussion des travaux que chacun de ses membres devra apporter à tour de rôle et soumettre à la Société, à la vérification des expériences qui s'y rapportent, à l'examen des ouvrages nouveaux publiés sur les sciences et des inventions diverses sur lesquelles la Société pourrait être consultée[1]. Par une disposition expresse (art. 17) chaque membre est tenu de se proposer un sujet d'étude, au commencement de l'année, et d'en faire par écrit la déclaration à la Société. Les mémoires lus sont laissés entre les mains du secrétaire, qui devra tenir note exacte de tout ce qui aura été examiné et résolu dans chaque séance (art. 20 et 34). Enfin, diverses dispositions sont relatives aux devoirs du président pour la tenue des séances et à ceux des académiciens envers la Société. Ceux-ci sont astreints à la résidence et ne peuvent s'absenter de Montpellier plus de deux mois sans un congé accordé par elle (art. 15), et il leur est interdit (art. 25) de publier aucun ouvrage en leur nom et sous leur titre d'associé, sans l'avoir fait auparavant examiner et approuver par l'Académie. Quant à l'égalité qui doit régner entre eux, elle avait été déjà l'objet d'une disposition particulière des lettres-patentes[2].

---

[1] L'art. 24 prescrit aux académiciens chargés de cet examen, de marquer seulement dans les ouvrages examinés, *s'il s'y trouvait des vues dont on pût profiter, sans en pouvoir faire la critique;* disposition qui avait l'avantage de maintenir l'Académie en paix avec leurs auteurs, mais qui restreignait singulièrement ses priviléges.

[2] « Comme aussi entendons (portent les lettres-patentes) qu'ils observent dans leurs as-
« semblées la plus parfaite égalité, sans distinction du rang et des préséances qu'ils pourraient

Les quatre derniers articles des statuts sont destinés a cimenter l'union qui doit, aux termes de celles-ci, exister entre la Société et l'Académie des sciences de Paris. Dans ce but, il est établi: 1° que les membres des deux Académies auront réciproquement droit de séance dans leurs assemblées ; 2° que les deux Compagnies seront tenues de s'envoyer un exemplaire, au moins, de tout ce qu'elles feront imprimer en leur nom ; 3° que chacune d'elles aura le droit de faire examiner par l'autre les matières scientifiques sur lesquelles elle désire avoir son avis ; 4° enfin, que l'Académie des sciences de Paris donnera place, dans le volume des Mémoires qu'elle publie tous les ans, à la pièce que la Société des sciences de Montpellier sera tenue de lui envoyer à cet effet, et qui sera choisie par celle-ci parmi les travaux de l'année.

Telles furent, en résumé, les principales dispositions des lettres-patentes de 1706 et des statuts annexés. C'était bien là [1] le code le plus complet et le mieux rédigé qu'une Compagnie de ce genre eût encore reçu. Comme nous l'avons annoncé, du reste, les statuts ne faisaient que reproduire le texte du règlement donné en 1699 à l'Académie des sciences, aux seules différences près qui tenaient au nombre plus restreint des associés, à la suppression de la classe des pensionnaires, et en général à l'absence de tout subside accordé, soit à la Société en corps pour ses besoins, soit à ses membres comme encouragement. Il eût été naturel cependant que la nouvelle Compagnie, ainsi élevée au niveau de l'autre, eût participé, dans une certaine mesure, à des secours qui ne lui étaient pas moins nécessaires pour subsister. Mais le pouvoir qui la créait ne poussa pas la logique jusque-là ; et, comme nous le verrons bientôt, en organisant le culte des sciences à Montpellier, il entendait laisser à d'autres le soin de le pensionner.

« prétendre ailleurs. » De pareilles dispositions seraient aujourd'hui au moins superflues dans les statuts d'une Académie ; elles étaient nécessaires dans un temps où les distinctions de rang et de naissance conservaient tant d'empire.

[1] Il nous semble qu'on peut appliquer cette expression à quelques dispositions qui donnaient une singulière extension aux priviléges de la nouvelle Société ; celle, par exemple, qui, après avoir autorisé ses assemblées, défendait à toutes personnes d'en tenir de semblables sous quelque prétexte que ce fût, comme si on devait favoriser le progrès des sciences à Montpellier en les empêchant partout ailleurs. Il est vrai qu'aucune sanction pénale n'était ajoutée contre les contrevenants, et il l'est encore que jamais la défense ne fut observée. Elle subsistait pourtant, et nous la verrons servir de prétexte à plusieurs tracasseries.

L'Académie des sciences de Paris fut-elle consultée sur ce projet d'union, qui la touchait de si près ? Quels furent ses sentiments à cet égard ? Les documents où nous puisons ne contiennent rien qui puisse servir à résoudre directement l'une ou l'autre de ces questions. Nous verrons par la suite les meilleurs rapports s'établir entre les deux Compagnies. Mais cette circonstance n'autoriserait pas à conclure que l'association qui leur donna naissance fût dès l'abord du goût de la première, et que celle-ci n'eût à craindre de se voir imposer, sans son aveu, de telles relations. On ne peut pas en tirer de conséquences sur ce qui se passa en 1706, époque où le Pouvoir s'attribuait de bien plus grandes prérogatives. Il semble qu'une sorte de mécontentement perce dans le silence même que l'Académie de Paris garda vis-à-vis du public sur la mesure dont elle était l'objet. Ses mémoires pour 1706 et pour les années suivantes ne contiennent pas un seul mot qui y fasse allusion ; et quelques autres circonstances que la suite fera connaître donneraient à penser qu'elle céda plutôt qu'elle ne s'associa au vœu du Pouvoir : conjecture assez naturelle d'ailleurs, quand on songe qu'il s'agissait pour elle de recevoir tout d'un coup quinze nouveaux associés dont le mérite pouvait être réel, mais qui ne lui était pas suffisamment connu.

J'ai annoncé que, pour la première fois, le roi nommait lui-même aux vingt et une places qui composaient le personnel de la Société ; les lettres-patentes désignaient les élus dans l'ordre suivant :

1° Aux six places d'honoraires : l'archevêque de Narbonne (Le Goux de la Berchère) ; Colbert de Croissy, évêque de Montpellier ; le marquis de Castries, gouverneur de la ville ; Lamoignon de Basville, intendant de la province de Languedoc ; l'abbé Bignon, conseiller d'État ; et Xavier Bon, conseiller à la Cour des comptes, aides et finances de Montpellier.

2° Aux quinze places d'associés ordinaires :

MM. de Clapiés, de Plantade et l'abbé de Lacan, pour la classe de mathématiques ; Astruc, La Peyronie et Gondange, pour celle d'anatomie ; Rivière, Matte et Gauteron, pour celle de chimie ; Chicoyneau, Magnol et Nissole, pour la classe de botanique ; et Chirac, Rideux et Icher, pour la classe de physique. L'évêque de Montpellier était nommé président, et Plantade directeur de l'année. La charge de secrétaire perpétuel était donnée à Gauteron.

Si l'on examine la liste de ces quinze derniers noms et leur valeur scientifique, on y trouvera, ce semble, de quoi justifier la confiance du fondateur de la nouvelle Académie et le choix qu'il fit de la ville de Montpellier pour en être le siége. Des hommes qui portaient ces noms, six parvinrent aux positions les plus élevées dans les sciences médicales ou naturelles (Astruc, Chirac, Chicoyneau, La Peyronie, Nissole et Magnol); deux autres (Plantade et Clapiés) représentaient avec distinction cette autre branche des sciences naturelles pour les progrès de laquelle Montpellier offrait son beau ciel. Parmi les sept autres se trouvaient encore deux noms recommandables par une grande réputation professionnelle (Gondange et Gauteron) [1].

Il ne faut pas oublier qu'à la même époque, l'illustre Académie des sciences de Paris, près de ces hommes de génie et pour ainsi dire hors ligne sur lesquels se fondait sa grande célébrité, possédait aussi des noms qui ne nous sont guère connus aujourd'hui que par la place qu'ils occupaient à côté des premiers.

Quoi qu'il en soit de cette délicate comparaison, les académiciens de Montpellier furent flattés, comme ils devaient l'être, d'une distinction qui vint les surprendre, et qui dépassait de beaucoup les espérances auxquelles ils avaient pu se livrer. Gauteron, dont le récit en cette partie a été un peu affaibli dans l'histoire imprimée de de Ratte, peint en termes fort vifs la joie naïve et tumultueuse qu'ils firent éclater lorsque, réunis chez Plantade, leur nou-

---

[1] On peut voir les Éloges de ces savants dans les *Mémoires de la Société royale*, partie première (*Histoire*). Je dirai un mot seulement de chacun d'eux. Gondange passait pour l'un des plus habiles chirurgiens de son temps. Rivière était médecin et s'occupait de chimie dans ses rapports avec l'art médical, en étudiant la nature et les propriétés des eaux minérales. Matte, fils du célèbre chimiste pour lequel avait été créée la place de démonstrateur, dans l'Université de médecine de Montpellier, la remplissait après lui; il a laissé quelques écrits sur cette science bientôt vieillie. Gauteron était un homme laborieux, d'un esprit exact et bon écrivain, comme le prouvent les Éloges qu'il a composés des académiciens morts de son temps. Rideux, fils et petit-fils de deux professeurs du même nom dans l'Université de médecine et professeur lui-même, a écrit un grand nombre de mémoires sur des sujets de physique et d'anatomie. Enfin, l'abbé de Lacan et Icher, qui restèrent peu dans la Société, représentaient la littérature des sciences, et s'occupaient de l'examen des ouvrages nouveaux. On peut remarquer que, sur ces quinze premiers académiciens, huit étaient médecins ou chirurgiens de profession : Astruc, La Peyronie, Gondange, Rivière, Gauteron, Chicoyneau, Chirac et Rideux.

veau directeur, ils entendirent la lecture des pièces qui leur conféraient inopinément, en même temps que l'institution royale, les honneurs d'une association académique avec le premier Corps savant du royaume. « Ce furent, » dit l'historien, des félicitations mutuelles, des élans de joie, des mouve- » ments marqués de reconnaissance pour l'autorité royale, » dont la vive explosion interrompit plusieurs fois l'ordre de la séance et eut besoin d'un temps assez long pour faire place à un état plus tranquille. On leur permet- tait de s'assembler comme par le passé, et, sans leur en faciliter autrement les moyens [1], de travailler en commun à l'avancement des sciences ; on leur imposait des règles, on leur demandait le sacrifice gratuit d'une portion de leur temps et de leur liberté, et, en échange de tout cela, on leur offrait un titre, que remplaçait déjà, pour la plupart d'entre eux, la considération qu'ils s'étaient acquise. Heureux privilége du Pouvoir de rencontrer, même dans les intelligences d'élite, ce besoin incessant de distinctions qui fait paraître conférer un bienfait là où souvent il n'impose qu'un sacrifice !

J'abrégerai ici les détails dans lesquels entre le premier historien de l'Aca- démie, sur des formalités qui se reproduisent dans toutes les circonstances analogues, et qui ont peu d'importance par elles-mêmes. Les nouveaux aca- démiciens s'empressèrent d'écrire des lettres de remerciement à leurs protec- teurs de Paris : Cassini, l'abbé Bignon et le chancelier de Pontchartrain ; ils firent des visites d'apparat aux principales autorités de la ville ; enfin, ils obtinrent de la Cour des comptes de Montpellier et du Parlement de Toulouse l'enregistrement solennel et de plus gratuit de leurs lettres-patentes ; en quoi les magistrats se montrèrent plus généreux envers la nouvelle Académie que le Pouvoir même qui l'avait créée et qui en exigea, comme nous le verrons tout à l'heure, des droits de sceau fort considérables pour l'expédition de ces mêmes lettres [2].

Il restait à régler un point qui avait de l'importance à cette époque : il fal-

---

[1] L'absence, dans les lettres-patentes, non-seulement de toute disposition rémunératoire en faveur des membres de la Société, mais même de tout subside pour l'entretien du Corps lui- même, ne fut relevée par personne, et nul probablement ne demanda ce que nous pourrions nous demander aujourd'hui.

[2] Les lettres-patentes furent enregistrées à Montpellier le 27 mars 1706, et à Toulouse le 9 avril suivant.

lait à la Société un sceau et une devise. Les lettres-patentes prévoyaient ce point, et il y était dit « que l'Académie des inscriptions et belles-lettres » serait tenue de travailler à la composition du sceau et de la devise de la » Société, dès qu'elle en serait requise par celle-ci.» Toutefois nos académiciens eurent la modestie de ne pas user de ce royal privilége. On suivit le conseil de Bignon, qui proposa d'adopter le sceau et la devise de l'Académie des sciences elle-même, avec laquelle on ne devait constituer qu'un seul corps, en se bornant à y introduire les armes de la ville de Montpellier, siége de la Société. On eut donc pour sceau un écusson mi-parti, présentant à droite un soleil entouré de trois fleurs de lis d'or, sceau de l'Académie, et à gauche la Vierge assise tenant l'enfant Jésus dans ses bras, armes de la ville de Montpellier. Autour on lisait : *Sigillum regiæ scientiarum Societatis*. La devise consista, comme pour l'Académie des sciences, en une tête de Minerve accompagnée de ces mots : *Invenit et perficit* [1].

Ce ne fut qu'au commencement de l'année 1707 que ces relations entre les deux Sociétés furent officiellement établies. Il est probable que Bignon, qui jouissait d'une égale influence en l'une et en l'autre, leur servit d'intermédiaire dans l'intervalle. Le 22 mars de cette année, le chimiste Homberg, directeur annuel de l'Académie des sciences, répondait au nom de celle-ci à la lettre que Plantade venait de lui écrire, et exprimait, en termes polis et obligeants, l'adhésion de l'Académie à l'union accomplie des deux Corps, et les sentiments de confraternité qu'elle promettait à ses nouveaux associés. En même temps, le secrétaire perpétuel Gauteron recevait de son collègue de l'Académie des sciences, deux lettres contenant les explications les plus détaillées sur la manière dont le règlement de 1699 était appliqué pour l'ordre de ses travaux et la tenue de ses séances [2].

Dès le mois de juillet qui suivit son installation, la Société avait complété, autant que possible, son personnel, en nommant aux places d'élèves dont le choix lui était attribué. Elle se donna pareillement divers correspondants,

---

[1] Nous avons cru devoir conserver la figure de ce sceau en tête de ce Mémoire. E. TH.

[2] Nous renvoyons à la troisième partie de ce Mémoire l'insertion du texte de ces deux lettres, auxquelles se rattachent le nom de Fontenelle et la grâce piquante de son style. C'est aussi dans cette troisième partie que nous résumerons toutes les modifications que subit cette première organisation de la Société royale, dont nous venons de présenter le tableau.

en tête desquels figuraient le savant naturaliste italien Marsilli [1] et Dortous de Mairan, de Béziers, depuis secrétaire de l'Académie des sciences de Paris.

Ici finirait cet exposé de l'établissement de la Société si, dans le récit qu'en font ses deux premiers historiens et que je suis pas à pas, je ne trouvais deux faits qui en sont le complément et par lesquels je vais, à leur exemple, le terminer. Tous deux attirèrent puissamment sur la Société l'attention du public et sont restés célèbres dans son histoire.

A peine l'Académie avait commencé ses assemblées, qu'il se présenta pour elle une occasion signalée de montrer au public le genre d'utilité qu'on pouvait tirer de son institution. Le 12 mai 1706 fut un jour mémorable dans les fastes astronomiques du siècle dernier, par l'éclipse totale de soleil qui se produisit dans la partie méridionale de l'Europe, avec les circonstances les plus propres à attirer l'attention. Déjà les phénomènes de ce genre avaient cessé d'être un sujet d'effroi pour la population; ils n'étaient plus qu'un objet de grand intérêt pour les savants, comme ils le sont encore de nos jours, et la Société se proposa de donner une certaine solennité à l'observation qu'elle allait en faire. Un jardin qui dépendait de la maison où elle tenait alors ses séances fut garni de tous les instruments nécessaires [2]. Les principaux fonctionnaires de la cité furent invités à assister aux expériences; un grand nombre d'autres personnes choisies parmi ses habitants se joignirent à eux, et une foule de citoyens de toutes les classes s'établit aux fenêtres et sur les toits des maisons voisines, ainsi que sur la partie du rempart de la ville qui bornait au levant l'enceinte où se tenaient les observateurs. Déjà depuis quatre ans, l'un des astronomes de la Société, de Clapiés, avait calculé les éléments de l'éclipse, et prédit qu'elle serait totale à Montpellier; et son collègue, Plantade, avait vérifié ses calculs et confirmé leur résultat. Il y allait de l'honneur de la Com-

---

[1] J'écris ici le nom de ce savant comme il l'écrivait lui-même en signant les nombreuses lettres qu'il a adressées à la Société, quoiqu'une autre orthographe (*Marsigli*) soit plus généralement suivie [*].

[2] On peut lire dans l'écrit que je cite plus bas les détails des préparatifs considérables qui furent faits pour cet objet.

---

[*] Parmi ces lettres, on en voit une, datée de Marseille, 1706, que le même savant a signée *Marsigli*. Au reste, on sait que les deux orthographes, quant à la prononciation, sont parfaitement identiques.

E. Th.

pagnie à ce que ces prédictions, sur le compte desquelles le vulgaire conservait encore de grands doutes, fussent réalisées, et l'on peut juger à quel point une erreur eût ruiné son crédit dans l'esprit des spectateurs. Mais elle n'eut point cet échec à subir : le phénomène se rangea pour ainsi dire sous la loi que la science lui avait tracée, et, favorisé par la sérénité d'un beau jour, il produisit une si vive impression que, soit la beauté du spectacle, soit la justesse de la prédiction, il arracha à la foule d'unanimes acclamations. « Elles donnèrent à penser, dit l'auteur de la relation à laquelle » j'emprunte ces détails, que jamais observation n'avait été faite avec tant » d'éclat et n'avait plus avantageusement prévenu le public en faveur de l'as- » tronomie. » La Société eut soin de fixer d'une double manière le souvenir de cette solennité. Plantade en écrivit une relation détaillée, qui fut imprimée immédiatement, et que nous possédons encore aujourd'hui [1]. Le peintre de la Société [2] recueillit sous les yeux de celle-ci, et en présence du phénomène, les éléments d'un tableau où les circonstances les plus saillantes de l'observation et ses accessoires pittoresques étaient reproduits avec exactitude [3].

La Société regardait cette solennité scientifique comme sa première assemblée publique, et en faisait dater son inauguration dans la cité. Toutefois, elle se conforma plus exactement aux statuts en en tenant une seconde, vers la fin de l'année, dans la forme qu'ils prescrivaient. On allait arriver au mois de décembre, et cette époque de l'année devait ramener à Montpellier les

---

[1] A Montpellier, chez J. Martel, in-4° de 10 pages. Cette pièce, devenue rare, est reproduite dans le tom. I, part. 2, pag. 1 des *Mémoires de la Société*, avec quelques additions de de Ratte. Elle a été récemment citée dans les Notices publiées à l'occasion de l'éclipse du 8 juillet 1846, qui nous a rendu, à cent quarante ans d'intervalle, témoins d'un phénomène semblable à celui de 1706, et dont nous avons pu observer aussi l'effet sur les populations. Toutefois, les circonstances de l'éclipse de 1706 furent plus frappantes, tant sous le rapport de l'heure plus avancée du jour (10 à 11 heures) que sous celui de la durée presque double de l'occultation (quatre minutes et demie).

[2] Le sieur Caumette, qui fut remplacé à sa mort par le sieur Loys.   E. Th.

[3] Vingt ans après, la Société lui donnait pour pendant la représentation d'un autre phénomène qui, sous les apparences où il se produisit alors, n'est pas moins rare dans nos climats (l'aurore boréale de 1726 [*]). L'un et l'autre tableau existaient encore en 1793.

---

[*] 19 octobre.   E. Th.

députés des États de la province, nombreuse et brillante assemblée de savants, dont il importait à la Société de se ménager la faveur. Elle décida d'attendre leur arrivée et de différer jusqu'alors la tenue de son assemblée, fixée par le règlement aux premiers jours de novembre. Le 10 décembre elle se réunit en leur présence dans la grande salle de l'Hôtel-de-Ville, affectée à leurs séances. Rien ne manqua à l'éclat de cette solennité académique. Aux députés des trois ordres se joignirent les principaux fonctionnaires de la ville et de la province, et tout ce que la salle put contenir de personnes distinguées par le rang ou la fortune. Nous aurons occasion ailleurs de revenir sur le cérémonial de ces réunions ; bornons-nous à dire ici qu'au centre de l'enceinte formée par les gradins où siégeaient les députés, on avait disposé une table autour de laquelle s'assirent, selon leur ordre de nomination, les membres de l'Académie. La séance s'ouvrit par la lecture que fit son secrétaire, des lettres-patentes du roi et des statuts annexés. Plantade, directeur de l'année, prononça un discours d'inauguration, et deux des académiciens, Chicoyneau et de Clapiés, remplirent le reste de la séance par la lecture de deux mémoires dont le président, suivant l'usage de l'Académie des sciences de Paris, résuma les points essentiels en les mettant à la portée du public [1]. Avant de se séparer les académiciens se conformèrent à la disposition des statuts qui leur prescrivait de déclarer le sujet auquel ils se proposaient de consacrer leurs travaux de l'année suivante. Mais le morceau capital de la séance fut le discours inaugural prononcé par Plantade au début [2]. Promoteur zélé de l'Académie et fier de son succès, surtout disciple fervent des sciences, et convaincu de l'importance du rôle qu'elles étaient appelées à jouer, il exprima

---

[1] Chicoyneau traita de la conformité des parties des plantes avec celles des animaux, et Clapiés présenta les résultats de l'observation de l'éclipse du 12 mai précédent. On peut voir l'analyse du Mémoire de Chicoyneau dans l'*Histoire de la Société royale*, tom. I, pag. 159. L'usage de résumer les Mémoires aux séances publiques subsista longtemps, et, comme on le verra plus tard, ne cessa d'être observé que vers 1730 dans l'une et l'autre Académie.

[2] Il fut imprimé à Montpellier l'année suivante, in-4°. De Ratte en a donné des extraits étendus dans son *Récit de l'établissement de la Société*, tom. I de l'Histoire, pag. 30 et suiv. Enfin, on peut voir dans les *Mémoires pour servir à l'Histoire des sciences*, imprimés à Trévoux (cahier de mars 1707), le même discours analysé dans un compte-rendu fort développé de la séance publique du 10 décembre, que le secrétaire de la Société adressa probablement aux rédacteurs de ce journal.

son idée dans une composition étendue qui fut une sorte d'apothéose de celles-ci. Le style de Plantade, très-abondant, ne manque ni de force, ni d'éclat, et peut-être doit-il en partie ces avantages au caractère un peu absolu de ses opinions et de ses jugements. Il prit son point de vue dans les services que les sciences, considérées jusqu'alors plutôt comme un objet de simple curiosité, étaient destinées à rendre à la civilisation. Pour la première fois, l'étude des lois de la nature, dégagée de l'alliage de la métaphysique, sous lequel on l'avait étouffée jusqu'alors, était présentée au public de la cité dans ses rapports avec les arts et les besoins sociaux, et les sciences prenaient place en quelque sorte dans la société comme un pouvoir nouveau auquel elle allait devoir un avenir meilleur et des bienfaits inespérés. Ces idées, nouvelles pour la plupart des auditeurs, parurent produire une vive impression. Toutefois, il faut le dire, le moment n'était pas venu où elles devaient passer dans les faits. L'orateur fut admiré, mais il dut se borner, comme la suite le fit voir, à ce stérile avantage. Trente ans s'écoulèrent encore avant que les hommes puissants qu'il avait cherché à intéresser aux succès de la nouvelle Académie consentissent à lui accorder, au lieu de vains applaudissements, quelques-uns de ces encouragements plus réels qu'eût peut-être obtenus d'eux, avec moins de soins et de talent, celui qui ne se fût adressé qu'aux préjugés, aux passions, ou même aux chimères du moment [1].

---

[1] Ce ne fut qu'en 1737 que les États accordèrent à la Société royale une modique pension de 500 livres, vainement sollicitée jusqu'alors.

DEUXIÈME SECTION

HISTOIRE DE LA SOCIÉTÉ

Le récit que je vais commencer comprend, dans l'espace de près d'un siècle, et présente, dans l'existence de la Société, trois situations diverses qui deviendront les termes d'une division dans la tâche assez longue qu'il m'offfre. J'en résumerai le caractère en disant qu'elles marqueront, pour la Société, le temps de ses difficultés, celui de ses services et celui de ses succès. Chacune des deux dernières périodes aura pour point de départ un fait matériel dont la donnée se joindra, pour en déterminer le caractère, au changement opéré en même temps dans la vie intérieure du Corps lui-même.

1re Période : De 1706 à 1737.

Nous venons de voir la Société des sciences entourée, à son berceau, de tous les honneurs que l'autorité royale peut accorder à un Corps chargé de représenter, dans le midi du royaume, l'illustre Académie établie dans sa capitale. Les détails dans lesquels je dois maintenant entrer seront, en quelque sorte, le revers de ce brillant tableau. Ils la montreront engagée dans cette série de difficultés et d'obstacles que doit rencontrer une institution investie d'un beau titre, avec peu de moyens matériels de se soutenir, et qui lutte péniblement, et non sans quelque désavantage, contre le découragement qui suit toute espérance déçue.

Ainsi que nous l'avons dit, on aurait pu s'attendre à voir l'autorité souveraine, en donnant au Corps qu'elle venait de créer une honorable mais difficile mission, s'occuper aussi de lui procurer les moyens de la remplir. La permission de s'assembler ne suffisait pas ; il fallait, pour qu'elle fonctionnât, sinon des pensions pour ses membres, du moins quelques secours pour le Corps entier, un logement, des meubles, quelques fonds pour les menues dépenses d'une Société qui devait tenir une séance par semaine, sans parler des autres frais académiques, tels que les achats de journaux, sans lesquels il eût été impossible de suivre le mouvement des sciences, et la publication de ses propres ouvrages. Pour tout cela le gouvernement ne voulait rien donner ; mais il autorisa l'intendant de Basville à demander, soit à la ville de Montpellier, soit aux États de la province, les sommes qui seraient jugées nécessaires.

La ville, représentée alors par son consulat et son conseil politique, fut probablement peu touchée de l'utilité de la dépense qu'on l'engageait à faire ; mais peu accoutumée à résister aux désirs d'un intendant tout-puissant, elle accorda, ou plutôt laissa inscrire sur son budget une somme annuelle de 300 livres, applicable, fut-il dit, au loyer de l'hôtel de la Société. La négociation fut moins heureuse avec les États de la province, corps bien autrement puissant et en mesure de résister aux instances de l'intendant. Quelque intérêt qu'ils eussent paru prendre au nouvel établissement de la Société, ils n'en parurent pas plus disposés à le manifester de cette façon.

Le gouvernement avait pensé qu'une province qui s'administrait elle-même et disposait d'une grande partie de ses revenus, devait entrer pour sa part dans les mesures prises pour encourager les sciences, et qu'on avait assez fait pour elle en établissant dans l'une de ses cités l'annexe du Corps qui les y représentait dans le royaume. Les États, de leur côté, jugèrent que c'était au gouvernement à faire les frais d'une institution dont il avait pris seul l'initiative, et sur laquelle ils n'avaient pas été consultés; ils se refusèrent donc à l'allocation périodique qu'on leur demandait, mais ils accordèrent une somme de 1,000 livres, une fois payée, applicable aux premières dépenses de la Société et notamment à l'acquisition d'un mobilier. Cette somme allait se réduire immédiatement par elle à celle de 700 fr., par le paiement qu'elle dut faire à l'État, des droits de sceau exigibles pour les lettres-patentes, et qui ne se portèrent pas à moins de 300 livres. L'un des académiciens, Chirac, en avait fait l'avance et en fut remboursé le 13 février 1708, sur le reste des fonds alloués par la province [1]. C'était, comme on voit, une manière de protéger les sciences qui ne coûtait rien à l'État.

---

[1] Le registre des comptes, en faisant mention de ce remboursement, ajoute que l'on écrira à M. Chirac, alors à Paris, pour le porter à faire remise à la Société de l'intérêt couru des

Ce fut donc avec une somme annuelle de 300 livres, payée par la ville, que la Société dut fournir à ses dépenses de toute nature, à commencer par celle du logement. Nous verrons bientôt quels moyens elle dut employer pour parer à son insuffisance.

La recherche et le choix de l'hôtel de l'Académie, comme on s'exprimait alors un peu ambitieusement, furent faits par M. de Basville, auquel on devait les fonds destinés à en payer le loyer. Il jeta les yeux sur une petite maison [1] située vers le milieu de la rue des Étuves, du côté qui confrontait les remparts de la ville. Le prix de location, fixé à 220 livres par an, laissait, entre les mains du trésorier de la Société, une petite somme qui pouvait être employée à ses menues dépenses. Un jardin qui dépendait de l'habitation n'était séparé des remparts de la ville que par l'ancien chemin de ronde (espace connu sous le nom de Douze-Pans), et la partie des remparts où l'on arrivait ainsi se trouvait fort voisine d'une de ces grosses tours qui flanquaient de distance en distance le mur de la ville. Celle-ci portait le nom de tour de *la Babotte*, et offrait cette particularité d'être coupée par la ligne méridienne à angles presque exactement droits. Toutes ces circonstances furent remarquées par les astronomes de la Société, qui y virent les éléments d'un futur observatoire. Quelques démarches qu'ils firent auprès de M. de Castries, gouverneur de la ville, les mirent en possession de la tour elle-même, et le propriétaire [2] de la partie du chemin de ronde qui séparait le jardin de l'Académie du mur de la ville, eut lui-même la générosité d'en céder à perpétuité l'usage à l'Académie. Celle-ci put, au moyen de l'ouverture d'une

fonds par lui prêtés. Il est probable que ces droits de sceau si rigoureusement exigés d'une Compagnie savante, étaient mis en ferme, comme les autres impôts, et que remise ne put lui en être faite.

[1] Elle porte aujourd'hui (1858) le N° 27 [*]; ou du moins elle était sur l'emplacement de celle-ci, d'après un plan contemporain conservé aux archives de la ville, que nous avons pu consulter. Le deuxième étage de cette maison était occupé par M. de Clapiés, auquel il parait que la Société accorda la gratuité de son loyer, à la charge par lui de faire faire par son domestique le service intérieur de la Société.

[2] Il s'appelait M. Yssert.

[*] Le jardin, sinon l'hôtel primitif de la Société, fait actuellement (janvier 1858) partie d'un établissement de bains à 20 mètres de la chapelle des pénitents bleus et à 35 de la rue Loys.   E. Th.

porte dans le mur de son jardin, et de l'établissement d'un escalier adossé au
rempart, arriver au haut de celui-ci et se mettre en communication avec son
futur observatoire[1]. Mais, quelque favorables que fussent toutes les circonstances, un tel projet ne pouvait être réalisé dans l'état présent de ses finances, et nous verrons s'écouler un temps fort long avant qu'il pût être repris
et mené à bonne fin. Pour le moment, l'Académie se borna à embellir son
nouveau jardin au moyen de vases d'orangers qui lui furent envoyés par
de Basvi le, et elle en fit, à l'aide d'une tente, un lieu propre aux réunions d'été
de ses membres. L'intérieur de la maison reçut le mobilier nécessaire, dont
la partie la plus coûteuse consista en une tenture de drap qui couvrit les
murs de la salle des réunions, et dans la vaste table obligée autour de
laquelle devaient se placer les académiciens. Elle y posa aussi un portrait
en pied du roi ; mais je ne saurais dire s'il fut exécuté à ses frais ou s'il lui
fut donné par de Basville. Pour ceux qui connaissent cette partie de la ville de
Montpellier et qui se la représentent telle qu'elle devait être avant la destruc-
tion des remparts qui l'entouraient, un pareil logement offre tous les caractères d'une retraite philosophique, bien en harmonie, sous ce rapport, avec
les occupations de ses nouveaux habitants.

Ce premier local, berceau de l'Académie, fut inauguré, comme nous venons
de le voir, par l'observation solennelle de l'éclipse du 12 mai. Il le fut une
deuxième fois, au mois d'août suivant, par une fête académique qu'un des
hommes les plus distingués de l'époque dans les sciences y donna à l'Académie en corps. Le comte Marsilli[2], l'illustre fondateur de l'Institut de Bologne,
habitait Montpellier, pendant l'été de 1706, explorant la côte voisine avec un
grand zele et des dépenses considérables, et recueillant les matériaux du grand
ouvrage qu'il publia depuis sous le titre d'*Histoire physique de la mer*. Il
assistait régulièrement aux réunions des académiciens, et soumettait à leur
examen les productions marines que ses recherches lui avaient procurées, et
sur l'origine desquelles on disputait beaucoup alors[3]. Des relations intimes

[1] Tous ces travaux sont mentionnés dans le registre des comptes.
[2] Voyez, sur l'orthographe de ce nom, la note ci-dessus, pag. 33.   E. Th.
[3] La discussion portait surtout sur le corail et les autres zoophytes de cette classe. Marsilli
les regardait comme un minéral croissant au moyen d'un suc laiteux particulier contenu dans
les eaux de la mer. Il trouvait un contradicteur dans le botaniste Magnol, qui leur attribuait

s'établirent ainsi entre ce savant et les membres de la Société, auxquels, sur le point de prendre congé d'eux, il offrit, dans le jardin de l'Académie, une splendide collation dont le secrétaire perpétuel Gauteron n'a pas dédaigné de donner une courte description dans ses registres. Ajoutons que les relations ainsi nouées se continuèrent pendant le séjour que Marsilli fit l'année suivante en Provence[1], et même pendant tout le reste de sa vie. En 1716, devenu fondateur du célèbre Institut de Bologne, il mit cette Compagnie en rapport avec la Société royale de Montpellier, et dix ans plus tard, en 1726, il faisait hommage à celle-ci de deux exemplaires des grands ouvrages qui ont fait sa réputation et à l'un desquels il avait travaillé sous ses yeux[2].

A cet épisode de l'histoire de la Société nous n'aurons, pendant un assez long espace de temps, que des détails d'une nature bien différente à ajouter. Les quinze années qui suivirent font, dans cette histoire, l'époque la moins connue et la moins riche en événements, comme aussi la moins féconde en travaux académiques. De Ratte, qui signale ce fait dans son Précis[3], en donne une explication qui exprime une partie de la vérité, mais ne la dit peut-être pas tout entière. Il est bien vrai, comme il en fait la remarque, que les Corps de ce genre sont sujets à des intervalles de repos qui succèdent à l'activité des premiers efforts ; il l'est encore que la Société royale, privée coup sur coup, à cette époque, de quelques-uns de ses membres les plus utiles, que la cour ou la capitale lui enlevèrent, dut se sentir affaiblie par ces pertes. Mais à ces causes il en faut joindre peut-être une troisième, dont il ne parle pas : la pénurie où on laissa la Société et le découragement qui dut suivre la perte de ses premières espérances. Elle avait rêvé la construction d'un observatoire, son propre établissement dans un hôtel académique, la publication

---

une origine végétale, suivant une opinion qui commençait à prévaloir, et se rapprochait un peu plus de la véritable. Marsilli s'y rangea l'année suivante, et, le 25 mai 1707, en envoyant de Marseille une Dissertation sur ce sujet fort étendue et accompagnée de dessins (qui fut conservée dans les archives de la Société), il écrivait à celle-ci : *Cette humble et juste rétractation fera peut-être rire quelques-uns de votre Compagnie.*

[1] Il existe, dans les papiers de la Société, un recueil particulier de lettres et de mémoires que ce savant lui adressait, en 1707 et 1708, de Marseille et de Gênes[*].

[2] *Histoire physique de la mer ; Description du cours du Danube.*

[3] *Histoire de la Société royale des sciences,* tom. I, pag. 40.   E. Th.

---

[*] Aussi en 1706; Voy. pag. 33.   E. Th.

6

annuelle de ses travaux, etc.; et nous allons la voir obligée d'accepter un asile chez l'un de ses membres et hors d'état, tandis que les manuscrits s'accumulaient dans ses cartons, de fournir même aux frais d'impression de ses assemblées publiques. Cette situation n'était pas encourageante; le récit des efforts qu'elle tenta pour en sortir achèvera de l'expliquer.

Dès 1708, la Société avait fait diverses instances auprès du gouvernement pour en obtenir quelques secours. Les réponses de Bignon, son intermédiaire, ne laissaient rien espérer, mettant en avant les prétextes ordinaires des embarras de l'État et du malheur des temps, embarras très-réels, il est vrai, à cette époque où les guerres de la succession d'Espagne achevaient de ruiner les finances du royaume [1]. On était loin du temps où le monarque distribuait des pensions aux savants de tous les pays de l'Europe. Les mêmes demandes, reproduites en 1715, après quelques années de paix, éprouvaient les mêmes refus, et Bignon prenait soin d'indiquer, comme seul moyen de succès, un appel à la générosité des États de la province [2]. Telle paraît avoir été, en effet, sa pensée dès le principe; c'était, selon lui, à l'administration locale à pourvoir aux besoins d'un Corps privilégié entre tous ceux du même ordre, et dont la ville et la province devaient tirer quelque lustre. Mais, comme nous l'avons dit, les États, peu touchés apparemment de ces avantages, renvoyaient à leur tour le soin de le soutenir au gouvernement qui l'avait institué.

Un projet qui date de cette époque nous initie si bien au secret des vœux et de la position de la Société, qu'il mérite d'être rapporté, quoiqu'il n'en reste d'autres traces que deux pièces conservées dans ses archives. Dans une supplique adressée à l'intendant de Basville, en 1715, et accompagnée d'un

[1] Bignon écrivait le 13 novembre 1708 : « A l'égard des secours que la Société souhaiterait, » je souhaiterais encore plus que la conjoncture des temps permit de les espérer ou même de les » demander. Mais, en vérité, ce serait trop se flatter que de ne pas reconnaître l'impossibilité de » rien proposer sur ce sujet, quant à présent. Je le sais mieux qu'un autre, par l'embarras où » nous sommes d'obtenir seulement la continuation de ce que l'Académie des sciences de Paris » a toujours eu, et tout ce que je puis en ce genre se réduit à former des vœux encore trop » éloignés. » *(Recueil Gauteron.)*

[2] « L'occasion n'est point favorable pour obtenir des fonds, et il faut que la Société prenne » patience jusqu'à ce que les finances du roi se soient un peu rétablies. Encore sera-t-il diffi- » cile de rien obtenir pour lors ; et la plus sûre ressource serait si les États voulaient entrer » dans les frais des assemblées et des expériences.» Lettre du 16 août 1715. *(Recueil Gauteron.)*

mémoire expositif qui devait être mis sous les yeux du gouvernement, la Société proposait, comme objet de nécessité pour elle, et d'utilité et d'embellissement pour la ville, la construction d'un hôtel académique muni de son observatoire et de divers accessoires propres à l'étude des sciences naturelles, dans un emplacement alors inoccupé, situé entre le Jardin royal des plantes et la promenade du Peyrou [1]. Les motifs du projet sont déduits en termes à la fois justes et piquants. « La Société royale de Montpellier, y est-il-dit, quoi-
» qu'elle travaille efficacement à l'avancement des sciences, et soit en com-
» merce avec les savants tant du royaume que des pays étrangers, semble
» pourtant ne pas constituer un corps visible, pour ainsi dire, n'ayant ni
» pensions, ni hôtel, ni observatoire, ni les moyens nécessaires pour publier
» ses ouvrages ; en sorte que les étrangers qui arrivent dans Montpellier
» cherchent l'Académie et ne savent où la trouver [2], ce qui semble rendre
» inutile cet établissement, qui est unique dans le royaume et par là si hono-
» rable pour la province et si avantageux pour la cité...... Cependant la
» Société royale de Montpellier ne fait qu'un même corps avec l'Académie
» des sciences de Paris ; mais leur patrimoine est bien différent, etc. » Quant aux voies et moyens, la Société proposait l'établissement séparé ou simultané : 1° d'une crûe de deux sols par minot de sel sur les gabelles de Languedoc, rappelant que le Jardin royal des plantes de Montpellier avait été construit, au siècle précédent, à l'aide d'un impôt de même nature établi par le roi Henri IV ; 2° d'un droit d'inspection de 1 livre par quintal de vert-de-gris fabriqué dans la ville ou ses environs. Elle faisait remarquer à ce sujet, que dès 1711 elle avait signalé à l'intendant de la province les falsifications que cette denrée éprouvait chez les fabricants et les vendeurs ; que celui-ci avait vainement essayé d'arrêter, par des amendes et d'autres peines, ces fraudes très-nuisibles au commerce du pays, et que l'inspection préalable

---

[1] Ces indications s'appliqueraient assez bien au local connu aujourd'hui sous le nom de Jardin de la Reine, ou aux terrains environnants. On sait qu'à cette époque la promenade du Peyrou, quoiqu'elle vînt de recevoir la statue de Louis XIV, votée par les États, n'existait encore qu'en projet, quant à ses magnifiques embellissements, et n'offrait qu'une esplanade découverte, remarquable par la beauté de la vue dont on y jouissait.

[2] Ce dernier point était d'autant plus vrai qu'à cette époque, comme on va voir, la Société n'avait plus de logement, et tenait ses assemblées chez un de ses membres.

était le seul moyen de les prévenir , opération dont elle offrait de se charger.
Ces idées n'étaient certes pas plus déraisonnables que beaucoup d'autres ,
dans un temps où le Pouvoir créait sans relâche les emplois les plus inutiles
sous les noms souvent les plus ridicules [1] , uniquement pour en percevoir
la finance. Mais ce projet ne lui présentant pas ce dernier avantage, il fut mis
en oubli , sans qu'il nous soit possible de savoir précisément quelle attention
l'autorité lui donna , les registres académiques de cette époque étant perdus.

En 1718, la Société en revenait à l'idée d'une pension sur les fonds de
la province, et elle s'avisait d'un moyen qui , en mettant en jeu, pour le
succès d'une demande d'ailleurs bien minime, les plus grands pouvoirs de
l'État , semblait devoir être plus efficace. Sur les instances de l'abbé Bignon,
le régent lui-même, Philippe d'Orléans , voulut bien écrire aux États, par
l'intermédiaire de M. l'intendant, pour en obtenir le secours demandé. La
lettre du prince , restée en original parmi les papiers de la Société , est
un monument assez curieux de cette négociation [2]. Une si haute recommandation trouva les États aussi sourds que par le passé , et quand, l'année
suivante, la Société pressait Bignon d'obtenir du régent une nouvelle lettre en
sa faveur, Bignon répondait que le mauvais succès de la première avait trop
scandalisé le prince pour qu'il consentît à la renouveler [3]. Singulier échec,

---

[1] C'était le temps où l'on avait *des conseillers du roi langueyeurs de cochons.*

[2] Voici comment le secrétaire du Régent le fait parler dans cette occasion : « A Monsieur de
» Basville, intendant en Languedoc. Il y a , Monsieur, depuis 1706, une Société royale des
» sciences établie à Montpellier, laquelle ne fait qu'un même corps avec l'Académie des sciences
» établie à Paris ; et , comme je fais travailler, sous mes ordres, celle de Paris, je suis bien
» aise d'accorder aussi ma protection à celle de Montpellier. Je sais qu'elle est obligée de faire
» des dépenses indispensables pour se soutenir et pour récompenser ceux qui y travaillent pour
« le bien public. C'est pourquoi vous me ferez plaisir d'engager les États de Languedoc à ac-
» corder à cette Académie une gratification annuelle de 6 à 800 livres, à prendre sur les fonds
» qu'ils distribuent à qui ils jugent à propos. Je sais que vous aimez les belles-lettres , et je
» suis persuadé que vous ne négligerez rien pour contribuer à ce que je désire à cette occasion.
» Signé : Philippe d'ORLÉANS. »

[3] Quelque instances que j'aie faites auprès du Régent, écrivait Bignon, le 26 janvier 1719,
il n'a point voulu écrire cette année en faveur de la Société. Le succès de sa lettre de l'année
dernière l'a trop scandalisé et lui paraît trop récent. Il faudrait passer condamnation ou prendre
un ton trop grondeur, et les circonstances ne conviennent pas à ce dernier parti. L'année prochaine l'affaire pourra prendre un tour différent. Armons-nous donc de patience et soutenons

en effet, pour un si grand prince, sollicitant des grâces qu'il pouvait lui-même si aisément accorder, et fermant à l'humble demande des sciences cette main si souvent ouverte aux plus folles prodigalités.

On se demandera peut-être pourquoi les académiciens de Montpellier n'eurent jamais recours, dans leur détresse, à un moyen inspiré par le zèle des sciences et très-usité aujourd'hui dans les Compagnies de même nature, celui d'une contribution personnelle. C'est ce qu'on s'expliquera peut-être, si l'on veut entrer dans l'idée que la Société devait se faire de sa mission. Instituée par le Pouvoir et soumise à des devoirs précis et même rigoureux, elle se regardait, non comme une association libre, mais comme un Corps chargé d'une véritable fonction dans l'État; et il lui parais-sait naturel que les moyens de la remplir lui fussent fournis par le pou-voir qui la lui avait conférée : faire vivre l'institution aux dépens de ses mem-bres lui eût probablement paru en diminuer l'importance; et puisque enfin on l'avait associée à une Académie rétribuée par l'État, elle avait bien le droit de réclamer une petite partie des avantages dont celle-ci jouis-sait, et ces idées ne nous paraissent manquer ni de logique ni de raison.

Il fallait donc que la Société, repoussée de tous les côtés, se conten-tât des 300 livres que la ville continuait de lui payer, peut-être avec le secret désir de se soustraire à cette charge, comme le font conjecturer les mesures que la Société était quelquefois obligée de prendre pour obvier aux retards [1]. Si l'on se rappelle que le seul article du loyer absorbait les trois quarts de cette faible somme, on jugera de sa position financière. Il est probable que cette position fut l'unique cause du parti qu'elle prit, en 1713, de renoncer à son modeste logement pour en économiser le prix. La mort venait de frapper un de ses membres, Icher, et la Société l'avait remplacé, dans la classe de physique, par de Laurès, correcteur à la Cour des comptes [2]. Le nouvel académicien offrit à la Compagnie de la recevoir

---

les pauvres sciences le moins mal qu'il nous sera possible, en attendant l'heure marquée pour les remettre dans leur beau jour.

Il paraît que toutes les démarches aboutirent à une somme de 500 livres, que les États accor-dèrent en 1719 pour toute subvention.

[1] On trouve dans les registres des comptes quelques articles : Pour frais d'une requête pré-sentée à M. de Basville, à l'effet d'obtenir paiement de la pension de la Société.

[2] Il est probable que son zèle, beaucoup plus que ses talents, lui valurent cette distinction,

gratuitement chez lui, et cette proposition, qui fut acceptée, permit à celle-ci d'appliquer à ses autres dépenses la somme entière qui lui était allouée pour son logement.

Je vais réunir ici ce que j'ai à dire des changements successifs d'habitation de l'Académie pendant la période qui nous occupe car ce transport chez de Laurès ne fut que la première des pérégrinations presque sans nombre auxquelles elle fut condamnée jusque vers les derniers temps de son existence, et qui ne sont pas un des traits les moins caractéristiques de son histoire. De Ratte y faisait plus tard allusion lorsqu'il louait un de ses membres d'avoir, à l'exemple de de Laurès, donné chez lui asile aux muses errantes de l'Académie [1]. En 1718, nous voyons nos académiciens quitter, pour des causes qui ne sont point expliquées, le toit hospitalier de M. de Laurès, et louer dans une maison, à la Grand'rue, au prix modeste de 100 livres l'an, le local qu'on pouvait apparemment avoir pour cet argent [2]. Cinq ans après, en 1723, ils se transportent, sans changer de quartier, dans la maison [3] de l'un d'eux, Plantade, et y occupent, au même prix, une ou deux chambres où ils tiennent leurs assemblées. En 1729, l'Académie revient à son ancien quartier de la rue des Étuves et y choisit, comme en 1706, au fond de l'une des impasses étroites qui aboutissent de cette rue au mur de la ville, une petite maison dont la position promettait assurément la paix et le silence à ses réunions, mais fort peu d'agrément à ses membres ; et c'est dans ce nouvel hôtel acadé-

---

car il n'est rien resté de lui en fait de travaux. Son fils, Antoine de Laurès, fut pendant quelques années adjoint dans la classe de physique, et lut plusieurs mémoires relatifs à cette science, dont les manuscrits se sont conservés. S'étant fixé plus tard à Paris, il devint un littérateur distingué, surtout connu par une traduction de la *Pharsale*, et par des poésies et des pièces de théâtre.

[1] Dans l'Éloge de l'académicien Haguenot, prononcé en 1776.

[2] Elle appartenait à un M. Deloche. Ces changements d'habitation sont indiqués par les articles du registre des comptes relatifs au paiement des loyers et au transport du mobilier. Ces derniers surtout témoignent avec une grande éloquence de la simplicité de ces premiers temps. J'en citerai deux : « 16 avril 1718 ; pour avoir fait porter les meubles de l'Académie de la maison » de M. de Laurès chez M. Deloche, à la Grand'rue, 1 livre. »—« 29 avril 1723, payé à M. Nissole, » pour avoir fait porter le tableau du roi, la table et les chaises de chez M. Deloche chez » M. de Plantade , 10 sols. »

[3] Voy. ci-dessus, pag. 21.   E. TH

mique, occupé par elle jusqu'en 1739, que nous la retrouverons au commencement de la période qui va suivre [1].

Grâce à cette extrême modicité du loyer, la Société resta maîtresse, dans ses plus mauvais jours, d'une somme de 150 à 200 livres, au moyen de laquelle elle put non-seulement couvrir ses frais d'entretien, mais encore se livrer à un genre de dépense qui pourra étonner dans de pareilles circonstances, quelque conforme qu'il fût d'ailleurs aux usages académiques. A partir de 1713, on la voit employer une somme de 100 livres environ en bougies de présence aux assemblées, augmentant ou réduisant cette dépense suivant les exigences de sa position financière. Mais il faut se borner ici à indiquer cet emploi de ses fonds, qui touche à l'histoire de son régime intérieur et appartient pour ses détails à une autre partie de ce Mémoire.

En 1727, la Société fit à ses statuts une modification qui exerça une heureuse influence sur le personnel de ses membres. On a vu qu'à chaque place d'associé était attachée une place d'élève; et nous avons eu occasion de remarquer que ce nom mal choisi avait donné peu de faveur à l'institution elle-même. La Société le comprit, et, à l'exemple de l'Académie de Paris, elle lui substitua le titre d'adjoint. Bignon, qu'elle informait de ce changement, ne manqua pas de l'approuver, en expliquant dans sa réponse les motifs qui avaient porté l'Académie des sciences à prendre la même mesure [2].

---

[1] La police de loyer s'est conservée dans le Recueil de Gauteron et permet d'assigner l'emplacement de cette maison. « Entre la dame Marie Riutor et la Société royale des sciences » représentée par MM. les officiers soussignés, a été convenu ce qui suit : 1° que ladite dame donne » à arrantement et locaterie, à ladite Société, partie d'une maison à elle appartenant, située entre » le derrière de la salle d'opéra et les murs de la ville, dans un des culs-de-sac qui vont de la » rue des Étuves aux murs de la ville, consistant en deux chambres au rez-de-chaussée, deux » autres chambres au premier étage et un cabinet à côté, et de plus l'espace appelé Douze-Pans » qui est entre lesdites chambres et le mur de la ville; 2°.............; 3° que la jouissance » et arrantement commencera le 15 novembre 1729 et finira à pareil jour de 1739, pour le » prix de 150 livres par année, payables de six en six mois, etc. — Fait double, le 15 no- » vembre 1729. Signé : Riutor; Marcot, directeur; de Montferrier, sous-directeur; Gauteron, » secrétaire perp.; Rivière, trésorier. »

[2] Il écrivait le 5 juillet 1727 : « On ne saurait qu'approuver le parti que vous avez pris de changer le nom d'élève en celui d'adjoint. L'Académie de Paris vous en ayant donné l'exemple, il était d'autant plus naturel que votre Société s'y conformât, que ce changement n'a pas été fait ici sans de puissantes raisons. Quand le nom d'élève avait été établi, c'était en vue de for-

Il est certain qu'à dater de cette époque, les candidats se pressèrent beaucoup plus que par le passé aux portes de l'Académie, et les places d'élèves, qui vaquaient fréquemment auparavant, se trouvèrent presque toujours occupées sous le titre d'adjoint.

A cette même époque se placent les différends que la Société eut avec deux Compagnies savantes établies dans leur voisinage, et qu'il faut mentionner ici, moins à l'honneur de l'Académie, qu'en témoignage de la manière dont était alors compris le privilége que lui conférait son institution.

Les sciences, qui faisaient partout de nouveaux adeptes, avaient aussi poussé des racines dans deux autres villes de la province, l'une (Béziers) fort voisine de Montpellier, l'autre (Toulouse) en possession d'une ancienne renommée littéraire, à laquelle elle voulait joindre le culte plus sérieux des sciences. En 1729, quelques personnes de Béziers, unies par ce goût commun des sciences, songeaient, à l'exemple de beaucoup d'associations semblables, à faire sanctionner leurs assemblées par le gouvernement en obtenant des lettres-patentes et le titre d'Académie royale [1]. C'était la pensée de l'époque, que les sciences ne pouvaient être bien cultivées que sous l'égide du Pouvoir, et l'on eût dit que les savants ne se croyaient sûrs du mérite de leurs travaux, que si ceux-ci étaient autorisés par lettres-patentes. L'un des membres les plus distingués de l'Académie des sciences de Paris, Mairan, né, comme on sait, à Béziers, appuyait les démarches de ses concitoyens et aurait probablement réussi à leur faire obtenir le titre ambitionné, si les académiciens de Montpellier ne se fussent jetés à la traverse. Malheureusement pour les savants de Béziers, ils avaient donné à la Société royale quelque sujet de craindre les rivalités qui pourraient survenir entre deux Compagnies très-

---

mer des jeunes gens, dans l'espoir de les élever par degrés à des places plus élevées. Mais ils ont eu le temps de devenir si vieux et en même temps si habiles, par conséquent, que le nom d'élève s'est trouvé trop au-dessous de leur mérite; ainsi ils se dégoûtaient. Le titre d'adjoint les a consolés. Il a aussi ôté la répugnance que des gens déjà formés avaient d'entrer par cette porte trop basse à leur gré. *(Recueil Gauteron.)*

[1] Ces assemblées avaient commencé en 1723. On trouve des détails sur les travaux de cette Société, dans un *Recueil de Lettres et Mémoires pour servir à l'histoire de l'Académie des sciences et belles-lettres de Béziers*, imprimé en 1736 à Béziers, in-4°, par les soins du savant médecin Bouillet, secrétaire de la Société.

voisines et s'occupant des mêmes objets[1]. Ce motif, mis en avant dans une
supplique[2] que les académiciens de Montpellier adressèrent au cardinal de
Fleury, et soutenu par le crédit de ceux d'entre eux qui occupaient alors
des emplois à la cour, fit pleinement échouer la demande, ou, comme ils
l'appelaient, la prétention des savants de Béziers. Le 27 avril 1729, une lettre
du comte de Saint-Florentin annonça à la Société royale, « qu'ayant fait son
» rapport au roi de la prétention de MM. de Béziers, ainsi que des remon-
» trances que la Société des sciences de Montpellier avait adressées au car-
» dinal de Fleury, Sa Majesté l'a chargé de répondre à ces personnes qu'elle

---

[1] La pièce suivante fera connaître les sujets de rivalité. Bouillet, dans la préface du Recueil qui vient d'être cité, rejette le tout sur une méprise.

[2] La minute, écrite de la main de Gauteron, fut conservée dans le Recueil qu'il a laissé. En voici des extraits : « Du 20 février 1729 : Monseigneur, la Société royale des sciences établie à » Montpellier, qui a l'honneur d'être sous la protection immédiate de S. M., et de ne faire qu'un » corps avec l'Académie royale des sciences, trouve depuis peu sur ses pas une nouvelle Assem- » blée qui se fait à Béziers, et qui se vante d'obtenir des lettres-patentes du roi et de se faire » ériger en Académie royale des sciences.

» Notre Compagnie vous supplie humblement, Monseigneur, de considérer que lorsque le roi » établit dans la ville de Montpellier une Société des sciences, c'est que S. M. fut informée par » M. de Basville de la quantité et de la capacité des sujets propres à former une Académie qui » s'y trouvaient.... y ayant dans cette ville des professeurs royaux qui enseignent publique- » ment la physique, la botanique, l'anatomie, la chimie et la géométrie...... circonstance » particulière qui la rend la seule du royaume propre à recevoir un tel établissement.

» Tous ces avantages manquent à la ville de Béziers... et il est plus que vraisemblable que » l'établissement d'une Académie n'y serait pas de longue durée, et que cependant elle ne » ferait que brouiller les travaux de notre Société.

» Nous en avons vu, Monseigneur, un exemple cette année. Les États de la province ont » chargé notre Société de lever la carte de Languedoc, à quoi elle travaille actuellement ; elle » est chargée aussi de l'histoire naturelle de la province, et dans cette vue elle a déjà ramassé » quantité de matériaux qui doivent servir de fondement à cette histoire...... Cependant la » petite Compagnie de Béziers, sans en être requise, et qui a commencé de s'assembler contre » la défense expresse portée dans nos lettres-patentes, s'est ingérée d'offrir à l'assemblée des » États, par un mémoire imprimé, de travailler à la carte du diocèse de Béziers et d'en faire » l'histoire naturelle ; et, quoique les États aient rejeté leurs offres, elle se flatte que, quand » elle aura obtenu des lettres-patentes, elle sera autorisée à travailler sur les mêmes sujets que » notre Compagnie, c'est-à-dire à nous brouiller et à retarder l'exécution de nos ouvrages.

» Toutes ces considérations nous engagent à supplier Votre Grandeur de vouloir bien s'opposer » à l'obtention des lettres-patentes que MM. de Béziers demandent, etc. »

7

» ne jugeait point à propos de leur accorder des lettres-patentes , et qu'elle
» leur permettait seulement de s'assembler comme par le passé. »

La ville de Toulouse ne fut pas mieux traitée quelques années après, quoique ses académiciens , avertis par le mauvais succès des tentatives faites à
Béziers, eussent cherché à se concilier la faveur de la Société royale par une
lettre pleine de déférence, et qui eût dû certainement la leur faire obtenir,
si celle-ci n'eût été persuadée qu'il y allait pour elle d'un grand intérêt à se
refuser à de pareilles concessions [1]. Elle y répondait donc par une sorte de
déclaration d'hostilité, et elle écrivait en même temps à Paris pour prévenir
l'effet des démarches annoncées par les académiciens de Toulouse. Appuyée
comme elle l'était toujours par trois de ses membres qui occupaient des charges
à la cour [2], il lui fut facile de les faire échouer, si même ils leur donnèrent

---

[1] La lettre est adressée à Gauteron et conçue en ces termes : « Monsieur, notre Société nais-
» sante m'a chargé d'avoir l'honneur de vous écrire, comme au dépositaire des registres de
» votre Société, pour savoir si, dans les lettres-patentes que S. M. lui a si justement accordées,
» en l'associant à l'Académie des sciences de Paris, elle a énoncé un privilége exclusif pour toutes
» les Sociétés de même espèce qui pourraient s'élever dans la province ; et, supposé que cela
» soit, j'ose vous demander, Monsieur, de la part de notre Société, si, dans l'idée où elle est
» que le roi voudra bien consacrer son établissement et lui donner une forme durable, la Société
» royale de Montpellier serait dans l'intention d'user de rigueur à son égard, et, en faisant
» valoir son privilége, de renverser ses espérances. Nous en serions d'autant plus touchés que
» le succès dont nous nous flattons, en nous rapprochant d'elle, nous assurerait les occasions
» de lui témoigner notre estime, notre respect et notre déférence. Je suis, e.c. Signé Soubeiran,
» secrétaire de la Société des sciences de Toulouse. 12 mars 1735. »   (Recueil Gauteron.)
La minute de la réponse qui dut être faite par Gauteron se trouve à la suite de cette pièce.
Gauteron, après avoir exposé les divers priviléges que conféraient à la Société les lettres-patentes et les statuts de 1706, déclare : « que la Société ne saurait s'empêcher de faire au roi
» de très-humbles remontrances pour y être maintenue, ajoutant qu'ils n'auraient plus le même
» prix s'ils lui devenaient communs avec d'autres. Soutenir un droit , dit-il , ne peut s'appeler
» user de rigueur, mais plutôt ne rien oublier pour maintenir les titres honorables que nos suc-
» cesseurs pourraient nous reprocher d'avoir laissé perdre par notre négligence. Cependant,
» nous ne pouvons que louer le zèle que MM. de Toulouse témoignent pour perfectionner les
» sciences et les arts , etc. »

[2] La Peyronie, premier chirurgien du roi; Chicoyneau et Marcot, ses médecins ordinaires,
qui tenaient toujours à la Société par leurs titres d'associés vétérans. Ce dernier écrivait à ce
sujet la lettre suivante à Gauteron : « Versailles, 25 avril 1735. ... Les intérêts de la Société
» royale des sciences de Montpellier me sont trop chers pour rien négliger de ce qui peut tendre
» à son avantage ou à son désavantage. Je n'ai pas oublié les inquiétudes que lui causa la ville
» de Béziers qui, en 1729, briguait des lettres-patentes pour transformer ses assemblées en

suite après les intentions qu'elle avait manifestées. Nous avons cru ces détails utiles à conserver, parce qu'ils font pénétrer dans l'idée que la Société royale, et même le Pouvoir avec elle, se faisaient des priviléges qui lui avaient été accordés. Elle ne défendait pas seulement la prérogative de son union avec l'Académie des sciences de Paris, point sur lequel sa susceptibilité eût été excusable et même fondée en raison; elle défendait, en général, son institution par l'autorité royale, comme la concession d'un droit exclusif à la culture des sciences en corps d'Académie, sentiment aussi peu libéral que peu éclairé. Mais à une époque où le privilége était à peu près partout, il n'était pas étonnant qu'il cherchât à s'établir même dans ce qui en est le moins susceptible : l'exercice de la pensée et de l'intelligence; et il faut convenir que le texte des lettres-patentes de 1706 s'y prêtait facilement. Le gouvernement et la Société royale elle-même revinrent dans la suite à des idées plus justes sur ce point. En maintenant à celle-ci le privilége de son union avec l'Académie des sciences, on cessa d'y voir un obstacle pour toute autre Société savante de se livrer comme elle à l'étude des sciences sous la protection de l'autorité royale. La Société de Toulouse obtint, en 1746, les lettres-patentes qu'elle avait sollicitées vainement douze ans auparavant, et celle de Béziers eut le même succès en 1767; si la Société royale éleva encore quelques difficultés, elles ne portèrent du moins que sur des points étrangers à l'objet même de l'institution [1].

» Académie royale. Il faut espérer que les intentions jalouses de la ville de Toulouse, qui se
» réveille aujourd'hui pour en obtenir de pareilles, ne seront pas mieux accueillies. J'ai fait part
» du contenu de la lettre obligeante que vous m'avez fait l'honneur de m'écrire à MM. Chicoyneau
» et La Peyronie. Ce dernier m'a dit en avoir reçu une de votre part sur le même sujet, et m'a
» promis d'agir vivement pour renverser les projets toulousains. M. Chicoyneau est dans les
» mêmes dispositions; vous pouvez compter qu'il ne tiendra pas à nous que votre Société n'ait
» satisfaction, etc. »

[1] Elle se borna à témoigner des craintes sur le partage, avec une autre Académie, des secours que les États de la province lui avaient accordés à cette époque. C'est ce qu'explique la lettre suivante que Grandjean de Fouchy, secrétaire perpétuel de l'Académie des sciences, écrivait à la Société, le 30 mars 1746. « Quant à ce qui concerne le troisième article, je veux dire l'op-
» position que vous formez à l'obtention des lettres de la Société des sciences de Toulouse, j'ai,
» suivant votre intention, communiqué votre lettre à l'Académie, qui m'a chargé de voir M. de
» Saint-Florentin à ce sujet, et voici le résultat de ma visite. Les lettres-patentes étaient déjà
» accordées par le roi; mais M. de Saint-Florentin m'a dit que vous n'aviez aucun lieu de craindre

Ces différends entre les académiciens de Montpellier et ceux de Béziers et de Toulouse, me ramènent à un sujet qui s'y trouve rappelé et qui fut beaucoup plus honorable pour la Société royale. Dès 1709, les États de Languedoc avaient voté la confection d'une histoire générale, tant civile que naturelle, de ce vaste pays ; et chacun sait que cette pensée nous a valu l'inappréciable ouvrage auquel deux religieux bénédictins ont attaché leur nom [1].

A la demande des États, la Société royale avait désigné l'un de ses membres, Astruc, pour s'occuper en même temps des recherches d'histoire naturelle, et il touchait à cet effet une somme annuelle sur la caisse de la province [2]. En 1722 et 1724, les États délibérèrent de compléter cet ensemble

---

» que ce nouvel établissement pût vous nuire : 1° la ville de Toulouse pourvoira à ses besoins ; » ainsi, il n'aura pas lieu de solliciter les bienfaits de la province ; 2° il n'y aura aucune union » entre cette Compagnie et l'Académie des sciences, et, pour être plus à portée de veiller à cet » article et à ce qui pourrait concerner vos intérêts, M. de Saint-Florentin a promis que les » statuts seraient communiqués à l'Académie avant d'être signés par le roi. »

Dans le préambule historique mis en tête du premier volume de l'*Histoire et Mémoires de l'Académie des sciences, belles-lettres et inscriptions de Toulouse*, 3 vol. in-4° ; Desclassan, 1782, 1784, 1788, on lit : « Tout étant ainsi disposé (en 1733), on croyait être près d'atteindre le but, » lorsqu'il se présenta une difficulté. Les lettres-patentes de la Société royale des sciences de Mont- » pellier portaient qu'il n'en serait point établi d'autres dans la province. La manie des priviléges » exclusifs s'était étendue jusqu'aux sciences. Mais loin de vouloir opposer un privilége odieux, » la Société de Montpellier ne vit qu'une sœur dans celle qui se formait à Toulouse, et l'assura » de sa bienveillance et de son appui. » — Les choses durent en effet se passer ainsi en 1746, par suite de la lettre qu'écrivait Grandjean de Fouchy. Mais on voit que le rédacteur du préambule historique ignora ou eut le bon goût de laisser dans l'oubli les obstacles qui, douze ans auparavant, avaient fait échouer les légitimes prétentions de sa Compagnie.

Nota. Les lettres-patentes de la Société de Toulouse sont de juillet 1746. Cette Compagnie recevait de la ville, depuis 1733, une somme de 1000 livres par an pour son entretien, et avait dès-lors acquis au prix de 25000 livres un local pour ses séances. Quelques membres avaient fait de plus un fonds de 6000 livres, dont l'intérêt avait le même objet. Elle avait aussi un observatoire et un jardin botanique. En 1754, les États de Languedoc lui allouèrent une somme de 600 livres, portée à 1000 livres en 1775. Cependant, ce ne fut qu'en 1782 qu'elle commença de faire imprimer ses travaux, au moyen d'une rente qui lui fut léguée par l'un de ses membres, l'abbé Héliot, pour cet objet. Cet abbé s'intitulait professeur royal des libertés de l'Église gallicane.

[1] *Histoire génér. de Languedoc*, par les PP. de Vic et Vaissète. Paris, 1730-1745. 5 vol. in-fol.

[2] Elle était malheureusement si modique (1200 livres), qu'elle ne permit pas à Astruc de renoncer à la brillante carrière médicale qui s'ouvrait devant lui, pour se consacrer à l'exécution de ce projet. Lui-même nous l'apprend dans ce passage de la préface de ses *Mémoires pour*

de travaux par la confection de trois cartes géographiques représentant l'ancien, le moyen et le nouvel état de la province, c'est-à-dire sa division en diocèses. Ils eurent de nouveau recours à la Société royale, qui désigna trois de ses membres pour l'exécution de ce travail, Plantade, de Clapiés et Danyzy. En 1729, les travaux préalables étaient achevés et les instruments qui devaient servir aux opérations de triangulation étaient prêts [1], et depuis cette époque les trois académiciens s'occupèrent activement de cette vaste entreprise, à laquelle l'un d'eux sacrifia même le reste de sa vie [2]. Nous aurons ailleurs occasion de parler de ses résultats ; constatons seulement ici que le zèle montré par les académiciens à cette occasion, contribua puissamment à attirer sur la Société royale la faveur et surtout les dons si longtemps attendus des États.

En 1733, la Société délibéra de demander au roi la création d'une classe d'associés libres, pareille à celle qu'un règlement du 8 janvier 1716 avait attribuée à l'Académie des sciences. Elle profita, à cet effet, du voyage que l'un de ses membres, le marquis de Montferrier, allait faire à Paris, avec un caractère public qui pouvait ajouter du poids à ses sollicitations [3]. Mais la

l'Histoire naturelle du Languedoc. Paris, 1737 ou 1740, in-4°. « Je fus obligé d'abandonner » des travaux qui ne pouvaient être qu'utiles, pour m'attacher à des travaux utiles et récom- » pensés. » Il a laissé dans ce livre les préliminaires de son travail, c'est-à-dire d'excellentes recherches sur la géographie ancienne, la langue et les antiquités du Languedoc, mais rien d'important pour l'histoire naturelle proprement dite. On sait que le naturaliste Genssane reçut plus tard des États la même mission.

[1] Le 29 janvier 1729, l'académicien Montferrier, l'un des syndics de la province, disait à l'assemblée des États « que, sur la somme de 6000 livres votée l'année précédente, 4000 avaient » été délivrées à M. Maraldi pour faire confectionner à Paris les instruments nécessaires à la » levée de la carte projetée......, et que 2000 avaient été payées aux PP. de Vic et Vaissète » pour frais des vignettes qui devaient orner le premier volume de l'Histoire de Languedoc, prêt » à paraître....; que le crédit étant ainsi épuisé, il convenait d'en voter un nouveau de pareille » somme pour la continuation des travaux ; ce qui fut fait. La Société royale traita avec le géo- » graphe Delisle, puis avec sa veuve, et enfin avec le célèbre Buache, pour la gravure des cartes » qui fut faite sous la direction de ce dernier [1]. »

[2] Plantade. Voyez ci-dessus, pag. 21.   E. Th.

[3] Il faisait partie de la députation chargée par les États de présenter au roi le don gratuit

[1] Voyez, pour tous ces détails, mon Introduction bibliographique à l'Histoire générale de Languedoc. — Mém. de la Soc. arch. de Montpellier, tom. III, pag. 371.   E. Th.

précauticn était probablement superflue, et le gouvernement qui ne refusait
en général à la Société que son argent, lui accorda d'autant plus volontiers
une faveur qui ne devait rien lui coûter. On créa donc une classe d'associés
libres, au nombre de six d'abord, mais qui fut augmentée par la suite. Ces
nouveaux membres, dont la position était intermédiaire entre celle des honoraires et celle des associés ordinaires, jouirent, comme les premiers, du
droit de siéger aux assemblées et de concourir à toutes les nominations,
sans être astreints à la résidence non plus qu'aux autres obligaticns de ces
derniers [1].

Nous clorons ici cette première période de l'histoire de la Société à la mort
de son premier secrétaire perpétuel, Gauteron, arrivée le 12 juillet 1737.
Parvenue ainsi à sa trente et unième année d'existence, elle avait passé l'époque de ses plus grandes difficultés. Mais avant d'entamer le récit de la période
suivante, il faut jeter un coup d'œil sur les principales mutations que son
personnel avait subies, et voir ce qu'elle était devenue après les vides que le
temps avait faits dans les rangs de ses premiers associés [2].

A l'époque où nous sommes arrivé, des quinze membres nommés en
1706, trois seulement [3] continuaient d'en faire partie, et dans ce petit nombre
se trouvaient encore ceux qui avaient eu le plus de part à sa fondation : Plantade et Clapiés. Des douze autres, six avaient été frappés par la mort [4]; un
septième (Matte) était passé à la vétérance, et cinq avaient été enlevés à la
Société par les emplois éminents qu'ils occupaient ailleurs. Cette manière de

---

annuel de deux millions. La lettre du ministre (comte de Saint-Florentin) qui annonce à la
Société l'accueil fait à sa demande, est transcrite au registre des délibérations, à la date du
24 décembre 1733.

[1] La Société nomma, à diverses époques, à ces six premières places :
Desallier d'Argenville, naturaliste à Paris ;
Deparcieux, de l'Académie des sciences ;
De la Liquière, à Alais ;
Bavière, médecin et naturaliste à Perpignan ;
De Carney, son ex-associé ordinaire, ingénieur à Béziers, et le médecin Bouillet, secrétaire
de l'Académie de cette dernière ville.

[2] Il s'agit ici d'un simple aperçu ; nous donnerons dans une autre partie de ce Mémoire la
liste exacte des mutations survenues dans le personnel de la Société.

[3] Plantade, Clapiés et Rideux.   E. Th.

[4] Nissole, Gondauge, Lacan, Icher, Rivière et Gauteron.

perdre ceux de ses membres qui contribuèrent le plus à son éclat, avait commencé de bonne heure pour la Société. Dès 1709, Magnol l'avait quittée pour occuper, dans l'Académie des sciences, le siége laissé vacant par la mort du botaniste Tournefort. Chirac avait suivi à Paris le duc d'Orléans, dont il était le médecin ordinaire. La Peyronie s'était aussi fixé dans la capitale en 1714 et y était devenu premier chirurgien du roi[1]. Le même honneur vint trouver Chicoyneau, appelé à la cour, en 1731, comme premier médecin de la famille royale. Enfin, le savant Astruc, après divers essais de transplantation à Toulouse et en Piémont, avait définitivement quitté Montpellier en 1728, pour se fixer dans la capitale, où l'attendaient les succès et les honneurs les mieux mérités. De pareils vides étaient difficiles à remplir. Cependant la Société les avait comblés en partie par quelques noms qui n'étaient pas moins illustres : Fizes, le célèbre praticien, avait succédé à Chirac ; Chicoyneau fils, non moins habile botaniste que son père, avait pris sa place dans la Société ; et Sauvages occupait celle de Magnol et rappelait Astruc par l'universalité de ses connaissances. A d'autres égards, la Société avait fait plus peut-être que compenser ses pertes, en remplaçant quelques noms anciens par ceux d'hommes aussi habiles que l'étaient Danyzy, de Senés et Lamorier, dans les sciences physiques ou médicales.

La Société avait perdu, en 1727, l'occasion de s'attacher l'un des hommes qui devaient faire honneur à la chirurgie pendant le xviiie siècle. Ferrein, devenu plus tard professeur à Paris et membre de l'Académie des sciences, venait à cette époque de terminer ses études médicales à Montpellier, et se présentait à la place vacante par la retraite d'Astruc. Il fut écarté, sur l'opposition de Plantade, par un motif pris de son origine étrangère[2], et peut-être par d'autres motifs de nature à n'être pas également avoués et auxquels les hommes les plus distingués ne savent pas toujours rester étrangers. C'est du moins

---

[1] Il avait été remplacé par le médecin Marcot, qui, en 1734, acheta lui-même d'Helvétius le père la charge de médecin des enfants du roi et des princes.

[2] Ferrein était né en Espagne. Bignon écrivait à ce sujet, le 5 juillet 1727 : « Quelque déférence que mérite le sentiment de M. de Plantade, ce ne serait pas une raison suffisante pour » exclure ce nouvel adjoint, si d'ailleurs il se trouve avoir les qualités requises, et si l'unanimité » des suffrages est acquise en sa faveur, à l'exception de M. de Plantade. »

l'opinion que laissait percer l'académicien Montferrier dans la lettre dont nous rapportons ici un passage [1].

Des six honoraires nommés en 1706, deux lui restaient encore et c'étaient les plus dévoués et les plus utiles : Bignon à Paris, et Bon devenu premier président de la Cour des comptes de Montpellier, que leurs hauts emplois n'empêchaient pas de prendre une part active aux travaux de la Société. Les quatre autres, choisis parmi les premiers fonctionnaires de la cité, avaient trouvé leurs remplaçants naturels dans ceux qui avaient été investis des mêmes fonctions après eux.

2e Période : De 1737 à 1775.

La période où nous entrons fut, sinon la plus brillante, au moins la plus honorable dans l'histoire de la Société. Quelques encouragements enfin accordés à ses efforts, l'entrée dans son sein d'hommes habiles et actifs [2], et l'influence même qu'exerçait sur les savants l'attention du public de plus en plus dirigée vers leurs travaux, se réunirent pour donner à ceux-ci un élan inaccoutumé. Mais c'est dans la partie de ce Mémoire qui va suivre, que cette remarque trouvera mieux sa place; pour le moment, j'ai seulement à poursuivre le récit des faits.

Les premières années de cette période sont remplies par les mutations survenues dans la plus importante des places académiques, celle de secré- taire perpétuel. La mort de Gauteron l'avait laissée vacante, comme on l'a vu, le 12 juillet 1737. Gauteron, homme exact et judicieux, l'avait ainsi remplie pendant trente et un ans, sinon avec éclat, du moins avec zèle et dévouement. On a de lui, outre des travaux relatifs à la médecine qu'il pratiquait, plu- sieurs mémoires de physique qui témoignent de beaucoup d'études et d'efforts.

---

[1] Écrivant à Gauteron, le 13 juin 1733, pour lui recommander une candidature, il disait : « Vous devez représenter à la Compagnie qu'il est à craindre que quelques brigues ne nous » fassent perdre de bons sujets, ainsi que nous avons eu lieu de nous en repentir dans la per- » sonne de M. Ferrein. »

Dans une autre lettre, il ajoutait assez naïvement : « Il faut en vérité s'attacher à ceux qui » travaillent, sans quoi notre Société tombera. »

[2] A cette époque appartiennent particulièrement les noms célèbres ou très-honorables de de Ratte, Romieu, Le Roy, Montet, Venel, Gouan, Barthez et Goulard.

Mais il s'est rendu surtout recommandable par les notices que , suivant un usage emprunté aux Académies de la capitale , il a laissées sur les associés décédés avant 1737 ; et l'on peut remarquer, à sa louange, que pour les proportions et le style de ce genre d'écrits , ses successeurs n'ont fait que suivre la voie qu'il leur avait tracée.

Le choix de la Société se porta sur Plantade , auquel son âge avancé ne faisait encore rien perdre de son activité et de son zèle. Mais ces qualités trouvaient assez d'emploi dans la direction qu'il avait, comme je l'ai dit plus haut, des travaux relatifs aux cartes des diocèses de la province ; et c'est probablement à cette cause qu'il faut attribuer le peu de traces qu'il a laissées de son passage au secrétariat [1]. On a pourtant de lui un bon Éloge de son prédécesseur Gauteron , dans lequel on peut remarquer le tableau qu'il trace lui-même de ses fonctions de secrétaire perpétuel et des qualités nécessaires pour les bien remplir : tableau achevé et où rien n'est oublié, si ce n'est peut-être une condition de succès dont son propre exemple prouvait la nécessité , le temps et le loisir suffisants [2]. Du reste , cet homme éminent, ce savant si dévoué aux sciences, allait être bientôt enlevé à la Société. Le 25 août 1741, Plantade expirait sur le pic du Midi de Bigorre, pendant que , consultant plus son zèle que ses forces, il gravissait la montagne , du sommet de laquelle il voulait faire des observations relatives aux travaux de triangulation dont il était chargé. Son ami et collaborateur de Clapiés l'avait précédé d'un an dans la tombe [3].

Le vide laissé par cette mort eût pu être rempli par Sauvages , sur lequel la Société jeta en effet les yeux; mais absorbé par des travaux de tout genre, il ne crut pas pouvoir se charger de cette nouvelle tâche, et consentit seulement à en faire l'intérim. Cet intérim paraissait ne pas devoir être long , car déjà le futur successeur de Plantade s'était révélé à la Société.

Le 24 août 1741, la veille même du jour où celui-ci lui avait été enlevé,

[1] Il n'y a point de travaux de Plantade dans le registre de cette époque; et ce registre est tenu par lui avec beaucoup de négligence.
[2] L'Éloge de Gauteron est imprimé au tom. II des *Mémoires de la Société*, pag. 234, avec des retranchements qui pourtant n'atteignent pas le passage auquel je fais allusion, et dans le *Recueil des Éloges*, publié par Des Genettes, pag. 56.
[3] Il était mort le 19 février 1740.

8

un jeune savant, entré depuis un mois dans ses rangs comme adjoint, lisait à une de ses séances l'observation d'une aurore boréale aperçue à Montpellier le 10 du même mois, et d'autres travaux du même genre l'avaient déjà fait connaître : c'était Hyacinthe de Ratte, issu d'une famille ancienne, et placé dans des conditions de fortune qui lui permettaient de se consacrer tout entier aux sciences, pour lesquelles il montrait un goût et une aptitude décidés. On vit là les éléments essentiels d'un futur secrétaire perpétuel ; mais, par une rare exception, l'âge faisait obstacle. Les statuts exigeaient 20 ans pour être reçu dans la Société comme adjoint, 25 pour y devenir associé ordinaire ; et de Ratte ne remplissait pas même la première de ces conditions. La Société entra en négociations avec l'autorité, par l'intermédiaire du premier président Bon, et, le 30 août 1742, celui-ci lui communiquait une lettre du ministre comte de Saint-Florentin, qui écrivait « qu'ayant pris les ordres du » roi à ce sujet, S. M., par une grâce spéciale et sans tirer à conséquence » pour l'avenir, autorisait M. de Ratte, qui était adjoint et n'avait pas vingt-» cinq ans, à passer dans la classe des associés ordinaires [1] On attendit quelques mois encore, et, dans l'intervalle, on mit le jeune académicien à l'épreuve dans une partie essentielle des fonctions qu'on lui destinait. Il fut chargé de faire l'Éloge de son prédécesseur de Plantade, et le lut à la Société, dans la séance du 22 novembre 1742 [2]. Cette pièce obtint l'unanimité

[1] Il fut nommé le 4 décembre 1742, en remplacement de Rideux, et sa promotion à la place de secrétaire perpétuel est du 10 janvier 1743. Poitevin se trompe lorsque, dans son *Éloge de de Ratte*, imprimé au tom. II, pag. 380 des *Bulletins de la Société libre des sciences et lettres de Montpellier*, il avance que la dispense d'âge fut accordée pour le faire entrer comme adjoint dans la Société. Il eût dû l'obtenir, en effet, puisque, né le 1er septembre 1722 et adjoint le 6 juillet 1741, il n'avait pas accompli sa vingtième année à cette époque. Mais cette infraction au règlement ne parut pas avoir assez d'importance pour motiver un recours à l'autorité. — Le même biographe nous a conservé l'anecdote suivante sur l'entrée de Ratte au secrétariat. S'effrayant du rôle qu'on lui destinait, il consulta, avant d'accepter, de Mairan, alors secrétaire perpétuel de l'Académie des sciences, qui lui répondit : « La jeunesse dont vous vous plaignez n'est qu'un » moyen de plus pour parvenir à un savoir éminent. »

[2] Il fut prononcé l'année suivante à l'assemblée publique du 2 décembre, et imprimé avec le cahier de cette assemblée. Cet ouvrage, d'un jeune homme de vingt ans, écrit avec la sobriété d'ornements, la simplicité et la pureté de style qui conviennent au sujet, et où sont traitées des questions d'astronomie et de physique, délicates alors, et dont quelques-unes avaient amené, comme nous l'expliquerons par la suite, entre Plantade et l'Académie des sciences, des démêlés

des suffrages , et tous les obstacles étant ainsi levés, le jeune savant fut promu
à ses nouvelles fonctions au commencement de l'année suivante, 1743. Ce
fut un de ces choix heureux qui assurent l'avenir des Corps qui les font. A
partir de cette époque , la vie du nouveau secrétaire perpétuel allait s'identifier
en quelque sorte avec celle de la Compagnie qui le mettait à sa tête , et à
laquelle, pendant cinquante ans entiers, il allait consacrer un zèle inaltérable
et les fruits d'un vaste savoir.

Les premières années du secrétariat de de Ratte virent s'achever une entreprise qui fit d'autant plus d'honneur à la Société, qu'elle était plus en disproportion avec ses moyens, et que le dévouement personnel de ses membres dut suppléer aux ressources qui lui manquaient : je veux parler de la construction de
son observatoire, ce monument qui, debout encore, quoique appliqué à d'autres
usages [1], rappelle traditionnellement le souvenir du Corps qui l'a élevé.

On a déjà vu que la possession d'un observatoire avait été , dès l'origine
de la Société , le but de son ambition et que , dans cette pensée , elle avait
demandé la concession d'une tour carrée faisant partie de l'enceinte fortifiée de
la ville , et que sa position et sa hauteur rendaient propre à recevoir cette
destination. Mais des travaux considérables restaient à faire: on avait l'emplacement et la base de l'édifice ; il fallait l'élever lui-même , et le manque absolu de ressources avait fait ajourner ce projet comme beaucoup d'autres.

En 1737, les choses s'étaient un peu améliorées sous ce rapport. Les États

assez fâcheux que l'auteur touche avec justesse et convenance ; cet ouvrage , disons-nous , est
surtout remarquable par la maturité d'idées qu'il annonce. De Ratte s'y montra comme un de
ces esprits précoces pour lesquels la jeunesse n'a jamais eu son inexpérience ni ses entraîne-
ments. Du reste , il n'a rien fait de mieux en ce genre; c'était un début qui révélait de grandes
forces et un talent déjà mûr , mais qui en donnait aussi la mesure. De Mairan , auquel il adresse
cet ouvrage , lui écrivait [*]:

« L'Éloge que j'ai lu de votre façon me paroit tel que vous n'avez à envier le talent de per-
» sonne sur ce sujet. Il laisse une grande idée de celui que vous y louez, et c'est là, à mon
» avis, la plus grande marque des bons ouvrages dans ce genre. »

[1] La tour de l'Observatoire, longtemps inoccupée , avait été disposée en 1832 pour le télégraphe à lunette, qui correspondait par deux lignes différentes avec Paris. Depuis que l'électricité
a remplacé la lunette , le télégraphe a été établi ailleurs , et la tour de l'Observatoire a été
rendue à sa première destination et rétrocédée à la Faculté des sciences.   E. Th.

[*] Le 13 décembre 1743.   E. Th.

de la province, que nous avons vus résister avec tant de persistance à toutes demandes de fonds, et pousser l'économie jusqu'à refuser les frais d'impression des assemblées publiques, auxquelles ils ne dédaignaient pas d'assister [1], commençaient à revenir à d'autres sentiments, soit que les services rendus par les astronomes de la Compagnie pour la levée des cartes diocésaines leur eussent mieux fait comprendre l'utilité de celle-ci, soit qu'ils cédassent à la marche générale de l'opinion, de plus en plus attentive aux progrès des sciences et à l'importance de leurs résultats [2]. Par délibération du 7 février 1737, ils accordèrent à la Société une subvention annuelle de 600 liv. C'était peu pour les besoins réels de celle-ci, c'était beaucoup pour sa détresse actuelle et surtout pour son encouragement.

Aussi, cette marque de faveur suffit-elle pour lui faire reprendre son ancien projet. La première proposition en fut faite à sa séance du 27 mai 1739, par l'astronome Guilleminet, associé depuis le 18 mars 1734, et que sa correspondance avec la Société signale comme l'un de ses membres les plus actifs [3]. L'idée fut approuvée, et l'académicien Danyzy, qui possédait les

---

[1] Ils avaient commencé de les accorder en 1728 ; et, depuis cette époque, les cahiers furent régulièrement imprimés, sauf une lacune dont nous parlerons plus tard.

[2] C'était l'époque (1736) où le gouvernement envoyait des académiciens au pôle et sous l'équateur, pour y déterminer la figure de la terre par la mesure d'un arc du méridien ; entreprise dont la nouveauté autant que la grandeur frappait les imaginations, et attirait sur les sciences un intérêt mêlé de curiosité.

[3] Il existe de lui, dans le *Recueil de Gauteron*, quelques lettres de l'une desquelles j'extrairai le passage suivant, en témoignage, non-seulement du zèle de notre académicien, mais encore des bons rapports qui existaient entre la Société royale et l'Académie des sciences de Paris. Le 13 juillet 1734, il venait d'assister à une séance de cette Académie, et écrivait à Gauteron : « La plupart des académiciens me demandent des Mémoires de notre Société, et sont fâchés de » n'avoir reçu aucun imprimé de nos assemblées publiques. Je me suis engagé à les envoyer à » MM. de Mayran et Godin. Ainsi, je vous supplie, Monsieur, de m'aider à leur en procurer la » suite, depuis celui de M. le premier président Bon, sur les *Araignées*. Supposé que vous » n'ayez plus les imprimés, je m'imagine qu'ils doivent être dans nos registres je les ferai » imprimer à mon retour. Je vous avoue que je suis enflammé de l'émulation dont on brûle » pour les sciences dans ce pays, et je suis en même temps confus des reproches qu'on me » fait de ce que notre Société n'a pas le même zèle. Je l'ai excusée du mieux qu'il m'a été pos-» sible ; ainsi, Monsieur, aidez-moi, je vous en conjure, à ne rien diminuer de la bonne opinion » qu'on a conçue d'elle, et représentez à la première assemblée l'importance de donner tous » les ans un Mémoire pour être inséré dans le volume de l'Histoire. »

connaissances spéciales nécessaires, fut adjoint à Guilleminet pour l'exécution. Tous les deux furent chargés de rapporter le plan et les devis des bâtiments à élever. Le plan était prêt sans doute, puisque la Société l'eut sous les yeux dès le 4 juin suivant; mais le devis ne lui fut présenté qu'au mois de février 1741. Les premiers travaux commencèrent cette même année et se continuèrent sans interruption, toutefois avec une certaine lenteur qu'explique assez la pénurie des fonds. Cependant, il paraît que les ouvrages essentiels étaient achevés, et l'observatoire en état de recevoir des instruments en 1745 [1]. On va voir que son entier achèvement et surtout la libération de la Société vis-à-vis des ouvriers, eurent une tout autre durée.

Il est probable que le devis primitif des travaux (chose très-ordinaire) n'atteignait pas le chiffre où la dépense s'éleva plus tard [2], et que la Société avait pu espérer de se libérer, dans un temps déterminé, au moyen de sommes annuelles prises sur ses revenus. Si tel fut en effet son projet, elle dut bientôt y renoncer. Dès la fin de 1743, la dépense était telle qu'il devenait urgent pour elle de se créer des ressources extraordinaires, et il ne s'en présentait d'autres que la voie d'un emprunt. Ce point résolu, elle coupa court aux difficultés qui eussent pu se présenter, en faisant de cet emprunt l'affaire personnelle de chacun de ses membres. En exécution d'une délibération prise le 27 décembre 1743, tous les associés donnèrent pouvoir à Guilleminet, l'un d'eux, d'emprunter une somme de 4,000 livres, sous leur engagement solidaire et sous l'hypothèque de leurs biens [3], et l'emprunt fut

---

[1] Cette date est donnée par de Ratte dans la Notice historique placée en tête du tom. II des Mémoires de la Société.

[2] Ce devis et le plan qui lui servait de base ne se sont pas retrouvés dans les papiers de la Société; et les registres eux-mêmes ne donnent aucun renseignement précis sur la manière dont la Société avait espéré subvenir aux frais de construction. Une délibération du 7 avril 1742 porte seulement qu'une somme de 1000 livres qui se trouvait entre les mains du trésorier, serait appliquée à la construction d'un observatoire. Le plan définitif fut l'ouvrage de Danyzy, qui, en sa qualité d'ingénieur civil, eut la direction des travaux. On lit dans l'Éloge de ce savant, par de Ratte, « que la construction de l'observatoire lui fit beaucoup d'honneur, et fut dirigée » d'après des principes qui lui étaient tout à fait particuliers. »

[3] L'acte de procuration pour emprunter fut souscrit devant Péridier, notaire, le 27 février 1744. Il porte les signatures de deux membres honoraires, le premier président Bon et l'évêque de Montpellier, de Charancy, et celle de quatorze associés ordinaires : De Ratte, de Sauvages, de Guilleminet, Fitz-Gérald, Du Quetin, Gourraigne, Goulard, Danyzy, Fizes, Haguenot, Lamorier,

réalisé par ce dernier le 7 mars suivant 1744. On suivit la forme, très-usitée
à cette époque, d'une constitution de rente au profit du prêteur (une dame
Goudard), avec faculté pour la Société de se libérer en tout temps par le remboursement du capital prêté. Lamorier, trésorier de la Compagnie, présent
à l'acte, reçut la somme et s'en déclara responsable vis-à-vis de cette dame;
et, à partir de cette époque, il dut prélever chaque année, sur les revenus de
la Société, une somme de 200 livres pour le service de la rente constituée
au prêteur.

Mais, si les premiers travaux furent soldés par ce moyen, beaucoup d'autres dont l'utilité ou la convenance se fit successivement sentir restaient à
faire. La Société qui, à cette époque, avait supprimé tout autre genre de
dépenses, même celle de son logement, décida d'y affecter tous les ans une
somme de 400 livres, dont elle laissa la disposition à Guilleminet, et les choses
furent ainsi exécutées pendant plusieurs années [1]. Mais ce moyen de libération se trouva lui-même fort insuffisant, et la Société, tombant de nouveau
en arrérages, se trouva débitrice, en 1757, envers l'entrepreneur des travaux [2],
d'une deuxième somme de 4,000 livres dont elle dut songer à se libérer par le
même moyen. Le 25 février 1757, deux de ses membres, Goulard et Haguenot, lui en firent l'avance et reçurent chacun un titre de rente de 100
livres, remboursable, comme le précédent, à la volonté de la Société [3]. L'entrepreneur fut soldé au moyen d'une dernière somme de 164 livres, prise
sur les revenus ordinaires; et un dernier article porté au livre de compte
annonce la fin de cette dépense [4].

Lamure, Claude Chaptal et Serane. Le quinzième, Montferrier, était absent de Montpellier à ce
moment. Je dois l'obligeante communication de cet acte, ainsi que de l'acte d'emprunt du 7 mars
suivant, à Me Péridier, notaire, détenteur des minutes de son aïeul (847).

[1] En 1750, Guilleminet rendit son compte, dont l'original, accompagné de pièces à l'appui,
existe encore aux archives. Il avait reçu et dépensé 2400 livres.

[2] C'était un plâtrier de la ville nommé Jésouy.

[3] L'acte fut retenu par Dufour, notaire, et il en existe une copie aux archives. On suivit une
forme un peu différente et plus simple que celle de l'emprunt de 1744. Sauvages et de Ratte y
stipulent comme mandataires de la Société, suivant sa délibération du 2 janvier 1757; et l'engagement personnel de chacun des associés ne fut pas exigé par les prêteurs, qui d'ailleurs
étaient garantis par leur subrogation au privilége du maçon, que consentit en leur faveur l'entrepreneur présent à l'acte, et qui reçut les 4000 livres de leurs mains.

[4] Le relevé fait sur le registre des sommes dépensées pour la construction de l'observatoire

La Société fut alors en possession d'un édifice dont les dispositions primitives, altérées par quelques additions plus modernes, se reconnaissent partout encore avec facilité. Sur trois des côtés de la tour ancienne, ceux qui regardent l'est, le midi et le couchant, on avait remplacé les machicoulis qui en garnissaient le pourtour par un encorbellement supportant une galerie à pilastres de quatre pieds de large, au milieu de laquelle s'élève le bâtiment principal. Pour donner à celui-ci une profondeur convenable, dans le sens du nord au sud, que la tour n'offrait pas, on avait construit un arceau appuyé sur les deux côtés de l'angle que formaient les remparts de la ville en cet endroit, et on avait élevé au-dessus la façade nord du bâtiment, dont les dimensions atteignent ainsi dix mètres dans un sens (de l'E. à l'O.) et six dans l'autre (du N. au S.) [1]. A l'intérieur, il présentait une vaste salle percée de deux grandes fenêtres ou portes sur chacune de ses faces nord et sud et d'une seule sur les deux autres. Elle était recouverte par une voûte supportant une terrasse, à laquelle on arrivait par deux escaliers extérieurs placés dans des tourelles qu'on remarque au S.-E. et au N.-O. du bâtiment principal, et communiquant avec la terrasse par un passage découvert supporté par un arceau. Ces deux tourelles isolées et disposées symétriquement ont un caractère de légèreté qui contraste assez heureusement avec la masse principale de l'édifice. Avant 1750, on arrivait à celui-ci par le rempart au N.-E., auquel donnait accès un escalier qui faisait partie de l'ancienne porte de ville dite porte de Lattes. Cette porte et l'escalier ayant été détruits à cette

---

donne un total de 14,049 livres. Dans une pièce rédigée en 1764, et dont nous allons bientôt parler, la Société faisait monter ces sommes à 20,000 livres; mais elle avait alors quelque intérêt à les grossir, et y comprenait peut-être les achats d'instruments. Quoi qu'il en soit, la dépense parut considérable au public, comme l'indique le fait suivant. Le médecin Fizes, qui avait signé comme associé le premier acte d'emprunt, se retira bientôt après de la Société, prétextant ses grandes occupations; mais son biographe ne nous laisse point ignorer que sa retraite fut attribuée par le public à la crainte qu'il eut de se voir engagé dans les grandes dépenses que la Société faisait pour la construction de son observatoire. (*La vie et les principes de Fizes*, par L. Estève. Amsterdam (Montpellier), 1765, in-8º.) Le goût attribué à Fizes pour l'argent ne laisse pas de donner de la vraisemblance à cette explication du public.

[1] La mesure exacte que j'en trouve dans un arrêté de compte leur donne : 5 toises 1 pied 6 pouces de long (de E. à l'O.) et 3 toises 2 pieds de large (épaisseur des murs comprise). Les deux tourelles ont chacune 2 toises dans un sens, et 1 toise 3 pieds dans l'autre.

époque, la communication dut s'effectuer par la partie intérieure du rempart, au moyen d'un escalier qui y fut adossé et auquel on arrivait par l'ancien chemin de ronde, et un peu plus tard, comme on va voir, à travers les bâtiments appartenant à l'ancienne confrérie des pénitents bleus, dont l'église s'élevait en cet endroit.

Les modifications que subit cette première construction, et notamment le remplacement de la terrasse supérieure par le deuxième étage que l'on voit recouvrir la voûte de la grande salle, furent le résultat de très-longues discussions que la Société royale eut avec la Compagnie dont nous venons de parler, et il en faut rappeler ici sommairement l'objet, pour n'avoir pas à revenir sur des faits qui perdraient ailleurs le faible intérêt qu'ils peuvent encore présenter.

Presque au moment où la Société achevait, en 1745, ses premières constructions, s'établissait au-dessous de la tour de l'Observatoire et dans l'angle que formaient en cet endroit les remparts de la ville, la confrérie religieuse qui a donné son nom à la rue où elle prit ainsi domicile [1]. Ce voisinage pouvait devenir dangereux pour l'observatoire, les nouveaux acquéreurs se proposant de construire en cet endroit une chapelle dont la hauteur risquait de cacher la vue de cette partie de l'horizon. La Société royale, qui le comprit se hâta de demander et obtint, le 25 mai 1748, un arrêt du conseil [2] qu

[1] Rue vieille des Pénitents-Bleus, autrefois l'une des impasses qui conduisaient de la rue de Étuves aux murs de ville. Les pénitents y achetèrent, en 1746, un bâtiment servant de jeu de paume, qui s'étendait parallèlement au rempart, dont le séparait le chemin de ronde. (Voi Notice sur l'ancienne confrérie des pénitents bleus, par V. Soulié. Montpellier, 1822, in-8°.)

[2] L'expédition en est aux archives. On voit par son préambule que les discussions avaien déjà commencé. «Le roi, informé des contestations survenues entre la Société royale des science » et les pénitents bleus de la ville de Montpellier, au sujet de l'élévation que ces derniers on » donnée à leur église, les uns soutenant que cette élévation était contraire à ce qui avait été » verbalement convenu entre eux, et nuisait à leurs observations astronomiques, et les autre » soutenant qu'ils avaient communiqué leur plan à la S. R. avant que de le suivre, et qu'ell » l'avait trouvé convenable..., a défendu et défend aux pénitents bleus d'élever dans aucun temps » ni sous quelque prétexte que ce soit, ladite église au-dessus de 51 pieds à compter du rez » de-chaussée d'icelle. » Outre ces contestations principales sur la hauteur du bâtiment, le voisinage en fit naître plusieurs autres relatives au droit d'appui, au droit de passage et à l'égou des eaux, réglées par une multitude d'actes ou accords que l'on retrouve encore dans le registres de la Société, ainsi que dans une liasse particulière de pieces touchant à ces discus sions.

fixait à 51 pieds la plus grande élévation du nouveau bâtiment ; et, quoique cette hauteur eût été dépassée sur quelques points, l'observatoire n'eût pas eu à souffrir beaucoup de cette première construction. Mais douze ans après, en 1762, les pénitents s'y trouvant trop à l'étroit songèrent à transformer leur chapelle en véritable église, en y ajoutant des nefs latérales, un chœur et un clocher ; et ils demandèrent à cet effet l'inféodation de l'ancien chemin de ronde qui séparait leur chapelle du mur de ville, aux dépens duquel ils allaient s'agrandir. La Société royale, qui eût pu s'y opposer, se désista de cette opposition, sur la foi d'un traité conclu le 4 août 1763, où sont réglées avec soin les dispositions à donner au nouveau bâtiment sous le rapport de sa hauteur, de la position de son clocher et du droit d'appui et de mitoyenneté ; car le chœur de l'église à construire devait être adossé à la façade nord de l'observatoire et en boucher quelques jours inférieurs [1]. Les travaux s'exécutèrent sur la foi de ces conventions ; mais au lieu de s'y conformer exactement, la confrérie, profitant, à ce qu'il paraît, de l'époque où la Société prenait ses vacances et n'exerçait plus sur les travaux sa surveillance habituelle, se permit une entreprise fort extraordinaire : portant le chœur de la nouvelle église au-dessus de la hauteur convenue, elle boucha et mura jusqu'aux deux tiers de sa hauteur celle des deux fenêtres qui, sur la façade nord de la grande salle de l'observatoire, ouvrait du côté du couchant, et rendit ainsi toute observation impossible de ce côté de l'horizon [2].

---

[1] On stipulait, par exemple, quant au clocher, qu'il serait placé dans la direction de la lanterne de l'amphithéâtre de Saint-Côme, et ne la dépasserait pas en hauteur. A l'égard des passages qui devenaient indispensables par l'inféodation du chemin de ronde, les pénitents, soit par cet acte, soit par des actes postérieurs, en accordèrent deux : l'un à travers le vestibule de leur église, aboutissant sur le rempart au N.-E. de la tour ; l'autre par la sacristie, communiquant au même rempart du côté opposé (au couchant) de celle-ci. On usait plus habituellement du premier, et l'un et l'autre étaient d'ailleurs considérés comme provisoires, et « devant servir jusqu'à ce que la ville de Montpellier, par l'ouverture de la rue projetée *Riche-* » *lieu,* eût remplacé l'ancien escalier détruit avec la porte de Lattes. »

[2] Dans l'un des sept ou huit factums, écrits pour la plupart de la main de de Ratte, que l'on retrouve parmi les pièces relatives à ces contestations, de Ratte, après avoir raconté les entreprises successives sur l'observatoire, de ses dangereux voisins, peint la dernière en ces termes : « Tout n'est pas fini de la part des pénitents bleus, et un nouveau fait auquel la Société n'au- » rait jamais dû s'attendre vient de mettre le comble à tout ce qu'on a rapporté de leurs éton- » nantes manœuvres. — Ils ont profité du temps des vacances de la Société et de l'absence de

Une entreprise aussi préjudiciable à la Société devint l'origine d'un nouveau débat qui, pendant plus de trente années, occupa les deux Corps et donna naissance à une multitude d'écrits, d'actes et de projets. La Compagnie des pénitents prétendait que les travaux avaient été exécutés du consentement des commissaires délégués par la Société pour les surveiller, et qu'ils ne portaient d'ailleurs aucun préjudice aux observations astronomiques, qui ne se faisaient jamais, disait-elle, dans cette partie de l'horizon. La Société royale, plus compétente, déniait ce dernier point [1], et elle repoussait, avec ses commissaires, toute idée d'un consentement donné à une voie de fait en opposition directe avec les accords de 1763. Son droit était trop évident pour qu'il pût être longtemps contesté, et il ne s'agit bientôt plus que de la nature du dédommagement à lui accorder. On répugnait de part et d'autre à détruire l'édifice achevé. Deux autres moyens de rendre les observations possibles se présentaient : on pouvait construire sur la voûte du nouveau chœur une salle d'observation supplémentaire, à laquelle on fût parvenu par la fenêtre restée ouverte sur la façade nord de la grande salle de l'observatoire; ou bien élever au-dessus de celle-ci un deuxième étage en forme de pavillon, reposant sur la voûte qui la recouvrait. Chacun de ces partis offrait des inconvénients [2], et le choix entre ceux-ci, rendu plus difficile encore par la

---

» celui des académiciens qui est le plus à portée de veiller sur l'observatoire, pour élever le bâti-
» ment de leur église, en l'appliquant sur le mur de façade du côté nord. Ils ont fermé et bâti,
» sans en avoir fait le moindre compliment, une des deux fenêtres de ce mur, ce qui, joint au
» peu de jour que reçoit maintenant l'autre, met les astronomes dans l'entière impossibilité de
» faire aucune observation de ce côté. Cette manœuvre a été exécutée avec la plus grande
» diligence, et l'Académie ne s'en est aperçue que lorsque la chose était faite. — Un pareil
» attentat est incroyable. Ceux des académiciens qui s'en sont aperçus les premiers osaient
» à peine s'en rapporter au témoignage de leurs propres yeux, et les personnes impartiales
» disent que c'est peut-être la première fois qu'on a bâti la fenêtre de son voisin, sans l'en avoir
» préalablement averti. »

[1] Elle rappelle souvent, dans ses derniers factums, que le fameux passage de Vénus sur le disque du soleil, du 3 juin 1769, n'eût pas été aperçu de l'observatoire, dans l'état où l'avait mis l'entreprise des pénitents, s'il fût arrivé quelques jours plus tard.

[2] Le projet de construction d'un pavillon au-dessus de la salle de l'observatoire donnait à ses murs une retraite de 3 pieds sur la bâtisse inférieure, ce qui eût établi une galerie autour et n'eût pas été d'un mauvais effet. Mais on craignait la surcharge qui devait en résulter pour la voûte, et l'on se décida à bâtir sur l'aplomb des anciens murs.

sourde résistance de la confrérie, qui ne cherchait qu'à gagner du temps, fit traîner les choses en longueur jusqu'en 1788. A cette époque la Société royale accepta, par un dernier accord, une somme de 1,680 livres, et fit construire avec cet argent, sur le mur de l'ancien bâtiment, le deuxième étage qu'on y voit superposé, et qui fut surmonté d'une terrasse semblable à celle qu'on supprimait. Ainsi se termina ce débat de trente ans, qui a rempli de ses traces les registres de la Société, presque au moment où la révolution allait lui donner une tout autre issue, en rasant et mettant au niveau du sol l'édifice religieux tout entier, cause du différend [1].

Reprenons maintenant le fil des événements, interrompu par cette digression qui nous a conduit jusqu'aux dernières époques de l'existence de la Société.

En 1743, la Société, toujours attentive à suivre les exemples de l'Académie des sciences de Paris, désira de posséder une classe d'associés étrangers pareille à celle qui avait été accordée à cette dernière par le règlement [2]. Le gouvernement accéda à ce vœu, et l'on ajouta aux associés honoraires, ordinaires et libres, quatre places d'associés étrangers qui furent données à deux savants de Genève, Jallabert et Cramer [3]; au hollandais Müsschenbroëk, et à cet illustre Linnée que toutes les Académies savantes s'empressaient alors d'inscrire parmi leurs membres.

En 1751, la Société recevait de l'une des têtes couronnées de l'Europe une marque de considération dont elle fut fort touchée, à raison de la forme

---

[1] L'église des Pénitents-Bleus fut vendue nationalement en 1793, abattue par les acquéreurs, ainsi que le rempart attenant, et remplacée par des constructions privées qu'on voit à la place. Presque en même temps le fossé qui ceignait le mur de ville était comblé et transformé en boulevard; ce qui permit de pratiquer dans le bas de l'ancienne tour la grande porte qui donne aujourd'hui accès dans l'intérieur des bâtiments de l'observatoire.

[2] Du 26 janvier 1699.   E. TH.

[3] Ce choix de deux savants appartenant à la même ville mérite d'être expliqué. Jallabert, physicien distingué, avait passé deux hivers à Montpellier pour raison de santé, et y avait contracté des liaisons avec divers membres de la Société royale, avec lesquels il entretenait depuis une correspondance. Lorsque la place d'associé étranger lui fut offerte, il ne consentit à l'accepter qu'à condition qu'une autre serait donnée à M. Cramer, son maître et son ami, qui se mit depuis au rang des premiers géomètres de cette époque, par son *Introduction à l'analyse des lignes courbes algébriques*, publiée en 1750. L'un et l'autre furent remplacés à leur mort par deux autres savants de Genève, le minéralogiste Le Sage et le naturaliste Bonnet, dont le dernier entretint aussi une correspondance très-suivie avec le secrétaire perpétuel de la Société.

dans laquelle elle se produisit. A cette époque, le roi de Pologne, Stanislas Leczinski, devenu souverain viager du duché de Lorraine, organisait une Académie dans la capitale de ses nouveaux États, et cherchait pour elle des relations avec les principales Sociétés de même nature, existant en France ou à l'étranger. Il fit écrire à ce sujet au secrétaire de notre Académie, par le comte de Tressan son ministre, et voulut bien répondre ensuite, par une lettre de remerciements écrite de sa main, à l'acceptation empressée de la Société. Ces deux lettres, et les réponses de de Ratte, que l'on peut voir dans les registres de la Société [1], ne contiennent rien, au milieu du cérémonial affecté à ces sortes d'occasions, qui puisse m'engager à les transcrire ici; mais de pareils faits sont encore utiles à rappeler, comme témoignage de l'attention qu'obtenaient de plus en plus les sciences, et des rapports qui s'établissaient entre ceux qui les cultivaient et ceux que leur position appelait à les protéger.

Je ne trouve à noter, dans l'intervalle de 1751 à 1764, que le passage à Montpellier, en 1755, et la présence aux assemblées de la Société, du célèbre La Condamine, de l'Académie des sciences. Le procès-verbal de la séance a soin de constater que, conformément à l'article 42 des statuts, il prit place au-dessous des membres honoraires et au-dessus des associés libres et ordinaires [2].

En 1764, la Compagnie reçut une faveur qui fut le prélude de celles dont elle allait être l'objet de la part du Pouvoir. Nous avons parlé, au début de

[1] Elles y furent transcrites par une délibération expresse de la Société, et cette précaution nous en a conservé le texte, les originaux eux-mêmes étant perdus. Il n'est pas inutile de remarquer que le secrétaire de l'Académie de Nancy, le chevalier de Solignac, que Stanislas chargeait de correspondre avec la Société royale, appartenait par sa naissance à la ville de Montpellier; celui-ci est connu dans les Lettres par une *Histoire de Pologne* et par un *Éloge du roi Stanislas*, son bienfaiteur et son ami. Du reste, tous ces faits sont rapportés dans le tom. I, pag. 63 des *Mémoires de la Société royale des sciences et belles-lettres de Nancy*. Nancy, 1754, in-12. On y lit notamment la lettre de de Ratte au roi, du 29 mai 1751, et la réponse du roi. La première fut trouvée un peu louangeuse par le secrétaire de la Société de Nancy, qui s'en raille finement. Il est à remarquer que la Société royale fut la seule à laquelle cette alliance fut offerte; distinction qui ne peut s'expliquer que par son titre d'associée à l'Académie des sciences, et peut-être un peu par l'intermédiaire du chevalier de Solignac.

[2] Registre des travaux. Séance du 30 janvier 1765. La Condamine passa une seconde fois à Montpellier, quelques années plus tard.

cette histoire, de la chaire de mathématiques et d'hydrographie établie en 1682 par le roi Louis XIV, et successivement occupée par Nicolas Fizes, père du médecin de ce nom, par ce dernier lui-même et par l'astronome Clapiés. A la mort de Clapiés, arrivée en 1740, la Compagnie des jésuites, dont les établissements d'éducation prospéraient alors à Montpellier, avait obtenu, par lettres-patentes du 12 juin 1741, la réunion de cette chaire au collège qu'elle dirigeait, et en avait fait successivement remplir les fonctions par trois professeurs pris dans son sein [1]. Vingt ans après, en 1762, l'orage qui devait amener la suppression de cet ordre en France étant près d'éclater [2], la Société royale songea à rentrer en possession d'un genre d'enseignement tout à fait conforme à la spécialité de ses travaux. Elle fit valoir, dans une requête adressée au gouvernement et appuyée par le conseil de ville, le but de son institution, les précédents services de ses membres, et la possession d'un observatoire si bien approprié au développement de cet enseignement [3]; et ces titres bien réels furent appréciés et lui valurent des lettres-patentes, en date du 25 janvier 1764, qui incorporaient la chaire au corps même de l'Académie, en chargeant celle-ci d'en faire exercer les fonctions par celui de ses membres qu'elle désignerait, et d'en retirer les émoluments [4]. La Société, pour mieux constater l'union établie, décida que ces émoluments seraient perçus par son trésorier, qui en ferait compte à celui de ses membres qu'elle chargerait du cours, et cette disposition fut toujours exécutée par la suite. La place revenait de droit à l'un des astronomes de la Société; elle fit choix de Danyzy [5], savant laborieux qui avait si bien mérité d'elle par les soins apportés à la construction de l'observatoire. A partir de cette époque, les leçons furent données

[1] Les PP. Pélissier, Cussac et Rouvelet. Ce ne fut qu'après la mort de ce dernier, que la Société royale songea à revendiquer cet enseignement.

[2] On sait qu'il fut supprimé par édit du mois de novembre 1764.

[3] C'est dans cette pièce, dont une minute de la main de de Ratte et une expédition en forme existent aux archives, que la dépense de construction de l'observatoire est portée à 20,000 liv. On voit que le rédacteur pouvait avoir quelque tendance à l'exagérer.

[4] Ils se portaient à 600 livres imposées par l'édit de création, moitié sur la ville de Montpellier et moitié sur son diocèse; car le Pouvoir avait eu soin de faire payer le bienfait par ceux auxquels il paraissait l'accorder. — Les lettres-patentes sont transcrites dans le registre des délibérations de la Société, à la date du 15 mars 1764.

[5] Hyacinthe Danyzy.   E. Th.

dans la grande salle de cet établissement , et cet utile enseignement attira chaque année un nombre considérable d'auditeurs. Pour épuiser ce sujet, ajoutons qu'à la mort de Danyzy, arrivée en 1782, la place fut donnée à Cusson, son successeur dans la classe d'astronomie; et, après ce dernier, en 1786 , à Danyzy [1], fils du précédent, entre les mains duquel elle s'éteignit aux premières années de la révolution.

Deux ans après', en 1766, la Société recevait une autre marque non équivoque de l'intérêt que ses travaux excitaient dans la partie éclairée du public. A cette époque , plusieurs Académies de province , à l'exemple de celles de la capitale, commençaient de faire usage , pour la propagation des sciences et leur application aux arts, de l'utile moyen des récompenses ou prix annuels. Mais on juge bien que , dans la pénurie de ses ressources , la Société n'avait pu songer à ce genre d'encouragement. Un citoyen généreux lui en fournit les moyens. M. Saunier , ancien procureur général à la Cour des comptes de Montpellier [2], s'était , jeune encore , démis de ses fonctions par des raisons de santé , et cultivait , dans le loisir que lui laissait cette retraite, la littérature et les sciences en amateur éclairé. Lié d'amitié avec de Senés [3], l'un des membres de la Société royale , il fut rendu attentif par lui à la position que faisait à la Société sous ce rapport son manque absolu de ressources , et il offrit de l'en tirer en faisant les fonds d'un prix annuel de 300 livres dont la Société déterminerait le sujet et choisirait le lauréat. Le 6 mars 1766 , de Senés et de Ratte faisaient part à la Compagnie de l'offre de M. Saunier , et celle-ci y répondit immédiatement en députant quelques-uns de ses membres pour le remercier de cette marque de sympathie pour elle et de zèle pour les sciences. Le 13 mars suivant , elle réglait en assemblée générale les conditions du prix et la manière de le décerner. On décida « que le sujet en roulerait » toujours sur quelques questions de mathématiques ou de physique , ou en

---

[1] Hippolyte Danyzy.   E. Th.

[2] Louis Saunier , ancien procureur général et maître des requêtes de l'hôtel, était fils et petit-fils de deux magistrats qui avaient exercé dans la Cour des comptes les mêmes fonctions de procureur général.

[3] Dominique de Senés, conseiller à la Cour des comptes, fils d'autre Dominique, mathématicien et astronome, mort en 1740, dont l'Éloge fut lu à la séance publique de la Société du 2 décembre 1745.

» général sur quelque objet dont s'occuperait l'Académie, en donnant autant
» que possible la préférence aux objets d'une plus grande et plus prochaine
» utilité, tels que ceux, par exemple, qui sont relatifs à l'agriculture et à
» l'économie rurale, et en exceptant seulement les questions d'anatomie et
» celles que la chirurgie proprement dite pourrait revendiquer. » Tels sont
les termes de la délibération, qui n'y furent pas, les derniers surtout,
insérés sans débat[1]. Elle fut exactement suivie, et l'on s'accoutuma à n'admettre pour sujet de prix que des questions d'un intérêt très-général et
de nature à perfectionner les applications des sciences à l'agriculture et
aux arts, et surtout à celui dont on commençait alors à bien comprendre
l'utilité et à honorer les progrès. Nous reviendrons ailleurs sur les principaux
résultats de ce concours, que son fondateur continua de soutenir par ses
dons, nonobstant son changement de résidence à Paris[2], et au maintien
duquel il affecta à sa mort, arrivée en 1784, un fonds de 6,000 livres
entre les mains de ses héritiers. La Société s'empressa de s'attacher, par le
titre d'associé libre, l'homme généreux qui augmentait ainsi son influence et
rendait hommage aux sciences qu'elle cultivait; et elle obtint très-prompte-
ment, à cet effet, la création de deux nouvelles places dans cette classe,
dont l'une lui fut attribuée[3]. Une lettre du comte de Saint-Florentin, du 26

---

[1] La lettre suivante, écrite par Senés à de Ratte, fait comprendre ce qui dut se passer à ce
sujet : « J'ai parlé à M. Saunier suivant vos désirs ; mais, malgré tout ce que j'ai pu lui dire,
» il n'est plus dans le dessein d'exclure aucune matière pour sujet du prix, quoique ses pre-
» mières intentions fussent de ne jamais employer l'anatomie et la chirurgie proprement dites.
» Il craint que cette exclusion n'occasionne des tracasseries. J'ai eu beau le sermoner, il a broché
» quatre phrases qu'il vous soumettra si vous avez la bonté de passer chez lui. Je lui dis en me
» retirant que je vous mettrais à ses trousses, et que je me flattais que vous opéreriez sa con-
» version pour le plus grand bien de notre Académie, qui n'était que trop livrée à la Faculté...
» Je m'étonne que M. Saunier, qui a de l'esprit et des connaissances, puisse croire encore à la
» médecine ; mais quand on est malade, on est un peu superstitieux sur cet article, etc. » Ces
plaisanteries de l'école de Molière entre deux mathématiciens peu compétents, doivent être
prises pour ce qu'elles valent ; mais elles faisaient allusion à un fait très-réel, la prédominance,
dans la Société, des sciences médicales, qui n'y avaient pas besoin d'encouragement : en 1764,
des quinze associés ordinaires, neuf appartenaient comme professeurs ou démonstrateurs à
l'Université de médecine.

[2] Il existe de lui plusieurs lettres qui témoignent de l'intérêt qu'il continua de prendre au
concours qu'il avait fondé ; et en général aux travaux de la Société.

[3] L'autre place fut donnée au successeur de Saunier dans la Cour des comptes, le procureur

mars 1766 , annonce le consentement du roi à cette création , en même temps que l'approbation qu'il donnait à la fondation du nouveau prix.

Je ne trouve aucun autre fait à noter de 1766 à 1775, dernière année de cette période, et j'en vais terminer le récit par des détails dont quelques-uns, assez fâcheux, seront pris de la vie intérieure de la Société.

Nous l'avons laissée, en 1739, occupant depuis dix ans une maison plus que modeste dans l'une des impasses de la rue des Étuves. Elle prit à cette époque un logement dans une maison voisine, mais de meilleure apparence, donnant sur la rue des Étuves elle-même, au prix de 250 livres par an [1]. Douze ans après, en 1752, obligée de restreindre sa dépense autant que possible, pour subvenir aux intérêts des sommes qu'elle avait empruntées pour la construction de l'observatoire, elle eut une deuxième fois recours au moyen employé par elle en 1713. Elle accepta l'offre que lui fit Danyzy de la recevoir gratuitement chez lui, et elle s'assembla pendant quatre ans chez cet académicien [2]. Jugeant alors que son dévouement ne devait pas être mis à une plus longue épreuve, elle décida de transférer le lieu de ses réunions dans la salle de l'observatoire et y tint, en effet, ses séances pendant les

---

général Duché, littérateur aimable, lié avec d'Alembert, avec lequel il entretenait une correspondance, et dont on a quelques productions qui, à la vérité, ressortissent plus à la littérature qu'aux sciences.

[1] Elle appartenait à la demoiselle Fabre de Maureilhan [*]. La police de loyer, du 27 mai 1739, conservée aux archives, porte une clause où paraît l'ancienne aversion des habitants de Montpellier pour les études anatomiques, auxquelles l'Académie était sans doute soupçonnée de se livrer. « Nous, susdits membres de la Société royale, promettons de ne point avoir dans lesdits appartements loués aucun cadavre pour en faire la dissection, sous quelque prétexte que ce soit. »

[2] Séance du 21 décembre 1752. « M. Goulard a représenté que, dans les conjonctures où se » trouve la Société, il serait à propos qu'elle se débarrassât d'une partie des frais qu'elle est » obligée de faire. M. Danyzy a dit aussitôt qu'il offrait dans sa maison un appartement à la » Compagnie, sans prétendre exiger d'elle aucune rétribution. La Société, après s'être long- » temps défendue d'accepter cette offre…., a délibéré unanimement qu'elle s'assemblerait chez » cet académicien. »

---

[*] La demoiselle Fabre de Maureilhan devint depuis dame Campan. Sa maison, en 1788, était celle qui porte aujourd'hui le nº 27 et dont il a déjà été question ci-dessus, pag. 39. Tout porte donc à croire que la Société, en 1739, occupa de nouveau la maison qu'elle avait habitée dans les premières années de sa fondation.   E. TH.

quatre années suivantes, de 1757 à 1761[1]. Mais l'encombrement des machines et surtout l'extrême hauteur du bâtiment en rendaient l'accès peu
commode pour les membres âgés de la Société. Aussi celle-ci, qui ne s'était
déterminée à l'habiter que dans des vues d'économie, saisit-elle la première
occasion de se loger plus commodément. Le doyen de ses membres, Haguenot, venait de faire construire au milieu de jardins, et presque sous les murs
de la nouvelle place du Peyrou, un pavillon élégant que nous voyons subsister
encore avec tous les agréments que son premier maître y avait attachés [2]. La
Société accepta l'offre que lui fit Haguenot d'y établir le lieu de ses réunions [3],
et elle s'y assembla pendant quinze ans, jusqu'à la mort de celui-ci arrivée
en 1775. Ce n'était pas la dernière de ses pérégrinations : deux étapes, que
l'on me passe ce mot, lui restaient encore à faire avant d'atteindre cet hôtel
académique, objet de ses vœux, et de devenir par lui ce Corps visible dont
parlait le projet de 1715.

Les faits dont il me reste à parler, relatifs au personnel des membres
de la Société, devraient certes être condamnés à l'oubli, si l'historien n'avait
en cas pareil qu'à consulter l'impression qu'il en reçoit ; s'ils ne servaient
eux-mêmes à en expliquer d'autres sur lesquels le lecteur peut désirer d'être
éclairé, et si enfin la vérité historique pouvait s'accommoder de pareilles
réticences. Ils concernent un grave différend survenu, en 1764, dans le sein
de la Société, et de nature, sinon à en compromettre l'existence, du moins
à porter atteinte à sa considération et à ses travaux, en éloignant d'elle violemment deux de ses membres les plus distingués. Hâtons-nous d'ajouter
que, comme il est le premier que nous ayons rencontré dans cette histoire,
il doit être aussi le seul ; ou que du moins, si d'autres discordes ont pu, pendant l'existence séculaire de l'Académie, s'élever dans son sein, elles n'ont

---

[1] Séance du 31 mars 1757. « La Compagnie ayant délibéré de faire désormais de la salle
» de l'observatoire le lieu de ses réunions, a témoigné à M. Danyzy sa vive reconnaissance de
» ce qu'il a bien voulu la recueillir chez lui dans ces temps difficiles, et consentir qu'elle s'as-
» semblât pendant quatre ans dans sa maison. »

[2] Maison Roche, rue de la Merci.

[3] Séance du 8 janvier 1761. « M. Haguenot ayant offert à la Compagnie un appartement dans
» la maison qu'il a près la porte du Peyrou, sans prétendre exiger aucune rétribution, il a été
» délibéré d'accepter cette offre ; en conséquence, on a révoqué la délibération portant que
» l'Académie s'assemblerait dans la salle de l'observatoire. »

été que cette seule fois assez sérieuses pour laisser leurs traces dans les documents qui nous restent d'elle.

Barthez, qui y joue le principal rôle, le même qui parvint dans la suite à une si grande célébrité, était entré dans la Société en 1758, comme adjoint dans la classe d'anatomie [1]. Une querelle fort étrangère aux sciences surgit entre lui et le premier président d'Aigrefeuille, honoraire depuis 1761, suivant l'usage qui appelait à ces places les hauts fonctionnaires de la cité [2]. Tout ce qu'on peut savoir sur la nature de ce différend, d'après les énonciations de deux pièces qui en font mention, c'est que Barthez ayant paru, dans une circonstance relative à ses fonctions de professeur à l'Université de médecine, montrer peu d'égards pour la recommandation que d'Aigrefeuille lui avait faite d'une personne ou d'une affaire, en avait été par suite mal reçu ou même maltraité de paroles ; que Barthez affirmait toutefois que la recommandation ne lui était point parvenue, et que d'Aigrefeuille n'admettait point la vérité de cette justification. Barthez crut pouvoir chercher l'occasion d'une explication dans une séance de la Société à laquelle d'Aigrefeuille assistait, selon sa coutume ; mais, loin d'être satisfait, il amena par quelques expressions un peu vives, dont le premier président s'empressa à son tour de demander justice à la Société, une décision de celle-ci qui l'obligeait à des excuses. Des amis intervinrent et réduisirent ces excuses à un formulaire sans portée, auquel Barthez parut se soumettre en se rendant à la séance suivante de l'Académie, et dont il fut même dispensé par son adversaire, qui se déclara satisfait, avant même que le premier eût ouvert la bouche. Tout semblait ainsi prêt à s'arranger, lorsque de Ratte, qui présidait à l'une et à l'autre

---

[1] Ses premières communications à la Société, dont quelques-unes se sont conservées dans les archives, datent de 1755. Le père de Barthez, ingénieur distingué, était lui-même adjoint, depuis 1743, dans la classe de mathématiques, et, jusqu'en 1772, il a communiqué un grand nombre de travaux sur des questions de mécanique, d'hydraulique et d'économie rurale, dont quelques-uns sont considérables.

[2] Il avait succédé à Bon, mort à cette époque ; et s'il ne cultivait pas comme lui les sciences, il montrait du moins le même intérêt pour leurs progrès. De 1761 à 1768, son nom figure à presque toutes les séances de la Société. Il fit un long séjour à Paris vers cette dernière époque, et sa correspondance avec de Ratte prouve qu'il s'y occupait encore avec zèle les affaires de celle-ci. Toutefois, la tradition locale en fait un homme très-attaché aux privilèges du rang.

séance en qualité de directeur de l'année [1], intervint d'une manière peu conforme à sa prudence ordinaire et à ce que la circonstance exigeait. S'attribuant une autorité qu'il n'eût pu tenir que d'une décision de l'Académie, il adressa à Barthez une vive réprimande dont l'offensé lui-même avait paru vouloir le tenir quitte, et que ni Barthez ni les autres membres de la Société ne pouvaient accepter dans un cas où ils n'avaient pas chargé leur directeur de le faire. Barthez, et avec lui Imbert, Venel et Le Roy, ses collègues à l'Université de médecine, comme à l'Académie, protestèrent et donnèrent en se retirant leur démission de vive voix. Les autres associés présents, craignant peut-être d'amener une scission complète dans le Corps académique, parurent approuver la conduite du directeur, tout en décidant que les démissions ne devaient pas être acceptées et qu'il fallait laisser à leurs collègues le temps de revenir à d'autres sentiments. Ils réglèrent aussi sagement que le registre ordinaire des séances ne contiendrait aucune trace de ce fâcheux débat [2]. Mais, dans un cas où le droit d'un associé et celui de la Société étaient ainsi mis en question, on jugea nécessaire d'en dresser des procès-verbaux séparés, constatant le détail des faits qui s'étaient passés à l'une et à l'autre séance, et c'est par eux que le souvenir s'en est conservé [3].

Les suites du discord n'allèrent pas tout à fait aussi loin qu'on aurait pu le craindre. Des quatre associés démissionnaires, deux, Imbert et Venel,

---

[1] Il paraît qu'on ne jugeait point ces fonctions incompatibles avec celles de secrétaire perpétuel ; de Ratte y fut appelé plusieurs fois.

[2] Il n'y a rien, en effet, soit au registre des délibérations, soit à celui des travaux, qui le rappelle.

[3] On les trouve dans les archives de la Société. L'un contient le récit des faits qui se passèrent à la séance du 23 août, où la discussion s'engagea, et porte les signatures des membres présents ; l'autre, du 30 août, relate les incidents de la séance où les démissions furent données et n'est signé par personne, sans doute à cause de la répugnance qu'on éprouvait à les constater. Ils sont l'un et l'autre écrits de la main de de Ratte, et, par une précaution qui peut être remarquée, sur le papier timbré de l'époque. De Ratte y entre dans de minutieux détails d'étiquette et de préséance, peu dignes qu'on les y consignât, s'ils n'acquéraient quelque importance par la discussion à laquelle ils servirent de prélude. Quoique, dès le début, il s'y montre peu bienveillant pour Barthez et pour quelques-uns de ses amis, on peut, ce semble, compter sur l'exactitude générale de la rédaction quant aux faits eux-mêmes. Outre que cette exactitude entrait dans son caractère comme dans ses devoirs, les torts de Barthez étaient probablement trop évidents à ses yeux, pour qu'ils lui laissassent à ce premier moment apercevoir les siens, et pour qu'il pût être porté à les aggraver par une relation partiale et inexacte. De

consentirent à reprendre leurs siéges dans l'Académie. Barthez et Le Roy persistèrent dans leur résolution, et, au bout d'un an, la Société n'espérant plus de les y voir renoncer, pourvut à leur remplacement (le 1er août 1765). Douze années après, le temps ayant produit sur les esprits son effet ordinaire, Barthez, parvenu à sa haute réputation médicale et devenu chancelier de l'Université, pressé sans doute de rentrer dans la Société, au lustre de laquelle manquait son nom, y acceptait une place d'associé ordinaire, mais pour s'en démettre aussitôt et passer à la vétérance [1].

Quelques semaines auparavant (21 décembre 1775), une mesure semblable avait été prise pour l'académicien Le Roy, admis pareillement à la vétérance comme ancien membre de la Société, « dont il avait, à raison de ses occupations, été forcé de s'éloigner quelque temps, » dit le procès-verbal de la séance.

Nonobstant ces pertes si regrettables, nulle autre époque, comme nous l'avons dit en commençant le récit de cette période, n'a offert un ensemble plus distingué d'hommes de mérite et de travaux académiques. Ce fut celle où exercèrent leur principale activité les physiciens de Ratte et Romieu ; les

Ratte, homme de lettres par ses goûts comme par ses dons naturels, n'en conservait pas moins une très-haute idée des distinctions de naissance ou de rang. Les registres de la Société le montrent dans toutes les occasions attachant un très-grand prix à la présence dans son sein des hommes élevés en dignité, n'eussent-ils eu que ce genre de mérite. Ce sentiment put influer sur sa conduite avec Barthez, et l'égalité des droits entre les membres d'une même Compagnie ne faire plus la même impression sur son esprit, lorsque l'un d'eux joignait à son titre d'académicien celui de chef du premier corps de magistrature de la cité. Ce n'est point le seul cas où l'on ait pu remarquer que si les Lettres sont une république, c'est à la condition que les gens de lettres en soient les seuls citoyens.

[1] Le registre constate cette double mutation, à la date du 11 janvier 1776, dans les termes suivants : « La place d'associé chimiste qu'avait M. de Lamure, étant vacante par son admission » à la vétérance, la Compagnie a unanimement nommé, par scrutin, pour la remplir, M. Barthez, » chancelier-adjoint à l'Université de médecine, ci-devant adjoint dans la Société, à laquelle il » a désiré d'appartenir de plus près, lui ayant toujours été attaché par ses sentiments. M. Barthez, » introduit dans le lieu de la séance, après avoir remercié la Compagnie, l'a priée de vouloir » bien lui accorder, comme à M. de Lamure et pour les mêmes raisons, une place d'associé » vétéran, à quoi la Société a unanimement consenti, persuadée que, sous ce nouveau titre, » M. Barthez lui donnera des preuves de zèle et de capacité dignes de son amour pour les » sciences et de la réputation qu'il s'est justement acquise par ses ouvrages. » C'était encore le Ratte qui tenait la plume dans cette occasion.

chimistes Montet et Venel; Gouan et l'abbé de Sauvages comme naturalistes ;
Lamorier , Lamure , Goulard et surtout de Sauvages, l'illustre professeur ,
dans les diverses branches des sciences médicales. Quelques-uns de ces savants,
comme de Sauvages, Venel et Romieu, s'éteignirent pendant le cours de cette
période ; les autres la traversèrent tout entière et reparaîtront dans la suivante, qui va nous occuper.

3ᵉ Période : de 1775 à 1793.

L'espace de dix-sept années qui nous reste à parcourir, prend un autre caractère que les temps qui précèdent ; et, comme nous avons vu la Société
royale luttant à son début contre les difficultés matérielles que lui suscitait
l'indifférence ou l'abandon des pouvoirs dont elle devait attendre la protection, maintenant, par un retour complet et bien que tardif de l'opinion, nous
la verrons plus qu'entourée de leurs sympathies et de leurs bienfaits, et
achevant au milieu des honneurs une carrière si traversée dans ses commencements.

Plusieurs causes concoururent à ce changement. Et d'abord, il n'est pas
douteux que les propres efforts de la Société et l'estime qu'elle sut inspirer,
n'y aient puissamment contribué. On l'avait vue, pendant soixante ans , poursuivre une tâche où tous les secours lui manquaient; la construction récente
de l'observatoire attestait le désintéressement de ses membres autant que leur
zèle ; et, à l'époque où nous sommes arrivé, elle venait de publier en un corps
d'ouvrage le fruit de ses premiers travaux. Ces résultats durent être remar-
qués ; il était impossible que l'opinion ne lui en tînt pas compte.

D'ailleurs, les circonstances avaient bien changé. Depuis le commencement
du siècle, le mouvement qui poussait en avant les sciences et ceux qui les
cultivaient avait produit ses effets. Après être passées des laboratoires de
quelques savants dans l'enceinte des Académies, elles avaient fini par prendre
place dans les faits sociaux et dans les idées du public ; leur utilité était
comprise de tous ; l'opinion s'émouvait à leurs progrès, et elles avaient commencé d'acquérir par leur application aux arts l'importance pratique qui leur
manquait auparavant. A leur tour, les hommes qui se vouaient à l'étude des
sciences s'étaient élevés avec elles ; la plupart des barrières que le rang et

la naissance plaçaient entre eux et les classes privilégiées s'étaient abaissées devant eux ; ils comptaient dans la société à proportion de ce qu'ils comptaient dans la science. Enfin, dans ce mouvement qui poussait alors la nation vers de nouvelles destinées, toutes les forces s'étaient fait jour, et, à la suite des idées politiques qui occupaient le premier plan, surgissait cette puissance nouvelle, le génie des sciences, étendant par degrés son domaine sur les faits, et obligeant les pouvoirs publics à compter avec lui, sous peine de passer eux-mêmes pour ennemis des lumières et de la civilisation. Les encouragements donnés aux savants n'étaient déjà plus un acte gratuit de libéralité envers les sciences, mais l'acquit d'une dette payée à ceux qui contribuaient à l'utilité commune en les cultivant.

C'est à ce changement dans les idées qu'il faut, selon nous, attribuer la principale part dans la révolution qui va se produire au sein de la Société royale ; et s'il se trouva un homme qui, comme nous allons voir, en devint le promoteur et l'instrument, il ne faudra pas oublier, tout en constatant les résultats de son influence, que celle-ci ne fut possible et ne peut bien s'expliquer qu'à l'aide de ces changements ainsi opérés dans l'opinion et dont il eut surtout le mérite de se faire l'organe.

Cet homme qui se rencontra en effet, et dont le nom occupera une grande place dans le reste de ce récit, fut Arthur-Richard Dillon, le dernier archevêque de Narbonne, dont il occupa le siége pendant près de trente ans. C'est une circonstance digne qu'on la remarque dans l'histoire de notre Académie, que ce concours de deux prélats aux événements les plus importants de son existence : l'un, Bignon, présidant à son établissement et lui donnant le privilége d'une association illustre ; l'autre, Dillon, la protégeant à ses derniers jours et la comblant de faveurs inespérées ; et tous les deux n'offrant guère dans leur carrière si diverse que ce rapprochement : Bignon, homme d'étude, simple dans sa vie et dans ses goûts ; son émule, grand seigneur avant tout, et vivant de l'une de ces fastueuses existences de prince de l'Église, dont le dernier siècle a fourni des modèles auxquels rien ne peut être comparé de nos jours. Nous aurons si souvent occasion de citer son nom, que quelques mots destinés à le faire connaître ne sauraient être déplacés ici.

Né d'une ancienne famille irlandaise et parvenu rapidement aux premières dignités de l'Église, il occupa en 1764 le siége de Narbonne, dans lequel il succéda au cardinal de la Roche-Aymon. Cette prélature donnait la présidence des États de la province et avec elle une très-grande part dans sa haute administration. C'était un esprit amoureux des grandes choses et porté même à dépasser le but dans leur exécution. Dans un temps où l'opinion tolérait et encourageait même le luxe dans les grands, il se faisait remarquer par l'exagération du sien, auquel les immenses revenus de son archevêché avaient peine à suffire. Mais en apportant dans les affaires publiques un peu de l'esprit de faste qui dirigeait sa vie privée, il y joignait un sentiment éclairé des résultats à obtenir, et il appliquait du moins ses qualités comme ses défauts à des objets dignes de les attirer. On a dit souvent que ces routes, ces ponts, ces aqueducs, et ces autres monuments qui, dans le Languedoc, ont marqué le temps de son administration, auraient pu être construits avec moins de faste et de dépense; difficilement cependant on sera tenté de lui reprocher cet emploi de la fortune publique, dont les résultats faisaient alors l'admiration des étrangers et dont les populations recueillent encore les fruits réels, quoique un peu coûteux.

Comme un grand nombre d'autres seigneurs du temps, il protégeait les lettres et les arts, soit par un goût naturel et par le sentiment de leur valeur, soit parce que ce rôle de Mécène était alors d'usage et de bon goût dans une grande existence. Dès son avènement au siége de Narbonne, en 1764, la Société royale, selon sa coutume, se l'était attaché par le titre d'honoraire [1]. Toutefois on juge aisément que les devoirs de sa charge ou les distractions de la vie privée ne lui laissaient guère le loisir, pendant le séjour qu'il faisait à Montpellier, pour la tenue des États, d'assister aux assemblées de la Société et d'en suivre les travaux. Mais il n'en avait pas moins les moyens de connaître sa position par un intermédiaire actif et dévoué que la Société avait auprès de lui. Le marquis de Montferrier, l'un de ses plus anciens membres à cette époque [2], était, par sa charge de syndic de la province, en relation journalière avec le président des États; nul ne connaissait mieux les affaires de la Société et n'y prenait un plus vif intérêt; et l'on peut croire que son

---

[1] Les six places étant occupées, on obtint pour lui du gouvernement la création d'une septième place qui devait s'éteindre à la première vacance.

[2] Il était entré dans la Société en 1727 et en devint le doyen à la mort d'Haguenot, en 1775.

zèle ne l'abandonnait pas auprès du prélat, déjà disposé à l'écouter. La Société se plut toujours à reconnaître que les bienfaits de celui-ci furent dus surtout aux bons offices de son bienveillant associé.

Les premiers effets de cette double influence se firent sentir en 1770, par le rétablissement, au budget des États de la province, d'une dépense qui en avait été retranchée en 1751, par une mesure d'économie peu digne d'une si grande assemblée. Elle avait, à cette époque, refusé de fournir aux frais d'impression des séances publiques de la Société ; et, de là, comme nous le dirons ailleurs, la lacune de vingt ans qui se remarque dans la suite de ces imprimés. En 1770, les États revinrent sur cette délibération ; les frais de publication furent rétablis à leur budget, et ils ne cessèrent plus d'y figurer, même quand la Société eut été mise en état d'y fournir au besoin elle-même.

En 1775, celle-ci fut l'objet d'une faveur plus signalée. Nous l'avons laissée sous le poids de cette dette de 8,000 livres, contractée pour la construction de l'observatoire, dont les intérêts absorbaient presque la moitié de ses revenus et qu'elle ne voyait aucune possibilité de rembourser. Son nouveau protecteur, mis au fait de sa position, lui en procura, inopinément pour elle, les moyens. La France, à cette époque, venait de changer de monarque ; Dillon sollicita directement, en faveur de la Société, la bienfaisance du nouveau roi Louis XVI, dont il était, dit-on, l'ami personnel ; et il en obtint l'octroi d'une somme de 8,400 livres à prendre sur le don annuel de deux millions que la province offrait au souverain. Le 5 janvier 1775, la Société recevait du marquis de Montferrier l'annonce de cet événement. Cédant à un juste mouvement de reconnaissance, elle se transporta immédiatement en corps chez le prélat auquel le bienfait était dû, et délégua ensuite une députation de dix de ses membres pour remercier le marquis de Montferrier qui en avait été le promoteur. Un mois après (9 février), celui-ci lui rendait compte de l'heureuse conclusion de cette affaire. Les sommes capitales dues, comme on s'en souvient, à la dame Goudard, ainsi qu'à Haguenot et à Goulard, leur avaient été remboursées en capital et intérêts, et il restait du don royal un reliquat de 139 livres qui passa dans les mains du trésorier de la Société.

Mais là ne devaient pas s'arrêter les bienfaits du généreux prélat. Son attention avait été nécessairement appelée sur la position difficile que faisait à la Société le défaut d'un établissement fixe, et la nécessité de transporter ses assemblées, et avec elles ses livres et ses collections, devenues assez considérables, dans les divers logements dont la pénurie de ses fonds l'obligeait de se contenter. Précisément à cette époque elle subissait les inconvénients de cette position. Haguenot, chez lequel nous l'avons laissée à la fin de la période précédente, venait de mourir. La maison dans laquelle il recevait l'Académie était passée dans les mains d'un légataire qui l'avait lui-même vendue à un autre particulier de la ville. La Société, obligée de se pourvoir d'un logement, était retournée dans son ancien quartier de la rue des Étuves, et, le 30 janvier 1776, elle s'était établie dans une maison située à l'extrémité sud de cette rue, joignant par ses derrières le mur de ville encore existant dans cette partie [1]. Elle se trouvait là fort rapprochée de ce premier hôtel académique occupé par elle en 1706, et, ce qui avait déterminé son choix, à une très-petite distance de son observatoire, avec lequel elle pouvait communiquer par la partie du rempart attenante, au couchant. C'était dans ce logement que ses dernières pérégrinations l'avaient conduite, lorsque son protecteur songea à mettre un terme à celles-ci, en la fixant pour toujours dans un local dont elle eût la propriété et qui répondît par sa disposition intérieure, comme par ses dehors, aux convenances de sa position. On voit dans un passage du registre des délibérations, qu'il avait songé, aussitôt après le décès d'Haguenot, à acquérir pour elle la maison dans laquelle celui-ci la recevait, et qui, par sa situation, son isolement et la facilité d'y établir les accessoires d'un établissement destiné à la culture des sciences, eût offert tous les avantages désirables; qu'il était même entré en marché avec le nouveau propriétaire, mais que les prétentions de celui-ci ayant dépassé les offres qui lui étaient faites, ce projet n'avait pu réussir [2]. La Société et le prélat lui-même durent vivement regretter par la suite l'insuccès de cette première négociation, quand l'achat

---

[1] L'ancienne maison Tandon.

[2] Il paraît qu'Haguenot lui-même, qui était plein de bonnes dispositions pour la Société, lesquelles n'aboutirent qu'à de très-minces résultats, avait songé à lui léguer sa maison. C'est ce qui résulte d'une pièce conservée aux archives, où de Ratte, qui l'a rédigée, sollicite du roi, pour la Société, la permission d'acquérir et de posséder un immeuble qu'un de ses membres est dans l'intention de lui donner; permission que la qualité d'établissement de main-morte rendait nécessaire. Diverses énonciations de la supplique ne laissent guère douter qu'elle avait pour objet la maison d'Haguenot.

et la mise en état d'un autre hôtel, bien moins avantageux à tous égards, eurent entraîné la Compagnie dans des dépenses probablement beaucoup plus fortes que celles qu'eût amenées la réalisation de ce premier projet.

Ce prix n'était pas élevé, relativement à la somme dont la Société avait la disposition; mais, nonobstant l'assertion de Montferrier, on ne s'était pas rendu un compte exact de l'état de la maison et des dépenses qu'entraînerait son appropriation à sa nouvelle destination. Du moins nous allons voir ces dépenses excéder à un tel point toutes les prévisions, que, malgré les nouveaux secours accordés à la Société par le gouvernement, elle se vit jetée dans des embarras pécuniaires semblables à ceux qu'avait amenés la construction de l'observatoire et dont elle n'était pas entièrement sortie au moment de sa suppression.

A peine, en effet, fut-elle en possession de la maison [1], qu'un examen exact et un premier devis des réparations à exécuter en firent comprendre pour la première fois toute l'étendue [2]. Le mur latéral donnant sur la rue Carbonnerie offrait un surplomb considérable; les voûtes du rez-de-chaussée menaçaient ruine et l'escalier exigeait une entière reconstruction. On put conserver, au moyen de travaux considérables, le mur latéral; mais les voûtes furent abattues, l'escalier refait, et ces réparations majeures, ajoutées aux travaux intérieurs d'appropriation, entraînèrent le remaniement de toutes les parties de la maison. La Société avait d'abord eu la pensée d'élever un observatoire sur le faîte même de l'édifice; on renonça à ce projet par la crainte d'en surcharger les parties inférieures, et parce qu'on voulut tirer partie de la location du deuxième étage, à laquelle cette construction aurait nui.

Les travaux commencés, il fut facile de se convaincre que la somme de 10,000 livres, qui restait disponible après le paiement du prix d'acquisition, serait loin de suffire. Une forte partie en avait été absorbée par le paiement des droits de mutation et des frais de contrat [3]. Il fallut de nouveau recourir

---

[1] Rue de l'Aiguillerie, n° 31.　　　　　　　　　　　　　　E. Th.

[2] Ils furent faits par l'architecte Giral, que les États venaient d'honorer du titre d'architecte de la province, en récompense de ses beaux travaux à la place du Peyrou. Il offrit à la Société ses services gratuits, et reçut d'elle à cette occasion une lettre de remerciements transcrite au registre, à la date du 24 avril 1777.

[3] Ils s'élevèrent à 4,275 livres et auraient dépassé 8,000 livres sans les réductions que les fermiers du domaine voulurent bien y apporter, en considération du but de l'acquisition. Nous en donnerons ici la note, ne fût-ce que pour mettre le lecteur en état de comparer les charges

aux bons offices du bienfaisant archevêque, dont les demandes obtinrent promptement, mais à titre de *dernier secours*, une nouvelle somme de 10,000 livres qui paraissait devoir être suffisante.

Elle fut loin de l'être en effet. Le 9 juillet 1778, M. de Montferrier exposait

qui grevaient alors, sous ce rapport, la propriété, avec celles auxquelles elle est soumise de nos jours.

Ces droits étaient de deux sortes : les uns (droits de Lods) représentant le droit ordinaire de mutation; les autres (droits d'amortissement), relatifs à la qualité des acquéreurs, étant dus pour le passage de la propriété au pouvoir d'un établissement de main-morte, entre les mains duquel elle acquérait un caractère d'inaliénabilité qui privait le fisc des droits qu'auraient produits les mutations ultérieures. (C'est le genre d'impôt rétabli par la loi du 20 février 1849, qui augmente de 62 c 1/2 l'impôt annuel dû par les biens possédés par les établissements qu'il spécifie.) Ce droit, qui variait d'une province à l'autre, s'élevait en Languedoc au cinquième du prix d'achat, auquel s'ajoutaient divers allivrements (*centimes additionnels*); c'eût été une somme totale de 4,668 livres 12 sols 4 deniers que la Société royale eût dû payer pour ce seul genre de droits. Mais les fermiers généraux du domaine voulurent bien renoncer en sa faveur aux trois quarts du droit, et le réduire à 1,000 livres en principal, et à 400 livres d'allivrement. L'un d'eux, le sieur Baudon, écrivit à ce sujet à la Société. Peut-être cet acte de libéralité n'était-il qu'une transaction sur une demande contestable en principe; car la jurisprudence du temps affranchissait, à ce qu'il paraît, du paiement du droit, les biens conférés par le souverain ou acquis des deniers donnés par lui avec cette destination. Toutefois, laissons à MM. les fermiers généraux tout l'honneur d'une telle générosité envers les sciences; la Société, dans la réponse de remerciements qu'elle fit à leur lettre, l'accepta comme telle. De son côté, le receveur des droits de Lods consent en leur nom à une modération dont nous ne connaissons pas exactement le chiffre. Ces explications données, voici le relevé textuel des divers articles portés au compte du trésorier pour les droits et frais relatifs à cette acquisition :

	livr.	sols.	deniers.
1° { Amortissement modéré de 4,000 livres......................	1,000	»	»
{ Huit sols pour livre..................................	400	»	»
2° — Insinuation de la quittance d'amortissement....................	280	»	»
3° — Droits de Lods payés à M. Bénézet, receveur du domaine du roi, sur le prix de 20,000 livres, MM. les fermiers généraux ayant fait grâce du surplus.................................	1,833	6	8
4° — Plus pour droit d'ensaisinement.............................	30	»	»
5° - Pour l'obtention des lettres de ratification de l'acquisition de la maison...........	272	19	»
6° — Au notaire Granier, pour le centième denier du contrat d'acquisition...................	280	»	»
7° — Au même, expédition du contrat.......................	30	»	»
8° — Contrôle de la quittance du prix...........................	149	»	»
Total..............	4,275	5	8

à la Compagnie la nécessité où elle se trouvait de prendre ses mesures pour subvenir aux dépenses de son hôtel , *les 40,000 livres accordées par le roi étant épuisées.* On nomma des commissaires qui négocièrent avec M. de Joubert, trésorier de la province et l'un des associés libres de la Société , un emprunt de 6,000 livres [1]. Cette nouvelle somme ayant été absorbée, on eut une deuxième fois recours au même moyen, et, le 27 mars 1779, la Société reçut du même prêteur une autre somme de 8,000 livres, qui ne suffit pas même pour combler le déficit. Elle dut prendre 1,056 livres sur ses revenus ordinaires. C'était un total de 35,056 livres employées aux réparations d'un hôtel acheté au prix de 20,000 livres; et de 55,056 livres que coûtait l'hôtel entier [2].

La Société se trouva alors en possession d'un édifice auquel le nom d'hôtel convenait beaucoup plus par son emploi que par son étendue et son architecture, conformes de tout point à celles des maisons voisines , et dont la destination ne s'annonçait au dehors que par quelques emblèmes des sciences sculptés au-dessus de la porte principale , et sur lesquels s'arrêtent encore aujourd'hui les regards des passants. Le premier étage offrait une vaste salle destinée aux réunions académiques, décorée d'une tenture de drap bleu parsemée de fleurs de lis d'or et meublée d'une table et de siéges recouverts de la même étoffe. A droite et à gauche, deux pièces moins grandes reçurent, l'une la bibliothèque et les archives , l'autre les collections d'histoire naturelle. Divers accessoires pour le logement des gens de service complétaient cette partie du local. Le rez-de-chaussée et le deuxième étage étaient occupés

---

[1] Cet emprunt et le suivant se firent par simples billets signés par le directeur et le secrétaire de la Société.

[2] Les registres du trésorier, fort bien tenus à cette époque et appuyés de toutes les pièces à l'appui, permettent de rendre un compte très-exact de l'emploi de ces fonds par le relevé de diverses sommes payées aux ouvriers. Voici le résumé de la dépense totale :

	livr	sols.	deniers.
1° Prix d'achat...	20,000	»	»
2° Droits de Lods et frais d'acte.................................	4,275	5	8
3° Ouvrages de maçonnerie.......................................	9,205	»	»
4° — de plâtrerie....................................	5,580	»	»
5° — de menuiserie.................................	7,270	»	»
6° — de serrurerie..................................	3.890	»	»
7° Décors intérieurs (vitrerie, marbrerie, etc.)..................	4,835	13	»
TOTAL.............	55,055	18	8

par des locataires, et longtemps on y vit l'imprimerie des frères Tournel, auxquels la Société finit par céder l'usage de toute la partie de maison qu'elle n'occupait pas, au prix de 1,050 livres par an, qui faisaient le revenu qu'elle tira de sa nouvelle propriété.

Dès qu'elle avait eu connaissance du don de 30,000 livres obtenu par l'archevêque de Narbonne, elle avait joint à l'expression de sa gratitude la demande du buste du prélat, qui lui fut envoyé. Montferrier, auprès duquel les mêmes instances furent faites, heureusement inspiré par sa modestie, s'était borné à donner son médaillon. L'un et l'autre objet avaient été placés dans la salle des livres, et le buste de l'archevêque avait été orné d'une inscription latine, où la reconnaissance de la Société s'exprime en termes qui ne manquent pas de noblesse, ni peut-être d'une certaine recherche [1]. Dans la salle des réunions se voyaient le portrait du roi, fondateur de l'Académie, et les deux peintures où la Société avait fait représenter l'éclipse du 12 mai 1706 et l'aurore boréale du 19 octobre 1726.

On peut juger, par le détail dans lequel nous venons d'entrer, que, quoique les revenus de la Société fussent augmentés de plus de 1,000 livres par la location d'une partie de son hôtel, sa position financière restait la même à peu près, la presque totalité de cette somme étant absorbée par les intérêts des capitaux empruntés, ou par le paiement de l'impôt annuel et des frais d'entretien. Aussi ne fut-il nullement question de lui retirer le secours que lui accordait la province. Loin de là, la subvention de 600 livres payée par les États fut portée à 1,000 livres, par délibération du 27 février 1776, « à titre, y est-il dit, de secours à l'Académie pour l'achat des instruments,

---

[1] Elle était l'ouvrage du professeur Fouquet, l'un des associés dans la classe d'anatomie :

ARTHUR RICHARD DILLON
Archiepisc. et Primas Narbon.
Regi et Occitaniæ Carus
Societ. reg. scient. Decus ac Præses
munificentiss. Anno Dom.
M.D.CC.LXXVII
Incidit amor et beneficio
Accepto et studio perspecto
Confirmatus.

augmentation des collections et frais d'expériences. » Les temps étaient bien changés, et tout lui réussissait alors auprès de ce Corps autrefois si peu facile. De son côté, la ville de Montpellier, qui avait suspendu le paiement des 300 livres accordées en 1706 pour le logement de la Société, le rétablit à son budget en 1783, «afin, est-il dit dans la délibération, de subvenir aux » intérêts des sommes que la Société a été obligée d'emprunter pour la con- » struction de son hôtel », motif qui n'était que trop fondé, comme on vient de le voir.

J'anticiperai un peu sur l'ordre des temps, pour expliquer comment la Société fit honneur à ses derniers engagements, et pour en finir avec ces questions de finance qui nous occupaient tout à l'heure. L'académicien Montet ayant légué à la Société une somme de 6,000 livres pour un objet qui sera bientôt expliqué, celle-ci employa ce capital à rembourser le premier emprunt de pareille somme fait à M. de Joubert. Ce remboursement fut effectué et l'affaire liquidée, le 9 mai 1787; deux ans après, la deuxième obligation de 8,000 livres fut aussi payée au moyen de quelques fonds en réserve et d'une avance de 7,200 livres qui fut faite à la Société par quelques-uns de ses membres. La somme entière fut divisée en douze actions de 600 livres chacune qu'ils se distribuèrent entre eux, et dont l'intérêt devait être servi et le capital remboursé à raison d'une action chaque année, par la voie du sort, sur les revenus ordinaires de la Société. Quatre actions avaient été ainsi éteintes au moment de la suppression de la Compagnie, et les huit autres durent être remboursées par l'État, qui s'empara de tous les biens de la Société.

Ce fut le 5 mars 1777 qu'elle entra en jouissance de son hôtel et y tint sa première séance. Le bail à loyer passé deux ans auparavant, avait été résilié, et dans l'intervalle la Société, retardée par les réparations qui se faisaient à la nouvelle maison, avait dû accepter une dernière fois l'hospitalité chez un de ses membres, l'académicien de Faugères.

Près d'arriver aux derniers événements de cette histoire, rappelons, avant d'en reprendre l'ordre chronologique, que, le 25 octobre 1775, Haguenot avait légué à la Société un contrat de 2,000 livres sur la province, dont les intérêts devaient être appliqués à l'augmentation de sa bibliothèque. C'était la seule manière dont il réalisait des projets de libéralité souvent manifestés, et dont la Société attendait peut-être de plus solides effets [1].

En 1777 (28 juin), la Société fut appelée à prendre sa place officielle parmi les Corps constitués de la cité, dans une circonstance solennelle que fournissait le passage à Montpellier du jeune frère du nouveau roi, le comte de Provence (depuis Louis XVIII). Le registre a soin de constater le rang qui fut assigné à la Compagnie dans la réception officielle faite par ce prince : « Elle passa, est-il dit, après les Cours de justice et de finance (la Cour des comptes, le bureau des Trésoriers de France, et le Présidial), et avant les Universités de droit et de médecine [2].

En 1780, la Société, dont les relations s'étendaient et qui jugeait toujours utile à son influence de s'attacher les personnes éminentes en dignité de la ville et de la province [3], obtint dans ce but la création de trois nouvelles

---

[1] De Ratte, dans l'Éloge de cet académicien, rappelle qu'après avoir laissé aux hospices de Montpellier la plus grande partie de sa riche succession, il distribua le reste entre des parents, « au nombre desquels, ajoute-t-il, il mit l'Académie. Un legs de 2,000 livres qu'il lui fit, peut faire juger du degré de cette parenté.» — Longtemps avant sa mort, Haguenot avait songé à faire don à la Société de sa riche bibliothèque, et, le 17 janvier 1760, celle-ci nommait des commissaires pour traiter avec lui de cette affaire, persuadée qu'un pareil acte de générosité ne pouvait être fait à des conditions onéreuses pour la Société. Ce projet échoua, et il est probable que les conditions auxquelles la Société ne put souscrire, mais sur lesquelles il était permis à Haguenot d'insister, n'étaient autres que la publicité de la bibliothèque pour les étudiants. — On sait que ses livres, donnés par lui à l'hospice Saint-Éloi de Montpellier, sont devenus plus tard le noyau de la grande et belle bibliothèque de la Faculté de médecine de cette ville. Nous avons parlé ailleurs du projet qu'il avait aussi de léguer sa maison à la Société.

[2] De Ratte harangua le prince en l'absence du directeur de l'année, et son discours offre au moins le mérite de la concision. « Monseigneur, du milieu des acclamations des peuples qui » expriment leurs hommages par des transports de joie, la Société royale, pénétrée des mêmes » sentiments, vient offrir à votre auguste personne le tribut de son profond respect. Honorée de » la protection immédiate du roi, intimement unie à l'Académie des sciences de la capitale, » elle reçoit, Monseigneur, un nouveau lustre en ce jour, où, admise à l'honneur de paraître » en votre présence, elle peut contempler de plus près les qualités qui font l'objet de son admi- « ration et de son amour. »

[3] Il s'agissait, les six anciennes places étant occupées, de faire entrer dans la Société le duc de Biron, nouveau gouverneur de la province, l'évêque de Montpellier de Malide, et l'intendant de Saint-Priest, fils du précédent intendant. Les places d'associés libres furent données au procureur général d'Aigrefeuille, fils de l'honoraire du même nom ; à l'abbé de Grainville, vicaire général du diocèse ; au chimiste Guyton de Morveau, de Dijon ; et à l'ingénieur Garipuy, di-

places d'honoraires , quatre d'associés libres et deux d'associés étrangers , et cette création fixa le dernier état des trois classes d'associés auxquelles ces places appartenaient , comme nous le verrons ailleurs.

Nous arrivons à un fait beaucoup plus essentiel dans l'histoire de la Société , et qui a même son importance dans celle des sciences naturelles en France , au dernier siècle , comme résultat des progrès qu'elles y avaient faits depuis cinquante ans. Il s'agit de la première création, dans deux villes de province, de chaires des sciences physiques, indépendantes des anciens établissements universitaires, qui , hors de la capitale , en comprenaient jusqu'alors tout le haut enseignement. Sans attribuer à la seule influence de la Société royale tout le mérite de ce résultat, elle y eut certainement une assez grande part pour qu'il ne puisse être séparé de son histoire.

Presque toujours, comme on sait, un progrès, avant d'être accompli, s'annonce par quelques symptômes. Dès 1768 , il avait été question , dans l'Académie, de fonder à Montpellier un cours public de physique expérimentale , dont les applications à l'électricité naturelle frappèrent alors vivement l'attention [1]. L'un de ses associés libres, de Causan, proposait d'y attirer à cet effet un physicien distingué de l'époque, qui, depuis plusieurs années, se livrait à Paris à ce genre d'enseignement, et était en possession d'un très-beau cabinet d'instruments et de machines. La négociation fut reprise en 1775, avec le concours de plusieurs hauts fonctionnaires de la cité , et elle eût été probablement menée à bonne fin , malgré les prétentions un peu élevées du professeur de Paris [2], si déjà l'archevêque de Narbonne, qui était l'âme de ce

---

recteur des travaux de la province. — Celles d'associés étrangers furent données au chimiste suédois Bergmann et au naturaliste allemand Pallas.

[1] Un savant anglais , le professeur Maimbray, donnait , à cette époque , un cours de physique dans diverses villes du Midi , et séjourna notamment deux ans à Montpellier pour cet objet. La Société se l'attacha comme correspondant.

[2] Sigaud de la Fond proposait à la ville de Montpellier la cession de son cabinet de physique, dont un inventaire détaillé, qui en porte la valeur à 11,000 livres , fut envoyé par lui à la Société royale et existe encore dans ses archives ; il s'engageait à s'établir à Montpellier et à y donner annuellement un cours public, sur les principes exposés dans son ouvrage intitulé : *Description et usage d'un cabinet de physique*; Paris, 1775 (ou 1784), 2 vol. in-8°, et il demandait à la ville une pension viagère de 2,000 livres réversible sur la tête de sa femme, un traitement annuel de 1,200 livres, un logement, des frais d'expériences, une avance pour le déplacement, et

genre d'entreprises, n'eût eu la pensée des établissements plus considérables qu'il réalisa bientôt après[1].

Il s'intéressait vivement à un jeune savant, récemment entré dans la Société royale sous les auspices d'un oncle dont le nom y avait figuré pendant fort longtemps[2]. C'était Jean-François Chaptal , l'illustre chimiste , qui venait d'étudier à Paris la science renouvelée par les Guyton–Morveau, les La Place et les Lavoisier, et qui rapportait dans sa patrie les fruits des nouvelles découvertes dont il cherchait à tirer d'utiles applications pour les arts industriels et pour l'exploitation des richesses minérales du sol[3]. Son génie précoce et la direction pratique qu'il donnait à ses travaux devaient attirer l'attention, non-seulement des amis des sciences, mais encore de tout administrateur éclairé de la province ; et peut-être avaient-ils inspiré à M. de Dillon la pensée d'y fonder un genre d'enseignement pour lequel se présentait un sujet si capable de le faire réussir. Toutefois, avant de porter à l'assemblée des États la demande de création des nouvelles chaires qu'il avait en vue, il voulut les intéresser eux-mêmes à ses projets, en les rendant témoins des succès de son protégé, par un cours d'essai fait sous leurs yeux. A sa prière, la Société royale délibéra, le 8 juillet 1780, de mettre une partie du rez-de-chaussée de son hôtel à la disposition de l'associé Chaptal, pour y établir un laboratoire de chimie et une salle des cours de cette science. Ces cours s'ouvrirent en effet au commencement du mois de décembre suivant, et la première leçon fut donnée dans la salle même des réunions de la Société. L'assemblée fut très-brillante. Jamais la chimie n'avait été professée devant un tel auditoire, et l'avenir lui en réserve difficilement un pareil ; la plupart des membres des

la réversibilité de sa place à son neveu. Cette affaire fut l'objet, en 1776, d'une correspondance particulière entre de Ratte et de Causan.

[1] On a déjà vu que cette pensée était la conséquence des motifs donnés par Dillon en 1775, pour faire obtenir à la Société les 30,000 livres accordées pour l'acquisition de son hôtel.

[2] Claude Chaptal , oncle du chimiste, avait fait partie de la Société royale comme associé botaniste, de 1735 à 1754: Il s'en était retiré à cette dernière époque, pour vaquer plus librement à la profession médicale qu'il exerçait avec succès. Jean-François Chaptal, son neveu, était entré comme adjoint dans la Société, le 24 avril 1777.

[3] Chacun sait à Montpellier qu'on lui doit l'établissement du premier atelier de produits chimiques que la ville ait possédé, et qu'exploitent encore, avec les agrandissements que le temps y a apportés , les descendants de son premier associé, Étienne Bérard.

12

États y assistant, il ne s'y trouvait pas moins de deux archevêques et douze évêques ; on eût dit un concile[1]. Chaptal fit l'histoire abrégée de la science, rappela les noms et les travaux des principaux chimistes, et insista sur les nouvelles applications de leurs découvertes à l'industrie, aux manufactures et aux arts. On retint cette phrase de son discours : « Comme le luxe nous a » fait de nouveaux besoins, la nature n'a point compris dans son plan primitif » les moyens de le satisfaire, et la chimie commence son travail où finit le » sien. » L'impression qu'éprouvèrent les auditeurs fut des plus vives, et le succès du jeune professeur dépassa l'attente du public et les espérances de son protecteur. Aussi celui-ci n'eut-il point de peine à obtenir des États, le 5 janvier suivant (1781), l'établissement de deux chaires, l'une de physique expérimentale, l'autre de chimie docimastique, pour la ville de Montpellier, et celui d'une chaire de physique pour la ville de Toulouse.

Il restait à trouver des fonds, et ici parut l'esprit inventif non moins que la grande influence du prélat. Il proposa d'y affecter *« les bénéfices des in-* » *térêts de la caisse des prêts diocésains,* » et cette singulière application des deniers de l'Église, qui eût soulevé peut-être des objections si tout autre y eût songé, fut adoptée sans opposition, sur l'assertion de l'auteur du projet, qui n'était peut-être bien exacte que pour moitié : « *que par là l'on n'augmen-* » *terait point les charges de la province, et que ce n'était point d'ailleurs* » *détourner ces fonds de leur destination que de les employer à la création* » *d'établissements aussi utiles.* [2] » Le projet devait être soumis à la sanction royale[3]. En attendant celle-ci, on accorda à Chaptal une somme de 600 livres pour l'indemniser des frais du cours qu'il avait entrepris, *et des succès duquel,* est-il ajouté, *les États ont été témoins.* L'année suivante et à pareil jour (5 janvier 1782), une deuxième délibération des États acheva de sanctionner les vues du président, et nomma pour occuper les deux chaires créées à Montpellier, Chaptal pour la chimie, et l'abbé Bertholon, autre membre de la Société royale, pour la physique. En même temps elle dotait ces nou-

---

[1] Ces détails sont empruntés au *Journal de la généralité de Montpellier*, numéro du 14 décembre 1780.

[2] Procès-verbal de la séance des États, du 5 janvier 1781.

[3] Il fut approuvé par arrêt du conseil, du 25 avril 1781.

velles institutions avec l'esprit de libéralité que les États apportaient à cette époque à toutes leurs créations [1]. Par la suite, une maison rapprochée de celle de l'Académie fut affectée à la continuation des cours, et prit le nom d'*Hôtel des cours de physique et de chimie* [2]. Ainsi se trouvait définitivement inauguré dans une ville de province, en dehors des anciennes universités, et sur les principes qui le régissent encore de nos jours, cet enseignement des sciences naturelles, si long à se produire, et auquel l'avenir réservait une si belle part dans les progrès sociaux.

Dans le cours de cette même année, 1781, l'archevêque de Narbonne, dont les bonnes intentions pour la Société royale ne perdaient aucune occasion de se produire, fit prendre aux États une délibération qui mettait à la disposition de celle-ci les cuivres des planches sur lesquelles venaient d'être tirées les nouvelles cartes des diocèses de la province, à la charge de veiller à leur conservation, avec la faculté d'en faire tirer et vendre à son profit autant de nouveaux exemplaires qu'elle jugerait convenable [3]. Cette grande entreprise, commencée, comme on l'a vu plus haut, en 1725, venait d'être terminée par les soins des astronomes qui avaient succédé à Clapiés et à Plantade [4], et d'être livrée au public en 1774 et pendant les années suivantes [5]. La Société adopta pour la vente de cet ouvrage un plan bien conçu, qui intéressait à son succès les divers employés des administrations inférieures. Mais le temps allait lui

---

[1] On accorda à chaque professeur 2,400 livres de traitement, 1,500 livres annuellement pour frais d'expériences, et 3,000 livres de frais de premier établissement. Bertholon, que l'on donna pour collègue à Chaptal, fut un des physiciens de l'époque les plus occupés de recherches sur l'électricité. L'ouverture de son cours eut lieu le 15 décembre 1783, à peu près avec la même solennité que celui de Chaptal. On peut voir dans le *Journal de la généralité de Montpellier*, numéro du 22 janvier 1784, l'analyse du discours qu'il prononça à cette occasion.

[2] Elle était placée vis-à-vis l'ancienne impasse du couvent des Capucins*. Les leçons s'y donnèrent jusqu'à la suppression des anciens établissements d'instruction publique, en 1793.

[3] Voyez l'*Introduction bibliographique à l'Histoire générale de Languedoc*, dans les *Publications de la Société archéologique de Montpellier*, tom. III, pag. 459.   E. TH.

[4] Danyzy père, Guilleminet et Barthez père y avaient eu beaucoup de part.

[5] Sous le titre de : *Cartes des diocèses de la province de Languedoc, dressées par ordre des États*; 1774. Le célèbre Buache avait présidé à l'assemblage des travaux partiels et à la gravure des cartes. Celles-ci ne doivent point être confondues avec celles qui, vers la même époque,

---

* Aujourd'hui rue Delpech, nº 2.   E. TH.

manquer pour le réaliser avec fruit, et il ne paraît pas qu'elle ait tiré quelque utilité pécuniaire de ce présent.

L'année suivante, 1782, la Société reçut de l'un de ses membres un judicieux témoignage de l'intérêt qu'il prenait à ses travaux. Le chimiste Montet, qu'elle perdit cette année, lui légua une somme de 6,000 livres, dont il voulut que l'intérêt annuel fût remis à l'auteur du Mémoire qui devait être choisi par elle, parmi les travaux de ses membres, pour figurer dans le Recueil de l'Académie des sciences, aux termes des statuts de 1706. Les propres travaux de Montet avaient eu très-souvent l'honneur de ce choix, et pour que le privilége qui avait été accordé à la Société royale portât tous ses fruits, il jugea, en homme d'expérience, qu'un intérêt d'un ordre moins élevé que l'amour de la gloire ou le zèle pour les sciences, tel qu'est l'émulation qui naît d'une sorte de concours, pouvait ajouter des forces à ces premiers motifs. Le 9 janvier 1783, la Société fit à ce sujet un règlement détaillé dont nous dirons quelques mots ailleurs, et reconnaissant, comme elle le devait, le bienfait lui-même et la pensée qui l'avait dicté, elle délibéra que le portrait du fondateur serait placé dans l'une des salles de ses réunions[1].

Les registres de la Société pour l'année 1784 rappellent en termes trop vifs le souvenir de l'une des plus brillantes découvertes du siècle dernier, pour que je me refuse à les reproduire ici. Le 4 mars de cette année, Joseph Montgolfier, le célèbre inventeur des aérostats, passant à Montpellier, y rece-

---

étaient dressées, par ordre du roi, des diocèses de tout le royaume, d'après le grand travail exécuté par les Cassini. Elles ne leur cèdent en rien pour la beauté de la gravure et le fini des détails. — Les cuivres remis à la Société royale se sont égarés ou ont été dénaturés depuis[*].

[1] Nous avons déjà dit que le capital de 6,000 livres légué par Montet avait servi à éteindre la première dette de cette somme contractée envers M. de Joubert; mais en même temps hypothèque fut prise sur l'hôtel de la Société, et les revenus en furent affectés à l'exécution des volontés du donateur. Poitevin, associé physicien, que Montet avait nommé pour son exécuteur testamentaire en cette partie, passa les actes nécessaires avec les officiers de la Société.

[*] Euache n'exécuta que la carte du diocèse de Narbonne en deux feuilles. Il annula ensuite son traité fait avec les États de la province, et la carte de ce diocèse, comme celles de tous les autres diocèses, furent dessinées, gravées et confectionnées sur le travail des académiciens de Montpellier, par les soins de Cassini de Thury, Montigny et Perronnet, et surtout de Capitaine, garde du dépôt à l'observatoire de Paris. Voyez, pour plus de détails sur l'atlas de Languedoc, mon *Introduction* bibliographique à l'histoire générale de cette province, déjà citée.   E. Th.

vait, au sein de la Compagnie, les hommages dus à l'auteur d'une découverte qui fait encore aujourd'hui l'objet de notre admiration, quoique les grandes espérances que l'on fondait à cette époque sur ses résultats pratiques ne se soient pas toutes réalisées. La Société fêta l'illustre physicien de la manière la plus propre à l'intéresser : elle consacra une séance entière à l'objet de sa découverte. L'académicien Mourgue, directeur de l'année, exprima, dans un discours d'ouverture, les sentiments d'admiration que le public, comme les savants, éprouvait pour ce grand et beau résultat. Montgolfier, qui prit la parole après lui, lut le détail d'une expérience récemment faite à Lyon, et traita à cette occasion de la résistance que l'air oppose au mouvement des aérostats. Poitevin exposa les moyens de mesurer l'espace parcouru par l'aéronaute et la hauteur à laquelle il s'est élevé. Bertholon parla de l'application de cette découverte aux diverses branches des sciences et de l'industrie. Enfin, Chaptal lut un Mémoire sur les usages de la gomme élastique pour la fabrication de l'enveloppe des aérostats. Avant de se séparer, la Compagnie décerna d'une voix unanime le titre de correspondant au physicien d'Annonay, et le secrétaire perpétuel consigna ce vote au procès-verbal de la séance dans les termes suivants : « Il était bien naturel qu'à l'exemple de l'Académie » des sciences de Paris, la Société s'empressât de s'attacher par ce titre l'au- » teur d'une découverte qui appartient particulièrement à cette province, et » qui, en excitant à la fois le ravissement des peuples et l'admiration plus » réfléchie des savants, a valu à son modeste et sublime inventeur, avec les » honneurs et les prix académiques, les récompenses réservées, sous le » meilleur des rois, aux efforts heureux du génie et des talents distingués.»

Cette même année, la Société reçut du premier personnage de la province, un témoignage de sympathie que rendaient également précieux la richesse et l'utilité du présent. Le maréchal duc de Biron avait succédé, en 1782, au comte d'Eu dans le titre de gouverneur de la province ; et quoique ces fonctions, plus honorifiques que réelles, ne dussent point amener sa présence à Montpellier, la Société royale s'était empressée, selon l'usage, de l'inscrire parmi ses honoraires. L'année suivante (1783), elle l'avait nommé son président de l'année. Ces distinctions lui valurent de la part du généreux seigneur le don d'un très-beau télescope qu'il fit confectionner pour elle par le célèbre artiste anglais Dollond, et dont elle reçut l'envoi au commencement du mois de septembre 1784 [1]. Il avait coûté 12,000 livres, et rien de pareil n'avait encore orné l'observatoire de la Société. La reconnaissance de celle-ci s'exprima d'abord par une adresse, qu'elle chargea Mourgue son directeur de l'année, qui se trouvait alors à Paris, de présenter au maréchal : et le secrétaire perpétuel, selon sa coutume, coucha à la suite de la délibération qu'elle prit à ce sujet, une page d'élogieux remerciements, mérités sans doute pour le fond, mais dont la modeste bonté du maréchal, homme, au dire des contemporains, aussi simple dans ses manières qu'élevé par le rang ; eût volontiers dispensé ceux qu'il obligeait ainsi [2].

Ce riche présent en attira un second dont la pensée naissait naturellement de l'autre. Le comte de Périgord, commandant de la province, fit venir pour elle de Paris un microscope exécuté par l'un des plus habiles artistes du temps [3]. Elle devenait ainsi l'objet d'une émulation de bienfaits; malheureusement ils arrivaient un peu tard, et la Société n'avait plus un long temps à en jouir.

Elle perdit, l'année suivante (1786), le plus ancien de ses associés et de ses protecteurs, le marquis de Montferrier, qui avait eu une si grande part à toutes les grâces dont elle avait été l'objet. Il était alors âgé de 87 ans, et, au bout de soixante années passées dans son sein, n'avait pas même échangé son titre d'associé pour celui de vétéran. Il lui léguait ses instruments d'astronomie et ses livres sur cette science [4]. Tous ces objets augmentant le matériel déjà considérable de l'observatoire, la Société se détermina à prendre une mesure particulière pour son entretien, ainsi que pour la facilité des observations, qui s'y faisaient en plus grand nombre et avec plus de régularité qu'à aucune autre époque. Sur la proposition de Poitevin, elle vota un projet de souscription destinée à fournir au salaire d'un élève astronome, chargé de tenir les instruments en état et d'aider les observateurs dans leurs travaux.

---

[1] Le duc poussa l'attention jusqu'à le faire arriver en franchise de port jusque dans l'hôtel de la Société.

[2] Dans la suite, le portrait en pied du maréchal de Biron fut placé dans la salle des assemblées de la Société.

[3] Il coûta 2,400 livres.

[4] La Société avait déjà reçu des legs de même nature de la part de Bon, de Guilleminet et de Senés.

La Société souscrivit pour un sixième de la dépense et cinq de ses membres se chargèrent du surplus [1]. Ce projet reçut son exécution, du moins pendant le très-petit nombre d'années qui s'écoulèrent jusqu'aux derniers jours de la Société ; car on était alors en 1788. Ce fut aussi à cette époque que s'exécutèrent, comme nous l'avons dit ailleurs, les travaux de rehaussement qui devaient mettre fin aux discussions avec la Compagnie des pénitents bleus, et qui ont donné à cette partie du bâtiment la forme que nous lui voyons.

Cependant l'on touchait à cette époque sans pareille où des institutions dignes d'un meilleur sort allaient périr, dans leur fatale solidarité avec un passé croulant et proscrit.

Les approches de la tourmente politique ne se font sentir qu'à un faible degré dans l'intérieur de la Société, et rien d'essentiel n'est changé dans l'ordre de ses réunions, ni dans la marche de ses travaux, pendant l'intervalle écoulé de 1788 jusqu'au commencement de l'année 1792. Ce fut même l'une des époques où, comme nous venons de le dire, les travaux astronomiques se continuèrent avec le plus d'activité, grâce aux dispositions qui venaient d'être prises pour les faciliter. Les registres de l'Académie nous la montrent entretenant ses rapports habituels avec les Sociétés affiliées et recevant à ses réunions les savants étrangers qui, pendant leur séjour à Montpellier, se montraient désireux d'y assister. [2]. Même ses relations avec les nouvelles autorités du pays et de la cité avaient pris, par l'effet des circonstances, plus de fréquence et d'extension qu'à aucune autre époque [3]. Il serait difficile, au surplus, de retrouver dans les registres la véritable impression que

---

[1] De Ratte, Poitevin et Gaussen, associés ordinaires ; Roqueplane et Brunet, adjoints. Le salaire de l'élève était de 600 livres.

[2] De 1789 à 1792, on y trouve très-fréquemment les noms du savant helléniste Coray, de l'abbé Rozier et du médecin Des Genettes, qui lui communiqua plusieurs travaux.

[3] En 1790, elle était consultée par l'administration municipale sur divers points du régime intérieur de la ville, et notamment sur le meilleur emploi à donner à l'excédant des eaux de la fontaine Saint-Clément. Elle envoyait à l'Assemblée nationale l'avis qu'on lui avait demandé sur la réforme projetée des monnaies et sur celle des poids et mesures ; dernier travail dont on peut voir le résultat dans un Mémoire considérable publié [*] par le physicien de Carney, rapporteur de la commission.

[*] Montpellier, 1792, in-8°.

E. Th.

reçurent ses membres des grands événements politiques dont ils étaient les témoins. On pourrait supposer que le plus grand nombre d'entre eux, déjà avancés en âge, ayant passé leur vie dans un ordre de choses où les abus ne se faisaient plus sentir aussi vivement que dans une échelle sociale inférieure, comblés d'ailleurs de faveurs pécuniaires ou de distinctions honorables, ne virent pas sans regret les annonces de la crise. quelque éloignés qu'ils fussent d'en prévoir tous les résultats. Mais les premiers jours en furent si beaux, et l'enthousiasme des masses dut être si contagieux, que peut-être il les gagna ou du moins les contint. Rien, sous la plume circonspecte du secrétaire perpétuel, n'indiqua l'éloge ou le blâme, la satisfaction ou le regret, et la science continua d'être la seule divinité à laquelle s'adressa le culte de l'Académie.

Au commencement de l'année 1790, la Société se trouva pour la première fois en contact avec l'une de ces mesures que les nécessités du moment inspirèrent aux législateurs. L'assemblée nationale, par son décret du 6 octobre 1789, avait demandé au dévouement des citoyens une contribution extraordinaire du quart de leur revenu, suivant la déclaration qui en serait faite par eux. Le 11 mars 1790, la Société se conformait à ce vœu, et, après avoir exactement établi le tableau de ses biens et de ses charges [1], prenait la

---

[1] Il est ainsi conçu :

I. — REVENUS.

	livres.	sols.
1° Loyer de la Société..	1,008	»
2° Contrat sur la province, pour être employé en achat de livres; suivant la fondation faite par M. Haguenot............................	100	»
3° Sur le diocèse de Montpellier, pour être remis au professeur de mathématiques..	300	»
4° Sur la province de Languedoc, à titre de gratification annuelle, encouragements et frais d'expériences..	1,000	»
	2,408	»

II. — CHARGES.

1° Tailles et vingtièmes, en 1789....................................	70	3
2° Réparations annuelles..	150	»
3° Achat de livres, suivant la fondation Haguenot...................	100	»
A reporter......	320	3

résolution suivante : « Sur quoi la Société royale délibérant sur la mesure
» de l'offrande civique qu'elle doit à la patrie, sans s'arrêter à la considé-
» ration que ses revenus très-variables sont presque entièrement absorbés
» par des charges et dépenses fixes, et regardant la protection et les secours
» que la Nation accorde aux sciences comme le gage assuré de la stabilité
» de ces mêmes secours, a unanimement délibéré de faire une déclaration
» de la somme de 272 livres pour la contribution patriotique de la dite Société.»

Le 20 août de la même année, un décret de l'Assemblée nationale demandait aux académies établies dans les principales villes du royaume des renseignements détaillés sur leurs revenus, leurs charges, l'objet de leurs travaux, et enfin le tableau des règlements par lesquels elles entendaient fixer
leur constitution intérieure. Le secrétaire perpétuel de la Société rédigea en
réponse un mémoire expositif de l'origine de la Société, de sa composition,
du but de ses travaux, et, invoquant son union avec l'Académie des sciences
de Paris, il déclara l'intention où elle était de n'admettre dans sa constitution aucun changement que celle-ci n'eût admis dans la sienne. « La Société,
» disait-on en finissant, ne peut s'empêcher de faire remarquer qu'elle a
» toujours eu le mérite que peuvent donner les sciences cultivées pour elles-
» mêmes. Elle a reçu longtemps de la ville de Montpellier une rente de

Report...........		320	3
4° 300 livres qui doivent être remises à l'auteur du Mémoire imprimé dans le Recueil de l'Académie des sciences, suivant la fondation de M. Montet, le capital ayant été employé à l'acquit de pareille somme due par la Société à M. de Joubert....................................		300	»
5° Intérêts dus à M. de Joubert pour une autre somme de 8,000 livres qui lui reste due...		400	»
6° Au professeur de mathématiques.....		300	»
		1,320	3

Les revenus se montant à................ .... 2,408 ¹ » ˢ » ᵈ
Les charges étant de............................ 1,320   3   »

Il reste............... .... 1,087 17   »
Dont le quart est de.............................. 271 ¹ 19 ˢ 3 ᵈ

Il ressort de ce tableau que la ville de Montpellier avait cessé, à cette époque, de payer les
deux sommes de 300 livres qu'elle accordait précédemment pour le loyer de la Société ou pour
le salaire du professeur de mathématiques.

13

» 300 livres pour son logement, et de la province une gratification annuelle
» de 1000 livres, qui a été imposée en sa faveur pour l'année 1790 seu-
» lement par la commission qui a suppléé les États; — mais le gouvernement
» n'a jamais rien fait pour elle. Elle a encore des dettes que de nouvelles
» entreprises faites pour l'utilité des sciences l'ont mise dans la nécessité de
» contracter ; et s'il est permis de solliciter des encouragements, c'est sans
» doute à une Société qui a donné des preuves si constantes ce zèle et de
» désintéressement. »

Cette sollicitude de l'Assemblée nationale à s'enquérir de l'état des académies du royaume, put faire espérer à celle-ci un meilleur avenir; mais les
mauvais jours de 1793 arrivèrent, et le niveau de l'égalité atteignit à leur
tour ces institutions encore respectées. On songea de nouveau à ces académies
auxquelles l'intérêt des sciences avait fait pardonner jusque-là leur origine
royale, pour ne plus se souvenir que de cette origine et des habitudes aris-
tocratiques dont un absurde préjugé les taxait. Malgré d'honorables efforts faits
par quelques hommes pour les sauver, elles durent succomber [1], et la Convention rendit, les 8 et 12 août 1793, ses deux décrets par lesquels toutes
les académies et sociétés savantes patentées ou dotées par la Nation furent sup-
primées ; leurs hôtels, jardins, cabinets, musées, collections et bibliothèques
furent mis d'abord sous le scellé, puis soumis à un inventaire et laissés sous
la surveillance des autorités locales jusqu'à ce qu'il eût été statué sur leur destination ultérieure. Le 24 juillet de l'année suivante (6 thermidor an II), un
nouveau décret acheva l'œuvre de dissolution, en déclarant définitivement
acquis à l'État les biens qu'elles possédaient, ordonnant la liquidation
de leur passif et le paiement de leurs créanciers, conformément aux lois
nouvelles sur les biens nationaux.

Dès le commencement de 1793, la Société avait prévu ces événements et
compris le besoin de s'y préparer. Par une délibération du 17 janvier de cette

[1] Le conventionnel Lakanal, président du comité d'instruction publique, était à la tête de
ces hommes disposés en leur faveur, et lutta avec courage, mais vainement, contre les préventions de l'époque. Il dit pourtant lui-même dans ses Mémoires que les mots d'académicien
et d'aristocrate étaient alors synonymes. (Notice sur L., par M. Geoffroy Saint-Hilaire, dans
la Liberté de penser. Avril 1849.)

année, la dernière inscrite sur le registre, elle avait réglé l'état de ses dettes et fixé sa position vis-à-vis de ses créanciers. Au mois d'août suivant, elle arrêta les comptes de son trésorier, qui constituaient celui-ci en avance d'une somme de 159 livres, et reconnut, au profit de l'académicien de Faugères, la propriété d'un cabinet d'ornithologie que celui-ci avait en effet apporté quelques années auparavant dans le local de la Société [1].

Nous renvoyons à une note finale le détail des mesures qui complétèrent sa dissolution et ne laissèrent plus d'elle que le souvenir.

---

[1] La Société se composait à cette époque des membres suivants : De Ratte, Chaptal, Poitevin, Gouan, Brun, Fouquet, Bertholon, Peyre, Bruguière, de Faugères, Danyzy, Gaussen, Broussonnet père, Joyeuse et Laborie.— Parmi les adjoints : Dorthes, Touchy, de Carney, Genssane, Victor Broussonnet, Vigarous, Chrestien, etc. Mais de ces divers associés un petit nombre seulement se montrait, depuis 1792, assidu aux séances (de Ratte, Bertholon, de Carney, Gaussen et quelques autres). Le premier donne surtout l'exemple d'une constance infatigable; son zèle semble croître avec les difficultés des circonstances, et il est remarquable que, de 1791 au mois d'août 1793, alors âgé de 72 ans, il n'a omis de signer qu'à la seule séance du 26 janvier 1792, quoique les réunions continuassent de se tenir régulièrement le jeudi de chaque semaine.

TROISIÈME SECTION

RÉGIME INTÉRIEUR DE LA SOCIÉTÉ. — TRAVAUX ET PUBLICATIONS

Les détails nombreux qui doivent composer cette troisième partie m'obligent de traiter séparément de chacun des objets principaux indiqués par son titre. Leur ensemble constituera l'histoire interne de la Société, comme les faits qui viennent d'être racontés en ont compris l'histoire externe, autant du moins que ces deux parties d'un même sujet, liées par tant de rapports, peuvent être présentées séparément l'une de l'autre.

I. RÉGIME INTÉRIEUR.

Les lettres-patentes de 1706 et les statuts annexés avaient posé, comme on l'a vu, les bases de l'organisation de la Société et réglé une grande partie des détails d'exécution. Mais le laps du temps et le changement des circonstances amenaient de nouveaux besoins et nécessitaient de nouvelles dispositions et même des modifications aux anciennes. La Société y pourvoyait par ses délibérations, étendant et complétant d'année en année la première organisation par de nouveaux règlements. C'est le dernier état de celle-ci que nous allons faire connaître.

1° *Division de la Société en classes et personnel de ses membres.*

Le nombre des associés ordinaires et celui des adjoints, fixé à quinze par l'édit de création, ne subit aucune variation pendant toute la durée de la Société. On a vu que le seul changement fait à cet égard aux statuts consista dans la substitution du nom d'adjoints à celui d'élèves.

La classe des associés honoraires fut modifiée une seule fois, en 1780, et portée de six à neuf membres. Quelquefois la Société nommait, avec l'approbation du ministre, des honoraires en expectative ou surnuméraires, ce qui arrivait lorsque, toutes les places étant remplies, elle voulait donner cette marque de considération à l'un de ces personnages importants de la cité auxquels ces places étaient généralement réservées[1].

Mais à ces trois premières classes d'associés honoraires, ordinaires et adjoints, la Société en avait ajouté quatre autres :

1° Celle des associés vétérans. Le nombre en était indéterminé et toujours peu considérable. Le Société faisait passer dans cette classe ceux de ses associés ordinaires ou adjoints que leur âge empêchait de prendre une part active à ses travaux, ou qu'un changement de résidence éloignait du siége de la Société[2]. Rien n'était déterminé quant au temps de service nécessaire pour la vétérance. En 1781 (15 février), la Société songea à établir un règlement à ce sujet, et nomma des commissaires pour s'en occuper ; mais le projet n'eut pas de suite. Du reste, tous les associés qui la quittaient n'obtenaient pas les honneurs de la vétérance ; l'usage et les convenances suppléaient aux règles à cet égard[3].

2° Une classe d'associés libres. Nous avons déjà expliqué l'occasion et le but de cette création en 1733 ; composée alors de six membres, la classe fut portée à huit en 1766 et à douze en 1780, nombre auquel elle se maintint.

3° Une classe d'associés étrangers. Sa création, qui remonte, comme on l'a vu, à 1743, fut de quatre places. En 1780 on en ajouta deux autres, et deux autres encore durent être créées depuis, attendu que leur nombre total se portait à huit en 1792[4].

---

[1] C'est ainsi que le duc de Mirepoix, nouveau commandant de la province, obtint ce titre en 1756.

[2] Ainsi, dans les premiers temps, Chirac, Astruc, Magnol, La Peyronie, Chicoyneau, Marcot, et plus récemment Le Roy, A. Broussonnet, Barthez, etc., passèrent dans la classe des vétérans, presque tous à raison de leur transport à Paris.

[3] Par exemple, le célèbre Fizes, qui avait quitté la Société pour des raisons très-équivoques, comme nous l'avons dit ailleurs, n'obtint pas la vétérance, quoique membre très-ancien.

[4] Il existe ici quelque incertitude dans les faits, que je dois signaler. Dans deux Mémoires rédigés par de Ratte, en 1792, pour être présentés à l'Assemblée nationale et dont j'ai parlé plus haut, le nombre des places d'associés étrangers est porté à huit, et de Ratte ne pouvait

Les six classes précédentes formaient, lorsque toutes les places étaient remplies, un total de cinquante-neuf personnes attachées à la Société par le titre d'associés; restait la classe beaucoup plus nombreuse, mais moins intimement unie à celle-ci, des correspondants.

Ils étaient en dernier lieu au nombre de cent. Les statuts, comme on l'a vu, sans se servir de ce nom de correspondants, autorisaient la Société à entretenir un commerce avec les savants français et étrangers. Ce fut un de ses premiers soins, et elle posséda bientôt un nombre considérable de savants ainsi affiliés par la correspondance. En 1769, on sentit le besoin de prévenir des admissions trop faciles, et d'imposer quelques devoirs à ceux qui ambitionnaient ce titre; car, tirer de ce Corps quelque parti, et établir des relations suivies avec ses correspondants, fut toujours, comme on sait, la grande difficulté d'une académie. Par délibération du 13 juillet de cette année, la Société adopta, avec quelques modifications, le règlement donné par le roi, en 1753, à l'Académie des sciences au sujet des correspondants . La Société

se tromper à cet égard. Cependant, on ne trouve aux registres que la mention de deux créations de 1743 et de 1780; et le tableau imprimé des membres de la Société, pour 1785, n'indique lui-même que six places d'associés étrangers. Il faut donc que la mention d'une création de deux places, postérieure à 1785, ait été omise sur les registres.

1 Il est inséré au volume de l'Académie de 1753. Le règlement adopté sur ce modèle par la Société royale et transcrit sur son registre, à la date du 13 juillet 1769, dispose : 1° qu'aucune nomination de correspondant ne sera faite qu'un mois après la présentation et sur le rapport favorable d'une commission nommée à cet effet; 2° que les deux tiers des voix seront nécessaires pour l'admission; 3° que le candidat non admis ne pourra se représenter qu'au bout d'une année; 4° que chaque correspondant sera plus particulièrement lié avec un membre de la Société désigné par elle, et par l'intermédiaire duquel il communiquera avec celle-ci (cela s'était pratiqué de tout temps); 5° que tout correspondant présent à Montpellier aura droit d'assister aux séances pendant un an; 6° que tout correspondant perdrait sa qualité et serait rayé de la liste, s'il laissait écouler plus de trois ans sans écrire à l'académicien auquel il était attaché, ou faire toute autre fonction la plus légère appartenant à son titre, à moins d'un grand éloignement, de causes de silence bien connues, ou de services antérieurs signalés; 7° enfin, on invitait les correspondants à ne prendre en tête de leurs ouvrages que le titre de *correspondant*, et, si ceux-ci étaient écrits en latin, celui de *correspondens*, « qui, ajoute la délibération, exprime la même idée, quoique peu latin, » disposition motivée par l'emploi du titre équivoque de *membre associé* ou *socius extraneus* que plusieurs correspondants s'étaient donné. Toutes ces résolutions furent communiquées aux correspondants par l'envoi d'un extrait de la délibération.

n'y limitait pas encore le nombre de ceux auxquels ce titre pourrait être accordé. On pourvut à ce dernier objet le 19 février 1777, en fixant ce nombre à quatre-vingts. Quelques années après, on crut devoir le porter à cent, chiffre déjà adopté par l'Académie des sciences. Enfin, une dernière délibération du 21 mai 1787 eut pour objet d'assurer l'exécution plus stricte des règles adoptées pour les correspondants, en statuant qu'il ne serait fait droit aux diverses demandes de *correspondance* survenues dans l'année qu'à une époque fixe, à la fin du mois d'août ; et qu'à cette même époque des commissaires vérifieraient la liste entière, en élagueraient les noms de ceux qui seraient tombés dans un cas de déchéance, et arrêteraient ainsi l'état des correspondants pour tout le cours de l'année suivante [1]. On voit, par les résultats postérieurs de ces vérifications, que le nombre de cent était rempli au moment de la suppression de la Compagnie.

Le rang et les droits de ces diverses classes d'associés étaient un peu différents. Les honoraires, placés à la tête de la Compagnie, tenaient le premier rang aux séances ; les vétérans venaient ensuite ; puis les associés ordinaires, enfin les associés libres et les adjoints. Tous, à l'exception des derniers, avaient droit de suffrage dans les délibérations de la Société et à l'élection de ses membres. Mais les seuls associés ordinaires prenaient part à la distribution des droits de présence. Il est probable que la plupart de ces distinctions disparaissaient dans l'usage, sauf à reparaître dans les occasions d'apparat [2] ; et, par exemple, les registres indiquent que les adjoints ne comptaient pas moins que les autres membres dans les délibérations relatives aux affaires de la Société. Leur position méritait d'autant plus de faveur que le manque de places les soumettait souvent à un noviciat fort long [3].

La distribution des associés en cinq classes et les dénominations de celles-ci restèrent invariables pendant toute la durée de la Société. Sans doute, cette division avait cessé, longtemps avant 1790, de comprendre tout le domaine des sciences ; et, comme il y avait eu progrès, en 1706, à instituer dans la

---

[1] La disposition relative à l'époque fixe des admissions ne fut pas rigoureusement exécutée.

[2] Lorsque Barthez parut à la séance où s'engagea le débat dont nous avons raconté ailleurs les circonstances, le président, qui était sur ses gardes, l'avertit qu'il s'asseyait à l'une des places d'associés ordinaires, à quoi Barthez répondit : *Est-ce qu'il y a ici des places marquées ?*

[3] L'un d'eux, le chimiste Peyre, fut adjoint pendant trente-quatre ans.

Société une classe de physique, qui n'existait pas dans l'Académie des sciences de Paris, il y aurait eu nouveau progrès, cinquante ou soixante ans plus tard, à y créer d'autres places pour l'histoire naturelle (zoologie), la minéralogie, et même pour l'agriculture, vers laquelle tous les yeux se portaient et qui était tenue en grand honneur à cette époque. La Société royale ne l'ignorait pas; et, quoique au fond cette absence de dénominations appropriées n'eût jamais empêché les hommes qui s'occupaient des sciences oubliées de soumettre leurs travaux à la Société, ni celle-ci d'en tenir compte, elle en témoigna quelquefois le désir. En 1785, un édit du roi ayant modifié l'ancienne constitution de l'Académie des sciences et porté à huit, au lieu de six, le nombre des classes qui la composaient, la Société royale songea à réclamer pour elle un changement analogue, et, dans sa séance du 30 août 1787, elle nomma des commissaires pour s'occuper de cet objet. Mais elle touchait alors aux dernières époques de son existence, et le temps manqua pour faire réussir son projet [1].

2° *Administration de la Société.*

L'ordre établi par les statuts pour l'administration de la Société, et conforme d'ailleurs à celui qui s'observait dans l'Académie des sciences, ne subit aucun changement pendant toute sa durée. Nous avons vu que ceux-ci établissaient un président pris exclusivement parmi les honoraires, et un directeur et un sous-directeur choisis parmi les associés ordinaires. Le premier, investi seulement d'un titre, n'en exerçait les fonctions qu'à de très-rares intervalles et dans les occasions d'apparat, et souvent même il n'habitait pas

---

[1] On trouve seulement aux archives un projet de nouveau règlement dressé par de Ratte, probablement en exécution de cette délibération. Il eût apporté à l'organisation de la Société deux changements essentiels : 1° le nombre des classes aurait été porté de cinq à sept par la division en deux autres de la classe de mathématiques et par la création d'une classe d'histoire naturelle et minéralogie. Ces sept classes auraient pris les noms de : 1re géométrie et mécanique; 2e astronomie ; 3e physique générale ; 4e anatomie ; 5e chimie et métallurgie ; 6e botanique et agriculture ; 7e histoire naturelle et minéralogie. 2° Le nombre des associés aurait été porté de quinze à vingt et un , et celui des adjoints réduit de quinze à quatorze. Les premiers auraient pris le nom d'*associés titulaires*, et les seconds celui d'*associés*, et les uns et les autres auraient été distribués dans les sept classes, à raison de trois associés titulaires et de deux associés par classe.

Montpellier, comme l'abbé Bignon, auquel ce titre fut plusieurs fois déféré. Le directeur présidait aux séances et administrait à sa place. Ces trois fonctions étaient annuelles et les nominations se faisaient à la première séance du mois de janvier. D'après une sorte de formulaire adopté par de Ratte (à l'exemple, à ce qu'il paraît, de l'Académie des sciences), la nomination du président avait lieu toujours par acclamation, et celle des deux autres officiers à l'unanimité. Il était d'usage que le sous-directeur succédât au directeur, à l'expiration des fonctions de celui-ci.

La charge de secrétaire perpétuel était beaucoup plus importante. Nous avons vu que la Société en a compté trois : Gauteron, de 1706 à 1737; Plantade, de 1737 à 1740, et, après un intérim du dix-huit mois fait par Sauvages, de Ratte, à partir de 1742. Ses deux fonctions essentielles consistaient dans le soin de la correspondance, et dans la rédaction des procès-verbaux des séances. Il y joignait la composition des Éloges des membres décédés, qu'il prononçait d'ordinaire aux assemblées publiques ; et, en général, la multiplicité de ses occupations en faisait comme l'âme de la Société, dont la prospérité était presque toujours représentée par le talent et l'activité de son secrétaire perpétuel. Il tenait régulièrement deux registres pour la rédaction des procès-verbaux des séances, l'un destiné aux délibérations de la Société pour ses affaires et aux mutations de ses membres, l'autre aux travaux académiques. Ce dernier ne recevait aucune signature ; dans le premier, chacune des séances était signée par tous les membres qui y avaient assisté. Assez souvent, un troisième registre servait à constater les présences. De tous ces documents nous ne possédons à peu près aujourd'hui que ceux qui sont postérieurs à l'entrée en fonctions de de Ratte ; les autres s'étaient perdus dès avant 1793, ou se sont égarés depuis [1]. On pourrait juger par ceux qui nous restent, que leur tenue avait été souvent peu soignée. De Ratte lui-même, qui sous ce rapport s'est montré bien plus attentif que ses devanciers, est encore sujet à d'assez fréquentes distractions, qu'il n'a pas voulu ou pu réparer.

---

[1] De ces derniers il reste : 1° les registres des travaux pour les années 1706-1708, dont j'ai parlé ailleurs ; 2° le registre des délibérations et mutations de 1725 à 1737 (l'intitulé annonce qu'il était le troisième de ceux tenus pour cet objet); 3° le registre des travaux de 1736 à 1742.

Quelquefois des pages entières restent en blanc ; certaines délibérations ne sont signées par aucun de ceux qui y ont pris part, et, un petit nombre de fois, leur rédaction reste interrompue au milieu d'une phrase. Assez fréquemment aussi il s'en est remis à l'auteur d'une proposition faite ou d'un mémoire lu dans les réunions de la Société, du soin d'en consigner lui-même la notice sur les registres ; et c'est ainsi que se sont conservées plusieurs longues analyses écrites de la main de Sauvages, Le Roy, Barthez, Lamure, Venel, Fouquet, Poitevin, etc., dont on ne retrouve point les autographes sans intérêt. Le style de de Ratte est naturellement précis, exact et soigné, ainsi que les caractères de son écriture remarquablement nette et bien formée. Il ne perdait pas l'occasion d'insérer quelques expressions obligeantes pour les personnes nommées dans une délibération ou dans l'analyse d'une séance, et son style, comme je l'ai déjà dit, devient même très-louangeur lorsqu'il s'agit d'un personnage éminent ou de l'un des bienfaiteurs de la Société. C'était du reste un usage qui y paraissait établi, et que d'autres membres de la Société, dans les cas assez ordinaires où ils remplaçaient le secrétaire perpétuel, suivaient aussi, en y apportant autant de recherche et ordinairement moins de talent.

Le trésorier était un autre officier de la Compagnie dont il reste à parler. Ses fonctions duraient trois ans ; mais il pouvait être et fut toujours réélu, jusqu'à ce que la mort en privât la Société ou qu'il jugeât à propos de se démettre. Cette charge fut successivement remplie par le chimiste Rivière (de 1706 à 1734), l'anatomiste Lamorier (de 1734 à 1754), le chirurgien Goulard (de 1754 à 1773), le médecin Amoreux père (de 1773 à 1788), et le physicien Gaussen (de 1788 à 1793). Ce que nous avons dit des revenus de la Société pendant les premiers temps de son existence, peut faire juger que la comptabilité du trésorier était fort simple et peu chargée d'écritures [1]. Aussi, ceux qui remplirent ces fonctions jusque vers 1760, n'y donnèrent-ils qu'un degré de soin exactement proportionné à leur importance ; et, leur fidélité de comptable mise à part, rien n'égale le laisser-aller de leurs écritures, dont l'aspect suggère involontairement une comparaison que nous indiquerons à peine en

---

[1] On se rappelle que jusqu'en 1736, la Société n'eut d'autres revenus que les 300 livres allouées par la ville de Montpellier ; et qu'en 1736 les États commencèrent le paiement annuel d'un subside de 600 livres, qui fut porté à 1,000 livres en 1776.

disant qu'ils semblaient en avoir pris le modèle dans leur propre ménage[1]. Vers 1760, l'ordre et la netteté s'y établissent un peu ; et, en 1773, une délibération de la Compagnie en ayant réglé la tenue, elles deviennent irréprochables dans la forme comme pour le fond. A certains intervalles, de quatre à cinq ans d'abord, plus rapprochés ensuite, et enfin annuels, une commission vérifiait les comptes du trésorier, en fixait le reliquat ou l'avance, et consignait sur le registre même le résultat de cette vérification.

3o *Tenue des séances et droits de présence.*

Les statuts les fixaient au jeudi de chaque semaine, à deux heures en hiver, et à quatre heures en été, sauf les époques indiquées pour les vacances. Chaque séance était de deux heures. Ces dispositions furent constamment observées, à cela près, qu'à diverses époques, le commencement des séances

---

[1] Toute cette comptabilité est consignée dans deux registres qui se sont conservés. Les pièces comptables elles-mêmes, y compris celles des premiers temps de la Société, ayant été sans doute moins sujettes aux déplacements, font encore partie des archives où elles remplissent plusieurs cartons. J'ai déjà indiqué l'utilité de ce genre de documents pour l'histoire de la Société, la plupart des faits relatifs à cette histoire se traduisant en articles de recette ou de dépense qui en fixent au moins la date et la nature. C'est surtout de 1706 à 1730 que cette utilité se fait sentir, et sans eux la plus grande partie des détails que nous avons donnés sur cette période, et notamment sur les transports de la Société dans ses divers logements, seraient restés inconnus. C'est pourtant cette même période qu'embrasse le récit de de Ratte dont nous avons fait mention ; mais le point de vue en était différent, et il y a quelque intérêt à en faire ici la remarque. Le secrétaire de l'Académie nous fait, dans son style officiel, le tableau de ses prospérités, et évite avec soin les détails peu agréables au Pouvoir et peut-être compromettants à ses yeux pour la dignité d'un Corps uni à l'illustre Académie de la capitale. Tout est noble et grand dans son récit, et l'on y croit voir ce Corps fondé et patronné par un puissant monarque, poursuivre pompeusement sa carrière dans la haute position qu'il lui avait faite. Le journal du trésorier peint la chose autrement : il montre la vie intime et réelle de la pauvre Académie de province, recevant de belles dépêches du ministre, mais pas le moindre secours ; entourée d'honneurs, mais embarrassée de subsister et ne sachant où se loger. J'ai déjà extrait de ce registre et cité plus haut quelques détails qui font toucher au doigt la simplicité de ses premiers temps. Il y a en général, au commencement, des détails sur l'établissement de la Société dans la première maison qu'elle occupa, qui intéressent par leur naïveté, et d'où l'on peut tirer aussi, sur le prix vénal des choses à cette époque, des renseignements utiles pour la connaissance du pays.

fut fixé à trois heures pour toute l'année. Un dernier règlement du 11 janvier 1787 le portait à trois heures et demie.

L'assiduité des membres fut de bonne heure encouragée par l'établissement de bougies de présence, converties plus tard en simples droits de présence, payés en argent. C'est un moyen qui n'est pas toujours à dédaigner ; toutefois, l'émolument fut d'abord si faible qu'on peut bien supposer que la Société, en introduisant cet usage, chercha surtout à se conformer à l'exemple, toujours respectable pour elle, de l'Académie des sciences, qu' distribuait, comme on sait, des jetons de présence. Quoi qu'il en soit, dès 1713, c'est-à-dire à l'époque où elle put s'affranchir des frais de son loyer en acceptant l'hospitalité chez un de ses membres, on la voit établir une distribution de bougies de présence, à raison d'un quart de livre par séance pour chacun des assistants. Quatre séances, c'est-à-dire un mois d'assiduité, donnaient droit à la livre entière [1]. La dépense totale, jusque vers 1736, s'éleva de 100 à 150 livres par an, comme le constatent les registres du trésorier. En 1743, les dépenses dans lesquelles la Société s'était jetée pour la construction de son observatoire, la déterminèrent à supprimer complètement la distribution des bougies. Elle ne fut rétablie qu'après l'entier achèvement de cet édifice, par deux délibérations des 11 mai 1754 et 17 novembre 1757, qui élèvent le droit de présence à une demi-livre de bougies par séance. La dépense annuelle s'éleva alors de 350 à 400 francs. Enfin, le 18 mai 1775, la Société, riche des dons des États, prit une dernière délibération à ce sujet, qui remplaça les bougies par de simples droits de présence et établit pour la répartition de ceux-ci un mode assez ingénieux qui faisait profiter les membres assidus aux séances du défaut d'exactitude de ceux qui ne l'étaient pas. Une somme de 600 livres fut affectée annuellement au paiement des présences. Cette somme, divisée au bout de l'année par le total des présences constatées au registre, donnait pour quotient la valeur du droit ou jeton de présence, et des mande-

[1] Cette denrée valait alors 1 livre 6 sols, la livre de 12 onces. La distribution des bougies se faisait par des mandats que le trésorier délivrait à chaque membre sur un fournisseur de la ville, suivant le nombre de présences auxquelles il avait droit ; et cela fut observé jusqu'en 1736. Depuis, le trésorier paya directement aux associés le prix des bougies, qui valaient alors 30 sols, et 2 francs en 1754. A cette dernière époque, par conséquent, le droit de présence, porté à demi-livre, était de 1 franc.

ments sur le trésorier étaient délivrés par le directeur à chacun des associés, suivant le nombre de présences auquel il avait droit. Le trésorier seul recevait toujours, comme indemnité de sa charge, un nombre complet de présences. Les adjoints étaient rétribués seulement pour leur présence à certaines cérémonies auxquelles le droit de présence était attaché. Il était loisible à chaque associé de renoncer à ses présences, soit sous réserve, soit avec indication de l'emploi qu'il voulait donner à la somme à laquelle il avait eu droit[1].

La délibération du 11 mai 1754 réglait avec soin le mode de constater les présences et fut toujours observée depuis. Un registre à colonnes recevait les signatures des membres présents. Une demi-heure de grâce était accordée à partir de l'heure indiquée par le règlement pour le commencement de la séance. Le délai passé, le directeur tirait une barre au-dessous du dernier nom, et toute autre signature placée au-dessous de la barre ou en dehors de la colonne était réputée abusive et nulle.

4° *Élections.*

La Société en avait, à diverses époques, réglé la forme par des délibérations dont il suffira de rappeler la dernière (du 7 mars 1779), qui en résumait et perfectionnait les dispositions essentielles. Elle établissait des règles très-précises, notamment pour le secret des votes. Les membres de la Société étaient convoqués spécialement pour l'élection, à la différence des séances ordinaires, pour lesquelles il n'y avait pas de convocation préalable. Le scrutin étant placé dans une pièce voisine de la salle des séances, chacun des membres allait y écrire et déposer son vote, sur appel de son nom fait par le président, dans l'ordre de rang et d'ancienneté. (Les honoraires d'abord, les vétérans ensuite, puis les associés ordinaires et les associés libres.) Nul ne devait quitter sa place avant que celui qui le précédait eût repris la sienne. Enfin, il était interdit de faire écrire son vote par un autre associé, sous quel-

---

[1] Un seul d'entre eux, le marquis de Montferrier, usait de cette faculté. Il résulte des registres que l'émolument attaché à chaque présence varia de 1 livre à 1 livre 10 sols. Les associés les plus exacts touchaient de 45 à 60 francs, le nombre annuel des séances étant de trente-huit à quarante. Les pièces comptables se composent en grande partie des mandats acquittés, relatifs aux bougies ou droits de présence.

que prétexte que ce fût. Ces dispositions bien calculées feraient du moins juger que les candidats étaient nombreux et les élections souvent contestées.

Les nominations se faisaient à la majorité des votants, pourvu que cette majorité atteignît les deux tiers du nombre total des associés[1]. On a vu que pour les correspondants, la majorité des deux tiers des votants était nécessaire.

Les associés ordinaires étaient choisis presque toujours parmi les adjoints ; mais non pas nécessairement, et les exemples du contraire, c'est-à-dire de choix faits hors de l'Académie, sont assez fréquents, du moins avant 1750. La division de la Société en classes aurait pu, si l'on eût observé les conséquences avec rigueur, gêner beaucoup les élections, en restreignant le nombre des candidats aptes aux places qui venaient à vaquer : ainsi, un botaniste n'eût pu être élu à une place vacante dans la classe des mathématiques, etc. ; mais on ne tenait ordinairement pas compte de ces distinctions, et quand un sujet capable se présentait, on le nommait à la place disponible, sauf à le faire entrer à la première occasion dans la classe à laquelle il appartenait par la spécialité de ses connaissances. Les registres sont pleins de mutations de cette dernière espèce.

La Société, instruite par une longue expérience, avait reconnu des inconvénients à certains genres de mutations et décidé, par exemple (le 25 janvier 1781), que nul associé ordinaire ou adjoint ne pourrait être nommé à une place d'associé libre, et réciproquement.

5° Bibliothèque et collections.

La Société chercha de bonne heure à se former une collection d'ouvrages sur les sciences, à commencer par les journaux scientifiques du temps, dont la connaissance lui était indispensable. Heureusement pour ses ressources, ils étaient en fort petit nombre au commencement du dernier siècle[2]. Le

---

[1] *Ordinaires* apparemment, car les associés honoraires et libres n'étant pas soumis à la résidence et ne votant que rarement aux élections, celles-ci eussent été souvent difficiles, si leur nombre total eût été pris en considération. Je n'ai pu constater ce point, lequel est réglé par des délibérations consignées sur des registres qui se sont perdus.

[2] Telle était alors la difficulté que trouvaient les savants à publier leurs productions par cette voie, qu'en 1727, Gauteron songeait à insérer son Éloge du botaniste Nissolle dans le *Mercure-galant* du temps. Bignon, auquel il fit part de son projet, l'en dissuada. Par la même raison,

Journal des savants et les *Mémoires de Trévoux* étaient à peu près les seuls qui se publiassent en France, et elle se les procura l'un et l'autre. Plus tard, vers 1736, lorsque ses moyens le lui permirent, elle y joignit les recueils étrangers les plus accrédités [1]. A partir de la même époque, elle employa tous les ans en achat de livres une certaine somme qui, vers 1760, s'élevait quelquefois jusqu'à 250 et 300 livres. On n'a pas oublié qu'un peu plus tard, en 1775, l'académicien Haguenot lui légua une rente annuelle de 100 livres qui devait être employée à des achats de ce genre. Du reste, la Société fut affranchie d'une partie de cette dépense par les soins qu'eurent les auteurs d'envoyer leurs productions à une Compagnie devenue célèbre et dont on connaissait l'union à l'Académie des sciences [2]. Ce fut par ces diverses voies qu'elle se forma peu à peu une bibliothèque assez considérable (de 2,500 à 3,000 volumes), dont, par une délibération du 7 janvier 1779, elle régla l'usage entre les membres de la Compagnie, et dont elle confia le soin à l'un d'eux, le naturaliste de Faugères.

Les collections d'histoire naturelle n'acquirent jamais beaucoup d'importance. Elles consistaient en minéraux et coquillages de la province. Les dons du président Bon et les soins d'Astruc, chargé par les États, comme nous l'avons dit ailleurs, d'écrire l'histoire naturelle de la province, en avaient jeté les premiers fondements; mais elles ne purent prendre quelque consistance qu'après l'établissement de la Société dans son hôtel, en 1773 [3]. Quelques années après, de Faugères y fit transporter un beau cabinet ornithologique,

les idées nouvelles jetées dans les sciences ne se répandaient que fort lentement dans le monde savant. Le même académicien envoyait, en 1733, à l'Académie des sciences, pour être inséré dans le volume de cette année, un mémoire sur le *kermès* du chêne, dans lequel la nature animale de ce corps était encore mise en doute. L'académicien l'avertit que ce point avait été démontré par Vallisnieri dans ses *Opera physico-medica*, parus depuis plusieurs années, et le Mémoire dut être retiré.

[1] Les registres citent les *Transactions philosophiques de Londres*, les *Mémoires de l'Académie de Saint-Pétersbourg*, le *Journal de Leipsick*, les *Mémoires de l'Académie de Bologne* et les *Mémoires des curieux de la nature de Berlin*.

[2] Dès 1746, les registres citent l'envoi fait à la Société par Voltaire, de ses *Éléments de la philosophie de Newton*.

[3] Le naturaliste de Gensanne, associé adjoint, qui, longtemps après Astruc, fut chargé par les États de la recherche des richesses minérales de la province, et qui a publié le résultat de

dont il eût fait don à la Société, si la suppression de celle-ci lui en eût laissé le temps [1]. La Société l'avait nommé conservateur de ses collections, comme il l'était de sa bibliothèque.

Les instruments de physique et d'astronomie formaient, soit à l'observatoire, soit dans l'hôtel de la Société, une collection beaucoup plus importante. Ils provenaient en grande partie des dons faits par divers associés (Bon, Guilleminet, Montferrier, et en dernier lieu par le maréchal de Biron). A diverses époques, et surtout depuis la construction de l'observatoire, la Société consacra une partie de ses revenus à compléter ce matériel, indispensable aux travaux astronomiques [2]. Ces achats se faisaient à Paris, par l'intermédiaire des astronomes de l'Académie des sciences; ainsi Maraldi achetait, en 1727, avec les fonds votés par les États, les instruments qui devaient servir à la levée des cartes de la province [3]; plus tard Cassini de Thury et La Lande rendirent à la Société le même service, comme le constate la correspondance.

6° *Assemblées publiques.*

Les statuts en assignaient une à chaque année, et en fixaient la tenue au premier jeudi après la Saint-Martin. Mais ces prescriptions ne furent pas exactement suivies. La Société laissa souvent s'écouler une et même deux années sans se réunir en assemblée publique [4], et les époques de ces assemblées varièrent

---

ses travaux dans les six volumes de son *Histoire naturelle du Languedoc*[*], procura probablement à la Société la plupart des échantillons de minéraux dont l'inventaire de 1793 constate la présence dans ses collections. Les armoires à casiers qui les contenaient existent encore en partie et ont été utilisées depuis par la Société archéologique de Montpellier.

[1] Il fut retiré par lui à l'époque de cette suppression.

[2] Les registres indiquent notamment l'achat d'une machine parallactique, au prix de 300 liv.; d'une boussole, de plusieurs pendules astronomiques, d'une machine électrique, etc., etc.

[3] Voy. ci-dessus, pag. 53.　　　　　　　　　　　　　　　　E. Th.

[4] Il serait difficile d'assigner les causes des interruptions qui se remarquent à cet égard, quoiqu'on puisse bien supposer que le défaut de travaux appropriés y eût quelque part. D'après un relevé fait sur les registres existants et sur d'autres documents, quarante-sept nous sont connues, soit par des cahiers imprimés, soit au moins par les titres des Mémoires qui y furent

[*] L'*Histoire naturelle de la province de Languedoc*, par de Genssane, imprimée à Montpellier, 1776-1779, forme cinq vol. in-8°, pl. On y joint la *Géométrie souterraine, ou Traité de Géométrie pratique appliquée à l'usage des travaux des mines*, du même auteur. Montpellier, 1776, in-8°, pl.　　E. Th.

depuis le mois de novembre jusqu'au mois de mai, suivant des convenances de diverse nature, et le plus souvent par le désir d'en faire concorder la tenue avec la session annuelle des États de la province, dont la présence donnait un grand lustre à ces solennités. Cependant, toutes ces réunions publiques, à beaucoup près, ne furent pas tenues sous leurs yeux, et il paraît même, par une note qui accompagne au registre la mention de l'assemblée du 27 février 1732, qu'à cette époque les États n'avaient pas assisté depuis longtemps aux assemblées publiques de la Société. Lorsque, vers 1765, ils eurent eux-mêmes fondé des prix dont, comme nous le verrons plus tard, ils confièrent la distribution au jugement de la Société royale, leur présence aux assemblées devint beaucoup plus régulière. Du reste, même en leur absence, l'assemblée se tenait toujours dans la grande salle de l'Hôtel-de-Ville destinée à leurs réunions. Le cérémonial observé est décrit plusieurs fois dans les registres. Lorsque les États étaient présents, leurs trois ordres ayant pris place sur les gradins circulaires qui garnissaient la salle, les académiciens s'asseyaient autour d'une grande table disposée dans l'enceinte intermédiaire ou parquet, à la place qu'occupaient au même endroit les syndics généraux et autres officiers de la province. Le président de l'année, ou en son absence le directeur, tenait le haut bout, ayant à sa droite les membres honoraires présents à la séance, et à sa gauche le directeur, le sous-directeur et le secrétaire de la Société. Aux deux côtés de la table se plaçaient les associés ordinaires et libres, et au bas bout les adjoints. Un discours d'ouverture était prononcé par le président; puis on passait à la distribution des prix fondés par la Société ou par les États eux-mêmes; le secrétaire prononçait les Éloges des membres décédés depuis la dernière assemblée publique, et le reste de la séance était occupé par la lecture de mémoires académiques[1].

---

lus. Mais il doit en avoir été tenu plusieurs autres de 1706 à 1725, dont la mention s'est perdue avec les registres de cette époque qui la contenaient. Nous reviendrons sur ce sujet dans la section relative aux publications de la Société.

[1] Ces Mémoires étaient parfois en nombre si considérable (sept à huit), qu'il faut supposer que les auteurs n'en lisaient que des extraits ou des notices plus ou moins détaillées. Les sujets en étaient quelquefois singulièrement spéciaux (comme par exemple le Mémoire sur le traitement du vers *tænia*; les Considérations sur les hernies entérocèles, etc.), et le public pouvait juger qu'on le faisait véritablement assister à une séance académique.

Dans les premiers temps de l'existence de la Société, il était d'usage que le président , après la lecture de chaque mémoire, en résumât l'objet et en présentât au public les principaux résultats sous une forme claire et facile à saisir. Cette coutume, encore empruntée à l'Académie des sciences, prit probablement fin à l'époque où celle-ci jugea elle-même à propos d'y renoncer (vers 1732) [1].

Ajoutons qu'il se produisait dans le sein de l'Académie, parmi les membres des États et dans le public de la ville, des renouvellements de zèle ou de curiosité qui donnaient aux assemblées publiques plus ou moins d'intérêt suivant les époques. Le secrétaire indique ces variations sur son registre, en remarquant quelquefois que la séance publique de l'année a été très-nombreuse et très-brillante.

7° Messe de Saint-Louis et repas académique.

Par un usage établi dans l'année même de sa création, la Société faisait célébrer tous les ans, le jour de Saint-Louis, fête du roi, une messe solennelle suivie d'un panégyrique du saint [2]. C'était encore une coutume empruntée à l'Académie des sciences, où, comme on sait, elle datait de la fondation même de ce Corps. La Société, qui se l'appropria ainsi de bonne heure, ne se montra pas moins exacte à l'observer. Elle assistait en corps à la cérémonie, qui faisait partie de celles pour lesquelles des droits de présence étaient accordés, même aux adjoints. La messe se disait dans l'église des Pénitents-Bleus, située dans le quartier de la ville où nous avons vu que la Société avait toujours eu ses logements, jusqu'à son transport chez Haguenot en 1760 ; et tout fait supposer que cette coutume se perpétua jusqu'aux der-

---

[1] Nous fondons cette conjecture et cette date sur le passage suivant d'une lettre de Bignon au secrétaire de la Société, du 9 mai 1732, écrite à propos de l'assemblée du 27 février précédent, dont Bignon venait de recevoir le cahier. « Ce qui me charme singulièrement, c'est » que M. de Bernage (le président) ait bien voulu résumer ces différents Mémoires. Je le re- » marque d'autant plus , que cet usage est passé en désuétude ici, et que l'exemple de gens » auxquels je n'ai garde de me comparer, m'a forcé moi-même à garder le silence dans nos » dernières assemblées. » On verra ci-après, par une lettre de Fontenelle, que Bignon ne se rendait pas justice à ce sujet. (Voir aussi l'Éloge de ce savant, par Freret.)

[2] On trouve encore dans les papiers de la Société les manuscrits de quelques-uns des discours prononcés à cette occasion, qui durent être remis par leurs auteurs.

niers temps de son existence, les registres en faisant encore mention en 1774.

Cette solennité et la réunion qu'elle occasionnait donnèrent naissance à un autre usage dont nous n'affirmerions pas que la durée ait été aussi longue , mais qui existait encore en 1760. A la suite de la cérémonie religieuse, les académiciens, et avec eux quelques-unes des personnes qui avaient prêté leur office dans celle-ci, dînaient en corps chez quelque traiteur de la ville. Les frais étaient supportés par chaque convive académicien [1]. Quelquefois c'était le président de la Société qui l'invitait ce jour-là à sa table, et méritait par sa généreuse hospitalité que le secrétaire en consignât la mention sur ses registres [2]. Avouons enfin , pour rester fidèle en tout à la vérité historique, qu'à deux ou trois époques, la Société ne fit point difficulté de prendre sur ses revenus la somme nécessaire, considérant sans doute comme suffisamment académique une dépense dont le résultat est généralement d'entretenir la bonne harmonie parmi les membres d'un même Corps [3].

Suivant un usage plus sérieux, qu'elle établit en 1764, à la mort de l'académicien Romieu , la Société faisait dire une messe mortuaire pour ceux de ses membres qu'elle perdait, et y assistait en corps d'Académie.

---

[1] L'écot ordinaire ne dépassait pas 4 livres, y compris une symphonie, dont il est fait une fois mention en ces termes : « Pour la symphonie du dernier pique-nique, 1 livre 10 sols. Il est assez difficile de comprendre ce que pouvait être une pareille musique.

[2] Le 25 août 1732, Gauteron inscrivait au registre des délibérations la note suivante : « M. de Bernage (intendant de Languedoc et honoraire de la Société), président, donne à la Compagnie un dîner superbe, suivant l'usage des présidents, accompagné de tous les agréments qui peuvent accompagner (sic) une fête philosophique.

[3] En 1721 , le trésorier porte au registre une somme de 59 livres payée au sieur Volan , traiteur, pour le repas académique, et en 1723 la dépense s'élève jusqu'à 110 livres. C'était pour la Société précisément l'époque de sa plus grande pauvreté ; mais elle imitait probablement les gens qui, désespérant de jamais s'enrichir, ne s'amusent point à faire des économies. Nous clorons ce chapitre de détails intimes, par la mention d'un autre usage à peu près de même nature. Assez fréquemment avant 1760 , et tous les ans depuis, le trésorier emploie, sur les deniers académiques , une somme de 40 à 50 livres en liqueurs glacées fournies par quelque cafetier de la ville. Si l'on veut bien considérer l'heure des réunions de la Société, on ne pourra, sans un grand rigorisme selon nous, faire à nos académiciens un grief sérieux de cette pratique commandée par de bonnes raisons d'hygiène pendant les jours caniculaires, si redoutables sous le climat du Languedoc, et qui l'était aussi par la politesse, dans les cas très-fréquents où des savants étrangers assistaient à leurs séances.

8o *Police de la Société sur ses membres.*

On a vu, dans les statuts, que nul associé ordinaire ou adjoint ne pouvait s'absenter plus de deux mois, sans un congé délivré par le directeur; et il existe sur les registres, à toutes les époques, de la part de quelques académiciens, des traces de l'observation de cette règle, qui, comme on le juge bien, ne constituait qu'un acte de déférence envers la Compagnie.

Mais la Société, comme tous les Corps jaloux de leur considération, exerçait de plus une surveillance particulière sur la conduite de ses membres, dans les cas où celle-ci aurait pu compromettre ou l'individu ou le corps scientifique dont il faisait partie. Ainsi elle exigeait que tout associé, avant d'inscrire son titre d'académicien en tête des ouvrages qu'il publiait, en obtint d'elle la permission, sans doute pour s'assurer d'abord que ce titre ne serait pas compromis par la nature même de l'ouvrage. En 1761, l'un de ses adjoints, le chimiste Peyre (pharmacien de profession), ayant souffert que son nom figurât sur les affiches d'un vendeur d'orviétan qui se trouvait à Montpellier, fut sévèrement admonesté en séance académique, et n'échappa à la radiation qu'en protestant de son ignorance du fait.

D'assez bonne heure, la Société avait adopté un usage très-conforme à l'égalité académique et dont la suite fit voir les autres avantages. Ses membres ne devaient signer sur le registre que de leur nom propre, sans ajouter aucun titre ni désignation, à l'exception du seul titre académique. En 1756, le chirurgien Lamorier, académicien d'ailleurs distingué et très-estimé de ses collègues, ayant, au mépris de cette règle, fait suivre son nom du titre de professeur démonstrateur en chirurgie, fonctions qu'il remplissait dans l'Université[1], son entreprise fut, par délibération spéciale, déclarée irrégulière et abusive; le titre ajouté au nom fut biffé sur le registre, comme on

---

[1] Il le fit à dessein, et précisément parce que le titre de professeur était contesté aux démonstrateurs par les professeurs titulaires. La Société, qui comptait plusieurs de ces derniers dans son sein, intervint dans la querelle en s'adressant à l'autorité, et il existe une lettre du ministre annonçant qu'il va prendre les ordres du roi sur ce sujet. La décision n'est point indiquée aux registres.

peut le voir encore, et la règle déclarée de plus fort obligatoire pour tous les académiciens.

9° Rapports avec le Pouvoir.

Quelque peu de faveurs réelles que la Société obtint du gouvernement, elle était et se considérait toujours comme placée, par son institution, dans une étroite dépendance de l'autorité royale et entretenait avec ses dépositaires des relations très-suivies. Elle s'adressait à eux, non-seulement dans le cas de nouvelles places à créer dans son sein, ou pour en obtenir d'autres grâces de même nature, mais même pour les consulter sur des points peu importants d'application ou d'interprétation de ses règlements[1]. Le secrétaire d'État, ministre de la maison du roi, dont le département comprenait les lettres et beaux-arts, et par conséquent les académies, était ordinairement le canal chargé de cette correspondance. Le comte de Saint-Florentin, plus tard duc de la Vrillière, remplit cet office pendant trente-huit ans[2] (c'était l'âge d'or des ministres), et, après lui, Amelot et le baron de Breteuil. Quelquefois aussi le succès des affaires exigeait qu'elle s'adressât au chancelier ou au contrôleur général des finances, comme elle le fit en 1777, pour obtenir du conseil du roi la sanction du don fait par les États de Languedoc pour l'acquisition de son hôtel.

A côté de ces rapports obligés, la Société avait soin d'en entretenir qui n'étaient que d'étiquette et de politesse, soit avec les ministres, soit avec ses principaux membres honoraires. Elle leur écrivait, à l'occasion des événements publics, ou même de ceux qui n'intéressaient que leurs personnes et leurs charges, et cette correspondance et leurs réponses ont grossi ses registres et ses archives d'un assez grand nombre de pièces dont le formulaire uniforme n'ajoute rien à leur intérêt.

---

[1] Ainsi elle ne manquait pas de demander l'autorisation de nommer à une place d'honoraire surnuméraire. En 1769, elle consultait le ministre sur le point de savoir si un père académicien pouvait prendre part à l'élection de son fils comme adjoint. Il s'agissait des deux Amoreux (Guillaume et Pierre-Joseph), qui furent depuis cette époque membres de la Société l'un et l'autre. L'Académie des sciences fut aussi consultée sur les précédents à ce sujet, et il paraît que leurs réponses furent affirmatives.

[2] De 1729 à 1766. Il devint honoraire de la Société en 1743, en remplacement de Bignon, et son Éloge fut prononcé à la séance publique du 30 décembre 1777.

10° *Rapports avec l'Académie des sciences.*

Nous nous étendrons beaucoup plus sur cette partie les relations de la Société, avec le regret néanmoins que nous avons déjà exprimé[1], de n'avoir eu à notre disposition qu'une partie des documents qui pourraient en rendre le détail aussi complet qu'assuré.

On a vu plus haut que l'un des premiers soins de la Société royale, après son institution, fut de se mettre en rapport avec son associée de la capitale, et que des lettres furent échangées à ce sujet entre les directeurs et les secrétaires perpétuels de l'une et de l'autre Compagnie. Nous rapportons ici celle qu'écrivit de Homberg, directeur, pour l'année 1707, de l'Académie des sciences; et deux lettres de Fontenelle, secrétaire perpétuel de celle-ci, que recommandent également le nom de l'auteur et les détails intéressants dans lesquels il entre[2].

---

[1] On se rappellera ce que nous avons dit à ce sujet dans l'introduction qui précède la première partie de ce Mémoire. Les lettres écrites de Montpellier à l'Académie des sciences sont restées dans les archives de celle-ci, et nous n'avons sous les yeux que les réponses des académiciens de Paris. Elles en font assez bien connaître l'objet; mais quelquefois avec moins de détail et de certitude qu'il eût été à désirer pour nous.

[2] La lettre de Homberg, en réponse à celle qu'il avait reçue de Plantade, directeur de la Société royale, est ainsi conçue :

« Vous ne pouviez, Messieurs, faire un plaisir plus sensible à l'Académie des sciences, qu'en
» lui donnant des marques de votre attachement et de votre zèle pour l'avancement des arts
» et des sciences; par là vous répondez parfaitement aux intentions du roi, aux vues du mi-
» nistre et aux espérances que le public a conçues de l'établissement de votre illustre Société.
» Nous profiterons avec plaisir des observations et des autres travaux que vous voudrez bien nous
» communiquer, et l'Académie royale aura une véritable joie de vous faire part aussi de ce
» qu'elle croira pouvoir mériter votre attention. Elle m'a chargé, Messieurs, de vous en assurer
» et de vous prier de lui continuer les sentiments où vous paraissez être pour elle. En mon
» particulier, je suis, Messieurs, avec beaucoup de respect....., etc., etc. Paris, 20 mars
» 1707. » La date de cette lettre, postérieure d'un an à l'union des deux Corps, et le peu de mention qu'on y fait de cette union, pourrait faire croire, ou qu'elle ne fut pas la première que les deux Compagnies échangèrent, ou que leurs premières communications se firent par le seul intermédiaire de l'abbé Bignon.

Je transcris les deux lettres inédites de Fontenelle, adressées à Gauteron, sur les autographes de ces deux pièces, faisant partie d'un recueil formé par Gauteron lui-même, et déposé aujour-

Elles sont les seules que la Société possède de cette plume spirituelle. Aussi longtemps que vécut le fondateur de celle-ci, l'illustre abbé Bignon, les deux Compagnies correspondirent par cet intermédiaire attaché par les

---

d'hui à la bibliothèque de la ville de Montpellier. Il ne faudrait pas confondre ce recueil d'autographes avec les registres ou recueils dans lesquels celui-ci analysait les premiers travaux de la Société, et dont il a été question ci-dessus, pag. 8.

E. Th.

« Monsieur,

» Outre l'interest general des sciences qui me fait voir avec beaucoup de plaisir l'association
» de nos deux Academies, je vous avoue que je ne puis m'empêcher de sentir aussi mon in-
» terest particulier, et que je suis ravi que la conformité de votre emploi et du mien me mette
» en commerce avec vous ; je vais répondre par ordre a tous les articles, sur lesquels vous me
» faites l'honneur de me consulter. S'ils roulent la plus part sur des choses assés legeres, c'est
» une bonne marque, et je voi par là que vos Messieurs se tiennent sûrs du reste.

» 1. On ne fait point de discours oratoires aux Assemblées publiques. L'éloquence n'est point
» reçue chés nous, a moins qu'elle ne soit bien deguisée, une Assemblée publique s'ouvre sans
» aucune autre façon par l'écrit de celui a qui le Président a donné le premier rang, et tout au
» plus le Président dit quelques mots pour annoncer au public que tout va se passer à l'ordinaire.
» A la premiere qui fut tenüe, le Président annonça plus au long de quoi il était question, que
» l'on ne prétendoit employer aucune éloquence, que cette Assemblée publique ne differeroit
» aucunement d'une Assemblée particuliere, hormis en ce que les Academiciens n'interrom-
» proient point celui qui liroit, et ne lui proposeroient point leurs difficultés après sa lecture, et
» que lui Président les representeroit tous en parlant seul a celui qui auroit lu. Jusqu'ici ç'a tou-
» jours été M. l'abbé Bignon qui a présidé aux Assemblées publiques. Après la lecture de cha-
» cun, il resume ce qui a été dit, le rend au public en abregé, et d'ordinaire en termes plus
» clairs, y ajoute telles reflexions qu'il veut, et cela d'une maniere dont tout le monde est
» charmé.

» 2. Dans une Assemblée particuliere, celui qui veut lire quelque chose en demande la permis-
» sion au Président, soit pendant la séance même, soit avant qu'elle commence. Cela est abso-
» lument indifferent, mais ce qui fait qu'on s'adresse a lui d'ordinaire avant la séance, c'est
» qu'il y a presque toujours plus de matiere qu'il n'en faut pour les deux heures, et que
» chacun est bien aise de retenir son rang, cela n'empeche pas qu'on ne donne toujours la
» préference aux choses qui ne se peuvent remettre, comme un morceau d'anatomie qui se
» gasteroit, une experience dont on a apporté tout l'appareil, etc.

» 3. Je ne fais profession d'aucune science comme tous les autres, et je suis l'Ignorant de
» la Compagnie. On ne m'a pris que pour cela. Je sai bien qu'a cet égard l'Academie de Mont-
» pellier ne se reglera pas sur celle de Paris. Mon travail consiste a faire ces Histoires que l'on
» donne tous les ans, et où ce qui s'appelle proprement l'Histoire est de moi, a l'exclusion des
» Memoires. Quand il est mort quelque Academicien, je parle necessairement a l'Assemblée
» publique suivante, et j'y lis son Éloge. Vous pouvés en avoir déja vu quelques-uns dans mes
» Histoires, je les imprime tels que je les ai lus ; hors de ces occasions, je ne suis dans nulle
» obligation de parler. Je le puis cependant comme un autre, et le fais quelquefois, par

mêmes liens à l'une et à l'autre , et ses lettres à Gauteron, dont nous avons si souvent rapporté des détails, furent la conséquence de ces relations. Cependant cette correspondance se ralentit à la mort de ce dernier, arrivée en 1737 , et

---

» exemple , je lus dans une Assemblée publique la Préface qui est a la teste de l'Hist. de 1699
» Je ne suis point par ma place *orateur né*, et le suis encore moins par mon caractere.

» 4. Quand quelqun de dehors veut se presenter a la Compagnie il s'adresse au Président et
» non a moi. Je ne me mesle point de l'introduire. Chacun peut cependant proposer ou au Pré-
» sident ou a l'Assemblée qu'il y a quelqun qui demande a entrer et a parler. Tout cela se fait
» sans aucun ceremonial reglé, et je suis persuadé que le moins qu'il peut y en avoir, c'est la
» mieux , surtout entre des Gens de lettres, a qui il ne conviendroit pas d'étre pointilleux sur
» cela.

» 5. Il est en votre choix d'adresser vos lettres au Président, ou a moi, il suffit de mettre
» le nom et l'adresse sans aucun titre academique. J'écris toutes les lettres qui sont au nom
» de l'Academie et les signe seul , en ajoûtant a mon nom ma qualité. Votre Société ne doit
» point écrire par son Président , si ce n'est a quelqun qu'elle veuille extraordinairement ho-
» norer , comme seroit M. le Chancelier.

» 6. Je parle de moi dans mes Registres a la premiere personne, et dans l'Histoire a la
» troisiéme; il y a peut étre quelque raison a cette distinction, mais elle ne vaut pas la peine
» que je vous l'explique, le contraire seroit a peu près aussi bon.

» 7. Nous n'avons nulle ceremonie publique qu'une Messe en musique suivie d'un sermon
» aux PP. de l'Oratoire, le jour de St-Louis, feste du Roi. Nous n'avons nulle distinction en
» aucun lieu.

» 8. Nos chimistes ne se servent que du poids de marc.

» 9. Nous n'avons nul habit de ceremonie. Chacun vient aux Assemblées avec son habit or-
» dinaire.

» Il ne tiendra qu'a votre Societé, Monsieur, d'imiter l'Academie des sciences jusque sur ces
» minuties, elle tiendra toujours à honneur d'avoir de pareils imitateurs. Je suis

» Monsieur ,

» Votre trés humble et trés obéissant serviteur.

ı FONTENELLE.

» De Paris , ce 30 jan. 1706. »

« Monsieur ,

» Vous me flatés trés sensiblement en m'assurant que j'ai contribué de que que chose au bon
» ordre de votre Compagnie, et pour tâcher d'avoir encore quelque part a cette gloire, voici
» la réponse aux questions que vous me faites l'honneur de me proposer.

» 1° Mon Histoire n'est point écrite dans les Registres; je n'en conserve point non plus l'ori-
» ginal, car je suis naturellement ennemi des papiers inutiles, et m'en soulage autant que je
» puis. Mes Registres ne contiennent que les Memoires qui ont été lus dans les Assemblées.

» 2° Je ne tire nul profit de l'impression de l'Histoire, ni la Compagnie non plus. Il a falu
» faire des avances au libraire pour les impressions, et elles ont été faites par le Roi. Mais pre-

l'âge avancé de Bignon, qui mourut plus qu'octogénaire, en 1743, explique d'ailleurs assez ce ralentissement. Mais les rapports se renouent à l'entrée presque simultanée de Mairan comme secrétaire perpétuel de l'Académie des sciences, et de de Ratte en la même qualité à la Société royale. Ils furent très-bienveillants de la part de l'illustre physicien de Paris envers son jeune collègue. Grandjean de Fouchy, qui succéda bientôt à Mairan [1], ne lui montra pas moins d'égards et d'intérêt. Ses lettres nombreuses témoignent d'une véritable et sincère confraternité et elles éclairent parfaitement les rapports des deux Compagnies dans l'intervalle de 1743 à 1769. Elles cessent à cette dernière époque, qui précéda de peu la retraite de Fouchy et son remplacement par Condorcet, le dernier secrétaire de l'Académie. Quant à la correspondance de ce dernier, si elle se continua, comme il est à croire, elle

» sentement il y a un fonds que le libraire nous doit, et que M. l'abbé Bignon destine a des » usages sur lesquels il ne s'est pas encore déclaré.

» 3° Chaque Academicien donne lui même son ouvrage a l'imprimeur, et en corrige les » épreuves.

» 4° Tout ce qui se lit dans les Assemblées, quel qu'il soit, est copié mot a mot dans les » Registres.

» 5° Le premier jour de chaque mois, les Officiers de la Compagnie, et quelques autres Aca- » demiciens qui ont été choisis a la pluralité des voix, s'assemblent en particulier. Je leur rap- » porte les Titres de toutes les Piéces qui ont été lûes dans le mois precedent, et on choisit » a la pluralité des voix celles qui doivent être imprimées.

» La Compagnie a reçû la Lettre de M. de Plantade, et a chargé M. Homberg, Directeur de » cette année, d'y répondre. Je ne doute pas qu'il ne l'ait fait a l'heure qu'il est.

» Vous verrés, Monsieur, que dans l'Hist. de 1706 qui est sous la Presse, et qui paroistra a » Pasques, j'ai fait valoir autant que je l'ai pu l'union de nos deux Compagnies. Je tâcherai a » profiter toujours de toutes les occasions que vous voudrés bien m'en fournir. Je suis

» Monsieur,
» Votre trés humble et trés obéissant serviteur.
» FONTENELLE.

» De Paris, ce 5 mars 1707. »

[1] Mairan remplaça, comme on sait, en 1741, Fontenelle qui se démit. Mais il ne voulut faire lui-même qu'une espèce d'intérim, et se retira trois ans après, par les motifs qu'il indique dans le passage suivant de l'une de ses lettres à de Ratte (du 10 décembre 1743) : « Du reste, » Monsieur, ce sera désormais M. de Fouchy, mon successeur, qui vous rendra compte des déli- » bérations de l'Académie ; car me voilà à la fin des trois années pour lesquelles j'avais accepté » le secrétariat, fonction qui m'honore beaucoup, mais à laquelle j'ai préféré un plus libre » emploi de mon loisir. »

16

a été égarée, ou peut-être est restée dans les papiers particuliers de de Ratte. Les cartons de la Société n'en offrent aucun vestige.

Si l'on se rappelle les prescriptions des statuts et l'exacte attention avec laquelle nos académiciens cherchaient à se conformer aux usages de leurs collègues de Paris, on se fera facilement l'idée des objets principaux de ce commerce entre les officiers des deux Compagnies. Il roulait sur ceux points : 1° l'insertion annuelle dans les Mémoires de l'Académie des sciences, de l'ouvrage envoyé par la Société royale ; 2° les avis et directions que celle-ci demandait à l'autre sur les différents points de son régime intérieur ou de ses relations extérieures dans lesquelles elle voulait l'imiter, et sur les questions qui surgissaient de leur application.

Ce dernier sujet ne pouvait donner lieu à aucune difficulté. Nous avons eu occasion de citer quelques-uns des cas dans lesquels l'Académie des sciences fut ainsi consultée, et la correspondance en offre beaucoup d'autres que nous pourrions y joindre [1].

L'autre point était d'une nature plus délicate. Disons tout de suite qu'il donna naissance au seul nuage qui, pendant l'existence simultanée des deux Corps, voila un instant la bonne harmonie qui s'était établie entre eux et risqua même de compromettre l'union établie par les statuts.

Ceux-ci avaient réglé cet objet d'une manière générale et sans prévoir les difficultés qui pourraient survenir. Ils ne paraissaient admettre aucun contrôle de la part de l'Académie des sciences, sur le choix et le mérite de l'ouvrage qui devait lui être envoyé tous les ans, pour figurer parmi les siens.

---

[1] C'est ainsi qu'en 174*...., de Fouchy, à la demande de son collègue de la Société royale, expliquait fort en détail les usages de l'Académie relatifs au rang et aux prérogatives des différents associés, honoraires, ordinaires, libres, étrangers, etc., et sa lettre à ce sujet ne serait pas sans intérêt dans l'histoire de l'Académie. Plus tard, à propos du prix fondé en 1766 par la Société royale, il lui fournissait les renseignements relatifs à l'organisation du concours et aux fonctions du secrétaire perpétuel en cette matière ; il l'instruisait des formalités de présentation au roi du premier volume de ses Mémoires ; il s'occupait pour elle du choix d'un graveur pour les cartes des diocèses de Languedoc qu'elle venait d'achever, etc. Nous reviendrons sur quelques-uns de ces objets.

* Cette lettre ne se trouvant ni dans les archives de la Société ni dans le recueil d'autographes dont il a été parlé ci-dessus, pag. 118, il n'a pas été possible d'en préciser autrement la date.   E. Th.

Ce contrôle était cependant inévitable dans de certaines limites, et la Société royale, qui le sentait, dut montrer à cet égard quelque déférence pour l'opinion de son aînée, et elle le fit presque toujours. Mais, dans les matières scientifiques qui s'agitaient alors, les avis étaient souvent différents et la vérité difficile à démêler ; et il pouvait se rencontrer des cas où chacune des Compagnies maintenant le sien, et l'amour-propre des auteurs intervenant dans le débat, une scission semblait prête à s'opérer.

Ce cas se présenta en 1729. Plantade avait observé à Montpellier la belle aurore boréale du 19 octobre 1726, dont s'émurent tous les astronomes du temps, et avait rédigé à ce sujet un mémoire étendu qui fut envoyé à l'Académie, comme tribut annuel de la Société royale. L'observation était curieuse et irréprochable ; mais l'auteur y avait joint une longue théorie sur les causes de ce phénomène, qui n'avait pas la même autorité, et dont l'idée première pouvait même, à ce qu'il paraît, être revendiquée par un autre savant[1]. Cette partie du mémoire obtint peu de faveur auprès de l'Académie. On était alors entré sans retour dans la voie de l'expérience et de la recherche des faits, et les plus brillants systèmes ne trouvaient guère de partisans que dans un petit nombre de savants restés fidèles aux habitudes de l'école cartésienne[2]. L'Académie prétexta de ce défaut de nouveauté qu'elle trouvait

[1] « Il ne s'était point borné (dit de Ratte, dans un passage du tom. II des *Mémoires de la* » *Société*, part. I, pag. 20, où il rend compte avec détail de cette discussion) à rapporter » ce qu'il avait vu ; il avait de plus beaucoup raisonné sur le phénomène, et tout ce qu'il » disait pour en développer la cause n'était pas, selon lui, la partie de son mémoire la moins » intéressante. » L'explication de Plantade se rapprochait beaucoup, au dire du même savant, de celle qui avait été donnée en 1716 par Halley, qui attribuait les aurores boréales à des effluves ou courants magnétiques qui circulent d'un pôle à l'autre. Mais Plantade ne convenait point de cette conformité. Dans l'Éloge de ce savant, par de Ratte, que nous avons cité ailleurs, on lit, à propos du même ouvrage sur les aurores boréales, qu'au fond M. de Plantade était peu sensible à la gloire d'imaginer de nouveaux systèmes. Il le faisait cependant volontiers, et l'on peut trouver des exemples de son penchant à créer des explications et des hypothèses, dans le compte-rendu de la première séance publique de la Société, du 10 décembre 1706, où analysant, en sa qualité de président, les mémoires lus par deux académiciens, il assigna, à sa manière et sans hésiter, les causes et les origines de deux phénomènes peu connus alors et qui embarrasseraient peut-être encore les physiciens de nos jours. (Voyez ce compte-rendu dans les *Mémoires de Trévoux*, pour l'année 1707.)

[2] Je ne puis me refuser au désir de citer encore, à cette occasion, deux lettres du judi-

à l'hypothèse de Plantade, pour refuser d'imprimer cette partie du mémoire, tout en offrant d'accueillir l'autre. Plantade, qui s'attribuait le mérite de l'invention, n'accepta ni le jugement ni la proposition de l'Académie, et, après une discussion qui dut être assez vive et dont toutes les circonstances ne nous

cieux Bignon, où sont énoncées avec une grande justesse les idées qui prévalaient alors parmi les savants. Ces idées sont élémentaires aujourd'hui ; mais il est peut-être intéressant de montrer par quelles phases elles ont passé, et quels obstacles elles rencontraient encore au siècle dernier. — La première, du 13 janvier 1729, concerne précisément le mémoire de Plantade que Bignon venait de lire, et qu'il se disposait à envoyer à l'Académie des sciences. L'autre, du 12 février 1730, est écrite à l'occasion d'une dissertation lue dans l'assemblée publique du 22 décembre 1729, sur un ouragan ou trombe terrestre observé à Montpellier par l'académicien Montferrier, et expliqué à grand renfort d'hypothèses. Les idées en étant absolument les mêmes, nous rapporterons seulement la dernière. « Les pièces qui ont rempli cette assem-
» blée, écrivait Bignon, m'ont aussi paru dignes de l'application de vos MM. Il n'y a que
» l'article de l'espèce d'ouragan, par rapport auquel je ne puis m'empêcher de vous faire une
» réflexion fondée sur ce qui ne m'occupe peut-être que trop depuis bien des années. Je me
» suis toujours persuadé que la nature ne nous était pas encore assez connue, et qu'il faudrait
» encore bien des années aux hommes avant que d'être en état de former des systèmes bien
» assurés sur les causes des divers événements qui frappent nos yeux et excitent nos recherches.
» Je crois donc toujours que l'objet le plus important, quant à présent, serait de rassembler
» les faits, et de n'en pas omettre les plus légères circonstances, en laissant à ceux qui vien-
» dront après nous le soin de tirer de ces différents faits des notions qui pourraient établir des
» systèmes plus certains. Si je suis dans cette pensée, ce n'est pas seulement par persuasion de
» la difficulté, pour ne pas dire de l'impossibilité à réussir présentement à faire des systèmes;
» c'est encore par une autre raison plus délicate. Car je ne dois pas vous dissimuler que je me
» suis quelquefois trop aperçu que nos faiseurs de systèmes, loin de rassembler simplement les
» faits et d'en expliquer en détail toutes les circonstances et toutes les parties, se laissent en-
» traîner, par l'amour du système, à ne pas rapporter avec une entière exactitude celles de ces
» circonstances qui ne lui seraient pas assez favorables. C'est cette crainte qui m'a fait toujours
» prêcher à nos physiciens d'être en garde contre les idées systématiques et de s'en tenir plutôt
» à la seule indication de ce qu'ils ont trouvé, sans omettre chose au monde. Pardonnez, Mon-
» sieur, cette réflexion au zèle que j'ai toujours eu pour le perfectionnement des sciences, etc. »
Dans la lettre du 13 janvier 1729, il appuyait ces dernières réflexions par un exemple :
« Une seconde raison qui me confirme dans ces idées, c'est que le temps qui se donne à la
» composition d'un système est autant de pris sur celui qui se devrait aux observations, pour
» lesquelles la vie n'est déjà que trop courte. D'ailleurs, il est à craindre qu'un philosophe
» rempli de son système ne remarque plus singulièrement que les circonstances qui y sont
» favorables. Nous en avons fait une triste expérience dans feu M. Perrault, qui, dans la dis-
» section des animaux, ayant trop souvent commencé par imaginer les raisonnements qu'il
» pourrait faire sur les causes et sur les événements, n'a aussi que trop souvent oublié bien des
» choses qui auraient pu détruire ces mêmes raisonnements. »

sont pas bien connues, il retira le mémoire [1]. Un tel échec ne pouvait manquer de laisser quelque irritation dans son esprit. Il se plaignit vivement auprès de ses collègues de ce contrôle que l'Académie prétendait exercer sur des ouvrages qu'elle avait seulement, selon lui, mission d'imprimer, et il les poussa vers des mesures qui eussent pu amener une scission entre les deux Corps. Il avait et méritait d'avoir assez de crédit et d'autorité pour se faire écouter; et quoique le détail des réclamations qui furent faites ne nous soit pas bien connu, nous savons par de Ratte, qui énonce le fait, et mieux encore par la lettre de Bignon que nous transcrivons ici [2], qu'il fut question, soit de modifier les statuts, soit même de dissoudre l'union qu'ils établissaient. Heureusement ce projet, fruit de l'irritation du moment, n'eut pas de suite. Les esprits se calmèrent, et le différend qui avait ainsi compromis l'union des deux Corps passa sans laisser de traces [3]. Peu d'années après, un membre de la Société royale nous donne, dans une lettre écrite de Paris, les marques les plus caractérisées des bons rapports qui s'étaient rétablis entre eux [4].

Ces difficultés sur le choix ou l'insertion du mémoire envoyé par la Société royale ne paraissent plus s'être renouvelées. L'Académie des sciences, comme

[1] Il le retira même des cartons de la Société, car de Ratte dit l'y avoir cherché avec soin et inutilement.

[2] 22 juillet 1730. « Je ne suis pas surpris de trouver dans la lettre que vous m'avez fait la » grâce de m'écrire le 14 de ce mois, moins de vivacité que dans la précédente, par rapport » aux plaintes de M. de Plantade. J'ai même quelque regret de m'être cru pour lors obligé de » communiquer cette précédente lettre à l'Académie. C'est un grand malheur dans toutes les » Compagnies, mais plus grand encore dans celles des savants, de s'abandonner à des tracas- » series. Ainsi, je me garderai bien de communiquer de même votre dernière lettre. Je tâcherai » seulement d'en faire usage auprès de M. de Maurepas, s'il arrivait que M. de Maisons, à la » sollicitation de quelques académiciens, proposât des changements à ce qui s'est fait jusqu'ici. » Je pense que les choses ne sauraient être mieux qu'en restant sur le même pied. Mais mes » pensées ne décident point de celles des autres, et tout ce qu'il y aurait à craindre pour notre » Société, c'est que je ne fusse point consulté, s'il s'agissait de quelque nouveau règlement. » J'y veillerai avec attention, et n'oublierai rien pour continuer à donner des preuves de mon » zèle à notre Société. »

[3] Si ce n'est la lacune de quatre ans qu'on remarque de 1726 à 1730, dans les insertions annuelles au Recueil de l'Académie des sciences.

[4] C'est la lettre de Guilleminet, du 13 juillet 1734, que nous avons rapportée dans la seconde partie, pag. 60.

je le dirai ailleurs en parlant des ouvrages de la Société insérés dans son Recueil, n'exerça en général qu'un contrôle bien discret et à peine sensible sur les travaux qu'on lui envoyait ; et la déférence de la Société royale, si elle dut en montrer, fut d'autant plus naturelle qu'elle ne put se dissimuler combien, depuis le commencement du siècle, les positions respectives avaient changé. Le progrès de la centralisation et les grands et continuels services rendus aux sciences par le premier de ces Corps, tendirent constamment à lui assurer une prépondérance pour ainsi dire hors ligne que la Société royale dut reconnaître sans peine ; et elle dut juger que l'honneur de lui appartenir pouvait bien être payé par quelques sacrifices d'amour-propre, s'ils furent exigés d'elle.

Dans les rapports extérieurs, d'ailleurs, la plus complète égalité était maintenue entre les membres des deux Compagnies. Les uns et les autres prenaient, comme nous l'avons dit plus haut, à l'occasion du passage à Montpellier des membres de l'Académie des sciences, dans leurs assemblées respectives la place attachée à leur titre, sans distinction d'origine ; et il paraît même que les règles posées par les statuts étaient non-seulement observées, mais appliquées de part et d'autre avec une émulation d'égards et de politesse [1].

Ajoutons qu'en dehors des relations officielles qui subsistaient entre les secrétaires des deux Académies, de Ratte en entretenait d'occasion ou d'affection avec divers membres de l'Académie des sciences, dont il recevait ces bons offices de tous les jours qu'il n'eût pu réclamer d'un homme aussi occupé que l'était son collègue de la capitale. Deparcieux, pensionnaire de l'Académie des sciences et associé libre de la Société royale, fut, de 1740 à 1769, le principal de ces correspondants. Originaire, comme on sait, du Midi, il avait, dans sa jeunesse, présenté à la Société royale un mémoire qui lui avait valu, lors de son établissement à Paris, le titre de correspondant de celle-ci, et cette faveur, la première qu'il eût reçue à l'entrée de l'une de ces carrières

---

[1] Pour ne pas trop multiplier les citations, je me borne à indiquer ici une lettre du président d'Aigrefeuille, honoraire de la Société royale, écrite de Paris le 14 décembre 1768, dans laquelle il rend compte d'une séance de l'Académie à laquelle il assista. Les formalités furent les mêmes pour lui qu'elles eussent été pour un honoraire titulaire de l'Académie des sciences, et il ne peut se louer assez des attentions dont il fut l'objet.

laborieuses qui attendent l'homme de mérite sans fortune et sans appui, avait produit en lui un vif sentiment de reconnaissance, qu'il exprime souvent dans sa correspondance avec le secrétaire perpétuel de la Société royale [1].

II. Travaux.

Il ne peut être question ici d'entrer dans le détail des travaux laissés par la Société royale, encore moins d'en juger le mérite et la portée; nous nous sommes expliqué ailleurs sur le plan de cet écrit à cet égard. Mais il semble que le sujet, même au point de vue d'où nous le considérons, resterait incomplet si nous ne donnions un aperçu des objets sur lesquels son activité s'est portée et de la manière dont cette activité s'exerçait. Analyser ses séances pendant un certain intervalle et indiquer les principales occupations qui les remplissaient, suffira dans ce but. Nous nous servirons, à cet effet, du registre des travaux tenu de 1742 à 1763, époque moyenne dans l'histoire de la Société, qui, par cela même, paraît le plus propre à servir d'exemple [2].

Quand on lit avec attention les statuts de 1706, on ne peut méconnaître le but sérieux que se proposait leur auteur dans l'institution des deux Compagnies auxquelles ils étaient destinés [3]. Des réunions hebdomadaires, des lectures et des expériences à faire en commun, des analyses d'ouvrages à présenter, de mutuelles communications sur les travaux particuliers des académiciens, une discipline établie entre eux, constituaient pour chacun

---

[1] L'illustre d'Alembert fut aussi au nombre des correspondants de de Ratte, et quelques lettres de lui sont restées dans les cartons de la Société. Mais leurs rapports roulaient presque uniquement sur la coopération de de Ratte à la grande Encyclopédie fondée par le célèbre géomètre, à laquelle de Ratte a fourni plusieurs articles.

[2] Nous n'aurions pu, à dire vrai, en choisir un autre, les registres des travaux académiques, à l'exception de ceux des années 1706-1708 et 1730-1742, étant perdus. Seulement nous possédons la collection des mémoires lus aux assemblées pendant les six années écoulées de 1777 à 1782 ; depuis ils furent transcrits avec soin dans autant de volumes dont les tables auraient pu être données comme spécimen des travaux de la Société durant cet intervalle. Mais cet intervalle est bien court, et d'ailleurs, comme on va voir, la lecture des mémoires ne constituait pas seule les travaux des séances.

[3] On a dit plus haut qu'ils n'étaient que la reproduction de ceux qu'avait reçus l'Académie des sciences de Paris.

des associés des devoirs presque de tous les jours'; et pour leur en rendre la pensée mieux présente à l'esprit, deux articles spéciaux prescrivaient, l'un, la lecture annuelle, à la première séance de janvier, du texte entier de ces statuts; l'autre, une déclaration à faire par écrit, à la même époque, par chaque académicien, d'un sujet sur lequel il s'engageait à diriger des recherches dans le courant de l'année. En général, l'Académie, dans la pensée de son fondateur, n'était pas seulement une sorte de tribunal duquel relevaient les hommes qui cultivaient les sciences, chargé d'en contrôler les efforts et de constater à chaque époque les progrès et l'état de celles-ci; elle devait être aussi pour ses propres membres un centre commun d'action et de travaux, une véritable Société d'émulation et d'instruction mutuelle, où chacun trouvait dans les lumières et les critiques de ses collègues des secours et des excitations pour le développement de ses efforts individuels. Ce dernier caractère, qui dominait peut-être dans la pensée du rédacteur des statuts, domine aussi dans l'ensemble des travaux de la Société pendant la première moitié au moins de son existence; l'autre n'y devient bien sensible que plus tard.

Aussi ces prescriptions minutieuses des statuts que nous venons de signaler furent-elles généralement suivies jusque vers 1750, autant que nous pouvons en juger par les registres qui en rappellent ou en rétablissent l'observation. Ainsi, par exemple, en 1733, une délibération spéciale ramène à l'application exacte de l'article 19, qui prescrit la lecture à faire à tour de rôle, par chaque associé, des ouvrages nouvellement parus sur les sciences, et, à cet effet, attribue au lecteur une double part dans les droits de présence. Ainsi encore, de 1742 à 1746, le registre mentionne des déclarations faites par les associés des objets sur lesquels devaient porter leurs travaux de l'année; et il en est de même de plusieurs autres points réglés par les statuts et dont la trace disparaît plus tard [1].

---

[1] Voici un exemple de ces sortes de déclarations pour l'année 1743. (Séance du 10 décembre 1742.)

Liste des matières sur lesquelles nous nous sommes proposé de travailler cette année :

MM. DE SAUVAGES. — Sur le passage de l'air dans le sang par les poumons.

DANYZY. — Sur la dilatation et condensation de l'air à différentes hauteurs.

HAGUENOT. — Sur les eaux du Boulidou de Pérols.

Reprenons les principales prescriptions de ceux-ci, et voyons quelle application elles reçurent aux travaux de la Compagnie pendant l'époque que nous considérons.

Les lectures de mémoires ne comprenaient pas seulement les travaux particuliers des académiciens : toute personne étrangère à la Société était admise, sur la présentation de l'un des membres de celle-ci, à communiquer dans ses séances ordinaires le résultat de ses recherches et à les soumettre au jugement de l'Académie. C'était par cette voie que se faisaient connaître les aspirants aux places académiques, et qu'on voit débuter, dans la période dont nous traitons, presque tous les hommes distingués qui occupèrent ces places plus tard [1].

Les travaux ainsi présentés, soit par des étrangers, soit par les académiciens eux-mêmes, étaient presque toujours soumis au rapport d'une commission [2]. Assez souvent le secrétaire perpétuel, ou l'auteur même du mémoire quand il appartenait à l'Académie, consignait sur le registre l'analyse des principales idées contenues dans le travail présenté. Toutefois, ce registre n'offre rien de fixe à cet égard ; ordinairement les mémoires n'y sont annoncés que par leur titre, et quelquefois même par la seule indication de la branche

---

MM. FIZES. — Sur les ouvertures de cadavres après des maladies singulières.

LAMORIER. — Sur l'anatomie et les fonctions de quelques organes des animaux.

FITZ-GÉRALD. — Sur l'usage de la mélisse dans la médecine et sur les vers intestinaux de l'homme.

GOURRAIGNE. — Sur le sel de lait.

SERANE. — Sur les sels alcalis fixes.

DE CARNEY. — Sur la direction des digues.

GOULARD. — Sur la castration.

DE SENÉS. — Sur l'hydraulique.

CHAPTAL (oncle). — Sur la Buxerole (*Busserole*) et ses usages.

DE RATTE. — Sur le mouvement d'un corps solide dans un fluide composé de petits tourbillons.

DU QUETIN. — Sur la géométrie des courbes.

COMBALUSIER. — Sur l'effet des cantharides prises intérieurement.

LA MURE. — Sur le passage du chyle et de la lymphe dans le sang.

TIOCH. — Sur une nouvelle méthode de connaître les plantes par les feuilles et par la tige.

[1] Barthez, Le Roy, Venel, Montet, Romieu, l'abbé de Sauvages, Amoreux, Gouan, etc.

[2] A la demande des auteurs. Il existe aux archives un très-grand nombre de rapports de ce genre.

17

des sciences à laquelle ils se rapportent : N... a lu un mémoire de médecine, d'anatomie, etc.

A la lecture des mémoires se joignaient quelquefois des expériences qui devaient venir à l'appui des propositions que l'auteur y développait ; mais le plus souvent il s'agissait seulement de mettre sous les yeux de la Société des résultats nouveaux acquis ailleurs aux sciences et encore assez peu connus d'elle. L'académicien Lamorier se plaisait à ce genre de démonstration, et plusieurs fois on le voit disséquer en présence de la Société des parties d'animaux ou apporter des pièces d'anatomie préparées dans ce but. Comme exemple de ce genre de travaux, ou pour mieux dire d'enseignements mutuels, nous extrairons des registres deux expériences sur des points d'un intérêt plus général, et qui sont comme l'annonce des deux grandes théories commencées par les physiciens du dernier siècle, et singulièrement perfectionnées par ceux de nos jours. On savait depuis Pascal, que la densité de l'air décroissait en proportion des hauteurs auxquelles il est pris, et que cette propriété fournissait un moyen de mesurer ces hauteurs à l'aide du baromètre. Mais cette vérité n'était pas encore si vulgaire en 1740, que les expériences qui l'établissaient directement n'offrissent quelque intérêt ; et l'on voit en conséquence l'académicien Danyzy, au retour d'un voyage qu'il venait de faire dans les Pyrénées pour la levée de la carte du diocèse de Toulouse, présenter à la Société un tube scellé au haut d'une montagne où le baromètre n'atteignait que la hauteur de 22 pouces. Ce tube était cassé sous le mercure, et l'ascension du liquide dans son intérieur prouvait aux yeux de la Société la moindre densité de l'air qu'il contenait (séance du 9 mars 1741). En 1743, le chimiste Haguenot apportait à la Société des bouteilles remplies de l'air méphitique pris au fond d'un puits existant au village de Pérols, près de Montpellier [1], et en démontrait les qualités délétères en y plongeant des oiseaux et d'autres animaux que l'asphyxie faisait périr. L'analogie de ces faits avec les phénomènes que présentait la fameuse grotte du Chien, dans le voisinage de Naples, était facilement saisie,

---

[1] Il a été comblé depuis. On sait que le gaz acide carbonique portait le nom d'air méphitique à cette époque. Ce phénomène, ainsi que le fait analogue du *Boulidou* de Pérols (mare auprès de ce village, dont les eaux sont traversées par des bulles de gaz qui lui donnent une apparence d'ébullition), a beaucoup exercé les recherches des chimistes de la Société royale, notamment de Rivière, d'Haguenot, et plus récemment de Chaptal, qui ont écrit les mémoires à ce sujet.

et, pour achever de l'établir, Haguenot se faisait envoyer des bouteilles pleines de l'air recueilli sur le sol de cette grotte, et recommençait avec elles les mêmes expériences déjà traitées avec l'air du puits de Pérols et suivies des mêmes résultats ; faits si peu connus encore que la Société manifestait pour eux le plus vif intérêt (séance du mois d'août 1744).

Les cas, prévus par les statuts, dans lesquels la Société eut à donner un avis sur des questions de sciences pures ou appliquées, furent très-nombreux pendant cette période et occupèrent souvent ses commissions. Il s'agissait ordinairement de procédés nouveaux dans les arts, des machines ou instruments sur lesquels les inventeurs voulaient avoir l'approbation de l'Académie. Nous signalerons ceux dans lesquels ce fut l'autorité locale elle-même qui eut recours à son intervention, dans un but d'utilité publique, et sur des points qui intéressent encore comme touchant à l'industrie et à la statistique du pays à cette époque. En 1744 (27 août), les consuls de la ville de Montpellier invitaient la Société royale à soumettre à une analyse chimique les eaux de diverses sources des environs de la ville de Montpellier, dont on se proposait de faire usage pour la consommation des habitants [1]. L'année suivante ils lui demandaient son avis sur les réparations à faire aux nombreux moulins à vent qui existaient autour de la ville, et sur le meilleur système à suivre dans la construction des nouveaux [2]. En 1746, l'intendant de la province, Lenain, consultait la Société sur les différents systèmes de tour à dévider la soie usités en Languedoc et en Piémont, et ce sujet, auquel le progrès de l'industrie séricicole dans les Cévennes donnait un grand intérêt, fut l'objet

---

[1] Il s'agissait surtout de la source de Font-Couverte, distante d'un kilomètre environ au nord de la ville, à peu près tarie aujourd'hui, et qui offrait alors un volume d'eau assez considérable pour qu'on songeât à la conduire sous les murs de la cité pour les besoins des habitants. On sait que les eaux de la fontaine de Saint-Clément n'ont été amenées à Montpellier que vingt ans plus tard.

[2] Il paraît que la mouture des grains se faisait alors par cette voie, entièrement abandonnée depuis. La Société répondit au vœu des consuls par un rapport approfondi de ses commissaires, Danyzy et Du Quetin, dont la minute existe encore dans les papiers de la Société, et dont on trouve aussi une analyse dans le compte-rendu de la séance du 12 août 1745. Les commissaires dirigent surtout leurs recherches vers les moyens de faire travailler les moulins à vent avec les vents ordinaires du pays, qu'ils évaluent à 26 pieds par seconde.

de nombreuses expériences et d'un rapport étendu du 18 mai 1746 [1]. Enfin, la Société vérifiait, en 1750 et 1751, un essai de culture du cotonnier, dans les environs de Montpellier, auquel s'était livré depuis quelques années un Arménien, Johannis Althen [2], et elle constatait, par le rapport de ses com-

---

[1] Il s'agissait particulièrement d'apprécier les perfectionnements introduits par Vaucanson, Rouvier, et plus récemment par Lemazurier, inspecteur des manufactures. Nulle préférence absolue ne fut donnée par les commissaires de la Société (Montferrier, de Sauvages et Danyzy), chacun des procédés pouvant avoir ses avantages suivant les localités et la nature des soies à dévider.

[2] C'est ce même J. Althen qui plus tard introduisit dans le comtat Venaissin la culture d'une autre plante de son pays, la garance, et qui, plus heureux cette fois, dota cette contrée d'une industrie qui fait sa richesse. L'intérêt qui s'attache à ce personnage aventureux, pauvre et peu connu pendant sa vie, et devenu récemment l'objet d'un hommage public dans une des principales villes du Midi (Avignon), où une statue vient de lui être élevée, m'engage à consigner ici les détails qu'il fournit lui-même sur la partie de sa vie antérieure à son arrivée dans le Comtat. Ils sont extraits de trois mémoires ou requêtes adressées par lui à la Société royale au sujet de ses plantations de coton, et au bas desquelles on remarque sa signature et quelques mots en caractères arméniens. Il y expose avoir habité pendant douze ans la ville de Kaiseri, en Turquie (Kaisarich, dans l'Asie-Mineure), où il se livrait à la culture et à la préparation du coton. En 1743, il passa en France, dans le dessein, dit-il, d'y établir ce genre de culture en Languedoc; et, au mois de septembre de cette même année, il sollicitait à Paris, du contrôleur général des finances, la concession de quatre arpents de terre quittes d'impôts, pour y faire ses essais. Renvoyé à l'intendant de Languedoc, il obtint, par son intermédiaire, des États de la province une somme de 300 livres pour payer le fermage d'une pareille quantité de terrain. Ses premiers essais furent faits dans les environs de la ville de Castres mais il reconnut que le climat était peu favorable, et en 1746 il se transporta à Montpellier, où il établit sa culture dans un jardin voisin de l'un des faubourgs de la ville (le faubourg de la Saunerie). Tel est le récit qu'il fait de ses précédents essais, et ce fut à la suite du dernier qu'il obtint de la Société royale le rapport favorable du 20 novembre 1750. Deux cents gousses environ de coton de belle qualité avaient été récoltées sur l'espèce herbacée de cette plante. Avant de lui accorder les encouragements qu'il demandait, on exigea une expérience faite, non dans un jardin, mais dans la campagne, et à cet effet il sema, en 1751, dans un champ d'une séterée (14 ares) de contenance, situé dans la commune de Lattes, quelques livres de graine de coton que le président Bon avait fait venir de Malte, et auxquelles il joignit celle qu'il avait récoltée à Montpellier. Des commissaires nommés par la Société royale suivirent l'expérience mois par mois, et virent les plantes lever, grandir et fleurir avec les meilleures apparences. Cependant la récolte, qui eut lieu en novembre, ne donna qu'une très-petite quantité de gousses; insuccès qui fut attribué par Althen et par les commissaires eux-mêmes aux dévastations dont le champ avait été l'objet de la part des paysans des environs et des curieux de la ville; en sorte que l'expérience fut encore jugée assez favorablement par les commissaires dans leur rapport du

missaires du 20 novembre 1750, « que la plante avait prospéré, que ses
» gousses avaient mûri plusieurs années de suite, et que la possibilité de sa
» culture était mise hors de doute, les difficultés que cette culture pouvait
» encore présenter devant céder peu à peu à de nouveaux efforts et aux nou-
» velles données de l'expérience (séance du 19 novembre 1750). » Il serait
superflu de parler des cas plus nombreux dans lesquels la Société eut à répondre aux demandes des particuliers sollicitant son avis sur leurs inventions
ou leurs ouvrages. J'en citerai, à titre d'anecdote, un seul exemple, que sa
singularité peut faire remarquer et qui donna naissance à un débat judiciaire
dont les journaux du temps retentirent, au grand amusement du public [1]. La
Société avait quelquefois aussi l'honneur d'être consultée par des Académies
étrangères, sur des points de science que sa position la mettait à même
d'éclaircir. C'est ainsi que l'illustre Société royale de Londres lui demandait,
en 1760, des renseignements sur les différentes espèces de graminées qui

---

2 décembre 1751, resté aux archives ainsi que le précédent. En 1753, une troisième commission examinait une machine à battre le coton, présentée à la Société par Althen, et parlait
encore de chances possibles de la culture du coton dans le pays. Les renseignements ne s'étendent pas plus loin. Althen dut renoncer à ses projets, faute de succès réels ou d'encouragements
suffisants, et passer vers cette époque dans le Comtat. Il vivait à Montpellier d'une autre industrie (probablement celle de teinturier), avec peine disait-il [*].

[1] En 1754, M. de Causan, commissaire des guerres dans l'île de Majorque pendant l'occupation française, et dont il est resté quelques travaux statistiques sur ce pays, avait cru trouver,
du problème de la quadrature du cercle, cette pierre philosophale de la géométrie, une solution dans laquelle il mettait une telle confiance, qu'il fit proposer dans les journaux une
somme de 10,000 livres à quiconque y découvrirait une erreur. Un ingénieur des mines, nommé
Digeard, prit la chose au sérieux, et ayant signalé les vices de la solution, intenta contre son
auteur une action judiciaire devant le Châtelet de Paris, en paiement de la somme promise. Le
5 juin 1755, il soumettait à la Société royale les pièces scientifiques de ce procès et sollicitait
son avis. Il suffit de quelques jours à l'un des géomètres de la Compagnie pour reconnaître
qu'en effet le demandeur avait signalé plusieurs erreurs dans la solution prétendue irréprochable. M. de Causan, échappé nous ne savons comment à ce procès malheureux, se fixa à
Montpellier, et devint plus tard associé libre de la Société, pour les intérêts de laquelle il montra
un grand zèle, s'il la servait peu de sa plume comme savant. La *Biographie universelle*, qui a
consacré quelques lignes au souvenir de cet ami des sciences, y fait aussi mention de son procès
avec Digeard, mais n'en dit pas l'issue.

---

[*] Voy. ci-dessus, dans la Notice sur l'auteur, ce que nous disons de son travail ms. concernant Althen.

E. Th.

végètent en hiver sous le climat de Montpellier [1]. Parmi les correspondants dont elle recevait à son tour les communications, nous citerons surtout l'illustre Linnée, que son zèle pour les sciences mettait en communication avec les savants de tous les pays. Il entretenait un commerce de lettres avec deux membres de la Compagnie, Sauvages et Gouan, et transmettait à celle-ci, par ces intermédiaires, les observations qu'il jugeait propres à l'intéresser [2].

Les séances que n'occupaient point les travaux ordinaires de la Société étaient employées à la lecture d'ouvrages nouveaux parus sur les sciences, au choix des mémoires des associés qui devaient être lus aux assemblées publiques, et surtout à un genre de travail analogue à ce dernier et qui, à partir de 1740, tient une place considérable dans les occupations de la Société : la révision et le classement des anciens mémoires accumulés en manuscrits dans ses archives et qu'elle se disposait à publier. Nous reviendrons tout à l'heure sur ce dernier objet. N'oublions pas enfin, parmi ces incidents des séances académiques, dont nous n'avons au surplus pu donner qu'une idée assez incomplète, celui qui est peut-être le plus propre à y montrer la vie et l'activité : les discussions sur des points de science entre les associés eux-mêmes.

Elles s'engageaient assez fréquemment à l'occasion des travaux lus aux assemblées. Quand la matière avait été suffisamment débattue, soit de vive voix, soit dans les écrits, la Société intervenait en nommant une commission chargée de faire un rapport et de formuler une décision. Nous citerons, avec quelques détails, un exemple des discussions de ce genre, que recommandent particulièrement à l'attention le talent des deux adversaires, ainsi que la durée et les phases diverses de la lutte, et dans lequel, par une exception assez rare, les pièces principales du procès se sont conservées et peuvent être encore consultées par les curieux. L'académicien Le Roy avait lu, en 1756 (29 janvier), un mémoire sur le mécanisme à l'aide duquel l'œil, dans l'acte de la vision, s'accommode aux diverses distances des objets [3]. Il y reproduisait, en la dé-

---

[1] Sauvages se chargea de la réponse, dont une copie incomplète existe aux pièces.

[2] Ainsi, le 30 novembre 1758, il envoyait des observations de température faites au Spitzberg, avec un thermomètre dont l'échelle marquait 0° à la glace fondente et 100° à l'eau bouillante. C'est ainsi que le secrétaire perpétuel constate le fait qui montre l'usage déjà ancien de l'échelle centigrade.

[3] Il est inséré au volume de 1755 du *Recueil de l'Académie des sciences de Paris.*

fendant, une opinion de l'académicien La Hire, d'après laquelle le phénomène devait être attribué à des différences d'ouverture dans la pupille [1]. Cette explication fut combattue par Sauvages qui, dans divers mémoires lus en 1760 et 1761, soutint, avec le plus grand nombre des physiciens, « que jamais la » vue d'un objet ne saurait être distincte que lorsque l'image de cet objet, » pointe sur la rétine, est précisément au foyer ; que lorsque cette image est » en deçà ou en delà du foyer, elle n'y saurait être ramenée par le mouvement » de la pupille ; qu'enfin, un très-léger changement de convexité dans le cris- » tallin est suffisant pour opérer l'effet dont il s'agit [2]. » Deux commissaires nommés par la Société pour examiner le mérite de ces théories (Brun et Barthez) furent eux-mêmes partagés et en firent chacun, le 11 juin 1761, un rapport séparé. La dispute s'échauffant, l'Académie jugea à propos de suspendre son jugement, pour en laisser tomber la chaleur ; et ce ne fut que le 12 août 1762 que de Ratte et Romieu, nouveaux commissaires substitués aux premiers, firent un rapport dont l'original, écrit de la main de ce dernier, existe, avec les autres pièces du débat, aux archives, et mériterait encore aujourd'hui d'être consulté par ceux que ces questions intéressent. Les deux rapporteurs ne s'y bornent point à une discussion approfondie de toutes les raisons données par les défenseurs de l'un et de l'autre système ; ils y ajoutent un grand nombre d'expériences personnelles et des vérifications exactes, et après ce consciencieux examen, qui devient lui-même un travail nouveau sur la question, ils arrivent à une conclusion favorable à l'opinion de Sauvages, qu'ils formulent en ces termes : « L'œil s'accommode aux diverses distances des » objets, par un changement de conformation dans ses humeurs, conformé- » ment à l'opinion commune. » Dans une occasion semblable, où, à propos

---

[1] Elle est ainsi formulée dans ses conclusions : « Le cristallin n'est pas susceptible des mou- » vements qu'on lui attribue pour expliquer la netteté de la vision ; tandis que des différences » d'ouverture dans la pupille suffisent pour rendre la vue distincte à différentes distances des » objets. »

[2] Ces propositions furent ainsi posées par Sauvages à la séance du 25 juin 1761. — Remarquons que l'on trouve dans le cahier imprimé de l'une des assemblées publiques de la Société (du 8 mai 1759) un mémoire étendu sur le même sujet, de l'académicien Sarrau, dans lequel les deux opinions sont, autant que possible, admises et conciliées. L'auteur, dit de Ratte, « adopte sur la question un peu des idées de chacun de ceux qui l'avaient traitée. »

d'une question de chimie[1], la discussion avait été suivie de part et d'autre avec une grande vivacité, le secrétaire perpétuel couchait au registre les réflexions suivantes (séance du 15 juillet 1763) : « La Société n'est pas fâchée de voir » quelquefois un peu de rivalité dans ceux de ses membres qui s'appliquent » à la même science, rien n'étant plus propre à ranimer leur zèle et à leur » inspirer de nouveaux efforts ; bien entendu, toutefois, que es disputes seront » sans aigreur et que, de part et d'autre, on s'appliquera de bonne foi à la » recherche de la vérité. »

1° *Ouvrages imprimés de la Société.*

Nous arrivons à cette partie de l'histoire d'une Académie qui semble en résumer toutes les autres. Lorsque le temps et les révolutions politiques ont passé leur niveau sur une institution de ce genre, l'esprit cherche avant tout sa trace dans ces œuvres de l'intelligence matérialisées par la presse qu'elle a laissées ; il leur demande le secret de sa vie et du rôle qu'elle a joué, et pour lui, s'ils ne furent pas l'unique but de son existence, ils en deviennent au moins les meilleurs et presque les seuls témoins. C'est par la recherche de celles que la Société royale a laissées que nous allons terminer cette partie de son histoire.

Lorque, abordant ce sujet, on compare la durée de son existence et le nombre de ses membres avec la totalité des travaux qu'elle a livrés à l'impression, on ne peut s'empêcher d'y trouver une disproportion qui n'est pas à son avantage. Deux volumes de Mémoires, auxquels il faut joindre les travaux insérés dans le *Recueil de l'Académie des sciences,* et les cahiers de ses assemblées publiques, composent à peu près la totalité de ce bagage scientifique. C'est moins peut-être que ce que le public pouvait attendre d'elle ; et il y a loin de là surtout à la brillante et féconde activité du Corps illustre à côté duquel la loi de son institution l'avait placée.

---

[1] L'académicien Montet ayant présenté à la Société un nouveau procédé pour retirer des lies de vin les cristaux de sel de tartre, Willermoze, adjoint dans la section de chimie et démonstrateur de cette science à l'Université de médecine, contesta, non-seulement les avantages, mais même la nouveauté du procédé. Le rapport des commissaires donna de tout point gain de cause à Montet.

Cependant, cette espèce de disette s'explique et se justifie même en partie quand on entre dans l'examen détaillé des faits. Ce ne fut ni le zèle, ni même l'activité qui manquèrent aux membres de la Société; si l'on excepte les dix années qui s'écoulèrent de 1715 à 1725, temps d'inertie, à ce que de Ratte nous assure, il y eut toujours assez de travaux produits, et la masse de ceux qui existent encore aujourd'hui dans ses archives établit suffisamment ce point. Mais, dès les premières années, un obstacle matériel, le manque d'argent, s'opposa à tout projet d'impression. Nul éditeur n'eût osé, à cette époque, entreprendre à ses frais une publication à laquelle manquait un public suffisant; les assemblées publiques elles-mêmes ne pouvaient être imprimées que lorsque les États en faisaient les frais. Ainsi les mémoires et les travaux s'accumulaient dans les archives, et, sauf ceux d'entre eux qui trouvaient de loin en loin place dans ces assemblées, rien n'en paraissait au dehors. Il y a une sorte de désintéressement dont il faut tenir compte à nos académiciens, dans cette persévérance à se livrer à des travaux où rien ne les encourageait, et à rédiger des mémoires qui allaient s'ensevelir dans leurs cartons. De nos jours on écrit beaucoup aussi, mais pour imprimer à proportion; l'amour des sciences n'est pas si désintéressé qu'il ne vive de l'espoir du succès, et il est douteux qu'une Académie se soutînt longtemps ou produisît beaucoup, aux mêmes conditions que la Société royale, sous ce rapport. Toutefois, il faut reconnaître qu'à l'époque où elle se trouvait, le mouvement des idées, bien moins général et bien moins activé par la presse, n'obligeait pas à les répandre aussitôt qu'elles naissaient, sous peine de s'exposer à être devancé par d'autres. On pouvait compter davantage sur l'avenir et attendre une occasion. Aussi nos académiciens ne renonçaient nullement à faire imprimer un jour les ouvrages qu'ils consentaient ainsi à laisser ignorés pendant un temps; on va les voir au contraire souvent préoccupés de ce soin. Seulement, quand ils touchèrent au but, il durent reconnaître que leur patience avait beaucoup trop duré; et, dans une masse d'écrits vieillis et sans intérêt, il fallut choisir le petit nombre de ceux qui, avec une valeur actuelle encore douteuse, composèrent deux volumes qui se trouvèrent représenter seuls un demi-siècle à peu près d'efforts.

Le récit des tentatives qui furent faites à diverses époques pour mettre en lumière les travaux anciens, et, en général, les ouvrages des académiciens, va achever d'éclaircir ce point.

18

Il a déjà été question du travail personnel du premier secrétaire de la Société, Gauteron, pour la transcription des mémoires lus aux assemblées. Il en a composé trois registres pour les années 1707 à 1709, qui, dans la pensée des académiciens, eussent dû être imprimés immédiatement, si les circonstances l'eussent permis. Gauteron abandonna cette occupation pénible, et devenue moins utile dès que toute idée de publication fut ajournée. Peut-être, au surplus, dans la forme que la Société entendait donner à celle-ci, et qui était celle dont l'Académie des sciences lui fournissait le modèle, le travail d'analyse très-considérable qu'elle exigeait, eût-il excédé les forces de Gauteron, homme d'un esprit judicieux plutôt que vif et étendu, et qui d'ailleurs avançait en âge et perdait le courage de s'y livrer. Après lui, Plantade ne fit que traverser le secrétariat, et la tâche restait entière lorsque de Ratte fut appelé à le remplacer.

Celui-ci s'en occupa immédiatement. Dès le mois de décembre 1743, dans l'année de son entrée en fonctions, il présentait à la Société un plan pour le choix des mémoires qui pourraient être insérés dans le premier volume de la Sociéte (séance du 5 décembre). Ce plan n'est pas expliqué ; mais, à partir de cette époque, on voit la Société consacrer de nombreuses séances au dépouillement et à l'examen des anciens mémoires [1]. Le 10 août 1758, de Ratte lisait devant elle la préface de l'histoire qu'il venait de composer pour le premier volume. Enfin, huit années furent encore employées, soit à l'achèvement de l'ouvrage, soit au choix de l'éditeur et à l'impression elle-même, car il ne fut livré au public qu'en 1766.

Il paraît que les matériaux du deuxième volume étaient prêts en grande partie, au moment de la publication du premier ; cependant ce ne fut que douze ans après, que le secrétaire perpétuel se mit en mesure d'en faire jouir le public ; et, en général, on ne peut s'empêcher de remarquer que de Ratte se montra plus soigneux de bien faire que diligent à exécuter [2]. Un autre aca-

---

[1] On peut rapporter à cette époque la transcription des anciens mémoires lus de 1709 à 1740, sur un registre particulier de format in-4° qui existe encore aux archives. C'était un travail préliminaire qui devait faciliter au secrétaire perpétuel le choix et l'analyse des matériaux du premier volume.

[2] Trente-quatre ans s'écoulèrent entre sa proposition de 1743 et la publication du deuxième volume en 1778. Ce long délai tint probablement encore plus aux habitudes de son esprit

démicien, qui sans doute faisait la même remarque, chercha à tirer la Société de cette position, par une proposition semblable à celle que de Ratte avait faite en 1743, pour le choix des mémoires à publier, mais plus complète et plus étudiée. Poitevin lut, à la séance du 27 février 1777, un plan général d'impression des travaux postérieurs à 1730 (date à laquelle s'arrêtait le premier volume déjà publié), et dont les cartons de la Société étaient pleins. Il consistait : 1° à en faire opérer par une commission de trois associés l'inventaire exact et complet ; 2° à distribuer les mémoires et travaux de tout genre, suivant leur objet, entre les cinq classes de l'Académie, et à provoquer le jugement de chacune d'elles sur le mérite et l'opportunité de la publication. La classe aurait à prononcer cinq natures de jugement : suppression de mémoire ; simple indication de son objet ; courte notice ; extrait étendu ; enfin, impression complète ; 3° à soumettre à l'assemblée générale le travail particulier de chaque classe, et, après la décision de celle-ci, à faire transcrire, dans la forme réglée par le jugement, les mémoires admis sur un même registre, afin qu'on pût s'assurer du nombre de volumes que produirait l'impression, et afin qu'en tous cas ils fussent conservés pour la Société.

Ce plan bien conçu fut adopté et reçut son exécution. Le résultat de l'examen de chaque classe, ou plutôt des commissaires auxquels chacune d'elles délégua ce travail, est consigné en marge des mémoires manuscrits postérieurs à 1730 [1], et de nombreux catalogues, qui existent encore, furent dressés pour le classement des mémoires conservés. Toutefois ce travail, dont l'utilité se fût fait sentir pour la publication des volumes postérieurs, n'eut point d'influence sur celle du second, dont tous les matériaux étaient prêts et dont la Société décida de commencer immédiatement l'impression. On lui eût dû la publication d'un troisième volume, qui était sous presse au moment de la

qu'à la variété de ses occupations, qui étaient fort nombreuses, il est vrai, au dehors de l'Académie comme au dedans.

[1] Ce sont ordinairement les mots *imprimatur* ou *rejetté*, quelquefois l'indication d'une publication par *extrait* ou *notice*, ou les mots équivalents : *renvoyé à l'histoire*, le tout accompagné ou non de motifs. De Ratte qui, comme secrétaire perpétuel, était à la tête de tout ce travail, a revu et corrigé de sa main avec soin le texte même d'un grand nombre de mémoires ; et ces corrections portent généralement sur le style et la rédaction. Chaptal, après lui, comme délégué de sa classe, a visé et jugé un grand nombre de travaux.

suppression de la Compagnie, et qui comprenait les mémoires et travaux de
1745 à 1760 ; et il reste encore, des utiles mesures proposées par Poitevin,
six volumes manuscrits contenant la transcription faite par un copiste, et
souvent par Poitevin lui-même, des principaux mémoires lus de 1777 à 1782,
admis, après examen, à faire partie de cette collection; volumes que cet académicien, chargé de la direction de ce travail, présentait chaque année à la
Compagnie. Il se continuait pour les années postérieures, au moment de la
suppression de la Société[1].

Après ce résumé historique, revenons aux deux volumes, seuls restes de
tous ces efforts.

2° *Histoire et Mémoires de la Société.*

(2 vol. in-4°.)

Le premier fut imprimé à Lyon de 1764 à 1766, par le libraire Benoît
Duplain, suivant un traité passé entre lui et la Compagnie, le 23 décembre 1763[2]. L'éditeur se chargea de tous les frais et fit don en outre à la Société
de quatre-vingts exemplaires. Il s'engageait aux mêmes conditions pour l'impression des volumes suivants; mais, douze ans après, la Société traita pour
le second volume avec un autre éditeur[3], à des conditions un peu moins
favorables, puisqu'elle dut se charger de cent exemplaires, au prix de 10 francs
l'un. Il parut à Montpellier en 1778, dans le même format que le précédent.

Leur plan est aussi exactement semblable. Ils comprennent, dans une
première partie qui porte le titre d'Histoire : 1° le récit des principaux faits
relatifs à l'établissement de la Société de 1706 à 1730 ; 2° l'analyse des tra-

---

[1] Le volume de 1781, rédigé par les soins de Poitevin, et présenté par lui à la Société le
22 mai 1783, est déposé à la bibliothèque du Musée-Fabre de Montpellier.　　E. Th.

[2] Il est transcrit au registre des délibérations, à la date du 16 février 1764. Un libraire de
Lausanne avait traité précédemment avec la Société pour le même objet, puis s'était dédit, et
avait ainsi occasionné un long retard.

[3] Jean Martel aîné, de Montpellier, des presses duquel sortaient, depuis 1706, toutes les
publications de la Société, notamment les cahiers de ses assemblées publiques. L'existence plus
que séculaire, en 1778, de cette imprimerie, à Montpellier, y était déjà remarquée. Soixante-
douze ans se sont écoulés depuis, et l'ont laissée encore debout et florissante dans la même
famille ; exemple aussi rare qu'honorable dans ces temps de mobilité commerciale et d'ambitions
jamais satisfaites.

vaux académiques de tout genre qui ne parurent pas susceptibles d'une publication textuelle, mais seulement de notes ou d'extraits ; ils s'étendent de 1706 à 1745 ; 3º les Éloges des académiciens décédés de 1706 à 1737, au nombre de quatre dans le premier volume, et de neuf dans le second, tous écrits par Gauteron, à l'exception du dernier, qui est le sien, et qui est l'ouvrage de Plantade, son successeur. Dans une deuxième partie, sous le titre de Mémoires, sont imprimés textuellement les mémoires des académiciens qui furent jugés dignes d'être conservés, au nombre de quarante-deux dans le premier volume (1706 à 1730), et de cinquante-deux dans le second (1731 à 1745). Enfin, quatre mémoires de savants étrangers à la Société (correspondants) terminent le deuxième volume [1].

Il est inutile d'ajouter que ce plan est la reproduction fidèle de celui du Recueil de l'Académie des sciences de Paris. L'imitation fut si exacte que, par

---

[1] Le premier volume renferme, outre la préface : 1º les lettres-patentes de 1706, les statuts de la Société, l'histoire de ce qui s'est passé de plus considérable dans cette Compagnie depuis son établissement jusqu'en 1717 ; 2º l'analyse des principaux travaux des académiciens ainsi divisés : physique générale, anatomie, chimie, botanique, arithmétique, algèbre et géométrie, astronomie, gnomonique, optique, mécanique ; 3º quatre Éloges dus, comme les suivants, sauf le dernier, à Gauteron (celui-ci est de la main de Plantade), à savoir : de Ricome, d'Icher, de Magnol, de l'abbé de Lacan ; enfin 4º de quarante-deux mémoires. Voici la part de chacun : de Plantade, 9 ; de Clapiés, 6 ; Matte, 3 ; Gauteron, 2 ; de Rochemaure, 1 ; de La Peyronie, 4, Astruc, 3 ; Rivière, 3 ; Bon, 3 ; Serane, 1 ; de Senés, 2 ; Lamorier, 3 ; Fizes, 1 ; Caumette, 1 ; Marcot, 1 ; Haguenot, 1. Remarquez que deux mémoires (Observations d'éclipses de soleil) sont ici comptés deux fois, de Plantade et de Clapiés ayant alors travaillé ensemble.

Le second volume contient, indépendamment de la préface : 1º l'Histoire de la Compagnie de 1718 à 1730 ; 2º l'analyse des travaux académiques de physique générale, d'anatomie, de chimie, de botanique, de géométrie, d'astronomie et de géographie ; 3º les Éloges de Gondange, de La Berchère, de Basville, de Nissolle, du marquis de Castries ; 4º la suite de ce qui s'est passé de plus considérable dans la Société depuis 1731 jusques et compris 1745 ; 5º l'analyse des travaux de physique générale, d'anatomie, de chimie, de botanique, de géométrie, d'astronomie, de gnomonique, de dioptrique, de mécanique ; 6º les Éloges de Chirac, de Nissolle l'aîné, de Rivière, de Gauteron ; 7º cinquante-deux mémoires, à savoir : de Plantade, 3 ; de Clapiés, 2 ; Bon, 1 ; Serane, 2 ; de Senés, 2 ; Lamorier, 5 ; Marcot, 1 ; Haguenot, 3 ; Danyzy, 9 ; de Sauvages, 9 ; Fitz-Gerald, 1 ; de Guilleminet, 6 ; de Laliquière, 1 ; Tioch, 3 ; de Ratte, 2 ; Cramer, 1 ; Barrère, 1 ; Goulard, 1 ; Nissolle, 3 (il faut, comme ci-dessus, remarquer que de Guilleminet, de Clapiés et Danyzy observaient souvent ensemble les éclipses, et que trois mémoires de leurs observations sont signés deux fois de Guilleminet et Danyzy et une fois des trois académiciens) ; 8º enfin, quatre mémoires de divers savants : de Mairan, Matthieu, Paulin, Guizard.   E. Th.

l'addition au deuxième volume des quatre mémoires de correspondants, on voulut reproduire en quelque sorte le recueil des savants étrangers que celle-ci avait commencé de joindre à son recueil ordinaire, en 1750. L'Académie des sciences avait d'ailleurs été consultée et avait approuvé le projet. On pouvait cependant critiquer cette application trop exacte d'un mode de publication, excellent pour l'Académie des sciences, qui imprimait tous les ans les travaux de l'année, mais qui, pour la Société royale, renvoyait à des intervalles trop éloignés la mise au jour de ses travaux. La Société elle-même ne l'adopta, pour le second volume, qu'après discussion, comme on le voit dans une séance du 5 février 1778. Quoi qu'il en soit, on ne peut du moins que louer l'exécution. Elle fait honneur au secrétaire perpétuel, tant pour l'ordre établi dans toutes les parties de l'ouvrage, que pour la variété des connaissances qu'il y montre dans la partie historique, et enfin pour la pureté et la convenance du style.

La publication du premier volume, si longtemps attendu, fut une grande affaire pour la Société. Il était alors d'usage que les académies patentées présentassent leurs ouvrages au roi, et la position de la Société royale, ainsi que son union avec l'Académie des sciences, semblait lui en imposer particulièrement l'obligation. De Ratte demanda des renseignements à ce sujet à son collègue de l'Académie, et à l'un des associés libres de la Société, le célèbre A. Louis, chirurgien du roi, que ses fonctions rapprochaient de la cour. Il en reçut deux réponses qui contiennent des détails qu'on ne lira peut-être pas sans intérêt [1]. Nous ne savons pas au juste si la Société se soumit à la

---

[1] Voici d'abord la lettre de Grandjean de Fouchy, du 26 juillet 1766. « Monsieur, M. De-
» parcieux, qui était absent lors de la réception de votre lettre, me l'a renvoyée et je l'ai com-
» muniquée à l'Académie. Nous ne pouvons, Monsieur, vous donner un plus ample renseigne-
» ment sur ce chapitre qu'en vous envoyant l'état des volumes que nous donnons nous-mêmes à
» la cour. Ceux qui sont destinés à la famille royale sont reliés en maroquin rouge avec les armes
» de ceux auxquels ils sont destinés. Les autres, destinés aux secrétaires d'État, aux ministres et à
» quelques autres personnes, sont reliés en veau, avec les armes de l'Académie. Vous verrez par
» la liste ci-jointe qu'il y a quelques-uns de ceux qu'elle contient que vous pourriez supprimer ;
» mais aussi vous avez à en donner à quelques autres, comme au gouverneur de la province, au
» commandant, à l'intendant, etc. Ce que je ne mets pourtant que comme une idée qui m'a
» passé par la tête, et que je soumets très-volontiers à votre prudence, vous priant de ne la
» regarder que comme une marque de ma bonne volonté et de l'intérêt que je prends à vous,

dépense occasionnée par ce cérémonial, qui était considérable, et à laquelle,
d'après les précédents rapports avec le gouvernement, elle aurait eu d'assez
bons motifs de se soustraire. Le registre du trésorier n'en fait aucune men-

---

» Monsieur, et à la Compagnie dont vous êtes le digne organe. On achève actuellement l'impres-
» sion de l'histoire de 1759, etc. Suit l'état des volumes reliés de l'Académie, qu'elle distribue
» à la famille royale et aux ministres, au nombre de vingt-deux : 1° en maroquin rouge, au
» roi, à Mᵍʳ le comte de Provence, à Mᵍʳ le comte d'Artois, avec les armes de France ; à la
» reine, à Mᵍʳ le dauphin, à Mᵍʳ le duc d'Orléans, avec leurs armes ; 2° en veau, avec les ar-
» mes de l'Académie, à MM. le comte de Saint-Florentin, le duc de Choiseul, le duc de Praslin,
» Bertin, le chancelier, le vice-chancelier, le maréchal d'Estrées, le maréchal de Soubise, le
» contrôleur général de Puysieux, de Maurepas, de Machault, de Boullongne, de Marigny,
» Mesnard, premier commis de M. de Saint-Florentin. »
    La lettre de Louis, du 6 juillet 1766, contient le détail aussi curieux que spirituellement
écrit, du cérémonial pour la présentation de ces volumes au roi : « C'est avec grand plaisir,
» Monsieur, que j'apprends la nouvelle dont vous avez bien voulu me faire part, concernant la
» publication du premier tome des *Mémoires de la Société royale des sciences de Montpellier*. Je ne
» crois pas qu'on en doive distribuer aucun exemplaire avant qu'il ait été présenté au roi. C'est
» ainsi qu'on en use dans les autres Académies. L'exemplaire du roi doit être relié en maro-
» quin violet ou bleu, doré sur tranches, avec filet et armoiries, etc. (Suivent des renseigne-
» ments sur cette partie du cérémonial, qui diffèrent un peu de ceux qui sont donnés par l'Aca-
» démie des sciences, Louis s'en référant plutôt aux usages suivis par l'Académie royale de
» chirurgie.) Si, comme il y a quelque apparence, vous n'avez pas à Montpellier des relieurs
» aussi experts qu'on les a ici, je me chargerai bien volontiers de ce détail, trop flatté de pou-
» voir mériter de la Société ce titre de commissionnaire, en attendant que je puisse faire quel-
» que preuve de mon émulation comme membre de cette illustre et savante Compagnie. —
» Lorsque tout sera prêt, si j'ai l'honneur d'être chargé du détail, il conviendra que j'aille
» trouver M. le comte de Saint-Florentin avec une lettre de votre main, au nom de la Société
» royale, pour le prier de vouloir bien qu'on présente au roi, sous ses auspices, le premier
» volume des Mémoires, la Compagnie m'ayant chargé de prendre ses ordres à cet égard.
» D'après cette démarche et le jour pris, je préviendrai M. de la Martinière (premier chirurgien du
» roi), et, par la connaissance que j'aurai de l'ouvrage, je tâcherai que S. M. soit informée d'avance
» de ce qu'il y a de plus intéressant et de plus curieux dans le volume. — Cela peut servir à
» rendre la présentation moins sèche. J'ai été quelquefois témoin de ces sortes de cérémonies.
» Quelquefois le roi a la bonté de s'en occuper un moment ; quelquefois aussi il a des affaires
» plus sérieuses dans la tête, il prend le livre, ne dit rien et tourne le dos, et l'on s'en retourne
» comme des fondeurs de cloches. Horace nous donne une bonne leçon sur ce sujet, *lib. 1*,
» *epist. XIII*. A l'égard de la réunion des membres pour cette présentation, je vois par la liste,
» M. de Joubert, syndic général de la province de Languedoc, et M. Deparcieux, associé
» libre. Ce dernier n'est pas trop courtisan, et je ne sais si nous pourrons le transporter à Ver-
» sailles. C'est ordinairement un dimanche que le roi donne pour ces sortes d'affaires. Il n'y a
» plus que MM. les honoraires, parmi lesquels M. de Bernage ne viendra pas exprès à Versailles ;

tion, soit qu'elle s'y cache sous quelque autre article de librairie, soit que de Ratte, auquel revenait le principal honneur de l'ouvrage, l'ait généreusement prise sur son compte, en considération de cette paternité.

3° *Mémoires insérés au Recueil de l'Académie des sciences.*

L'obligation imposée à la Société royale d'envoyer tous les ans un mémoire à l'Académie des sciences, pour être imprimé dans son recueil, fut assurément pour elle la plus honorable des prérogatives, mais quelquefois aussi une difficulté. Ces travaux, rapprochés des grands ouvrages des académiciens de Paris, devaient se montrer dignes d'une telle place ; et la Société, qui le sentait, fit des efforts pour ne pas rester au-dessous de sa tâche et exciter l'émulation de ses membres. Ainsi, le 28 juin 1741, elle délibérait qu'une somme de 100 livres serait ajoutée aux droits de présence de celui d'entre eux qui aurait envoyé le mémoire admis dans le recueil de Paris ; mais il paraît que cette délibération ne fut pas exécutée, les droits de présence eux-mêmes ayant été supprimés à cette époque pour fournir aux dépenses de construction de l'observatoire. Nous avons vu qu'en 1782, cette idée d'un encouragement pécuniaire avait été reprise par un membre de la Société, Montet, qui légua à celle-ci un capital de 6,000 livres, dont le revenu devait recevoir la même destination [1]. Le 9 janvier 1783, on fit à ce sujet un règlement circonstancié,

---

» mais si le marquis de Castries et M. le duc de Fitz-James y sont, dès qu'ils seront prévenus,
» ils pourront honorer le cortége, et s'ils étaient dans le cabinet, je serais bien homme à leur
« dire qu'ils doivent s'en faire honneur. Je vous ai entretenu longuement, Monsieur, parce que
» vous m'avez demandé des détails, etc.»

[1] Montet fut celui des associés qui fournit le plus fort contingent de mémoires au Recueil de l'Académie des sciences (10 à 12). Il s'occupait de chimie et d'histoire naturelle. observant beaucoup et faisant des voyages fréquents dans les montagnes des Cévennes, dont il était originaire. Il fut le premier à reconnaître la nature basaltique de quelques terrains des environs de Montpellier (Montferrier, Tourbes, etc.), et partagea presque avec Desmarets l'honneur d'avoir ainsi signalé le fait nouveau de l'existence d'anciens volcans dans l'intérieur de la France. L'Académie des sciences s'occupa même de la question de priorité entre eux, comme on le voit dans une lettre de l'académicien Le Roy, qui demandait à de Ratte la date précise de la lecture que fit Montet à la Société de son mémoire à ce sujet. On vérifia que cette lecture datait du 27 avril 1766, et, l'année précédente, Desmarets avait communiqué à l'Académie des sciences ses premières observations des basaltes de l'Auvergne.

à la demande de Poitevin, exécuteur testamentaire du donateur. La pièce à envoyer dut, aux termes de ce règlement, être choisie parmi les travaux de l'année, par une commission de cinq membres, dont la décision serait communiquée à la Société, à sa première séance du mois de mars de chaque année, sans pouvoir y être soumise à aucune discussion. Si, par une cause quelconque, le mémoire ainsi choisi n'était pas inséré au recueil de l'Académie, la prime de 300 livres ne serait pas due et accroîtrait les fonds de l'année suivante. Enfin, l'auteur du mémoire imprimé pourrait refuser les fonds ou leur assigner tel autre emploi qu'il jugerait convenable. Il n'est pas douteux que cette récompense n'eût servi de stimulant et valu à la Société quelques bons ouvrages ; mais elle venait un peu tard, et peu d'années restaient pour faire l'expérience de ses avantages [1].

Le total des mémoires ainsi envoyés par la Société royale et insérés au recueil de l'Académie, de 1707 à 1790, est de soixante-deux [2], auxquels on peut en joindre huit autres qu'on trouve imprimés dans le Recueil des savants étrangers de la même Académie (tom. II, III, IV et VI) [3]. Tel est le contingent fourni par la Société royale dans l'œuvre immense de sa sœur aînée. Dans vingt ou vingt et un des volumes publiés, ce tribut annuel manque, et cette absence doit être attribuée, soit au défaut même d'envoi, soit au classement du mémoire, par extrait, dans la partie historique du recueil [4], soit enfin à son

---

On trouve dans les registres de la Société que, le 8 février 1753, M. de Bon communiqua un mémoire de M. Garmage, académicien à Clermont, dont l'objet était de prouver que le Puy-de-Dôme avait été un volcan.

[1] Le prix fut adjugé cinq fois : une fois à A. Broussonnet, pour un mémoire sur le *Silure trembleur*, inséré au volume de 1782 ; et les quatre autres à Chaptal, pour ses travaux sur la *Cristallisation de l'huile de vitriol* ; sur l'*Acide carbonique produit par la fermentation du raisin* ; sur l'*Acide muriatique oxigéné*, et sur la *Préparation de l'alun*, insérés aux volumes de 1784, 1786, 1787 et 1788. Broussonnet appliqua les 300 livres à la fondation d'un prix pour l'Éloge de Richer de Belleval, qui fut décerné par la Société royale en 1787.

[2] Ils occupent toujours la fin du volume, et sont précédés de la note suivante : Messieurs de la Société royale des sciences de Montpellier ont envoyé à l'Académie l'ouvrage qui suit, pour entretenir l'union intime qui doit être entre elles comme ne faisant qu'un seul corps, aux termes des statuts accordés par le Roi au mois de février 1706.

[3] On l'insérait dans ce recueil lorsque l'impression du volume de l'année était trop avancée, au moment de l'arrivée du mémoire, pour qu'il y pût trouver place.

[4] C'est ainsi, par exemple, que les observations très-intéressantes d'ailleurs de l'abbé de

rejet. Quant à ce dernier point, faut-il taxer l'Académie des sciences de quelque sévérité et s'associer aux plaintes de Plantade, en 1729, sur le contrôle qu'elle exerçait à cet égard? Nous ne le pensons pas, car le rejet put déjà être déterminé par des circonstances étrangères à la valeur intrinsèque du mémoire lui-même; et, au surplus, supposé qu'une opinion nous fût permise sur ce sujet, nous ne saurions en tout cas présumer trop de rigueur dans les décisions qui exclurent du recueil certaines productions envoyées de Montpellier, si, comme il est naturel de le penser, elles furent inférieures en mérite à quelques-unes de celles que les mêmes juges estimèrent encore dignes d'y figurer[1].

4° *Travaux des Assemblées publiques et Mémoires couronnés.*

C'est la partie la plus considérable des travaux imprimés de la Société. C'est aussi celle qui peut laisser quelques doutes sur sa véritable étendue, malgré les recherches que nous en avons faites.

Nous avons dit ailleurs que l'on pouvait constater sur les registres et sur d'autres documents, la tenue de quarante-sept assemblées publiques, connues par les travaux dont il y fut fait lecture. Sur ce nombre, trente-cinq ont été imprimées, et nous allons les indiquer par leur date et par la mention de la

---

Sauvages, sur l'Araignée maçonne des environs de Montpellier, sur une Mine de mercure existant sous le sol de cette ville[*], etc., furent renvoyées à l'Histoire (au volume de 1759), parce que, écrit de Fouchy, on ne leur trouva pas assez le caractère de dissertation.

[1] On peut dire en effet qu'à côté de travaux neufs et pleins d'intérêt, comme le mémoire de Le Roy, sur la Suspension de l'eau dans l'air, la théorie des vapeurs et de la rosée, etc. (volume de 1751), et celui de Romieu sur l'Acoustique, honorablement cité par d'Alembert dans ses Éléments de musique (volume de 1758), se rencontrent des ouvrages d'une faiblesse de composition évidente, tels, par exemple, que les volumineux mémoires sur la Lithologie des environs d'Alais et la Théorie de la terre (volumes de 1745, 1746 et 1747), où le mérite de quelques observations, d'ailleurs peu approfondies, disparaît sous le manque absolu de méthode, le mélange des faits et des théories, et même la connaissance imparfaite de la science telle qu'elle existait à leur époque. Ils sont pourtant d'un très-bon naturaliste (l'abbé de Sauvages), mais qui n'excellait pas dans les observations de détail.

[*] Ce mémoire offre d'autant plus d'intérêt aujourd'hui, que les fouilles faites (en décembre 1857) pour de nouvelles constructions, près de la halle au poisson, ont mis à découvert de nombreux filons de mercure natif.   E. Th.

première pièce (*Mémoire ou Éloge académique*) qu'elles contiennent. Les grandes lacunes qu'on remarquera dans ce tableau, de 1709 à 1728, et de 1751 à 1770, proviennent, comme nous l'avons aussi dit ailleurs, du refus que firent à ces deux époques les États de Languedoc de fournir aux frais d'impression.

1706, 10 décembre. Discours d'inauguration de la Société royale des sciences, par Plantade. (Deux mémoires lus à cette Assemblée n'ont pas été imprimés.)

1709, 5 décembre. Dissertation sur la soie des araignées, par Bon.

1712, 20 janvier. Éloge de M. Ricome, par Gauteron.

1728, 2 décembre. Éloge de M. de Castries, honoraire de la Société, par Gauteron.

1729, 22 décembre. Observation d'un anévrisme, par Marcot.

1730, 27 décembre. Extrait d'un mémoire sur l'opium, par Rivière.

1732, 27 février. Mémoire sur la poussée des voûtes, par Danyzy.

1733, 3 janvier. Éloge de M. Chirac, par Gauteron.

1736, 1er mars. Éloge de M. Nissolle, par Gauteron.

1737, 25 janvier. Mémoire sur l'union des artères avec les nerfs après les amputations, par Lamorier.

1740, 12 mai. Mémoire sur les irrégularités de la suspension du mercure dans des tubes de différents diamètres, par Guilleminet.

1743, 25 avril. Éloge de M. de Beauveau, honoraire de la Société, par de Ratte.

1743, 21 novembre. Éloge de M. de Plantade, par de Ratte.

1745, 11 mars. Éloge de l'abbé Bignon, par de Ratte.

1745, 2 décembre. Éloge de M. de Clapiés, par de Ratte.

1746, 23 décembre. Éloge de M. Du Quetin, par de Ratte.

1749, 8 mai. Éloge de M. de Castries, archevêque d'Alby, honoraire de la Société, par de Ratte.

1751, 16 décembre. Éloge de M. Fitz-Gérald, par de Ratte.

1771, 25 novembre. Éloge du premier président d'Aigrefeuille, honoraire de la Société, par de Ratte.

1772, 12 décembre. Éloge de M. Pitot, par de Ratte.

1773, 8 décembre. Éloge de M. Jallabert, associé étranger, par de Ratte.

1774, 30 décembre. Analyse de la dissertation de M. Toaldo, qui a remporté le prix, etc., par Poitevin.

1776, 2 mars. Éloge de M. Haguenot, par de Ratte.

1776, 30 décembre. Éloge de M. Lafosse, par de Ratte.

1777, 30 décembre. Mémoire sur le résidu de la rectification de l'éther vitriolique, par Montet.

1778, 25 novembre. Mémoire sur les pépinières d'oliviers et sur un nouveau mode de transplantation, par de Joubert.

1779, 28 décembre. Éloge du cardinal de la Roche-Aymon, honoraire de la Société, par de Ratte.

1780, 27 décembre. Éloges de M. Danyzy et de M. Lamorier, par de Ratte.

1781, 27 décembre. Éloge de M. Réné-Gaspard de Joubert, associé libre, par de Ratte.

1782, 27 décembre. Éloge de M. Le Roy, par de Ratte.

1783, 10 décembre. Éloge de M. Garipuy, associé libre, par de Ratte.

1784, 23 décembre. Éloge de M. Cusson, par de Ratte.

1786, 15 février. Éloge de M. de Saint-Priest, honoraire de la Société, par de Ratte.

1787, 9 janvier. Éloge de M. de Montferrier, par de Ratte.

1788, 12 janvier. Rapport sur le concours ouvert pour l'Éloge de Richer de Belleval, par Poitevin [1].

Aux cahiers des assemblées publiques imprimés depuis 1770 sont joints les mémoires couronnés par la Société, dans les nombreux concours pour les prix qu'elle eut mission d'adjuger. Nous avons vu que l'origine de ces prix était diverse. Les uns appartenaient à la fondation faite par M. Saunier, en 1766 ; les autres, établis bientôt après par les États de la province, roulaient sur des questions d'un intérêt agricole ou industriel ; enfin, quelques-uns

---

[1] Tous ces imprimés, à l'exception du cahier de 1709, ont paru à Montpellier, chez Martel aîné, en format petit in-4° jusqu'en 1750, et en in-4° ordinaire depuis. Le plan et la composition sont à peu près les mêmes ; seulement les cahiers antérieurs à 1740 offrent beaucoup moins de matières, les mémoires y étant en plus petit nombre et le plus souvent insérés par extraits. Quelques-uns ne dépassent pas 30 et même 20 pages, tandis qu'à partir de 1740 ils en ont de 100 à 200. Tous sont devenus rares, surtout les plus anciens. Nous n'en connaissons aucune collection complète ; celle de la bibliothèque de la Faculté de médecine de Montpellier, qui offre le moins de lacunes, en présente néanmoins quelques-unes, notamment pour les assemblées du 12 mai 1740 et du 11 mars 1745. C'est en comparant les pièces de cette collection avec celles de l'exemplaire conservé à la bibliothèque de l'Institut à Paris, et avec quelques autres collections particulières, que nous avons dressé le tableau ci-dessus, qui s'accorde d'ailleurs avec les registres encore existants de la Société où sont mentionnées les diverses tenues d'assemblées. Les omissions ne pourraient porter que sur l'intervalle écoulé de 1712 à 1725, les imprimés de cette première époque ayant échappé aux recherches. Quant aux douze autres assemblées qui n'ont pas été publiées, et qui sont connues seulement par la mention qui en est faite au registre, il paraît inutile d'en donner ici les dates ; la plupart sont comprises dans l'intervalle de 1751 à 1765.

furent fondés depuis 1780 par des membres de la Société royale qui suivirent le généreux exemple donné par M. Saunier[1]. En 1784, la Société avait jusqu'à six récompenses de ce genre à distribuer. Toutefois, les mémoires couronnés n'ont pas tous été imprimés, et l'on s'est borné à ceux que recommandaient l'intérêt pratique du sujet, le mérite des ouvrages ou la plus grande solennité du concours[2]. En voici l'énumération :

1º Cahier du 12 décembre 1772. Deux mémoires sur *le meilleur moyen de conserver le degré de spirituosité des vins et eaux de vie*, par MM. Poncelet de Paris, et Pouget de Sète. Le prix de 600 livres, fondé en 1770 par les États, fut partagé entre ces deux ouvrages, et néanmoins la question ne parut pas complètement résolue et, à raison de son importance, fut remise au concours.

2º Cahier du 8 décembre 1773. 1º Mémoire sur le même sujet, par Bories, pharmacien à Sète ; ouvrage très-étendu qui parut atteindre le but ; 2º Mémoire sur cette question : *Quels sont les principaux caractères des terres en général ? Assigner les défauts de celles qui sont peu propres à la culture des grains et les moyens d'y remédier*, par Bergmann, chimiste à Upsal. Le prix ainsi obtenu par le savant chimiste suédois appartenait à la fondation de M. Saunier et avait été doublé et porté à 600 livres.

---

[1] Mourgue et A. Broussonnet. Ce dernier proposa des prix pour les *Éloges* de Belleval et d'Olivier de Serres; l'autre pour la théorie des graus, l'étamage des glaces.

[2] Les principaux concours qui n'ont pas été suivis de l'impression des mémoires couronnés, sont les suivants : sur la *Meilleure manière de fabriquer l'huile d'olive* ; sur la *Théorie des graus et les moyens de les entretenir ouverts* [*]; sur le *Meilleur procédé d'étamage et de polissage des glaces* ; sur les *Causes du froid produit par l'évaporation des liquides* ; sur la *Théorie de l'arc-en-ciel*, d'après les idées de Newton ; sur la *Préparation du tournesol* ou maurelle ; l'*Éloge d'Olivier de Serres*. Il paraît que plusieurs des ouvrages couronnés étaient sous presse en 1790.

[*] Le prix de cette question, si intéressante sous le rapport de la salubrité du pays, fut adjugé, en 1768, à Joseph-Susanne Pouget.

Grau signifie la communication d'un étang de la côte de Languedoc avec la mer, soit que cette ouverture appartienne à la nature ou à l'art. Nous nous rangeons volontiers à l'opinion commune qui tire l'étymologie de ce nom du latin *gradus*. « Le mot *grau*, dit Poitevin (*Bull. de la Soc. libre des sciences et belles-lettres de Montpellier*, tom. I, pag. 125), dérive évidemment du latin *gradus*, degré, échelle. On allait par *degrés* en cotoyant. Ce terme est employé dans divers arrêts du conseil rendus au sujet du canal des deux mers et du port de Sette. » Nous ajoutons que ce terme se trouve dans les actes les plus anciens de nos archives.   E. TH.

3° Cahier du 30 décembre 1774. Mémoire sur cette question : *Quelle est l'influence des météores sur la végétation, et quelles conséquences pratiques peut-on tirer, relativement à cet objet, des diverses observations météorologiques faites jusqu'ici?* par Toaldo, professeur à Padoue (un deuxième ouvrage qui remporta l'accessit est imprimé à la suite). Le mémoire de Toaldo, de 142 pages, contient la reproduction des idées qu'il publia dans son célèbre Traité *Della vera influenza degli astri*. L'original, écrit de sa main, en français assez correct, est resté aux archives. Ce prix appartenait aussi à la fondation de M. Saunier.

4° Cahier du 25 novembre 1778. Mémoire sur le *Traitement du minerai de fer par la houille*, par M. Kiesmann, maître de forges à Namur. Cette matière avait été jugée assez importante par les États pour lui consacrer un prix de 1200 livres.

5° Cahier du 27 décembre 1780. Deux mémoires sur la *Détermination, par un moyen facile et à la portée de tous les cultivateurs, du moment auquel le vin en fermentation dans une cuve a acquis toute sa force et sa qualité*, par MM. Bertholon, de Lyon, et dom Le Gentil, de l'ordre de Cîteaux. Prix fondé par les États et partagé entre ces deux concurrents.

6° Cahier du 9 janvier 1787. Deux mémoires sur les *Causes des ensablements des ports de mer (et du port de Sète en particulier) et le meilleur moyen de les en garantir*, par MM. Mercadier et de la Merveillère. Prix fondé par les États et adjugé à ces deux ouvrages, dont l'un (celui de Mercadier) a joui d'une grande réputation et est encore recherché.

7° Cahier du 12 janvier 1788. *Éloge historique de Pierre Richer de Belleval*, par Dorthes. La fondation de ce prix était due, comme on l'a dit plus haut, à M. A. Broussonnet.

Enfin, pour ne rien omettre des publications de la Société royale, ajoutons qu'à diverses époques elle fit imprimer divers écrits de ses membres, sur des sujets d'une utilité pratique sur lesquels elle voulait éclairer le public : tels qu'un Mémoire sur la marne et sur son emploi dans l'agriculture, par Romieu; sur la quantité de grains qui devait être employée à l'ensemencement des terres à blé, par Mourgue, etc.

QUATRIÈME SECTION

PERSONNEL DE LA SOCIÉTÉ ET BIOGRAPHIE DE SES MEMBRES.

Il nous reste à faire connaître le personnel du Corps dont nous venons d'écrire l'histoire, en complétant à cet égard les renseignements partiels dispersés dans le cours de ce récit. Cette partie de notre tâche ne serait pas moins étendue que l'autre, si, pour la plupart des noms que nous avons à citer, il n'existait des travaux biographiques tout faits, bien plus complets que ceux que nous pourrions espérer de réunir, et auxquels il nous suffira de renvoyer le lecteur.

D'ailleurs, dans ce personnel très-nombreux qui résulte du rapprochement des diverses classes dont se composa la Société royale, on juge bien qu'un choix est à faire. Une seule d'entre elles, celle des associés ordinaires, et avec eux quelques adjoints, constitua la partie active et véritablement utile de l'institution, et devra à ce titre fixer notre attention. Trois autres (celles des académiciens honoraires, libres et étrangers) seront suffisamment connues par quelques tableaux indicatifs des noms de leurs membres ; et quant à celle des correspondants, elle échapperait déjà, par le grand nombre de ses membres et par l'impossibilité de les connaître tous, à ce travail de recomposition, lors même que la faiblesse du lien qui la rattachait au corps de l'Académie ne le rendrait pas superflu quant à elle.

Tableau des Associés ordinaires.

Nous donnons, dans le Tableau qui suit, la liste complète des associés ordinaires qui succédèrent, dans chacune des quinze places créées en 1706, aux premiers titulaires. Ce Tableau est susceptible de quelques observations :

1° Le même nom y est quelquefois répété. On s'apercevra facilement que c'est dans le cas où le même académicien, nommé d'abord dans l'une des cinq classes qui comprenaient le domaine de l'Académie, passait plus tard dans celle que la spécialité de ses travaux lui faisait préférer.

2° Des mutations de ce genre, nous n'avons fait entrer dans le Tableau que celles qui ne se sont effectuées qu'après un temps assez long pour qu'il ne fût pas possible de les négliger sans introduire de trop grandes lacunes dans la suite des nominations. Les autres ont été omises pour ne pas surcharger inutilement le Tableau, et ces omissions expliqueront les intervalles que l'on remarquera plusieurs fois entre la vacance d'une place académique et la nomination qui la remplit. Par exemple, entre la mort de Senés fils (19 juillet 1768) et son remplacement par Poitevin (28 janvier 1773) à la troisième place d'associé physicien, la lacune de cinq ans fut occupée par l'anatomiste Sarrau, dont le nom se retrouve à la première place de la classe d'anatomie.

Nous avons déjà dit que la Société royale classait ses associés suivant les convenances et les possibilités du moment, sauf à les attacher plus tard à la section à laquelle la nature de leurs connaissances et de leurs travaux les appelait plus spécialement. Quelquefois ces mutations n'eurent pas l'occasion de s'effectuer, et c'est par cette raison qu'on voit aussi le chimiste Venel figurer dans la classe de botanique et Chaptal parmi les mathématiciens.

3° La Société a quelquefois nommé directement aux places d'associés, sans faire passer le candidat par celle d'adjoint. Le Tableau en offre des exemples.

4° Enfin, le premier registre nous a laissé ignorer la vraie date de quelques nominations [1].

---

[1] Dans le Tableau suivant, l'astérisque indique les noms des académiciens dont l'Éloge a été imprimé, soit dans les cahiers des assemblées publiques, soit dans les Mémoires de la Société royale des sciences, et qui ont été reproduits, pour la plupart, dans le Recueil de Des Genettes.
Les initiales R. G. renvoient au *Recueil* de Gauteron ; J. au Journal ou Recueil de Poitevin.
L'abréviation *Bull.* signifie le Recueil des *Bulletins* publiés par la Société libre des sciences et belles-lettres de Montpellier.   E. Th.

ASSOCIÉS ORDINAIRES.

PLACES.	DATES de chaque nomination.	NOMS DES ASSOCIÉS.	POSITION qu'occupait auparavant LE TITULAIRE dans la Société.	DATES ET CAUSES de la cessation des fonctions.

1re Classe. — MATHÉMATIQUES.

PLACES.	DATES de chaque nomination.	NOMS DES ASSOCIÉS.	POSITION qu'occupait auparavant LE TITULAIRE dans la Société.	DATES ET CAUSES de la cessation des fonctions.
1re Place.	1706 février	*DE CLAPIÉS........	....	mort le 19 février 1740.
	1740 27 février	*DE GUILLEMINET (J.).	adjoint le 18 mars 1734	mort le 13 octobre 1755.
	1755 11 déc.	BRUN (Jean).......	adj. le 22 mars 1748	vétéran le 22 décembre 1763
	1763 22 déc.	*ROMIEU (J.)........	associé physicien	mort le 8 novembre 1766.
	1768 16 juin	*CUSSON...........	adj. le 14 mars 1754	mort le 13 novembre 1783.
	1784 15 janvier	POUGET (Bull.).....	adj. le 13 nov. 1755	vétéran le 2 avril 1789.
	1789 2 avril	CHAPTAL (R. G.)....	adj. le 24 avril 1777	titulaire en 1793.
2e Place.	1706 février	*DE PLANTADE......	....	mort le 25 août 1741.
	1741 7 sept.	DE CARNEY......	adj. le 20 avril 1733	associé libre le 13 fév. 1744
	1744 27 février	*DU QUETIN........	adj. le 24 août 1741	mort le 13 avril 1746.
	1748 1er février	ESTÈVE...........	adj. le 21 août 1746	vétéran le 17 mai 1753.
	1755 4 sept.	DE RATTE (Bull.)...	associé physicien	titulaire en 1793.
3e Place.	1706 février	*DE LACAN (l'abbé)..	....	mort le 10 novembre 1715.
	1716	*DE SENÈS.........	nomination immédiate	mort le 11 août 1740.
	1740 18 août	*DANYZY...........	associé physicien	mort le 27 février 1777.
	1777 6 mars	POITEVIN (Bull.)....	associé physicien	titulaire en 1793.

2e Classe. — ANATOMIE.

PLACES.	DATES de chaque nomination.	NOMS DES ASSOCIÉS.	POSITION qu'occupait auparavant LE TITULAIRE dans la Société.	DATES ET CAUSES de la cessation des fonctions.
1re Place.	1706 février	ASTRUC (R. G.).....	....	vétéran le 26 février 1728.
	1728 26 février	FIZES (R. G.)......	associé physicien	démission. le 1er fév. 1748.
	1748 1er février	*GOURRAIGNE (J.)....	associé chimiste	mort le 21 novembre 1751.
	1754 16 mai	IMBERT...........	adj. le 1er mars 1749	remplacé pour changement de résid. le 21 janv. 1773
	1773 21 janvier	SARRAU.......	associé physicien	mort le 4 août 1785.
	1785 18 août	BRUN...........	adj. le 18 mai 1775	titulaire en 1793.
2e Place.	1706 février	*LAPEYRONIE.......	....	vétéran en 1715.
	1715	MARCOT (R. G.).....	inconnue	vétéran le 18 mars 1734.
	1740 18 août	GOULARD..........	adj. le 20 août 1733	vétéran le 28 avril 1774.
	1774 28 avril	FOUQUET..........	adj. le 28 août 1766	titulaire en 1793.

20

PLACES.	DATES de chaque nomination.	NOMS DES ASSOCIÉS.	POSITION qu'occupait auparavant LE TITULAIRE dans la Société.	DATES ET CAUSES de la cessation des fonctions.
3e Place.	1706 février	*GONDANGE.........	....	mort le 1er mars 1718.
	1718	*NISSOLLE cadet.....	inconnue	mort le 4 avril 1726.
	1726 4 avril	*LAMORIER..........	adj. en 1721	vétéran le 13 mars 1777.
	1777 13 mars	VIGAROUS..........	adj. le 8 mars 1770	mort le 9 août 1790.
	1790 12 août	LABORIE..........	adj. le 29 août 1776	titulaire en 1793.

3e Classe. — CHIMIE.

1re Place.	1706 février	*RIVIÈRE..........	....	mort le 14 juillet 1734.
	1735 28 mai	*GOURRAIGNE (J.)....	nomination immédiate	passe à la classe d'anatomie le 1er février 1748.
	1748 1er février	*LA MURE..........	adj. le 22 nov. 1742	vétéran le 16 janvier 1776.
	1776 16 janvier	JOYEUSE..........	adj. le 8 mars 1770	titulaire en 1793.
2e Place.	1706 février	*MATTE..........	....	vétéran le 3 mars 1735.
	1735 3 mars	SERANE..........	adj. en 1727	mort le 1er septembre 1755
	1755 6 sept.	*MONTET..........	adj. le 28 mars 1748	mort le 13 novembre 1782.
	1782 4 déc.	PEYRE..........	adj. le 28 mars 1748	titulaire en 1793.
3e Place.	1706 février	*GAUTERON..........	....	mort le 12 juillet 1737.
	1737 24 nov.	FOURNIER..........	adj. le 13 nov. 1730	remplacé pour changement de résid. le 7 sept. 1741.
	1741 7 sept.	*HAGUENOT..........	associé botaniste	mort le 15 octobre 1775.
	1775 21 déc.	BROUSSONNET.......	adj. le 28 août 1766	titulaire en 1793.

4e Classe. — BOTANIQUE.

1re Place.	1706 février	*CHICOYNEAU..........	....	vétéran le 1er sept. 1731.
	1731 1er sept.	*CHICOYNEAU fils.....	adj. le 23 déc. 1728	mort le 22 juin 1740.
	1740 25 juin	*DE SAUVAGES.......	adj. le 18 mars 1734	mort le 19 février 1767.
	1768 6 juin	*VENEL..........	adj. le 30 nov. 1758	mort le 29 octobre 1775.
	1777 13 mars	MOURGUE..........	adj. le 5 mars 1772	vétéran le 2 avril 1789.
	1789 2 avril	CUSSON fils........	adj. le 24 avril 1777	mort en 1790.
	1790 12 août	GAUSSEN..........	adj. le 8 janv. 1782	titulaire en 1793.
2e Place.	1706 février	*MAGNOL..........	....	vétéran en 1709.
	1709	*RICOME..........	inconnue	mort le 24 août 1711.
	1711	*HAGUENOT..........	adj. le 24 juillet 1706	passe à la classe de chimie le 7 septembre 1741.

PLACES.	DATES de chaque nomination.	NOMS DES ASSOCIÉS.	POSITION qu'occupait auparavant LE TITULAIRE dans la Société.	DATES ET CAUSES de la cessation des fonctions.
2ᵉ Place.	1741 7 sept.	Chaptal oncle......	adj. le 11 août 1735	démission. le 11 mai 1754.
	1754 11 mai	De Sauvages (l'abbé)	adj. le 21 août 1746	vétéran le 9 janvier 1766.
	1768 16 juin	Coulas..........	adj. le 10 août 1758	mort en 1769.
	1769 16 nov.	Amoreux fils.......	adj. le 16 février 1764	vétéran le 6 janvier 1784.
	1785 24 août	Bruguière........	adj. le 9 mai 1776	titulaire en 1793.
3ᵉ Place.	1706 février	*Nissolle..........	....	mort en 1733.
	1733 3 juin	*Fitz-Gérald.......	adj. le 6 février 1732	mort le 10 janvier 1748.
	1748 1ᵉʳ février	Tioch...........	adj. le 23 nov. 1742	mort le 11 juillet 1757.
	1757 4 août	*Le Roy..........	adj. le 5 août 1751	vétéran le 1ᵉʳ avril 1765.
	1765 1ᵉʳ avril	Gouan (R. G.)......	adj. le 7 sept. 1757	titulaire en 1793.

5ᵉ Classe. — PHYSIQUE.

PLACES.	DATES de chaque nomination.	NOMS DES ASSOCIÉS.	POSITION qu'occupait auparavant LE TITULAIRE dans la Société.	DATES ET CAUSES de la cessation des fonctions.
1ʳᵉ Place.	1706 février	*Chirac..........	....	vétéran en 1724.
	1724	Fizes (R. G.)......	inconnue	passe à la classe d'anatomie le 26 février 1728.
	1728 26 février	*De Montferrier....	adj. le 27 mars 1727	mort le 9 mars 1786.
	1786 23 mars	Bertholon (l'abbé)..	adj. le 28 déc. 1776	titulaire en 1793.
2ᵉ Place.	1706 février	Rideux..........	....	vétéran le 4 décembre 1742.
	1742 4 déc.	De Ratte (Bull.)...	adj. le 6 juillet 1741	passe à la classe de mathématiques le 4 sept. 1755.
	1757 4 août	*Romieu (J.).......	adj. le 1ᵉʳ août 1748	passe à la classe de mathématiques le 22 déc. 1763.
	1766 16 janvier	*Amoreux (J.).......	adj. le 5 février 1761	mort le 16 février 1790.
	1790 30 juillet	Danyzy fils........	adj. le 8 janvier 1782	titulaire en 1793.
3ᵉ Place.	1706 février	*Icher............	....	mort le 22 mai 1713.
	1713	De Laurés........	inconnue	vétéran le 6 mars 1732.
	1732 1ᵉʳ mai	Danyzy...........	adj. le 13 janvier 1729	passe à la classe de mathématiques le 18 août 1740.
	1741 24 août	De Senés fils.......	nomination immédiate	mort le 19 juillet 1768.
	1769 16 nov.	Sarrau..........	adj. le 25 juillet 1754	passe à la classe d'anatomie le 21 janvier 1773.
	1773 28 janvier	Poitevin (Bull.).....	adj. le 30 janvier 1766	passe à la classe de mathématiques le 6 mars 1777.
	1777 6 mars	De Faugères.......	adj. le 5 mars 1772	titulaire en 1793

A ces soixante et onze noms il faut ajouter ceux de trois honoraires, que les services qu'ils rendirent à la Société ne permettraient pas d'omettre ici, lors même qu'ils n'auraient pas d'autre titre à ce souvenir : le président Bon, l'abbé Bignon et l'archevêque de Narbonne, Arthur de Dillon, et ceux de trois adjoints qui échangèrent immédiatement ce titre pour celui d'associé vétéran : Barthez, adjoint le 8 juin 1758 et associé vétéran le 11 janvier 1776 ; Allut, adjoint le 28 août 1766 et associé vétéran le 22 avril 1779, et A. Broussonnet, adjoint le 27 mars 1779 et associé vétéran le 23 mars 1786.

Enfin, pour rendre hommage à tous les services, nous comprendrons encore ici quelques adjoints qu'un décès prématuré, un changement de résidence ou la suppression même de la Société, ne laissèrent point parvenir au titre d'associé, qu'ils avaient mérité d'obtenir, et qu'il sera juste de ne pas omettre dans cet essai de biographie : Combalusier (1742), Barthez le père (1743), Tandon (1761), Lafosse (1768), Genssane (1782), Touchy (1783), Dorthes (1788), De Carney, V. Broussonnet (1790) [1].

De ces 86 noms, la plupart sont connus par des travaux biographiques auxquels il nous suffira presque toujours de renvoyer le lecteur [2]. Il en reste trente

---

[1] Vingt-cinq autres environ sont dans ce cas; mais les mêmes raisons de les distinguer n'existent pas pour eux au même degré.

[2] Voici l'énumération de ces travaux :

1o Éloges des académiciens prononcés aux assemblées publiques de la Société, et imprimés dans les deux volumes de ses Mémoires ou dans les cahiers de ces assemblées (ils sont au nombre de vingt-huit) ;

2o Autres insérés au Recueil des bulletins de la Société libre des sciences et lettres de Montpellier, 6 volumes in-8o, de 1803 à 1814 (ils sont au nombre de cinq)

3o Biographies détachées ;

Et 4o Articles insérés dans la *Biographie universelle* (dite de Michaud).

Les Éloges prononcés aux assemblées publiques ont été réunis en un recueil particulier sous ce titre : *Éloges des académiciens de Montpellier*, recueillis, abrégés et publiés par le baron Des Genettes, pour servir à l'histoire des sciences dans le XVIIIe siècle. Paris, 1811, in-8o.

Des Genettes, si connu par ses travaux et par son rang dans la médecine militaire, habitait en 1790 et 1791 la ville de Montpellier, et y suivait assidûment les séances de la Société royale, à laquelle il a communiqué quelques mémoires de médecine. Le souvenir de cette coopération lui fit entreprendre le recueil dont il s'agit. Il le dédia à un compatriote les savants dont il retraçait l'histoire, le comte Daru, qui comme lui avait vu les derniers jours de la Société royale et en honorait le souvenir. Son travail s'est borné à une simple reimpression du texte, qui même n'est pas complète, quelques passages qu'il jugea superflus ayant été supprimés çà

environ à l'égard desquels l'histoire littéraire du dernier siècle se tait ou n'offre que des renseignements insuffisants. C'est un oubli que nous voudrions réparer, soit à l'aide des données que nous offrent les archives de la Société, soit en puisant à diverses autres sources. Toutefois, ce nombre pourra lui-même être réduit à dix-huit ou vingt, si nous en éliminons ceux dont, à défaut de travaux sérieux, ou à raison de leur court passage dans la Société, on peut dire que l'honneur de lui avoir appartenu constitue le principal titre à ce souvenir de leurs concitoyens. Notre tâche, quant à ceux-ci, se bornera donc à rappeler le petit nombre d'écrits que les archives de la Société ont conservés d'eux. On voit par ces détails combien, en général, cette tâche, considérable en apparence, peut se réduire dans l'exécution. Telle qu'elle est nous voudrions, sans nous en flatter, l'avoir remplie d'une manière assez complète. Mais de pareils travaux, même les plus simples, exigent presque toujours, pour leur perfection, la coopération des hommes spéciaux et celle du temps. Nous n'aurons fait ici que planter un jalon sur cette route, où d'autres peut-être nous suivront avec plus de succès.

Les trois tableaux suivants feront connaître la série des associés honoraires, libres et étrangers qui ont fait partie de la Société. La première date est celle de la nomination, la deuxième celle du décès.

L'astérisque indique ceux qui faisaient encore partie de la Société au moment de sa suppression.

---

et là, comme il l'annonce dans le titre de son livre, et l'on regrette que ces suppressions portent assez souvent sur des détails personnels, dont les éloges sont d'ailleurs assez sobres. La préface promet un travail biographique entrepris par lui sur quelques membres de la Société royale dont les Éloges n'ont pas été prononcés (Dorthes, Brun, Cusson fils, de Ratte, Broussonnet, etc.), travail qui a paru en partie dans quelques articles qu'il a fournis plus tard aux éditeurs de la *Biographie universelle*.

Des Genettes, du reste, ne paraît pas avoir fait de grandes recherches pour se procurer l'état complet des Éloges qu'il se proposait d'imprimer, et probablement il s'en est tenu à l'exemplaire déposé à la bibliothèque de la Faculté de médecine de Montpellier. Ce qui nous le fait supposer, c'est que son recueil omet précisément celui de ces Éloges qui ne s'y trouve point, c'est-à-dire l'Éloge de l'abbé Bignon, imprimé dans le cahier de l'assemblée publique du 11 mars 1745. S'il eût d'ailleurs examiné les archives de la Société, il y eût trouvé les manuscrits de quatre ouvrages de ce genre non publiés encore, et dont nous donnerons le texte à la suite de nos propres notices.

ASSOCIÉS HONORAIRES.

1706—1719. Le Goux de la Berchère, archevêque de Narbonne.
1706—1736. Colbert de Croissy, évêque de Montpellier.
1706—1728. J.-F. de la Croix, marquis de Castries, gouverneur de Montpellier.
1706—1724. Lamoignon de Basville, intendant de Languedoc.
1706—1743. Bignon (l'abbé), conseiller d'État.
1706—1761. F.-X. Bon de Saint-Hilaire, conseiller et ensuite premier président de
    la Cour des comptes, etc., de Montpellier.
1720—1739. De Beauveau, archevêque de Narbonne.
1725—1765. De Bernage Saint-Maurice, intendant de Languedoc, depuis conseiller
    d'État.
1728—1747. A.-P. de la Croix de Castries, archevêque d'Alby.
1738—1748. Berger de Charancy, évêque de Montpellier.
1739—1751. De Crillon, archevêque de Narbonne.
1743—1777. Louis Phelippeaux, comte de Saint-Florentin, ministre d'État, depuis
    duc de la Vrillière.
1747—1750. Lenain, intendant de Languedoc.
1747 .... J.-F. de la Croix de Castries, gouverneur de Montpellier, depuis mi-
    nistre d'État et maréchal.
1748 .... F. de Villeneuve, évêque de Montpellier.
1756—1758. Le duc de Levis-Mirepoix, commandant en Languedoc.
1758—1777. Le cardinal de la Roche-Aymon, archevêque de Narbonne.
1758—1761. Le maréchal comte de Thomond, commandant en Languedoc.
1752—1785. Guignard de Saint-Priest, intendant de Languedoc.
1761—1771. Henri d'Aigrefeuille, premier président de la Cour des comptes, etc.,
    de Montpellier.
1761—1787. Le duc de Fitz-James, commandant en Languedoc.
1764 .... Arthur-Richard Dillon, archevêque de Narbonne.
1777 .... Amelot (de Chaillou), ministre d'État.
1780 .... Le comte de Talleyrand-Périgord, commandant en Languedoc.
1780—1788. Le duc de Biron, gouverneur de Languedoc.
1780 .... De Malide, évêque de Montpellier.
1780 .... Le vicomte de Saint-Priest, intendant de Languedoc.
1787 .... Le baron de Breteuil, ministre d'État.
1788 .... Le baron de Ballainvilliers, intendant de Languedoc.
1786 .... Le cardinal de Loménie, archevêque de Toulouse.

ASSOCIÉS LIBRES.

(Créés en 1733; on ne commence à les nommer qu'en 1740.)

1740—1765. Desallier d'Argenville, maître des requêtes, à Paris.
1741—1769. Deparcieux, de l'Académie des sciences, à Paris.
1742—1756. De la Liquière, à Alais.
1743—1756. Barrère, médecin, à Perpignan.
1744—1757. De Carney, à Béziers, ci-devant associé ordinaire.
1745—1777. Bouillet, médecin, secrétaire de la Société des sciences de Béziers.
1756—1785. Séguier (François), de l'Académie des inscriptions et belles-lettres, etc., à Nimes.
1756—1787. De Càusan, intendant des armées, à Minorque.
1757—1780. De Joubert (Réné-Gaspard), syndic de la province, à Montpellier.
1766 .... Louis (Antoine), secrétaire perpétuel de l'Académie royale de chirurgie, à Paris.
1766—1786. Saunier, maître des requêtes, à Paris.
1766 .... J. Duché, procureur général à la Cour des comptes, etc., à Montpellier.
1769 .... Pitot de Launay, avocat général à la Cour des comptes, etc., à Montpellier.
1777 .... De Joubert (Philippe-Laurent), trésorier de la province, à Montpellier.
1780 .... Le marquis de Montferrier fils, syndic de la province, à Montpellier.
1782 .... D'Aigrefeuille, procureur général à la Cour des comptes, etc., à Montpellier.
1782 .... De Grainville (l'abbé), vicaire général du diocèse de Montpellier.
1782 .... De Morveau, avocat général au Parlement de Dijon.
1782—1784. Garipuy, directeur des travaux de la province de Languedoc, à Toulouse.
1784 .... Rome, syndic de la province, à Montpellier.
1785 .... Poitevin du Bousquet, capitaine du génie, à Montpellier.
1786 .... De Puymaurin, syndic de la province, à Toulouse.
1787 .... De Flaugergues, à Viviers.

ASSOCIÉS ÉTRANGERS.

1743—1768. Jallabert, professeur de mathématiques, à Genève.
1743—1752. Cramer, professeur de mathématiques, à Genève.
1743—1761. Müsschenbroek, professeur de physique, à Leyde.

1743—1778. Linnæus, professeur de botanique, à Upsal.
1744 .... 'Zanotti, président de l'Institut de Bologne, à Bologne.
1763 .... 'Lord-comte Stanhope, président de la Société royale des sciences,
à Londres.
1768 .... 'Lesage, citoyen de Genève, professeur de minéralogie, à Paris.
1778 .... 'Bonnet, professeur d'histoire naturelle, à Genève.
1782 .... 'Pallas, professeur d'histoire naturelle, à Strasbourg.
1787 .... 'Kirwan, de la Société royale de Londres, à Londres.

BIOGRAPHIES [1].

AMOREUX (Pierre-Joseph). — Outre les articles abrégés que les biographies
générales ont consacrés à la vie de ce savant, on en possède les deux notices
suivantes, publiées peu après sa mort, l'une à Montpellier, l'autre à Nîmes :
1° Éloge historique de M. P.-J. Amoreux, D. M., membre honoraire de la
Société d'histoire naturelle de Montpellier, etc., par J.-G. Roubieu, D. M.,
président de cette Société[2], lu dans la séance du 19 mai 1825 (imprimé dans
un volume portant le titre d'*Aménités académiques de la Société d'histoire
naturelle de Montpellier*. Montp., Tournel aîné, 1825, in-4°) ; 2° Éloge de
P.-J. Amoreux, lu à la séance publique de l'Académie du Gard du 6 août
1825, par M. Phélip, secrétaire de l'Académie (imprimé dans le volume de
1832 de ses Mémoires, pag. 325-342). Cette seconde notice, quoique assez
exacte, quant aux faits de la vie d'Amoreux, ne donne presque aucun renseignement sur ses nombreux ouvrages. La première, au contraire, écrite par
un naturaliste qui fut le disciple et l'ami d'Amoreux, cite les faits de première main et contient une nomenclature à peu près complète de ses productions. Mais elle néglige d'en indiquer les dates et les éditions, et, soit cette
circonstance, soit la rareté des volumes dans lesquels il faut la chercher,
nous nous trouvons engagé à en reproduire ici la substance, en y joignant,
avec les détails bibliographiques qui manquent, quelques faits relatifs à la

---

[1] Dans la présente nomenclature, l'auteur n'a fait entrer que les biographies d'associés ordinaires.   E. TH.

[2] Habile botaniste, mort prosecteur de la Faculté de médecine de Montpellier, le 11 septembre 1834.   E. TH.

carrière académique du Dr Amoreux, qui nous sont fournis par les archives de la Société royale.

Pierre-Joseph Amoreux naquit à Beaucaire, en février 1741, du mariage de Guillaume Amoreux et de Jeanne Guyon. Son père, dont il a écrit l'Éloge, exerçait avec distinction la profession de chirurgien, et joignait à ses talents acquis un goût et une habileté naturels dans les arts mécaniques. Il fabriquait lui-même les instruments de sa profession, souvent en inventait de nouveaux ou perfectionnait les anciens. Le désir d'exercer ses talents sur un plus grand théâtre et de pourvoir avec plus d'avantage à l'éducation et à l'établissement de ses cinq enfants, l'amena à Montpellier et le détermina à s'y fixer en 1761. Pierre-Joseph, l'aîné de ses fils, dont nous nous occupons, habitait déjà Montpellier depuis plusieurs années; il avait embrassé la carrière paternelle et y faisait depuis 1757 ses études médicales. Il étudia l'anatomie sous le professeur Sarrau, la botanique sous Gouan et Cusson, et suivit la clinique des hôpitaux sous Fournier. Reçu au doctorat en 1762, par une thèse sur les animaux venimeux (*Tentamen de noxâ animalium in corpus humanum*), il partit peu après pour Paris, et un séjour de deux ans qu'il y fit ne contribua pas peu à augmenter ses connaissances. A son retour il essaya de la pratique de la médecine; mais ses goûts et ses aptitudes le portaient surtout vers l'étude libre des sciences naturelles et vers la connaissance des livres qui en traitent. Il eut une excellente occasion de se satisfaire, en obtenant d'être adjoint à son père, dans la garde de la belle bibliothèque que le professeur Haguenot avait léguée en 1762 à l'Hôtel-Dieu (Saint-Éloi) de Montpellier, et dont Amoreux père avait été nommé conservateur. C'est la même qui est devenue le noyau de la vaste et précieuse collection de la Faculté actuelle de médecine de la même ville. En 1770, on eut la pensée de fonder à Montpellier une école vétérinaire. P.-J. Amoreux, qui eut l'ambition d'y enseigner, prépara de grands travaux sur cette branche de l'art de guérir, et réunit quatre volumes in-4° de matériaux. Ce projet n'eut pas de suite; mais il est resté de ses efforts deux volumes sur l'art vétérinaire, que l'on trouvera compris dans la liste de ses ouvrages. La révolution, qui survint, l'arracha pendant quelque temps à ses études, en lui faisant prendre du service dans les armées comme médecin militaire. Toutefois son absence dura peu, et de retour à Montpellier il fut placé, en 1795, en qualité de professeur d'histoire natu-

21

relle, dans la nouvelle École centrale qui succéda, dans chaque département, aux anciens corps enseignants. Cependant il paraît que le professorat n'était pas plus sa vocation que la pratique de la médecine. Son père, mort en 1790, lui avait laissé une fortune modeste mais suffisante pour un homme dénué d'ambition ; ses goûts le portaient vers l'étude et la retraite, et son caractère, très-bon au fond, mais indépendant et peu patient à la contradiction, lui rendait probablement plus difficiles qu'à d'autres les devoirs réguliers du professorat et les rapports journaliers avec des supérieurs et des collègues. Il se démit de ses fonctions en 1799, et se retira dans une maison qu'il possédait dans le faubourg de Boutonnet, auprès de son frère cadet, Vincent Amoreux, avec lequel il vécut dans une union qui le dispensa des soins du ménage, pour lesquels il semblait peu fait. Ce fut dans cette retraite studieuse qu'il passa les vingt-cinq dernières années de sa vie, ne quittant ses livres que pour les voyages d'étude à Paris, et occupé à la révision de ses anciens ouvrages ou à la composition d'ouvrages nouveaux, sans cesser jamais d'étudier ni d'écrire ; car le dernier de ceux-ci date aussi de la dernière année de sa vie. Il mourut le 6 mars 1824[1], dans sa 84e année, des suites d'un refroidissement qu'il avait pris en cultivant, comme d'habitude, les plantes de son jardin. Il avait toujours vécu dans le célibat.

On peut dire d'Amoreux qu'il fut du petit nombre de ces hommes dont l'amour désintéressé des sciences remplit la vie, et dont l'acquisition de nouvelles connaissances satisfait toute l'ambition. Il appliqua son esprit à des sujets très-divers, mais dont l'histoire naturelle, dans deux de ses branches, la zoologie et la botanique appliquée à l'économie rurale, fut le centre commun. Quoiqu'il observât et expérimentât lui-même, on peut dire qu'il étudia la nature plus encore dans les livres que dans ses productions. Il était érudit avant d'être observateur, et il dit de lui-même, dans son Éloge de Guillaume Amoreux, que la bibliographie et la littérature médicale furent la première de ses occupations. Aussi, malgré son zèle pour l'histoire naturelle, n'a-t-il attaché son nom à aucune découverte nouvelle, à aucun progrès soit dans la méthode, soit dans l'observation, ces deux instruments de la science ; mais ceux

---

[1] Cette date, que ne donnent point les précédents biographes d'Amoreux, a été relevée sur les registres de l'état civil de Montpellier.

qui voulaient se rendre compte des lumières acquises au temps où il écrivait sur un des sujets qu'il a traités, ont pu consulter ses livres avec fruit, et encore aujourd'hui ils offrent une source réelle d'instruction. Il écrivait avec facilité et clarté. Dans quelques-uns de ses ouvrages, surtout des derniers, il semble viser quelquefois à l'élégance et à l'effet, mais il y parvient rarement. Son style alors devient inégal et près de retomber pour peu qu'il s'élève, et trop souvent ses phrases, peu correctes ou mal achevées, laissent le sentiment d'un effort qui n'a pas abouti. On peut même dire que l'habitude d'écrire n'avait ni perfectionné son style ni corrigé ses défauts, et peut-être ses premiers ouvrages, notamment son *Éloge* de G. Amoreux et son *Traité de l'olivier*, en présentent peu de traces, ou beaucoup moins que les derniers.

Ses productions imprimées sont en grand nombre, et cependant elles ne représentent que la moindre partie des travaux qui occupèrent sa vie. Pour se faire une juste idée de ceux-ci, il faut lire dans la notice de M. Roubieu les titres de quarante-huit mémoires que M. Amoreux a composés à diverses époques de sa vie et surtout dans la première moitié. Presque tous sont inédits. C'était un fonds qu'il amassait pour la composition de ses livres, et l'on peut dire de lui qu'il n'a publié ceux-ci dans les vingt dernières années de sa vie, qu'après en avoir mis quarante à en recueillir les matériaux. La plupart de ces travaux furent destinés à concourir pour des prix proposés par des Sociétés savantes, et ils lui valurent un grand nombre de palmes académiques. Il eut même le singulier honneur d'être couronné le même jour dans deux Académies différentes. Le 31 août 1784, l'Académie des sciences, belles-lettres et arts de Lyon lui décernait un premier prix sur une question d'économie rurale (l'emploi des *Haies*), et le même jour l'Académie royale de médecine de Paris couronnait son mémoire sur les *Abus à réformer en France dans l'éducation physique* [1].

Comme botaniste, on doit lui savoir gré des efforts qu'il fit, de 1778 à 1780, concurremment avec Gouan, son maître et son ami, pour répandre dans la campagne de Montpellier et y naturaliser les graines de diverses plantes utiles ou propres à l'embellir. Il en a parlé dans son mémoire inédit intitulé : *Ré*—

---

[1] Nous trouvons ce fait consigné dans le *Journal de la Généralité de Montpellier*, du 11 septembre 1784.

flexions sur l'habitation des plantes, etc., que nous citons à la fin de cette notice.

Entré en 1769 comme associé ordinaire dans la Société royale des sciences, sa nomination y fut l'objet d'un débat dont il est fait mention dans les registres de celle-ci, et dont Amoreux lui-même a consigné le souvenir dans l'un de ses ouvrages. Son père Guillaume Amoreux faisant déjà partie de la Compagnie, on se demanda s'il pouvait prendre part au vote relatif à son fils, et les avis furent partagés. On en référa, suivant l'usage, au ministre (c'était M. de Malesherbes) et à l'Académie des sciences de Paris, et l'un et l'autre se prononcèrent pour l'affirmative. On voit même par la lettre de Grandjean de Fouchy, répondant au nom de l'Académie, qu'il existait sur la question un précédent dans celle-ci. Probablement l'élection fut disputée, et Amoreux, dont la susceptibilité était facilement mise en jeu, a exprimé le sentiment que ce débat lui avait laissé, dans cette phrase de son Éloge de G. Amoreux : « Le » petit parti resta sans force, mais non pas sans rancune, et le récipiendaire » n'eut pas moins d'égards pour ses anti-collègues » On trouve de lui, dans les papiers de la Société royale, plusieurs mémoires manuscrits que nous indiquons plus loin. Mais Amoreux n'était pas au fond plus disposé à se soumettre aux règles d'une Académie, si larges qu'elles fussent, qu'à celles du professorat ou de la pratique médicale. De bonne heure il prit sa retraite, et la Société, qui avait pour ses travaux l'estime qu'ils méritaient, lui conféra, en 1784, le titre d'associé vétéran. Il était aussi affilié à plusieurs autres Sociétés savantes, dont il n'a pas eu le soin, ordinaire à ceux qui en font partie, de nous donner les noms en tête de ses ouvrages.

Ses deux biographes citent de lui des mémoires manuscrits sur sa vie, trouvés dans ses papiers, mais écrits seulement pour ses héritiers, et avec défense à ceux-ci de les publier. Quelques passages que M. Roubieu en rapporte prouvent du moins qu'Amoreux jouit d'un véritable bonheur dans la retraite où il passa les dernières années de son existence. Il avait composé, pour être gravée sur sa tombe, l'épitaphe suivante, qui retrace avec assez d'exactitude les principales circonstances de son caractère et de sa vie :

Hic jacent exuviæ Petri-Josephi
AMOREUX Belloquadrensis, civis
Monspeliensis, denati A. D. (MDCCCXXIV)
Ætatis suæ (LXXXIII). Vir, dum viveret,

Bonus et probus, morum simplex,
Non irreligiosus, veri amator,
Scientiarum cultor, indefesse laboriosus,
Multum scripsit, nonnulla tantum
Evulgavit, honores respuit, medicus
Non inscius in medicinâ siluit.
Parce, viator, ora et vale.

Il laissait, à sa mort, une belle bibliothèque et des collections d'histoire naturelle que, par son acte de dernière volonté, il légua ainsi que la maison où elles se trouvaient à la ville dé Nimes [1], et qui y sont conservées à côté de celles dont le savant Séguier avait fait don en 1784 à sa ville natale. On a recherché les motifs de cette préférence accordée à une ville qu'Amoreux n'avait jamais habitée, sur celle où il avait passé ses jours. M. Roubieu l'attribue au désir qu'il eut de réunir ainsi ses richesses scientifiques à celles de Séguier son ami.

Voici, dans l'ordre de leur publication, la liste des ouvrages de P.-J. Amoreux:

1° *Tentamen de noxâ animalium in corpus humanum.*—*Avenione,* 1762, in-4°. (Thèse de P.-J. Amoreux pour le doctorat.)

2° *Lettre d'un médecin de Montpellier à un magistrat de la même ville, sur la médecine vétérinaire.* — Montpellier, 1773, in-8° de 118 pages. Nous avons déjà annoncé que cet ouvrage, ainsi que celui que nous citons plus loin sous le n° 14, était le fruit d'un travail entrepris à l'occasion d'un projet de fondation à Montpellier d'une école vétérinaire. Le second témoigne surtout de très-grandes recherches.

3° *Traité de l'olivier,* contenant l'histoire et la culture de cet arbre, etc. —Montpellier, 1784, in-8° de 356 pages.

Deuxième édition corrigée et augmentée d'un ouvrage qui avait paru en 1782 dans le Recueil de l'Académie des belles-lettres, sciences et arts de Marseille, et auquel cette Académie avait donné l'accessit d'un prix proposé par elle sur le sujet qui y est traité. Le prix lui-même fut accordé à un concurrent local dont le mémoire, beaucoup moins étendu, n'eut peut-être

---

[1] Il les avait données, ainsi que la maison où elles se trouvaient, à l'Académie de Nimes.

sur celui d'Amoreux que l'avantage d'être plus spécialement écrit au point de vue de l'agriculture provençale. C'est du moins ce qui paraît résulter de plusieurs circonstances qu'Amoreux relève dans la préface de son livre, et lui-même ne prend pas facilement son parti de cette préférence. Son propre ouvrage est savant, méthodique et instructif, quoiqu'on puisse y désirer, comme dans ses autres écrits sur l'agriculture, un plus grand emploi des expériences personnelles.

4° *Recherches sur la vie et les ouvrages de Pierre Richer de Belleval*, fondateur du Jardin de botanique de Montpellier. — Avignon, 1786, in-8°.

5° *Recherches sur les lichens.* — Lyon, 1787, in-8°. Ouvrage couronné par l'Académie de Lyon, savant et instructif pour son temps. M. Roubieu place cet écrit, que nous n'avons pas eu occasion de voir, parmi ceux d'Amoreux.

6° *Mémoire sur les haies*, 1787, in-8°. Réimprimé avec des augmentations sous le titre de *Traité des haies vives.* — Montpellier, 1809, in-8 de 458 pages.

Nous avons dit plus haut que le premier travail d'Amoreux avait été couronné par l'Académie de Lyon. Le prix avait même été doublé.

7° *Notice des insectes de la France réputés venimeux.* — Paris, 1789, in-8° de 402 pages.

La plus grande partie de l'ouvrage est employée à réfuter les fausses opinions qui se sont introduites sur le prétendu venin d'un grand nombre d'insectes.

8° *Mémoire sur la nécessité et les moyens d'améliorer l'agriculture dans le district de Montpellier.* — Montpellier, an II, in-8° de 68 pages.

Ce mémoire avait été demandé à Amoreux par l'administration locale et fut imprimé aux frais de celle-ci.

9° *Essai historique et littéraire sur la médecine des Arabes.* — Montpellier, 1805, in-8° de 256 pages.

Ce petit ouvrage peut contribuer à donner une idée de la variété des connaissances d'Amoreux et de ses vastes recherches sur la bibliographie médicale.

10° *Notice biographique sur G. Amoreux, D. M.* — Montpellier, 1806, in-8° de 46 pages.

G. Amoreux, père de l'auteur, était mort en 1790, et cette notice avait été composée en 1791, pour être lue dans l'une des assemblées publiques de la Société royale. Quelques passages ont été ajoutés par l'auteur dans la notice imprimée.

11° *État de la végétation sous le climat de Montpellier.* — Montpellier, 1809, in-8° de 254 pages.

12° *Dissertation sur les pommes d'or des Hespérides,* 1809, in-8° de 32 pages, sans nom de lieu.

Il y a, dans cet ouvrage, moins de faits et plus de description et de rhétorique qu'Amoreux n'en met ordinairement dans ses écrits ; et c'est un de ceux qui nous ont suggéré la remarque que nous faisions plus haut, sur le caractère de son style.

13° *Mémoire sur le bornage ou délimitation des propriétés*, pour servir de suite et de complément au *Traité des haies vives* de l'auteur. — Montpellier, 1809, in-8° de 97 pages.

14° *Précis historique de l'art vétérinaire*, pour servir d'introduction à une bibliographie vétérinaire générale. — Montpellier, 1810, in-8° de 293 pages.

15° *Dissertation historique et critique sur l'origine du cachou.* — Montpellier, 1812, in-8° de 56 pages.

16° Opuscule sur les *Truffes*, traduit du latin de Ciccarelli avec des notes et un préambule historique. — Montpellier, 1813, in-8° de 178 pages.

17° *Notice historique et bibliographique sur la vie et les ouvrages de Laurent Joubert*, chancelier de l'Université de médecine de Montpellier. — Montpellier, 1814, in-8° de 142 pages.

18° *Apologie des médecins par Lussauld*, avec notes et préface. — Montpellier, 1816, in-8° de 146 et xcvi pages.

A cette réimpression du discours de Lussauld, Amoreux a joint une préface beaucoup plus considérable que l'ouvrage lui-même, et dans laquelle il défend par de nouveaux faits et de nouveaux arguments la même thèse que Lussauld, à savoir : l'injustice du reproche d'irréligion et de matérialisme qu'on faisait aux médecins du temps de Lussauld, et que l'on continuait, dit Amoreux, de leur adresser dans notre siècle. C'est donc un nouvel ouvrage de sa façon sur le même sujet. Il prouve que si Amoreux avait abandonné la pratique de la médecine, il était du moins resté médecin par les sentiments.

19° *Dissertation philologique sur les plantes religieuses.* — Montpellier, 1817, in-8° de 112 pages.

20° *Revue de l'histoire de la licorne*, par un naturaliste de Montpellier. — Montpellier, 1818, in-8° de 47 pages.

21° *Notice sur Antoine Gouan*, professeur de botanique à l'École de médecine de Montpellier. — Paris, 1822, in-8°. Envoyée à la Société Linnéenne de Paris, qui l'a insérée au tom. Ier de ses Mémoires.

22° La *Guirlande de Julie*, expliquée par de nouvelles annotations. — Montpellier, 1824, in-8° de treize feuilles.

Amoreux écrivait à l'âge de 82 ans ce petit ouvrage dont le sujet, un peu anacréontique, semble d'abord fort étranger aux études sérieuses de sa vie. Mais il le traite en érudit et en botaniste. Chacune des plantes dont la fleur figure dans la fameuse Guirlande, y est l'objet d'un article où il en donne l'histoire, la description et la synonymie. Le tout est précédé par des recherches sur les peintres et les calligraphes qui prêtèrent leur concours au duc de Montausier, sur l'histoire de l'exemplaire original et de ses copies, etc.; et cette partie de l'ouvrage n'en est pas la moins instructive. Le tout cependant, et surtout le style, se ressent un peu de l'âge de l'auteur.

A cette liste des ouvrages imprimés d'Amoreux, il faut probablement joindre une notice sur M. Brunet de la Vérune, botaniste et agronome, mort à Montpellier au commencement de ce siècle [1], qui fut envoyée à la Société d'agriculture de Paris, et qui, suivant M. Roubieu, valut à M. Amoreux l'un des prix décernés par celle-ci. Il existe de lui, dans les recueils manuscrits de la Société royale des sciences, les quatre ouvrages suivants.

1° *Mémoire sur les eaux de la fontaine de Meyne dans le bas Languedoc,*

---

[1] Ce savant avait fait partie de la Société libre qui succéda à la Société royale, en qualité d'adjoint mathématicien (16 juin 1784). Il avait laissé de grandes collections de livres, d'instruments de physique et d'astronomie, des plantes, et quelques manuscrits d'agriculture. Le catalogue de sa bibliothèque, dressé par Renaud, libraire de Montpellier, et auquel de Bure avait mis les appréciations, fut imprimé à Montpellier, en l'an VIII, in-8°. Roubieu ne dit pas si l'Éloge de J.-J. Brunet, composé par Amoreux, fut imprimé.   E. Th.

1772. Un extrait en a été imprimé dans le cahier de l'assemblée publique du 8 décembre 1773.

2° *Description d'une tortue de mer*, 1777.

3° *Observations sur les ravages faits dans la campagne de Beaucaire par les sauterelles, pendant les années* 1767, 1773, 1779.

4° *Réflexions sur l'habitation des plantes, à l'occasion de quelques graines semées dans la campagne de Montpellier de* 1778 à 1780.

Ces trois derniers mémoires ont été transcrits dans le Recueil de Poitevin.

Astruc (Jean).— Sa vie a été écrite avec détail par Lorry et imprimée en tête de ses Mémoires posthumes sur la Faculté de médecine de Montpellier. Il n'est pas d'ailleurs un dictionnaire biographique qui n'ait consacré un article étendu à ce savant. Il n'avait que 27 ans lorsqu'il fut appelé à remplir, en 1706, une place dans la Société royale. Ses premiers travaux ont été recueillis, soit dans les deux volumes de mémoires que celle-ci a publiés, soit dans les cahiers de ses assemblées publiques.

Bertholon (l'abbé).—Nous ne connaissons rien des premières ni des dernières années de la vie de ce savant. Il était né à Lyon, d'une famille de commerçants dans laquelle il paraît que le goût des sciences était répandu. Un de ses frères [1] obtint, en 1780, le prix proposé par les États de Languedoc sur la question de la fermentation vineuse. Entré dans l'ordre des Lazaristes, il était attaché en 1773 en qualité de professeur de théologie au séminaire de la ville de Béziers; c'est le titre qu'il prend en tête d'un livre publié à cette date. Mais ses connaissances et ses goûts l'appelaient à une autre branche d'enseignement. Dès la même époque il communiquait à la Société royale des mémoires de physique, concourait pour les prix fondés par les Académies et publiait des livres sur cette science.

Lorsqu'en 1783 les Etats de Languedoc durent nommer à la chaire de physique expérimentale qu'ils venaient de fonder à Montpellier, leur choix se porta sur Bertholon. Celui-ci ouvrit son cours le 22 janvier 1784, en pré-

[1] Il n'est pas inutile de faire remarquer que, dans plusieurs biographies, on a confondu les deux frères.

E. Th.

22

sence d'un nombreux et brillant auditoire, où figuraient un grand nombre de membres des trois ordres de cette assemblée. Fixé par ses fonctions à Montpellier, il y devint, en 1786, associé ordinaire de la Société royale, et en fut un des membres les plus actifs et les plus zélés. Il prit une grande part à toutes les mesures qui, à la suppression de cette Société, contribuèrent à la conservation de ses collections et de ses archives [1]. En 1795, il fut compris comme professeur de physique dans l'organisation de l'École centrale de l'Hérault ; mais nous ignorons la durée de ce nouveau professorat et l'époque précise de sa cessation. Il est probable qu'il se retira vers la fin de ses jours à Lyon, auprès de sa famille, et qu'il ne poussa point sa carrière au-delà des premières années de notre siècle ; conjectures qui se fondent sur ce double fait que Bertholon n'est point mort à Montpellier, son nom ne se trouvant point sur les registres mortuaires de cette commune, et qu'il ne figure point non plus sur les premiers tableaux publiés, en 1803, des membres ordinaires ou honoraires de la nouvelle Société des sciences et lettres qui succéda à Montpellier à l'ancienne Académie, et qui, s'étant fait une loi de recueillir tous les membres vivants de celle-ci , n'aurait point négligé d'y inscrire le nom illustre de Bertholon , s'il eût été encore vivant à cette époque.

Si l'abbé Bertholon n'est point du nombre de ceux qui ont contribué aux progrès de la physique par des découvertes importantes, il tient du moins une place distinguée parmi les plus zélés propagateurs de cette science. C'était un esprit actif, étendu, avide d'idées nouvelles, prompt à se les assimiler, et infatigable dans leur poursuite ; il y joignait comme écrivain et comme professeur le talent de les exposer avec facilité et netteté. Il s'attacha surtout, en physique, à la branche de cette science qui a les phénomènes électriques pour objet, et, comme on va le voir par la liste de ses productions , il la poursuivit sous toutes ses formes. Son esprit suffisait en même temps à l'étude d'une foule de questions plus ou moins dépendantes des sciences physiques qui fournissaient aux Académies de l'époque des sujets de prix ; aussi a-t-on dit de lui (*Biogr. universelle,* à l'article qui le concerne) que peu de savants ont obtenu un aussi grand nombre de couronnes académiques. La liste de ses pro-

---

[1] Il paraît qu'après la suppression de la chaire fondée par les États, il donna des cours privés et rétribués par ceux qui les suivaient.

ductions, que nous essayons de donner et que nous ne nous flattons pas, à beaucoup près, d'avoir rendue complète, donnera une idée de cette infatigable activité de son esprit ainsi que de la variété de ses connaissances.

OUVRAGES IMPRIMÉS.

1° *Mémoire sur un nouveau moyen de se préserver de la foudre* (cahier de l'assemblée publique de la Société royale des sciences du 30 décembre 1776).

2° *Mémoire sur la cause électrique des tremblements de terre* (assemblée publique du 28 décembre 1779).

3° *Traité de l'électricité du corps humain dans l'état de santé et de maladie.* — Paris, Didot, 1780, in-12. Réimprimé en 1786, avec des augmentations, en deux vol. in-8°. Suivant une notice insérée au *Journal de la Généralité de Montpellier* du 6 janvier 1787, cet ouvrage fut traduit en plusieurs langues, et cite plus de 250 auteurs naturalistes ou médecins.

4° *Mémoire contenant de nouvelles preuves de l'efficacité des paratonnerres* (assemblée publique du 27 octobre 1781).

5° *Mémoire sur le temps le plus propre à tailler la vigne, suivant la différence des climats et la situation des vignobles*, qui a remporté le prix proposé sur ce sujet par l'Académie de Marseille, 1782, in-12.

6° *Traité de l'électricité des végétaux, avec la description d'un électro-végétomètre.* — Paris, Didot, 1783, in-8° de 500 pages.

7° *Des avantages que la physique peut retirer des globes aérostatiques* (assemblée publique du 10 décembre 1783).

8° *Mémoire sur les manufactures de la ville de Lyon et le moyen de les faire prospérer*, qui a obtenu le prix proposé par l'Académie de cette ville. — Lyon, 1784.

Ce prix, consistant en une médaille d'or de 600 fr., avait été fondé en 1780 par l'abbé Raynal.

9° *Mémoire sur la théorie des incendies, leurs causes et les meilleurs moyens de les prévenir et de les arrêter* (assemblée publique du 15 février

1786). Écrit à l'occasion de l'incendie qui, en 1785, consuma la salle des spectacles de Montpellier.

10ᶜ *Traité de l'électricité des météores.* — Paris, Didot, 1787, 2 vol. in-8°.

MÉMOIRES MANUSCRITS EXISTANT DANS LES PAPIERS DE LA SOCIÉTÉ ROYALE.

1° *Mémoire où l'on examine, par des faits nouveaux et par des expériences et des explications nouvelles, l'identité du tonnerre et de l'électricité, contenant l'histoire de tout ce qui a été fait sur ce sujet,* 1773.

Travail approfondi sur une question qui occupait beaucoup les savants à cette époque et était encore un objet de discussions.

2° *Mémoire où l'on examine quelles sont les plantes qui communiquent plus ou moins de commotion électrique,* 1776.

3° *Observation d'une aurore boréale aperçue le 5 décembre* 1777, *et réflexions sur les causes de ce phénomène,* 1778.

4° *Mémoire sur un préservateur des tremblements de terre et des volcans,* 1779.

5° *Mémoire sur une nouvelle cause de la pluie,* 1779.

6° *Mémoire sur des garde-pluies,* 1779.

7° *Description des paratonnerres établis à Lyon,* 1781.

Bertholon avait commencé de publier à Montpellier, en 1787, un journal scientifique auquel la révolution mit un terme, et dont le titre, qu'on peut voir dans le *Journal de la Généralité de Montpellier* du 16 février 1788, embrassait dans son plan, avec la totalité des sciences physiques et naturelles, leurs applications aux arts et à l'industrie, et des notices sur les savants qui les ont cultivées [1]. Ajoutons qu'il existe de lui, dans les archives de la Société, des

---

[1] Nous le transcrivons ici comme exemple et preuve de cette activité d'esprit dont nous parlions tout à l'heure, et qui était bien nécessaire pour lui faire entreprendre, dans une ville de province surtout, une pareille œuvre : « *La nature considérée sous ses différents aspects*, ou » *Journal d'histoire naturelle*, contenant tout ce qui a rapport à la science physique de l'homme, » à l'art vétérinaire, à l'histoire des différents animaux, au règne végétal, à la botanique, à » l'agriculture et au jardinage, au règne minéral, à l'exploitation des mines et aux usages des » différents fossiles, à la physique, à la chimie, aux mathématiques, à l'astronomie, à la

notes sur un *Clavecin magnétique* inventé par lui en 1783, et sur lequel il annonçait un ouvrage particulier, tout prêt, disait-il. Malheuseusement les dessins qui accompagnaient ces notes et qui les auraient rendues intelligibles, sont perdus.

BROUSSONNET (François)[1].

BRUGUIÈRE (J.-G.)[2].

» géographie, à la navigation, au commerce, à l'architecture, à la gravure, et généralement » à toutes les sciences physiques et à tous les arts, avec les principes élémentaires des sciences » et des notions sur les savants. — Par une société de gens de lettres, rédigé et mis en ordre » par M. l'abbé Bertholon et par M. Boyer. »

[1] Broussonnet (François), père d'Auguste et de Victor Broussonnet, professeur à la Faculté de médecine de Montpellier, naquit à Lodève vers 1722. Sa vie, qui ne nous est connue que par ses travaux académiques, nous a pourtant laissé sa réputation d'habile et savant médecin, réputation qui fut héréditaire dans sa famille. La Société royale des sciences de Montpellier se l'associa comme adjoint anatomiste, le 28 août 1766. On ne lui donna alors que le titre de docteur en médecine dans l'Université de Montpellier. Le 21 novembre 1775, il fut nommé associé botaniste à la place de Venel; et le 21 décembre de la même année, à la mort d'Haguenot, il fut pourvu de la troisième place de la classe de' chimie. Sous-directeur de la Société en 1780, directeur en 1781, il était encore académicien titulaire à la suppression de la Société, quand il mourut en 1793. Il y lut plusieurs mémoires intéressants, dont quelques-uns ont été imprimés : *Sur le plomb et son usage dans les médicaments*, 1766; *Sur l'usage interne de l'eau de chaux dans les suppurations fâcheuses*, 1766; *Sur une colique néphrétique*, 1775 (reproduit dans le cahier de l'assemblée publique de la Société royale du 12 janvier 1788); *Sur une nouvelle modification du pouls*; *Sur la manie, guérie par la fièvre intermittente*; *Sur l'usage de l'eau froide*; *Sur l'usage des bains*. Ces quatre derniers mémoires sont de 1779.   E. TH.

[2] Bruguière (Jean-Guillaume), né à Montpellier en 1750. La vie de cet estimable naturaliste se lit partout, notamment dans la *Biographie universelle* et dans la *Biographie médicale*. On sait qu'en 1773 il fit partie de l'expédition de Kerguelen, dans les mers du Sud. Aussi, quand la Société des sciences de Montpellier le nomma adjoint botaniste, le 9 mai 1776, il était connu de la Compagnie par son savoir dans la science des plantes, et en particulier par une dissertation sur deux espèces indigènes de Madagascar : le *Candel* et le *Ravenaë*. Le mémoire manuscrit, avec deux dessins, existe dans les archives de la Société. On trouve un autre mémoire de lui, *Sur l'espèce de fossile nommé communément Cornes d'Ammon*, dans le cahier de l'assemblée publique de la Société royale du 25 novembre 1778. Le 24 août 1785 elle lui donna la deuxième place d'associé ordinaire dans la même classe. Après des études et des travaux considérables, soit à Montpellier, soit à Paris, où il fut un des collaborateurs les plus consciencieux de l'*Histoire naturelle de l'Encyclopédie méthodique*, il accompagna Olivier, à la fin de 1792, dans son voyage au Levant (en Perse). Déjà malade et fatigué, il mourut à Ancône le 1er octobre 1799.

BRUN (Jean).— Il y eut deux académiciens de ce nom dans la Société royale. Le second, professeur dans l'Université de médecine de Montpellier, est entré trop tard (1785) dans la Société des sciences pour y avoir laissé des traces bien marquées de son passage, et nous nous bornons à le distinguer ici de celui qui fait l'objet de cette notice.

Jean Brun, né à Montpellier, se destinait dans sa jeunesse à l'état ecclésiastique et prenait le titre d'abbé en tête de différents mémoires de géométrie et de dynamique, qu'il lut en 1746 et en 1747 à la Société royale. En 1755, il y fut reçu associé ordinaire [1] dans la classe de mathématiques. Cependant sa vocation avait changé : il était devenu médecin, et ce fut pour exercer cette profession qu'il se fixa à Lyon, en 1763, et s'y fit agréger au collège de médecine de cette ville, où il devint lui-même professeur en 1786. Il s'occupait en même temps de mathématiques et d'astronomie, et envoyait à la Société royale quelques essais de géométrie et des observations d'éclipses, dont plusieurs se sont conservées dans sa correspondance avec ses collègues, de Ratte et Romieu. Il existe aussi de lui un manuscrit fort considérable, intitulé : *Théorie psychologique de la fièvre,* qui, d'après les notes consignées en marge par les commissaires chargés de l'examiner, n'obtint point l'approbation de l'Académie. Brun figurait en 1790 sur le tableau des associés vétérans, et vivait par conséquent encore à cette époque.

CHAPTAL (Claude), originaire de la petite commune de Jarret, dans le Gévaudan (2 lieues E. de Mende), est l'un des nombreux adeptes de la science médicale qui, après avoir fait leurs études à Montpellier, y ont fixé leur domicile et exercé leur profession. Ses connaissances en botanique le firent admettre dans la Société royale, où il lut, de 1736 à 1750, un assez grand nombre de mémoires relatifs à cette science. D'après leurs titres, qui seuls se sont conservés, la plupart roulaient sur les plantes usuelles en médecine des environs de Montpellier [2]. Claude Chaptal fut l'un des praticiens de

---

Associé de l'Institut, il était encore membre titulaire de la Société royale des sciences de Montpellier à sa dissolution en 1793.   E. TH.

[1] Il y avait été reçu comme adjoint, le 22 mars 1748.   E. TH.

[2] Il fait voir que nous avons chez nous, sans avoir besoin des plantes étrangères, tout ce qui est nécessaire pour guérir les maladies.   E, TH.

l'époque qui s'occupèrent avec le plus de zèle et de succès de répandre la méthode encore nouvelle de l'inoculation de la petite vérole. Absorbé par sa grande pratique médicale , il avait cessé depuis 1754 de faire partie de la Société royale et avait pourvu à son remplacement. Le principal service qu'il lui rendit fut d'attirer et de fixer auprès de lui son neveu , J.-A. Chaptal , le célèbre chimiste, qui devait en devenir l'un des membres les plus distingués. Il vivait encore en 1782 , et, quoique fort âgé à cette époque, il fut chargé, avec Cusson et Amoreux , de faire la vérification du Jardin des plantes de Montpellier.

CHAPTAL (Jean-Antoine)[1].

---

[1] Chaptal (Jean-Antoine *, comte de Chanteloup), né le 4 juin 1756 à Nogaret (Lozère), mort le 30 juillet 1832. *Biographie universelle*, et *Éloge historique* prononcé par M. Flourens à l'Académie des sciences, le 28 décembre 1835. Nous ne parlerons ici que de l'académicien de Montpellier. On a vu dans la vie de son oncle que celui-ci, ayant cessé de faire partie de la Société royale depuis 1754, avait attiré et fixé auprès de lui son neveu, et dans l'histoire de la Société (pag. 89), le brillant succès du cours de chimie (1780) que le jeune professeur fit dans l'hôtel même de l'Académie. C'est là que Chaptal, formé par le chimiste Peyre , fit connaître de plus en plus ses talents, et les rendit plus généralement utiles au public. Il prépara ainsi efficacement la voie à une institution que la Société et la ville de Montpellier avaient, dans les circonstances, droit de se promettre , et qui fut en effet réalisée en 1782 par les États provinciaux (pag. 90). Le 23 août 1787, il passait de la classe des adjoints anatomistes, où il avait été nommé le 24 avril 1777, dans celle des adjoints chimistes , et le 2 avril 1789 il était élu associé mathématicien, sous-directeur en 1790 et directeur en 1791. La fortune que lui laissa son oncle (300,000 liv.) lui donna les moyens de former cet établissement de produits chimiques à Montpellier , un des premiers de ce genre , dont il a été question ci-dessus (pag. 89). Chaptal, qui avait quitté cette ville et la Société à l'époque de sa dissolution , revint à Montpellier après le 9 thermidor, pour y réorganiser l'École de médecine, et reparut plus brillant que jamais dans sa chaire de chimie. Le reste de sa vie, passé à Paris, appartient à la science ou à la politique. La plupart des nombreux ouvrages de cet illustre académicien sont indiqués dans les biographies et les Éloges qui ont été écrits après sa mort; nous indiquerons ceux qui ont été omis, et qui furent composés au sein de la Société des sciences de Montpellier : 1777, *Mémoires sur le mécanisme de la respiration* ; *Sur le blanchiment des vieux livres , des vieilles estampes et des chiffons;* dans le cahier imprimé de l'assemblée publique de la Société du 27 décembre 1780, *Sur quelques établissements utiles à la province de Languedoc*; 1781, *Sur l'acide méphitique qui s'exhale du Boulidou* (voy. ci-dessus, pag. 130); assembl. publ. du 27 décembre 1782 , *Sur l'usage de la lave dans la fabrication des bouteilles*; *Sur la décomposition de*

---

* C'est ainsi qu'il faut lire à la note de la page 89.

CHICOYNEAU père (François)[1].

CHICOYNEAU fils (François-Amé). — Éloge par Combalusier (assemblée publique du 25 avril 1743, et Des Gen., pag. 76).

CHIRAC (Pierre). — Éloge par Gauteron (assemblée publique du 3 janvier 1733, et Des Gen., pag. 42).

CLAPIÉS (de). — Éloge par de Ratte (assemblée publique du 2 décembre 1745, et Des Gen., pag. 97).

COULAS. — Cet académicien, né à Montpellier et mort en 1769 dans un âge peu avancé, exerça la médecine avec distinction et travailla beaucoup avec le célèbre Fouquet, dont il fut le collègue et l'ami dans la Société

---

l'acide charbonneux fourni par la fermentation du raisin et sa conversion en acide acéteux ; 1783, *Tableau analytique du cours de chimie fait à Montpellier*, in-8° ; assembl. publ. du 10 décembre 1783, *Observations générales sur l'histoire naturelle des diocèses d'Alais et d'Usez*, et avec Pouget, *des diocèses d'Agde et de Béziers* (ce dernier mémoire est de 1780, et fut destiné par la Société au Recueil de l'Académie des sciences de Paris pour cette année); *Sur les causes de l'insalubrité des lieux voisins de nos étangs*; assembl. publ. du 23 décembre 1784, *Sur la mine d'alun d'Alrance dans le Rouergue*; *Sur les usages de la gomme élastique pour la fabrication des aérostats*; assembl. publ. du 9 janvier 1787, *Sur quelques avantages qu'on peut retirer des terres ocreuses*; assembl. publ. du 12 janvier 1788, *Sur la distillation des vins dans la province de Languedoc*. La Société des sciences de Montpellier confiait le plus souvent à l'illustre chimiste le jugement de la plupart des travaux des associés de sa classe (ci-dessus, pag. 139), et transmettait ses mémoires à l'Académie des sciences de Paris pour être insérés dans le recueil de celle-ci, comme on peut le voir dans les volumes de 1784, 1786, 1787 et 1788 (ci-dessus, pag. 145). N'oublions pas, en finissant cette longue nomenclature d'ouvrages imprimés à Montpellier, de mentionner encore le *Traité des salpêtres et goudrons*. — Montpellier, 1796, in-8°, et le *Discours d'ouverture de son cours de chimie*, en l'an v, réimprimé à Montpellier en 1820, dans un recueil de discours, in-8°. — Chaptal, resté associé titulaire à la fin de la Société en 1793, fut aussi membre de la Société libre des sciences et belles-lettres de Montpellier. On trouve un extrait de son *Essai sur le vin*, dans le premier volume des bulletins publié par cette dernière Société en 1803. E. TH.

[1] Éloge par de Ratte, inédit, parce qu'il n'y eut point d'assemblée publique de la Société royale en 1752, année de la mort de Chicoyneau père. Nous l'avons placé à la suite de ces notices. — On lit aussi l'Éloge du même Chicoyneau, par Grandjean de Fouchy, dans l'*Histoire de l'Académie des sciences de Paris* de 1752. Voyez encore son article dans la *Biographie universelle*. E. TH.

royale. (Voir l'Éloge de ce dernier, par Dumas, du 11 novembre 1807.) Il avait publié un travail statistique sur la petite vérole et l'inoculation, remarquable par l'étendue et l'exactitude des recherches. (*Journal de la Généralité de Montpellier* du 25 septembre 1784.) Les mémoires manuscrits qui restent de lui dans les cartons de la Société royale, sur des matières de chimie et de médecine, sont écrits avec méthode et pleins d'expériences personnelles à l'auteur. Ils consistent en : 1° *Premier et deuxième mémoire où l'on examine si les substances putrides sont alcalines ou acides*, 1758. Chaptal, qui eut plus tard ce travail à juger, a écrit en marge : Les expériences de M. Berthollet ont fait changer de face à cette partie de la chimie ; 2° *Expériences sur les substances septiques et anti-septiques*, 1758 ; 3° *Mémoire sur les propriétés du sel alcali fixe de tartre*, 1759 ; 4° *Mémoire sur les vertus de la jusquiame prise intérieurement*, 1763.

CUSSON (Pierre). — Éloge par de Ratte (assemblée publique du 23 décembre 1784, et Des Gen., pag. 258).

CUSSON fils [1].

---

[1] Cusson fils. — La célébrité du père a un peu éclipsé celle de ses deux fils. Cependant l'aîné, par l'éclat des démonstrations de botanique qu'il fit au Jardin des plantes, sous le même titre que son père (il en avait obtenu la survivance dans la place de vice-professeur de botanique), par plusieurs mémoires qu'il présenta à la Société des sciences de Montpellier, par ses succès dans la pratique de la médecine, se montra véritablement digne de réparer à tous égards la perte que la Société avait faite en la personne de son père (de Ratte ; *Éloge de Cusson père*). Cusson, dont il s'agit dans cet article, avait déjà donné dans différents mémoires des preuves de sa capacité, quand la Société royale l'élut adjoint botaniste, le 24 avril 1777. Il y avait lu quelques jours auparavant un travail intéressant *sur les couleurs des trois règnes*, offrant une suite d'expériences très-étendues, principalement sur la nature des couleurs des fleurs. Le 2 avril 1789, il occupa la première place de la classe de botanique, en remplacement de Mourgue qui s'était fixé à Paris et qui avait été nommé associé vétéran. Il mourut dans les premiers mois de 1790. On a encore de Cusson fils trois mémoires imprimés dans les cahiers des assemblées publiques de la Société. Du 27 décembre 1781, *Remarques pratiques sur le ténia* ; du 9 janvier 1787, *Recherches sur les irrégularités que présente quelquefois dans sa marche la petite vérole inoculée* ; du 12 janvier 1788, *Observations sur les propriétés fébrifuges de l'écorce du marronnier d'Inde, et sur les avantages que peut retirer de son emploi la médecine, dans le traitement des fièvres intermittentes.* E. TH.

DANYZY (Augustin). — Éloge par de Ratte (assemblée publique du 27 décembre 1780, et Des Gen., pag. 214).

DANYZY (Jean-Hippolyte). — Naquit à Montpellier le 11 février 1748. Il était le second des fils issus du mariage d'Augustin Danyzy qui précède, et de Jeanne Cassagnes. L'aîné ayant suivi la carrière des armes, Jean-Hippolyte embrassa, comme son père, celle des sciences et l'accompagna en 1772 dans un voyage que celui-ci fit en Espagne pour y étudier, suivant la mission qu'il en avait reçue du gouvernement de ce pays, un système d'arrosage à établir dans les plaines de l'Aragon. En 1783, après la mort de Cusson, qui avait remplacé Danyzy le père dans la chaire de mathématiques et d'hydrographie unie à la Société royale, Danyzy fut nommé lui-même à cette chaire, qu'il occupa jusqu'à l'époque de sa suppression. Vers le même temps il professait les mathématiques dans une école des ponts et chaussées temporairement fondée à Montpellier par les États de la province. C'est ce qu'il nous apprend lui-même dans l'un de ses écrits (*Bulletins de la Société des sciences et lettres*, tom. V, pag. 154). Ces établissements ayant été supprimés et remplacés en partie par la création de l'École centrale dans le département, Danyzy y occupa la chaire de mathématiques jusqu'en 1804, époque à laquelle les lycées furent établis. Danyzy, qui ne fut point compris dans l'organisation de ceux-ci, se retira dans une campagne qu'il possédait dans les environs de la ville[1] et y vécut occupé d'agriculture et de travaux scientifiques. La fin de ses jours fut troublée par des malheurs domestiques (la perte d'un fils mort en 1822) et par des embarras de fortune; et peut-être ces fâcheuses circonstances le décidèrent-elles à aller finir ses jours à Privas, dans le département de l'Ardèche, dont sa femme, Marie Bories, était originaire et où il mourut avant l'année 1828.

Il existe de Danyzy plusieurs mémoires manuscrits dans les recueils de la Société royale; toutefois la plupart de ses travaux sont imprimés dans les Bulletins de la Société des sciences et lettres qui succéda à celle-ci, et dont il fut membre. L'extrême diversité de leurs sujets (astronomie, histoire naturelle, arts techniques, etc.) prouve la variété de ses études et de ses

---

[1] Pres du port Juvénal.

connaissances ; mais ils sont fort courts , et l'on ne peut accorder à aucun d'eux une véritable valeur scientifique. L'astronomie fut le principal objet de ses recherches, et l'on doit regretter qu'une *Histoire céleste de Montpellier*, entreprise par lui, et, à ce qu'il paraît, rédigée en grande partie, n'ait point vu le jour. Danyzy, qui avait à sa disposition les manuscrits de son père, les registres de l'observatoire de Montpellier dont il fut conservateur tant que cet établissement subsista, et les papiers de la Société royale, eût pu faire de ce livre un recueil précieux pour l'histoire de l'astronomie locale et même de l'astronomie en général ; et ceux qui, sur l'importance des documents qu'il se proposait de publier, ne s'en rapporteraient pas à ce qu'il en dit dans l'annonce de son travail (*Bull. de la Société des sciences et lettres*, tom. V, pag. 154), en trouveraient la confirmation dans le témoignage non supect de l'un des premiers astronomes du temps. Le baron de Zach qui, en 1811, a séjourné à Montpellier et étudié l'histoire de son ancienne astronomie, déclare que très-peu de villes en Europe peuvent présenter un aussi grand nombre d'observations que la ville de Montpellier depuis un siècle (même recueil, tom. IV, pag. 344). On peut aussi regretter la perte d'un Éloge du naturaliste Bruguière, lu par Danyzy dans une séance de la Société des sciences et lettres, qui devait contenir des détails peu connus sur un savant dont Danyzy avait été le compatriote et l'ami de jeunesse.

ESTÈVE (Pierre). — Cet académicien, né à Montpellier vers 1720, a étudié avec quelque succès plusieurs branches des sciences , a cultivé la littérature et les beaux-arts, et a beaucoup écrit et beaucoup fait imprimer, sans rien laisser cependant qui lui ait acquis une renommée qu'il paraissait rechercher. Il débuta en 1746, dans la Société royale des sciences , par la lecture d'un manuscrit de mathématiques qui s'y est conservé, sous ce titre : *Réflexions sur l'usage des suites ou séries*, etc. L'étude des mathématiques le conduisit à celle de l'astronomie, et l'on trouve de lui, dans les papiers de la Société royale, plusieurs observations d'éclipses et d'autres phénomènes célestes , dont l'une a été admise dans le Recueil des savants étrangers de l'Académie des sciences de Paris (*Observation de l'éclipse de lune du 19 juin 1750, faite à l'observatoire de Montpellier*, par M. Estève, tom. II, 1755). Estève cultivait en même temps la partie de la physique qui s'occupe de la théorie des sons et lisait , en 1750 , dans une séance de l'Académie des sciences de Paris, un mémoire sur ce sujet, qu'il fit imprimer deux ans après, sous le titre de *Nouvelle découverte du principe de l'harmonie* , 1752, in-8°. C'était l'époque où Rameau publiait sa fameuse démonstration du principe de l'harmonie. Mais il est dit dans l'analyse de l'ouvrage d'Estève (*Histoire de l'Acad.,* vol. de 1750, pag. 165), « que son livre a un objet différent de celui de Rameau » et ne lui est nullement contraire. » Estève fit suivre ce livre par des *Recherches sur le meilleur système de musique harmonique et son meilleur tempérament,* qui furent aussi présentées à l'Académie des sciences de Paris , et auxquelles on ne peut sans doute refuser un mérite au moins relatif , puisqu'elles furent jugées dignes de figurer dans le Recueil des savants étrangers de cette Académie (tom. II, année 1750). Estève , dit-on , se propose d'y démontrer : « que la gamme ordinaire est la plus harmonique de toutes celles » qui sont possibles, et que le meilleur système de tempérament est celui dans » lequel les quintes et les tierces sont altérées (*Ibid.,* pag. 18). » Ses idées trouvèrent des contradicteurs parmi ses collègues de la Société royale , et l'un deux , Romieu , qui s'est aussi beaucoup occupé de la théorie de la musique , en lut , aux séances des 11 et 18 mars 1756 , une critique qui motiva une réponse d'Estève, où perce beaucoup d'aigreur (*Réplique aux réflexions de M. Romieu,* etc., 1756; manuscrit). Estève , à cette époque, avait quitté Montpellier pour s'établir dans la capitale , et ne tenait plus à la Société royale que par le titre d'associé vétéran. Les nombreux ouvrages qu'il publia depuis , roulent principalement sur la littérature et les beaux-arts. On a de lui : *Traité de la diction,* 1755 , in-12. — *Dialogues sur les arts,* 1756, in-12. — *L'origine de l'univers.* 1758, in-12. — *La toilette du philosophe.* — *Lettre à M. de Causan sur la quadrature du cercle.* — *Histoire de l'astronomie.* — *Lettre à un ami sur les tableaux de l'exposition.* — *La France littéraire* (année 1769) lui attribue du moins toutes ces productions. Elles témoignent, dit un écrivain (*Biogr. univ.*), d'un esprit facile et étendu , mais superficiel et paradoxal , et n'eurent jamais l'avantage de faire à leur auteur une véritable fortune littéraire. Pierre Estève vivait encore en 1790. Il ne doit pas être confondu avec son frère puîné , Louis Estève , auquel on doit une vie du médecin Fizes , publiée à Montpellier [1].

---

[1] Avec cette indication (Amsterdam , 1765, in-8°). Voy., pag. 63 et 18 .   E. TH.

Faugères (Louis-Henri-Pascal de Saint-Félix, baron de) était né à Narbonne en 1726, et, après avoir servi dans la marine, s'était retiré en 1770 à Montpellier, avec le titre de chef des classes de la marine sur les côtes de Languedoc. Il est du petit nombre des membres de la Société royale qui se sont occupés spécialement de l'histoire naturelle des animaux. De Faugères avait choisi l'ornithologie pour objet de ses études et s'était formé un très-beau cabinet, célèbre dans la province, qu'il avait joint aux collections de la Société royale et dont celle-ci l'avait nommé conservateur. On a de lui, dans les cahiers des assemblées publiques, trois mémoires sur cette partie : 1° *Extrait d'un discours qui doit être mis à la tête d'une histoire naturelle des oiseaux* (assemblée publique du 12 octobre 1772); 2° *Mémoire sur l'aigle des Alpes* (18 décembre 1773); 3° *Observations sur un oiseau d'Abyssinie nommé le Vansittée* (28 décembre 1779). Dans un quatrième travail, beaucoup plus considérable que les précédents, mais resté manuscrit, il traite : *De la manière d'envoyer des oiseaux des pays éloignés et celle de les préparer pour en former des collections*, 1779. Tous ces écrits montrent que de Faugères suivait en tout les idées de Buffon (dont il se dit lui-même le disciple) sur la manière de considérer les animaux, de les classer et de les décrire. Les méthodes nouvelles de Linnée, tirées de l'analogie de leurs parties, lui paraissaient par conséquent moins naturelles que les rapprochements fondés sur leurs rapports avec l'homme, leur patrie, leur lieu d'habitation, etc., idées qui n'ont point prévalu. — De Faugères figura comme associé vétéran dans la Société des sciences et lettres qui prit la place de l'ancienne Société royale, et survécut presque à la seconde comme il avait survécu à l'autre. Il mourut à Montpellier, le 10 mars 1814, à l'âge de 88 ans.

Fitz-Gérald (Gérald). — Éloge par de Ratte (assemblée publique du 16 décembre 1751); a été omis dans le Recueil de Des Genettes.

Fizes (Antoine). — *La vie et les principes de M. Fizes, pour servir à l'histoire de la médecine à Montpellier*, par Louis Estève. Amsterdam, in-8° de 53 pages [1]. Voyez aussi Astruc, *Mémoires sur l'Université de médecine de Montpellier*.

---

[1] Voy. les notes pag. 63 et 180.   E. Th.

FOUQUET (Henri). — Éloge par Dumas, lu à la séance publique de la Faculté de médecine du 11 novembre 1807. — Montpellier, Tournel, 1808, in-4°, inséré par extrait, tom. III, pag. 405 du *Recueil des bulletins de la Société des sciences et lettres de Montpellier*.

FOURNIER. — Nous ne savons que peu de chose sur la vie de cet académicien, qui quitta de bonne heure la Société royale et la ville de Montpellier, où il était né et où il exerça avec distinction la profession de médecin. En 1732, il concourut avec Fizes, Ferrein, Marcot, et quelques autres, pour les chaires restées vacantes dans l'Université de médecine par la mort de Deydier et la retraite d'Astruc ; lutte célèbre dans laquelle, au dire d'un contemporain, il se fit remarquer par la solidité de son jugement et la netteté de ses idées. (*Vie de Fizes*, par L. Estève.) D'un grand nombre de mémoires sur des sujets de médecine et d'histoire naturelle qu'il lut à la Société royale, de 1734 à 1740, il n'est resté en manuscrit que les deux suivants : *Dissertation sur le flux menstruel; — Mémoire sur le vin muscat*. Ce dernier écrit traite des diverses qualités de raisins qui donnent le vin muscat, et de la manière dont on le prépare et le conserve dans les environs de Montpellier. Il est rédigé avec méthode et assez substantiel, mais sans importance scientifique et plus propre à figurer dans les recueils d'une société d'agriculture. Fournier quitta Montpellier en 1740, pour se fixer dans une ville de Gascogne dont le nom ne nous est pas connu.

GAUSSEN (Jean). — Nulle existence, parmi celles de nos académiciens, ne peut donner, mieux que celle de Jean Gaussen, un exemple de ces travaux intelligents, assidus et modestes, auxquels n'ont manqué, pour les mettre en relief, qu'un hasard heureux ou un peu de bonheur scientifique (car l'étude des sciences a aussi son bonheur); mais auxquels, même après les progrès nouveaux et les découvertes postérieures qui les ont fait oublier, on ne doit pas moins un tribut d'estime et de reconnaissance.

Jean Gaussen naquit à Montpellier, en 1737, de Jean Gaussen, marchand, et d'Élisabeth Raynard. Ces deux noms sont ceux de familles protestantes qui, au dernier siècle, tenaient à Montpellier un des premiers rangs dans le négoce et qui s'y sont éteintes depuis. L'aisance dont jouissait sa famille lui permit de se livrer en liberté à son goût pour les sciences, et l'on s'assure, en examinant ses travaux, qu'ils durent occasionner des dépenses et exiger par conséquent des conditions de fortune qui ne se rencontrent pas toujours parmi ceux qui voudraient obéir à la même vocation. La plus grande partie de sa vie dut se passer dans la retraite du laboratoire ou du cabinet; et de là les difficultés que nous avons trouvées à nous procurer des renseignements sur une existence qui n'a laissé nulle part sa trace dans les annales politiques de la cité. Il choisit la physique pour objet de ses études, et, dans le domaine de celle-ci, il s'attacha spécialement à la culture de la branche restreinte qui a la thermométrie et la climatologie pour objet. On peut dire qu'il y a fait preuve d'un zèle, d'une patience et d'une application qui doivent rendre son nom recommandable aux amis de cette science. A l'époque où il s'en occupa, beaucoup d'efforts restaient à faire pour mettre les physiciens en pleine possession de l'instrument dont ils se servent le plus, le thermomètre, et qui, devenu aussi le plus simple et le plus commun de tous, est souvent regardé par le grand nombre comme la création facile et spontanée de celui des savants du dernier siècle (Réaumur) qui a eu seulement le bonheur d'attacher plus particulièrement son nom à son perfectionnement ; ignorant que ce siècle tout entier et le concours de nombreux savants ont à peine suffi pour l'amener, à travers ses transformations successives, à l'état où nous le possédons. Du temps de Gaussen, cinq ou six instruments de construction fort diverse, dont la marche était mal connue, difficiles ou impossibles à comparer entre eux, se partageaient les préférences des physiciens et du public. On avait eu, ou l'on avait encore les thermomètres de Florence, de Halles, de la Société royale de Londres, d'Amontons, de Delille, de Fahrenheit, etc., et l'on éprouvait la plus grande difficulté à utiliser, en les rapportant à une mesure commune, les observations faites à l'aide de ces indicateurs variables, incomplets et souvent peu fidèles. Le hollandais Van-Swinden, dans un travail très-étendu, et pour lequel une grande patience n'avait pas été moins nécessaire qu'une connaissance approfondie de l'état où se trouvait alors cette partie de la physique, avait entrepris le premier de débrouiller cette sorte de chaos, en étudiant et comparant entre eux les divers instruments dont on s'était servi, et en soumettant les observations déjà faites avec eux au contrôle des principes qu'il venait de poser. Ce fut sur les traces de ce savant, auquel il rend d'ailleurs dans ses écrits pleine justice, que Gaussen étudia les mêmes questions, en ajoutant de nouvelles recherches aux sciences et perfectionnant souvent ce que le premier avait seulement entrepris ou ébauché. Les résultats de ses investigations sont consignés dans huit mémoires manuscrits et dans deux ouvrages imprimés, dont nous allons donner les titres et l'ordre chronologique. La plupart des mémoires sont transcrits dans le recueil académique que nous avons déjà si souvent cité sous le nom de Recueil Poitevin. Les manuscrits des autres existent dans les cartons de la Société royale et peuvent y être facilement consultés.

1° *Recherches sur la graduation du thermomètre dont s'est servi M. Gauthier pour les observations par lui faites à Québec de 1744 à 1747.* — 1780. REC. POIT. pour 1780, fol. 1-32.

Ce travail a pour but de rendre intelligibles, en les ramenant aux indications du thermomètre en quatre-vingts parties, des observations fort intéressantes alors, parce qu'elles étaient les premières qui fissent connaître ce climat du Canada, si différent, sous la même latitude, de nos climats européens. L'observateur s'était servi d'un ancien thermomètre de Delille, que déjà Duhamel, de l'Académie des sciences, avait vainement essayé de ramener aux indications de celui de Réaumur.

2° *Observations sur le mémoire de M. Messier sur le froid éprouvé à Paris et en d'autres contrées de la France et de l'Europe, pendant l'hiver de 1776,* inséré au tome de 1776 des Mémoires de l'Académie des sciences de Paris; 1780. REC. POIT. pour 1780, fol. 97-138.

Cet écrit contient la discussion complète et assez souvent la critique de l'ouvrage de Messier; notamment en ce qui touche le travail, le mode de division en quatre-vingt-cinq parties de l'échelle thermométrique dont il s'était servi.

3° *Recueil d'observations faites en divers lieux de l'Europe pendant le grand froid de l'hiver de 1776.* —1780. REC. POIT. pour 1780, fol. 211-262.

Gaussen annonce qu'il s'est procuré les observations qu'il discute, soit dans les livres et les journaux du temps, soit par une correspondance suivie avec un grand nombre de savants en Allemagne, en Suède, en Angleterre, etc. Puis il donne la réduction, à une même échelle thermométrique, des observations faites avec les divers instruments alors en usage. Les résultats de ce long et difficile travail sont consignés dans une table finale donnant en degrés de Réaumur le plus grand froid observé dans cent vingt-trois localités différentes du nord et du centre de l'Europe, depuis Saint-Pétersbourg jusqu'à Perpignan. On sait que l'hiver de 1776 fut, dans ces parties du continent européen, aussi rigoureux que celui de 1709, mais le fut beaucoup moins que ce dernier dans la partie méridionale. Les calculs et les travaux que dut nécessiter ce mémoire sont infinis.

4° *Recherches sur le degré de la chaleur naturelle de l'homme, considérée comme un terme fixe*, 1781. REC. POIT. pour 1781, fol. 9-29.

Elles ont servi de base au premier des ouvrages imprimés que nous citons plus loin.

5° *Dissertation sur les thermomètres de Fahrenheit et sur la prétendue harmonie qui se trouvait entre eux*, 1781. REC. POIT. pour 1781, fol. 68-100.

Ce mémoire contient l'historique complet des divers essais de Fahrenheit, des erreurs où il tomba, et de l'état et de la valeur des thermomètres qu'il a laissés et dont Gaussen distingue trois sortes. Un rapport fait à la Société royale par de Ratte et Poitevin est joint à ce mémoire et en explique très-bien le mérite historique.

6° *Description d'un thermomètre de nouvelle construction par Jacques Six, marquant les maximum et minimum de température*, 1784. Manuscrit.

C'est la description du premier thermométrographe qui ait été inventé.

7° *Mémoire sur les moyens de graduer régulièrement un thermomètre dont le tube a des inégalités dans son diamètre intérieur*, 1784. Manuscrit.

8° *Mémoire sur les divers thermomètres dont il a été fait usage, leur comparaison et les travaux des physiciens sur ce sujet*, 1788. Manuscrit.

Ce travail a été refondu dans le second des ouvrages imprimés que nous allons citer.

Tous ces mémoires sont pleins de recherches, d'expériences personnelles à l'auteur, et du genre d'érudition qui s'applique à ce sujet, et ils offriraient encore aujourd'hui de grands secours à ceux qui voudraient approfondir les matières qui y sont traitées. Le style en est d'ailleurs remarquablement clair

24

et correct. Deux d'entre eux ont servi de base aux deux ouvrages suivants que nous connaissons de Gaussen :

1° *Recherches sur cette question* : *La chaleur naturelle de l'homme peut-elle être considérée comme un terme fixe?* — Montpellier, 1784, in-8°.

Gaussen s'y prononce pour la négative, d'après ses propres expériences et celles d'autres physiciens.

2° *Dissertation sur le thermomètre de Réaumur.* — Montpellier, 1790, in-8° de 282 pages.

Gaussen y établit l'histoire exacte du thermomètre connu sous le nom de ce savant, et qui, d'après lui, devrait l'être plutôt sous celui du génevois Deluc. Il discute en même temps l'histoire de la plupart des autres instruments auparavant en usage.

Gaussen appartenait comme correspondant aux Académies de Toulouse, Bordeaux, Stockholm, Upsal et Lausanne. Après la suppression de la Société royale, en 1793, il fut compris comme associé vétéran dans la nouvelle Société des sciences et lettres qui lui succéda, mais ne prit aucune part active à ses travaux. Il mourut à Montpellier le 3 décembre 1809, âgé de 72 ans. Il avait été marié à mademoiselle Marie Vialars, à laquelle il avait survécu et dont il n'avait pas eu d'enfants.

GAUTERON (Antoine). — Éloge par Plantade, au tom. II des Mémoires de la Société royale, et Des Gen., page 56.

GONDANGE (Étienne). — Éloge par Gauteron, au tom. II des Mémoires de la Société royale, et Des Gen., page 19.

GOUAN (Antoine). — Notice par Amoreux, tom. I des Mémoires de la Société linnéenne de Paris ; et Paris, 1822, in-8° [1].

GOULARD (Thomas), né en 1697, à Saint-Nicolas de la Grave, petite ville de Gascogne (aujourd'hui département de Tarn-et-Garonne), s'établit à

---

[1] Il a été aussi publié un Éloge de Gouan, par le docteur Roubieu, dans les *Nouvelles Annales cliniques de la Soc. de méd. prat. de Montpellier*; 1823, in-8°.   E. TH.

Montpellier à la suite de ses études médicales. Sa longue carrière fut entièrement consacrée à la pratique de la chirurgie, dans laquelle il s'acquit une grande réputation comme opérateur et même comme écrivain. Il remplit dans l'Université de médecine les fonctions de dissecteur anatomique, et celles de démonstrateur au collège de chirurgie fondé par La Peyronie. En 1747, il fut envoyé par le gouvernement à Gênes, pour y organiser le service sanitaire parmi les troupes françaises qui occupaient la ville sous le commandement du duc de Richelieu , mission qui prit fin l'année suivante. Sa carrière académique de quarante années (1733-1774) fut très-active, et peu de membres ont occupé aussi souvent la Société royale par la lecture de leurs travaux. Les siens roulent exclusivement sur des matières de médecine et de chirurgie , dont il serait superflu de donner les titres. On a de lui : 1° deux volumes d'*OEuvres chirurgicales*. — Montpellier, 1770, in-8°, réimprimés plusieurs fois et traduits en allemand; 2° *Mémoire sur les maladies de l'urètre*, 1751, in-8°; 3° *Remarques et observations sur les maladies vénériennes*, 1761, in-12; 4° *Mémoire sur quelques nouveaux instruments de chirurgie*, inséré au tom. de 1740 des Mémoires de l'Académie des sciences de Paris, comme tribut de la Société royale. — Goulard préconisa le premier les propriétés sédatives des préparations de plomb, et a laissé son nom à l'une d'elles (Eau de Goulard). Ce fut en 1756 qu'il commença d'entretenir la Société royale de ses recherches touchant ce nouveau médicament, sur lequel il écrivit plusieurs mémoires résumés dans son *Traité sur les effets des préparations de plomb*. — Pézenas, 1760; et Montpellier, 1766 , in-12. — Il mourut à Montpellier le 16 janvier 1784, âgé de 87 ans. Il laissa un fils qui figura pendant quelques années comme adjoint dans la Société royale, mais qui, ayant fixé plus tard sa résidence à Versailles, se fit une autre réputation comme littérateur et auteur comique , et remplit, sous l'Empire, les fonctions d'administrateur du domaine de la couronne. On peut s'étonner et surtout regretter que l'Éloge de Goulard n'ait point été prononcé à l'une des assemblées publiques qui suivirent son décès ; la direction toute professionnelle qu'il donna à ses travaux explique peut-être cet oubli.

GOURRAIGNE (Hugues). — Éloge par de Ratte , lu à l'assemblée publique de la Société royale de 1754. On le trouvera à la suite de ces notices.

GUILLEMINET (Pierre-François de).—Éloge par de Ratte, lu à l'assemblée publique de la Société royale du 5 mars 1757. On le trouvera aussi à la suite de ces notices.

HAGUENOT (Henri). — Éloge par de Ratte (assemblée publique du 3 mars 1776, et Des Gen., pag. 186).

ICHER (Pierre). — Éloge par Gauteron, au tom. I, des Mémoires de la Société royale, première partie, et Des Gen., pag. 5.

IMBERT (J.-F.)[1].

JOYEUSE (Jean). — Né en 1733 dans la petite ville de Sommières (département du Gard), où son père exerçait la profession de pharmacien, Joyeuse

---

[1] Imbert (Jean-François), professeur à l'École de médecine de Montpellier, fut encore chancelier de cette Université; aussi le voit-on quelque temps exercer cette haute dignité de l'École conjointement avec le célèbre Barthez. On lit dans un mémoire de 1757, qu'Imbert était inspecteur général des hôpitaux militaires de la Provence, du Languedoc et du Roussillon. En 1763, le roi lui remettait l'intendance du Jardin royal de médecine. Il y ajouta nombre de plantes étrangères. Souvent en voyage, il n'était pas à Montpellier en 1767 (il se trouvait à Versailles), et son absence sans doute prolongée, fit nommer à sa place Cusson père, en qualité de vice-professeur d'anatomie et de botanique, doubles fonctions qu'il remplit pendant quatre ans. Imbert, associé adjoint le 1er mars 1749, devint associé ordinaire (première place de la classe d'anatomie) le 16 mai 1754, en remplacement de Sauvages, qui était passé dans la classe des botanistes; il fut directeur en 1756, et un peu plus tard, en 1764 (voy. ci-dessus, pag. 75), il prenait une part très-active au débat qui eut lieu au sein de l'Académie, entre Barthez et le premier président d'Aigrefeuille. Il se démit avec Barthez et Venel. On ne le remplaça pas d'abord; mais, le 7 janvier 1773 , l'Académie, faisant remarquer qu'il était absent depuis plus d'une année sans avoir demandé congé, et qu'il avait été appelé à des fonctions demandant résidence hors de Montpellier, lui appliqua le règlement, déclara sa place vacante, et (24 janvier) donna sa place à Sarrau. Imbert lut plusieurs mémoires à la Société royale; en voici la nomenclature : 19 mars 1750, *Projet raisonné d'un ouvrage sur la manière d'élever les abeilles en Languedoc*; 16 avril 1750, *Observation sur douze pierres biliaires trouvées dans l'intestin duodénum* ; 25 avril 1754, *Sur la position du médiastin par rapport à la face interne du sternum*; 2 mai 1754 , *Sur l'adhérence du diaphragme aux fibres tendineuses du péricarde*; 1er août 1754, *Difficultés contre le système de M. de Sauvages sur le principe des mouvements musculaires vitaux*; 27 novembre, 4 et 11 décembre 1755 *Dissertation sur les maladies causées par les pierres biliaires*; 24 août 1769, *Sur un estomac humain dont la capacité n'était pas plus grande que celle d'un gros œuf de poule, et les parois étaient épaisses de deux à trois travers de doigt.*   E. TH.

suivit la même carrière, se fixa à Montpellier et y épousa la fille d'un chirurgien fort habile à cette époque, M. Serre. Plusieurs travaux sur la chimie, rédigés en 1769 et 1770, le firent admettre dans la Société royale. 1° *Notice sur deux nouveaux procédés pour préserver l'huile de la rancidité ;* 2° *Mémoire sur un nouvel éther végétal* (l'éther acétique) ; 3° *Nouvelle manière de préparer l'éther nitreux ;* 4° *Analyse de quelques substances minérales trouvées aux environs du Pont-Saint-Esprit.* Ce dernier travail est imprimé dans le cahier de l'assemblée publique du 3 mars 1776 ; les autres existent en manuscrits. Joyeuse était démonstrateur de chimie dans l'Université de médecine. Il mourut à Montpellier le 8 avril 1811, à l'âge de 78 ans.

LABORIE (J.-B.)[1].

LACAN (Jean-François de Nègre, abbé de). — Éloge par Gauteron, au tom. I des Mémoires de la Société royale, et Des Gen., pag. 15.

LAMORIER (Louis). — Éloge par de Ratte, dans le cahier de l'assemblée publique du 27 décembre 1780, et Des Gen., pag. 223.

LA MURE (François-Bourguignon de Bussière de). — Éloge par de Ratte, dans le cahier de l'assemblée publique du 12 janvier 1788, et Des Gen., p. 287.

LA PEYRONIE (François de). — Éloge par de Ratte, dans l'assemblée publique

---

[1] Laborie (J.-B.), démonstrateur royal d'anatomie en l'Université de Montpellier, professeur d'accouchements au Collège de chirurgie, puis à l'École de santé de Montpellier, nous est connu par des cours publics très-suivis et par des mémoires qui offrent un certain intérêt. L'Académie de Montpellier se l'associa en qualité d'adjoint anatomiste, le 29 août 1776. Le défaut de vacance ajourna sa nomination à la place d'associé ordinaire jusqu'au 2 juin 1790. Alors il fut élu associé botaniste, pour remplacer Cusson fils qui venait de mourir. A la mort de Vigarous, il demanda et obtint de rentrer dans sa spécialité , et fut en conséquence nommé, le 12 août 1790, à la troisième place de la classe d'anatomie que celui-ci occupait. On peut dire que cette Société s'éteignit dans ses mains ; car il en fut le sous-directeur en 1791, le directeur en 1792, et il l'était encore quand la Société cessa d'exister en 1793. On trouvera de lui, dans le cahier de l'assemblée publique de la Compagnie du 30 décembre 1776, des *Observations sur le funeste effet de l'oblitération prématurée du trou de Botal,* qui sert dans le fœtus à entretenir la circulation du sang, et conséquemment la vie. Laborie était né en 1730; il mourut à Montpellier le 5 novembre 1795.   E. TH.

du 8 mai 1749, et Des Gen., pag. 125. Il existe plusieurs autres biographies de ce grand chirurgien, notamment celle de de Fouchy (Mémoires de l'Académie des sciences, vol. de 1747), et de Louis (Mémoires de l'Académie royale de chirurgie, tom. II).

LAURÈS (Edmond de). — Était correcteur à la Cour des comptes de Montpellier. Il ne reste rien, dans les cartons de la Société royale, qui puisse être attribué à cet ancien académicien, et nous ne citons son nom que parce qu'un fils qu'il laissa, et qui fut adjoint dans la Société royale, s'y fit connaître par plusieurs mémoires de physique, dont l'un intitulé : *De la nature du feu,* offre un travail considérable, mais plein d'hypothèses bien plus que d'expériences. Ce dernier se fixa plus tard à Paris (en 1733). et y publia plusieurs ouvrages de littérature qui lui ont valu une mention dans la Biographie littéraire.

LE ROY (Charles).—Éloge par de Ratte (assemblée publique du 27 décembre 1782, et Des Gen., pag. 233. Il en existe un autre, écrit par Vicq-d'Azyr, dans les Mémoires de l'Académie royale de médecine, année 1779.

MAGNOL (Pierre). — Éloge par Gauteron, au tom. 1 des Mémoires de la Société royale, et Des Gen., pag. 8.

MARCOT (Eustache).— L'Éloge de cet académicien fut lu par M. Poitevin, dans l'assemblée publique du 6 juillet 1769, dont le cahier n'a point été imprimé ; mais l'Éloge lui-même le fut par les soins de l'auteur, à Montpellier, 1770, in-8° de 30 pag. Cet opuscule de Poitevin étant devenu rare, nous extrairons, pour les consigner ici, quelques renseignements sur la vie de Marcot. Il était né à Montpellier, le 15 février 1686, de N. Marcot, médecin, et de Catherine Eustache. Il suivit la carrière de son père, qui lui fit contracter de bonne heure un riche mariage avec une dame nommée Marguerite Troussel ; mais cette union ne fut pas heureuse, et peu après les époux se séparaient pour n'avoir plus rien de commun dans le reste de leur vie. Marcot concourut en 1732 pour la place de professeur, laissée vacante dans l'Université de médecine par la retraite d'Astruc, et il l'obtint. L'année suivante il fut appelé au poste de médecin des enfants de France[1], en remplacement de Chicoyneau, devenu lui-même premier médecin du roi, à la mort de Chirac son beau-père; et, suivant l'opinion alors commune, l'appui de ce même Chicoyneau, son ami, ne contribua pas peu à lui faire obtenir l'un et l'autre succès. Marcot fut un praticien habile et s'en tint à ce mérite, sans rechercher celui d'écrivain. Il reste seulement de lui quelques mémoires dont deux, l'un sur un enfant monstrueux, et l'autre contenant l'observation d'un polype du cœur, sont insérés, comme tribut de la Société royale, aux volumes de 1716 et de 1727 de l'Académie des sciences[2]. Devenu associé vétéran de la Société royale, par suite de sa résidence à Versailles en 1734, il continua d'entretenir avec elle des relations très-suivies, et songeait même, dit son biographe, à s'en rapprocher et à se retirer dans ses vieux jours à Montpellier sa ville natale, lorsqu'une attaque d'apoplexie l'enleva le 20 août 1755. Il était devenu, plusieurs années avant sa mort, premier médecin du roi, en remplacement de son ami Chicoyneau.

MATTE (Jean). — Éloge par de Ratte (assemblée publique du 21 novembre 1743, et Des Gen., pag. 93).

MONTET (Jacques). — Éloge par de Ratte (assemblée publique du 27 décembre 1782, et Des Gen., pag. 242).

MONTFERRIER (Jean-Antoine DUVIDAL, marquis de). — Éloge par de Ratte (assemblée publique du 9 janvier 1787, et Des Gen., pag. 280).

MOURGUE (Jacques-Augustin). — La vie de ce savant a été partagée en deux parties, consacrées, l'une aux travaux académiques, l'autre aux affaires et à la politique. C'est sous ce dernier rapport seulement qu'elle a été appréciée dans l'article qui lui a été accordé dans la *Biographie universelle* (supplément). Nous avons à la considérer ici sous son autre caractère, où, avec moins d'éclat, elle offre pour nous plus d'intérêt.

---

[1] Voy. ci-dessus pag. 55, où il est dit qu'il traita pour cette place avec Helvetius le père.

E. TH.

[2] Avant de mourir il brûla lui-même une grande quantité de manuscrits qu'il jugeait peu dignes d'être imprimés et qu'il craignait de voir mettre au jour par ses héritiers.

Jacques-Augustin Mourgue est né à Montpellier le 2 juin 1734. Sa famille, originaire de la petite ville de Marsillargues, à demi-lieue de Lunel, s'était acquis à la fois de la fortune et de la considération, par une exploitation habile du sol et par un esprit éclairé d'entreprises plus rares alors, surtout dans les campagnes, qu'elles ne le sont de nos jours. Mourgue avait hérité de son goût pour l'agriculture, et il sut y joindre des connaissances approfondies en physique et en économie rurale. On verra par la liste de ses ouvrages que les applications des sciences à l'agriculture et aux arts furent l'un des deux principaux objets de ses travaux. En 1767, il se fit connaître à la Société royale par un *Mémoire sur la meilleure quantité de semence à donner aux terres*, qui fut imprimé et répandu aux frais des États de la province, comme le furent plusieurs autres écrits du même genre, de Romieu, de Mortet, de Chaptal, propres à favoriser les progrès de l'agriculture, vers laquelle on tournait alors les yeux. Devenu académicien en 1772, il communiqua à la Compagnie, pendant les vingt années suivantes, un grand nombre de travaux dont plusieurs obtinrent l'attention des savants, et ont été admis dans le Recueil de l'Académie des sciences de Paris. Sa vie se partageait entre ses occupations académiques et l'exploitation d'un domaine qu'il possédait auprès de la ville de Lunel, et dont il est souvent question dans ses écrits, lorsque, aux approches de la Révolution, les circonstances lui imprimèrent une autre direction. Il avait pris un intérêt dans les grands travaux qui s'exécutaient à cette époque au port de Cherbourg, et il en devint lui-même directeur. Les relations qu'il forma, pendant son séjour dans cette ville, avec le général Dumouriez, fournirent à celui-ci l'occasion de le recommander au roi Louis XVI comme successeur de Roland au ministère de l'Intérieur. Mourgue fut effectivement nommé à ces fonctions le 3 juin 1792, mais ne les conserva que quelques jours. Fixé depuis à Paris avec sa famille, il ne s'occupa plus, comme écrivain, que de quelques questions politiques du jour, mais remplit utilement le reste de sa carrière par une coopération active et éclairée à diverses œuvres philanthropiques et de bienfaisance. Il mourut en janvier 1818, âgé de 84 ans, laissant un fils qui a rempli de hautes fonctions administratives sous le gouvernement du roi Louis-Philippe, et une fille mariée à M. Desbassins de Richemont. Nous allons revenir à sa carrière d'académicien, qui nous fournit la liste suivante de travaux, la plupart imprimés, les autres restés en manuscrits dans les archives de la Société royale, et que nous présentons ici dans leur ordre chronologique :

1° *Mémoire sur la scintillation des eaux de la mer,* 1766. Manuscrit. Essais et expériences sur un phénomène dont la vraie cause n'était pas encore connue.

2° *Mémoire sur la meilleure quantité de semence à donner aux terres,* 1767. Imprimé deux fois à Montpellier; la deuxième édition est de 1771, chez Martel.

3° *Plan d'observations sur les causes des variations de l'atmosphère* (dans le cahier de l'assemblée publique du 12 décembre 1772).

4° *Observation d'un ouragan qu'on a essuyé à Montpellier le 29 août 1775.* 1775, manuscrit.

5° *Mémoire sur les dégradations que cause la rivière du Vidourle, et les meilleurs moyens d'y remédier,* 1776. Manuscrit. La plupart de ces moyens ont été appliqués depuis.

6° *Mémoire sur la meilleure localité pour l'emplacement d'un cimetière à Montpellier.* — Montpellier, 1777, in-12. La question avait été mise à l'étude en 1776, par l'Administration municipale de la ville. Mourgue la résout en faveur des terrains qui s'étendent entre le couvent des Récollets et le grand chemin de Nimes.

7° *Mémoire sur l'emploi utile des communaux dans la province de Languedoc* (dans le cahier de l'assemblée publique du 30 décembre 1777).

8° *Observations sur la direction et les effets de quelques coups de tonnerre* (dans le cahier de l'assemblée publique du 25 novembre 1778).

9° *Observations sur un orage qui a donné une grande quantité de grêle* (mémoire manuscrit transcrit au Rec. Poit., année 1779).

10° *Mémoire sur l'utilité comparée des engrais dans l'agriculture, et des labours fréquents donnés aux terres* (*Ibid.,* année 1779).

11° *Observations sur la poudre dont on se sert pour clarifier les eaux-de-vie jaunes* (*Ibid.,* année 1780).

12° *Expériences sur l'utilité qu'on peut retirer du gaz vineux* (dans le cahier de l'assemblée publique du 27 décembre 1781).

25

13° *Recherches sur la nature des vapeurs qui ont régné dans l'atmosphère pendant l'été de 1783* (imprimé au tom. de 1781 du Recueil de l'Académie des sciences). Ce travail peut être ajouté aux meilleurs de ceux qui parurent sur un phénomène dont tous les physiciens s'occupèrent à cette époque. Dans une première partie, Mourgue décrit avec soin toutes les circonstances qui accompagnèrent son apparition à Montpellier où il l'observa. Puis, il en donne, avec divers autres naturalistes, mais avec doute, une explication tirée des éruptions des volcans d'Islande, qui furent très-fréquentes cette année, en y rattachant divers autres faits qui rendent l'hypothèse plausible, mais qui sont loin d'en opérer la démonstration.

14° *Observations météorologiques et agronomiques faites à Montpellier et dans les environs, pendant les années 1772 et suivantes* (transcrit au REC. POIT., aux années 1776-1782). C'est le journal d'un physicien qui habite la campagne et en suit les travaux.

15° *Observations sur les naissances, les mariages et les morts dans la ville de Montpellier, pendant les années 1778 et 1779* (cahier de l'assemblée publique du 28 décembre 1779). Ce travail servit de préliminaire à l'ouvrage le plus considérable que Mourgue ait laissé. Étendant ses recherches à un nombre d'années beaucoup plus grand, et en tirant leurs conséquences sur la statistique de la vie humaine, il en composa un mémoire qu'il lut, le 6 pluviôse an IV, à la classe des sciences physiques et mathématiques de l'Institut, et que celle-ci fit imprimer dans son Recueil des savants étrangers (tom. I, pag. 83-110), sous ce titre :

« *Observations sur les naissances, les mariages et les décès qu'il y a eu* »*parmi les habitants de Montpellier pendant vingt et une années consécutives,* »*de 1772 à 1792, et calculs qui en résultent sur la probabilité de la vie.* » Enfin, le même ouvrage fut imprimé à part sous ce titre, qui en généralise un peu trop l'objet : *Essai de statistique.* — Paris, Maradan, an IX, in-8°.

Nous avons dit que Mourgue avait publié à Paris quelques brochures politiques. La *Biographie universelle* les cite sous ce titre : « *De la France* »*relativement à l'Angleterre et à la maison d'Autriche.* —Paris, 1797, in-8°. »*Convient-il à la France d'avoir un acte de navigation général et indéfini ?*— »Paris, 1798, in-8°. »

Nissolle (Guillaume, ou l'aîné). — Éloge par Gauteron (tom. II des Mé-moires de la Société royale, et Des Gen., pag. 50).

Nissolle (Pierre, ou le cadet). — Éloge par Gauteron (tom II des Mé-moires de la Société royale, et Des Gen., pag. 33).

Peyre (Antoine-Pierre). — Né à Montpellier en 1721, il y mourut le 26 mai 1795, à l'âge de soixante-quatorze ans. Il exerçait la profession de pharmacien, qui conduisait assez souvent aux places de chimie dans la Société royale. C'était un homme modeste qui savait se contenter d'une seconde place; entré comme adjoint dans la Société, en 1748, le même jour que Montet, son collègue en pharmacie, il le remplaça comme associé ordinaire en 1782, après trente-quatre ans de noviciat. Très-assidu aux séances, il représentait pour ses collègues le public qui écoute, rôle qui a aussi son utilité dans une académie. Il reste de lui en manuscrit : 1° *Mémoire sur les eaux de Vic ou Maureilhan* (source à deux lieues S.-E. de Montpellier); 2° *Recherches sur les préparations d'antimoine; 3° Recherches sur le baume de copahu et son choix;* enfin, un mémoire imprimé par extrait dans l'assemblée publique du 8 mai 1749, traite de *la décoloration du vin par le charbon;* premiers essais sur un phénomène chimique dont les applications sont deve-nues si fréquentes,[1].

Pitot (Henri). — Éloge par de Ratte (assemblée publique du 12 dé-cembre 1772, et Des Gen., pag. 172)[2].

Plantade (François de). — Éloge par de Ratte (assemblée publique du 21 novembre 1743, et Des Gen., pag. 81.

Poitevin (Jacques). — Éloge par Martin-Choisy (Bulletins de la Société des sciences et lettres de Montpellier, tom. III, pag. 183). — Notice par

---

[1] Ce phénomène chimique a produit la belle découverte due à Pierre Figuier, de la décolo-ration du vinaigre par le charbon animal.   E. Th.

[2] On pourra remarquer que son nom est le seul, parmi ces notices biographiques, qui ne figure pas dans le tableau des associés ordinaires. La raison en est que Pitot, ayant été nommé à une de ces places, s'en démit aussitôt pour prendre le titre d'associé vétéran.   E. Th.

Baumes, lue à la Société de médecine-pratique de Montpellier, le 15 mai
1813, et imprimée.

POUGET (Joseph-Suzanne). — Notice par Poitevin (dans les Bulletins de
la Société des sciences et lettres de Montpellier, tom. I, pag 117).

Outre les ouvrages de Pouget qui sont cités dans cette notice, il reste de
lui : 1° Un *Essai sur l'application du calcul des probabilités aux assurances
maritimes*, transcrit au REC. POIT. pour l'année 1777 ; 2° des *Observations
sur l'histoire naturelle des diocèses d'Agde et de Béziers*, faites en 1785, en
commun avec le chimiste Chaptal (manuscrit). Elles paraissent fort bonnes
pour le temps.

QUETIN (Jean-Baptiste-O'Brenan-Theudough Du). — Éloge par de Ratte
(assemblée publique du 13 avril 1745, et Des Gen., pag. 114).

RATTE (Hyacinthe de). — Éloge par Poitevin (Bulletins de la Société des
sciences et lettres de Montpellier, tom. II., pag. 377).

RICOME (Laurent). — Éloge par Gauteron (tom. I des Mémoires de la
Société royale, et Dés Gen., pag. 1).

RIEUX (Pierre). — Né à Montpellier en 1670, était fils et petit-fils de
deux professeurs dans l'Université de médecine, sur lesquels Astruc a laissé
de courtes notices dans ses *Mémoires sur l'Université* (pag. 268 et 272), et
qu'il dit avoir eus lui-même pour maîtres. Notre académicien suivit la même
carrière et succéda à son père dans sa chaire, en 1707. Nommé l'année précédente à l'une des places de physicien dans la nouvelle Société royale, il la
remplit en académicien exact et laborieux, dont les travaux roulaient sur des
matières de physique et de médecine. Deux d'entre eux ont seuls été imprimés :
Observ. d'une môle dont une femme est accouchée (vol. de 1735 du Recueil de
l'Académie des sciences), et *Mémoire sur les eaux d'Yeuset* (dans le cahier
de l'assemblée publique de la Société royale du 3 janvier 1733). Il reste de
lui un assez grand nombre de manuscrits, dont l'un, en date de 1708 (*Mémoire sur la dissolution des sels dans l'eau*), est un ouvrage considérable, mais
où domine la mauvaise physique du temps, plein d'esprits subtils et d'hypo-

thèses de tout genre; défauts qui l'ont fait exclure du tom. I des Mémoires de la Société. Rideux est mort le 21 avril 1750, doyen des professeurs de l'Université, et sa famille, ancienne à Montpellier, s'y est éteinte à la génération suivante. Son Éloge fut prononcé par de Ratte à l'assemblée publique du mois de décembre 1753; mais le cahier de celle-ci ne fut pas imprimé, et le manuscrit de de Ratte n'a point été retrouvé aux archives de la Société.

RIVIÈRE (Guillaume). — Éloge par Gauteron (tom. II des Mémoires de la Société royale, et Des Gen., pag. 53).

ROMIEU (Jean-Baptiste). — Éloge par de Ratte (lu à l'assemblée publique du 9 décembre 1767). On le trouvera à la suite de ces notices.

SARRAU (Jacques). — Né à Montpellier en 1727, étudia les sciences médicales et acquit la réputation d'un très-habile chirurgien. Il fut démonstrateur adjoint, puis professeur au Collége de chirurgie ou de Saint-Côme, fondé par La Peyronie. On a de lui un volume d'*OEuvres chirurgicales* (Montpellier, chez Picot, 1785, in-8°), contenant deux *Dissertations* : l'une sur la carie des os, l'autre sur l'hémorrhagie, auquel il mit cette épigraphe : *Linquamus aliquid ut nos vixisse testemur.* Lors du long débat qui s'éleva entre Le Roy et Sauvages, sur la manière dont l'œil s'accommode aux différentes distances des objets, duquel il a été fait mention ailleurs, Sarrau prit aussi la parole et lut, à l'assemblée publique du 5 mai 1759, un travail étendu sur cette question, dans laquelle il se pose comme médiateur entre les opinions opposées, et prend, dit de Ratte, un peu de tout ce qui avait été dit par d'autres sur ce sujet ; ce qui n'empêcha point le débat de continuer. Il mourut à Montpellier, le 4 août 1785, à l'âge de 58 ans.

SAUVAGES (François Boissier de la Croix de). — Éloge par de Ratte (assemblée publique du 9 décembre 1767). Imprimé à Montpellier in-4°, et Des Gen., pag. 145.

L'ouvrage de de Ratte, quoique fort étendu, ne donne qu'une idée incomplète du grand nombre de travaux qui sont restés de l'illustre Sauvages dans les cartons de la Société royale. Le développement de ses idées sur les diverses parties de la physiologie et de la médecine, ainsi que l'état de ces sciences à cette époque, y pourrait être étudié avec beaucoup d'intérêt, et nous citerons comme propres à faire connaître les systèmes qui dominaient dans celle-ci, deux mémoires remis par Sauvages à la Société royale, peu avant sa mort : l'un sur la vitesse du fluide nerveux, l'autre sur la pression latérale des vaisseaux, et divers problèmes de mécanique et d'hydraulique examinés par Sauvages, et par lesquels il préparait, selon l'usage du temps, l'explication des phénomènes du corps humain. Aussi voit-on une dissertation qu'il avait présentée sur les causes de la fièvre, devenir l'objet d'un double rapport, fait par un médecin d'une part, et par un mathématicien de l'autre, ce dernier discutant les divers théorèmes de géométrie et d'hydraulique qui servaient de fondement aux explications de Sauvages ; et ce second travail est de beaucoup le plus long. Sauvages se disait cependant et passait aussi pour être de la secte des *animistes*.

SAUVAGES (Pierre-Augustin Boissier de la Croix, abbé de). — Il n'existe sur ce savant et ingénieux naturaliste que des notices fort incomplètes sous le rapport de ses travaux académiques. Celle qu'on lit en tête de la troisième édition de son *Dictionnaire languedocien-français* (Alais, 1820) et qui a servi de point de départ à la composition de toutes les autres, donne à penser que la plupart des travaux de l'abbé de Sauvages sur l'histoire naturelle sont restés inconnus au rédacteur ; on peut dire aussi que le génie particulier de l'abbé de Sauvages pour ce genre d'études n'y a été que peu ou point apprécié, et ce sont ces lacunes que la notice suivante pourra contribuer à remplir.

L'abbé Pierre-Augustin Boissier des Sauvages (car c'est ainsi qu'il a signé quelques-uns des mémoires dont nous ferons mention plus bas) naquit à Alais le 26 août 1710, près de deux ans avant son frère, le célèbre professeur. Suivant l'Éloge de ce dernier que nous venons de citer, il aurait été le cinquième des six enfants nés du mariage de François Boissier, seigneur des Sauvages, et de Gilette Blanchier ; suivant la notice placée en tête du *Dictionnaire languedocien*, il en aurait été le septième ; différence qui peut s'expliquer si l'on admet que la première notice ne tient compte que des enfants qui survécurent à leurs parents. Destiné à l'état ecclésiastique, il fut envoyé à Paris pour y étudier la théologie en Sorbonne, et n'en serait revenu, suivant la deuxième notice, qu'en 1746, date qui nous paraît mal s'accorder avec celle de plusieurs mémoires sur l'histoire naturelle d'Alais, qu'il envoya cette même année à la Société royale, et qui font supposer un séjour antérieur de quelque durée dans le pays dont il décrit les particularités naturelles. Quoi qu'il en soit de l'époque précise de son retour dans sa ville natale, il fut chargé par l'évêque d'Alais d'enseigner la philosophie dans le séminaire qui y était établi, et l'on sait que sous cette dénomination on comprenait aussi, à cette époque, les sciences naturelles et notamment la physique, sur laquelle l'abbé de Sauvages essaya des expériences qui furent, dit l'un de ses biographes, les premières dont les habitants de la ville d'Alais aient été les témoins. Mais telle n'était point la véritable vocation du jeune abbé, ni l'occupation qui dut le plus lui plaire. Il avait pris la tonsure à Paris; son goût pour les sciences, qui dut se développer de bonne heure, le retint jusqu'à l'âge de soixante et un ans dans cette position intermédiaire entre l'état laïque et la prêtrise, fort commune autrefois, et qui lui permettait de se livrer avec plus de liberté à ses travaux favoris. On peut croire du moins que ce motif n'eut pas moins d'efficacité pour l'empêcher d'entrer définitivement dans la prêtrise, que les scrupules de conscience par lesquels son dernier biographe explique la résistance qu'il opposa sous ce rapport aux instances de ses supérieurs. Il débuta dans la carrière des sciences par deux mémoires, l'un sur les mines de vitriol des environs d'Alais, l'autre sur la fabrication de ce sel, que son frère le professeur, auquel il les envoya, lut à la séance de la Société royale du 31 mars 1746. Nommé, le 21 août suivant, à une place d'adjoint, il devint associé ordinaire dans la classe de botanique, en 1751. Ce titre obligeait à résidence, et il fait supposer qu'à partir de cette époque l'abbé de Sauvages vécut habituellement auprès de son frère à Montpellier, conjecture confirmée d'ailleurs par les observations d'histoire naturelle qu'il a faites dans cette dernière ville, et par une lettre qu'il écrivit le 9 janvier 1766 à la Société royale, pour demander la vétérance, sur le motif, dit-il, de son changement de résidence à Alais. Du moins dut-il pendant ce laps de quinze ou seize années partager son temps entre l'un et l'autre séjour. Dans ce même intervalle se placent deux voyages qu'il fit, l'un à Paris en 1759, l'autre en Italie en 1763. Le dernier avait pour but d'étudier sur les lieux les procédés mis en usage pour la culture du mûrier et l'élève des vers à soie ; il fournit de plus au zélé naturaliste l'occasion d'observer divers faits de physique ou d'histoire naturelle, et d'en composer deux mémoires dont il sera question plus bas. Entré en 1771, après son retour à Alais , dans la prêtrise, il n'en continua pas moins ses relations avec la Société royale , comme le prouvent plusieurs mémoires qu'il lui envoya, et dont le dernier est daté de 1788. Il vécut sept ans encore, jusqu'au 19 décembre 1795 , et atteignit par conséquent l'âge de quatre-vingt-cinq ans, entouré de la vénération due à son caractère, à ses talents, et aux efforts constants et heureux qu'il avait faits pour perfectionner et propager les bonnes méthodes de culture du mûrier et d'éducation des vers à soie , ces deux richesses de son pays.

Le principal et le plus connu des ouvrages de l'abbé de Sauvages est son *Dictionnaire languedocien-français*, auquel il travailla pendant la plus grande partie de sa vie, puisque, publié en 1765, il en lisait déjà des fragments à la Société royale en 1754 [1]. Nous n'avons pas à juger ici cet utile et savant ouvrage, qui sortait du cercle de ses travaux académiques et qu'un habile critique a apprécié comme il méritait de l'être (M. Raynouard , dans le *Journal des savants*, année 1824). Ses autres principaux écrits ont pour objet cette industrie séricicole aux grands développements de laquelle il assista et ne fut pas lui-même étranger. Dès l'année 1749, il lisait à la Société royale un projet d'un ouvrage sur cette industrie, imprimé par extrait dans le cahier de l'assemblée publique du 5 mai 1749. En 1763, parut la première édition de ses *Traités sur l'art d'élever les vers à soie et sur la culture du mûrier*, réimprimés ensemble à Nimes en 1788, in-8°, et augmentés des nouvelles observations faites par l'auteur en Italie. Ces ouvrages témoignent des recherches raisonnées qu'on commençait à faire sur un sujet livré jusqu'alors à la seule routine des éducateurs de campagne [2], et lui-même y raconte avec détail

---

[1] La première édition de ce Dictionnaire parut en un volume in-8°. La seconde édition, aujourd'hui rare , fut imprimée à Nimes, en 1785 , deux volumes in-8°.   E. Th.

[2] Les travaux récents des Dandolo et des Bassi ont pu apporter des améliorations évidentes , nécessaires, dans l'éducation des vers à soie, mais ils n'ont pu faire oublier dans les Cévennes les expériences et les écrits de l'abbé de Sauvages.   E. Th.

les essais et les expériences qui l'occupèrent un grand nombre d'années et qui avaient fait de lui, dit l'un de ses biographes, l'oracle de la contrée dans ce genre d'industrie.

Les travaux suivants appartiennent plus spécialement à sa carrière d'académicien:

1° *Mémoire sur les usines de vitriol des environs d'Alais* (cahier de l'assemblée publique du 23 décembre 1746). Les recherches de l'abbé de Sauvages déterminèrent la création d'un établissement important pour l'extraction et la préparation de cette substance, à Saint-Julien-de-Valgagne, à deux lieues nord d'Alais.

2° Quatre mémoires *Sur la minéralogie des environs d'Alais et des Cévennes en général,* imprimés aux tomes de 1743, 1745, 1746 et 1747, du *Recueil de l'Académie des sciences de Paris.* Ils sont pleins de faits observés, mais aussi d'explications et d'hypothèses vaines et hasardées, et ne peuvent guère servir aujourd'hui qu'à constater l'état peu avancé de la science à cette époque, si même l'abbé de Sauvages ne s'y montre pas un peu au-dessous des progrès qu'elle avait déjà faits.

3° *Mélanges d'observations d'histoire naturelle et de physique,* lus à l'assemblée publique de la Société royale du 26 juin 1755, et analysés dans la partie historique du *Recueil de l'Académie des sciences de Paris,* tomes de 1758 à 1760. Deux d'entre elles sont curieuses et excitèrent surtout l'intérêt des naturalistes. L'auteur décrit dans l'une les habitudes de l'araignée maçonne (*mygale maçonne*), qu'il observa le premier aux environs de Montpellier, et dans l'autre le gisement du mercure natif qu'on trouve sous le sol de la même ville, et dont l'origine et la nature ont été souvent révoquées en doute. L'une et l'autre observations auraient mérité et mériteraient encore d'être imprimées en entier d'après le manuscrit autographe de l'auteur, qui existe aux archives de la Société royale.

4° *Observations sur l'origine du miel,* lues à l'assemblée publique du 16 décembre 1762. L'abbé de Sauvages y fait connaître la partie que tirent les abeilles pour la fabrication de leur miel, du suc transsudé par les feuilles de certains végétaux et des déjections de quelques espèces de pucerons, et rapporte à ce sujet un grand nombre de faits curieux et ingénieusement ob-

26

serves. Nous ignorons si ce mémoire a été imprimé. Comme les précédents, il eût mérité de l'être.

5° *Observations sur des tables de pierre flexibles du palais Borghèse à Rome*, lues à l'assemblée publique du 17 mai 1764 (manuscrit).

6° *Mémoire sur les bulicani d'Italie* (manuscrit, 1764). L'un et l'autre mémoire sont le fruit des observations faites par l'auteur pendant son voyage d'Italie. Les bulicani sont, comme on sait, des sources tenant en dissolution des substances minérales qu'elles laissent déposer à leur sortie du sol. Les descriptions de l'abbé de Sauvages sont faites avec soin et irréprochables; mais on n'en peut pas dire autant de ses explications théoriques.

7° *Mémoire sur une atmosphère lumineuse répandue autour de l'ombre des objets*, 1764 (manuscrit), et huit mémoires contenant des observations sur divers phénomènes d'optique, 1788 (manuscrits).

Ces mémoires, envoyés par l'auteur à la Société royale, sont pleins d'observations et d'expériences qu'il dit avoir commencées dès 1750. La couleur de certaines ombres est le phénomène qu'il y étudie particulièrement et qu'il poursuit sous une multitude de formes. Ce travail de l'abbé de Sauvages fait bien connaître les habitudes de son esprit et sa manière d'étudier la nature. Ses procédés sont extrêmement simples; il n'emploie presque pas d'instruments, mais regarde attentivement autour de lui et ne laisse échapper aucune circonstance des phénomènes qu'il considère; en un mot, il observe la nature plutôt qu'il ne l'interroge. Aussi devait-il surtout réussir, comme il l'a fait, dans cette étude des mœurs des animaux, qui peut se contenter de l'observation attentive des faits, et réclame moins le secours des appareils et des théories.

SENÈS (Dominique de). — Éloge par de Carney (assemblée publique du 20 décembre 1745, et Des Gen., pag. 105).

SENÈS fils (Dominique de). — Né à Montpellier en 1713, du mariage du précédent avec Marguerite Dellor, d'une famille noble d'Hyères, en Provence; il fut conseiller à la Cour des comptes de Montpellier, et hérita des goûts de son père pour les sciences. Un bon mémoire qu'il a laissé, sur la pesanteur spécifique des corps, imprimé dans le cahier de l'assemblée publique du 25 avril 1743, fait regretter par la justesse des résultats, nouveaux alors, auxquels il parvint, qu'il n'ait point entrepris d'autres travaux de ce genre. Il prit une grande part à la fondation du prix établi en 1766 par M. Saunier, ainsi qu'il a été expliqué ailleurs, et ce fut peu après avoir reçu de lui ce service que la Société royale le perdit, le 19 juillet 1768, à peine âgé de 55 ans.

SERANE (Charles).—La famille de ce nom a compté, au dernier siècle, à Montpellier, plusieurs hommes voués à l'étude de la médecine, parmi lesquels notre académicien paraît avoir tenu le premier rang. Les écrits qui sont restés de lui, dans les cartons de la Société royale, roulent tous sur les matières de sa profession; un seul (*Mémoire sur quelques esquinancies*) a été imprimé dans le cahier de l'assemblée publique du 2 décembre 1745. Il mourut, jeune encore, en 1755.

TIOCH (François). — Fut botaniste et médecin, et mourut dans un âge peu avancé, en 1757. Il a laissé un travail sur la manière de connaître les plantes par les feuilles et les racines, sujet qui fut repris plus tard par Sauvages et sur lequel il a laissé un ouvrage imprimé [1]. Les autres travaux de Tioch appartiennent à la médecine.

VENEL (Gabriel-François). — Éloge par de Ratte (assemblée publique du 2 mars 1776, et Des Gen., pag. 194).

VIGAROUS (Barthélemy). — On trouve une notice sur cet habile chirurgien en tête de ses œuvres, publiées par son fils en 1812 [2].

---

[1] Le mémoire de Tioch, de 1742, a été inséré dans le tome II, page 277, de l'*Hist. et mém. de la Soc. roy.* Sur la première page du manuscrit conservé dans les archives, on lit la note suivante : Ce mémoire ayant précédé de neuf ans l'ouvrage de M. de Sauvages sur cette matière, nous croyons que l'on ne peut se dispenser de l'imprimer et de noter même qu'il a précédé celui de M. Sauvages, parce qu'il est juste qu'on sache quel a été celui qui en a eu la première idée. Cette observation fut consignée, en effet, dans le même volume, page 184; l'ouvrage de Sauvages en latin fut imprimé à La Haye, en 1751, in-8°.   E. TH.

[2] *Œuvres de chirurgie pratique civile et militaire.* Montpellier, 1812, in-8°.   E. TH.

ÉLOGE DE M. CHICOYNEAU PÈRE.

François CHICOYNEAU, conseiller d'État ordinaire et conseiller en la Cour des comptes, aydes et finances de Languedoc, premier médecin du Roi, sur-intendant des eaux minérales et médicinales de France, chancelier et juge de l'Université de médecine de Montpellier, naquit en cette ville en 1672, de Michel-Amé Chicoyneau, revêtu des mêmes charges de conseiller en la Cour des comptes, aydes et finances et de chancelier de médecine, et de Catherine Pichotti, dont le père, aussi conseiller dans la même Cour des comptes, s'étoit acquis la réputation d'un magistrat sçavant et intègre, d'un citoyen vertueux et désintéressé.

Michel Chicoyneau fut connu par sa profonde érudition, et par le caractère de son éloquence, concise, serrée, brillante, pleine de force et d'agrément. Ses harangues latines, dans leur élégante brièveté, ont des beautés singulières et presque inimitables. On conserve dans sa famille d'autres morceaux de la même main plus considérables et plus étendus. Ces morceaux, souvent applaudis quand ils étoient prononcés en public par l'auteur, sont en grand nombre. Animé de cette noble confiance que donne le talent, Michel Chicoyneau ne haïssoit point à beaucoup près les occasions de paroître éloquent. Il saisissoit avec empressement celles que lui fournissoit sa place de chancelier de médecine, qu'il remplissoit d'ailleurs avec une supériorité des plus marquées. Il avoit succédé à son oncle M. Ricter de Belleval dans cette importante place, à laquelle est réünie celle d'intendant du Jardin royal.

Le désir, naturel à tous les hommes, de revivre avec éclat dans leur postérité, inspira de bonne heure à M. Chicoyneau le père tout ce qui pouvoit former dans sa famille des successeurs dignes de lui. Trois fils qu'il eut, méritèrent de partager également sa tendresse et ses soins. François Chicoyneau, dont nous faisons l'Éloge, fut le second des trois. On le destina d'abord à la guerre, un vif penchant l'y portoit; mais quoiqu'il fût très-empressé de le suivre, il n'en eut pas moins d'ardeur pour les différentes études auxquelles on a consacré depuis long-tems nos premières années. Persuadé que la science n'est nullement incompatible avec la valeur guerrière, il sembloit n'aspirer à rien moins qu'à la gloire de pouvoir un jour les réünir.

Ses deux frères prirent la route qui s'offroit naturellement, la médecine fut leur partage. L'un et l'autre furent reçus docteurs avec applaudissement. Bientôt l'aîné obtint la survivance de la charge de chancelier, dont son père étoit revêtu. Il s'attachoit à mériter par de nouveaux titres l'estime de la sçavante Faculté dont il devoit être le chef, lorsqu'il lui fut enlevé par une mort aussi funeste que précipitée. Il se noya malheureusement dans une rivière voisine sur les bords de laquelle, entraîné par une forte passion pour la botanique, il alloit souvent herboriser. Un événement aussi affligeant porta l'amertume dans le cœur du père le plus tendre. Rien ne le consola que la satisfaction qu'il eut de voir le plus jeune de ses fils, marchant sur les pas de son aîné, obtenir la survivance de la même place; mais celui-ci, par une fatalité qui ne peut être trop déplorée, étoit destiné à faire verser des larmes à son tour. Une maladie de langueur, qui le consuma dans la première fleur de sa jeunesse, anéantit pour jamais les espérances flateuses que ses talens prématurés avoient fait concevoir.

Devenu l'espoir de sa famille, M. Chicoyneau parut s'occuper moins de sa première destination; la nécessité de conserver deux charges importantes fit naître d'autres vûes. Bientôt les idées de guerre s'effacèrent entièrement de son esprit, et il se porta de lui-même à la médecine, sans attendre que la volonté de son père lui en fît une loi.

Le goût de l'étude et de l'application, déclaré dès sa plus tendre jeunesse, le servit utilement dans son nouveau projet. Il avoit fait avec succès ses humanités et sa philosophie sous les yeux du sçavant M. Chirac, devenu depuis si célèbre. Ce grand homme, à qui l'éducation de M. Chicoyneau et de ses deux frères avoit été confiée, n'avoit rien négligé pour orner l'esprit de ses disciples de plusieurs différentes connoissances. Sans un dessein formé jusques-là d'apprendre la médecine, M. Chicoyneau s'étoit déjà mis au fait de tous les termes de l'art et des principes généraux qui lui servent de base, avance considérable, que sa pénétration naturelle sçut mettre à profit.

Arrivé par degrés à des connoissances plus élevées, il reçut, en 1694, dans l'Université de médecine de cette ville, le bonnet de docteur. Peu de tems après, sur les témoignages rendus en sa faveur, le feu Roi le nomma chancelier de cette Université en survivance, comme l'avoient été ses deux frères; cette même grâce toûjours accordée à une seule famille étoit presque sans exemple, mais le mérite du sujet autorisoit ces distinctions et ne laissoit aucun lieu d'en craindre les conséquences.

L'opinion qu'on avoit de lui fut bientôt pleinement justifiée. M. Chicoyneau le père, affligé dans ses dernières années par la perte de la vûe, se trouvoit dans une malheureuse et entière impuissance de remplir ses fonctions. Son fils s'en acquitta dignement à sa place en faisant, avec le plus grand éclat, aux Écoles de médecine et au Jardin du Roi, les leçons ordinaires d'anatomie et de botanique, qu'il continua très-régulièrement pendant plus de trente années. Les deux chaires destinées à démontrer publiquement ces deux sciences, sont unies depuis longtems dans l'Université de cette ville à la charge de chancelier, aussi pénible par cette réünion qu'elle est d'ailleurs honorable.

L'anatomie portée jusqu'à un certain détail n'étoit pas, dans le tems dont nous parlons, aussi connûe qu'elle l'est aujourdhui. Ce n'est pas que plusieurs grands hommes n'eussent déjà fait la plûpart des importantes découvertes qui sont les vrais fondemens de cette science; mais leurs travaux sçavans trop peu dévoilés ne frappoient point assés vivement les regards. On manquoit d'un traité complet et méthodique, propre à porter la lumière dans les esprits; le célèbre Winslow n'avoit pas écrit. M. Chicoyneau ne pouvoit guère dans ces circonstances développer avec autant d'étendûë qu'on le fait de nos jours tout ce qui concerne l'admirable structure du corps humain; mais ses leçons moins détaillées étoient toûjours instructives: ce que l'anatomie a d'essentiel pour la théorie et la pratique de la médecine y étoit exposé. A l'égard de la botanique, elle fut toûjours la science favorite de M. Chicoyneau; rien de ce qu'elle embrasse ne lui étoit indifférent. Si dans ses leçons publiques il donnoit une attention plus marquée à ces végétaux bienfaisants dont nous éprouvons chaque jour les salutaires effets, il ne dédaignoit point d'en faire connoître en même tems beaucoup d'autres, qui peut-être ne seroient pas moins vantés que les premiers, si quelque hazard heureux nous en avoit découvert les vertus. Gardons-nous de mépriser en ce genre aucune production de la nature. Peut-être que cette plante que l'on néglige comme absolument inutile, est un trésor que nous foulons aux pieds.

M. Chicoyneau ne se bornoit point au simple talent d'instruire: ses leçons étoient ornées de traits vifs et brillans, propres à réveiller l'attention de ses auditeurs et à les préserver d'une langueur involontaire qui, malgré l'importance des matières, auroit pû quelquefois les gagner. La chaleur qui l'animoit, passant dans ses expressions, le rendoit naturellement éloquent quelque sujet qu'il eût à traiter. C'étoit surtout aux ouvertures des Écoles de médecine, dans des jours remarquables et solennels, qu'il donnoit l'essor à son génie. La sublimité des pensées, l'heureux choix des expressions, une latinité pure, dont les meilleurs écrivains du siècle d'Auguste avoient fourni le modèle, caractérisent les discours qu'il prononçoit en ces occasions. Il n'avoit point en partage la précision de son père : son style étoit plus nombreux, plus orné, plus fleuri ; on n'eût pû retrancher du premier sans l'affoiblir, on eût gâté l'autre en cherchant à l'étendre. Le public, en leur applaudissant également, parut toûjours les mettre au même rang. C'étoient deux mérites très-différents qui ne se nuisoient pas.

M. Chicoyneau le père mourut en 1701. Son fils entra aussi-tôt en plein exercice de la charge de chancelier de médecine, dont il avoit la survivance. Il remplaça la même année M. son père en qualité de conseiller en la Cour des comptes, aydes et finances de Montpellier. En joignant l'étude des loix à celle de la médecine, il s'étoit mis en état de briller dans la magistrature, et de remplir en même tems deux fonctions indispensablement nécessaires à la société.

Lorsqu'il plût au feu Roi de donner en 1706 un nouvel ornement à cette ville, par l'établissement d'une Académie des sciences, M. Chicoyneau fût nommé par les lettres patentes pour occuper dans cette Compagnie naissante une place d'associé botaniste. Dans l'assemblée publique, qui se tint la même année, en présence des États de cette province, il lût un sçavant discours sur la conformité des parties des plantes avec celles des animaux. Il continua de traiter ce même sujet dans plusieurs autres écrits académiques, qui se succédèrent assés rapidement pendant les années 1707 et 1708.

On ne peut nier que la conformité dont il est ici question ne soit à beaucoup d'égards très-réelle. Les végétaux et les animaux se ressemblent par les graines et par les œufs, par les liqueurs qui les nourrissent, par un certain plan général de structure, qui feroit presque penser que les végétaux sont des animaux auxquels il manque le sentiment et le mouvement volontaire. Voilà ce qu'on apperçoit aisément au premier coup d'œil. La difficulté n'est que dans les détails. M. Chicoyneau ayant avancé par exemple que la sève circule dans les plantes comme le sang dans les animaux, suivant le sentiment de M. Perrault et de plusieurs autres botanistes, fut vivement attaqué par feu M. Magnol, son confrère dans cette Académie. Aux raisons et aux observations de M. Perrault alléguées par M. Chicoyneau, M. Magnol opposa toûjours d'autres raisons et d'autres expériences extrêmement fortes, et auxquelles son nom seul eût pû donner un grand poids. La même dispute s'est depuis renouvellée en d'autres occasions entre différens adversaires; mais, par un sort trop ordinaire aux contestations de physique les plus célèbres, elle n'est pas encore terminée.

Ce n'est pas seulement sur ces sortes de sujets controversés que M. Chicoyneau exerçoit ses talens académiques. Nous avons de lui plusieurs mémoires qui ne roulent que sur des faits, et ceux-ci mériteront toûjours la préférence. De ce genre est une observation de médecine imprimée dans le volume des Mémoires de l'Académie des sciences de Paris pour l'année 1731. Elle fournit un exemple heureux et remarquable de tout ce que peut la nature aidée de l'art du médecin dans des cas entièrement désespérés.

Les bornes que nous devons nous prescrire ne nous permettent point de parler de plusieurs Dissertations ou Thèses latines, dont le public est encore redevable à M. Chicoyneau. La plus considérable est sur la petite vérole. Elle mérita dans le tems de grands éloges à son auteur. On jugea qu'il avoit frappé directement au but, et l'on ne craignit point d'avancer que nulle méthode pour le traitement de cette maladie n'étoit préférable à la sienne. On ne connoissoit point encore en France les heureux succès de l'inoculation.

La théorie et la pratique ne sont surtout en médecine que trop souvent séparées, quoique rien ne dût être plus uni. M. Chicoyneau étoit également versé dans l'une et dans l'autre. Ce qu'il enseignoit dans l'École, il le pratiquoit tous les jours sur ses malades avec succès. Ses préceptes et sa conduite n'étoient jamais en contradiction. Doué d'une profonde intelligence, il donnoit aux règles ordinaires de la médecine une étendûe que les esprits timides ou trop bornés n'auroient eu garde d'y soupçonner. Il sçavoit même, en suivant le fil de ses spéculations, se faire des règles nouvelles pour les cas imprévûs. En un mot il fut toûjours et un excellent professeur en médecine et un grand médecin.

Sa réputation le fit choisir, en 1720, dans une triste occasion pour laquelle il n'auroit pas suffi d'être habile; il falloit en même tems du courage et de l'intrépidité. La ville de Marseille, désolée par une peste des plus furieuses et des plus cruelles, demandoit un prompt secours. M. Chirac, alors premier médecin de S. A. R. feu Mgr le duc d'Orléans, Régent du royaume, témoigna d'abord l'envie qu'il avoit d'y aller; mais son offre n'ayant pas été acceptée, il n'hésita point de proposer en sa place M. Chicoyneau, qui de son disciple étoit devenu son gendre. Celui-ci, de son côté, ne refusa point une commission si périlleuse et si peu recherchée; il se dévoûa courageusement au salut de la Provence. Il partit de Montpellier accompagné de feu MM. Deydier et Verny célèbres médecins de cette ville, de M. Soulier habile chirurgien, et de quelques autres personnes à qui le même zèle s'étoit communiqué.

Arrivés à Marseille, il y virent le spectacle le plus affreux que l'on puisse s'imaginer : des rûës jonchées de cadavres ou de mourans abandonnés, qui n'avoient pas eu la force de fûir; de grands quartiers devenus de tristes solitudes; plusieurs fléaux réünis: la faim consumant ceux que la maladie avoit épargnés, un découragement universel, une terreur pire que la mort même. Tous ces objets n'ébranlent point M. Chicoyneau. Ses associés et lui se jettent dans les hôpitaux et dans les maisons des pestiférés; ils abordent les malades avec assûrance, sans prendre aucune des précautions que la médecine même semble autoriser en pareil cas. L'impunité de cette hardiesse toûjours heureuse fait impression sur les esprits : on commence à ne plus tant se craindre; on ne fuit plus ce qu'on aime; la nature rentre dans tous ses droits; la religion, excitée par un charitable pasteur digne soûtien de ses brebis languissantes, parle efficacement à tous les cœurs. Des secours que le gouvernement s'est hâté d'envoyer arrivent en même tems pour faire cesser la famine, et l'on se flate de voir bientôt la fin de tant de maux.

Cependant la peste fait encore chaque jour un grand nombre de malheureuses victimes, et ce n'est qu'après un examen très-approfondi de la nature de cette maladie, qu'on en découvre les véritables remèdes. On commence alors à la traiter aussi méthodiquement qu'une fièvre maligne ordinaire. Dès ce moment le nombre des morts diminüë: il est enfin de beaucoup surpassé par celui des guérisons. C'étoit tout ce qu'on eût pû imaginer de plus heureux, et ce succès inespéré étoit presque entièrement dû à M. Chicoyneau.

La peste ayant cessé à Marseille au bout de quelques mois, il alla donner à la ville d'Aix les mêmes secours. Enfin il revint à Montpellier sur la fin de 1721. Il entra dans la ville au milieu des acclamations publiques; rien n'avoit été oublié pour lui préparer une réception honorable. Le triomphe d'Hippocrate dans Athènes ne fut pas plus solemnel.

L'histoire de la peste de Marseille a été écrite par différens auteurs. M. Chicoyneau l'a donnée très-succintement, et avec beaucoup de modestie sur ce qui le concerne, dans un discours latin prononcé aux Écoles de médecine de Montpellier en 1722, et dont la traduction françoise fut rendûë publique l'année suivante. Son objet principal est d'y établir l'opinion de M. Chirac et la sienne, que la peste n'est pas contagieuse. Nous ne dirons rien des raisons dont il appuye ce sentiment si paradoxe en apparence. Elles sont exposées avec beaucoup plus d'étendûë dans un autre ouvrage, qui parut peu de temps après sous les noms de MM. Chicoyneau, Deydier et Soulier. Ceux qui, après avoir lû ces deux écrits, se déclareront pour l'opinion contraire, ne laisseront pas de loüer dans M. Chicoyneau ce noble dessein de communiquer aux autres son héroïsme et son intrépidité.

L'amour qu'il avoit pour ses semblables ne lui permettoit pas de se borner à ces occasions d'éclat, où la vanité tient trop souvent la place d'une vertu solide et épurée. Il étoit bienfaisant pour le seul plaisir de l'être. On le regardoit à Montpellier comme le médecin et le père des pauvres. C'étoit à eux qu'il voloit par préférence; il les soulageoit dans leur misère comme dans leurs maux, et ne manquoit aucune occasion de les assister. Nous nous étendrions beaucoup plus sur cet article, si la voix publique ne nous avoit à cet égard pleinement acquités.

M. Chicoyneau joüissoit dans sa patrie d'une partie de sa gloire, quand M. Chirac son beau-père, devenu premier médecin du Roi, l'attira à la cour en 1730. S. M. le mit aussi-tôt auprès des enfans de France. Son mérite toûjours plus reconnu l'éleva enfin à la première place de sa profession. Ce fut à la mort de M. Chirac, à qui il succéda en 1732.

Cette nouvelle dignité n'apporta aucun changement dans ses manières; il soûtint sans faste des honneurs qu'il n'avoit pas brigués ; il vit les intrigues de la cour, mais sans y prendre de part. Uniquement occupé de la santé précieuse qui lui étoit confiée, tout ce qui s'éloignoit trop de ce grand objet lui paroissoit petit ou indifférent. Les vuides que laissoient ses devoirs étoient remplis philosophiquement et toûjours consacrés à l'utilité publique. Il continua d'être le médecin des pauvres. En un mot, il fut à la cour ce qu'il avoit été toute sa vie: même simplicité dans les mœurs, même tendresse pour l'humanité, même empressement à soulager les misérables; toûjours vertueux, jamais courtisan.

Le bonheur qu'il eût d'être exemt de toutes les passions tumultueuses le fit parvenir à l'âge de 80 ans, sans aucune des incommodités qui sont le partage ordinaire de la vieillesse. Il mourut à Versailles le 13 avril 1752, après quelques jours de maladie.

Il avoit été marié deux fois, d'abord avec demoiselle Catherine Fournier, et en secondes nôces avec mademoiselle Chirac. Il a laissé plusieurs enfants de ces deux mariages. L'aîné de tous, membre de cette Académie, mourut en 1740, ayant été pourvû depuis plusieurs années de la charge de chancelier de médecine en survivance. On a désigné pour cette même charge le fils de ce dernier, qui a commencé ses études de médecine à Paris, et qui, par l'ardeur qu'il témoigne dans la même carrière que ses ancêtres, nous promet un digne héritier de leurs talens et de leurs vertus.

Depuis 1731, M. Chicoyneau n'avoit plus dans la Société royale que le titre d'associé vétéran. Il avoit été reçu la même année associé libre à l'Académie des sciences de Paris, à laquelle il appartenoit déjà comme académicien de Montpellier. Nous parlons toûjours avec complaisance de l'union étroite et intime de ces deux Compagnies, et nous en avons connu plus parfaitement tout le prix en voyant l'un des plus sçavans et des plus celebres académiciens de Paris succéder à M. Chicoyneau dans la place de premier médecin. Il est heureux pour les deux Académies réünies, que l'on confie toûjours par préférence à des sujets formés dans leur sein, et qui s'y sont distingués par d'utiles travaux, les jours de leur auguste protecteur.

ÉLOGE DE M. ROMIEU.

Jean-Baptiste Romieu naquit à Montpellier, le 14 septembre 1723, de Jean-François Romieu, ancien procureur en la Cour des comptes, aydes et finances de cette ville, et de Perrine Durand. Ses premières années rendirent un heureux témoignage de l'extrême envie qu'il avoit de sçavoir, de son amour invincible pour l'application. On peut dire qu'il étudia presque aussi-tôt qu'il commença de se connoître. Les livres firent dès-lors ses plus chères délices, et il quittoit volontiers pour eux la plupart des amusemens les plus ordinaires à ceux de son âge. Cette inclination, qui prenoit sans cesse de nouvelles forces, parut au jeune Romieu d'autant plus digne d'être suivie avec ardeur, qu'il jugea qu'elle devoit beaucoup influer sur le bonheur de sa vie. Une foiblesse de jambes qu'il avoit depuis sa naissance, le rendoit peu propre à tout ce qui exige du mouvement et de l'action ; il ne se soûtenoit qu'avec peine, et le plus souvent il ne pouvoit marcher qu'à l'aide de quelqu'un qui l'appuyoit. Condamné à mener une vie sedentaire et retirée, il cherchoit déjà dans les occupations tranquilles du cabinet, dans l'étude assidûe des sciences, les ressources qu'elles offrent au sage dans ses différentes situations.

Cet amour du travail, incapable de se démentir dans M. Romieu, décida du succès de ses études ordinaires, qu'il fit au Collège royal de Montpellier, tenu alors par les Jésuites. Quelque charme qu'il eût trouvé dans les humanités, la philosophie eut bientôt pour lui des attraits plus puissans. Malheureusement, la physique du collège n'étoit pas celle qu'il cherchoit. Il vit avec regret que les mots y tenoient encore trop souvent la place des choses, que la nature étoit peu consultée, que de vieilles hypothèses chimeriques se produisoient toûjours avec la même confiance, malgré le désaveu formel de l'expérience et des observations. Les anciens préjugés ont long-temps disputé contre la raison, et l'école n'a profité que bien tard des découvertes des académies. M. Romieu fut donc forcé de se dédommager en secret de l'insuffisance, et si l'on veut, de l'inutilité de l'instruction publique. Le fruit de ses études particulières ne tarda pas à se manifester dans les questions et les objections qu'il faisoit à son professeur. Celui-ci, tout embarrassé qu'il étoit quelquefois pour y répondre, ne trouva point mauvais qu'un de ses disciples eût formé l'ambitieux projet d'être plus habile que lui. Il sentit ce que valoit un tel disciple, et, pour s'en faire honneur dans le public, il voulut l'engager à soûtenir des thèses générales de philosophie ; mais quelques efforts qu'il fît, il ne put parvenir à l'y resoudre. Il eût fallu que par complaisance pour le maitre, le disciple eût défendu avec chaleur des opinions dont il n'étoit nullement persuadé ; ce personnage lui auroit trop coûté ; sa sincérité naturelle prit d'abord l'allarme et ce fut sans retour. Inutilement l'école réūnie blâma cette délicatesse et la traita de vain scrupule; il ne crut pas, même en cette matière, pouvoir se permettre la plus légère dissimulation.

Après le collège, il entra sans peine dans les vûës de ses parens qui le destinoient à la jurisprudence; il fut reçû docteur en droit et avocat. Enfoncé par état dans l'immense dedale des loix, il ne laissoit pas de porter de fréquens regards sur la physique et les différentes sciences qui en sont le fondement, ou qui lui prêtent leur secours. Ces sciences le délassoient agréablement; il avoit pour elles des heures privilégiées et favorites, qui quelquefois même, sans qu'il s'en apperçût, devenoient des journées entières.

Une chaire de professeur en droit qui vaquoit dans l'Université de cette ville, ayant été mise au concours, M. Romieu la disputa avec assés de distinction; et s'il n'obtint pas le prix de ce combat académique, on jugea du moins par les coups qu'il avoit portés à ses adversaires et par la manière dont il s'étoit lui-même défendu, qu'il pourroit une autre fois avoir plus de bonheur en pareille occasion. Mais il vint à se dégoûter insensiblement du barreau et de l'École de droit. Une fortune bonnête, des desirs très-modérés, l'amour de la philosophie et du repos, lui firent comprendre qu'il pouvoit être heureux, quand même tous les hommes sensibles à leur intérêt commun s'accorderoient à ne plus plaider, et que les loix qui les assujettissent leur deviendroient inutiles. Sa famille vit bien qu'il ne falloit pas penser à le contraindre. Ainsi, le reste de sa vie ne fut qu'un aimable loisir, presque entièrement rempli par nos sciences; elles se mirent en pleine possession des droits qu'elles avoient sur lui, et ses occupations ne furent plus distinguées de ses amusemens.

La physique expérimentale, la chymie, la geometrie, la science qui sous le nom d'acoustique embrasse la théorie générale du son, l'astronomie et d'autres parties des mathématiques se le partagèrent comme à l'envi. Un de ses objets particuliers en s'y appliquant, fut sans doute de mériter une place dans la Société royale. Il y entra en 1748, en qualité d'adjoint physicien. Quelques années après, il parvint au grade d'associé, d'abord dans la classe de la physique, et ensuite dans celle des mathématiques.

Les premiers mémoires que nous eûmes de lui appartiennent à la physique et à la chymie. Il y décrit une nouvelle vegetation que le hazard lui avoit fait découvrir dans le camphre dissous par l'eau de vie; on a quantité d'exemples de ces sortes de vegetations chymiques, mais celle-ci l'emporte sur les autres par sa finesse et par sa régularité. Tous les détails à ce sujet sont exposés dans une curieuse dissertation de notre académicien, imprimée à la suite des mémoires de l'Académie royale des sciences de Paris pour 1756. Cette dissertation développe d'autres propriétés du camphre, principalement des mouvemens d'attraction et de répulsion, auxquels sont assujetties, en certains cas, les petites parcelles de cette substance pulvérisée et répandûë sur la surface de l'eau, mouvemens qui par leur vivacité semblent imiter ceux de ces animalcules que l'illustre M. de Buffon a crû devoir transformer en molecules organiques. Ces mouvemens des molecules du camphre ont d'ailleurs, avec les phenomenes de l'électricité, une analogie singulière et très marquée.

Ce qu'a fait M. Romieu pour la perfection de l'acoustique ou science du son, merite une attention particulière.

Ses recherches en cette matière furent la suite d'un goût naturel qu'il avoit pour la musique, si propre à faire le charme de toutes les personnes sedentaires. Elle faisoit très souvent le sien, mais si la pratique lui en paroissoit délicieuse, il jugea que sous un autre aspect la théorie ne l'étoit pas moins. Il ne se borna point à l'effet, comme on fait d'ordinaire en pareil cas: il voulut remonter à la cause; il demanda compte à la nature du plaisir qu'elle lui faisoit éprouver. Plusieurs musiciens geometres avoient eu avant lui la même curiosité : Descartes, Huyghens, Mᵣᵣ Sauveur, Euler et beaucoup d'autres auxquels nous ne ferons nulle difficulté de joindre ici le plus sçavant de nos compositeurs, le celebre Rameau, avoient ouvert la route où M. Romieu s'engagea. L'exemple de ces grands hommes ne servit qu'à l'animer. Le sçavoir médiocre s'imagine avoir tout approfondi quand il a tout lû, mais le vrai genie va toûjours beaucoup plus loin que la simple érudition. Il se sent heureusement né pour reculer les limites des sciences; sur la foi des premières découvertes il se promet avec une entière assurance d'en faire de nouvelles.

Cette noble et sçavante audace ne fut point déplacée dans M. Romieu. L'importante découverte qu'il fit, en 1751, du moyen de produire naturellement les sons harmoniques graves, la justifia pleinement.

La nature des sons harmoniques est connûë; ce qui les caractérise essentiellement, c'est de faire avec un son fondamental un intervalle d'octave, de douzième, de double octave, de dix-septième majeure, de dix-neuvième, etc. On sçavoit depuis long-temps qu'à l'égard des sons harmoniques aigus ou en dessus, les cordes sonores et les instrumens à vent les faisoient entendre dans plusieurs circonstances sans aucun artifice de nôtre part, mais la resonnance naturelle des harmoniques graves ne s'étoit pas encore rendûë sensible. Il étoit cependant très intéressant pour la théorie de l'harmonie de trouver ces sons dans la nature et sans le secours de l'art. M. Romieu y parvint par l'accord de deux instrumens à vent. Deux sons forts, justes et soûtenus, se faisant entendre au même instant, en produisirent un troisième, qui fut constamment leur harmonique grave commun. Cette expérience répétée une infinité de fois et de toutes les manières possibles, donna toûjours le même résultat. Nous supprimons les différentes conséquences que l'auteur en tira, et les vûës qu'elle lui fit naître pour la perfection de l'harmonie. Ce détail nous menerait trop loin, et le memoire lû sur ce sujet, dans l'assemblée publique du 16 décembre 1751, par M. Romieu, et imprimé au commencement de l'année suivante, doit nous l'épargner.

Contentons nous, pour faire sentir le prix de cette découverte, d'observer qu'elle fut annoncée avec les plus grands éloges, par l'illustre M. d'Alembert, à l'article *Fondamental* de l'Encyclopédie. Il est vrai qu'en loüant la découverte, M. d'Alembert n'en loüa pas d'abord le premier et le véritable auteur. Il la mit sur le compte du celebre M. Tartini, qui l'avoit publiée en 1754, comme une nouveauté qui n'étoit dûë qu'à lui. Mais M. Romieu étoit le premier en datte, et il ne lui fut pas difficile d'établir ses justes droits. Il envoya son memoire à M. d'Alembert, qui, dans le discours préliminaire de ses élémens de musique theorique et pratique, déclare expressément, qu'en écrivant l'article *Fondamental*, il ignoroit que M. Romieu avoit donné à la [Société royale un memoire imprimé près de deux ans avant que l'ouvrage de M. Tartini parût, et où l'on trouve l'expérience de ce dernier, sur les harmoniques graves, présentée dans le plus grand détail. « En rapportant ce fait, » comme nous le devons, continuë M. d'Alembert, nous ne prétendons rien ôter à » M. Tartini ; nous sommes persuadés qu'il ne doit sa découverte qu'à ses propres » recherches, mais nous ne pouvons nous dispenser de rendre un témoignage public » à celui qui l'a annoncée le premier. »

Cette déclaration, accompagnée de quelques réflexions très-avantageuses à M. Romieu, dissipa totalement la crainte qu'il avoit d'abord eûë, qu'on ne voulût lui enlever sa découverte, et le fit joüir paisiblement de la gloire qui devoit lui en revenir.

On trouve à la fin du Recuëil de l'Académie des sciences de Paris pour 1758, un autre memoire de M. Romieu sur les systémes tempérés de musique. La nécessité du temperament est fondée sur le défaut de la game accordée par intervalles justes ; l'oreille sent ce défaut, ce qui fait que l'on tempère naturellement en chantant ; mais les instrumens inanimés ne peuvent se corriger eux-mêmes, et c'est pour les accorder, qu'un système tempéré est absolument nécessaire. La pratique ordinaire des musiciens est d'accorder les tierces justes, en faisant supporter aux quintes toute l'altération. M. Romieu fait voir tous les inconvéniens de cette méthode et de plusieurs autres qu'on a essayé de lui substituer ; et après une discussion très approfondie, il se détermine en faveur d'un temperament qui altère et la tierce et la quinte, chacune relativement à son degré de consonance. Ce système, qui exige une division de l'octave en 55 parties, a été connu de M. Sauveur qui lui a donné, l'on ne sçait trop pourquoi, le nom de système des musiciens. Nôtre académicien enseigne à accorder un clavessin dans ce système, par tritons et par fausses quintes. Il termine son memoire par des tables calculées avec un soin extrême et qui ne sont que l'application de ses principes.

Un des systémes qu'il rejette est adopté avec éloge dans l'histoire de l'Académie des sciences de Paris de 1742. Il est de M. de Montvallon, conseiller au parlement d'Aix, connu par d'autres recherches de mathématiques et de physique. M. Romieu découvrit bientôt tous les défauts de ce système, trop peu différent du diatonique rigoureux absolument insoutenable. Il fit part à M. de Montvallon de ses réflexions, en les assaisonnant de cette politesse ordinaire aux sçavans de nos jours. M. de Montvallon répondit sur le même ton, en avoüant de bonne foi son erreur, si excusable qu'elle avoit imposé à l'Académie entière des sciences.

Les deux écrits de M. Romieu sur les harmoniques graves et sur les temperamens, font partie d'un ouvrage beaucoup plus considérable, qui devait presenter dans toute leur étendûe la theorie de l'acoustique et les regles de l'art musical. Il a travaillé long-tems à cet ouvrage, qu'il a laissé enfin en état d'être publié.

On nous demandera peut-être s'il n'a pas fait usage de ses propres regles, dans des morceaux de musique de sa composition? Nous répondrons qu'il l'a fait quelquefois avec assés de succès, mais en general il a peu travaillé dans ce dernier genre. Son goût le portoit plus volontiers à exécuter la musique d'autrui; il aimoit mieux former par ses preceptes des compositeurs que de l'être lui-même.

Continüons l'énumération de ses travaux académiques; ils sont si nombreux qu'il suffira le plus souvent de les indiquer. Ainsi, nous dirons simplement que la Compagnie a de lui un essai sur la théorie de l'oüie; des recherches sur la manière dont l'œil s'accommode aux différentes distances des objets; des tables gnomoniques très exactement calculées; un nouveau procédé pour la régénération du crystal de tartre; des détails sur certains faits de botanique et d'histoire naturelle; des observations météorologiques continüées pendant plusieurs années; des recherches sur les retours périodiques des chaleurs extraordinaires et des froids excessifs. Ces passages rapides et fréquens d'une science à une autre, prouvent la variété de ses connoissances. J'ai parlé assés au long dans l'Encyclopédie, à l'article *Glace*, d'une expérience curieuse qu'il avoit faite sur la crystallisation du sel de Glauber, expérience qui met dans le plus grand jour le rapport de la crystallisation des sels avec la congelation de l'eau.

M. Romieu étoit astronome, et nous ne devons pas negliger de le considérer plus particulièrement sous cette qualité. Il s'étoit fait bâtir au haut de sa maison un observatoire très-commode, où il allait plusieurs fois le jour et pendant la nuit, suivre les mouvemens des corps celestes. C'étoit à peu près l'exercice le plus considérable qu'il pût faire sans secours étranger, car il falloit qu'on le conduisît à l'Académie. Au dessous de cet observatoire étoient un laboratoire de chymie et un cabinet de physique experimentale; chaque partie de son logement empruntoit sa destination particulière de quelqu'un de ses goûts.

Dans les grandes occasions, on le portoit à l'observatoire de la Société, et c'est là que, conjointement avec les autres astronomes de cette Compagnie, il a observé tous les phenomenes intéressans dont le ciel nous a favorisés ces dernières années. Il se chargeoit volontiers, dans ces occasions importantes, de faire les honneurs de l'observatoire aux étrangers et au public. Il représentoit par de grandes figures les éclipses et les mouvemens des cometes que l'on devoit observer, toujours prêt à répondre aux questions qu'on ne manquoit pas de lui faire sur l'astronomie et sur toutes les sciences qui font l'objet de nos recherches. Le plaisir de parler de ce qu'il aimoit l'emportoit quelquefois au delà des bornes, et l'empêchoit de s'appercevoir qu'en dévoilant nos mystères à ceux qui n'y étoient pas initiés, l donnoit beaucoup plus que la curiosité ne demandoit pour être satisfaite, mais son zèle pour étendre le culte des sciences ne pouvoit se contenir. Il auroit voulu leur conquérir l'univers.

L'impression que certains phenomenes celestes font sur la multitude, lui paroissoit un hommage digne de l'astronomie, et il regrettoit quelquefois d'être venu trop tard pour avoir pû être témoin de l'admiration universelle que causa la fameuse éclipse totale de soleil observée à la naissance de cette Académie. Il avoit pris la peine de calculer toutes les éclipses solaires qui seront visibles à Montpellier pendant le reste de ce siècle, et il n'en avoit trouvé que de partiales. Les causes de la grande rareté des éclipses totales de soleil, par rapport à un même lieu déterminé de la terre, ont été suffisamment expliquées dans le premier volume de l'histoire de la Société.

Jusqu'ici M. Romieu n'a paru s'occuper que d'objets simplement curieux, ou du moins dont l'utilité n'est guère sensible au vulgaire. Il n'en est pas de même de ceux de ses travaux dont il nous reste encore à rendre compte. Ils se rapportent à l'agriculture, à cet art le plus utile de tous, qui reprend de nos jours dans des mains sçavantes toute la dignité que les mains victorieuses des maitres et des legislateurs de la terre lui donnèrent autrefois.

Un des points les plus essentiels dans la culture de la terre, est de lui fournir un engrais convenable. C'est le but d'un memoire communiqué par nôtre académicien, dans l'assemblée publique du 7 janvier 1762. Il y fait voir que la marne, le meilleur et le plus durable de tous les engrais, est très-commune aux environs de Montpellier et dans le reste de cette province, et il donne les moyens de s'en servir avec succès. Ce memoire a été imprimé dans le Recuëil des edits et declarations de 1762, concernant le Languedoc. C'est sans doute un titre honorable, pour un ouvrage académique, de paroitre dans une semblable collection; mais le zèle éclairé des Etats et du digne prélat qui les préside, accuëillira toùjours avec distinction tout ce qui pourra s'élever à la sublimité de leurs vûës pour le bien public.

Dans une seconde dissertation, M. Romieu examine la pratique de faire chauffer le bled au four, et dans un troisième écrit, lû publiquement comme les deux premiers, il détermine la quantité de bled qui doit être semée, relativement à l'étendûë et à la qualité du terrein. Il prouve, et par ses propres observations et par toutes les autres qu'il a pû recuëillir, que cette quantité, sujette à bien des variations, doit être réduite en général aux trois quarts et même à la moitié de ce que l'usage de ce pays veut que l'on seme le plus communément. La nécessité de se corriger là dessus est enfin reconnûë, et les paysans même, qui sur ces matières se laissent plus difficilement renvoyer à l'école, abandonnent insensiblement leurs anciens préjugés.

La détermination exacte des poids et mesures de la ville de Montpellier, fait le sujet du dernier mémoire de M. Romieu. C'est l'ouvrage d'un citoyen que tout intéresse dans son propre pays, et qui possède au souverain degré l'esprit patriotique et national.

Son amour pour la gloire littéraire de la nation se montroit dans les choses même les plus indifférentes, ou plutôt rien ne lui paroissoit indifférent à cet égard. Il ne pouvoit souffrir, par exemple, que l'on donnât la préférence à la musique italienne sur la françoise : il ne cessoit de dire qu'elles étoient l'une et l'autre parfaites dans leur genre, et il vouloit que l'on s'abstint de toute comparaison. Un écrivain celebre, trop fertile en paradoxes, mais dont toutes les productions portent supérieurement l'empreinte du genie, a nié jusqu'à l'existence de la musique françoise. M. Romieu rejettoit avec indignation une proposition si capable d'offenser les oreilles patriotiques.

Il continuoit à s'occuper utilement pour l'Académie et pour le public, lorsqu'au commencement d'octobre 1766, il fut atteint d'une fièvre continûë qui ne parut pas d'abord dangereuse, mais qui s'étant changée en fièvre maligne, rendit à la fin entièrement inutiles toutes les ressources que la nature, l'art et la jeunesse du malade, qui venoit d'entrer dans sa 44e année, pûrent mettre en œuvre pour le guérir. Il mourut le 8 novembre suivant, 34e jour de sa maladie, après avoir reçu la veille les derniers sacremens. Un père octogenaire dont il faisoit la consolation, une épouse aimable et vertueuse avec qui il a passé les plus heureux jours, une fille gage unique de la plus rare tendresse, reçurent ses derniers soupirs.

M. Romieu étoit né avec une sensibilité des plus vives pour tout ce qui avoit droit de l'attacher. On n'a peut-être jamais vû de meilleur fils, d'époux plus tendre, de meilleur pere, d'ami plus empressé et plus fidèle. Il existoit dans tout ce qui lui étoit cher. La disgrace ou le bonheur de ses amis ou de ses proches, étoit la mesure constante de ses inquiétudes ou de sa tranquillité.

Ces sentimens n'étoient point bornés par le sang et par l'amitié. L'humanité entière avoit droit sur son cœur. Un inconnu qui reclamoit son secours, pouvoit attendre de lui des services de toute espèce dans l'étendûë de ses forces. La vûe d'un honnête homme dans le besoin le touchoit au vif. On sçait qu'il faisoit des charités considérables, relativement à sa fortune, et jamais il n'étoit plus content que quand il avoit pû soulager la misère d'autrui.

Sa probité plus qu'exacte alloit jusqu'au scrupule. Ennemi de tout déguisement, il ne promettoit que ce qu'il pouvoit tenir. Il ne cherchoit point à se faire valoir par le simple extérieur des empressemens. Il dédaignoit ces superficies brillantes, ces dehors trop aimables et trop séduisans qui, dans le monde où l'on apprend à s'en revêtir, couvrent si souvent un fonds sterile, semblables à ces fleurs si

28

riches dans leur parure et si diversifiées, que la culture n'a pris soin d'embellir qu'aux dépens de leur fécondité.

Ses amis, qui étoient en assés grand nombre, se sont toûjours loûes de l'égalité de son humeur. Sa vie sedentaire leur donnoit occasion de le voir souvent chés lui, et comme plusieurs d'entr'eux partageoient ses inclinations, ils avoient formé une espece de petite academie où se préparoit par avance, au moins en grande partie, ce qui devoit se traiter dans la Société royale, à laquel e il étoit attaché au delà de toute expression. C'étoit pour lui comme une seconde patrie; il en recherchoit soigneusement la gloire; il s'intéressoit véritablement aux succès de tous ses confreres, et nul sentiment de jalousie n'eut jamais d'accès chés lui.

Des qualités si estimables étoient relevées par ce qui donne le prix à toutes les vertus. Né dans une famille honnête et chrétienne, il y puisa de bonne heure des sentimens de religion qui ne s'effacèrent jamais. Il recevoit, avec une docilité parfaite, toutes les vérités du christianisme, et sa piété sincère lui en faisoit pratiquer les différens devoirs sans ostentation.

L'Academie et le public se sont réünis pour le regretter. Nous avons déploré la mort trop prématurée d'un confrère qui alloit devenir celebre; nos compatriotes se sont vûs privés avec douleur d'un citoyen vertueux. Il vit encore dans les cœurs et dans les esprits, et je sçais qu'on attendoit avec impatience ce foible tribut qui devoit être offert à sa memoire par les mains de l'amitié.

ÉLOGE DE M. GOURRAIGNE.

Hugues GOURRAIGNE nâquit le 17 novembre 1689, à Puymirol, dans le comté d'Agenois, de Pierre Gourraigne, bourgeois du même lieu, et de Marie Bianabe. Après ses humanités et sa philosophie qu'il fit à Agen, au collège des Jesuites, il alla, en 1710, à Cahors, pour y étudier la médecine, à laquelle il se destinoit; il se rendit l'année suivante à Toulouse, où il continua pendant quelque tems les mêmes études. Étant retourné à Cahors, il y prit,. en 1715, le degré de bachelier. Enfin, il vint à Montpellier la même année ; son ardeur de s'instruire et son application y redoublèrent, et, après des preuves suffisantes de capacité, il reçût, au mois de décembre 1719, dans l'Université de médecine de cette ville, le bonnet de docteur.

On aura pû remarquer un assés long intervalle que mit M. Gourraigne entre le commencement de ses études de médecine et son doctorat. Les motifs de ce délai font honneur à sa mémoire. Il s'étoit fait une haute idée de l'importance de sa profession et de l'étendûe presque infinie de connoissances qu'elle exige. Peut-être aussi que cette marche un peu lente, mais sûre, se rapportoit au caractère d'esprit de celui dont nous faisons l'éloge. Plus solide que brillant, la grande vivacité de l'imagination n'étoit point ce qui dominoit en lui. Il concevoit les choses les plus difficiles, mais il lui falloit un peu de tems pour les concevoir : comme il se rendoit à cet égard une entière justice, il ne s'épargnoit point ce tems qui lui étoit nécessaire; il se ménageoit tous les secours dont il avoit besoin ; ce qui lui manquoit du côté de la nature, il sçavoit se le donner par l'opiniâtreté du travail.

Dès qu'il fut docteur, il s'établit à Montpellier, et bientôt il commença d'y voir des malades. Sa méthode pour la pratique étoit fort simple : il n'accabloit point ses malades par un trop grand nombre de remèdes; il ne craignoit point de partager l'honneur de la guérison avec la nature, qu'il étoit soigneux de consulter, et à laquelle il se fioit toûjours beaucoup; il étoit persuadé qu'elle ne veut jamais être troublée, mais seulement aidée à propos. Ces principes bien entendus sont ceux de tout le monde; tout consiste à sçavoir les appliquer. M. Gourraigne a très-souvent réüssi dans cette dangereuse et difficile application, et on l'a vû, avec fort peu de médicamens et par un régime particulier, guérir des maladies chroniques opiniâtres et fort invétérées. Les premiers succès qu'il eût en pratiquant son art engagèrent, en 1720, feu M. Colbert, évêque de Montpellier, à confier à ses soins, dans un quartier de cette ville, les pauvres malades qu'on appelle ici les pauvres de la Miséricorde. Quelques années après, M. de Bernage, alors intendant en Languedoc, aujourd'hui prevôt des marchands de la ville de Paris, le donna pour médecin aux prisonniers malades dans la citadelle. Il répondit à ces deux marques de confiance en s'efforçant de les meriter de plus en plus par de nouveaux succès.

Il étoit le médecin ordinaire de plusieurs particuliers de cette ville, et, dans le nombre de ses pratiques, il en compta toûjours d'assés brillartes. Cependant il ne s'éleva jamais jusqu'au degré de réputation où quelques-uns de ses confrères sont parvenus. Il ignoroit entièrement l'art de se faire valoir dans le monde ; rien d'extérieur étranger à ses talens ne les annonçoit ; il ne pouvoit donner d'autre preuve de son habileté que son habileté même, et, malheureusement pour l'honneur des hommes, cette preuve, la seule décisive, ne suffit pas toûjours.

Dans les intervalles que lui laissoient ses malades, il démontroit chez lui dans des cours particuliers les différentes parties de la médecine ; il faisoit des lectures convenables à sa profession ; il composoit des ouvrages. Le premier qu'on ait vû de lui parut en 1725 ; c'est un essai sur la nature des fièvres, sous ce titre : *Specimen de febribus juxtà circulationis leges.* On souhaita qu'il traitât le même sujet avec plus d'étendûë ; c'est ce qui l'engagea à donner au public, en 1731. un traité des fièvres plus exact et plus détaillé. Ce traité est en latin, comme la plupârt des autres écrits dont nous avons à parler.

Tous ces écrits sont considérables par leur nombre et par l'importance des matières qui en font l'objet. Ce sont des traités sur les différentes espèces de tumeurs, sur les maladies inflammatoires, sur les maladies chroniques considérées en général, une physiologie et une pathologie, des dissertations sur le mouvement méchanique dans le corps humain, sur le vice de nos humeurs, sur les causes qui peuvent augmenter ou diminuër la fluidité du sang, sur l'usage du fer dans la médecine, et sur d'autres sujets qui ne sont pas moins intéressans.

Le Traité des fièvres est l'ouvrage qui fit le plus d'honneur à M. Gourraigne. Il s'en répandit bientôt, soit en France, soit dans les pays étrangers, un grand nombre d'exemplaires. Il fut traduit en espagnol, en allemand et en italien. L'auteur en préparoit quelque tems avant sa mort une nouvelle édition, qu'on lui demandoit avec empressement, et qui sans doute se seroit bien ressentie des acquisitions postérieures. Il vouloit joindre à cette édition ce qu'il avoit publié d'ailleurs, et quelques autres écrits qui n'avoient pas encore vû le jour. Le tout devoit former un recûëil fort ample de deux ou trois volumes in-quarto, et qui auroit pû passer pour un cours de médecine assés complet.

Le style de M. Gourraigne est d'ordinaire assés négligé. Il s'attachoit principalement au fond des choses. On voit qu'il avoit lû avec soin la plûpart des auteurs qui ont écrit sur la médecine, tant les anciens que les modernes. La peine qu'il a prise d'en recûëillir ce qu'ils ont laissé de plus utile et de plus exact, le prouve évidemment. Qu'on ne s'imagine pas, au reste, que son seul mérite soit celui d'un simple compilateur judicieux. Il a mis souvent du sien dans ses productions. En rapportant ce qu'ont pensé les autres, il se réserve toûjours le droit de penser par lui-même.

Ses travaux ont souvent trouvé de justes appréciateurs. Feu M. Hecquet, qui n'avoit pas accoûtumé de prodiguer les loüanges à ses confrères, a marqué publiquement, dans un de ses écrits, son estime pour M. Gourraigne, qu'il n'avoit jamais vû, et qui n'étoit connu de lui que par ses ouvrages. Les journalistes de Paris ont parlé de nôtre auteur avec éloge, toutes les fois qu'ils ont rendu compte de quelqu'une de ses productions.

M. Gourraigne disputa deux fois pour obtenir une chaire vacante dans l'Université de médecine de Montpellier. Il possédoit quelques-unes des parties essentielles à un professeur ; il avoit même pendant cinq ans fait avec succès des leçons publiques dans l'Université ; mais il faut avoüer que le talent le plus nécessaire pour la dispute lui manquoit. Un défaut de vivacité, joint à la peine qu'il avoit quelquefois de s'exprimer, nuisoit à son sçavoir, et donnoit à ses adversaires un ascendant sur lui et un ton de supériorité qu'il n'auroit pas dû naturellement leur laisser prendre. C'est probablement ce qui lui rendit dans les deux disputes les suffrages de ses juges peu favorables. Il fut sensible à ce malheur, surtout lorsqu'il l'éprouva pour la seconde fois. Le chagrin qu'il en ressentit alors fit sur lui l'impression la plus vive, et avança vraisemblablement la fin de ses jours.

On s'apperçût bientôt d'une altération considérable dans sa santé. Il tomba dans une langueur et une paralysie qui résistoit à tous les remèdes. En cet état il n'avoit souvent qu'une connoissance imparfaite. Il ne pouvoit même fournir long-tems à la conversation. Dans les momens où sa tête étoit plus libre, il écoutoit volontiers ceux qui tâchoient d'exciter en lui les sentimens de religion, qu'il a souvent manifestés dans tout le cours de sa vie.

Il mourut, le 21 novembre 1751, dans les premiers jours de sa soixante-troisième année. La veille de sa mort, étant accablé par la violence du mal, et réduit à un état qui ne lui permettoit plus de prendre part à rien, il perdit sa femme, qu'il avoit toûjours aimée, et qui, dès le premier moment de leur union, lui avoit été d'une fort grande ressource. Il auroit senti vivement cette perte dans toute autre situation. Il n'a point laissé d'enfans de son mariage.

M. Gourraigne, sur une lecture qu'il avoit faite, en 1716, dans une de nos assemblées, avoit obtenu des lettres de correspondant. Ces lettres lui devinrent inutiles par la résolution qu'il prit quelque tems après de se fixer à Montpellier. Il entra depuis dans cette Compagnie, en 1735, en qualité d'associé ordinaire. Il fut successivement attaché à la classe de la chymie et à celle des anatomistes. Il parut également propre à briller dans ces deux classes. Comme chymiste, il nous donna des observations curieuses sur l'huile d'olive, une analyse exacte du lait avec l'examen de ses propriétés, des recherches sur la nature des terres qui entrent dans la composition des métaux. Ceux de ses travaux académiques qui se rapportent à l'anatomie, ont pour objet la description d'un enfant monstrueux, imprimée dans le volume de l'Académie des sciences de Paris de 1741, des observations sur un battement des veines semblable à celui des artères, des relations de certaines maladies singulières, un examen approfondi de la fameuse question de la dérivation et de la révulsion dans la saignée, question qu'il tâche de décider à peu près dans les principes de MM. Ferrein et Hamberger. Tous ces mémoires et beaucoup d'autres dont nous ne parlons point, montrent évidemment qu'aux différentes qualités qu'on a relevées dans cet éloge, M. Gourraigne unissoit en un certain degré les talens d'un académicien.

ÉLOGE DE M. DE GUILLEMINET.

Pierre-François de GUILLEMINET nâquit à Montpellier, le 13 février 1691, de Joseph-Étienne de Guilleminet, écuyer, secrétaire et greffier des États de la province de Languedoc, et de dame Anne de la Roche, tous deux d'une ancienne noblesse. Depuis près de cent cinquante ans, l'une des deux charges de greffier des États est dans la famille de Guilleminet, où elle s'est en quelque manière rendûe héréditaire. La branche aînée de la même famille se distingue depuis long-tems dans la magistrature, et M. de Guilleminet de Busignargues, conseiller en la cour des Comptes, aydes et finances de Montpellier, est le quatrième qui de père en fils ait possédé cette charge.

M. de Guilleminet que la mort vient de nous ravir, n'étoit pas encore sorti de l'enfance, lorsqu'il perdit son père. Sa mère et son ayeul paternel lui restoient. Ce dernier, qui avait été long-tems greffier des États, eût pû facilement reprendre cette place, que son fils n'avoit eûé que sur sa démission ; mais son âge avancé et l'incertitude des événemens le déterminèrent à la demander pour son petit-fils. Il se flatta que les longs services de sa famille, parlant fortement dans cette occasion, seroient écoutés. Son espérance ne fut point trompée. Par une distinction sans exemple, le jeune Guilleminet, âgé seulement de douze ans, fut nommé secrétaire et greffier des États de Languedoc. On lui permit de paroître en cette qualité, quoique enfant, dans cette respectable assemblée, et d'y faire même quelques fonctions. L'air de noblesse avec lequel il s'en acquita, redoubla beaucoup l'intérêt qu'on prend naturellement pour un âge si tendre, et parut, à ceux qui en furent les témoins, d'un heureux augure pour l'avenir.

Ayant fait de cette manière à douze ans son entrée dans le monde, le jeune Guilleminet, sensible à la liberté qu'on y respire, se montra dès lors disposé à la préférer à tout. L'assujettissement aux exercices d'un collège ne s'offrit à lui que sous l'idée d'un joug insupportable. Ceux de ses parens qui veilloient à son éducation, combattirent foiblement une aversion qui prenoit en lui tous les jours de nouvelles forces. Ainsi, se trouvant à cet égard trop maître de lui-même, il cessa de se contraindre, et sortit du collège des Jesuites de cette ville après quelques études faites assés médiocrement, qu'il n'eût garde de pousser jusqu'à la rhétorique. Heureusement il avoit en partage un esprit vif et naturel, capable de suppléer en plusieurs occasions à cette première culture, et l'on s'appercevoit à peine qu'elle lui manquât.

C'est en partie cette heureuse vivacité d'esprit, qui fit dans la suite rechercher sa société par tout ce que la province avoit de plus considérable par le rang et par la naissance. Feu M. de Beauvau, archevêque de Narbonne, l'honora surtout d'une amitié particulière qui ne se démentit jamais, et que l'empressement de M. de

Guilleminet à la mériter, a dans tous les tems pleinement justifiée Il eût beaucoup d'autres amis et d'autres protecteurs. Complaisant sans flaterie à l'égard des premiers, il faisoit sa cour aux autres sans bassesse. Les relations que lui donnoit sa charge de greffier des États, et toutes ces liaisons différentes, dont elle étoit l'occasion et la source, n'étoient pas l'un des moindres agrémens de cette place, qui d'ailleurs, si l'on excepte deux ou trois mois dans l'année, occupoit peu M. de Guilleminet, assés ennemi, dans le tems dont nous parlons, de toute espèce de travail. Il vivoit dans le monde, comme la plûpart de ceux qui y sont le plus répandus, et dont les plaisirs sont à peu près l'unique occupation.

Ce genre de vie, lors même qu'il est le plus délicieux, peut aisément cesser de l'être. Les plaisirs vifs n'ont pas toûjours cette amorce enchanteresse, ces appas séducteurs qui les font rechercher avidemment. La fougue des passions se rallentit, et l'âge mûr amène les réflexions. M. de Guilleminet sentit, à quarante ans, qu'il étoit digne d'en faire ; il osa même se sçavoir mauvais gré d'avoir été si long-tems à s'en appercevoir. Dès lors il se resolut à réparer le tems perdu. Tous les momens de son loisir lui furent précieux, et il chercha sérieusement à les remplir.

Ce dessein fut d'autant plus loüable en lui, qu'aucun motif humain n'eût la gloire de l'avoir inspiré. La religion opéra ce changement ; elle seule en fit naître l'idée, elle seule l'exécuta. Convaincu avec raison que les véritables vertus, les seules dignes de ce nom, ne se trouvent que dans le christianisme, il en étudia tous les devoirs et s'efforça de les pratiquer avec fidélité. Bientôt il s'éloigna du grand monde qu'il avoit tant aimé, et se réduisant à un certain nombre d'amis, incapables de lui inspirer le moindre dégoût pour la vie qu'il avoit embrassée, il se plongea dans tous les exercices d'une piété solide et sincère.

Pour opposer une nouvelle barrière au monde qu'il venoit de quitter, il consacra dans sa retraite une partie de son tems à l'étude des mathématiques qu'il n'avoit connûës jusques là que de nom, et pour lesquelles il n'avoit encore marqué nulle sorte de penchant. Mais combien de talens ignorés de ceux même qui les possèdent, sont forcés par les occasions à se manifester ! M. de Guilleminet l'éprouva. Il devint mathématicien, et par une suite des dispositions qu'il avoit à le devenir, et parce que les mathématiques, l'attachant plus fortement à sa solitude, pouvoient en quelque manière entretenir en lui le goût de la piété. Ce dernier motif mérite d'être remarqué. On ne se fait guère géomètre à cette intention. On est même assés porté à croire que les sciences et la devotion sont peu compatibles, et il ne falloit rien moins que l'éloquence d'un sçavant prélat de cette province, pour détruire un préjugé jusqu'ici trop répandu. Ce qui est certain, c'est qu'on doit mettre M. de Guilleminet au nombre de ceux qui ont combattu ce préjugé par leur exemple. L'étude des principales parties des mathématiques étoit sanctifiée en lui par la religion, toûjours attentive à rapporter toutes ces différentes connoissances humaines à celui qui en est seul le véritable auteur.

Quelque talent qu'eût M. de Guilleminet pour les mathématiques, il faut convenir qu'il s'y prenoit un peu tard pour les apprendre. Le projet de devenir géomètre à 40 ans, n'est pas facile dans l'exécution. Ce ne fut aussi qu'après d'assés grands efforts d'esprit, qu'il parvint à se rendre aussi familier qu'il l'avoit souhaité, tout ce qu'il est le plus essentiel d'approfondir dans l'algèbre et dans la géométrie ; il ne put même acquérir ce degré de science qu'aux dépens de sa santé. Du moins, une maladie considérable qu'il eut environ un an après qu'il eût commencé d'étudier les mathématiques, fut attribuée à la contention pénible qu'avoit exigée une suite de calculs algébriques, effrayans par leur longueur et souvent par leur difficulté. Lorsque sa santé se fut rétablie, Mrs de Plantade et de Clapiés lui conseillèrent de se livrer un peu moins à l'algèbre; d'abandonner sur tout la haute géométrie, dans laquelle il ne devoit pas espérer, commençant à l'âge où il étoit, de faire de grands progrès. Ils lui firent remarquer en même tems que l'astronomie lui offroit des travaux aussi variés et en un sens bien plus utiles, une correspondance bien plus étendûë, une gloire plus aisée à acquérir. M. de Guilleminet comprit parfaitement la sagesse de ce conseil, et se résolut sans peine à le suivre.

Sa vivacité naturelle ne s'étoit pas éteinte, elle avoit seulement changé d'objet ; il y parut par la manière prompte avec laquelle il exécuta sa nouvelle résolution. Il fut pourvu en très peu de tems de tous les meilleurs instrumens astronomiques. Un observatoire des plus commodes s'éleva presque en un clin d'œil dans la maison qu'il habitoit. Mille mains travaillèrent pour lui ; il communiquoit aux autres toute son activité.

Dans un voyage qu'il fit à Paris, en 1734, il s'instruisit très particulièrement de tout ce qui concerne la pratique et le détail de l'observation des astres; il prit à ce sujet plusieurs leçons de M. Godin, l'un des académiciens envoyés depuis au Perou pour déterminer la figure de la terre. Uni avec feu M. Cassini par les liens du sang, M. de Guilleminet eût fort désiré le trouver à Paris en ce tems là, mais la mesure d'un des parallèles de la France le retenoit alors dans le fond de la Bretagne. Quelques années après, le fils de ce sçavant astronome, l'héritier des talens de son père et de son ayeul, M. Cassini de Thury, conduit à Montpellier avec M. Maraldi, son cousin, par la description de la méridienne du royaume, trouva pendant un assés long séjour en cette ville, chés M. de Guilleminet, tout ce qu'il avoit lieu d'attendre d'un parent et d'un confrère en astronomie.

Lorsque M. de Guilleminet partit pour Paris en 1734, il venoit d'être reçû à la Société royale de Montpellier associé ordinaire. Sensible à cette nomination, l'honneur de la Compagnie fut depuis son principal objet. Il chercha toûjours par de nouveaux efforts à se rendre plus digne d'elle.

Il fut en état de lui présenter, quelque tems après son retour de Paris, un assés grand nombre d'observations astronomiques. Il en avoit fait la plûpart à Montpellier, avec un de ses meilleurs amis, M. Danyzy, membre aussi de cette Académie, habile dans l'astronomie et dans d'autres parties des mathématiques. Leur union sçavante, rendûë plus étroite par l'amitié, ne s'est jamais altérée. Ils ont toûjours continüé d'observer ensemble ce que le ciel offroit de plus remarquable, et de se rendre réciproquement témoignage de tout ce qu'ils avoient vû. Quand il falloit porter en même tems ses regards sur différens objets, ils avoient soin de régler par avance ce que chacun d'eux devoit uniquement considérer. Ainsi, pendant que l'un déterminoit dans les éclipses totales de lune les momens précis auxquels les tâches placées sur l'hémisphère septentrional de cette planète, entroient dans l'ombre de la terre ou en sortoient, l'autre donnoit la même attention aux tâches situées sur l'hémisphère austral. De cette façon rien ne leur échappoit. Ils avoient le plaisir de soûmettre à leurs observations tous ces différens domaines de l'empire lunaire, exposés de tout tems aux incursions des astronomes et qui ne font point de jaloux.

Zélé comme il l'étoit pour la gloire de l'astronomie, M. de Guilleminet ne se refusoit à rien de ce qui pouvoit donner à cette science une nouvelle perfection. Le ciel ordinairement serein à Montpellier le servoit selon ses désirs, et lui présentoit des phénomènes qui eussent été invisibles dans un autre climat. Cependant, ce ciel même, d'ordinaire si favorable, le fut beaucoup moins pendant trois ou quatre années consécutives. Des observations d'une extrême importance étoient dérobées par des nuages fâcheux, survenus aux momens les plus décisifs. J'ai vû M. de Guilleminet se plaindre modestement de ces sortes de disgraces, qui font le souverain malheur des astronomes, et j'ai souvent dans ces occasions partagé ses regrets.

Dans le grand nombre d'observations dont nous lui sommes redevables, on doit particulièrement distinguer celles de deux différens passages de Mercure sur le disque du soleil en 1736 et 1753; celle de la comète de 1744, remarquable par la grosseur de sa tête et par la figure singulière de sa double queûë; plusieurs observations de la lune et des étoiles fixes, correspondantes à celles de M' l'abbé de la Caille au cap de Bonne-Espérance. On sçait que la connoissance exacte de la parallaxe de la lune, ou, ce qui revient au même, celle de la distance de cette planète à la terre, est l'un des principaux fruits du voyage de cet habile astronome dans ces climats éloignés.

Les mémoires de l'Académie royale des sciences rendent compte, ainsi que les recüeils de la Société de Montpellier, de plusieurs observations astronomiques de M. de Guilleminet. D'autres en assés grand nombre ont été trouvées parmi ses papiers. Celles-ci, de même que les précédentes, ont été faites, ou dans l'observatoire qu'il s'étoit pratiqué chés lui, ou en différens lieux voisins de cette ville, ou enfin à l'observatoire de la Société royale de Montpellier.

Il y avoit long-tems que M. de Guilleminet s'étoit apperçû que son observatoire particulier, quelque commode qu'il fût d'ailleurs, lui présentoit un horizon trop borné, ce qui le mettoit dans la nécessité de changer de lieu, pour faire certaines observations. Les autres astronomes de l'Académie se trouvant dans le même embarras, la Compagnie jugea indispensable de faire bâtir un observatoire suffisamment élevé, où l'on pût attendre tranquillement les astres, au lieu d'être incessamment obligé de courir après eux. Ce projet, approuvé de tout le monde, fut bientôt par les soins de Mre Danyzy et de Guilleminet heureusement exécuté. Il ne restoit plus qu'à acquiter les grandes dépenses qu'avoit exigées la construction de cet édifice, et c'est à quoi M. de Guilleminet parvint en partie par ses sollicitations auprès de plusieurs personnes puissantes. Il auroit parfaitement rempli cet objet, si des circonstances imprévûës n'avoient, dans la suite, malheureusement trahi tous ses efforts.

Nous n'avons guère considéré jusqu'ici dans M. de Guilleminet que sa qualité d'astronome. Il eût pû facilement aspirer à celle de physicien. Les mémoires qu'il a donnés sur l'origine des courans de la Méditerranée, sur les inégalités de la suspension du mercure dans des tuyaux de différent diamètre, sur la nature et les singularités d'une espèce de talc, fort commun aux environs d'Alais, qui a la double réfraction du crystal d'Islande, et dont on peut d'ailleurs se servir pour faire de la porcelaine; tous ces écrits et beaucoup d'autres du même genre, décèlent en lui, pour les matières de physique, l'esprit de recherche et d'observation; et sur tout cette sage retenûë qui, s'en tenant à ce qui a été vû, ou s'épargne les conjectures, ou ne les donne que pour ce qu'elles sont.

Un autre avantage des mémoires dont nous parlons, c'est d'être très-bien écrits, d'un style pur, souvent orné, mais sans affectation. L'auteur avoit naturellement l'expression propre à nôtre langue, ces tours vraiment françois, moins dûs aux préceptes qu'à l'usage, ignorés quelquefois de nos meilleurs écrivains de profession, trop sujets, en parlant françois, à s'exprimer comme les grecs ou comme les latins. M. de Guilleminet ne devoit pas craindre cet inconvénient. Le latin, dont il n'avoit pris au collège qu'une teinture assés médiocre, n'avoit pû le gâter.

Les cinq ou six dernières années de sa vie furent remplies, plus que toutes les précédentes, de bonnes œuvres et d'exercices de piété. Il avoit été mis au nombre des sindics perpetuels de l'hôpital des malades de cette ville, et l'on juge aisément de l'attention qu'il donnoit à cette administration. L'astronomie en souffroit un peu, mais elle n'osoit s'en plaindre. Il étoit d'ailleurs fort éloigné de la négliger entièrement. Au moindre événement un peu remarquable dans les régions celestes, on le voyoit courir bien vite à l'observatoire; il étoit toûjours plein de feu à la veille et dans le tems d'une observation. Il parloit souvent avec complaisance du plaisir inexprimable qu'il se flatoit de goûter en 1761, en voyant Venus sur le disque du soleil. Il disoit qu'après avoir été témoin de ce rare et important phenomène, il mourroit content. Malheureusement sa vie ne s'est pas étendûë jusques-là.

Quoiqu'il fût, au moins en apparence, d'une forte constitution, il avoit eu des maladies considérables, mais dont aucune ne se montra d'abord si fâcheuse que celle dont il fut attaqué vers la fin de 1754. Elle commença par une jaunisse accompagnée de vives douleurs à la région du foye et d'un abattement universel. A ces premiers symptômes se joignirent divers accidents bien plus effrayans. Il suffira de dire que pendant un an entier, M. de Guilleminet se vit mourir une infinité de fois, également tourmenté et du mal qui prenoit chaque jour quelque nouvelle forme, et des remèdes qui ne lui procuroient que de très-foibles soulagemens. La religion, qui faisoit depuis long-tems la règle de sa vie, fut dans ce déplorable état son unique consolation. Il succomba enfin à la violence des maux qui l'accabloient, le 13 octobre 1755, âgé de 64 ans et 8 mois.

Il s'étoit démis, un mois avant sa mort, de sa place d'associé mathématicien de cette Académie, pour passer dans la classe des associés vétérans.

M. de Guilleminet fournit un exemple assés remarquable de ce qu'on peut en mathématiques, après le tems destiné naturellement à les apprendre. Il auroit été plus loin sans doute, s'il s'y fût adonné de meilleure heure. Ses progrès tardifs lui ont fait honneur cependant auprès de ceux même qui, souverains juges en ces matières, pesent les talens et fixent la réputation. A l'entendre, il ne sçavoit rien, et les moindres mathématiciens étoient ses maitres, langage plus que modeste qui étoit pourtant d'une entière sincérité.

Ce qui le prouve parfaitement, c'est que, dans des occasions où il ne s'agissoit nullement de sciences, il n'étoit pas toûjours si disposé à céder aux autres l'avantage de la supériorité. Le témoignage qu'il se rendoit à lui-même de la droiture et de la pureté de ses intentions, lui faisoit souffrir avec peine, dans certains momens, d'être traversé dans ses projets par des vûes contraires aux siennes, et l'on eût crû facilement alors qu'il vouloit tout emporter de hauteur; il étoit le premier à sentir combien une pareille prétention eût été injuste, et on le voyoit s'efforcer de détruire une impression qu'il eût mieux valu sans doute n'avoir pas fait naitre. Nous ne craignons point de faire remarquer, dans les vertus que nous loüons le plus, quelques tâches legères. Il est des défauts inséparables de la nature humaine et que la religion même laisse subsister, pour être plus souvent en droit d'en exiger le sacrifice.

Son premier abord avoit quelque chose de froid et d'un peu reservé. Ceux qui le fréquentoient le plus s'en appercevoient quelquefois, et n'étoient pas toûjours distingués des autres. Il falloit l'avoir vû de près pour connoitre jusqu'où alloit sa vive tendresse pour ses amis, et son empressement constant à leur rendre les services les plus essentiels.

Il n'a jamais été marié. Son caractère philosophique a craint les suites d'un engagement dont il est facile de se dissimuler toute l'étendûë, et que l'on contracte pour l'ordinaire avec assés de légereté. Deux de ses frères moins âgés que lui, et qui lui ont survécû l'un et l'autre, l'ont imité jusqu'ici dans cette façon de penser. Le plus jeune a succédé à son ainé dans la charge de secrétaire et greffier des États, ce dernier s'en étant démis en 1740, plus de quinze ans avant sa mort.

Une sœur des Mrs de Guilleminet est veuve depuis plusieurs années de feu M. Pacius, gentilhomme de cette ville, l'un des descendans du fameux Jules Pacius, de qui nous avons plusieurs bons ouvrages sur la jurisprudence.

En finissant cet éloge, nous devons publier hautement que c'est à M. de Guilleminet et à la confiance qu'avoit en lui feu M. de Beauvau, archevêque de Narbonne, que l'Académie doit la gratification annuelle, accordée pour la première fois par les États en 1737, et continuée depuis sans interruption dans les tems les plus difficiles. Une autre remarque bien précieuse du souvenir de cet académicien, c'est le legs qu'il a fait à la Compagnie, d'une partie de ses instrumens astronomiques. Nous ne sçaurions mieux marquer toute nôtre reconnoissance pour un tel don, qu'en mettant continuellement ces instrumens à l'usage qu'en eût fait celui qui les possèderoit encore, si nos vœux pour lui et pour la perfection de l'astronomie eûssent été pleinement satisfaits.

SUPPLÉMENT

BIGNON (l'abbé). — Éloge par de Ratte (assemblée publique du ´1 mars 1745).

BON (premier président). — Éloge par de Ratte (assemblée publique du 7 janvier 1762).

DILLON (Arthur de). — Archevêque de Narbonne [1].

MEMBRES ADJOINTS ET PRESQUE IMMÉDIATEMENT ASSOCIÉS VÉTÉRANS.

ALLUT (Antoine). — On trouve une Notice sur ce savant, au tom. III, pag. 274, des Bulletins de la Société des sciences et lettres de Montpellier (par M. Allut son parent).

BARTHEZ fils [2].

---

[1] Cet honorable nom fut presque constamment à la tête de la Société royale : les registres de la Compagnie et les cahiers de ses assemblées publiques le désignent ordinairement, pendant quinze ans (1772-1786) comme président de l'Académie. On a vu, pag. 78, qu'elle lui était redevable de grands bienfaits : elle lui en montrait sa reconnaissance par les honneurs qu'elle lui déférait. On peut voir son article dans la *Biogr. Univ.*   E. TH.

[2] *Éloge* de Paul-Joseph Barthez, prononcé en séance publique extraordinaire, le 8 avril 1807, devant l'École de médecine de Montpellier ; par Baumes, conseiller du roi, médecin et professeur de l'ancienne Université de médecine de Montpellier, etc.; in-4°, réimpr. — Montpellier, 1816 ; in-8°.

Barthez, né à Montpellier, le 11 décembre 1734, fut élu membre de la Société royale des sciences de Montpellier, en qualité d'adjoint anatomiste, le 8 juin 1758. Mais on a vu (pag. 76), qu'à la suite d'un débat qui s'éleva entre lui et le premier président d'Aigrefeuille, il donna sa démission, et que sa place fut déclarée vacante le 1er août 1765. Cependant, la Société royale des sciences, jalouse de posséder un homme déjà si célèbre, le nomma, le 11 janvier 1773, associé

Broussonnet (Auguste). — Il existe sur A. Broussonnet une excellente biographie, de l'illustre De Candolle, qui fut lue dans la séance publique de l'École de médecine de Montpellier du 4 janvier 1809 (Montp., Martel, 1809, in-4°); travail plein de faits et d'anecdotes apprises de première main, et qui fait parfaitement connaître la vie et les travaux du célèbre naturaliste de Montpellier. Nous désirons seulement y ajouter deux traits relatifs à ses rapports avec la Société royale des sciences. Ce ne fut pas seulement par son *Mémoire sur les diverses espèces de squales*, présenté en 1779 à cette Compagnie, que celle-ci s'en associa l'auteur (pag. 7 de l'Éloge). Les quatre ouvrages suivants datent de la même époque et sont transcrits au Recueil Poitevin, 1779 : 1° *Mémoire sur la peau de l'anguille;* 2° *Mémoire sur les écailles de deux espèces de poissons* (la donzelle et la flamme) : l'un et l'autre ont pour objet de signaler l'existence d'écailles rudimentaires sur des espèces de poissons qu'on en croyait tout à fait dépourvues; 3° *Mémoire pour servir à l'histoire anatomique des poissons*, où sont décrites les particularités les moins connues de l'organisation intérieure de ces animaux; 4° *Mémoire pour servir à l'histoire naturelle des insectes*, contenant la description de quatre espèces nouvelles. Broussonnet, quand il rédigeait ces cinq ouvrages, avait à peine atteint l'âge de 19 ans. Trois ans après, son *Mémoire sur le silure trembleur* ayant été admis dans le volume de 1782 de l'Académie des sciences de Paris, Broussonnet toucha, à cette occasion, la somme de 300 fr. que lui assurait la fondation Montet; et cette somme fut employée par lui à ouvrir ce concours

---

chimiste, à la place de Lamure, qui passait, le même jour, dans la classe des vétérans. Barthez étant entré après sa réélection, demanda et obtint immédiatement une place d'associé vétéran, à cause de ses grandes occupations qui ne lui permettaient pas d'assister aux assemblées. Avant d'appartenir à la Société, il lui avait envoyé de Narbonne divers mémoires : le 13 février 1755, *Sur l'action de la rouille dans le fer, avec de nouvelles conjectures sur plusieurs phénomènes très-connus.* De Ratte proposa quelques objections contre des faits ou des opinions énoncés par l'auteur; celui-ci répondit peu de mois après par l'envoi de nouveaux éclaircissements. En mars 1755, *Solution d'un problème sur la position respective de deux corps qui se meuvent avec certaines conditions*, etc., résolu par la méthode ordinaire des *maximis et minimis.* Depuis son adjonction à la Société, il produisit un mémoire qui fut lu, le 1er juin 1758, par Haguenot, *Sur les différentes maladies qui ont régné pendant près d'une année dans une contrée de la Normandie :* ce mémoire a été réimprimé à la suite de l'*Éloge* de Barthez, par Baumes, sous le titre d'*Observations sur la constitution épidémique de l'année 1755, dans le Cotentin;* le 4 mars 1762, *Mémoire sur le mécanisme des os de la tête.* Barthez est mort à Paris, le 15 octobre 1806.   E. Th.

pour l'Éloge de Pierre Richer de Belleval, qui nous a valu la Notice écrite par Dorthes, sur ce savant.

BADON (Antoine). — Né à Montpellier, il fut pendant longtemps secrétaire du premier président Bon, et l'aida dans ses travaux sur l'histoire naturelle. Cette coopération lui permit d'acquérir des connaissances et surtout un grand zèle pour les sciences, que la Société royale récompensa en se l'attachant comme adjoint, le 27 janvier 1791. Lorsque Bon quitta Montpellier, en 1754, pour se fixer à Narbonne, Badon continua les observations météorologiques auxquelles Bon se livrait; et, jusqu'en 1777, il présenta à la Société royale les registres annuels, et très-soigneusement tenus, de ses observations qui, réunies à celles de Bon, forment une série utile à consulter pour la climatologie du pays, quoique faites d'après les procédés très-défectueux du temps. En 1780, Badon fut promu aux fonctions de capitaine garde-côtes à Cette et Aigues-Mortes, qu'il remplissait encore en 1790. Quelques notices, qu'il a envoyées dans l'intervalle à la Société royale, contiennent des faits bien observés et presque toujours nouveaux, notamment celle qui a pour titre : *Observations d'un chasseur sur la manière dont les oiseaux de passage font leur route* (1788). Ce fut sur les renseignements fournis par Badon que fut rédigé (par Le Beau) l'Éloge de Bon, inséré au tom. XXXI des Mémoires de l'Académie des inscriptions. Il mourut vers 1800, laissant un fils, Guillaume Badon, qui fut ingénieur géographe.

BARTHEZ (de Marmorières. Guillaume).—Né à Narbonne et père du célèbre médecin, fut l'un des ingénieurs que Plantade et de Clapiés employèrent à la levée des cartes des diocèses de Languedoc, et qui, après eux, continuèrent ce grand travail. Il possédait des connaissances étendues, non-seulement dans la partie des sciences relatives à sa profession, mais aussi en économie rurale et en statistique agricole. Outre quelques mémoires manuscrits sur divers sujets d'hydraulique, et qui datent de 1744 et 1746, lesquels existent dans les cartons de la Société royale, deux autres, où Barthez décrit et compare les diverses espèces de soufflets à air et à eau employés dans les usines métallurgiques, furent jugés dignes, par la Société royale, d'être transcrits dans le Recueil Poitevin, aux années 1777 et 1778. Il a laissé, sur l'économie

agricole, 1° un volume intitulé : *Mémoire d'agriculture pour la côte de la Méditerranée du royaume* (Montpellier, Picot, 1780, in-8°), contenant trois
mémoires : l'un, sur la culture de l'olivier ; le second, sur les insectes qui
rongent le blé ; le troisième, sur les moyens d'élever sur la côte de Languedoc
des taillis et des futaies. Amoreux dit, du premier mémoire, que, comme les
autres ouvrages de Barthez, il est bien pensé, écrit dans de bonnes vues et
d'une manière simple et fort claire. (*Traité de l'olivier*, par J. Amoreux,
pag. 56.) Il est cependant facile de s'apercevoir, à la lecture du *Mémoire sur
les insectes rongeurs du blé*, que Barthez manquait de connaissances théoriques
en histoire naturelle. L'ouvrage dont nous parlons fut réimprimé, en 1786,
augmenté d'une première partie, sous ce titre : *Traité des moyens de rendre la
côte de Languedoc plus florissante que jamais*, avec cette épigraphe : PRO PATRIA
(Montpellier, Martel, 1786, in-8°). Cette première partie, ajoutée à l'ouvrage, contient le mémoire que Barthez envoya au concours ouvert, en 1782,
sur les moyens de prévenir les ensablements du port de Sète ; et lui-même
y propose jusqu'à quatre moyens différents d'arriver à ce but, mais tous fort
coûteux, et que la Société royale, par ce motif seulement, jugea moins avantageux que ceux qui sont décrits dans les deux mémoires auxquels le prix fut
décerné : c'est du moins ce que Barthez avance dans le préambule de son
travail. Un dernier écrit, sur l'économie rurale, qui nous semble plus digne
encore d'attention que les précédents, est transcrit au Recueil Poitevin, sous
ce titre : *Des moyens d'augmenter les richesses de l'État par l'agriculture, et
en particulier celles de la province de Languedoc.* On y trouve une appréciation
détaillée et technique des avantages comparatifs des diverses espèces de culture en usage dans le Languedoc. Rédigé en 1766, il offre une multitude de
renseignements précis sur les prix des denrées, sur la quotité des salaires et
sur l'état de l'agriculture à cette époque, qui, indépendamment du mérite du
fonds, lui assureraient aujourd'hui un véritable intérêt historique. Barthez se
livrait à ses expériences dans sa terre de Marmorières, à quelques lieues E.
de Narbonne, dont il joignait habituellement le nom au sien. Il vivait encore
en 1778 [1].

---

[1] Barthez le père était adjoint mathématicien depuis le 18 février 1743. Absent de Montpellier
pendant un grand nombre d'années, il fut placé dans les adjoints vétérans, le 6 août 1772.

E. Th.

30

BROUSSONNET (Jean-Louis-Victor) [1].

CARNEY (Jean-Alexandre de). — Nous nous étendrons un peu plus qu'ailleurs sur la vie et les ouvrages de ce savant, dont le souvenir, encore

---

[1] Broussonnet (Jean-Louis-Victor), fils de François Broussonnet et frère puîné d'Auguste Broussonnet, naquit à Montpellier le 16 août 1771. Il fut reçu docteur dans sa ville natale en 1790. Dans sa thèse, *Corona floræ Monspeliensis*, il résuma tout ce qui était relatif à la flore de Montpellier. Disciple de Pinel, de Boyer et de Desault à Paris; de J. Hunter, de Blizard et de Cline à Londres; ami de Banks, il fut reçu membre de la Société médicale de cette ville; bientôt il passa dans l'armée des Pyrénées-Occidentales comme médecin en chef des ambulances et inspecteur des hôpitaux; presque en même temps l'Université de médecine de Montpellier l'appela pour remplacer son père dans l'enseignement médical. Après avoir occupé diverses chaires dans cette École, il se fixa définitivement à la clinique médicale. En 1800, il fut envoyé par le Gouvernement en Andalousie, avec ses collègues Berthe et Lafabrie, pour observer la nature de la maladie qui ravageait alors cette province. Il eut aussi la gloire d'arrêter le fléau qui désolait le fort Lamalgue et l'hôpital militaire de Toulon en 1810. L'École de Montpellier se souvient avec honneur de son décanat de 1813 à 1819, comme les familles de la cité se rappelleront longtemps ses cures heureuses dans la pratique de la médecine. On lui doit plusieurs ouvrages : 1° *Histoire générale de la fièvre jaune*, dont il n'a paru que des fragments ; 2° *Tableau élémentaire de la séméiotique*, 1798 ; 3° *Exposé des travaux de l'École de médecine de Montpellier*, 1801 ; 4° *Thesaurus academicus medicorum*, 1802 ; 5° *De la mode et des habillements*, 1806, in-8° ; 6° *Discours pour l'ouverture des cours de l'École* en 1816, avec une descript on de l'épidémie qui régna cette année sous la forme varioleuse ; 7° Traduction du *Traité des pronostics d'Hippocrate*, 1822, in-8° ; 8° *Notice sur Guillaume Rondelet*, médecin et naturaliste, né à Montpellier en 1507 (dans les *Éphémérides médicales* de la même ville, tom. VII, pag. 1-141; 9° *De l'antiquité de Montpellier*; (Montpellier 1839, in-8°).—Broussonnet conquit de bonne heure les sympathies de la Société royale des sciences. Sur la proposition de son frère, en ce moment à Paris, le 30 juin 1787, elle se rendait au collège royal pour faire les honneurs, comme on parlait alors, d'une thèse générale de philosophie dédiée à Auguste Broussonnet, et qui fut soutenue par le jeune Victor avec la plus grande distinction. Il fut nommé adjoint physicien en remplacement de Gaussen, le 24 novembre 1790, et le 27 janvier 1791 il passa, au même titre, dans la classe des botanistes. Au mois de février de la même année, il fit avec Dorthes un rapport à la Société sur la traduction par Adet de l'ouvrage de Kirwan, associé étranger, intitulé : *Estimation de la température des différents degrés de latitude*, recherches d'une haute importance et qui, dans les mains de de Humboldt, ont produit le système des lignes isothermes. Nous ne parlons pas d'un assez grand nombre de *dissertations* qui parurent sans nom d'auteur. Broussonnet fit aussi partie de la Société libre des sciences et belles-lettres de Montpellier, et on lit deux mémoires de lui dans le tom. I des Bulletins publiés par cette Société. Il mourut dans cette ville le 17 décembre 1846. V. Broussonnet était membre de la légion d'honneur, chevalier de l'ordre de Saint-Michel, etc.

E. TH.

récent à Montpellier, attend cependant un premier hommage qui lui est bien dû.

Jean-Alexandre de Carney naquit à Montpellier, en 1741, du mariage de Joseph de Carney et d'Anne de Clapiés. Son père, ingénieur habile, prit une grande part aux travaux relatifs à la levée des cartes des diocèses, et, en général, aux travaux d'utilité publique qui s'exécutèrent de son temps dans la province. Il fut associé ordinaire, puis associé libre dans la Société royale, et c'est à lui qu'est dû l'Éloge de Dominique de Senés, son beau-père, imprimé parmi ceux des académiciens de Montpellier [1]. La mère de Jean-Alexandre était l'aînée des filles de l'astronome de Clapiés, l'un des fondateurs de la Société royale; en sorte que par sa famille, tant paternelle que maternelle, il tenait doublement à cette Compagnie; circonstance que rappellent ces mots écrits par de Ratte sur le registre des séances, à l'entrée de notre savant dans la Société, en 1790: qu'il était fils et petit-fils d'un père et d'un aïeul dont les noms étaient toujours chers à la Société royale. L'emploi d'Alexandre de Carney fixant sa résidence à Béziers, ce fut dans cette ville que s'écoula la première moitié de la vie de notre académicien. Son goût et son aptitude pour les sciences le firent admettre de bonne heure dans l'Académie des sciences et lettres qui y était établie, et il en devint même le secrétaire perpétuel. En 1790, la mort de ses parents et le désir d'entrer dans les établissements d'instruction publique établis dans le chef-lieu du département, appelèrent de Carney à Montpellier et le déterminèrent à s'y fixer. En 1795, il fut compris, en qualité de professeur de géographie et d'astronomie, dans l'organisation de l'École centrale de l'Hérault. Dix ans après, il fut nommé censeur des études au nouveau lycée de Montpellier; et en 1810, lors de la création dans cette ville d'une Faculté des lettres, il y obtint la chaire de littérature latine, qu'il occupait encore à la suppression de ce Corps, en 1814. Ce furent les dernières fonctions qu'il remplit; déjà fort âgé à cette époque, il passa le reste de ses jours dans une retraite studieuse, et mourut à Montpellier, le 3 mars 1819, dans sa 79e année. On peut déjà juger, par les divers emplois dont il fut chargé, que ce savant posséda des connaissances de nature très-diverse, et ses écrits en donnent aussi la preuve. Mais cette diversité ne

[1] Recueil de Des Genettes, pag. 105.

fut pas le seul caractère de ceux-ci ; l'esprit d'invention, l'originalité des idées et le penchant à systématiser en sont le trait le plus saillant. On peut dire de de Carney, qu'à l'inverse du grand nombre des auteurs, il tirait tout de son propre fonds et n'empruntait rien à personne, et l'on peut ajouter que chez lui ce goût pour la nouveauté n'était point une affectation de singularité ni un résultat cherché, mais l'effet d'une disposition naturelle de son esprit. Il faut avouer aussi que souvent il toucha de fort près à la bizarrerie et même au paradoxe. Ses systèmes sont ingénieux, ils soulèvent beaucoup d'idées et l'auteur les expose avec méthode et clarté ; mais à force d'être nouveaux, ils apparaissent quelquefois comme des jeux d'esprit, et ne réussissent qu'à piquer la curiosité, sans conduire à un résultat solide ou satisfaire un besoin d'instruction. Outre quelques travaux sur l'astronomie, il a laissé quatre mémoires principaux où se montrent surtout, avec leurs qualités et leurs inconvénients, les habitudes de son esprit.

1° *Mémoire sur la substitution des nouveaux poids et mesures aux anciens ;* 1791. En s'occupant de ce sujet, de Carney répondait à l'appel qui, aux premiers jours de la révolution, fut fait par l'Assemblée constituante, aux Compagnies savantes de tout le royaume. Son travail, soumis à la Société royale qui lui donna son approbation, fut envoyé en son nom à la commission chargée à Paris de recueillir les renseignements et de présenter un projet sur cette grande mesure. Il fut imprimé peu après à Montpellier et peut être joint au tom. I des Bulletins de la Société des sciences et lettres, dont de Carney faisait partie. Comme les savants de la commission, de Carney eut l'heureuse idée de prendre le module des nouvelles mesures dans une base fournie par la nature elle-même, le méridien terrestre, et il en déduit aussi les diverses unités de longueur, de capacité et de poids. Mais il n'est pas fidèle à la division décimale pour tous les multiples et sous-multiples de ses unités ; il préfère quelquefois la division sous-double, comme plus facile et plus populaire ; et ce défaut d'unité, joint à une terminologie trop compliquée, altère la simplicité et la commodité du système. Au total cependant, ce travail, complet et approfondi, fait grand honneur à l'esprit inventif et à la sagacité de l'auteur.

2° *Mémoire sur un premier méridien universel et sur une ère universelle à laquelle il se lierait* (manuscrit). On en lit deux extraits peu étendus, dans les Bulletins de la Société des sciences et lettres, tom. I, pag. 19 et 35. Dans ce mémoire, qui fut lu en 1792 à la Société royale, de Carney applique au choix d'un premier méridien, ainsi qu'au commencement d'une ère universelle et à ceux de l'année et du jour, un même principe auquel il donne le nom de megistamaurose (*de la plus grande obscurité*), c'est-à-dire qu'il prend pour origine de ces diverses périodes, le moment où, à la suite des phénomènes célestes qui ont éloigné le plus la lumière de nous, celle-ci commence à nous être rendue et ramène avec elle tous les bienfaits attachés à sa présence. Il rejette par conséquent le choix fait, en 1792, d'un équinoxe pour commencement de l'année, ainsi que l'usage où sont les astronomes de commencer le jour à midi, et leur préfère l'ancienne fixation du commencement de l'année au solstice d'hiver et celui du jour à minuit. En appliquant le même principe au choix d'un premier méridien, il place le sien au lieu qui, au 21 décembre 1791 et au moment vrai du solstice à Paris, comptait minuit, c'est-à-dire 119° à l'ouest du méridien de Paris; détermination qui n'a à la vérité aucun caractère de généralité pour les autres peuples. La fixation d'une ère universelle est empruntée à la même considération, et cette fois avec cet avantage d'universalité qui manque à la précédente. Il propose d'en fixer le commencement à l'époque où, par l'effet du mouvement des équinoxes, le solstice d'hiver occupait le point de l'orbite terrestre le plus éloigné du soleil, phénomène qui exprime le plus grand degré d'obscurité possible, et qui eut lieu pour l'hémisphère austral, vers l'an 1250 de notre ère, temps où vivait, remarque l'auteur, le roi Alphonse de Castille qu'on a surnommé l'astronome. Quoiqu'il n'y ait aucune apparence de voir ces idées adoptées, on ne peut s'empêcher de suivre un instant l'auteur dans les déductions logiques qu'il tire d'un même principe, fondé lui-même sur l'un de ces grands phénomènes de la nature, le retour de la lumière, que son influence sur notre existence et sa vive action sur nos sens rendent très-propre à servir d'origine à une période astronomique.

3° *De la géographie physique ou naturelle, considérée comme devant frayer la voie, tant à la géographie astronomique et mathématique, qu'à la géographie politique ou civile* (Bulletins de la Société des sciences et lettres, tom. I, pag. 225). L'auteur y propose l'étude du globe par bassins de rivières et par arêtes de montagnes (lignes qu'il appelle *aquilèges* et *dorsales*), auxquels on ajouterait sur les cartes les projections sur la terre des 300 principales etoiles, les indications des grandes cités détruites, etc. Au milieu de beaucoup d'idées d'une trop difficile application, ce mémoire témoigne d'une étude approfondie du sujet, et même de vues nouvelles alors et qui depuis sont passées dans la science.

4° *Mémoire sur une correspondance entre les couleurs et les lettres ou les chiffres, et de la double télégraphie qui en résulte* (Bulletins cités, tom. II , pag. 289). Ce mémoire, dont la rédaction remonte à l'année 1793, peut passer pour l'une des conceptions les plus étendues, les plus étudiées, et l'on pourrait dire aussi les plus singulières de son auteur. Il contient le développement et les applications d'un système fondé, comme celui du P. Castel, l'auteur du clavecin oculaire, sur certaines analogies naturelles ou factices entre la lumière et les sons, les couleurs et les lettres de l'alphabet (voyelles), ou les nombres. L'exposé en serait beaucoup trop long; bornons-nous à dire que dans l'une des applications de ce système, l'auteur propose de remplacer sur les monuments publics les inscriptions en lettres et chiffres, par des pierres diversement coloriées qui, d'après la théorie qu'il en donne, représenteraient le même sens et seraient d'une plus grande durée et d'un effet plus frappant. Tout cela paraît fort bizarre ; et cependant l'on ne peut s'empêcher d'y remarquer, à la lecture, le génie inventif de l'auteur et sa patience dans la poursuite d'une idée qui n'est point un simple aperçu, mais un projet fort étudié où les difficultés et les objections sont prévues et réfutées avec soin.

5° De Carney, qui possédait parfaitement les langues anciennes, avait rédigé, pendant le cours de son professorat, et fait imprimer un petit *Traité de prosodie latine.* On trouve aussi de lui quelques observations sur ce même sujet, au tom. III, pag. 380 des Bulletins de la Société des sciences et lettres.

M. de Carney écrivait avec pureté, et même avec élégance, autant que les sujets scientifiques dont il s'occupait comportent cette dernière qualité ; et ses ouvrages, malgré la nature abstraite des sujets et l'emploi qu'il fait trop souvent de termes forcés à l'appui de ses nouvelles conceptions, se lisent sans peine, même avec intérêt, grâce au procédé de la méthode et à la clarté du style. Il réussissait moins bien dans les fonctions du professorat, qui exigent d'autres qualités et surtout une certaine chaleur d'idées et d'expressions qui lui manquait. Son abord était froid ; toutefois, ceux qui l'ont connu lui trouvaient le caractère le plus affectueux et la plus grande bonté de cœur ; et ils parlent avec éloge de la vie patriarcale qu'il mena pendant les dernières années de sa vie , au sein de sa famille , et dans la maison qu'il occupait au milieu de l'un des faubourgs de la ville (le faubourg de Lattes). Du mariage qu'il avait contracté avec Marguerite-Delphine Collombon , il eut un fils, mathématicien habile (car cette qualité était héréditaire dans sa famille), qui a professé cette science avec distinction dans l'École d'artillerie de Toulouse.

COMBALUSIER [1].

DORTHES (Anselme) — Son Éloge , écrit par M. le professeur Dumas , se trouve au tom. III , pag. 227 du Recueil des Bulletins de la Société des sciences et lettres de Montpellier.

---

[1] Combalusier (François de Paule), né en 1713 à Saint-Andéol, en Vivarais, obtint à 19 ans le doctorat à l'Université de médecine de Montpellier. La *Biogr. univ.* de Michaud fait suffisamment connaître sa vie laborieuse et la part qu'il prit dans la dispute qui, durant plus d'un siècle, arma l'une contre l'autre la médecine et la chirurgie. Son talent brillant s'exaltait par la polémique ; aussi a-t-on remarqué qu'après avoir attaqué les chirurgiens , il écrivit contre Astruc et plusieurs autres de ses collègues. La Société royale des sciences de Montpellier le reçut comme adjoint chimiste, le 7 septembre 1741. Déjà il s'était fait connaître à elle par plusieurs mémoires intéressants. Le 31 août 1741 , il lisait un travail *Sur les différentes causes des vents qui s'engendrent dans le corps humain* , et qu'il imprima sous ce titre : *Pneumato-pathologia, seu tractatus de flatulentis humani corporis affectibus.*—Paris, 1747, in-12. L'avant-veille du jour de sa réception à la Société, il lisait son *Mémoire sur les eaux minérales de Saint-Laurent, en Vivarais,* auquel il ajoutait de *nouvelles observations* en 1743, ouvrage qui a été aussi publié. Il lisait l'Éloge de Chicoyneau le fils, dans l'assemblée publique du 25 avril 1743. Combalusier, qui avait attaqué Astruc, bien que l'Académie les eût rapprochés en 1755 pour examiner l'ouvrage de d'Argenville sur l'oryctologie, souleva, ainsi que Tioch, sur un mémoire de Lamure touchant l'écoulement de la salive, des difficultés qui ne restèrent pas sans réponse de la part de l'auteur. On voit qu'il faisait souvent des lectures à la Société; il l'occupait, en 1744, d'*une hydropisie tympanite* , et , l'année suivante , il l'entretenait d'*une abstinence extraordinaire.* Il s'agissait d'une jeune fille de Viviers qui était restée, disait-on, huit ans sans manger. Combalusier n'assurait pas positivement le fait ; mais en cas qu'il fût vrai , il tâchait de l'expliquer physiquement. (Voir, pour ses autres ouvrages, son article dans la *Biogr. univ.*) Fixé à Paris depuis plusieurs années, il fut remplacé comme adjoint chimiste à l'Académie de Montpellier et nommé adjoint vétéran, le 4 juin 1761. Il mourut l'année suivante, le 24 août.   E. TH.

GENSSANÉ (de) [1].

LAFOSSE (Jean). — Éloge par de Ratte (assemblée publique de la Société royale des sciences du 30 décembre 1776 , et Des Gen., pag. 204).

---

[1] Genssane (de), directeur des mines de Languedoc, concessionnaire de celles de Franche-Comté , correspondant de l'Académie des sciences de Paris, naquit dans la première moitié du XVIIIᵉ siècle. La *Biogr. universelle*, qui contient un article de M. Lécuy sur ce savant, donne l'énumération des écrits aussi utiles que consciencieux qu'il a publiés sur plusieurs *machines*, notamment des *pompes à eau et à feu*, sur un *niveau*, un *planisphère*, un *météore igné*, sur *l'exploitation et la fonte des mines*. Quelques inexactitudes se sont glissées dans l'indication de ses autres ouvrages. Nous chercherons à les corriger en parlant de l'académicien de Montpellier. Genssane fut nommé adjoint physicien en remplacement de Tandon, qui était passé dans la classe des mathématiques, le 24 août 1775. Son élection eut lieu sur la proposition du marquis de Montferrier, qui avait été à même, en sa qualité de syndic général de la province de Languedoc, de connaître tout le mérite du directeur des mines provinciales. D'ailleurs, Genssane était suffisamment recommandé, et par les ouvrages qu'il avait déjà mis au jour, et par les mémoires qu'il avait lus dans les assemblées particulières de la Société. Il n'était pas encore associé à celle-ci, quand l'Académie des sciences de Paris inséra, parmi les mémoires des savants étrangers, ses *Observations sur l'exploitation des mines d'Alsace et du comté de Bourgogne*, tom. IV, pag. 63. Voy. aussi *Recueil des anciens minéralogistes de la France*, par Gobet, 2ᵉ partie, pag. 743 et suiv. Mais la Société des sciences de Montpellier imprimait dans le cahier de l'assemblée publique du 2 mars 1776 un extrait de son *Mémoire sur l'or des rivières aurifères du Languedoc*, et dans celui du 30 décembre de la même année, son *Mémoire sur les volcans éteints du Vélay et du Vivarais*. En la même année, l'*Histoire naturelle de la province de Languedoc, partie minéralogique et géoponique* (Montpellier, 1776-1779, 5 vol. in-8º), était imprimée par ordre des États de cette province, et la Compagnie consentait qu'elle parût sous son privilège. En même temps il donnait un complément à cette histoire naturelle avec ce titre *La géométrie souterraine, ou traité de géométrie pratique appliqué à l'usage des travaux des mines* (Montpellier, 1776, in-3º), ouvrage qui, pour ses détails, fut d'un grand secours aux mineurs. Nous citerons encore son *Traité de la fonte des mines par le feu de charbon de terre*, qu'il fit imprimer en deux vol. in-4º, 1770 et 1776. Enfin, on trouvera aussi des mémoires de lui *Sur les mines d'une partie de la Corse*, dans le Journal des mines de 1795, tom. II, et des *Recherches pour constater l'origine du plomb métallique trouvé dans le département de l'Ardèche*, même journal, tom. IV. Genssane, ayant établi sa résidence hors de Montpellier, demanda la vétérance le 15 février 1781 à la Société royale ; celle-ci ne se sépara qu'avec un extrême regret d'un savant aussi distingué : elle ajourna sa demande pendant un an et le remplaça par Auguste Broussonnet, le 8 janvier 1782, qui était déjà adjoint dans la classe de chimie. Il mourut peu de temps après.

Il avait laissé à l'Académie de Montpellier son fils, qui était inspecteur général des mines de Languedoc, et qui fut élu adjoint botaniste le 5 décembre 1778. La séance de ce jour porte qu'il avait présenté divers mémoires à la Compagnie, justifiant en lui les connaissances et tous les autres talents qui avaient fait recevoir son père académicien. On trouve, en effet, qu'il lut trois

C'est le seul des associés adjoints qui ait été l'objet d'une pareille distinction.

TANDON [1].

TOUCHY [2] (André-Antoine).

Mémoires en 1778, l'un *Sur une espèce de charbon fossile existant dans le Comminge*, l'autre *Sur la manière d'extraire l'or et l'argent que renferment les grès et les sables ferrugineux*, et le troisième *Sur la manière d'extraire le noir de fumée du charbon de terre*. Le cahier de l'assemblée publique du 28 décembre 1779 renferme un mémoire de Genssane fils, *Sur la nature et la circulation de l'air dans les travaux des mines*. Enfin, il faut lui attribuer aussi un mémoire *Sur l'art de fondre les mines de fer par le feu de charbon de terre*, qui présente des observations sur le sujet traité par son père en 1770 et 1776.
E. TH.

[1] Tandon aîné (Antoine), médecin, s'occupait de physique et particulièrement d'astronomie. Lié par les mêmes goûts scientifiques avec de Ratte et Danyzy, ils observaient souvent ensemble les phénomènes planétaires. La Société royale se l'associa en qualité d'adjoint physicien, le 4 juin 1761, et le 24 août 1775 il passa, avec le même titre, dans la classe des mathématiques. En janvier et février 1760, il fit connaître le résultat de ses observations sur le passage de la comète qui parut à cette époque, et il continua ses observations astronomiques avec les deux académiciens que nous venons de nommer, durant le reste de l'année. En 1761, les phénomènes célestes furent plus considérables. Déjà, au mois d'avril (le 29), Tandon lisait un mémoire sur la hauteur du pôle à l'observatoire de Montpellier, qu'il établit à 43° 36′ 24″, résultat qui s'accorde, à une ou deux secondes près, avec ceux de Picard, Cassini et Danyzy, et à sept ou huit secondes près en plus avec le chiffre du Bureau des longitudes. Le 18 mai 1761, il observa une éclipse de lune à Montpellier, conjointement avec de Ratte, et le 11 juin de la même année, il suivait avec le même astronome le passage plus important de Vénus sur le disque du soleil. Tous ces détails sont explicitement consignés dans les registres de la Société. Tandon, né à Montpellier, y mourut le 6 novembre 1806, âgé de 91 ans.
E. TH.

[2] Touchy (André-Antoine), écuyer, homme de loi, juge au Tribunal des douanes de Sète, ancien juge en la Cour de justice criminelle spéciale de Montpellier, professeur d'histoire à l'École centrale de l'Hérault, professeur d'histoire naturelle de la ville de Montpellier, membre de l'Académie celtique et de la Société d'agriculture du département, naquit dans cette ville en 1752. Il cultiva l'histoire naturelle, surtout l'ornithologie, la minéralogie et la géologie, et fit de grandes recherches sur les oiseaux de la partie méridionale de Languedoc (1782). Le 12 février 1778, il présentait à la Société royale un mémoire *Sur un clavecin à transposition et qui a la propriété d'enfler et de diminuer le son ;* ce qui prouve qu'il ne s'occupait pas moins d'acoustique que d'histoire naturelle. Il fut admis dans la Société royale, le 21 août 1783, comme adjoint mathématicien, à la place d'Amoreux. En 1784, il lut un mémoire *Sur une trombe marine* qui avait été observée le 29 novembre de la même année. La Société fit imprimer, dans le cahier de son assemblée publique du 10 décembre 1783, un travail curieux de lui *Sur la voix des oiseaux*, et dans celui de l'assemblée publique du 23 décembre 1784, un extrait d'un travail non moins important *Sur les migrations* de cette classe d'animaux. On trouve, en effet, dans les

31

archives de la Société, quelques années plus tard, un mémoire qu'il avait rédigé *Sur la direction du vent la plus favorable au vol et à la migration des oiseaux*. Au reste, Touchy publia plusieurs travaux intéressants sur les différentes branches scientifiques qu'il professait, dans un recueil imprimé à Montpellier, sous le titre d'*Opuscules d'histoire naturelle*, 1808, in-8°. On y trouve des renseignements utiles pour la description géologique du département de l'Hérault. Il publia aussi, par ordre du gouvernement, un rapport sur les marbres et les carrières du même département. A la dissolution de la Société des sciences, en l'an II, il fit à la Commission de l'agriculture et des arts du département, des *rapports* sur un mémoire de Mourgue relatif aux moyens d'empêcher les inondations. Lors de la formation de la Société libre des sciences et lettres, Touchy fut appelé à en faire partie, soit en considération de ses travaux scientifiques, soit parce qu'il était membre de l'ancienne Académie. Il donna plusieurs mémoires à la nouvelle Société (Bulletins, tom. III et IV) et vécut jusqu'au 6 janvier 1814, dans sa maison de campagne près de Montpellier. Il avait épousé Marie-Jacqueline Le Villan Deformeaux, dont il eut un fils qui s'est fait connaître par plusieurs ouvrages sur l'histoire naturelle, surtout appliquée à l'agriculture, dans les Bulletins de la Société de l'Hérault, et qui est aujourd'hui conservateur du jardin botanique de Montpellier.   E. TH.

NOTE

SUR LA DISSOLUTION DE LA SOCIÉTÉ.

Le décret du 8 août 1793, qui prononçait la dissolution de toutes les Académies ou Sociétés littéraires patentées ou dotées par la Nation, fut suivi d'un second décret du 12 du même mois, qui prescrivit l'apposition des scellés sur les locaux de toute nature occupés par les établissements supprimés et l'inventaire subséquent de leurs effets. La prompte exécution de ces mesures fut recommandée aux autorités locales, par une circulaire jointe au décret lui-même.

Le 2 du mois de septembre suivant, l'administration du département de l'Hérault prit un arrêté conforme au vœu du décret, et commit un de ses membres (le citoyen Cauquil) pour l'exécution. Le 17, celui-ci notifiait ses pouvoirs à de Ratte et à Gaussen, l'un secrétaire perpétuel, l'autre trésorier de la Société; et le même jour il apposait, en leur présence, les scellés, tant à l'hôtel de la Société qu'à l'observatoire. Deux jours après, l'inventaire des meubles et effets commença contradictoirement avec eux et ne se termina que le 23.

Une expédition de cet acte est restée parmi les papiers inventoriés. Nous en extrairons les détails suivants.

Après le mobilier existant dans la salle des réunions, on inventoria dans deux pièces attenantes la bibliothèque et les collections. Celle-là offrit un total de 1,200 volumes environ, qui sont spécifiés à la manière ordinaire par leurs titres, etc.; les minéraux et autres objets d'histoire naturelle furent, au contraire, inventoriés en masse. Nous avons déjà dit qu'un cabinet d'ornithologie, qui en constituait la partie la plus considérable, avait été restitué à de Faugères, sur une déclaration de la Société qui lui en reconnaissait la propriété. Enfin, on fit la désignation des papiers et registres à peu près comme il suit (nous omettons les articles sans importance):

1° Six registres des présences et délibérations, de 1706 à 1793;

2° Deux autres contenant la comptabilité du trésorier avec les pièces à l'appui, renfermés dans deux cartons;

3° Trois volumes de mémoires transcrits, des années 1707, 1708 et 1709;

4° Quatre autres des années 1777-1780;

5° Dix portefeuilles ou cartons contenant les manuscrits des mémoires et travaux de tout genre lus et déposés aux archives;

6° Un carton contenant la correspondance;

7° Plusieurs dessins relatifs aux affaires de la Société, et notamment à l'achat de son hôtel, aux emprunts contractés par elle, à ses discussions avec la Compagnie des pénitents bleus, etc.;

8° Enfin, seize paquets cachetés remis à la Société pour être ouverts à la demande de ceux qui les avaient envoyés [1].

---

[1] Nous allons comparer cet inventaire à l'état présent des choses existant à la préfecture et à la bibliothèque de la ville.

Tous les articles inventoriés s'y retrouvent, à l'exception : 1° du premier registre des délibérations, comprenant les années 1706-1725 [*]; 2° du volume des mémoires transcrits de 1709 [**]; 3° du dossier relatif à l'achat de l'hôtel de la Société; 4° des seize paquets cachetés qui durent être rendus à ceux qui les avaient remis. De plus, nous possédons : 1° deux volumes de mémoires transcrits, des années 1781 et 1782 [***]; 2° le volume de correspondance désigné plus haut sous le nom de Recueil de Gauteron [****]; 3° enfin, trois registres des travaux de la Société comprenant les années 1730 à 1763 [*****]; objets non inventoriés, parce qu'au moment de l'inventaire ils se trouvaient probablement hors du local de la Société et entre les mains de détenteurs qui les ont remis depuis.

Il n'existe donc aucune lacune ni perte bien considérable; toutefois la correspondance n'ayant pas été décrite en détail, on ne saurait affirmer que cette partie des papiers, composée de pièces volantes, n'ait pas souffert quelque diminution.

Aujourd'hui, tous les documents ainsi conservés, longtemps confondus et en désordre, ont été classés avec soin et distribués dans des cartons, suivant leur nature. Les mémoires manuscrits, qui en forment la partie la plus considérable, sont rangés par ordre chronologique,

[*] Les registres des présences que nous possédons commencent en 1713.   E. TH.

[**] Les archives départementales conservent les volumes des mémoires transcrits de 1706 et 1707. E. TH.

[***] Le volume de 1781 est déposé à la bibliothèque de la ville; les autres furent envoyés à Paris. Voyez ci-dessus la note, pag. 140.   E. TH.

[****] Il est aussi déposé à la bibliothèque de la ville. Voyez ci-dessus la note, pag. 118.   E. TH.

[*****] L'auteur a parlé, pag. 105, d'un registre des travaux de 1736 à 1742; j'ai dû corriger le nombre et les dates de ces registres, ayant recouvré depuis deux volumes de ces travaux.   E. TH.

L'inventaire qui fut fait immédiatement après à l'observatoire, rapproché d'une estimation des instruments ordonnée deux ans plus tard par l'autorité locale (2 prairial an IV), constate la présence du beau télescope donné par le duc de Biron, de trois quarts de cercle et de quelques autres instruments de moindre importance. La valeur totale de ces objets est portée à 18,802 livres.

Les objets inventoriés dans l'hôtel de la Société furent laissés à la garde de son concierge, et ceux trouvés à l'observatoire sous celle de Danyzy, l'un des astronomes de la Société. L'année suivante (1794), une commission des arts ayant été instituée par l'administration locale, la remise en fut faite à deux de ses membres, qui l'avaient été aussi de la Société dissoute (Poitevin et Bertholon), et dans les deux années qui suivirent, les salles de l'hôtel académique servirent encore de lieu de réunion aux débris de ce Corps qui, à la suite de la crise de thermidor an II, se rapprochaient et jetaient les fondements d'une nouvelle association. On espérait quelque succès d'une demande adressée à la Convention nationale pour en obtenir, au profit de la Société nouvelle, la remise de l'hôtel enlevé à l'ancienne, mais en vain. Le décret de confiscation s'exécuta jusqu'au bout, et l'hôtel fut vendu nationalement, le 19 prairial an IV (6 juin 1796). Ce fut à la suite de ce dernier acte que les papiers et registres furent transportés aux archives de la préfecture du département. Les livres et les collections, après avoir séjourné provisoirement dans une des salles de l'ancien collége des jésuites, devenu l'École centrale de l'Hérault, furent distribués, non sans avoir subi quelques pertes, celles-ci au cabinet de la nouvelle Faculté des sciences, les autres à la bibliothèque de l'École ou à celle de la ville, qui les possède encore, et où ils sont faciles à reconnaître au timbre qui en annonce l'ancien possesseur.

L'observatoire eut une meilleure destinée. On ne pouvait songer à vendre cet

---

sous diverses divisions, suivant les sciences auxquelles elles ressortissent : mathématiques, astronomie, physique, chimie, histoire naturelle, médecine et chirurgie, statistique et agriculture. Les pièces envoyées aux concours pour les prix, les rapports des commissions, les affaires de la Société, forment des dossiers séparés, etc. Enfin, un inventaire que l'archiviste en a dressé, les met autant que possible à l'abri de toute perte ultérieure, et facilite les recherches de ceux qui ont intérêt à les consulter. (*Note de l'auteur.*)

La note précédente, où je reconnais la bienveillante amitié de l'auteur pour celui qui écrit ces lignes, se tait sur la coopération qu'il voulut bien accepter quand le classement dont il s'agit fut effectué. E. TH.

édifice , assis sur le mur d'enceinte de la ville et propre à divers usages d'intérêt public. Il eut le bonheur d'être délivré à cette époque des hautes constructions qui s'y appuyaient et en fermaient les jours du côté du nord , objet d'un débat de trente ans, que nous avons raconté, entre la Société royale et la Compagnie des pénitents bleus. Les astronomes survivants de l'ancienne Académie, de Ratte , Poitevin, Danyzy fils , et plusieurs autres membres de la nouvelle Société qui, en 1795, sortit des débris de l'ancienne, y continuèrent assidûment leurs observations, et l'édifice, consacré par de si beaux et si honorables travaux , subsistait encore avec cette destination en 1811. Danyzy, le dernier survivant des savants que nous venons de nommer, y reçut , au commencement de cette année, l'un des plus célèbres astronomes de l'époque, le baron de Zach, qui put y faire , sur la position géographique de Montpellier et des principales localités des environs les observations auxquelles est dû le savant mémoire [1] que nous avons cité dans une autre partie de cet écrit. Mais , à la fin de cette même année , les instruments en furent retirés et transportés dans le cabinet de la Faculté des sciences , où ils existent encore. Il paraît que le comblement du fossé d'enceinte qui s'étendait sous les murs de la ville et sa transformation en un boulevard , effectués dans les premières années de ce siècle , rendaient le bâtiment impropre à sa destination , et, malgré la masse du bâtiment, altéraient les bonnes conditions des observations , à cause de l'ébranlement que causait aux instruments le passage incessant des voitures de transport [2]. On prétexta du moins de cette circonstance pour lui ôter son caractère scientifique, et on y établit, au moyen d'un pavillon construit sur sa terrasse supérieure , le signal télégraphique qui s'y voit depuis , destination dont il faut encore se féliciter, puisqu'elle conserve au monument un caractère d'intérêt public , et qu'elle en assure ainsi la conservation [3].

Tel fut , dans cette catastrophe , le sort des choses; quant aux hommes ,

---

[1] Il s'agit du mémoire du baron de Zach, *Sur la vraie position géographique de la ville de Montpellier*, inséré au tome IV, page 344, des Bulletins de la Société des sciences et belles-lettres de cette ville. Voyez ci-dessus, pag. 179. 				E. TH.

[2] Cependant Danyzy, qui rend compte de l'enlèvement des instruments (*Bull. de la Soc. libre des sciences et lettres*, tom. VI, pag. 416), ne parle pas de cet inconvénient.

[3] Voyez ci-dessus la note de la pag. 59. 				E. TH.

je viens d'indiquer comment ils en sortirent. A peine la première fureur de la tempête révolutionnaire avait-elle cessé de gronder; à peine le sol ébranlé sous la chute de tant de débris semblait-il prêt à se raffermir, qu'on les vit, dispersés par l'orage et atteints pour la plupart dans leurs affections, leur fortune ou même leur liberté, mais ramenés les uns vers les autres par ce besoin de culture intellectuelle qui devient aussi une passion, s'assembler au milieu des ruines faites autour d'eux, et renouer le fil brisé de ces travaux au milieu desquels leur vie s'était écoulée. Dès l'an III (1795), ils obtenaient pour leurs réunions l'usage de l'ancien hôtel de l'Académie, dont la vente n'était pas encore consommée. Trois ans après (1798), la protection de l'un de leurs collègues parvenu à une haute position politique (Chaptal), faisait accueillir par le gouvernement le plan de leur nouvelle Société [1], où seize d'entre eux figuraient, le vénérable de Ratte à leur tête, et qui, sous le nom de *Société libre des sciences et lettres*, eut une existence honorable aussi, quoique moins longue et moins brillante que celle de sa devancière. Ce fut l'asile où vinrent successivement s'éteindre, comme des athlètes au bout de la carrière, les dernières illustrations de ce Corps dont on vient de lire l'histoire.

[1] Un projet de pétition au Directoire, de la main de Poitevin, du 11 ventôse an VI, contient le plan de l'association, et les noms de seize membres de la Société royale désignés pour faire partie de la nouvelle Société.

LETTRES PATENTES DU ROY,

DONNÉES AU MOIS DE FÉVRIER 1706, PORTANT ÉTABLISSEMENT D'UNE SOCIÉTÉ ROYALE
DES SCIENCES A MONTPELLIER.

LOUIS PAR LA GRACE DE DIEU ROY DE FRANCE ET DE NAVARRE : A tous presens et
avenir. SALUT. L'atention particuliere que Nous avons toûjours apportée, et les
soins que Nous avons pris dans les plus importantes occupations de nôtre État, de
faire fleurir les arts et les sçiences dans nôtre Royaume, Nous ayant fait connoître
que les moyens les plus convenables pour contribuer à leur perfection, ont été les
divers réglemens que Nous avons donnés en différens tems pour favoriser les sçavans,
soit en établissant de nouvelles assemblées de gens de lettres, soit en donnant une
nouvelle forme aux anciennes. Nous emploïâmes utilement ce dernier moyen en ré-
tablissant au mois de janvier 1699, sous un nouvel ordre, nôtre Académie royale
des Sçiences de nôtre bonne ville de Paris, dont les académiciens s'efforçants depuis
par leur application et leurs découvertes de répondre dignement à l'honneur que
Nous leur avons fait, semblent avoir répandu l'esprit et le goût des sçiences dans
toute l'Europe, et animé quantité de sçavans de nôtre royaume, à chercher les voyes
de rendre leurs études et leurs connoissances utiles à nôtre service et profitables au
public. Dans cette vûë, plusieurs sujets de nôtre ville de Montpellier, qui depuis
long-tems entretiennent entre-eux une étroite liaison d'amitié et d'étude, Nous ont
fait trés-humblement remontrer, que s'apliquant depuis plusieurs années aux diverses parties des mathematiques et de la physique, et d'ailleurs habitant une ville
où la temperature et la serenité de l'air, mettent en état de faire plus facilement
qu'en aucun autre endroit des observations et des recherches importantes et curieuses ; ils pourroient ainsi beaucoup contribuer au desir que Nous avons de voir
perfectionner toutes ces sçiences, si Nous voulions permettre, que pour y travailler
avec plus de fruit, ils pussent s'assembler sous nôtre protection royale, à l'effet de
quoi, ils nous suplioient de leur prescrire les régles qu'ils doivent suivre pour leurs
assemblées, comme Nous avions bien voulu en donner à l'Académie des sçiences de
Paris, Nous protestant, que rien ne les obligeroit mieux à redoubler leur zéle et
n'exciteroit d'avantage leur émulation, en attendant que la continuation de leurs
études et de plus heureuses conjonctures des tems, nous donnassent lieu de leur
accorder des recompenses et des priviléges : sur leurs suplications. Voulant être plus
amplement informés de l'utilité que pourroit avoir l'établissement d'une telle société

dans nôtre ville de Montpellier, Nous aurions ordonné à nôtre amé et féal le sieur Delamoignon de Basville, Conseiller ordinaire en nôtre conseil d'État, Intendant en nôtre province de Languedoc, de Nous en donner son avis, lequel en consequence Nous auroit representé que nôtre ville de Montpellier, fameuse et celébre depuis long-tems, par le grand nombre de doctes personages qu'elle a produit en toutes ces sçiences, recevroit un nouvel éclat et un avantage notable de cet etablissement si conforme à nos intentions, et si utile à la republique des lettres ; ajoûtant, qu'actuellement il s'y trouve beaucoup plus de personnes qu'il n'en est necessaire pour composer une sçavante societé, et nous indiquant à cet effet divers particuliers dont la capacité, prud'hommie, bonne vie et mœurs, Nous ont été par lui certifiées. A CES CAUSES, et autres à ce Nous mouvans, de nôtre certaine sçience, pleine puissance et autorité royale, NOUS avons établi et établissons par ces présentes signées de nôtre main, dans nôtre dite ville de Montpellier, une assemblée de gens de lettres, sous le nom de SOCIETÉ ROYALE DES SÇIENCES, que Nous avons mis et mettons sous nôtre protection particuliere, ainsi que l'Académie royale des sçiences établie en nôtre bonne ville de Paris, de laquelle ladite Societé ne sera regardée que comme une extension et une partie. VOULONS et Nous plait, que ladite Societé soit composée de trois sortes d'academiciens : les honoraires, les associez et les eleves. La premiére classe de six personnes, et les deux autres, chacune de quinze, et vacation arrivant d'aucunes desdites trente-six places, il soit fait par ladite Académie élection d'un sujet le plus capable de la remplir ; et neantmoins pour cette fois seulement, sans attendre lesdites élections, Nous avons nommé et nommons pour remplir les places desdits six honoraires, le sieur LEGOUX de la Berchere, Archevêque de Narbonne ; le sieur COLBERT de Croissy, Evêque de la ville de Montpellier ; le sieur marquis DE CASTRIES, nôtre Lieutenant en ladite province de Languedoc, et Gouverneur de ladite ville ; le sieur DELAMOIGNON de Basville, Conseiller ordinaire en nôtre conseil d'État, Commissaire départi pour l'exécution de nos ordres en Languedoc ; le sieur abbé BIGNON, aussi Conseiller ordinaire en nôtre conseil d'État, et le sieur BON, nôtre Conseiller en la chambre des comptes de ladite ville : AVONS pareillement nommé et nommons pour remplir les places desdits quinze academiciens associez, trois mathematiciens, s'appliquant soit à la geometrie, soit à l'astronomie, soit aux mécaniques, le sieur DE CLAPIÉS, le sieur DE PLANTADE, et le sieur abbé LACAN ; trois anatomistes, le sieur ASTRUC, le sieur LAPEYRONNIE, et le sieur GONDANGE ; trois chimistes, le sieur RIVIERE, le sieur MATTE, et le sieur GAUTERON ; trois botanistes, le sieur CHICOYNEAU, le sieur MAGNOL, et le sieur NISSOLLE, et trois autres physiciens, apliqués aux autres parties de la sçience naturelle, le sieur CHIRAC, le sieur RIDEUX, et le sieur ICHER ; NOMMONS pareillement, pour cette fois, et sans tirer à consequence, ledit sieur COLBERT de Croissy, Evêque de Montpellier, président pendant l'année 1706 ; le sieur PLANTADE, directeur durant lad. année, et le sieur GAUTERON secretaire perpetuel ; recommandant au surplus, à chacun des

32

quinze academiciens associez, de procéder incessamment à la nomination d'eleves, dignes d'entrer dans ladite Societé. PERMETTONS à tous les academiciens de s'assembler en tel lieu qu'ils estimeront le plus convenable, une fois chaque semaine, et même plus souvent, quand ils le jugeront à propos : FESANT DÉFENCES à toutes autres personnes, soûs quelque prétexte que ce soit, de former de pareilles assemblées. ENTENDONS, que dans leursdites assemblées, ils ne traitent que de ce qui peut tendre à la perfection de leurs diverses sçiences, sans qu'aucune autre matiere y puisse être agitée; comm'aussi, que pour mieux conserver l'esprit de sçience et l'union d'etude, ils observent dans leursdites assemblées la plus parfaite égalité entr'eux sans distinction des rangs et des séances qu'ils pourroient prétendre ailleurs, et ne gardant d'autre ordre que celui des differentes classes établies par les présentes lettres et de l'ancienneté de reception. ORDONNONS expressement au président de veiller à maintenir ainsi le bon ordre en tout; PERMETTONS au secretaire d'expedier tous actes et certificats necessaires à toutes personnes qui auront interêt d'en avoir; pour raison de quoi, ladite Societé pourra prendre tel seau et telle devise qu'elle avisera; pour le choix desquels seau et devise, nôtre académie des inscriptions et médailles sera tenuë de travailler si-tôt qu'elle en sera requise par ladite Societé. PERMETTONS pareillement à ladite Societé de se cho sir tel imprimeur et libraire qu'elle voudra, auquel en consequence de ce choix, Nous ferons expedier tous privileges necessaires pour l'impression et vente de tous les Ouvrages, Memoires et Traitez desdits academiciens. VOULONS qu'ils entretiennent une correspondance et une liaison intime avec nôtre Académie des sçiences de nôtre bonne ville de Paris, comme ne fesant qu'un seul et même corps. AGREANT ET CONFIRMANT en outre les statuts cy-attachés sous le contre-séel des présentes, que Nous avons fait dresser pour être par eux ponctuellement gardés. SI DONNONS EN MANDEMENT à nos amés et féaux conseillers, les gens tenans nôtre Cour de parlement à Toulouse, Cour des comptes, aydes et finances à Montpellier, que ces présentes, ensemble lesdits statuts, ils ayent à faire registrer et leur contenu faire garder et observer selon leur forme et teneur, cessant et fesant cesser tous troubles et empêchemens contraires. VOULONS qu'aux copies desdites présentes dûement collationnees par l'un de nos amés et féaux conseillers et secretaires, foy soit ajoûtée comme à l'original; CAR TEL EST NOSTRE PLAISIR; et afin que ce soit chose ferme et stable à toûjours, Nous y avons fait mettre nôtre séel. DONNÉ à Versailles au mois de février, l'an de grace m l sept cens six; et de nôtre regne le soixante-troisième. *Signé*, LOUIS; *et au reply*, par le roy, PHELYPEAUX. Signé et scellé du grand seau en c re verte, à lacs de soye verte et rouge.

STATUTS DE LA SOCIÉTÉ ROYALE DES SCIENCES

ÉTABLIE A MONTPELLIER.

I. La Societé royale des sçiences, établie à Montpellier, demeurera toûjours sous la protection du roy, de la même maniére que l'Académie royale des sçiences, établie à Paris, avec qui elle entretiendra l'union la plus intime, comme ne fesant ensemble qu'un seul et même Corps.

II. Ladite Societé sera toûjours composée de trois sortes d'academiciens; les Honoraires, les Associez et les Eleves ; la première classe composée de six personnes, et les deux autres, chacune de quinze.

III. Les honoraires, seront tous regnicoles et recommandables par leur intelligence dans les mathématiques ou dans la physique, et l'un d'eux sera président.

IV. Les associez, seront tous établis à Montpellier ; trois mathématiciens, s'appliquant, soit à la geométrie, soit à l'astronomie, soit aux mécaniques; trois anatomistes; trois chimistes; trois botanistes, et trois autres physiciens qui s'attacheront aux autres parties de la sçience naturelle ; un de ces quinzes associez sera secretaire, et lorsqu'il arrivera que quelqu'un d'entre eux sera apellé à quelque charge ou commission, demandant résidence hors de Montpellier, il sera pourvû à sa place, de même que si elle avoit vaqué par deccz.

V. Les eleves, seront tous établis à Montpellier ; chacun d'eux sera appliqué au genre de sçience dont fera profession l'associé auquel il sera attaché, et s'ils passent à des emplois, demandans résidence hors de Montpellier, leurs places seront remplies, comme si elles étoient vacantes par decez.

VI. Pour remplir les places d'honoraires, et d'associez, la Societé élira par scrutin à la pluralité des voix, le sujet le plus digne qu'elle pourra trouver.

VII. Pour remplir les places d'eleves, chacun des associez s'en pourra choisir un, qu'il presentera à la Compagnie, qui en délibérera par scrutin, et s'il est agréé à la pluralité des voix, il sera reçû.

VIII. Nul ne pourra estre proposé pour aucune place d'academicien, s'il n'est de bonnes mœurs, et de probité reconnuë.

IX. Nul ne pourra estre proposé de même, s'il est regulier, attaché à quelque ordre de religion, si ce n'est pour remplir quelque place d'academicien honoraire.

X. Nul ne pourra estre proposé pour les places d'associé, s'il n'est connu par quelque merite distingué, comme par quelque ouvrage considerable imprimé, par quelque cours fait avec éclat, par quelque machine de son invention, par quelque découverte particuliere, ou par quelque talent singulier.

XI. Nul ne pourra estre proposé pour lesdites places d'associé, qu'il n'ait au moins vingt-cinq ans ; et pour celle d'eleve, qu'il n'ait vingt ans au moins.

XII. Les assemblées ordinaires de la Societé se tiendront les jeudis de chaque semaine, et lors qu'esdits jours il se rencontrera quelque fête, elles se tiendront le jour precedent ; et si l'abondance des sujets requeroit qu'on s'assemblât plus souvent, il seroit pris tel autre jour de la semaine qui paroîtroit le plus convenable.

XIII. Les séances desdites assemblées, seront au moins de deux heures, sçavoir, depuis deux heures aprés midy, jusques à quatre, de la Saint Martin à Pâques, et depuis quatre jusques à six, de Pâques à la Saint Martin.

XIV. Les vacances de la Societé commenceront le huitiéme de septembre, et finiront le onziéme de novembre ; et elle vaquera en outre pendant la quinzaine de Pâques et la semaine de la Pentecôte, et depuis Noël jusques aux Rois.

XV. Les academiciens associez seront assidus à tous les jours d'assemblée, et nul ne pourra s'absenter plus de deux mois, pour ses affaires particulieres hors le tems des vacations, sans un congé exprés de la Societé.

XVI. L'experience ayant fait connoître trop d'inconveniens dans les ouvrages auxquels toute la Societé pourroit travailler en commun, chacun des associez choisira plûtôt quelque objet particulier de ses études, et par le compte qu'il en rendra dans les assemblées, il tâchera d'enrichir de ses lumieres tous ceux qui composent la Societé, et de profiter de leurs remarques.

XVII. Au commencement de chaque année, chaque academicien associé déclarera par écrit à la Compagnie le principal ouvrage auquel il se proposera de travailler, et les autres academiciens seront invitez à donner une semblable déclaration de leurs desseins.

XVIII. Quoique chaque academicien soit obligé de s'appliquer principalement à ce qui concerne la science particuliere à laquelle il s'est adonné, tous néantmoins seront exhortez à étendre leurs recherches, sur tout ce qui peut estre d'utile ou de curieux dans les diverses parties des mathématiques, dans la différente conduite des arts, et dans tout ce qui peut regarder quelque point d'histoire naturelle ou apartenir en quelque maniere à la physique.

XIX. Dans chaque assemblée il y aura dumoins un associé, obligé à tour de rôle d'aporter quelque observation sur ce qui regardera sa science ; et les autres academiciens auront toûjours la liberté de proposer de même leurs observations ; chacun de ceux qui seront présens, tant honoraires qu'associez, pourront faire leurs remarques sur ce qui aura esté proposé, mais les eleves ne parleront que quand ils y seront invitez par le président.

XX. Toutes les observations que les academiciens aporteront aux assemblées, seront par eux laissées le jour même par écrit, entre les mains du secretaire, pour y avoir recours dans l'occasion.

XXI. Toutes les expériences qui seront raportées par quelque academicien seront verifiées par luy dans les assemblées, s'il est possible, ou dumoins elles le seront en particulier en présence de quelques academiciens.

XXII. La Societé veillera exactement, à ce que dans les occasions où quelques academiciens seront d'opinions différentes, ils n'employent aucuns termes de mépris ni d'aigreur l'un contre l'autre, soit dans leurs discours, soit dans leurs écrits; et lors même qu'ils combatront les sentimens de quelques sçavans que ce puisse estre, la Societé les exhortera à n'en parler qu'avec ménagement.

XXIII. La Societé aura soin d'entretenir commerce avec les divers sçavans, soit du Royaume, soit des païs étrangers, afin d'estre promptement informée de ce qui s'y passera de curieux pour les mathématiques, ou pour la physique.

XXIV. La Societé chargera quelqu'un des academiciens de lire les ouvrages importans de physique ou de mathématique qui paroîtront en France ou ailleurs; et celui qu'elle aura chargé de cette lecture en fera son rapport à la Compagnie, sans en faire la critique, en marquant seulement s'il y a des veües dont on puisse profiter.

XXV. La Societé examinera les ouvrages que les academiciens se proposeront de faire imprimer; elle n'y donnera son aprobation, qu'aprés une lecture entiére faite dans les assemblées, ou dumoins qu'aprés un examen et rapport fait, par ceux que la Compagnie aura commis à cet examen, et nul academicien ne pourra mettre aux ouvrages qu'il fera imprimer le titre d'academicien, s'ils n'ont esté ainsi aprouvés par la Societé.

XXVI. La Societé examinera, si elle en est requise, les machines de nouvelle invention proposées par des particuliers; elle certifiera si elles sont veritablement nouvelles et utiles, et les inventeurs de celles qui seront aprouvées, seront tenus de luy en laisser un modele.

XXVII. Les seuls academiciens honoraires et associez, auront voix délibérative, lors qu'il s'agira d'élection ou d'affaires concernant la Societé, et lors même qu'il ne s'agira que de sçience, auquel dernier cas néantmoins les eleves pourront estre consultez par le président.

XXVIII. Ceux qui ne seront point de la Societé, ne pourront assister ni estre admis aux Assemblées ordinaires, si ce n'est quand ils y seront conduits par le secretaire, pour y faire la proposition de quelques nouvelles découvertes, ou pour raison des égards dûs à leur rang et à leur merite.

XXIX. Toutes personnes auront entrée aux assemblées publiques, qui se tiendront une fois chaque année, le premier jeudy d'aprés la Saint Martin.

XXX. Le président sera au bout de la table avec les honoraires, les associez seront aux deux côtés, et au bout de la table, sans aucune distinction de qualité ou de rang, et les eleves chacun derriere l'academicien dont ils seront eleves.

XXXI. Le président sera trés-attentif, à ce que le bon ordre soit exactement observé dans chaque assemblée, et dans ce qui concerne la Societé.

XXXII. Dans toutes les assemblées, le président fera delibérer sur les differentes matieres, prendra les avis de la Compagnie selon l'ordre de leur séance, et prononcera les resolutions à la pluralité des voix.

XXXIII. Le président sera nommé par la Societé au premier janvier de chaque année; mais quoique chaque année il est ainsi besoin d'une nouvelle nomination, il pourra estre continué tant qu'il plaira à ladite Societé, et comme par indisposition, et par la necessité de ses affaires, il pourroit arriver qu'il manqueroit à quelque assemblée, la Societé nommera en même tems d'entre les academiciens ordinaires, un directeur et un sous-directeur, pour présider en l'absence du dit président.

XXXIV. Le secretaire sera exact à recüeillir en substance tout ce qui aura été proposé, agité, examiné et resolu dans la Compagnie, à l'écrire sur son registre, par raport à chaque jour d'assemblée, et à inserer le traité dont aura été fait lecture; il signera tous les actes qui en seront delivrez, soit à ceux de la Compagnie, soit à autres qui auront interèt d'en avoir, et donnera au public un extrait de ses registres, ou une histoire raisonnée de ce qui sera fait de plus remarquable dans la Societé, chaque fois qu'il aura assez de matiere.

XXXV. Les registres, titres, et papiers concernans la Societé, comme aussi les livres, meubles, instrumens, machines et autres curiositez à elle appartenans, demeureront toûjours entre les mains du secretaire, à qui ils seront remis par un inventaire que le président en dressera au mois de décembre prochain, et à pareil tems de chaque année, ledit inventaire sera par ledit président, recolé et augmenté de ce qui s'y trouvera avoir été ajoûté durant toute l'année.

XXXVI. Lors que des sçavans demanderont voir à quelqu'une des choses commises à la garde du secretaire, il aura soin de le leur montrer, mais il ne pourra les laisser transporter hors des lieux où elles seront gardées, sans un ordre par écrit du président.

XXXVII. Le secretaire sera perpetuel, et lors que par maladie, ou par quelque autre raison considerable, il ne pourra venir à l'assemblée, il y commettra tel d'entre les academiciens qu'il jugera à propos, pour tenir en sa place le registre.

XXXVIII. Pour faciliter l'impression de divers ouvrages que pourront composer les academiciens, SA MAJESTÉ permet à l'Académie de se choisir un libraire auquel en consequence de ce choix, le roi fera expedier les privileges necessaires pour imprimer et distribuer les ouvrages des academiciens, selon les réglemens intervenus sur le fait de la librairie.

XXXIX. Pour entretenir l'union entre l'Académie royale des sçiences, et ladite Societé royale de Montpellier, elles seront obligées de s'envoyer reciproquement un exemplaire de tout ce qu'elles feront imprimer en leur nom.

XL. La Societé de Montpellier choisira une piéce entre toutes celles qui auront été lûës, pour envoyer immediatement avant la quinzaine de Pâques de chaque année à l'Académie des sçiences, pour estre imprimée avec les memoires que ladite Académie donnera la même année.

XLI. L'Académie des sçiences pourra prier la Societé de Montpellier, d'examiner les matieres qu'elle jugera importantes, et ladite Societé y travaillera avec le plus de diligence et de soin qu'il luy sera possible, et reciproquement la Societé royale aura la même faculté à l'égard de l'Académie des sçiences.

XLII. Quand quelqu'un de l'Academie des sçiences se trouvera à Montpellier, ou quelqu'un de la Societé de Montpellier se trouvera à Paris, ils auront reciproquement entrée et séance dans leurs assemblées.

XLIII. Veut SA MAJESTÉ, que les presens statuts soient lûs dans la premiere assemblée, et transcrits à la tête des registres; et s'il arrivoit que quelque academicien y contrevint en quelque cas, SA MAJESTÉ y pourvoira.

Les présentes Lettres patentes avec les Statuts y attachez, ont été registrées tant à la Cour de parlement de Toulouse, qu'en la Cour des comptes, aydes et finances de Montpellier, les vingt-sept mars et neuf avril mil sept cens six.

NOTICE HISTORIQUE

SUR LA

Société des Sciences et Belles-Lettres de Montpellier.

Bien que la Société des sciences et des lettres de Montpellier n'ait eu ni la durée ni l'éclat de la Société royale des sciences, dont on vient de lire l'histoire, elle a cependant des droits à notre estime et à notre reconnaissance. L'existence de l'une est presque séculaire ; moins de vingt années ont suffi à l'autre pour parcourir un cercle plus large et pour laisser une série de travaux qui, relativement à la vie de chacune d'elles, n'est pas moindre que celle qui nous a été léguée par la plus ancienne des deux Sociétés. D'ailleurs, elles s'appartiennent l'une à l'autre essentiellement ; car la Société libre des sciences et des lettres doit être regardée comme la fille aînée de la Société royale de Montpellier, qui fut la sœur de l'Académie des sciences de Paris. Il a paru naturel de mettre à la suite de l'histoire de la première en date, l'histoire abrégée de celle qui lui doit la naissance.

I.

HISTORIQUE DE LA SOCIÉTÉ.

Les savants que la tourmente révolutionnaire avait dispersés, quand l'horizon commença de s'éclaircir, se groupaient autour de l'observatoire de Montpellier, disons mieux, autour de l'excellent télescope qui avait été donné à la Société royale des sciences par le maréchal de Biron, et qui lui restait

33

seul de tous ses biens. Il est vrai qu'en 1794 l'administration départementale avait formé une Commission de l'agriculture et des arts, et que deux membres de cette Commission, Poitevin du Bousquet et Bertholon, reçurent pour son usage les instruments et les objets inventoriés de la Société dissoute, et qui devaient un peu plus tard être dispersés comme les hommes auxquels ils avaient appartenus. Il est vrai encore que durant les deux années qui suivirent (1795-1796), les anciens académiciens que l'attrait des sciences réunissait, ne furent point exposés à l'inconvénient d'errer de station en station, comme il arriva aux premiers temps de la Société royale, et qu'ils purent, quoique très-précairement, se rassembler dans les salles de l'hôtel académique. Mais, outre que cette jouissance était à titre précaire, et que la Société n'était plus propriétaire de ses collections, on peut dire que non-seulement il n'y avait plus d'Académie à Montpellier, mais encore que les réunions de ces vétérans de la science, loin d'avoir une existence régulière et reconnue, ne vivaient que d'une vie de tolérance.

Si toutefois on veut considérer ces efforts infructueux comme les premiers moments de l'existence de la Société des sciences et des lettres, et qu'on désire avoir des détails plus précis sur ces commencements, nous dirons qu'après que la municipalité de Montpellier eut été consultée, d'après le vœu de la loi, de Ratte, Poitevin et Bertholon, agissant au nom d'autres citoyens, adressèrent une pétition au Directoire du département de l'Hérault. Ils y exposaient que ces citoyens, unis par le goût des sciences et belles-lettres, se proposaient de s'assembler périodiquement dans ce but, qui leur paraissait lié à des vues d'utilité publique; et ils demandaient qu'il leur fût accordé provisoirement la salle des séances ordinaires de l'ancienne Société des sciences. Le Directoire départemental consentit à cette demande et, par sa décision du 21 messidor an III, concéda provisoirement cette salle aux pétitionnaires, à la charge, y est-il dit, que leurs assemblées ne contrarieraient pas celles de la Commission d'agriculture et des arts du département, qui tenait ses séances dans le même local.

En même temps que ceux-ci s'étaient adressés au Directoire du département, ils avaient fait parvenir une pétition semblable au conseil du district de Montpellier. En sorte que le lendemain de la décision du Directoire, le conseil du district, avec des considérants très-développés, se chargeait de donner à la Convention nationale connaissance du nouvel établissement, et de la prier d'accorder aux pétitionnaires le local de la ci-devant Société des sciences pour s'y réunir, ainsi que l'observatoire et ses dépendances pour s'y livrer à des travaux astronomiques. La salle leur était provisoirement accordée. Enfin, les dispositions relatives au local de l'ancienne Société et à l'observatoire, devaient être soumises à l'autorisation de l'administration départementale, qui avait déjà prononcé la veille à cet égard. Le conseil du district ne termina point la même séance sans rédiger une lettre pour demander à la Convention, en style de l'époque, la concession permanente pour une *Société libre des sciences et belles-lettres*, de ce qui venait de lui être accordé seulement à titre provisoire.

On voit que la nouvelle Société n'était pas même fixée ; comment pouvait-elle avoir un règlement et des assemblés régulières? Dans cet état, elle eut encore recours à l'administration départementale. Elle lui représenta, le 14 fructidor an III, que le local dont elle devait la jouissance à l'autorité du département était beaucoup pour elle, mais que ce premier bienfait nécessitait quelques accessoires dont elle ne pouvait se passer, tels qu'un concierge pendant une année, du feu et de la lumière pendant l'hiver. Les sociétaires faisaient observer que la dépense qu'ils sollicitaient serait modique, qu'elle pouvait être affectée sur les dépenses variables du département, comme celle qui était attribuée à la Commission de l'agriculture et des arts, et que, par une circonstance précieuse, la Commission et la Société se rassemblant dans le même local, quoiqu'à des jours différents, la dépense de l'une pouvait être tellement liée à celle de l'autre, qu'il n'en résulterait qu'un très-léger excédant. Ils faisaient encore remarquer que la Société ne se réunissait qu'une fois par décade, et que les séances extraordinaires seraient très-rares. Enfin, ces secours, qu'ils sollicitaient sur le même pied que ceux de la Commission, et seulement pour une année, ils demandaient d'en consacrer le principe par un arrêté. Les pétitionnaires, au nombre de seize, étaient : Laborie, J.-A. Poitevin, Joyeuse, D. Encontre, H. Carrion, P.-E. Martin, J.-A. Chaptal, Amoreux, Carney, J. Albisson, Faugères, Bertholon, Lafabrie, Goulard, Poitevin du Bousquet, Touchy. Le 15 fructidor, le Directoire du département passait à l'ordre du jour, motivé sur ce que les pétitionnaires composaient une assemblée libre et particulière, dont les dépenses devaient être à la charge de ses membres.

Tout l'espoir de la nouvelle Société se reportait vers la décision attendue de la Convention nationale; mais cet espoir, bien naturel à d'anciens académiciens, fut encore déçu, et l'hôtel académique, déjà confisqué, fut, comme on l'a vu ci-dessus, pag. 245, vendu nationalement le 19 prairial an iv (6 juin 1796). Alors les archives de l'ancienne Société furent transférées au dépôt départemental, les livres à l'École centrale des arts, aux bibliothèques ce Montpellier et de l'École de médecine, à celle de Paris même ; les instruments et les collections allèrent bientôt après à la Faculté des sciences. Il ne restait de la Société royale que son nom écourté et des travaux qui ne périssaient point, et la nouvelle Société paraissait devoir subir, à cet égard, le même sort qu'avait éprouvé sa mère.

On peut remarquer néanmoins que, dès le 1er vendémiaire de l'an iv, ses assemblées avaient pris une forme un peu plus régulière, ses séances étant devenues périodiques, et qu'elle s'occupait même de se donner des règlements.

Poitevin, qui avait montré un si grand zèle pour la prospérité de la Société royale, dans la dernière période de son existence, était devenu l'âme de la Société libre. Il provoquait toutes les démarches, rédigeait tous les projets, minutait les règlements; en un mot, il fut, durant la première année, à la tête de l'Académie naissante, qui ne marchait que par son impulsion; mais, d'un autre côté, Brunet, qui avait aussi fait partie de l'ancienne Société, ne montra pas tout l'empressement désirable pour rester attaché à la Société nouvelle. Appelé d'abord comme ses anciens confrères, il exprima le vœu de voir nommer à sa place, et la Société, un peu piquée, prononça son exclusion.

Presque en même temps, dans le mois de brumaire, la mort lui enlevait l'anatomiste Laborie, le dernier directeur de la Société des sciences, aussi estimable pour ses travaux académiques et son habileté dans sa profession,

¹ Poitevin avait été aussi président de la Commission de l'agriculture et des arts. On trouve même dans les papiers de cette Commision, deux lettres du président du département de l'Hérault, qui lui sont adressées avec ce titre : l'une, du 3 ventôse an ii, par Cambon, au sujet du mémoire de Carney, sur les dénominations des nouveaux poids et mesures ; l'autre, du 13 ventôse an iii, par Avellan, sur la propagation du chènevis et la culture du chanvre.

que recommandable par l'aménité de ses mœurs et de son caractère. Il fut heureusement remplacé, le 14 germinal, par Fages, qui justifia son élection par ses talents, son assiduité et les observations intéressantes qu'il communiqua à la jeune Société.

Ses premiers règlements formèrent vingt-cinq articles ; bientôt après, les membres absents furent l'objet de quelques articles additionnels. Nous n'insisterons pas sur ces règlements rudimentaires, parce qu'ils ne tardèrent pas à être modifiés quand la Société savante eut une existence moins précaire. Nous remarquons seulement que l'article 13, le plus important de tous, parce qu'il réglementait les nominations, fut à peine voté qu'il dut être remplacé, comme paraissant d'une exécution trop difficile. Il fut donc ainsi rédigé : « Pour opérer une nomination, il faudra nécessairement que les »membres présents soient au moins au nombre de quinze, et que le can- »didat obtienne les deux tiers des voix des membres présents. »

Nous devons, à cette occasion, signaler ici un fait honorable pour l'Académie : c'est que tous les professeurs de l'École centrale du département, qui fut formée en l'an IV (à l'exception de celui de dessin), furent choisis au sein de la nouvelle Société : «circonstance qui prouve que les hommes le plus en état de propager et d'enseigner les sciences et les belles-lettres, dit le compte-rendu manuscrit de Poitevin, se trouvent réunis d'ordinaire par les mêmes goûts et les mêmes penchants, et que les Sociétés littéraires deviennent un lien précieux qui les rassemble, les fait connaître d'avance et indique en quelque sorte au public des titres qui leur assurent une confiance déjà acquise.»

Cependant la Société, en perdant la jouissance de l'hôtel académique, tenait ses séances à l'observatoire. Le vénérable de Ratte, malgré son âge, s'y rendait et acceptait les honneurs de la présidence, qu'il ne quitta plus guère qu'à sa mort. Mais Poitevin n'en restait pas moins la partie active, et, si l'on nous permet l'expression, la pierre angulaire de l'édifice. Il est vrai qu'il avait pour co-secrétaire Martin-Choisy, qui fut un des membres les plus distingués de la Société scientifique et littéraire. Les séances avaient lieu chaque sextidi, à 4 heures du soir. L'observatoire n'était pas même abandonné en l'absence des astronomes ; la place de conservateur de ce monument avait été donnée à Collot, que nous avons tous connu et qui a donné à plusieurs d'entre nous d'excellentes leçons de mathématiques. La Société s'empressa de lui accorder les honneurs des séances.

Nous avons rapporté l'insuccès de la demande formée par la Société auprès de l'administration départementale, à l'effet d'obtenir quelques fonds pour un concierge, pour le feu, la lumière et autres frais indispensables. Les académiciens durent y pourvoir eux-mêmes.

Enfin, le moment étant arrivé de s'adresser au Directoire exécutif, afin d'avoir son approbation pour l'établissement de la Société, de Ratte, Carney et Poitevin furent chargés de la rédaction du mémoire qu'il s'agissait de présenter au Pouvoir.

Les rédacteurs invoquaient l'article 300 de la Constitution, et tendaient à faire mettre le sceau de l'autorité suprème à une réunion qui, disaient-ils, est du nombre de celles que la loi fondamentale a prévues et désirées.

Cette pétition, approuvée par la Société (6 ventôse an VII), fut envoyée à Crassous, représentant du peuple, membre de la nouvelle Académie, alors à Paris.

Les pétitionnaires étaient cette fois au nombre de vingt-six, parmi lesquels se trouvaient treize membres de l'ancienne Académie de Montpellier : de Ratte, Bertholon, Poitevin (Jacques), Touchy, Carney, Chrestien, Brun, Faugères, Gouan, Fouquet, Broussonnet (Victor), Joyeuse, Gaussen. Trois autres anciens académiciens, Chaptal, Baumes et Goulard, quoique absents, avaient voulu que leurs noms figurassent avec ceux de leurs anciens confrères et avec ceux de plusieurs citoyens que le goût des sciences et des lettres réunissait, pour montrer qu'ils adhéraient de tous leurs vœux à la demande qui était faite au Pouvoir. On ne sait pourquoi Danyzy et Amoreux refusèrent d'abord de se joindre à leurs anciens confrères, desquels ils se rapprochèrent bientôt après. Le nombre des signataires devant, d'après le projet, être de trente-six, on vit encore apparaître parmi ces anciens académiciens : Encontre, Fages, Martin-Choisy, Brieugue, Colard, Caizergues, Albisson, Rech, Rouch, Poitevin du Bousquet, Draparnaud, Dupin, Lafabrie. Enfin, Crassous, Carrion, Tesses fils, Martin-Campredon, bien qu'éloignés alors de Montpellier, partageaient le même vœu et y adhéraient pleinement. Il restait seulement une place vacante.

Le Directoire exécutif, sur les recommandations de Chaptal, l'un des administrateurs du département de l'Hérault, successivement appelé au conseil d'État et au ministère de l'Intérieur, et sur celles d'autres personnages influents, ne tarda pas à sanctionner l'établissement de l'Académie.

Ce n'est donc que vers la fin du dernier siècle que la Société des sciences et des lettres eut une existence vraiment assurée et reconnue par le gouvernement. Mais comme elle n'avait plus de local pour ses réunions, excepté celui de l'observatoire, que la plupart des anciens membres ne gravissaient qu'avec beaucoup de difficulté, on se rassemblait à la bibliothèque de l'École centrale, avec l'agrément des professeurs, et l'on continuait de se réunir chaque sextidi.

La Société se retrouvait ainsi en présence d'une partie de ses livres, qu'elle pouvait au moins consulter. De Ratte ne quittait plus le fauteuil de la présidence ; Albisson remplissait les fonctions de vice-président ; Touchy et Martin-Choisy celles de secrétaires.

La récente Académie était constituée ; ses commencements s'étaient sans doute annoncés faibles, au moins quant à l'empressement de certains membres : mais il y avait des travailleurs pour remplacer ceux qui restaient encore indifférents. Le moment approchait où elle devait prendre un plus grand développement avec une nouvelle vigueur. La France venait d'être divisée en départements. L'administrateur placé à la tête du département de l'Hérault, arrivait à Montpellier avec l'intention du gouvernement qu'il représentait, de régénérer le passé et de faire fleurir dans le pays les sciences et les arts. Le préfet Nogaret aimait les lettres ; il les cultivait avec goût, il se plaisait dans la compagnie des savants. C'était une occasion et de convenance et d'utilité pour la Société, de se mettre sous la protection éclairée du premier administrateur départemental.

L'Académie fut heureuse de lui offrir le titre d'associé. Sa nomination eut lieu expressément le 26 nivôse an IX. Dès-lors, les académiciens firent preuve d'un nouveau zèle, et la prospérité de la Compagnie savante date réellement de cette époque. L'ancien registre des présences fut rétabli, et comme Touchy, à cause de ses nombreuses occupations, ne pouvait continuer les fonctions de secrétaire, qu'il remplissait conjointement avec Martin-Choisy, il pria la Société de le dispenser de ces fonctions, qu'elle confia de nouveau à Poitevin.

Enfin, la Société académique, désirant compléter son organisation et la mettre sur une base solide, s'occupa des moyens de donner plus d'activité à ses travaux, de la révision de ses règlements et de la fixation de ses dépenses. Voici comment elle statua à cet égard, dans la séance du 6 germinal an IX.

Sa première pensée, en l'an IV, avait été de dresser un règlement provisoire, il est vrai, mais qui rappelât au moins dans ses articles fondamentaux les statuts de la Société royale. En poursuivant cette pensée en l'an IX, elle se composa d'abord d'*associés ordinaires* et de *vétérans*. Le nombre des associés ordinaires ou résidants fut maintenu à trente-six, comme il avait été fixé dans le principe. La classe séparée des vétérans, dont le nombre était naturellement indéterminé, devait recevoir ceux des associés ordinaires que leur âge, leurs infirmités ou d'autres circonstances pourraient engager à demander de passer dans cette catégorie.

A l'égard des *correspondants*, la Société préféra à cette dénomination celle d'associés *non résidants*, mais elle ajourna la question du nombre de ces associés; ce qui revenait à peu près à l'avis de la commission, qui pensait que le nombre des correspondants ou des associés non résidants devait être illimité, sauf à la Société à le restreindre lorsqu'elle le jugerait à propos.

Nul ne pouvait être reçu associé non résidant, s'il n'était déjà connu par des ouvrages publiés, ou s'il n'avait présenté quelque pièce ou mémoire sur lequel il eût été fait un rapport avantageux par des commissaires de la Société. Les élections devaient avoir lieu au scrutin secret.

Parmi les moyens de faire connaître au public les travaux d'une Compagnie savante, disaient les commissaires, il en est un généralement adopté, c'est celui des assemblées publiques. La Société se reporta à ses premiers règlements, et arrêta qu'il y aurait une ou plusieurs séances publiques par année. L'époque, le mode et les circonstances de ces assemblées devaient être préalablement déterminés par une délibération en séance extraordinairement convoquée. Jusque-là on ne s'était pas réuni devant le public; mais on reconnaissait l'importance de ces réunions et la nécessité de ne pas les différer plus longtemps.

Il est un autre ressort non moins puissant, un moyen non moins énergique, qui entretient la vie des Sociétés savantes: c'est la publicité des travaux académiques. Mais l'exécution nécessite des dépenses toujours considérables, pour peu que les associés fassent preuve de quelque activité. Or, la Société ne recevant encore aucune allocation, ni du gouvernement, ni du département, ni de la ville, se voyait réduite à ses propres forces et à l'amour de ses membres pour les progrès des sciences et des lettres ; c'est-à-dire que, dans les circonstances données, il s'agissait de mesurer la dépense projetée sur le zèle des membres de la Société et de la proportionner à l'abondance des matières et aux principes d'une sage économie. Il fut donc décidé qu'on publierait un bulletin des travaux, qui serait intitulé : *Bulletin des séances de la Société libre des sciences et belles-lettres de Montpellier*, à la dépense duquel chaque membre contribuerait.

Aux termes du règlement, il devait marcher par ordre de numéros, paraître chaque mois sous le volume d'une feuille in-8° au moins, et d'une plus grande étendue, suivant l'exigence des matières et les fonds mis à la disposition des rédacteurs ; sans contracter pourtant envers le public l'obligation de le publier à jour fixe comme un journal, mais avec invitation aux rédacteurs de paraître chaque mois *autant qu'il serait possible*. Le Bulletin devait contenir les mémoires et les observations présentés à la Société, soit en entier, soit par extrait, dans le double but de répandre les nouvelles découvertes et d'en assurer la propriété à leurs auteurs. Ce projet, sous le même titre légèrement modifié, reçut son exécution immédiatement et se poursuivit jusqu'en 1815.

Enfin, elle fit choix, pour former le comité de rédaction du Bulletin, de Draparnaud, d'Encontre et de Martin-Choisy. Dès l'apparition du premier numéro (26 germinal an IX), la Société arrêta d'en remettre six exemplaires à chaque académicien ; le restant fut déposé au secrétariat. La Commission de rédaction fut chargée le même jour de passer des conventions écrites avec les imprimeurs Tournel père et fils, qui prirent le titre d'imprimeurs-libraires de la Société [1].

Les autres parties des règlements antérieurs dont nous avons déjà parlé, notamment de celui de l'an IV, furent maintenues. Cependant Touchy, l'un des commissaires, voulait donner une plus grande extension au cercle des

---

[1] Le prix de la feuille in-8° tirée à 300 exemplaires fut fixé à 24 fr. ; mais, sur la réclamation des imprimeurs, ce prix fut porté à 30 fr., le 30 nivose an XI, à compter du N° XIII.

travaux de la Société, et le rapprocher peut-être de celui de la Société royale des sciences. Après que Poitevin, au nom de la commission, eut fait son rapport sur le règlement et avant que la Société eût statué, Touchy lut un mémoire dont les principales vues consistaient à réunir la Société d'agriculture départementale qui venait d'être créée, avec la Société des sciences et belles-lettres, lesquelles formeraient chacune une classe séparée et s'assembleraient néanmoins en commun une fois par année, comme formant un seul corps, sous le nom d'*Institut* ou de *Lycée*.

Ce projet, dont l'exécution tendait à unir les idées anciennes aux idées modernes, ne fut pas goûté de la nouvelle Académie, qui s'en tint aux propositions de sa commission. Il faut dire aussi que le ministre de l'Intérieur, en créant les Sociétés d'agriculture dans chaque chef-lieu départemental, avait eu en vue de former des établissements particuliers, avec des attributions spéciales, indépendantes de l'action et des attributions des académies et des autres Sociétés savantes.

De son côté, l'administration préfectorale ne négligeait rien pour seconder, dans la sphère de son pouvoir, l'élan que prenait la Société. Déjà on voyait Paris demander à nos académiciens des extraits de leurs ouvrages, pour leur donner une publicité plus grande par la voie des journaux scientifiques de la capitale (29 prairial an IX); et le gouvernement lui-même les consultait vers la même époque (18 thermidor an IX) sur la statistique du département, et sur d'autres travaux dont nous parlerons plus tard. Par suite de ces travaux, la Société crut devoir adjoindre le président et les deux secrétaires, c'est-à-dire, de Ratte, Poitevin et Martin-Choisy, au comité de rédaction. Ce comité s'assemblait chez le vénérable président, dont la santé, comme celle de ses anciens collègues, visiblement altérée par l'âge, ne lui permettait guère de se rendre au local ordinaire des réunions. D'autre part, les membres adjoints du comité ayant des occupations qui ne leur laissaient pas toujours le loisir convenable pour assister aux séances, plusieurs voulant aussi se retirer, et se retirant en effet, comme fit Draparnaud quelques jours après, la Société prit, le 12 thermidor de la même année, un arrêté par lequel elle chargea spécialement le bureau du travail relatif au Bulletin, en se concertant avec les commissaires déjà nommés, ou du moins après les avoir fait inviter par le bureau à se rendre dans ce but chez le président. Un peu plus tard, le même bureau eut la pensée de s'adjoindre d'autres membres à son choix.

Un incident qui se présenta vers ce temps, est de nature à trouver sa place ici (12 thermidor an IX). La Société avait dès son origine reconnu le danger des licences poétiques et l'effet fâcheux qui pouvait en résulter surtout pour la représentation d'une œuvre théâtrale de quelqu'un de ses membres, ou d'une pièce à l'auteur de laquelle la Société pouvait s'intéresser. Aussi, par une très-ancienne délibération, elle s'était interdit l'examen des ouvrages dramatiques qui lui seraient présentés, et peut-être aurait-elle dû toujours observer cette règle [1]. Quoi qu'il en soit, elle y fut fidèle à l'époque dont nous parlons, au moment même où elle allait la perdre de vue. M. Vareilles, membre du Conseil général du département, avait adressé à la Société un drame en deux actes ayant pour titre : *La franchise héroïque*. La Société s'empressa même de nommer commissaires Martin-Choisy et Maurice Séguier, pour examiner cet ouvrage ; mais quand cette nomination était faite à peine, elle se ressouvint de son ancienne délibération et déclara la nomination des commissaires non avenue.

A cette époque, la Société perdait un membre éminent, Crassous (Jean-François-Aaron), qui venait d'être nommé sénateur. Né à Montpellier, il retournait dans sa ville natale, à l'âge de soixante ans, pour rétablir sa santé très-chancelante. Il y mourut le 10 septembre 1801.

Mais cette perte, toute sérieuse qu'elle était, fut au moins suffisamment compensée par l'acquisition, que fit la Société, de Daru, originaire de Montpellier, alors secrétaire général du ministère de la Guerre, déja auteur du poème de la *Cléopédie*, de la traduction en vers d'*Horace*, et d'une *Épître à Delille*, et de son beau-frère Le Brun, aussi de Montpellier, qui avait coopéré à la traduction d'Horace, et qui, entre autres ouvrages, a laissé une excellente traduction de Salluste, et un recueil des causes célèbres, dont il fut le principal rédacteur (16 fructidor an IX).

Mais Crassous était aussi remplacé à l'Académie par un membre de sa famille même. Crassous (Jean-François-Paulin), que son emploi retenait à Paris, recommandable par plusieurs publications estimables et notamment par sa

---

[1] Ainsi elle crut devoir oublier son règlement en faveur de Rigaud, auteur d'une pièce en un acte intitulée : *La nouvelle de la paix*, et jouée sur le théâtre de Montpellier les 17 et 18 brumaire an X.

traduction du *Voyage sentimental* de Sterne, et par son poème de l'*Apologie des femmes*, fut reçu associé non résidant, le 26 brumaire an x.

La Société se complétait ainsi par des hommes honorables à plus d'un titre, et ses collections grandissaient avec elle ; car ses membres ne manquaient pas de l'enrichir de leurs ouvrages publiés hors du sein de l'Académie. Aussi peut-on fixer à ce moment la formation sérieuse de sa bibliothèque, dont Rigaud, l'un des associés, fut chargé de rédiger le catalogue. D'ailleurs, ses relations s'étendaient de tous côtés : l'Athénée de Lyon, les Lycées des sciences et des arts de Toulouse, de Poitiers, du Gard, de Vaucluse, l'Académie de Marseille, venaient s'ajouter aux noms des établissements savants déjà entrés en correspondance avec l'Académie de Montpellier, et accroissaient ses richesses scientifiques et littéraires.

Ce fut à cette époque aussi que l'on commença de sentir la nécessité de donner un nouvel éclat à la Société, en la montrant dans une première assemblée publique. La matière ne manquait pas. De plus, il s'agissait de prononcer l'Éloge du sénateur Crassous, récemment enlevé à la Compagnie.

Cette séance, si longtemps attendue, fut enfin fixée au jeudi, 16 floréal an x (6 mai 1802), à 4 heures du soir [1]. La solennité en fut préparée dans une réunion extraordinaire, qui eut lieu quelques jours auparavant et où l'on délibéra d'inviter à l'assemblée publique les autorités constituées et les principaux fonctionnaires de la ville et du département. Ce jour arrivé, le vénérable président de Ratte, devenu membre de l'Institut national, en présence d'un concours nombreux d'auditeurs choisis, qui rappelait les anciennes réunions publiques de la Société des sciences, ouvrit la séance par un *discours* où il rappela en peu de mots cette Société mère de la nouvelle, le but et les attributions de celle-ci, parcourut les différents travaux auxquels ses membres s'étaient plus particulièrement consacrés, et finit par quelques paroles d'éloge et de gratitude adressées aux hommes dépositaires du pouvoir de l'époque [2].

---

[1] Dans la séance du 6 floréal an x , où l'on arrêta définitivement le jour de l'assemblée publique, qui se tint dans la salle de la bibliothèque de l'École centrale , il fut décidé que les réunions particulières auraient lieu le jeudi de chaque semaine à quatre heures du soir.

[2] *Bulletins*, tom. I, pag. 187.

Poitevin, l'un des secrétaires, lut une *notice* sur la vie du sénateur académicien Crassous [1].

Le reste de la séance fut rempli par la lecture de quatre mémoires : 1° *Sur la jaunisse des arbres*, par Danyzy [2] ; 2° *Sur la géographie physique*, par Carney [3] ; 3° *Sur les usages pratiqués par les Égyptiens dans les inhumations*, par Durand [4] ; 4° *Sur l'anatomie des plantes*, par Draparnaud. Dans cette même séance, Paulin Crassous offrit à la Société sa traduction du *Voyage sentimental* de Sterne [5]. Tous ces travaux, surtout le discours du vieillard président, reçurent les applaudissements universels du public d'élite présent à la séance.

La fin de l'an x ne présente rien de saillant dans l'intérieur de la Société, sauf les élections des membres recommandables qui venaient s'asseoir au siège académique. Mais un fait important se présente avec l'an xi, dans l'histoire de la Compagnie savante. Le nom de Voltaire était encore entouré de cette auréole de gloire dont le temps a détaché quelques rayons. Deux citoyens de Montpellier, zélés pour les arts, Fontanel et Matet, avaient formé un musée [6] de tableaux et de livres précieux. Fontanel avait aussi fait l'acquisition de la statue de Voltaire, modèle original en terre cuite, de grandeur naturelle, dû au célèbre Houdon, de la figure qui décore le péristyle du Théâtre-Français. Les deux fondateurs de ce musée eurent l'idée de placer le vieillard de Ferney au milieu des chefs-d'œuvre de l'esprit humain. L'inauguration de cette statue parut rentrer naturellement dans le domaine de l'Académie. Dès-lors, ce ne fut plus le projet d'une séance publique pour le 15 nivôse, ce devait être et ce fut effectivement une véritable fête. La galerie du musée fut ornée avec tout le soin et toute l'élégance possible. Des médaillons, des couronnes de laurier, des guirlandes de fleurs en tapissèrent les parois; mais ce qui décorait mieux ce vaste salon que les guirlandes et les fleurs ,

---

[1] On en lit un extrait dans les *Bulletins*, tom. I, pag. 195.

[2] Voyez-en un extrait, *Bulletins*, tom. I, pag. 205.

[3] *Bulletins*, tom. I, pag. 225. — Carney avait lu à la Société royale une esquisse primitive de son travail sur la géographie physique ou naturelle. (Voy. ci-dessus, pag. 237.)

[4] Extrait, *Bulletins*, tom. I, pag. 214.

[5] *Bulletins*, tom. I, pag. 204.

[6] Rue des Étuves, maison Mion.

c'étaient deux cents dames parées en habit de bal, une jeunesse brillante, une réunion d'artistes les plus distingués, des étrangers marquants[1], le préfet présidant le bureau, enfin un orchestre des premiers musiciens de la ville.

A l'entrée triomphale de Voltaire assis sur le fauteuil académique, suivi d'un cortége d'artistes et d'amateurs, succéda la lecture d'un poème *Sur la peinture*, par Labastide, amateur de distinction; un autre amateur, Villevieille, un des fidèles ou des intimes de Ferney, donna des détails *peu connus* alors *sur Voltaire*, qui furent vivement applaudis. Cette lecture fut suivie de celle d'une *Épître à Voltaire*, par Privat, adjudant-commandant, sous-inspecteur aux revues. Martin-Choisy, qui devait écrire le récit de cette fête, lut une pièce qu'il avait déjà communiquée à l'Académie: *De l'influence des beaux-arts sur le poète, et de celle de la poésie sur les artistes*, sous le titre d'*Épître à un jeune poète qui part pour l'Italie*. Enfin, Vincent Daruty, qui venait occuper le poste de secrétaire du général Frégeville, commandant la 9e division militaire, lut une notice sur le plan d'un ouvrage intitulé : *Les Napoléides*. Les lectures terminées, l'harmonie recommença autour de la statue, et un hymne en chœur à Voltaire mit fin à cette solemnité, complétée par un bal qui dura toute la nuit.

L'Académie fit insérer dans ses bulletins[2] le rapport de Martin-Choisy, sur l'inauguration de la statue de Voltaire au musée, soit, dit-elle, pour rendre hommage à l'un des plus beaux génies de la France, soit pour témoigner sa satisfaction de la manière dont ce rapport avait été rédigé[3].

Le succès de la première assemblée publique avait trop bien encouragé nos académiciens, pour qu'ils ne se montrassent pas empressés d'en préparer une seconde. Elle eut lieu le 26 prairial an xi (15 juin 1803), comme la précédente, dans la salle de la bibliothèque de l'École centrale, où se réunissait habituellement la Société, à quatre heures du soir ; elle ne fut pas moins brillante que celle de 1802. Parmi les personnes notables qui furent

[1] Entre autres, le comte d'Oland, duc d'Ostrogothie.

[2] *Bulletins*, tom. I, pag. 313.

[3] Je dois faire remarquer que Martin-Choisy se chargea des frais de l'impression du *Bulletin* (supplément au n° XIII) qui contient son rapport.

présentes, on remarquait à la gauche de de Ratte, qui présidait pour l'avant-dernière fois l'assemblée publique, le duc d'Ostrogothie, oncle du roi de Suède, lequel habitait la ville depuis quelques mois sous le nom de comte d'Oland [1]. Il signa même dans le registre des présences.

L'Académie s'était flattée de posséder encore, dans cette assemblée, le général Louis Bonaparte, frère du premier Consul, qu'elle avait fait inviter par une députation; mais des raisons de santé retinrent le général chez lui.

Le président ouvrit la séance en disant : «La place où j'ai l'honneur d'être » assis aurait pu, dans ce jour solennel, être mieux occupée : j'ai déjà éprouvé » combien il est difficile d'en faire publiquement et dignement les fonctions ; » j'ai besoin de votre indulgence, j'ose l'espérer de vos bontés. » Il résuma les travaux de l'Académie depuis sa dernière assemblée publique, avec une lucidité et une fermeté d'esprit qui rappelèrent à l'auditoire les beaux jours de l'ancienne Société des sciences [2].

Danyzy devait lire des *Réflexions sur la vaccine*, découverte qui se ressentait un peu des préventions du public ; mais en son absence Poitevin en donna une courte notice [3]. Ce fut ensuite le tour de l'académicien Villevieille, de ce commensal de Voltaire, qui avait appris à Ferney à tourner élégamment le vers français. Il fut écouté avec plaisir et vivement applaudi dans sa lecture de la traduction libre de la XIVᵉ ode du deuxième livre d'Horace : *Eheu ! fugaces* [4], etc. Martin-Choisy donna un fragment en vers français du *Prædium rusticum* du P. Vanière, qu'il affectionnait beaucoup [5]. Carney lut son *Mémoire sur la correspondance entre les couleurs et les chiffres ou les lettres, et sur la double télégraphie qui en résulte* [6]. Touchy et Durand firent aussi des communications ; le premier lut un *Mémoire pour servir à la description du département de l'Hérault* [7], et le second fit connaître des

---

[1] Il avait aussi assisté à l'inauguration solennelle de la statue de Voltaire. (Voyez ci-dessus, pag. 270.) — Il était fils d'Adolphe-Frédéric et oncle de Gustave IV : venu à Montpellier pour y rétablir sa santé, il y mourut le 12 décembre 1803.

[2] Voyez ce discours à la tête du tom. II des *Bulletins*.

[3] On lit l'annonce du travail de Danyzy dans les *Bulletins*, tom. II, pag. 58.

[4] *Bulletins*, tom. II, pag. 25.

[5] On peut voir des fragments de cette traduction dans les *Bulletins*, tom. III, pag. 124 et 369.

[6] Voyez ci-dessus, pag. 238.

[7] Voyez ci-dessus, pag. 242.

Recherches sur le livre d'Hermès ou Mercure trismégiste. La séance fut terminée par quelques expériences alors intéressantes sur le galvanisme, faites par Draparnaud.

Pour que rien ne manquât aux traits de ressemblance entre la Société des sciences et des lettres et l'ancienne Société des sciences, la nouvelle Académie, depuis qu'elle avait quitté la rue de l'Aiguillerie, n'avait cessé d'errer de station en station, de l'ancien hôtel académique à l'observatoire, de l'observatoire à l'École centrale. En ce moment, on la faisait sortir de l'École centrale, et le local de cet établissement, que le lycée devait occuper, était mis sous le scellé. Elle se fût sans doute encore réfugiée dans la tour de l'Observatoire, dont les plus anciens membres ne pouvaient plus gravir le sommet; mais le préfet Nogaret avait pris à cœur les intérêts de l'Académie; il l'appela dans une salle de l'hôtel de la préfecture. Ce fut la dernière station des pérégrinations de la Société, et, en quelque sorte, le commencement d'une nouvelle période de son existence; aussi songea-t-elle dès-lors à apporter quelques modifications utiles à son règlement (23 thermidor an XI et 5 pluviôse an XII.)[1].

Elle nomma d'abord par acclamation le préfet Nogaret *président honoraire* de la Société, cherchant moins, par cette détermination spontanée, est-il dit au procès-verbal, à acquitter sa reconnaissance, qu'à accorder une place distinguée à celui qui aime, cultive et encourage les sciences, avec un zèle et une modestie peu ordinaires.

Vers ce temps-là, quatre doyens de l'Académie : Amoreux, Gaussen, Gouan et Faugères, à qui l'âge et d'autres circonstances ne permettaient pas de venir fréquemment aux assemblées, sollicitèrent la vétérance, et l'Académie se rendit, quoique avec regret, à leurs désirs. D'autres membres, par suite de leur changement de résidence, passaient sur la même liste de vétérance, car l'Académie voulait les conserver toujours, en restant fidèle au

---

[1] La quotité que devait payer chaque membre pour subvenir aux dépenses de la Société, fixée d'abord à 15 fr., fut (23 frimaire an XII) portée à 24 fr. — La Société maintint aussi l'heure de ses séances hebdomadaires à quatre heures du soir. Il faut remarquer encore que la nouvelle Société avait conservé l'ancien usage de vaquer à la quinzaine de Pâques et à la quinzaine de Noël et des Rois, indépendamment des grandes vacances de septembre et d'octobre jusqu'au premier jeudi qui suivait la Saint-Martin.

règlement. Par suite de ces diverses mutations, la classe des *associés rési-dants* se trouva réduite à vingt-sept au lieu de trente-six, nombre fixé par les statuts. Il y avait donc alors neuf places vacantes. L'Académie en remplit trois, séance tenante, par Auguste Broussonnet, qui avait fait partie de la Société royale, Vigarous et Virenque, tous les trois professeurs à l'École de médecine de Montpellier et bien connus du monde médical et scientifique.

La mort ajoutait plus réellement aux vacances de la Société : le gendre de Senaux, professeur en médecine, Draparnaud, finissait sa vie le 12 pluviôse an XII, et c'était une perte sensible pour la Compagnie [1]. Mais elle eut lieu de le remplacer, le 30 ventôse an XII, par le médecin Méjan, membre de la Société de médecine pratique, auteur de divers ouvrages, entre autres d'observations météorologico-médicales sur la constitution des trois premiers mois de l'an XII, qu'il avait communiquées à l'Académie.

Deux autres acquisitions, faites le 6 floréal an XII, rendirent les pertes moins sensibles. Elle nomma membres résidants : René, professeur et directeur de l'École de médecine de Montpellier, recommandable par son savoir et par la manière distinguée dont il remplissait les fonctions importantes qui lui étaient confiées ; et l'abbé Poussou, mathématicien habile et littérateur estimable [2].

Une circonstance importante mérite de trouver place ici, parce qu'elle intéresse directement la vie de la Société. L'observatoire, ce palladium, ce refuge des sciences à Montpellier, depuis un si grand nombre d'années, était menacé non pas dans son existence précisément, mais dans sa destination. La Société avait des raisons de craindre que cette destination ne fût changée, et que le gouvernement ne l'employât à d'autres usages, comme cela eut lieu en effet plus tard [3]. Elle crut donc devoir faire quelques démarches auprès du pouvoir, pour s'en assurer l'usage. A cet effet, elle profita du passage à Montpellier de MM. Vilars et Lefèvre-Gineau, membres de l'Institut national, inspecteurs généraux des études, chargés de l'organisation des lycées. Elle

---

[1] Poitevin lut une notice sur la vie et les ouvrages de Draparnaud, le 30 ventôse an XII. On la trouve dans les *Bulletins*, tom. II, pag. 89.

[2] Il lut, parmi d'autres mémoires, des observations intéressantes sur un passage de Platon, mal interprété par La Harpe. Encontre en avait fait autant. (*Bulletins*, tom. II, pag. 131.)

[3] On a vu ci-dessus que, depuis 1832 jusqu'en 1854, la tour de l'Observatoire a servi au télégraphe à bras et à lunettes.

35

voulut les rendre témoins de la nécessité de conserver cette tour à sa destination première, et, le 30 ventôse an XII, ces deux savants assistant à
la séance de la Société, Poitevin père, l'un des secrétaires, astronome et
par conséquent zélé pour les études du ciel, intéressait sous le voile de la
fiction [1] les deux membres de l'Institut à la conservation de l'observatoire
national de Montpellier, et appelait sur cet édifice l'attention bienveillante
du gouvernement. Cet écrit, qu'un style rempli de grâce et de justesse rend
presque digne de son titre, dit son panégyriste [2], respire l'amour de l'astronomie et la sollicitude d'un de ses plus fidèles sectateurs.

Enfin, de Ratte allait présider pour la dernière fois l'assemblée publique qui
se tint le jeudi 13 floréal an XII, à quatre heures du soir. La fête donnée au
musée Fontanel, pour l'inauguration de la statue de Voltaire, avait prouvé
aux académiciens que cette galerie était plus convenable et mieux disposée
pour ces grandes réunions, que la salle de la bibliothèque de l'École centrale. Aussi pria-t-on cet artiste amateur de prêter ce local à la Société, et
Fontanel y acquiesça de la meilleure grâce. Les autorités, les fonctionnaires, les notabilités de la ville, un public nombreux et choisi, furent invités
à cette séance ou plutôt à cette seconde fête.

Nogaret et de Ratte [3] y présidèrent à côté l'un de l'autre. Celui-ci ouvrit la
séance par un discours dans lequel, en faisant une large place à l'astronomie,
qui lui avait toujours été si chère, il rappelait plusieurs faits et plusieurs
circonstances de l'histoire de l'Académie, depuis sa dernière séance publique [4].
C'étaient les dernières paroles du vénérable vieillard. Poitevin y lut ensuite la
notice sur Draparnaud, dont nous avons déjà parlé; Touchy, un mémoire sur
quelques monuments antiques que l'on trouve aux environs de Montpellier;
Martin-Choisy fit lecture d'un poème sur le tombeau de Narcissa, fille d'Young,
envoyé par Daruty [5]; Théodore Poitevin communiqua ses réflexions sur

---

[1] *Fragment inédit du Voyage du jeune Anacharsis en Grèce.* (*Bulletins* tom. II, pag. 61.)

[2] *Éloge de Poitevin*, par Martin-Choisy. (*Bulletins*, tom. III, pag. 195.)

[3] De Ratte venait d'être nommé membre de la Légion d'Honneur.

[4] *Bulletins*, tom. II, pag. 77.

[5] C'était la mode, en poésie, de faire des vers sur ce tombeau qui n'était pas celui de Narcissa, qui n'était pas la fille d'Young. (Voyez notre *Dissertation* dans les *Mémoires de l'Académie des sciences et lettres de Montpellier*, tom. I, pag 340.)

quelques étymologies languedociennes, tirées du grec [1]; enfin, Vigarous lut un mémoire sur les eaux de Foncaude, situées à une lieue de Montpellier [2]. La séance, où les nombreux spectateurs applaudirent souvent les lecteurs, dura jusqu'à sept heures, et aurait été plus longue si les grandes occupations du professeur Dumas lui avaient permis de venir à la réunion avec un mémoire de physiologie qu'il avait destiné à cette assemblée, mais qui fut seulement imprimé dans le recueil de l'Académie [3].

Les succès de la Société, les nouvelles gloires qui l'attendaient, les illustrations qu'elle plaçait à la tête de la liste de ses membres : Cambacérès, Daru, Chaptal, Berthollet [4], rendaient ses relations plus précieuses aux Compagnies savantes du midi de la France. L'Académie de Marseille resserrait les siennes avec elle, par des échanges plus fréquents et plus nombreux d'ouvrages et de communications (11 prairial an XII). Des rapports de même nature s'établissaient avec l'Athénée du Gers ; et la Société d'agriculture, sciences et arts du Bas-Rhin, à Strasbourg, entrait en correspondance avec la Société de Montpellier.

Nous avons vu les inspecteurs généraux des études assister à ses séances. Le 5 brumaire an XIII, Carrion de Nizas, tribun, chancelier de la neuvième cohorte de la Légion d'honneur, qui se rendait à Montpellier pour en organiser l'administration, était reçu par ses confrères en réunion extraordinaire et leur présentait des essais piquants sur les poètes italiens [5].

Les relations de l'Académie, ses publications, ses assemblées publiques , le lustre et la protection qu'elle recevait de personnages éminents , lui donnaient un nouveau relief et un des premiers rangs parmi les Sociétés savantes du midi de la France.

C'était aussi l'époque où Blanchard , après avoir émerveillé le nouveau monde par ses ascensions aérostatiques, faisait accourir toutes les villes mé-

---

[1] Ces étymologies sont insérées au recueil des *Bulletins*, tom. II, pag. 37.
[2] *Bulletins*, tom. II, pag. 169.
[3] *Bulletins*, tom. II, pag. 205; tom. III, pag. 3.
[4] Les archives de la Société possèdent plusieurs lettres autographes de ces illustrations de l'époque.
[5] *Bulletins*, tom. II, pag. 105.

ridionales à Montpellier, pour le voir recommencer ses expériences. Le public était encore dans toute la ferveur des curieuses découvertes de Montgolfier. Lorsque Blanchard lut à l'Académie de Montpellier, le 16 ventôse an XIII, le rapport de son ascension aérostatique à Philadelphie, le 9 janvier 1793, l'Académie décida à l'unanimité que cette pièce très-intéressante d'un homme qui lui racontait en détail sa quarante-cinquième navigation aérienne, serait insérée dans le recueil des Bulletins [1]. Mais l'Académie et tous les habitants prirent une part bien autrement active à ces expériences, quand Blanchard et sa femme les rendirent témoins de leurs ascensions, les 26 germinal et 5 messidor an XIII. La Société se prêta en corps a ces belles et périlleuses excursions. Le préfet Nogaret, Encontre, Danyzy, Touchy, Poitevin, y apportèrent un zèle particulier. Pour la première ascension faite par Blanchard, le préfet avait fait prescrire partout les mesures les plus convenables au succès de l'expérience : il fit même donner un passeport à l'aéronaute, pour lui procurer des secours au besoin. Durant l'expérience, l'état du ciel était observé par la fille de l'académicien Danyzy, formée à la pratique de l'astronomie par son père. Danyzy lui-même s'était rendu à l'observatoire, pour déterminer la hauteur à laquelle Blanchard s'élèverait. Tout Montpellier courait aux abords de la place du Peyrou d'où l'aéronaute était parti à midi cinquante minutes. Il descendit vers deux heures, près de *Baillargues*, village à 7 kilomètres 404 mètres au nord de Montpellier. Il était monté à plus de 905 mètres au-dessus du niveau de la mer.

Blanchard avait promis une seconde ascension : une maladie grave ne lui permit pas de remplir sa promesse. Mme Blanchard, dit son historien [2], se chargea d'acquitter cette dette avec un dévouement qui honore son sexe. L'ascension de Mme Blanchard eut lieu le 5 messidor. La voyageuse s'élança dans les airs, à onze heures quarante-cinq minutes, traversa les nuées, parut et disparut alternativement et descendit, à une heure du soir, à *Lancire*, sur la route des Cévennes, à 22 kilomètres 212 mètres au nord de Montpellier.

---

[1] *Bulletins*, tom. II, pag. 181.
[2] Poitevin; *Bulletins*, tom. II, pag. 243.

Les circonstances l'avaient conduite sur la même ligne que son mari, mais elle avait été plus vite, plus haut et plus loin [1].

Nous aurions voulu borner là les faits historiques qui intéressent la Société en 1805, mais nous avons encore à enregistrer, en cette année, une perte douloureuse quoique prévue.

De Ratte mourut à Montpellier, le 27 thermidor an XIII (27 juillet 1805), âgé de 83 ans. Il avait vu (en l'an IV), dit son panégyriste, les membres épars de la Société royale se rallier autour de lui avec quelques littérateurs distingués, et former une Société nouvelle dans laquelle il vint occuper, sans affectation, et comme par l'effet d'une longue habitude, sa place de secrétaire [2].

La mort de l'illustre académicien, il faut en convenir, laissa un grand vide dans la Société ; aussi, quand elle se réunit en séance publique, le 26 décembre 1805 [3], le préfet Nogaret, qui avait présidé pendant les dernières années conjointement avec de Ratte, dans les paroles rapides qu'il dit à l'ouverture de la séance, insista sur cette perte si sensible à l'Académie, et ne chercha point à lutter, dans un brillant compte-rendu des travaux de la Société, avec un homme dont le souvenir était encore trop récent [4].

Il est remarquable qu'à partir de la mort de de Ratte, les registres des délibérations de la Société ne sont plus tenus avec la même exactitude, et qu'on en soit réduit, à cet égard, presque à des constatations de présence. Privé de ces documents pour la suite de l'histoire académique, il faut avoir recours aux autres pièces éparses des archives de la Compagnie. Heureusement, à cette époque, l'histoire de la Société pourrait se retrouver presque tout entière dans les travaux de ses membres.

---

[1] Danyzy jugea qu'elle était parvenue à 1,600 toises, c'est-à-dire à 1,136 toises plus haut que son mari.

[2] Il n'avait exercé que pendant une année les fonctions de secrétaire de la nouvelle Société : on jugea, dit Poitevin, que la place de président convenait mieux à son âge, et il l'a occupée jusqu'à sa mort. — Il assistait encore aux séances de l'Académie, le 5 messidor. (*Éloge de M. de Ratte*, par Poitevin. — *Bulletins*, tom. II, pag. 377.)

[3] A midi, dans l'hôtel de la préfecture.

[4] *Bulletins*, tom. III, pag. 1. — Carney lut, dans cette séance, la *Relation d'un incendie circonscrit dans des limites excessivement étroites, mais très-singulier dans ses résultats*. (*Bulletins*, tom. III, pag. 35.)

Cependant, il est quelques faits importants pour cette histoire qu'il convient de signaler. Le plus saillant est celui de son règlement qu'elle revisa, le 5 janvier 1807, en deux articles essentiels : les *absences* et la *distribution du travail*. Sur le premier point, elle voyait avec un extrême regret que les séances étaient souvent vides, faute de membres suffisants. Si, d'une part, il était convenable de considérer comme résidants ceux qui étaient absents *reipublicæ causâ*, et de les assimiler à ceux qui résidaient dans le lieu de son établissement sous le titre commun d'*associés ordinaires*; d'un autre côté, il fallait obvier à l'inconvénient d'un trop grand nombre d'absences. On modifia donc le règlement à cet égard, en statuant que, « lorsque le nombre des membres résidants serait réduit aux deux tiers, » alors la Société aviserait aux moyens qu'elle jugerait à propos pour aug- » menter ce nombre. » — Mais il y avait des absences que l'on pouvait at- tribuer à des causes moins honorables; on y pourvut de cette manière : S'il est constaté que le membre absent ait persisté dans sa non-comparution, « le directeur prendra l'avis de la Société, pour déclarer que le membre a » renoncé à sa place d'académicien. » Enfin, il fut délibéré que la Société ferait un règlement relatif à la distribution du travail commun à tous les membres qui voudraient s'en occuper.

On voit que le titre de président a disparu et qu'il est remplacé par celui de directeur[1], qui se réélisait tous les ans au mois de janvier. Les autres officiers de la Société furent, comme précédemment, deux secrétaires per- pétuels, dont un pour la classe des sciences et l'autre pour celle de littéra- ture, et un trésorier.

Les Sociétés savantes ont souvent été d'une grande utilité pour le progrès des sciences, à l'occasion de courses lointaines entreprises par des voyageurs célèbres. On connaît, par exemple, les questions sur divers points d'érudi- tion controversées entre les savants, et dont la solution importait surtout à l'histoire naturelle, qui furent recueillies par Michaëlis, et proposées à la Société scientifique dont Niebuhr faisait partie quand il entreprit, par ordre de

---

[1] Le préfet Nogaret, président de la Société, qui avait le titre de directeur honoraire perpé- tuel, ayant, bientôt après (le 2 juin 1808), donné sa démission, la Société, dans la même séance, délibéra que cette place demeurerait supprimée.

la cour de Danemark, le voyage de l'Arabie. En 1807, l'archiduc Charles d'Autriche chargea le chevalier de Högelmüller de voyager dans l'Orient, pour y faire de nouvelles recherches sur l'histoire naturelle. La France fut invitée à concourir aux investigations de cet estimable militaire, et le ministre de l'Intérieur en écrivit à la Société savante de Montpellier. L'Académie s'empressa de seconder le zèle du voyageur allemand, et nous voyons que, le 9 avril, elle nomma Dumas et Encontre pour lui présenter une série de questions raisonnées, qui pussent entrer dans le plan du voyage projeté et contribuer par leur solution à l'avancement des sciences et des arts. La lettre que les académiciens écrivirent au chevalier, et qu'on peut lire dans les *Bulletins* de la Société [1], contenait principalement des questions sur la géographie, la position de lieux remarquables, l'ancienne coudée juive, l'état actuel des mathématiques chez les Arabes, les sciences naturelles et particulièrement la médecine et la botanique.

L'année 1808 s'ouvrit (14 janvier) par une innovation qui rappela un des usages de la Société royale. La nouvelle Académie conféra des droits de présence à ses membres, moyen sûr de faire diminuer le nombre des absences. La barre fut rigoureusement tirée sur le registre après le dernier signataire, le nombre des présences exactement constaté, et la distribution des jetons faite en conséquence.

Le 7 avril 1808, l'Académie se réunit en séance publique [2]. Le directeur Thourel y rendit compte des travaux de la Société depuis sa dernière assemblée publique, c'est-à-dire depuis le 26 décembre 1805. Il rappela en peu de mots l'histoire de l'Académie et mit en relief les principaux travaux qu'elle avait produits depuis deux ans. Il félicitait la Société des encouragements que le gouvernement et le département lui accordaient [3], et du protectorat de l'archi-chancelier, dont elle s'honorait. Il jetait quelques fleurs sur la tombe de Fouquet, de Barthez, de René, de Poitevin et d'Auguste Broussonnet, qu'elle avait perdus dans cet intervalle, et qu'elle avait heureusement remplacés par Allut aîné, Bousquet jurisconsulte, Auguste Rigaud, Marcel de

---

[1] Tom. III, pag. 63.
[2] On y comptait vingt-cinq membres.
[3] Je trouve que le département alloua 500 fr. au moins en 1807, et 1,000 fr. en 1810.

Serres , que nous retrouvons parmi nous, l'illustre De Candolle, le président Duveyrier. Ce discours, d'une certaine étendue , écrit d'un style soigné, rappela de Ratte rendant compte des travaux de la Société royale [1].

Martin-Choisy le rappela mieux encore en faisant l'Éloge de Poitevin , l'élève de de Ratte. Cet éloge d'un homme qui avait appartenu à la Société royale , qui avait été un des fondateurs les plus zélés de la jeune Académie, et un de ses membres les plus laborieux , écrit par une plume aimable et digne , fut applaudi et méritait de l'être [2]. On se souvenait des temps à peine passés « où la barbarie de mœurs et d'idées, qui domina trop longtemps sur la France , fit place à une espèce de calme ; et lorsque l'exercice de la pensée paraissant lui être rendu , l'Académie se trouva néanmoins sans asile, dispersée, dépouillée de tout , même de ses manuscrits, elle n'avait en quelque sorte perdu que ses biens temporels : l'Académie n'était plus , mais les académiciens existaient encore ; cette Société , dépourvue de tout , excepté de zèle et d'espérance, se rallia tout entière, et ce fut à la voix de Poitevin [3].»

Dans la même séance, d'Aguilar présenta un essai sur la question si la réformation du théâtre pouvait avoir lieu chez toute autre nation que la nation française ; et quelles sont les causes qui ont arrêté le perfectionnement de l'art dramatique chez les étrangers [4] ?

Le professeur Dumas prononça l'Éloge historique de Dorthes, de cet ancien académicien dont il a été plus amplement parlé ci-dessus [5].

De Causan lut une imitation de la complainte de David sur la mort de Saül et de Jonathas [6].

La séance fut terminée par la lecture d'une notice historique , composée par Allut (J.-J.) [7] sur Antoine Allut son parent , membre de l'ancienne Société royale et frère de Mme Verdier, que nous nous empressons de nommer, car elle appartient à la Société des sciences et des lettres de Montpellier, celle qui,

[1] *Bulletins*, tom. III, pag. 153.
[2] *Bulletins*, tom. III, pag. 183.
[3] *Bulletins*, tom. III, pag. 205.
[4] *Bulletins*, tom. III, pag. 213.
[5] Page 239 et *Bulletins*, tom. III, pag. 227.
[6] *Bulletins* , tom. III, pag. 265.
[7] *Bulletins*, tom. III, pag. 274.

par son talent aimable et délicat, rappelle les noms des Deshoulières, des Saint-Lambert et des Bernis.

Le public s'attendait peut-être à entendre, dans cette même séance, l'Éloge du médecin Fouquet; mais cet éloge avait été prononcé peu de temps auparavant par Dumas, dans la salle les actes de l'École de médecine, devant l'archi-chancelier, protecteur de la Société, les autorités locales et une foule innombrable de curieux. La séance publique du 7 avril fut, comme on vient de le voir, employée à rappeler d'autres souvenirs [1].

En cette année 1808 (2 juin), l'Académie s'occupa sérieusement de faire graver à Paris un cachet ou sceau, pour être apposé aux lettres d'associé et de correspondant. Nous n'avons trouvé, dans les archives de la Société, aucune trace de l'existence de ce sceau [2]; mais au bas de la délibération du même jour, écrite sur une feuille volante, nous avons vu un double projet de sceau, dessiné au crayon. Ce sceau circulaire, de 50 à 55 millimètres de diamètre, présente un tronc de chêne brisé, d'où s'élève un rameau vigoureux. On y lit en exergue ce vers: *Vitales spirent auræ fecunda resurget,* et en légende: *Société des sciences et belles-lettres de Montpellier.* La seule différence dans les deux dessins consiste en ce que l'exergue de l'un est la légende de l'autre.

La Société, comme nous l'avons dit, était depuis longtemps assez fortement constituée, pour ne vivre honorablement que par des travaux académiques. L'agriculture lui demandait le secours de ses lumières; les inventeurs de nouvelles découvertes appelaient ses jugements sur leurs œuvres; plusieurs de ses membres eux-mêmes travaillaient avec assiduité, à Montpellier et ailleurs, aux progrès de la science : M. Marcel de Serres lui envoyait d'Autriche et de Bavière des mémoires, curieux alors, qu'elle recueillait dans ses Bulletins. Ainsi, au milieu d'ouvrages importants, de découvertes sérieuses dans les sciences et les arts, s'écoulèrent les années 1809 et 1810. C'est à la fin de cette dernière année, que Figuier lut à la Société sa notice

---

[1] *Bulletins*, tom. III, pag. 405.
[2] Il est probable qu'il ne fut point gravé. — Nous avons eu un moment l'espoir de retrouver le sceau de l'ancienne Société des sciences dont il est question. pag. 32; cet espoir ne s'est pas réalisé.

sur la décoloration du vinaigre et autres liquides végétaux, par le charbon animal [1].

Au mois d'avril 1811, le baron de Zach s'arrêtait à Montpellier ; la Société royale l'avait reçu en décembre 1786, et il avait, concurremment avec elle, fait plusieurs opérations à l'observatoire de cette ville. Lorsque le célèbre astronome reparut à Montpellier, ce fut une véritable fête pour la Société, pour Danyzy surtout, qui l'avait connu en son premier voyage, et qui lui faisait maintenant, pour la seconde fois, les honneurs de l'observatoire. Les expériences que le baron de Zach fit à Montpellier, pour déterminer la latitude de l'observatoire, eurent lieu le 6 et le 7. On sait que le résultat de l'observation, dont on peut voir les détails dans les Bulletins de la Société [2], donna 45° 36′ 14″ et quelques décimales. Mais ajoutons avec Danyzy qu'il aurait, comme de Ratte, et antérieurement Picard, Cassini et Plantade, écrit 45° 36′ 25″, s'il avait pu séjourner assez pour répéter plus fréquemment ses observations. Au reste, le passage à Montpellier du baron de Zach valut à la Société des sciences et lettres, l'estimable mémoire de ce savant sur la vraie position géographique de cette ville [3].

L'Académie tint son avant-dernière séance publique le 26 décembre 1811.

Cette séance offrait d'autant plus d'intérêt, que la munificence du conseil général du département avait mis la Société en mesure de décerner des prix aux meilleurs ouvrages qui lui parvenaient sur les sujets qu'elle avait à proposer. La séance avait d'ailleurs reçu une solennité particulière de la présence du général divisionnaire Chabot, de l'évêque Fournier, du premier président Duveyrier et du préfet Nogaret. Duveyrier et Nogaret occupaient, au milieu de leurs confrères, leurs fauteuils académiques.

Thourel y prononça encore le discours d'ouverture. Il déclara que, conformément aux intentions du gouvernement, la plus chère des obligations de l'Académie était de travailler à l'histoire et à la statistique du département, bien entendu que l'histoire physique et naturelle y tenait une large place. Le

---

[1] *Bulletins*, tom. IV, pag. 266.
[2] Tom. IV, pag. 337.
[3] Tom IV, pag. 344.

directeur rendit hommage aux travaux des membres dernièrement décédés, et fit l'apologie des ouvrages que les sciences, les lettres et les arts avaient fait éclore dans son sein, depuis sa dernière réunion publique. Le voyage et les opérations du baron de Zach ne furent point oubliés. Il ne manqua pas de se rendre l'interprète des regrets de la Société, à l'occasion de la perte qu'elle avait faite récemment de Joyeuse, son trésorier, chimiste habile et un des derniers membres de la Société royale. Il s'exprima à peu près de la même manière sur la mort de Durand; l'une et l'autre perte heureusement réparées par un fils de Poitevin et par M. Renouvier[1], dont le nom, ainsi que ceux de MM. Lordat, Marcel de Serres, Duportal, Pouzin, figure encore si honorablement à la tête de nos Sociétés savantes.

Auguste Rigaud lut, dans cette assemblée, le poème de *Guttemberg*, ou l'*Origine de l'imprimerie*[2]. Le mathématicien Poussou, qui tournait facilement le vers latin, lut une traduction en vers élégiaques du psaume 18, *Cœli enarrant*, etc.[3].

Une des communications les plus intéressantes qui eurent lieu dans cette assemblée, fut la notice historique sur le peintre Sébastien Bourdon, par Poitevin, payeur de la 9e division militaire et fils de Jacques Poitevin, dont Martin-Choisy avait fait l'éloge dans la dernière réunion publique. Cette notice, accompagnée des portraits de Bourdon et de Molière, au trait, eut alors le succès qu'elle a conservé depuis[4]. Danyzy donna un précis sur la grande comète qui parut la même année[5].

La Société, comme nous l'avons dit, plus en mesure désormais de stimuler l'émulation des savants et des artistes, grâce à la munificence du gouvernement et du département, rétablit l'usage de décerner des prix aux meilleurs mémoires envoyés sur des sujets donnés par elle. Elle proposa donc

---

[1] *Bull.*, tom. V, pag. 1. Thourel cite la lecture faite à la Société d'un fragment de discours de M. Renouvier sur la vie civile des anciens peuples. Il est regrettable qu'on ne retrouve pas cet intéressant fragment dans les archives de la Société.

[2] *Bull.*, tom. V, pag. 31.

[3] *Bull.*, tom. V, pag. 37. On trouve, à la suite du psaume 18, la traduction par le même du psaume 50, *Miserere*.

[4] *Bull.*, tom. V, pag. 41. Cette notice fut aussi tirée sur papier in-4º.

[5] *Bull.*, tom. V, pag. 67.

pour la séance publique de décembre 1812, en matière de science : *Quels sont les meilleurs moyens de rendre moins insalubres les étangs du département de l'Hérault;* et en matière de littérature : l'*Éloge de Michel-Joseph Montgolfier* [1]. Chacun de ces prix était une médaille d'or de la valeur de trois cents francs.

Cette séance publique, la dernière que tint la Société, eut lieu le 31 décembre 1812. Thourel était en possession, comme directeur, du compte-rendu de l'année écoulée. Après avoir examiné, avec beaucoup d'esprit, les ouvrages lus en 1811 par les académiciens, et les mémoires envoyés par le préfet à la Société, qui remplissait les fonctions de jury des arts, il fit connaître qu'elle avait admis parmi ses membres résidants, de Causan et Charles de Belleval, excellentes acquisitions pour les lettres. Il regretta que l'étendue du poème de Mme Verdier, l'*Origine de la poésie,* ou de l'introduction de ses *Géorgiques françaises,* ne permit pas de les lire. « Vous auriez reconnu »comme nous, dit-il, dans cet auteur, une muse dans l'une des grâces, et »vous n'auriez plus été étonnés que Thalie soit tout à la fois le nom de l'une »des grâces et celui de l'une des muses [2].

Une des lectures qui fut écoutée avec le plus vif intérêt, fut l'Éloge du malheureux poète Roucher, frère d'un de nos académiciens, par Cyrille Rigaud. Il est inséré au recueil de la Société [3].

Mais ce qui ne dut pas moins intéresser un public aussi éminemment charitable que l'a toujours été celui de Montpellier, ce fut la communication que lui fit le docteur Murat, de plusieurs extraits de son travail ayant pour titre : *Des causes et de l'origine de l'établissement des hôpitaux.* Nous disons des extraits, car ce travail, d'un puissant intérêt et qui touche aux questions les plus curieuses de l'histoire et de la philosophie morale et pratique, est d'une étendue qui ne dut pas permettre d'en faire la lecture complète [4]. Il suffit d'ajouter ici que l'auteur regarde le christianisme comme la cause nécessaire et l'origine de la création des hôpitaux chez les modernes.

---

[1] Montgolfier était venu à Montpellier pour rétablir sa santé ; il mourut aux eaux thermales de Balaruc, à 23 kilomètres de la ville, le 26 juin 1810, âgé de 70 ans.

[2] Voy. l'*Origine de la poésie ; Bull.*, tom. V, pag. 457.

[3] Tom. VI, pag. 1.

[4] *Bull.*, tom. VI, pag. 169.

De Causan lut une ode à Young sur ses *Nuits* [1] ; du moins elle était en vers français ! L'abbé Poussou lui succéda dans la lecture publique et récita deux odes latines sur la chute de nos premiers parents[2].

Enfin , arriva la question des prix. Les Éloges de Montgolfier ne parurent pas répondre à l'attente de l'Académie ; un seul fixa cependant son attention par le style et par la manière dont l'invention des aérostats y était traitée. Toutefois, elle ne tarda pas à reconnaître que cet éloge était incomplet. Entre autres lacunes, il n'y était fait aucune mention du bélier hydraulique, dont Michel-Joseph Montgolfier est pourtant l'inventeur. La Société remit cet éloge au concours pour l'année suivante ; mais nous ne voyons aucun indice d'une séance publique postérieure.

L'Académie fut plus heureuse à l'égard de la question scientifique qu'elle avait proposée. Cette question, la désinfection des étangs, était d'autant plus intéressante que, l'année précédente, les maladies causées par l'insalubrité des marais avaient moissonné un grand nombre d'habitants de leur voisi-nage. — L'ouvrage qui mérita le prix ne laissa qu'un regret: ce fut la diffi-culté et la dépense des remèdes; mais, dit le rapporteur, personne n'avait espéré que, dans une longueur de plus de vingt lieues, l'insalubrité de l'air fût corrigée sans dépenses et sans travaux. L'auteur du mémoire couronné était M. Fulcran Pouzin, docteur en médecine de la Faculté de Montpellier, associé correspondant [3].

La Société proposa pour l'année suivante une question intéressant aussi le département de l'Hérault : *les débordements des rivières* (tom. V, p. 308); mais le concours ne produisit aucun ouvrage remarquable, et l'Académie n'eut aucun prix à décerner. Remarquons que cette séance publique, qui fut la dernière, comptait les deux tiers des académiciens présents : on y voyait Danyzy, Carney, les deux derniers représentants de l'ancienne Société royale qui devaient survivre encore à la nouvelle Académie ; les poètes Cyrille et Auguste Rigaud , Martin-Choisy, le botaniste De Candolle, et quelques mem-

---

[1] *Bull.*, tom. VI, pag. 328.

[2] *Bull.*, tom. VI, pag. 337.

[3] Voy. le Mémoire de M. Pouzin , *Bull.*, tom. V, pag. 293. Déjà Chaptal avait écrit un Mémoire *Sur l'insalubrité de l'air des étangs et des moyens d'en détruire la cause*. Montpellier, Martel, 1781, in-4°.

bres que nous retrouvons parmi nous. Cependant, les évènements politiques qui se pressaient et absorbaient toute l'attention publique, n'avaient pas encore interrompu les travaux ni les séances de nos académiciens. Ils se réunissaient durant l'année 1813, et, à en juger par le registre des présences, les séances furent alors au moins aussi nombreuses qu'auparavant, plus nombreuses peut-être. Il semblait que les membres de la Compagnie mourante, prévoyant sa fin prochaine, se rapprochaient et se serraient pour réchauffer sa vie défaillante.

L'année 1814 ne produisit pas le même effet ; et, bien que de nouveaux membres parussent sur la liste des académiciens, il était difficile de pourvoir aux vides que la tempête politique faisait en ce moment au sein de l'Académie. Les plus grands noms, les plus grandes de ses illustrations étaient dispersés, l'orage des passions les poursuivait encore absents. Les séances, les présences, étaient nécessairement plus rares. D'autre part, la poésie ne pouvant plus célébrer les merveilles d'une époque qui venait de finir, quelques-uns crurent qu'ils pourraient les faire oublier en montant leur lyre sur de nouveaux tons et de nouvelles idées. L'unité d'harmonie n'existait plus parmi les membres du Corps savant. Le 2 février 1815, plusieurs quittèrent leurs siéges sans signer, ce qui fut constaté à dessein ; et le 29 février 1816, on ne lit au registre que la seule signature du médecin Murat. La Société des sciences et lettres de Montpellier avait cessé de vivre : comme d'autres institutions de ce temps, elle cédait aux secousses qui avaient si violemment agité la France.

II.

TRAVAUX ACADÉMIQUES.

Nous avons déjà fait connaître, dans l'article précédent, une partie des travaux de la Société des sciences et belles-lettres de Montpellier. La plupart sont compris dans les six volumes qu'elle a publiés de 1803 à 1813, et nous pourrions y renvoyer le lecteur. Mais il en est quelques-uns, notamment ceux dont l'Académie entendit la lecture dans les premières années de son établissement, avant la publication de ses bulletins, qui ne furent pas imprimés et dont il est seulement fait mention dans les registres de la Société.

C'est principalement de ces premiers ouvrages dont nous nous occuperons ici, et nous nous bornerons pour les autres à un bref résumé.

En étendant le cercle de ses travaux, en alliant dans son sein les belles-lettres aux sciences, la nouvelle Société entendit cependant se donner constamment l'ancienne Société des sciences, sa mère, pour son unique modèle. Toutefois, on remarque dans son principe une marche un peu hésitante et des idées peu arrêtées sur la nature de ses travaux. Il est vrai que les circonstances dans lesquelles elle était née ne la favorisaient guère, et que le défaut de ressources ne lui permettait pas, il s'en fallait, d'entreprendre toujours ce qu'elle désirait d'effectuer.

D'un autre côté, la Société d'agriculture qui fut fondée à Montpellier quelques années après la Société des sciences et lettres (en l'an VI), enlevait naturellement à ses attributions, sinon exclusivement, au moins particulièrement, tous les travaux qui se rattachaient à la théorie et à la pratique de la culture de la terre.

Mais en considérant l'Académie dès sa création, au commencement de l'an IV, on voit un ancien membre de la Société royale, Amoreux, présenter à la jeune Société des *Recherches des causes qui rendent les semailles si peu productives;* d'autres recherches *Sur la manière dont les plantes puisent leur nourriture dans la terre*, et l'examen de cette question : *Si la méthode de jachères est en général utile ou nuisible à l'agriculture?*

Un autre ancien académicien, Joyeuse, traitait *De la manière dont les engrais agissent sur la terre.*

La météorologie, si essentiellement liée à l'agriculture, avait trouvé de dignes représentants dans la personne de de Ratte et dans celle de Poitevin. Le premier examinait l'*Opinion répandue d'un dérangement dans les saisons, et si les saisons étaient plus rigoureuses depuis soixante ans.* Le second se livrait à des *Observations météorologiques*, qu'il continua jusqu'à sa mort. Gaussen envoyait ses ouvrages *Sur le thermomètre.* Enfin, Danyzy devait rapporter d'Espagne ses *Observations sur la manière dont on y cultive les oliviers dans quelques cantons* [1].

On s'aperçoit, durant la vie des anciens académiciens, d'une tendance

---

[1] *Bull.*, tom. 1, pag. 158.

prononcée de la Société vers les sciences naturelles, la physique et la médecine. Aussi, indépendamment des savants que nous venons de citer, Touchy cherche l'*Analogie entre la mue des animaux et la chute des feuilles;* l'*Usage de la marne dans nos contrées; Quelle est, parmi les sciences physiques, celle qui, en agrandissant le plus nos connaissances, peut devenir la plus utile à la société* [1]? De Ratte considère la *Pesanteur comme indépendante d'un fluide et comme une propriété universelle de la matière,* c'est-à-dire le système newtonien; Bertholon s'exerce sur la *Nouvelle nomenclature chimique;* Draparnaud suit Touchy dans un examen des *Rapports qui existent entre le mode de reproduction des animaux et celui des végétaux* [2], et décrit une *Nouvelle espèce d'Hypnum.* Chrestien traitait de l'*Inoculation de la petite vérole sur les bêtes à laine.* Fages parlait des *Grossesses extra-utérines,* cherchait *Si la sensibilité est exclusive aux nerfs* et les *Changements qu'opère la puberté sur la sensibilité physique.* Lafabrie écrivait sur la *Viabilité des enfants nés avant le terme ordinaire;* et Poitevin lui-même examinait cette question : *Quelles sont les maladies que l'on peut considérer comme endémiques à Montpellier?*

Mais les sciences philosophiques et leurs nombreuses applications, les mathématiques, les belles-lettres, notamment l'histoire, l'archéologie et la poésie, avaient aussi leurs représentants. Albisson traitait des *Rapports de l'étude de la jurisprudence avec la connaissance des usages et des mœurs des anciens peuples,* et en particulier de l'*Organisation du pouvoir exécutif dans la constitution française.* Bertholon touchait un point délicat, mais topique, en examinant *S'il est plus avantageux aux progrès des sciences et des belles-lettres d'être cultivées dans des Sociétés séparées, ou réunies pour les deux genres?*

Encontre, qui devait plus tard donner la résolution des problèmes de mathématiques les plus curieux, traitait auparavant du *Genre d'instruction qui convient le mieux aux enfants dans leur première éducation, et du système de la morale déduit d'un seul principe.* Brieugue présentait les

---

[1] Un peu plus tard, Touchy lut un mémoire sur le *Fecii jugum,* ou montagnes de Mireval, que l'auteur traduisait par *montagnes embourbées. Bull.,* tom. V, pag. 7.

[2] *Bull.,* tom. I, pag. 3.

Principes généraux d'une grammaire commune à toutes les langues. Et tandis que le général Martin-Campredon observait les *Effets de la musique guerrière chez les anciens et chez les modernes*, Dupin traitait de la *Danse considérée comme précepte d'hygiène et comme moyen curatif.*

Enfin, le poète Martin-Choisy se proposait cette question: *Quelle est celle des deux régions du nord ou du midi de la France, la plus favorable aux sciences et aux arts?* il étudiait l'*Unité de temps et de lieu dans les pièces de théâtre*[1], et l'*art du style relativement à son influence sur les progrès de l'esprit humain.* Carrion produisait quelques odes sur les grands événements de l'époque, et semait quelques fleurs, dans un essai de nécrologie, sur la tombe de l'infortuné Roucher, dont la vie devait un peu plus tard nous être donnée par Cyrille Rigaud[2]. Poitevin du Bousquet couronnait ces premiers ouvrages par un mémoire *Sur l'utilité de la bibliographie, relativement à l'avancement et aux progrès des lettres*, d'accord avec Jacques Poitevin, qui expliquait le mot de Rousseau : *les livres tuent les sciences.*

Ces divers travaux sont indiqués dans un compte-rendu manuscrit, de la fin de l'an IV. Les tendances philosophiques s'y montrent encore complètement. Un peu plus tard (pluviôse an VI), l'un des associés, Durand, lisait ses *Recherches sur les opinions philosophiques des anciens Perses;* ensuite, sur le *quiétisme* des Indiens, et sur les *traces sensibles des anciens livres mystérieux chez les premiers peuples connus.* Cependant de Ratte, Poitevin, Carney, ramenaient toujours la Société à ses premiers errements ; l'astronomie, la météorologie, les sciences physiques et naturelles semblaient encore l'emporter sur les belles-lettres proprement dites. Avant la fin de l'an VI elle admettait à la lecture trois mémoires de chimie présentés par Bories, fils de celui qui, au jugement de l'ancienne Société, remporta un prix sur le meilleur moyen de fixer le degré de spirituosité des eaux de vie. Le premier de ces trois mémoires était *Sur la rancidité des huiles;* le deuxième, *Sur l'existence des alcalis dans les végétaux avant toute espèce de décomposition;* le troisième contenait un *Procédé pour obtenir la baryte très-pure.* Ces mémoires étaient soigneusement renvoyés à des commissaires pour être

[1] *Bull.*, tom. I, pag. 24.
[2] *Bull.*, tom. I, pag. 13. Voyez ci-dessus pag. 284.

examinés, et ouvraient presque toujours les portes de l'Académie à leurs auteurs.

On voit aussi que, dès ces premiers temps, l'Académie ne se bornait pas seulement à l'examen des mémoires de ses membres, mais que l'autorité départementale lui demandait aussi son opinion sur les ouvrages à la publication desquels le gouvernement s'intéressait : par exemple, le livre de Grangent, sur le port de Cette[1] ; et plus tard, on trouve dans son recueil des rapports de ses commissions faits en de semblables occasions[2].

D'autre part, en l'an ix (16 pluviôse), le ministre de l'Intérieur demandait à l'Académie des renseignements sur le nombre des carrières existant dans le département, notamment de celles de porphyre, de granit, de marbre statuaire, de plâtre et d'albâtre. Touchy et Draparnaud furent chargés de répondre[3], et au mois de messidor an ix, le gouvernement la pria de recueillir de nombreux renseignements de statistique départementale.

Cependant, Séguier aîné (Matthieu), en prenant séance dans la Société, venait donner un nouvel essor aux belles-lettres, par son mémoire sur la *Poésie lyrique,* qui n'était qu'une préface de sa traduction en vers des odes d'Horace ; et son frère Maurice, suivant la même carrière, présentait deux odes, l'une sur la *Paix de Lunéville*[4], l'autre intitulée : *Le malheureux et les muses.*

N'oublions pas ici le témoignage honorable de reconnaissance que l'Académie rendit à Rey-Lacroix (de Montagnac), qui lui faisait hommage de son livre intitulé : *La sourde-muette de la Clapière, ou leçons données à ma fille* ; essai élémentaire applicable aux enfants non sourds-muets. Cet ouvrage attestait, d'après le jugement de l'Académie, et la tendresse paternelle et les talents de l'auteur, dont elle faisait un de ses associés.

Mais déjà ses premiers bulletins paraissaient, et nous devons résumer en peu de mots la série des travaux imprimés. On remarquera facilement que durant la plus grande partie de son existence, l'astronomie en fut la science

---

[1] *Faits historiques sur l'isle ou la presqu'isle de Sète.* Montpellier, an XIII, in-8°. Fig.

[2] Pour Lavigne, tom IV, pag. 199 ; pour de Lapanouse, tom. V, pag. 87 ; pour M. Gay, *ibid* , pag. 128 ; pour Lenormand, *ibid.*, pag. 137, etc.

[3] Touchy se chargea seul du rapport ; *Bull.*, tom. IV, pag. 119.

[4] *Bull.*, tom. I, pag. 44.

de prédilection. De Ratte le constatait dès l'an x. Cet état brillant de l'astronomie, disait-il, l'assiduité constante de ceux d'entre nous qui suivent les mouvements des corps célestes, seront-ils sans effet ?

Les mathématiques, la physique et la chimie, l'anatomie, la médecine, l'histoire naturelle, notamment la botanique et la minéralogie, viennent ensuite prendre leur place. Enfin, les tributs de l'histoire, de la géographie, de l'archéologie, de la philologie, de la poésie, apportent dans son recueil une variété qui ne pouvait pas exister dans celui de l'ancienne Société.

Le premier volume des Bulletins de la Société libre porte la date de l'an XI (1803), et contient quatorze bulletins et soixante mémoires[1]. Draparnaud seul en a fourni douze, Poitevin dix et Carney cinq. On y remarque : un mémoire de Draparnaud sur l'insecte qui dévasta la vigne en l'an IX et qui, d'après l'auteur, n'est que le *pyralis vitana* de Fabricius ; un essai sur le vin, par Chaptal ; des scholies bien écrites de Matthieu Séguier, sur deux vers d'Horace ; les mémoires dont il a été parlé dans la biographie de Carney ; la vie de Suzanne Pouget, par Poitevin ; l'épître à un jeune poëte, par Martin-Choisy ; le rapport du même, sur l'inauguration de la statue de Voltaire. Nous aurions dû peut-être mentionner d'abord plusieurs mémoires d'Encontre, sur les mathématiques, et particulièrement sur l'inscription de l'ennéagone au cercle, et d'autres mémoires de Draparnaud sur l'histoire naturelle.

Le tome II (an XIV-1805) contient les Bulletins XV-XXX ; il renferme trente-sept mémoires. Poitevin en compte neuf, Danyzy cinq et Encontre cinq. Nous remarquons ici : le recueil d'étymologies languedociennes dérivées du grec, par Théodore Poitevin ; la notice sur la vie et les ouvrages de Draparnaud, par J. Poitevin ; une notice sur les eaux minérales de Foncaude, par Vigarous ; des notices sur les ascensions aérostatiques, par Blanchard et Poitevin ; l'éloge de de Ratte, par Poitevin ; les cinq mémoires ou extraits d'Encontre, sur les mathématiques et sur Platon, qui sont presque toujours *hors ligne*, et la traduction en vers français de fragments du *Prædium rusticum* du P. Vanière, par Martin-Choisy.

Dans le tome III (1809), sont compris les bulletins XXXI-XLIV et trente-six

---

[1] Ce sont les mémoires lus du 17 nivôse an IV au 20 germinal an XI, ou du 3 janvier 1796 au 10 avril 1803.

mémoires[1]. Encontre y en a inséré quatre, dont trois très-remarquables, sur le vrai système du monde comparé avec le récit de Moïse , sur la composition des forces (2e mémoire), sur la théorie de l'intérêt composé ; il y donne une formule barométrique pour mesurer les hauteurs (pag. 370), qui est aussi simple que claire. On y trouve encore une relation de la chute de deux aérolithes, par d'Hombres-Firmas ; une dissertation sur la manière dont il faut écrire le nom du fleuve qui se jette dans la mer Méditerranée an-dessous d'Agde, par Paulin Crassous : l'auteur veut qu'on écrive *Érau,* et non *Hérault,* et il a raison ; des observations sur le spinelle pléonaste, par M. Marcel de Serres ; un essai d'expériences sur la décomposition de la potasse et de la soude par une haute température, par le même et Figuier ; l'éloge de Poitevin, par Martin-Choisy ; les éloges de Dorthes et de Fouquet, par Dumas.

Le tome IV (1811, bulletins XLV-LVII) contient vingt-six mémoires, dont trois sont dus à Encontre et cinq à M. Marcel de Serres. Nous signalerons du premier: l'examen de la théorie du mouvement de la terre du docteur Wood , et le mémoire sur l'île de Blascon ; et du second, ses observations pour servir à l'histoire des volcans éteints de l'Hérault ; la notice sur l'*imprimerie chimique* d'Allemagne ; une notice sur les savons; de l'odorat, etc. On y remarque également un rapport sur les carrières de marbre du même département, par Touchy ; la notice sur Benoît d'Alignan , évêque de Marseille , par Poitevin-Peitavi ; sur la décoloration du vinaigre, par Figuier ; la détermination de la hauteur d'Alais, par d'Hombres-Firmas ; l'estimable travail du baron de Zach sur la vraie position géographique de Montpellier, précédé d'une notice de Danyzy sur la latitude de l'observatoire[2] de cette ville (p. 337); une élégie de Lotichius sur Montpellier, traduite en vers français par Vinsens Saint-Laurent.

Au tome V (1813, bulletins LVIII-LXVIII) sont insérés vingt-huit mémoires. Danyzy en a donné cinq, de Belleval quatre. Les travaux de Danyzy concernent la grande comète de 1811 , une description inédite de Bruguière d'une

[1] On joint à ce volume trois pièces supplémentaires sur l'agriculture et l'histoire naturelle , par Touchy.

[2] L'observatoire fut bâti, en 1745, sur la tour de la Babotte. Voyez ci-dessus, pag. 273.

nouvelle espèce de *sisyrinchium*, l'annonce d'une histoire céleste de Montpellier, un moyen simple d'élever en pleine-terre les plantes qui craignent la gelée, un limaçon terrestre monstrueux. Belleval a écrit des anecdotes, des observations grammaticales, d'autres remarques sur quelques vers de Racine. Mais ce volume nous intéresse encore par la notice si recherchée sur Sébastien Bourdon, due à Poitevin fils; par le mémoire sur les étangs de l'Hérault, de Fulcran Pouzin, mémoire qui fut couronné par l'Académie; et l'addition à la Flore biblique de Sprengel, par Encontre, travail bref mais curieux. Il est juste d'ajouter que le même fils de Poitevin continua les observations que faisait son père sur la quantité de pluie tombée à Montpellier[1]. On trouve cette suite depuis l'an xiii jusqu'en 1812, dans le tom. V. Nous avons signalé ailleurs, dans le même volume, l'*Origine de la Poésie*, poème, par Mme Verdier.

Le tome VI parut en bulletins de 1813 à 1815, mais on n'imprima jamais le titre, la table, ni la liste des membres; en sorte que ce volume, rare dans le commerce, est resté imparfait. Il est formé des bulletins lxix à lxxv et contient dix-sept mémoires : l'éloge du poète Roucher, par Cyrille Rigaud son ami; mémoire sur les yeux composés des insectes, par M. Marcel de Serres; mémoire sur les causes et l'origine de l'établissement des hôpitaux, par Murat, rempli de recherches sur la médecine militaire des anciens, nous en avons parlé plus haut; observations grammaticales, par Charles de Belleval[2]; observations sélénographiques, par Danyzy; notices sur Étienne Forcadel de Béziers, et sur Guillaume Durand, évêque de Mende, par Poitevin-Peitavi; mémoire sur les principes fondamentaux de la théorie des équations, par Encontre; observations sur une sueur de sang, par Caizergues; recherches sur la botanique des anciens, par de Candolle et Encontre, court et savant mémoire[3]. Nous aurions encore pu

---

[1] Pag. 481. Poitevin père a inséré dans son *Essai sur le climat de Montpellier* les observations faites de 1767 à l'an x. Il donna celles des ans xi et xii dans le *Recueil des bulletins*, tom. II, pag. 258.

[2] Pag. 345. Il faut rapprocher ces observations de celles que nous avons déjà signalées, tom. V, pag. 177.

[3] Pag. 485. De Candolle avait déjà publié dans les *Bulletins* un mémoire sur les Georgina, tom. IV, pag. 185.

citer une ode d'Auguste Rigaud; deux odes, par de Causan ; deux odes latines de l'abbé Poussou ; l'observation d'une éclipse de soleil , par Danyzy; et de l'influence d'un orage sur trois épilepsies vermineuses, par Pouzin.

Les six volumes se composent, comme on voit, de 75 bulletins et de 205 mémoires, notices et discours, qui sont l'ouvrage de cinquante-cinq auteurs.

III.

PERSONNEL.

Nous faisons connaître ici , par ordre alphabétique, les noms des membres de la Société des sciences et belles-lettres de Montpellier, soit associés ordinaires, soit associés non résidants, la part qu'ils ont prise aux travaux de l'Académie, et l'époque de leur admission.

L'astérisque indique les membres encore vivants.

ASSOCIÉS ORDINAIRES.

Aleisson (Jean), membre du tribunat, conseiller d'État, auteur du recueil des *Lois municipales de Languedoc*, etc., l'un des fondateurs de la Société, mort le 22 janvier 1810.

Allut (Jean-Jacques), président de la Société d'agriculture de l'Hérault, de la Société d'encouragement de l'industrie nationale. On lui doit une Notice sur Antoine Allut son parent, membre de l'ancienne Société royale des sciences de Montpellier, mort à Paris le 7 messidor an II (Bulletins, tom. III, pag. 274). Reçu à l'Académie en 1808, il remplaça Joyeuse en qualité de trésorier (1811), et fut remplacé en la même qualité par Auguste Rigaud (1815).

Amoreux (Pierre-Joseph), membre de l'ancienne Société royale des sciences, l'un des fondateurs de la nouvelle Société; vétéran (1804). Voyez ci-dessus pag. 160; mort le 6 mars 1824.

Barthez (Paul-Joseph), membre de l'ancienne Société royale des sciences. Voyez ci-dessus pag. 230 (an IX, vétéran 1804); mort à Paris le 15 octobre 1806.

Baumes (Jean-Baptiste-Timothée) doit être considéré comme un des fondateurs de la nouvelle Académie (an VI); mort le 19 juillet 1828.

BELLEVAL (Charles-Pharamond de). On trouve quatre articles de lui, déjà signalés, dans le tom. V des Bulletins, pag. 73, 177, 200 et 251, et un autre dans le tom. VI, pag. 365 (1813); mort en 1836.

BERTHE (J.-N.), professeur à la Faculté de médecine de Montpellier (1813).

BERTHOLLET (Claude-Louis, comte). Cet illustre chimiste fut placé dès 1806 à la tête de la Société en qualité d'honoraire; mort le 6 décembre 1822.

BERTHOLON (l'abbé), bien que ne figurant sur aucune liste des membres de la Société nouvelle, doit en être considéré comme l'un des premiers fondateurs. Voyez ci-dessus pag. 169 et 258.

BORIES fils, un des fondateurs de la Société; mort an IX.

BOUSQUET (Jacques-Louis-Philippe) avocat, juge de paix (1808).

BRIEUGUE, un des fondateurs de la Société (an VI-X).

BROUSSONNET (Pierre-Marie-Auguste), membre de la Société royale. Voyez ci-dessus pag. 231 (5 pluviôse an XII); mort le 26 juillet 1807.

BROUSSONNET (Jean-Louis-Victor), membre de la Société royale. Voyez ci-dessus pag. 234. Le tom. I des Bulletins contient deux articles de lui (an VI); mort le 17 décembre 1846.

BRUN (Pierre-François), préfet de l'Ariége (an VI, vétéran 1804).

BRUNET (J.-J.), un des fondateurs de la Société. Ce savant avait aussi appartenu à la Société royale en qualité d'adjoint mathématicien (16 juin 1784). C'est ainsi qu'il faut lire à la note de la page 168. Voyez encore ci-dessus pag. 260.

CAIZERGUES (Jean-Raymond), jurisconsulte (1803).

CAIZERGUES (Fulcran-César), professeur à la Faculté de médecine. Deux mémoires de lui, Bulletins, tom. III et VI (an VI).

CAMBACÉRÈS (Jean-Jacques-Régis), archi-chancelier de l'Empire, protecteur de la Société (1805); mort le 8 mars 1824.

CANDOLLE (Augustin-Pyramus De), professeur aux Facultés de médecine et des sciences de Montpellier. La Société doit à ce célèbre botaniste deux mémoires qu'on trouvera dans le recueil des Bulletins, tom. IV et VI (1808); mort le 9 septembre 1841.

CARNEY (Jean-Alexandre), l'un des fondateurs de la Société, membre de l'ancienne Société royale. Voyez ci-dessus pag. 234, et le recueil des Bulletins, tom. I, II, III et IV.

CARRION DE NIZAS (Marie-Henri-François-Élisabeth), baron de l'Empire, un des fondateurs de la nouvelle Société, auteur de trois mémoires. Bulletins, tom. I, II et IV.

CAUSAN (Adrien-Maurice de), ancien capitaine de cavalerie et ancien membre du corps diplomatique, d'abord associé correspondant (1808) à Avignon, puis associé ordinaire (1812). Personne ne confondra cet associé avec le chevalier de Causan de la Société royale, dont il a été parlé ci-dessus pag. 133 [2]. Celui dont il s'agit ici était plus poète que mathématicien. Voyez son *Essai sur la poésie sacrée* et sa *Complainte de David*, tom. III, pag. 257 et 265; ses *Traductions de psaumes*, tom. IV, pag. 219 ; d'*Odes d'Horace*, pag. 328, et deux autres odes, tom. VI, pag. 328 et 558.

CHAPTAL (Jean-Antoine, comte de Chanteloup), un des plus illustres membres de la Société royale et un des fondateurs de la nouvelle Académie. Voyez ci-dessus pag. 175, et un extrait de son *Essai sur le vin* : Bulletins, tom. I, pag. 93.

CHRESTIEN (André-Jean), célèbre praticien. On a deux mémoires de lui. Bulletins, tom. I, pag. 71 et 76 (an VI).

CRASSOUS (Aaron-Jean-François), sénateur, un des premiers membres de la Société (an VI); mort le 10 septembre 1801.

COLARD (Pierre-Dominique), ancien administrateur du département de l'Hérault, un des fondateurs de la Société (vétéran 1804).

DANYZY (Jean-Hippolyte), de l'ancienne Société royale des sciences, un des fondateurs de la nouvelle Société. Voyez ci-dessus pag. 178. Il a laissé dix-huit mémoires dans le recueil des Bulletins; mort vers 1827.

DRAPARNAUD (Jacques), professeur d'histoire naturelle à l'École centrale de l'Hérault et à l'École de médecine de Montpellier. Tous ses mémoires académiques, au nombre de douze, sont insérés au tom. I des Bulletins. Voyez

---

[1] A cette occasion, nous remarquerons que le chevalier de Causan, trop célèbre pour sa prétendue démonstration de la quadrature du cercle, fut actionné au Châtelet par une jeune fille, disent les biographes, en délivrance de la somme de 50,000 fr. portée par d'autres à 300,000 fr., que le chevalier avait promise à quiconque pourrait parvenir à lui prouver la fausseté de sa démonstration. Nous ne savons où les biographes ont trouvé l'existence de cette jeune fille. Nous voyons dans les papiers de la Société des sciences de Montpellier, que ce procès fut intenté au chevalier de Causan, par l'ingénieur des mines Digard (car c'est ainsi que ce nom doit être écrit), et nous possédons encore des mémoires manuscrits du même Digard envoyés à la Société royale des sciences de Montpellier.

la Notice de Poitevin, Bulletins, tom. II, pag. 89 (an vi); mort le 12 pluviôse an XII.

DUMAS (Charles-Louis), professeur à l'École de médecine de Montpellier, recteur, doyen, correspondant de l'Institut, etc. On lui doit sept mémoires; Bulletins, tom. I, II, III et IV. Voyez son Éloge, par Prunelle, 1813, in-4° (16 nivôse an IX); mort le 3 avril 1813.

DUPIN, un des fondateurs de la Société (an vi).

DURAND (Jean-Joseph), vice-président du tribunal de Montpellier. On a de lui un extrait d'un mémoire sur le jugement que les prêtres de l'Égypte avaient le droit d'exercer sur les morts. Bulletins, tom. I, pag. 214 (16 ventôse an vi).

DUVEYRIER (Honoré-Nicolas-Marie, baron), premier président de la Cour impériale de Montpellier (1808); mort en mai 1839.

ENCONTRE (Daniel), professeur à l'École centrale du département, un des fondateurs de la Société et un des membres les plus remarquables par des travaux que nous avons déjà fait connaître. Ils sont au nombre de dix-huit dans les Bulletins; mort le 16 septembre 1818.

FAGES (Joseph), chirurgien en chef de l'hôpital civil et militaire de Montpellier, etc. (14 germinal an IV).

FAUGÈRES (Louis-Henri-Pascal-Saint-Félix, baron de), de l'ancienne Société royale des sciences, un des fondateurs de la nouvelle Académie (vétéran 1804). Voyez ci-dessus, pag. 181.

FIGUIER (Pierre), professeur de chimie à l'École spéciale de pharmacie de Montpellier. Nous avons eu occasion de signaler une partie des travaux de cet habile chimiste, dont quatre mémoires ont été insérés dans les tom. III, IV et V des Bulletins de la Société.

FOUQUET (Henri), professeur à l'École de médecine de Montpellier, etc., membre de l'ancienne Société des sciences. Voyez ci-dessus pag. 182 et Bulletins, tom. I, pag. 153, et tom. III, pag. 405 (an vi); mort le 10 octobre 1806.

GAUSSEN (Jean), membre de la Société royale des sciences de Montpellier. Voyez ci-dessus pag. 182 (an vi, vétéran 1804); mort le 3 décembre 1809.

GOUAN (Antoine), professeur à l'École de médecine de Montpellier, etc., membre de l'ancienne Société des sciences. Voyez ci-dessus pag. 186 (an vi, vétéran 1804); mort le 1er septembre 1821.

38

GOULARD (Thomas), directeur général des domaines nationaux de Versailles, membre de la Société royale des sciences de Montpellier, fut un des fondateurs de la nouvelle Société. Voyez ci-dessus, pag. 187 (vétéran 1804).

GRANIER (Louis), maire de Montpellier, baron de l'Empire, etc. (1812).

JOYEUSE (Jean), ancien démonstrateur de chimie à l'Université de médecine, membre de l'anciene Académie de Montpellier, trésorier de la nouvelle Société. Voyez ci-dessus pag. 188 (an VI).

LABORIE (J.-B.) doit être considéré comme un des fondateurs de la Société. Voyez ci-dessus pag. 189 et 260.

LAFABRIE (Pierre), professeur à la Faculté de médecine de Montpellier, un des fondateurs de la nouvelle Société.

LORDAT (Jacques), professeur à la Faculté de médecine de Montpellier. On trouvera trois mémoires de cet académicien, dans les tom. III et IV des Bulletins publiés par la Société (1805).

MARTIN DE CAMPREDON (Jacques-David-Martin, baron de), général de division, etc. La vie de ce savant militaire a été publiée à Montpellier, par M. Philippe de Saint-Paul, 1837, in-8° (an VI); mort le 11 avril 1837.

MARTIN DE CHOISY (Pierre-Jacques-Durand-Eustache), conseiller à la Cour impériale de Montpellier, etc., etc., longtemps secrétaire de la Société, dont il fut un des fondateurs. Tout le monde connaît ses charmantes poésies fugitives. Voyez Bulletins, tom. I, II et III; mort en 1819.

MÉJAN (Thomas), docteur de l'ancienne Université de médecine, a inséré un de ses mémoires dans le tom. V des Bulletins de la Société (30 ventôse an XII).

MURAT (Jean-Arnaud), médecin militaire, appartenant à plusieurs Sociétés savantes. Voyez Bulletins, tom. III et V, et surtout au tom. VI son travail sur les hôpitaux, dont nous avons déjà parlé.

NOGARET (Pierre-Barthélemy-Joseph de), baron de l'Empire, premier préfet de l'Hérault, du 12 ventôse an VIII au 13 janvier 1814, directeur honoraire de la Société. Voyez son discours à la séance publique du 26 décembre 1805, tom. III, pag. 1 (26 nivôse an IX).

POITEVIN DU BOUSQUET (Jean-Antoine), ancien militaire, ancien magistrat, membre de la Société royale des sciences, un des fondateurs de la nouvelle Société.

POITEVIN (Jacques), membre laborieux de l'ancienne Société des sciences, et, avec de Ratte, l'âme et la partie active de la nouvelle Académie, soit comme président, soit comme secrétaire (mort le 1er avril 1807). Voyez son éloge par Martin-Choisy, Bulletins, tom. III, pag. 183, et ci-dessus pag. 195. Les nombreux mémoires qu'il a publiés dans les Bulletins sont renfermés dans les tom. I et II.

POITEVIN, payeur de la 9e division militaire et fils du précédent, a inséré trois mémoires dans le tom. V des Bulletins de la Société. Nous avons signalé sa notice sur le peintre Sébastien Bourdon, pag. 41 du même volume (1811).

POITEVIN (Jacques-Théodore-Hyacinthe), ancien officier-adjoint du génie, attaché au ministère de l'Intérieur, etc., autre fils de Jacques Poitevin. On lui doit des *Réflexions sur quelques étymologies languedociennes qui dérivent directement du grec*; tom. II, pag. 37 (29 germinal an XII).

POUSSOU (Louis), prêtre, gradué de la Sorbonne, ancien professeur de philosophie en l'Université de Valence, et professeur émérite de mathématiques au Lycée de Montpellier. Nous avons parlé de ses odes latines. Voyez ses mémoires, Bulletins, tom II, III, V et VI (1805).

PROVENÇAL (Jean-Michel), docteur en médecine, professeur à la Faculté des sciences de Montpellier, etc. (1813).

RATTE (Étienne-Hyacinthe de), secrétaire perpétuel de la Société royale des sciences de Montpellier, correspondant de l'Institut, un des plus zélés fondateurs, concurremment avec Jacques Poitevin, de la Société des sciences et belles-lettres. Son Éloge par le même Poitevin, son émule et son ami, se trouve dans le tom. II des Bulletins, pag. 377. De Ratte a laissé cinq articles dans le même recueil, tom. I, pag. 63, 92, 187; et tom II, pag. 1 et 77; mort le 15 août 1805.

RECH (André), avocat (an VI).

RENÉ (Gaspard-Jean), directeur de l'École spéciale de médecine de Montpellier, etc. (1805).

* RENOUVIER (Jean-Antoine), ancien député, etc. Voyez ci-dessus pag. 283. (1810).

RIGAUD (Auguste), négociant, succéda à Joyeuse dans les fonctions de trésorier de la Société. Il a laissé le poème de *Guttemberg, ou l'origine de l'imprimerie*, Bulletins, tom. V, pag 31; et une ode intitulée: *Hubert Goffin, ou la houillère de Beaujonc*, tom. VI, pag. 43 (1808).

RIGAUD (Jean-Cyrille), docteur en médecine, bibliothécaire de la ville de Montpellier, professeur-suppléant de belles-lettres, etc., etc. Bulletins, tom. I, pag. 158, la *Nouvelle de la paix*; tom. IV, pag. 155, l'*Amour et l'hiver*, poème ; tom. VI, pag. 1, l'*Éloge de J.-A. Roucher* (13 germinal an VIII).

ROUCH , un des fondateurs de la Société (an VI).

SÉGUIER (Maurice). On lit son *Chant sur la paix de Lunéville*, Bulletins, tom. I, pag. 44, et un *Essai nécrologique sur Bardon*, académicien de Marseille , pag. 79 (an IX , vétéran 1806 , correspondant 1809).

SERRES (Marcel de), professeur de minéralogie et de géologie à la Faculté des sciences de Montpellier , etc., etc. Voyez ci-dessus, pag. 281 et Bulletins, tom. III, IV et V (1808).

TESSES fils , un des fondateurs de la Société (an VI, démissionnaire an IX).

THOUREL (Jean-François), premier avocat général à la cour impériale de Montpellier , etc. Voyez ses trois discours d'ouverture prononcés aux séances publiques des 7 avril 1808, 26 décembre 1811 et 31 décembre 1812 ; Bulletins, tom. III, pag. 153, et tom. V, pag. 1 et 295 (1805).

TOUCHY (André-Antoine), professeur d'histoire naturelle à Montpellier, etc., membre de l'ancienne Société des sciences, et l'un des fondateurs de la nouvelle Académie, secrétaire de la Société jusqu'à l'an IX. Voyez ci-dessus pag. 241 , et dans les Bulletins , tom. III et IV.

VIGAROUS (Joseph-Marie-Joachim) , professeur à la Faculté de médecine de Montpellier. Voyez un mémoire qu'il a écrit sur les *Eaux thermales de Foncaude*, tom. II , pag. 169 (5 pluviôse an XII).

VIRENQUE (Joseph-Guillaume), professeur à la Faculté de médecine de Montpellier , directeur de l'École de pharmacie. Voyez Bulletins, tom IV et V. (5 pluviôse an XII).

ASSOCIÉS CORRESPONDANTS OU NON RÉSIDANTS.

AGUILAR (Melchior-Louis d') , l'un des mainteneurs des jeux floraux, à Toulouse. On trouve trois mémoires de lui , dans le tom. III des Bulletins de la Société (1808).

ANSON , administrateur des postes, à Paris (1808).

AUTEROCHE (d') , à Orléans (1808).

BERNARD DE NATTES , docteur en médecine, etc., à Béziers (1808).

BLANCHARD, à Paris ; nous en avons suffisamment parlé ci-dessus, pag. 275. Bulletins, tom. II, pag. 181 et 243 (1805).

BONATERRE, professeur d'histoire naturelle, à Rodez (an IX).

CAMBIS (de), à Avignon (1811).

CAMBRY (de), à Paris (1808).

CARBONNEL, professeur de chimie, à Barcelonne (an IX).

CLOS, médecin, professeur de botanique, à Sorèze (an IX).

CRASSOUS (Jean-François-Paulin), conseiller en la Cour des Comptes, à Paris. Voyez ci-dessus, pag. 267 et Bulletins, tom. I, pag. 204. Son intéressante dissertation sur la manière dont il faut écrire le nom du fleuve *Hérault* est insérée au tom. III, pag. 77 (26 brumaire an X).

DARU (Pierre-Antoine-Noël-Bruno, comte), ministre secrétaire d'État, membre de l'Institut, etc. Voyez ci-dessus, pag. 267 (16 fructidor an IX); mort le 5 septembre 1829.

DARUTY (Vincent), ancien secrétaire d'ambassade (5 germinal an XI).

DES GENETTES (R.), baron de l'Empire, inspecteur général du service de santé militaire, professeur à la Faculté de médecine de Paris, correspondant de l'ancienne société royale des sciences. Il en a été souvent question dans cet ouvrage (1812); mort le 3 février 1837.

DESQUIRON DE SAINT-AGNAN (A.-T.), jurisconsulte, à Paris, auteur du poème de *Solyme conquise* (1811).

DUBOIS, ancien préfet du Gard (an XI).

DUPORTAL, docteur en médecine, professeur à la Faculté des sciences, directeur de l'École spéciale de pharmacie, etc., à Montpellier (1811).

DURAND, ingénieur, à Nîmes (1808).

FABRE (Joseph), médecin, à Gignac (1805).

FLAUGERGUES (Honoré), correspondant de l'Institut, à Viviers. On a plusieurs mémoires de cet habile astronome. Voyez Bulletins, tom. I, pag. 52, 173, 285 ; et tom. II, pag. 27 (16 floréal an IX).

FORTIA D'URBAN (de), à Paris (1808).

GRANGENT (Jean-Matthieu), ancien ingénieur, à Cette, auteur de l'ouvrage intitulé : *Faits historiques sur l'isle ou la presqu'isle de Sète*, dont on lit un extrait dans le tom. II des Bulletins de la Société, pag. 351 (16 germinal an X).

GREY (Thomas), docteur en médecine des Universités d'Aberdeen et de Montpellier, en Angleterre (23 thermidor an XI).

HOMBRES-FIRMAS (d'), de plusieurs Sociétés savantes, à Alais, a écrit avec Pagès la relation de la chute de deux aérolithes, Bulletins, tom. III, pag. 32, et a fait connaître la détermination de la hauteur d'Alais, tom. IV, pag. 277 (1808).

LA BOUISSE (Auguste de), à Saverdun (1808).

LA CHABEAUSSIÈRE, directeur des salines à Cette. Voyez ses mémoires sur l'*Asphodèle rameux*, Bulletins, tom. I, pag. 362; sur le *Jonc piquant*, tom. II, pag. 55 ; sur un *Moyen de détruire les mites*, pag. 257; sur la *Différence de chaleur entre les eaux salées et les eaux douces*, pag. 286 (23 therm. an XI).

LACOSTE, de Plaisance, ancien professeur d'histoire naturelle à l'École centrale du Puy-de-Dôme, à Clermont-Ferrand (5 pluviôse an XI).

LEBRUN, ancien magistrat, à Paris. Voyez ci-dessus pag. 267 (13 fructidor an IX).

LIMBDOM, capitaine des mines du roi de Suède, à Stockholm (26 germinal an XII).

LIMOUZIN-LAMOTHE, pharmacien chimiste, à Alby (1811).

MOURGUE (Jacques-Augustin), à Paris, membre de l'ancienne Société des sciences de Montpellier. Voyez la notice concernant ce savant, ci-dessus pag. 191 (16 floréal an IX); mort en janvier 1818.

NOUGARÈDE DE FAYET (André), baron de l'Empire, membre du corps législatif, etc., à Paris (1805).

PAVON, botaniste du roi d'Espagne, au Pérou (1808).

PIEYRE (Alexandre), correspondant de l'Institut (5 messidor an x).

POITEVIN-PEITAVI, secrétaire perpétuel des jeux floraux, à Toulouse. On lui doit des notices sur Benoît d'Alignan, évêque de Marseille, Bulletins, tom. IV, pag. 223; sur Étienne Forcadel de Béziers, tom. VI, pag. 417, et sur Guillaume Durand, évêque de Mende, pag. 519 (1808).

* POUZIN (Fulcran), docteur médecin, chimiste, à Montpellier. Voyez ce que nous en disons ci-dessus pag. 285. Voyez aussi son mémoire sur les *Étangs*, tom. V, pag. 293 bis, et de l'*Influence d'un orage sur trois épilepsies vermineuses*, tom. VI, pag. 345 (1813).

Rey-Lacroix, à Montagnac. Voyez ci-dessus pag. 290 (an xi).

Rostan (Casimir), à Marseille (1809).

Rouve (du), à Mende (1809).

Saint-Paul (Charles), sous-préfet au Vigan (9 frimaire an xii).

Sarrazin de Montferrier (Mlle), à Marseille (1811).

Séguier (Matthieu), baron de l'Empire, premier président de la cour impériale, à Paris. On trouve quelques scholies de lui dans le tom. I des Bulletins de la Société, pag. 105 (16 floréal an ix).

Sinety (André-Louis-Esprit), secrétaire perpétuel de l'Académie de Marseille, à Marseille (12 ventôse an xi).

Tédenat, recteur de l'Académie de Nîmes, correspondant de l'Institut, etc., auteur de *Leçons élémentaires de Mathématiques*, Bulletins, tom I, pag. 218, et tom. III, pag. 27 (an ix).

Tingry, professeur de chimie, à Genève (9 frimaire an xii).

Trélis (Jean-Julien), secrétaire perpétuel de la Société des sciences et belles-lettres du Gard, à Nîmes (an xi).

Valleton-Candillac, médecin, à Bergerac (21 prairial an x).

Verdier, née Allut (Mme), membre des jeux floraux, à Uzès. Nous avons rendu hommage à cette muse méridionale, ci-dessus pag. 280 et 284. Voyez son poème sur l'*Origine de la poésie*, Bulletins, tom. V, pag. 457 (1811), morte en 1815.

* Viennet, ancien capitaine au corps impérial d'artillerie de la marine, membre de l'Académie française, etc. (1811).

Villevielle (Philippe-Charles-François-Joseph-Pavée de), bibliothécaire du Panthéon, à Paris. Voyez ci-dessus pag. 270; et traduction libre d'une ode d'Horace, Bulletins, tom. II, pag. 25 (5 germinal an xi).

Vincens Saint-Laurent, conseiller de préfecture, à Nîmes. Voyez une traduction en vers français de Pierre Lotichius second, Bulletins, tom. IV, pag. 409 (22 floréal an xi).

Notre mission est accomplie : peut-être aurions-nous dû, à l'exemple de nos deux anciennes Sociétés savantes, ajouter à ce travail quelques mots sur la nouvelle Académie appelée, en 1846, à faire revivre ces deux Sociétés, et à continuer les traditions scientifiques et littéraires de notre ville. Mais, outre que nous aurions dépassé les limites que nous nous étions tracées, nous avons compris qu'il n'appartenait pas à notre plume d'esquisser l'histoire d'une institution contemporaine, quels que soient les liens qui la rattachent aux anciens établissements de la science à Montpellier. Le temps présent lui a donné son approbation et encouragé son œuvre : laissons le temps à venir écrire son histoire et décerner, en récompense à ses travaux, l'estime qu'il a réservée à la Société royale et à la Société des sciences et belles-lettres, sur les traces desquelles elle se fait gloire de marcher.

FIN.

TABLE DES MATIÈRES.

Membres ordinaires :

FIN DE LA TABLE DES MATIÈRES.

www.ingramcontent.com/pod-product-compliance
Lightning Source LLC
Chambersburg PA
CBHW050154030726
47505CB00005B/1366